문인기자 김기림과
1930년대 '활자-도서관'의 꿈

이 저서는 2006년 정부(교육인적자원부)의 재원으로 한국학술진흥재단의 지원을 받아 수행된 연구임 (KRF-2006-812-A00046).

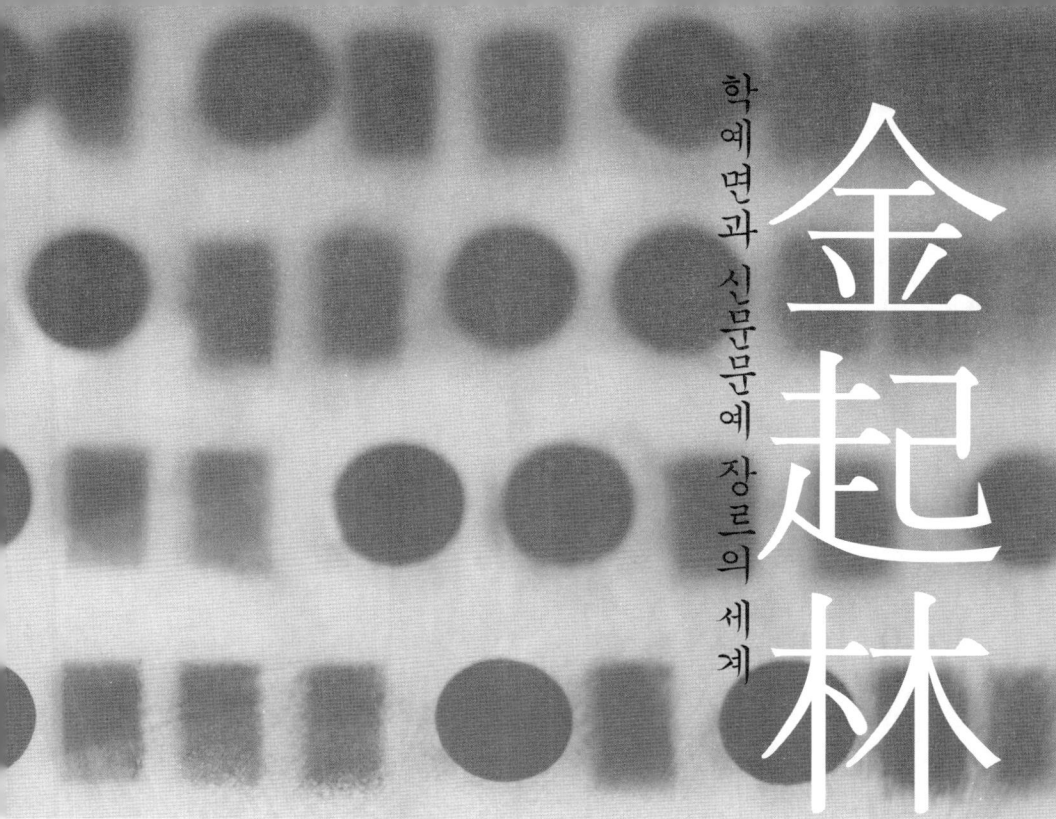

金起林

학예면과 신문문예 장르의 세계

문인기자 김기림과
1930년대
'활자-도서관'의 꿈

조영복 지음

살림

호피 장식 무늬의 커튼을 열면 한적(漢籍)으로 가득 찬 서재가 나오고, 책 숭배자인 서재 주인의 고아하고 호사가적인 취미를 보여주는 귀족주의적인 책거리 그림이 있다. 그 그림에서 보여주는 그런 낭만적인 문학 공부의 세계를 꿈꾼 적이 있다. 그런 절대정신으로 가득 찬 문학 공부의 세계로부터 나는 지금 얼마나 많이 벗어나 있는가. 김기림 연구를 하면서 내 나름대로 끊임없이 이런 질문에 답해야 했다. 그것은 단지 김기림을 어떻게 볼 것인가 하는 문제를 넘어선 것이었다. 인문학의 폐쇄성에 대한 사회적 항의, 학문의 융합과 학제간 연구의 필요성, 한국 문학의 지평 확장에 대한 학문적 요구 등이 내가 서 있는 한국문학 연구의 토대를 쉼 없이 흔들고 있었기 때문이다. 그런 와중에 나는 우연히 '조선일보 공채기자' 김기림을 만났다. 모더니스트 시인이자 이론가, 시비평가인 '문인' 김기림에서, '언론인' 혹은

'문인기자' 김기림은 나에게는 매우 생소한 것이었고, 두려운 것이기도 했다. 그 양쪽의 경계가 무엇인가 하는 질문에 대한 대답 또한 나 스스로 신통하게 제시하지 못했다. 다만 '문인기자' 라는 타이틀이, 내 부족한 문학 공부와 협소한 문학사적 시각을 메워주었고, 문학 텍스트와 1930년대 문단을 넘어 김기림을 들여다볼 수 있는 토대를 마련해 주었다.

이상은 소설 「김유정」에서 '암만해도 성을 안낼 뿐만 아니라 누구를 대할 때든지 늘 좋은 낯으로 해야쓰느니 하는 타입의 우수한 견본이 김기림이라' 고 썼다. 자기 스스로 광대의 악행을 감행하기를 마다하지 않았던 이상이나 좀처럼 속내를 드러내지 않았던 박태원의 모습에 비해, 김기림에게서는 어딘가 데카당하고 밀도 있는 자의식으로 무장한 그런 문인 혹은 예술가의 모습을 찾기는 어려웠다. 1930년대의 대표적인 모더니즘 시인이자 비평가였던 김기림에게 나는 문인의 모습보다는 지식인 혹은 학자 같은 모습을 훨씬 깊이 느끼고 있었던 것이다. 그러던 중 읽었던 글이 김기림의 '문단불참기' 였고, '신문기자로서 최초의 인상' 이었다. 거기에는 김기림이 조선일보 공채 기자로서 자신을 규정하는 대목들이 들어 있었다. 그는 애써 자신의 출발점이 문인이 아니라 언론인이었음을 강조했다. 그는 스스로 문인이기 이전에 지식인이자 언론인임을 내세우고 있었다. 마감 시간 직전의 편집국 분위기에서 속도감과 비약적 생명력으로 가득 찬 현대적 신화의 이미지들을 추출해 내고, 운전기의 소음을 통해 슈베르트의 낭만주의적 선율을 찾을 수 있었으며, 운전기가 찍어내는 잉크 냄새나는 활자가 현대적 뮤즈의 영혼임을 읽을 수 있었던 저널리즘 인간의 전형이 거기에 있었다. 최근에 내가 읽었던 김기림은 그런 인물이었다.

김기림이 궁극적으로 꿈꾼 것은 1930년대 '활자—도서관' 의 세계였다. 고답적이고 전통적인 서정주의를 의미하는 '도서관'의 세계가 아니라 '신문'이라는 근대적 매체를 통해 생산·유통되는 '활자—도서관'의 세계. 그것은 아방가르드 정신으로 1930년대 문단을 이끌어나간 문인기자 김기림의 조선 근대 문학의 방향성으로 작동하게 된다. 지금까지 알려져왔던 것처럼 '모더니스트 김기림'도 이 범주에 든다고 본다.

그러나 학부 때부터 읽고 배웠던 모더니스트 시인이자 비평가, 이론가인 김기림은 나의 이 같은 생각에 끊임없이 저항했다. 시 비평가로서는 대단한 식견을 가졌으되, 시인으로서는 품격이 낮고 문학성이 떨어지는 시를 썼던 김기림, 조선 현실에 무지했고 그 결과 피상적으로 모더니즘을 이해했으며 더욱이 이를 조선에 이식시키려 한 형식논리학자 김기림, 모더니즘의 한계를 스스로 실천해서 보여준 모더니스트 김기림 등은, 김기림을 연구하는 동안 내가 넘어서야 할 중요한 문턱이었지만, 한편으론 이를 통해 나는 문인기자 혹은 저널리스트 김기림을 연구하는 데 중요한 계기를 마련할 수 있었다. '문인기자' 김기림 연구가 문인 김기림을 배척하거나 저항하기보다는 오히려 보충하고 풍부하게 만드는 계기가 될 수 있을 것으로 나는 믿고 싶었다.

이 책은 크게 세 영역의 글들로 이루어져 있다. 첫 번째는 1930년대 저널리즘 환경을 고려해 문인기자 김기림과 그의 문학 텍스트를 연구한 연구 논문이다. 그간 여기 저기 발표한 논문들을 이 책의 체제에 맞게 다소 수정하고 덧붙여 주제별로 다시 묶었다. 두 번째는 김기림이 공채기자로 입사해 잠깐의 휴직과 동북제대 유학 시기를 제외하고는 계속 기자로 근무했던 조선일보 편집국의 동료 기자들과 김기림의 관계를 다룬 글이다. 이것은 이른바 '팩션(faction)'적인 성격이 짙은 글이다. 김기림이 조선일보 기자 생활을 하던 시기에 같이 동료 기자로 활동했거나 김기림 곁을 스쳐갔거나 언론인 김기림을 기억하고 있는 인물들의 기록에서 '사실'을 추출해 필자의 상상력을 다소 덧붙여 하나의 에피소드 형식으로 재구성했다. 김기림이 남긴 시 이론서나 비평적인 글에서는 맛볼 수 없는, 그리고 논문에서는 리얼하게 잡히지 않았던, 1930년대 문인들의 인간애적 풍경과 문학 절대주의자들의 내면에서 불타오르는 경쟁의 드라마를 엿볼 수 있다. 그리고 기자 생활의 전선에 뛰어든 당대 지식인들의 치열한 삶의 리얼리티와 시대정신을 확인할 수 있다. 조선일보사 사료연구실에서 『조선일보 사람들』(랜덤하우스 중앙, 2004)를 출간할 때 '문인기자' 관련 부분을 자문하면서 일부 글을 집필했는데, 이 영역의 일부분은 거기에 실린 내용과 동일하다. 세 번째는 자료적인 가치를 갖는 글들이다. 김기림의 경성고보 제자이자 '시인 김기림'의 후예이기를 마다하지 않는 시인 김규동 선생이, 김기림과 그 주변 인물들에 대한 회고를 담은 인터뷰가 그 첫 번째다. 그 다음은, 문인기자 김기림을 추적하면서 새로 찾은 몇 가지 자료들이다.

김기림 연구에 관한 한 대학 때 은사인 김용직 선생님과, 선학인 김학동 선생님의 공적을 우선 꼽지 않을 수 없다. 김기림 연구의 방향성이나 자료 수집과 정리에 있어 두 분의 업적은 김기림 연구사에서 길이 남을 것이다. 이 저서 뒤에 붙인 자료들은 김학동 선생님이 찾아서 정리해둔 자료 목록에 빠져 있는 것들 중 연구자들에게 중요한 자료라고 판단되는 몇 가지를 선정해서 실은 것이다.

이 책에 실린 논문들을 쓰기 시작했던 때가 아마도 2003년경이었던 것 같다. 그동안 한국문학의 위상이나 한국문학 연구 지평은 상당히 변화했다. 학문 연구자이자 교육자로서의 나의 모습도 그동안 상당한 변화를 겪었다. 이 책에 실려 있는 논문을 쓰기 위해 자료를 모으고, 정리하고, 실제 논문을 집필하던 시기는 나 스스로도 쉽지 않은 시간이었다. 교육자로서, 말석의 학자로서, 한 줌의 양심을 지키고자 애쓴 시간이기도 했다. '왜 여기 이렇게밖에 서 있지 못하는가' 에 대한 의문과 회의가 쉼 없이 들었다. 그런 점에서 이 책의 발간이 그동안 대학에서 치러온 인간애적인 고투가 마감되는 계기가 되기를 바라는 마음 간절하다. 연구년을 떠나면서 쓰는 이 서문이 그래서 더욱 의미가 있는지도 모르겠다.

김기림은, 삶의 절망으로부터 구원의 혈로를 구하고 진정한 영혼의 모험을 위해 '서쪽으로' 길을 떠나야 한다고 말했지만, 그는 그토록 이상과 함께 가고 싶어했던 프랑스 파리를 가보지 못한 채 삶을 마감했다. 이틀 후면 나는 영혼의 흔적을 좇아 '동쪽으로' 길을 떠난다. 일년 후 돌아올 때쯤 나의 한국문학 공부가 더 깊어지고, 잔혹한 세파로부터 좀 더 자유로운 영혼의 유독민이 되어 있을지 모르겠다.

끝으로, 이 책을 출간하는 데 도움을 주신 분들의 이름을 언급할 차례다. 어려운 출판 사정에도 기꺼이 출판을 맡아 준 살림출판사 강심호 선생님과 편집부원들에게 마음 깊은 감사를 전하지 않을 수 없다. 김기림의 새 자료를 찾아 연구자에게 기꺼이 제공해준 보성고등학교 오영식 선생님께도 깊은 감사를 드린다. 자료 수집과 정리에 도움을 주고 관련 인물들의 생애에 대해 조언을 해준 당시 조선일보사료연구실 사람들에게도 이 자리를 빌어 다시 한 번 감사를 드린다. 같이 '김기림'을 고민하면서 시각의 폭을 넓혀 준 선배 선생님, 끝없이 학문의 자극을 주는 동학들도 참 고맙다. 인간적으로 힘들었을 때 위안과 용기를 준 나의 지인들에게도 마음 깊이 감사를 드린다.

2007년 11월, 길을 떠나며

1부

1930년대 신문 학예면과 문인기자 시대

1930년대 신문 학예면과 문인기자들

1. 저널리즘과 학예면

문학과 저널리즘의 결합은 증기기관의 발명처럼 혁명적인 효과를 가지며 문학적 생산의 모든 성격을 바꾸어 놓는다는 말이 있다.1 신문 매체는 문학 생산과 향유, 소비의 형태에도 혁명적인 변화를 일으켜 장르의 운명에도 적극적인 영향을 끼친다. 문학과 신문 저널리즘이 결합한 '신문문예Feuilletonismus'는 작가와 독자, 작가와 매체 사이의 독특한 관계를 형성하면서 근대적 문학 담론의 중요한 장르가 된다.2 이같이 문학과 그것이 실리는 매체 사이에 새로운 관계가 형성되는 것은 저널리즘이 급격히 발전, 보급되는 근대 이후의 현상이다. 저널리즘 문학 중에서 가장 인기 있는 것은 연재소설인데, 이는 그것이 계층을 불문하고 읽혀진다는 점 때문이다.3 신문 연재소설의 인기와 성장은 신문 저널리즘이 성숙하던 19세기 초반의 서

---

1 아놀드 하우저, 백낙청 외 역, 『문학과 예술의 사회사』 현대편, 창작과 비평사, 1985, 14~15면.
2 아놀드 하우저, 백낙청 외 역, 『문학과 예술의 사회사』 근세편(하), 창작과 비평사, 1985, 249면.
3 아놀드 하우저, 앞의 책, 현대편, 15면.

양의 경우나 일제시대 조선의 경우나 별반 다르지 않았다.[4] 신문 저널리즘과 문학의 관계를 논할 때 '연재소설'이 중심에 놓이는 것은 그것의 역사적·문화적 성격에 비추어 자연스러운 현상이다. '신문문예' 연구 중 신문 연재소설 연구가 대부분을 차지하는 이유도 여기에 있다.

그런데, 일제시대 신문 저널리즘과 문학과의 관계는 '연재소설'의 성격에 국한시켜 논의할 수는 없다. '신문소설의 성격은, 발표기관의 성격과 그 작품을 감상하는 독자층의 태도를 염두에 두고 분석해야 한다'는 이원조의 입장도 기본적으로는 저널리즘과 문학의 다변적 관계를 염두에 둔 것이다. 특히 이번 저서에서 주목한 것은 일제시대 민간지 특히 『조선일보』의 '학예면'이다.[5] 1930년대 신문 학예면은 시, 소설, 희곡 등의 순문예물뿐 아니라 음악, 미술 등의 예술 관계 글들, 해외 예술계 동향, 그리고 당대의 시의성 있고 문제적인 평론이나 논문 등 다양한 성격의 글들을 싣고 있다. 이는 학예면이 문화 담론의 생산과 형성에 중요한 역할을 했음을 의미한다. 따라서 1930년대 학예면의 성격을 규명하기 위해서는 적어도 다음의 몇 가지 관점에서의 접근이 필요할 것으로 보인다. 하나는 신문 저널리즘의 당대적 성격, 두 번째는 신문 학예면을 만들었던 주체들, 세 번째는 신문 학예면의 기고자들과 그 글들의 성격, 네 번째는 신문 학예면의 독자층, 마지막 다섯 번째는 학예면을 통한 문자활동과 언어미학적 측면의 의의이다. 세 번째 및 네 번째 문제는 좀 더 실증적인 자료 조사가 선행되어야 할 것으로 보여 이 책에서는 다루지 못했다. 이 책에서 주로 다루는 부분은 신문 학예면과 문인기자들의 관계이다. 특히 1930년대 김기림을 중심으로, 대학에서의 자신의 전공을 살려 학구적이면서도 전문적인 학술 특집을 기획, 기고하고 더불어서 문학적 역량을 펼쳤던 문인기자들의 세계를 살

---

[4] 신문에서 연재소설의 중요성 때문에 문인들을 기자로 채용하는 경우가 많았다는 점은 문인기자들의 회고록 속에 언급되어 있다. 이광수, 「나의 고백」, 춘추사, 1948; 박종화, 『월탄 박종화 회고록』, 삼경출판사, 1979 등.
이원조, 「신문소설분화론」, 『조광』, 1938.3, 171면.
[5] 이 책은 '언론인이자 문인'이었던 김기림을 중심으로 다룬 까닭에 그가 공채기자 1기로 입사해 1940년 8월 10일 폐간될 때까지 재직했던 『조선일보』 학예면이 중심이 되었다.

펴보았다. 1부 2장에서는 문인기자들의 인간적 네트워크를 그들이 남긴 글을 통해 재구성했으며, 2부는 1930년대 대표적인 문인기자였던 김기림의 문학을 저널리즘과의 관계 속에서 다루었다. 그리고 후고로, 김기림의 함경북도 경성고보 교사 시절 제자이자 후배 시인인 김규동의 인터뷰를 덧붙였다. 마지막에 실린 자료들은 현재 간행된 김기림 자료집에는 실려 있지 않은 것들인데6, 연구자들의 편의를 위해 부록으로 실었다.

2. 저널리즘 비판과 학예면의 문단 지배

당대 저널리즘의 성격을 규정하는 데 있어 저널리즘이 어떻게 이해되고 평가되었는가를 먼저 살펴볼 필요가 있다. 당시의 '신문론'에 대한 비판적인 성격의 글을 통해 이를 확인할 수 있다. 1930년대 '신문론'에서 중요하게 다루어진 것이 '우리 민족의 손으로 세워진 우리 말로 된 표현기관', '세 신문은 민족적 각성의 여세의 산물이다'7 라는 규정이다. 당시 '민간신문'에 대한 독자들의 반응은 뜨거웠던 것으로 보인다. 1920년대 이래 '민간신문 셋밖에는 없다. 이 세 신문의 발행조차 여의치 못하다'는 심정이 토로되기도 했다.8 당시 민간신문이 하나의 발표 '매체'가 아니라 발표 '기관'으로서의 성격을 지닌다는 점은 중요하다. 민간신문이 자본주의 제도의 산물인 점을 감안하면, '기관'과 같은 공적인 성격으로 규정되고 있다는 것을 주목해야 한다. 이는 이른바 '조선신문의 역사적 특수성'에 기인한다. 야전은 기관 신문인 『매일신보』와 조선, 동아 등의 민간신문을 분명하게 구분하고 이들 민간신문이 '부지불식간에 피차에 공통된 특성을 가질 수밖에 없'는 것은 자연의 이치라고 단언한다. '조선신문 사업'이 이른바 특수성을 가질 수밖에 없다는 것인데, 그

---

6 실증적인 자료 조사는 김학동 교수에 의해 많이 이루어졌다. 김학동 편의 『김기림 전집』(심설당, 1988)을 비롯, 『김기림 평전』(새문사, 2001) 등에 실려 있지 않은 자료들을 실었음을 밝힌다.
7 한양학인, 「조선신문론」, 『동방평론』 3호, 1932.7.8.
8 하정鰮T, 「조선신문발달사 : 사상변천을 중심으로」, 『신동아』 4-5호, 1934.5.

근거로 내세운 것이 바로 '조선이 식민지며 조선 민족이 약소민족'이라는 것이다.

> 조선이 식민지이고 약소민족이며 민족 문화의 유치한 점 등 특수한 성격을 가지고
> 있으므로 자본주의의 상품으로서보다는 사회 통제의식을 부수한 상품임을 자각해
> 야 한다. 신문은 교사적 지위와 지도적 정신을 잃지 말아야 한다.9

신문이 교사로서의 역할을 다해야 한다는 것, 이것은 교사로서의 역할을 강조
했던 근대문학의 계몽적 지위와 유사하다. 문학뿐 아니라 언론 또한 '민족'의 이름
아래 자유로울 수 없었던 것이다. 그런데 야전의 논리가 흥미로운 것은 그의 인식
이 단지 민족적 사명 의식을 담보해내는 것으로서의 '신문사업'에 머무르지 않는
다는 점이다. 신문사업이란 '문화사업'이라는 것이다. 야전은 '민족의 힘의 열세'
를 인정하고 신문사업의 특수성을 강조하면서도 우리 문화의 유치함을 들어 신문
사업이 문화의 고양을 이루어야 한다고 강조한다. 신문사업은 당위적으로 민족적
동질성 회복에 기능해야 하지만 다른 한편으로는 일종의 문화사업이며 민족의 유
치한 문화적 상태를 고양시키는 데 그 중요 기능이 있다는 것이다. 그의 이러한 인
식은 '신문은 문명의 이기이며 문화 발전의 선구자'라는 주장으로 이어지게 된다.
일제시대 신문의 성격을 '문화적 민족주의'10의 범주 속에 두고 있었던 것이다.

이적봉의 경우도 우리 신문이 과도기에 있음을 인정하고 순보도주의로 흐르기
보다는 민중을 교양 지도하는 도구로써 기능해야 한다는 입장을 견지한다. '불완전
하나마 우리 사람의 우리 말로 된 신문지를 통하야 세상의 소식을 듯고 알게 된다
는 것은 여상 고마운 일이 아니다'고 판단하면서도 신문은 단지 세상의 소식을 듯

---

9 야전, 「조선민간신문공죄론」, 『혜성』 1–5호, 1931.8.
10 김민환, 「일제통제, 민중 불신으로 언론운동 좌절」, 『신문과 방송』 349, 2000.1.

는 통로의 구실에서 머무를 수는 없고 문명인으로서의 향유를 자유롭게 할 수 있는 매체여야 한다는 것이다.[11]

그러나 민중들의 열망에도 불구하고 '민족 언론이자 민족적 표현 기관'으로 자처하던 민간지들은 그 역기능으로 인해 비판의 대상이 된다. '특수성'이 이데올로기화하면서 저널리즘 스스로 '비판과 성찰'의 맥락을 점차 결여하게 된 것이 한 가지 이유였다.[12] 그러나 분명한 것은 '객관적 상황'에 기인한 것에 그 중요한 이유가 있다는 것이다. 먼저 주목할 것은 검열로 인한 위축이었다.

현재의 민간신문은 어느 것 다 생기를 잃었다. 전조선민족의 표현기관으로 자처하는 이상 그만 한 자신과 권위를 가지고 좀 더 엄연한 태도를 가져야 한다.—현재 조선신문은 무서워서 떨고 있는 감을 준다. 거기 실리는 상품과 같이 상품화해간다.[13]

1920년 이래 일제는 『조선일보』, 『동아일보』, 『중외일보』 등 세 신문 이외에는 조선문 신문의 발행을 허가하지 않았다. 1931년 만주사변 이후 시국이 어려워지자 검열은 더욱 강화되었다. 이로 인한 신문의 위축과 경영난의 가중은 신문의 기형적 상태를 가속화 시킨다. 하정은 그것이 광고면에 실리는 '상품'과 다름없이 되어간다고 비판하고 있다. 검열로 인한 위축이 '신문의 상품화'와 직결된다고 보는 인식은 주목할 만하다. 이는 신문사업의 자본주의적 속악함이나 광고 수주를 용이하게 하기 위해 신문 지면을 상품화한다는 비판과는 그 맥락을 달리하고 있기 때문이다. 일반적으로 신문이 상품화 되는 것은, 신문이 매처의 매력을 높이고 광고 효과를 올리기 위해 독자들의 구미에 맞는 다양한 읽을거리와 흥미있는 기사들, 스캔들,

---

[11] 이적봉, 「민간신문죄악사」, 『제 일선』, 1932.8.
[12] 이선근, 「최근 조선의 저널리즘 측면관」, 『철필』, 1930.9.
[13] 하정, 앞의 글.

정보를 제공하는 데서 기인한다. 신문이 하나의 작은 가정, 도서관, 백과사전의 역할을 한다[14]고 보는 것은 이 때문이다. 그러나 조선에서의 저널리즘의 상품화 과정은 전적으로 신문사업의 자본주의적 특징을 반영하고 있는 것만은 아니었던 것이다. 여기서도 '조선 언론의 특수성' 인식은 개입되어 있다. 설의식은 신문의 상품성과 공공성에 관한 당대 논의의 이원론적 오류를 지적하면서 신문의 '부산적 일면인 상품성'이 본질화할 경향의 위험을 경고하기도 한다.[15] 그렇다고 해서 신문의 상업성에 대한 비판이 간과된 것은 아니었다.

민간지들의 상업성은 당시 중요한 문제로 지적되었다. 자본 축적으로 민간지들은 저마다 증면 확장 경쟁을 벌이게 된다. 그에 따른 비판의 핵심은, '지도적 계몽적' 태도를 접고 상업적인 태도를 견지함으로써 '조선언론의 특수성'을 몰각하고 말았다는 것에 있다. 이적봉은, 경영난과 지면 경쟁 등으로 인해 중외일보가 문을 닫고 동아와 조선도 신문 발간이 여의치 않게 된 상황에서 각각의 항목을 들어 민간신문의 우(愚)를 지적한다. 이것들은 당시 민간신문의 문제점으로 자주 지적되던 것들이다. 1)민중을 기만하는 책략, 권력, 부력, 사력, 체면 중심의 보도 행태, 2)신문사 간부들의 영웅적 자기 과시욕과 지위 남발, 3)발행의 단속무상 등에서 오는 신용이 상실, 경영 부실로 인한 재정 위기, 4)기사 과장과 선전(이순신 후손 이종옥 사건, 일개 비행사 안창남 고국 방문 사건 등), 5)무용한 경쟁으로 인한 신문사 파산(중외일보)의 어리석음, 6)선동의 폐해(『조선일보』의 '조선인 중국인 충돌'에 대한 호외 발행으로 피해 확산), 7)상업상 상도를 결여한 광고 수주 등이 그것이다.

당시 3대 민간신문이었던 동아, 조선, 중외 세 신문의 쟁투전과 그로 인한 정·휴간, 검열 문제 등 외적인 문제뿐 아니라 신문기자 개인의 윤리관이나 도덕성도

---

[14] 아놀드 하우저, 앞의 책, 현대편, 15면.
[15] 설의식, 「신문도 상품 이원론적 본질시의 오진」, 『철필』 2-1, 1931.2.

문제가 되었고 그로 인한 독자들의 불신도 심각한 상태에 이르고 있었다.

> 각색 이천만 이상이 되는 민족새에서 우리글로 발행하는 순 민간신문이라야 겨우
> 동아, 조선, 중외 삼 신문이 잇서서 맛치 솔밭과 가티 서로 겻고 틀다가 중외는 재
> 정의 곤란으로 불행이 4월에 자체로서 휴간하는 비운을 당하고…[16]

당시 신문은 검열에 따른 정·휴간의 반복으로 신문 발간이 지속적으로 이루
어지지 않아 독자들의 불만을 샀다. 뿐만 아니라 세 민간신문사의 경쟁은 오히려
경영난과 내분에 휩싸이는 원인이 된다. 검열로 인한 정·휴간뿐만 아닌 자체 내의
재정 문제로 인한 휴간도 큰 문제가 되었던 것이다.

국권 상실과 함께 시작된 근대적 언론 활동은 그것 자체가 일종의 호국적 도덕
적 성격을 띨 수밖에 없었다. 그런데 1930년대에 오면 자본의 축적으로 민간지들
간에 치열한 경쟁이 벌어지게 되는 것이다. 각 민간지들은 광고를 대기 위해 대광
고주가 몰려 있던 대판에서 광고주들을 불러 뇌물을 주거나 기생 접대를 하는 등의
출혈 경쟁을 마다하지 않았다. '조선인의 신문이 동경 대판의 상품을—백색 양안수
를, 르—데삭구를, 림질약을— 조선인에게 선전하는 광고가 없으면 경영이 곤란하다
는 것은 특기할 만한 사항이다'는 비판이 제기될 정도로 당시 신문들의 대판 광고
주들에 대한 의존도는 컸다.[17] 김동인은 이를 '조션민중을 파는 매족적 행위'라고
비판하기도 한다.[18]

민중들의 얄팍한 호기심을 자극하는 흥미 위주의 보도문을 싣는 데 치중하는
것도 문제가 되었다.[19] 1930년대 민간지들은 주장이나 대립 의식의 표현, 진실 보

---

[16] 일관생, 「의연부진한 언론계」, 『혜성』1-9호, 1932.12.
[17] 하정, 앞의 글.
[18] 금동, 「상구독고 현 민간신문」, 『개벽』, 1935.3.
[19] 김경재, 「조선 신문의 대중적 비판」, 『개벽』, 1935.3, 22~27면.

도, 비판보다는 영리 위주의 편집과 상품 생산에 치중하면서 언론의 사회 반영적 기능을 점차 망각하게 되었다는 것이다. 그 비판의 주된 논점이 '조선 언론의 특수성'인 것은 당시 민간지가 조선 민중의 기대지평을 내재하고 있었기 때문이다. 관보나 기관지와는 달리 상업적이고 세속적인 성격을 띨 수밖에 없는 민간지의 본질상 '상업성'과 '상품생산'의 기능을 무시할 수 없다. 이들 민간지의 '조선적 특수성'이 '민족지/ 상업성(상품성)'의 가치를 대립적으로 놓을 수밖에 없게 했던 것이다. 이는 역설적으로 민간지들이 한편으로는 저널리즘적 성숙기를 맞고 있었다는 점을 반증하는 것이다. 이미 1930년대에 들어서면 '언론계의 이대 조류'가 논의되는데, 민족적 의식과 자본주의적 상품으로서의 가치가 전면 강조되거나 전면 부정되지 않는다. 종래의 민족주의적 시각은 보수적 고답적 측면에서, 상품성은 모던 저널리즘의 입장에서 비판된다. 당대 언론의 이대 조류란 1)조선민중의 현실적 이익 주장과 조선 자체에 대한 지식 보급 및 탐구, 2)민중의 일시적 감정과 찰나적 기분을 자극하는 소위 모더니즘 모방으로 대별되는데[20] 전자는 조선학 운동으로, 후자는 모던 풍물 소개 등으로 나타나는데, 이 같은 당대 언론의 두 가지 경향을 비판한 것이다. 그것은 오직 민족적 자기 임무를 해야 한다거나 상품성이 문제다는 인식과는 그 시각을 조금 달리한다. 이것이 주로 언론인들에 의해 주장되었다는 것은 흥미로운 것이다. 언론이 자본주의의 제도적 장치의 하나라면 그것은 가치론적인 의미보다는 '제도적 성격'을 띠는 것으로, '민족지', '민족의 표현기관'과 같은 수식어는 일종의 부가적 수사일 뿐이다. 오히려 언론의 성격을 이 같은 '특수성', 즉 가치론적 측면에 맞춘 탓에 해방 후 언론인들은 스스로를 지사로서, 민족적 정론지의 대변인으로서 포장하는 경향도 없지 않았다. '민족적' 성격을 강조하면서 출발

---

20 이선근, 앞의 글.

한 신문 저널리즘이 1930년대의 상업적인 측면과 갖물리는 순간 각 잡지의 특집란은 '신문 저널리즘'에 대해 비판의 화살을 날리게 되는 것이다.

3. 학예면과 문예 비평의 정론성

일제의 문화 정치 혜택의 산물이기도 한 민간지는 실제로는 검열과 억압이 여전히 존재하는 상태에서 출발했다. 민간지들은 식민지 기간 내내 수없이 많은 정간과 휴간을 겪을 정도로 그 부침이 심했다. 특히 일제말기로 갈수록 신문지법, 정간물법 등이 더욱 강력하게 실시되어 잡지, 신문의 발간과 유지는 상당한 어려움을 겪는다. 이 과정에서 비판적인 기사는 점차 소멸하고 사설의 정론성도 약화된다. 대신 흥미 위주의 사실 보도 기사가 게재된다. 한편으로는 문화, 예술, 가정, 생활면의 확충이 이루어지는데, 그것은 각 민간지들이 독자수를 증가시키고 광고 수입을 더 많이 올리기 위한 전략이었다. 1930년대 들어서 각 민간지가 지면을 화려하게 장식하고 증면을 꾀하는 등의 노력을 집중적으로 하게 되는 것은 이 때문이다. 여기서 학예면의 기능이나 역할이 중시되는데 문인 기자들은 그 역할을 충실히 떠맡으면서 1930년대 신문 제작의 선두에 나서게 된다. 학예면이 문예물 중심이 되고 중요한 문학 담론들이 폭넓게 논의되는 것도 이 시기이다.

'문화와 가정, 학술면'을 동시에 의미하는 '학예면'은 처음 민간신문이 창간될 때부터 존재했던 것은 아니었다. 1920년대 민간지들은 대체로 전체 4면을 발행하고 있었는데, 문화 관련 기사는 3면의 사회면에 게저되었다.[21] 1926년부터 지면이 6면으로 늘어나면서 부인란(여성란), 소년란과 함께 문예면이 마련되는데 이것이 독립된 학예면의 출발이 되는 셈이다. 바야흐로 신문화 운동과 예술 대중화 운동에

---

21 이준우, 「한국 신문의 문화적 기능 변천에 관한 연구─1920년부터 1984년까지의 조선일보, 동아일보를 중심으로」, 연세대학교 대학원, 1987, 79~82면.

고무돼 여성 계몽 사업 등을 통해 여성 독자들의 시선을 끌 수 있다는 것이 장점으로 인식된 결과였다. 바자회, 음악회, 체육 관련 기사가 보도돼 화제가 되기도 했다. 이 같은 점은 학예면 비판의 주된 이유가 되기도 한다.

여성, 생활, 가정란과 분리되어 문학, 예술, 학술 부분을 담당하는 지면인 문예면이 따로 독립되어 제작된 것은 1930년대 들어서이다. 1933년 실시된 조석간제의 부활에 따른 증면 발행이 주요 원인이었다고 한다. 문예면의 독립은, 정치, 경제 기사와는 다른 '유연한 기사'에 대한 선호도가 커졌고, 따라서 문예관련 기사가 증가하면서 독립된 공간을 확보해 시각적으로도 타 분야기사와 구분할 필요성이 생긴 때문이다.[22] 『조선일보』는 1927년 8월 9일자로 조석간제를 폐지하고 석간만 6면을 제작했다가 1933년 4월 조석간 4면제로 증면하면서 석간 4면에 연예소식을 싣거나 소설 등을 연재하였다. 1933년 새로 발행된 타블로이드 판 4면 특간호는 학예기사로만 채웠다.[23] 증면의 여파는 기자들의 업무에 상당한 과부하를 걸었던 것 같다.[24] 『동아일보』 또한 1932년 11월 조석간 4면을 발행하면서 조간 4면 전체를 문예란으로 하였고, 1933년 9월 조간 4면 석간 4면으로 증면할 때는 조간 3면에 연재소설, 석간 5면에 문예란을 두었다. 학예면 기사 중에는 문예물 관련 기사의 게재율이 가장 높았다.[25] 발행 지면수가 대체로 10면이던 1935년과 8면, 12면이던 1938년 1940년에는 문화면 혹은 문예관련 기사가 폭발적으로 증가해 1970년대의 그것보다 게재건수가 높을 정도였다고 한다.[26] 이같이 문화 관련 기사의 비중이 높았던 것은 다른 정치, 사회적 상황 자체가 타 분야에서 민족적 정신활동을 불가능하게 함에 따라 발산된 것이었다. 이는 한편으로는 저널리즘이 상업화하면서 흥미 오락 중심의

---

[22] 조선일보사, 『조선일보 80년사』(상), 조선일보사, 2000, 281면.
[23] 박용규, 「일제하 민간지 기자 집단의 사회적 특성의 변화 과정에 관한 연구」, 서울대 대학원, 1994, 111면.
[24] 김기림은 '오후 2시─우리는 신문의 제1면에서 제8면까지 마감해 놓고 이윽고 눈이 돌아가는 분주한 활동에서 해방되어 가슴속에 서린 단숨을 내쉬는 때 지어오는 점심 그릇을 앞에 놓고 우리들의 눌렸던 식욕을 향락하는 때의 즐거운 마음과 별다른 음식맛─'이라 썼다. 과중한 업무에서 해방된 느낌을 강렬하게 드러내고 있다. 김기림, 「신문기자로서의 최초 인상: 저널리즘의 비애와 희열」, 『김기림 전집』(이하 『전집』)6, 심설당, 1988, 94면.
[25] 학예면 지면의 증가가 곧 질적 성장으로 이어지지 못해 학예면의 '레벨 저하, 濫作 漫評, 少輩釣名' 등의 문제가 지적되기도 한다. 염상섭, 「최근 학예난의 경향」, 『동아일보』, 1930.9, 30면.
[26] 이준우, 앞의 논문, 80면.

지면 제작 태도를 반영한 것이기도 했다.

학예면은 1930년대를 거치면서 중요한 위치를 차지하게 된다. 학술 예술 분야의 기사 중 비중이 높았던 것은 문예물 기사였다.[27] 따라서 학예면 분석에서 중점적으로 다루어져야 할 부분 역시 문학관련 기사나 글일 수밖에 없다. 연재소설은 그나마 다수 독자를 대상으로 한 것으로 생각되지만, 믄예 관련 논문이나 글은 대체로 학술적인 것과 고급 독자층을 상대로 한 것이 많았던 것으로 추정된다. 게재된 글 대부분은 지금 보아서도 상당한 수준을 보여준다. 독자 대중에 대한 계몽적 효과를 위한 글이나 단순한 현장 비평 성격의 글 못지않게 당대의 문학 담론을 선도해 가는 학술적인 글들이 많았다. 일제시대 신문이 엘리트 중심의 민족문화운동이었다는 평가도 같은 맥락에 있는 것으로 보인다.[28] 일본과 거의 같은 시간대에서 서양의 문학 동향을 읽고 그것을 학예면에 소개했다. 학예면을 담당했던 문인 출신 기자들이 대부분 당대의 뛰어난 문인이었고, 그들 대부분이 일본에서 유학을 한 탓에 일본어로 읽은 해외 문단 동향이나 이론을 소개하는 것은 손쉬운 일이었을 것이다. 학예면의 독자층 또한 대체로 식자층이었던 관계로 문예면 수준이 전반적으로 높다는 것은 별 문제가 되지 않았던 것으로 보인다.[29] 여러 문학 관련 논쟁이나 중요 담론들이 학예면을 중심에 두고 벌어졌다는 것은 이 같은 배경 속에서 가능했다. 김기림의 『오전의 시론』, 『속 오전의 시론』 등도 『조선일보』 학예면에 실린 것이다. 당대 발표 지면이 신문, 잡지 외에는 거의 없었던데다, 특히 신문이 잡지보다 고급한 글을 싣는 매체로 인식된 것 또한 정론적인 글이 신문에 실린 중요한 이유기도 했다. 이 점을 간과하고 김기림 시론을 비롯해 당대 중요 논문들이 저널리즘적 성격을 띤다고 평가하고, 신문에 발표되었다는 것 때문에 이것이 '이론으로서의 치명적 약점을 갖는

---

[27] 이준우, 앞의 논문, 82면.
[28] 김민환, 앞의 글, 56면.
[29] 졸고, 「1930년대 신문 학예면과 모국어 체험」, 『어문연구』, 2003. 봄.

다'거나, '체계적인 시 이론과 현장비평의 어중간한 사이에 있다'고 평가하는 것은[30] 당대 문학 담론 생산의 과정이나 상황을 고려하지 않은 판단이다. '학술적 글쓰기'와 '저널리즘적 글쓰기'가 분리되고, 그것을 담아내는 매체가 분명하게 구분되어 있는 현재의 담론 생산 환경을 소급적용한 오류로 보인다.

1930년대는 잡지가 다양하게 발행되어 잡지 발간이 홍수를 이루기도 하였지만, 창간호가 곧 종간호가 되어버리는 경우가 허다해 발표 지면의 제약은 여전히 계속되었다. 금광광, 미두광, 만주광 등과 함께 잡지광이 '조선의 4대광'으로 지목돼 이들에 대한 비판적이고 냉소적인 담론이 유행하기도 했다.[31] 특히 잡지에 비해 신문 학예면은 고급 문예물이나 수준 높은 정론적 비평을 실어 1930년대 비평 문단의 활성화에 기여하고 있다. 흥미로운 것은, '저널리즘'의 주체로 신문과 잡지가 지적되었지만, 신문은 잡지에 비해 통속성과 그로 인한 역기능의 문제가 상대적으로 적다고 인식되었다는 것이다. 『신동아』, 『별건곤』, 『제 일선』, 『삼천리』, 『신여성』, 『신가정』, 『조광』 등등 많은 잡지들이 명멸하지만 그것은 신문 학예면이 갖는 기대 지평에 못 미치는 것으로 판단되었다. 잡지 전반에 난무했던 이른바 '욕설비평'이나 인신공격 수준의 비평의 유행도 잡지 문예란의 수준을 저하시키는 원인이 되었다. 이 같은 상황에서 작가들은 순문예동인지 출현을 강하게 의욕하게 된다. 그 주된 이유는 종합지들의 질과 편성에 있었는데, 종합지들이 많은 경우 '기성 원고를 재록하거나 야한 속미로 판매를 꾀하'는 등의 행위를 서슴지 않은 데 있었다. 종합잡지들이 많은 문예물들을 실었음에도 불구하고 문단의 '순문예지 대망론'은 쉽게 사그라지지 않는다.

---

30 배호남, 「김기림의 『시론』 연구」, 『한국시학연구』 16호, 136–137면.
31 우석, 「현대 조선의 4대광」, 『제 1선』, 1932.9.

우리의 잡지 발달은 구미의 그것과 같이 반드시 전문적으로 분화되어 있지 않고 특수한 것 이외에는 대부분 종합적으로 내용되어 있다. 이 같은 잡지 형태에 있어서 문예가 그 내용의 중요한 일부를 형성하고 있음은 오히려 그것이 제외되면 잡지로서의 성격의 일면이 결여된 것같이 독자에게 느껴진다. 예술 내지 문학 문화의 독자적 전문적 직업화에 따라 문예전문잡지의 출현이 목격된다.[32]

문예전문잡지는 종합적 성격의 잡지 문화와는 다른 독자적 전문적 직업화의 결과에 따른 특수한 분야로 인식되고 있었고 그에 따라 문단 형성이 가능했다. 신문학 20년이 경과함에도 불구하고 2년 이상의 지령을 가진 문예지가 전무하다는 것이 문예잡지의 권위를 세우지 못하는 원인으로 인식되었다. 문예지 편집자의 의식 또한 문제가 되기도 했다. 김광섭은, '조선 문인의 예술적 자질 빈약인지 편집자의 문예관이 희박한 탓인지 어떠한 문예 사조에 그 색채를 둔, 문학상의 주의나 독특한 경향이 보이지 않고 문예가의 원고를 모아서 제본한 감'이 있다고 주장한다. 이러한 연유로 발표 기관으로서 잡지는 신문 학예면에 비해 당대의 긍정적인 평가를 받지 못했다. 특히 원고료가 다소 높았던 신문 학예면이 문인들에게 선호된 것은 당연한 결과였다. 발표지면이 여전히 부족했던 상황에서 신문 학예면은 중요한 문학 논쟁 및 담론을 주도하면서 현재의 '학술지'오- 같은 학술 이론이나 정론 비평을 싣는 매체로서의 성격을 동시에 갖게 된다.
　흥미와 호기심 위주의 보도 기사의 문제점이 지적된 1930년대 저널리즘의 평가와는 달리 학예면 비판은 조금 다른 양상을 보인다. 문인들의 '저널리즘 비판'은 주로 학예면 비판이라는 맥락을 갖는다. 문인들은 저널리즘이라는 창을 통해

---

32 김광섭, 「잡지 문화의 진실성」, 『조선중앙일보』, 1935.6.7-12.

당시 문단을 비판한다. 문인 기자들이 학예면을 주도하자 문인 집단의 파벌 및 권력 양산에 대한 비판이 대두되고 그것과 관련해 문인들의 순문학 옹호라는 주장으로 가시화된다. 이는 1930년대 들어 기자들의 성향이나 직업적 인식이 변한 것과 무관하지 않은 것 같다.

신문 제작의 한 방편으로 신소설을 썼던 이인직이 활동하던 1910년대나 사회주의 사상가들이 주로 기자 생활을 했던 1920년대와는 달리 1930년대는 전문적 문인들이 대거 언론사에 취직을 하게 된다. 학예면 비중이 커진 것은, 일제의 탄압으로 정치나 경제면의 역할이 축소되고 사설의 정론적 성격이나 비판적 성격이 약화된 것이 주요 원인이었음을 앞에서 밝혔다. 이때, 일제시대 문화(운동)의 역할에 대한 가치 판단은 1930년대 학예면의 성격을 규정하는 데 중요한 바탕이 된다. 즉 일제시대 문화 활동을 정치, 경제적인 측면의 하부로 둘 것인가, 아니면 문화 운동의 내재적 가치를 그 자체로 인정할 것인가 하는 문제가 우선 고려될 수 있다. 문화(운동) 차원에서의 저널리즘의 역할을 부정할 수 없다면 학예면의 역할은 중요한 의미를 띤다고 생각되기 때문이다. 당시 민간신문에 대한 다양한 비판에도 불구하고 '우리 민족에 의한 우리말 신문'의 가치[33]에 대한 인식이 대체로 일치했다는 점은 학예면이 갖는 문화적 의의를 보여준 것이라 하겠다.

특히 문인들의 신문 저널리즘이나 학예면에 대한 인식에는 문예비평의 역할과 조선어 문제를 보는 시각이 깔려 있어 주목된다.

김기림은 1930년대 저널리즘의 성격을 '저널리즘은 현대에 팽배한 한 개의 만조다'라고 규정한 바 있다.[34] 김기림은 모던 보이, 모던 걸의 말초신경의 예민함에 가까운 감각을 현대생활이라 인식했을 뿐 아니라 그 감각적 경험을 에로티즘적인

---

[33] 일관생, 앞의 글; 하정, 앞의 글; 야전, 앞의 글.
[34] 김기림, 「신문기자로서의 최초 인상: 저널리즘의 비애와 희열」, 93~95면. 이 글에서 김기림은 정확하게 4월 20일자로 『조선일보』 기자가 되었다고 밝히고 있다.

황홀경으로 드러낼 수 있었다.[35] 그러한 감각이 신문기자 김기림을 강하게 충동시켰다. 그에게 신문기자라는 직업은 '저널리즘의 거대한 기구에 접촉하여 현대의 첨단을 걷는 것'이었다. 김기림은 '저널리즘은 모든 문화와 상아탑에 침륜되었고 그것을 거부한다는 것은 현대에 향하여 동작할 것도 동시에 포기하는 것'을 의미한다고 주장한다. 해외 문예의 동향을 일본과 거의 동시에 수용했고 국제적인 감각의 문화 수준을 가지고 있었던 김기림으로서는 '저널리즘'은 가치를 초월한 엄연한 현실로 이해되었다. 우리 문화는 저널리즘이라는 창을 통해 들여다볼 수 있고 보아야 하는 대상이었다. 현대인은 저널리즘이라는 창을 통해 세계의 움직임을 기민하게 포착하지 않을 수 없는 현실에 직면해 있다는 것이다. 폭풍처럼 휘몰아치는 저널리즘의 속도는 김기림의 기자로서의 예민한 촉수를 건드리고, 동물적 감수성을 충분히 자극하고도 남았다. 그의 판단은 신문기자로서의 현장감에 근거한 것이었기에 그만큼 생생하고 현실감이 있었다. 저널리즘이 현대인의 생활을 폭풍처럼 휘몰아 갈 것임은 적어도 '언론인' 김기림에게는 분명한 진실이었다.

이무영[36]은 조선의 특수성을 문단 형성과 신문사와의 관계로 인식하고 있다.[37] '조선과 같은 곳이 아니면 신문사와 문단과는 아무런 관련이 없다. 순문예지가 없는 조선에서 신문은 우리의 활동과 끊지 못할 큰 인연을 가지고 있다.'고 주장한다. 조선과 같이 문학 운동을 지원하고 원조할 정부(국가)의 부재가 언론과 문단의 관계를 지속시키고 있다는 것이다. 외국의 경우, 순문학 운동이 정부의 이해와 지원 아래 있다면 신문은 대중문학과 손을 잡고 오히려 문학의 건설을 박해하기 십상이라는 것이다. 따라서 '문예운동에 박차를 가할 만한 사회가 없고 자원이 없고 발표기관이 없는 조선에서의 신문 기업은 좀 더 우리의 문학 건설을 위하여 기여함이 있

---

35 졸고, 「김기림 수필에 나타난 일상성」, 『한국 모더니즘 문학의 근대성과 일상성』, 다운샘, 1997 참조.
36 『동아일보』 기자로 활동했고 『먼 동이 틀 때』 등 신문 연재소설을 남겼다.
37 이무영, 「문단예어, 신문사와 문단」, 『조선중앙일보』, 1934.11.18.

어야 할 것이다'고 보고 '조선의 신문은 외국 신문과 그 역할과 임무가 달라야' 하며 '다른 기업을 초월한 민중의 문화향상을 꾀하는 포부를 가져야 한다'고 주장한다. 문인 기자로서 현장감이 있었던 이무영은 '문학 운동도 또한 문화사업임'을 명시한다. 덧붙여서 '민중의 문화 향상은 오직 문학을 통해서만 가능함을 깨달아야 한다'고 신문 경영의 공익성을 주장한다. 신문사에서 주최하는 스포츠 경기에 지면을 전적으로 제공하거나 부인란을 화려하게 꾸미면서 독자를 끌어들이던 1930년대 신문의 전반적 상황은 문학의 위축과 문예잡지 한 권 없는 문학의 위축에 대비되었을 것이다. 그러나 '신문사 주최의 운동경기가 막대한 비용을 희생하면서도 문예잡지 한 권 내놓지 않는다'는 주장은 타당성이 결여되어 있다. 신문사가 저널리즘의 대표적 기관이라 해도 문예잡지를 발간할 이유는 없는 것이다. 그럼에도 그의 주장이 근거 없지 않았던 것은 조선 신문사업의 공공성과 견고한 특수성에 기인했다. 그 인식은 신문 초창기부터 1930년대에 이르기까지 공고했다. 특히 문인 기자들이 신문사에 발을 붙이고 있는 한에서 그것은 하등 이상할 것이 없었던 것이다.

『조선일보』, 『동아일보』가 폐간된 1940년은 민간지 탄생 20주년이 되는 해였지만 그 해 8월 10일 두 민간신문이 자취를 감추게 된다. 민간지 20주년을 기념하는 논설은 『조선일보』 지상이 아니라 그 '자매지'인 『조광』지 특집에서 행해진다. 조광은 초기에는 문인들과 지식인들이 쓴 수준 있는 글이 게재된 종합잡지의 성격이 강했다. 일제 말기로 갈수록 표지사진으로 총독의 인물사진이나 활동사진, 군사훈련을 받는 일본 군대 사진을 싣고 신체제 옹호나 일본 정책을 선전하는 글을 적극적으로 싣는다. '친일적 성향'을 드러냄으로써 잡지 발간의 명맥을 이어가는 현상이 뚜렷이 목도된다. 민간신문 폐간 다음 달에 나온 조광 1940년 9월호[38] 지면에

---

[38] 잡지 발간이 원고검열제에서 신문지법으로 전환되었음을 알 수 있다. 방응모, 「권두언: 조광사 혁신의 변」, 『조광』, 1940.9, 18~19면.

는 민간신문 20주년에 대한 특집 글이 게재되어 있다.

임화는 이 특집호에서 민간신문의 지방과 중앙의 문화적 교섭, 민중적 문화의 창달, 교육기관 설립의 계몽, 사회활동의 보도 및 선양 등에 있어 의미 있는 역할을 해 왔고, 특히 의견의 발견과 의견 교환의 장을 마련함으로써 민중에게 하나의 방향성을 제시했다고 주장하고 있다. 특히 학예면 기능에 대한 적극적인 평가를 하고 있는 점이 주목된다. 그는 비평과 이론, 장편소설의 탄생과 발전 및 보급에 끼친 학예면의 공헌은 무엇보다 적극적으로 평가할 일임을 명시했다.39 민간지의 역사를 단순한 사업 시기와 상업으로서의 의의와 지위를 획득한 시대를 갈라서 보는 것에 대해 주의를 놓지 않은 임화는, 민간지가 조선어 문자 보급과 조선어 문학 활동에 상당한 역할을 했음을 강조한다.

같은 지면의 특집에서 김남천은 저널리즘과 아카데미즘을 이분법으로 놓고 그 양 속성에 일상성과 시사성, 그리고 전문성을 대입시킨다. 문학이 발표와 인정에 대한 욕망에 바탕한 것이어서 본질적으로 저널리즘적 속성을 띠지 않을 수 없다고 주장한다. 즉 표현 현상인 문학 행위는 보도 현상과 전달이라는 저널리즘의 속성을 동시에 공유할 수밖에 없다는 것이다. 그는 특히 새로운 문학의 형성이 저널리즘의 형성과 거의 동시기에 있었고, 비교적 질서 있는 둔단의 분위기가 형성된 것은 민간신문의 영향 때문이었다고 강조한다. 그는 저널리즘의 양 축을 잡지와 신문에 두면서 그것의 형성이 상업과 계몽의 동기에서 비롯되었음을 밝힌다. 저널리즘 본연의 입장이 계몽이었던 시대 분위기에서 상업적인 성격이 짙은 잡지보다는 계몽의 성격이 더 뚜렷하고 즉각적인 효과가 있는 신문의 역할이 강조될 수밖에 없다는 것이다. 따라서 신문이 문학의 생장에 있어서나 문단적 질서와 전통의 양성에 있어

---

39 임화, 「민간지의 20년: 신문화와 신문」, 『조광』, 1940.9, 78~79면.

절대적인 영향력을 가질 뿐 아니라, 문학 작품의 근본 성격을 산출하는 기능까지 했던 것이다. 그래서 장편소설, 비평, 평론은 저널리즘의 기반 없이는 성립되기 어렵다고 본다.

> 비평은 주로 신문 학예면을 통하여 성장되었고 사설이나 기타 모든 논설이 쩌널리즘의 기본 성격인 크리티시즘의 색채를 희박하게 하고 있을 때 비평의 영역을 직히려 애쓴 것은 문학적인 비평뿐이었다. 조선에 있어서의 문학 비평의 운명은 그의 출생에 있어 태반 결정된 것이었다. 사회적인 정치적인 비평까지를 문예비평이 대행하였다는 것 이것은 간과치 못할 특질의 하나였다.[40]

1930년대로 오면서 정치적이고 정론적인 사설이나 기사를 게재하기 어려워지자 그 역할을 대신한 것은 문예비평이었다. 정치, 경제, 사회면이 맡아야 할 많은 비판적 기능을 문학비평이 대신했다는 것이다. 그것은 학예면이 갖는 비정치적 성격 때문에 가능했는데, 학예면은 바로 그 비정치적 지면의 성격을 정치적으로 이용할 수 있었다는 것이다. 문예비평의 지나친 정론성도 바로 이 점에 기인한다. 이태준도 그러하지만 김남천, 임화 등의 문인들에게 당시 민간신문의 폐간은, 문학이 생산되는 토양과 발표 지면의 상실, 문단의 상실, 모국어의 상실이라는 제 국면의 상실을 의미하는 것으로 받아들여졌다. 신문이 문학의 생장과 문단 질서의 형성을 가져왔다고 보았기에 신문의 폐간은 일종의 문학 인프라가 와해되는 경험과 유사한 것이었다.

학예면이 정론성의 보고로서, 조선어 보급의 매체로서 역사적 의의가 인정되기도 했지만 동시에 그 비판도 만만치 않았다. 신문 학예면을 '쓰레기통을 거꾸로

---

[40] 김남천, 「민간지의 20년:신문과 문단」, 『조광』, 1940.9, 95면.

덮어쓰고 나오는 광경'으로 표현한 김문집의 비판에서 보듯 당대 민간지 학예면은 인맥 만들기나 외국문화 담론의 무분별한 수입, 표절 문제 등에서 자유롭지 못했다.[41] 김문집은 그 특유의 독설로, '학예면은 일본이나 서양의 문학 신문이 아니고는 이해하기 어렵다. 조선 동아 학예면이 조선평단의 최고 수준이라는 평가와는 달리 난해한 용어와 해독되지 않는 문장을 사용하면서 최고의 수준을 포장하고 있'다고 비판하고 '차라리 평단을 파괴하자'고 주장한다. 김문집은 학예면이 몇몇 엘리트 집단들에 의해 주도되면서 외국 문예이론의 수입경연장처럼 비쳐진 것뿐 아니라 저널리즘이 문학 집단의 권력적 행위의 토대가 된다는 점을 비판한 것이다. 학예면을 중심으로 한 파벌 형성 비판은 좀 더 복합적인 측면을 가지고 있었는데, 그것은 '세대논쟁', '욕설 비평 논쟁', '비평가와 작가(소설가) 논쟁' 등의 성격을 띠고 있어서 한 마디로 규정하기는 힘든 것이었다.

학예면 비판의 또 다른 이유는 표절행위와 같은 비양심적 문자행위를 양산한다는 데도 있었다. 저널리즘 폐해의 주체로 지목된 것은 신문이나 잡지 다 마찬가지인데, 그 비판은 결국 지면 관리자 혹은 편집자의 권력적 측면과 관계가 있다. 『조선문단』, 『조선시단』과 같은 잡지에서 추천제를 남발하여 많은 문사를 생산해내고, 신문 학예면은 이기적 파벌주의를 조장하는 폐품을 점차 확산시키며, 어린 문사 지원자들은 표절을 통해 출세할 수 있는 길을 잡지 추천 응모나 학예면 기고를 통해 모색한다는 것이다.[42] 이처럼 문단 권력적 구도가 학예면을 통해 이루어졌다는 지적은 일견 일리가 있다. 많은 문인들이 학예부를 비롯한 사회부, 정치부 기자 생활을 했고 문인 언론인들을 중심으로 문학 단체가 조직된 바도 있다. '구인회 동인'들이 신문 (학예면) 기자들을 중심으로 구성되었다든가, 이들이 프로 문학의 이

[41] 김문집, 「평단파괴의 긴급성 : 3대 신문 학예면을 중심으로」, 『조광』, 1936.6, 281면.
[42] 김기림, 「표절행위에 대한 저널리즘의 책임」, 『전집』6, 96~100면.

념적 대항 집단이 되었다든가 하는 지적은 이 같은 점을 반영한 것이다. 그러나 그것은 '정치적 조직'을 위한 물적 토대로서 기능했음을 의미하기보다는 1930년대 문인기자의 전면적 등장과 함께, 문예물의 발표지면으로서의 역할을 할 수밖에 없었던 저널리즘의 환경에 기인한 바 크다.

실제 중앙 문단을 지배한 것은 이들 문인 기자 집단의 권력적 상관관계였던 것도 확인된다. 서정주는 '그때나 이때나 문단은 서울의 신문사, 잡지사 가운데서 주로 운영되고 있어서 이 시골의 선비에게 자세한 눈을 보낼 겨를이 없었다'고 말하고, 김영랑에 대한 평가가 부진한 이유를 들어 서울 중심 문단의 비평적 경향을 비판했다.**43** 신문 학예면이 활성화되고 문인 기자 집단이 본격적으로 등장하는 1930년대 문인 기자들의 학예면 장악은 더욱 눈에 띤다. 김기림, 이원조, 이태준 등의 신문 제작 참여 또한 순문학적 경향과 모더니즘 경향의 문단 활성화에 크게 이바지한 것으로 판단된다. 따라서 강진을 떠나지 않고 중앙 문단 활동을 거의 하지 않았던 김영랑의 평가가 해방 전에 부진했던 이유가 문단과 신문 매체의 결합 관계에서 비롯된 것이라는 지적은 일면 타당하다. 프로 문단이나 모더니즘 문단이 활성화 된 것은 이들 문인들의 신문 지면의 참가와 밀접하게 관련되었던 것이다. 그러나 먼저 프로 문단, 해외문학파, 모더니즘 문단 등의 '문단 권력 구조'가 신문 저널리즘의 내·외적 상황과 긴밀하게 연결되고 있다는 점은 전제되어야 한다. 이 점을 놓친 상태에서 '권력 운운'은 문학적 권력이 마치 절대적인 힘을 발휘하고 있었던 것처럼 비쳐지는 모순을 안게 되는 것이다. 우리 문학에서 문단의 형성은 저널리즘의 토대 위에서 가능했고,**44** 1930년대 문단 또한 저널리즘이 처한 시대적 상황에서 배태된 것이다. 저널리즘을 통한 문인들의 상호 관계 및 활동은 이 같은 정치적 제약

---

43 서정주, 「영랑의 일」, 『현대문학』, 1962.12.
44 신경순, 「저널리즘과 문학」, 『철필』, 1930.7, 34면.

하에서 이루어지고 있다.

4. 저널리즘 문학으로서의 연재소설의 운명과 그 비판

학예면 비판이 집중적으로 가해지는 상황에서도 신문문예의 중심 장르인 연재소설은 융성기를 맞는다. 문인이면서 기자였던 김기림이 저널리즘의 폭풍 속에 서 있는 예민한 문학 장르로 지목한 것은 신문소설, 곧 신문 연재 장편소설이었다. 김기림은 당시 신문소설의 융성을 두고 '신문소설 『올림픽 시대』'라 규정한다. 김기림이 이 글을 썼던 1932년 12월에 3대 일간지인 『조선중앙일보』, 『조선일보』, 『동아일보』는 경쟁적으로 신문소설을 싣고 있었다. 『조선일보』는 홍명희의 『임거정전』, 최독견의 『명일』을, 『동아일보』는 이광수의 『흙』, 방인근의 『마도의 향불』, 그리고 『조선중앙일보』는 염상섭의 『백구』를, 그리고 『매일신보』 또한 김동인의 『해는 지평선에』를 연재하면서 독자들로부터도 상당한 호응을 받았다고 김기림은 전한다. 그는 이처럼 신문 연재소설이 앞으로도 상당한 시간을 두고 '소시민층의 다정다한한 독자들을 울리고 웃기고 감탄시키며 감취시킬 것'이라 예견했다.[45]

김기림의 예언대로, 1930년대 신문 연재소설은 카프 해산 이후 문학의 이념적 근거가 사라지고 저널리즘이 상업적 전성기를 맞게 되면서부터 성행한다. 1930년대 중반기까지는 대체로 신문연재소설 작법에 관한 글이나 연재소설 비판을 통한 저널리즘 비판이라는 형태로 나타난다.[46] 그러나 후기로 갈수록 그것의 장르적 성격이나 그것을 소설 양식의 본질과 그 변화에 맞추어 논의해 보려는 시도들이 나타난다. 본격소설 논쟁이나 대중소설 논쟁이 강력하게 대두하는 것도 이 때문이다. 임화, 이원조, 김남천 등이 이 논의에 불을 당겼다.[47] 거기에는 신문 연재소설이 대

---

[45] 김기림, 「신문소설 올림픽 시대」, 『전집』 165면.
[46] 윤백남, 「신문소설 그 의의와 기교」, 『조선일보』, 1935.5.14; 김동인, 「신문소설은 어떠케 써야하나: 신문소설이라는 것은 보통소설과는 다르다」, 『조선일보』, 1933.5.14.
[47] 임화, 『문학의 논리』, 서음사, 1989; 이원조, 「장편소설의 형태」, 『조광』, 1940.11, 218~224면.

체로 대중적이고 통속적이라는 일반적인 평가와는 달리 장르의 운명이 매체 특성의 변화와 시대적 성격과 관련된다는 데 대한 인식이 나름대로 깔려 있다.

특히 이원조의 관점을 주목할 수 있다. 그는 문학으로서의 주체성이 지켜졌던 춘원의 시대에 저널리즘은 문학의 자율성을 구속하지 못했고, 오히려 문학이 저널리즘을 구성하는 일요소가 되었다고 본다.[48] 이원조의 이 글은 2년 전에 발표했던 「신문소설분화론」(조광, 1938. 2)의 연장선상에 있는 것으로, 신문소설의 분화과정을 긍정적으로 전망한 전의 글에 비해 장편소설(신문 연재소설) 장르의 역사적 전망이 좀 더 강조되어 있다. 양대 민간지가 폐간된(1940년 8월) 얼마 뒤 쓴 것이어서 장편소설 장르에 대한 역사적인 인식과 개인적인 비장감이 깔려 있다. 그는 신문 연재소설을 역사적 구성물로 보면서 그것의 형태적 발전과정을 추적한다. 그는 장편소설이 신문에 의거해서 쓰여져 신문 연재소설과 동의어라는 점을 강조하고, 양대 신문의 폐간이 장편소설의 형태와 운명에 큰 타격을 가하게 될 것이며 따라서 새로운 활로를 모색하지 않을 수 없다는 전망을 피력한다. 그의 평가는 객관적이고 분석적이다.

그는 장편소설이란 신문 연재소설이므로 서양에서의 장편소설의 형태와는 다른 특수한 성격을 갖는다고 말한다. 따라서 저널리즘 문학의 특징으로 꼽는 대중성, 시속성, 명의성을 굳이 신문 연재의 부산물로 보기보다는 현대생활 문화의 특징으로 보고 저널리즘의 본종인 신문에서 그것이 '뉴스'처럼 나타나는 것은 당연한 것이라 주장한다. 교훈이나 모랄을 강조하는 계몽적 소설에 비해 '애욕, 스릴' 등이 신문 연재소설에 자주 나타나는 것은 현대인의 복잡하고 조급한 삶이 소설 내용에 반영된 것으로 파악한다. 따라서 신문 저널리즘이 '대중성, 흥미성'의 죄과를 짊어질

---

[48] 이원조, 앞의 글, 218~224면.

필요가 없다는 것이다. 그는, 대중적 흥미를 어떤 눈으로 어떻게 보고 비판할 것인가가 더 중요하다고 평가한다. 이원조는, 양대 신문의 폐간은 장편소설이 결국 전작장편의 형태로 발표될 수밖에 없는 결과를 낳을 것이라 전망하면서 장편소설의 운명을 역사소설로 예견했다. 대중의 흥미를 끌 만한 생활면이 협소해지는 시점에서 장편소설이 제재의 빈곤을 겪고 결국은 과거의 시간으로 돌아갈 수밖에 없다는 것이다. 이원조의 주장은 장편소설의 매체적·역사적 특성을 지적한 것이다.

김남천은 신문연재소설에 대해 이론적인 관심을 지속적으로 가졌던 작가이다.[49] 그는 문학 장르의 운명을 저널리즘에 기인한 것으로 보고 장편소설이 신문 연재소설로밖에 발전할 수 없다는 점을 강조한다. 이 글의 말미에 8월 29일이라는 부기가 있는 것으로 보아 이 글은 폐간된 지 20일이 지난 시점에 작성된 것인데, 김남천은 두 민간신문의 폐간이 저널리즘과 문단과의 관계가 전혀 새로운 국면으로 나아갈 것임을 보여준다고 예견하고 있다. 하지만 그것이 구체적으로 무엇인지는 밝히지 않았다. 단지 수년 전부터 나오기 시작하는 전작 장편소설의 출현이 자신의 '조잡한 성찰'을 예견해주고 있을 뿐임을 조심스럽게 밝혔다.

임화나 이원조, 김남천 등이 제기한 문제는 결국 1930년대 이후 저널리즘이 우리 문학의 장르적 운명을 결정짓는 하나의 중요한 요소가 되고 있음을 지적한 것으로 보아야 할 것이다. 저널리즘이 반드시 순문학의 적대적 요소로 인식되지 않았다는 점은 기억될 만하다. 1930년대 들어서서 신문 연재소설이 신문 지면의 중요 구성 인자가 되면서 『조선일보』 등은 신문소설 심사위원회를 조직하고 인기 작가를 선별하는 등의 조직적인 기획을 하게 된다. 신문 연재소설은 독자들을 끌어들이는 흡인력 있는 도구로 인식되었다.[50] 이미 저널리즘과 소설은 깊게 밀착되어 시스템

---

[49] 조남현, 『한국현대소설유형론 연구』, 집문당, 1999, 161면.
[50] 김남천, 「작금의 신문 소설:통속소설론을 위한 감상」, 『비판』, 1938.12.

화되고 있었다. 1930년대의 저널리즘 문학은 단순히 원고료를 아끼기 위해 문인 기자가 신문 소설란을 메우던 1920년대의 수공업적 시스템을 벗어나고 있었다고 볼수 있다. 1930년대 신문 학예면의 중요한 변화이다.

신문 연재소설이 확고한 입지를 확보하게 되는 것은 김말봉의『찔레꽃』에 와서이다.51 임화나 이원조는 다 같이 이를 진정한 '대중소설'이라 적극적으로 평가하고 있다. 시사성과 대중성, 그리고 상류 계층의 풍속도가 잘 반영되어 있다는 점 때문에 신문소설로서의 요건을 충족시켰다는 것이다. 현대의 평자들이 '애정 갈등을 기본으로 한 통속소설'로 간주한 이 소설이 임화나 이원조에게 당대의 독자들의 마음을 움직인 대중소설로 평가되고 있는 점은 당대 신문 연재소설을 바라보는 한 기준이 된다. '대중소설'과 '통속소설'은 다른 개념적 범주를 지닌 용어였던 것이다.52 따라서 대중소설과 통속소설의 개념 구분이 건저 이루어진 다음, 저널리즘과 신문 연재소설의 관계에 대한 긍정적인 면과 부정적인 면이 객관적으로 평가될 수 있을 것이다.

신문 연재소설은 장편소설과 등식으로 이해될 만큼 신문 저널리즘과 장르의 운명은 밀접하게 관련되어 있었다. 발표 매체가 제한적일 수밖에 없었던 당시 신문은 다른 대중 종합 잡지와 함께 소설 연재가 가능했던 몇 안 되는 매체였다. 이 점은 임화나 이원조 등에게서 이미 지적되고 있다. 문학의 상업화가 저널리즘의 결과이고 통속소설의 도식적 성격이 신문 연재 때문인가 하는 것은 섣불리 단정할 수 없다.53 신문소설에 대한 비판적인 시각에도 불구하고 실제로 신문소설이 타 소설에 비해 통속적이라는 주장은 설득력을 얻기 어렵다. 많은 장편들이 신문 연재소설로 발표되었다는 점에서, 발표지면이 신문과 몇 줕지 등으로 제한되어 있었던 사실

---

51 『조선일보』, 1937.3.31~10.3.
52 김동인은 '신문소설과 흥미중심의 소설은 다르다'고 주장한다. 김동인, 「신문소설은 어떠게 써야 하나: 신문소설이라는 것은 보통소설과는 다르다」, 『조선일보』, 1933.5.14.
53 아놀드 하우저, 앞의 책, 현대편, 17면.

에서 그러하다. 조선일보에 장편 『황혼』을 연재(1936.2.5-10.28)했던 한설야는 신문소설을 비예술적이며 통속적인 것이라는 통념에 대해 비판하면서 신문소설을 통해서도 고급소설, 예술소설, 본격소설 등에 도달할 수 있다고 주장한다.**54** 염상섭이나 채만식의 장편들은 신문 연재소설로 발표된 것들이 많다. 김기림은 '염상섭은 열 손가락으로 꼽을 만치 많은 신문소설을 썼다' 고 말한다. 소설의 '통속적 성격' 을 들어 그것이 신문이라는 발표 매체의 특성에 기인했다고 평가하는 것은 매체의 특성이나 제도적 · 역사적 성격을 고려하지 않은 탓이다. 카프 해산 이후 문학의 이념적 성격이 내면화되고 성격과 운명이 분리된 시대정신과 맞물려 있었다고 보는 당대의 평가가 한 가지 준거가 될 듯하다.

　　신문 연재소설을 비롯 학예면을 평가하는 다른 측면은 독자층과의 관계이다. 고급 식자층이 주요 독자층을 이루었던 학예면에 있어 저널리즘과 문예의 관계는 좀 더 심층적인 접근을 필요로 한다. '대중 독자' 를 현재적 의미의 '다수 대중' 으로 이해하는 것은 무리이다. 당시 문자 해독률은 30퍼센트를 넘지 못했다. 대중의 독서는 여전히 방각본 구소설이 대부분이었다.**55** 『조선일보』와 『동아일보』는 양대 민간지로서 경쟁하면서 1925년 이후 신문 지면을 독자의 수준과 취향에 맞춰 증면을 하고 영화와 스포츠 기사, 부인란을 신설해 독서물을 다양하게 싣기 시작한다.**56** 그러나 학예면 기사 중 문예물의 경우는 시각을 달리 할 필요가 있다. 그것은 단순히 정보 전달의 맥락에서 독서가 이루어지지 않는다는 점이다.**57** 예컨대 모더니즘의 이론적 토대를 제공한 김기림의 많은 시론들은 『조선일보』 학예면에 발표된 것들로 그 수준은 지금으로서도 상당히 높다. 난해한 용어와 해독되지 않는 문장으로 '최고의 수준' 을 포장한 당대의 문화 담론을 비판**58**하면서 차라리 평단을 파괴하자

---

54 한설야, 「장편소설의 방향과 작가: 「이야기」로부터 「로만」에」, 『조선일보』, 1938.4.3-6.
55 이기훈, 「독서의 근대, 근대의 독서:1920년대의 책읽기」, 『역사문제연구』 7, 2001, 17면.
56 천정환, 「1920~1930년대 소설 독자의 형성과 분화 과정」, 『역사문제연구』 7, 2001, 76~90면.
57 이준우, 앞의 논문, 82면.
58 김문집, 앞의 글.

는 김문집의 주장도 사실은 학예면의 주요 독자층이 식자층이었고, 게재된 글의 성격도 전문적이고 학술적인 성격이 짙었음을 보여주는 것이라 하겠다. 대중적 독서물로 인식되고 있는 신문 연재소설의 경우, 그것이 현재적 의미의 '통속성'을 지닌 것은 아니었다. 이는 신문 학예면의 '독자 대중'을 규정하는 데 있어 조심스런 접근이 필요함을 의미하는 것이다. 문학 분야에서 사회학이나 역사학계의 '독서의 근대화나 대중화' 논의를 참조할 때 그것의 실증적 치밀성이 뒤따라야 하며 문학 특유의 성격이 전제되어야 한다고 본다. 문학예술의 언어미학적 측면과 수용미학적 측면 또한 동시에 논의되어야 하는 것이다.

5. 문인기자와 문단 형성

1930년대 민간지의 중요 구성원들은 '문인 기자들'이다. 이는 저널리즘 집단의 변모와 밀접한 관련을 맺는다. 1920년대 언론인 집단은 많은 경우 사회주의자들로 이루어졌다. 그들은 1925년 조선공산당 사건과 1928년 신간회 결성의 여파로 망명길에 오르거나 퇴사함으로써 언론계에서 점차 사라진다. '신간회 기관지'로 인식될 만큼 신간회 소속 언론인들이 많았던 『조선일보』는 그 여파가 컸던 것으로 평가된다. 이후 언론사 내에서의 기자들의 정치적 활동은 사실상 금지된다. 이 과정에서 언론의 민족 정론지로서의 역할이나 지사적 전통의 기자상은 많은 부분 소멸되었다.[59] 1935년 카프 해산은 계급주의 문학의 위축을 가져온다. 이것과 맞물려 언론기관에 많은 문인들이 몸을 담게 되고 이들이 일군의 '문인 기자 집단'을 형성하게 되는 것이다.

물론 1930년대 이전부터 문인으로서 기자생활을 했던 경우가 없던 것은 아니

---

[59] 박용규, 앞의 논문, 196–197면.

다. 그러나 그들이 하나의 문단 세력권을 형성하고 있었다고 보기는 어렵다. '신문 초창기에는 언론인이 부차적으로 문인의 역할을 했다'는 평가는 당시 신문의 문예물 게재가 신문 제작의 한 방편으로 이용된 것임을 보여준다. 이인직의 신소설 연재는 문학 그것의 독자적 영역을 인식한 데서 기인했다기보다는 신문 면수를 채우는 기능적인 것이었다. 이인직 자신도 전문적 문인으로서의 자기 정체성을 가지고 있지 않았던 것 같다. 민태원, 최찬식, 조중한 등도 번안소설과 창작소설을 싣기도 했지만 그것은 아직 정통 문예물로 인식되기는 어려웠다. 본격적인 신문 연재소설로 알려진 『무정』은 춘원이 『매일신보』 기자 노릇을 하면서 같은 신문에 연재해 유례없는 인기를 얻었던 것인데, 그것은 당시 경영이 어렵던 언론 상황에서 원고료를 아낄 방편으로 문인들을 활용했던 결과였다.

그러나 1930년대에 들어서면 언론 주변 상황의 변화가 감지된다. 하나는 앞에서 말한 정치적인 상황, 두 번째는 저널리즘이 개화할 수 있는 상업 자본주의의 성장, 세 번째는 카프 해소로 인한 문단 내적인 변화이다. 문인 언론인 집단은 이 과정에서 저널리즘의 전면에 등장하게 되는 것이다.

그렇다면, 1930년대 문인 기자들의 분포와 그들의 실질적 위치 및 관계는 어떠했을까. 한국 언론사에서 문인 기자들의 존재는 뚜렷한 계보를 형성하고 있다. 황성신문이나 초기 『매일신보』의 경우 기자와 문인의 구분은 분명하지 않았고 문사 언론인의 성격이 강했다. 비교적 문인의 정체성을 가진 채 기자가 되었던 사람은 춘원 이광수였다. 1920년대 많은 문인 언론인들이 언론사를 거쳐가지만 집단적인 성격을 가지고 하나의 세력을 형성했다고는 보기 힘들다. 뚜렷한 의식집단으로서의 문인 언론인의 출현은 잘 알려진 대로 1930년대 '구인회' 동인이나 '해외문학파' 들에서 찾아진다. 구인회 동인들에 대해서는 지금까지 다양한 논의들과 성격 규명이 있어왔다.[60] 그들의 순문학적 경향도 지적되었고 카프 해산 이후 사상적 경향이 와해되는 시점을 틈타 문단을 재편했다는 평가도 있어 왔다. 중요한 것은 그들의 순문학적 경향이나 집단적 성격을 가능하게 한 것은 많은 경우 신문 학예면의 성격에서 기인한다는 것이다. 즉 당시 신문 저널리즘의 시대적 성격에 기인한다고 보아야 한다. 학예면은, 보도에서의 흥미성, 상업적 성격을 질적으로 보완하는 역할을 하면서, 한편으로는 정치, 사회면에서의 정론성을 대행하는 역할을 하게 된다. 즉 정치, 경제, 사회 부면이 주의, 주장을 적극적으로 펼 수 없는 것과는 반대로 문화적인 측면에서의 지면 확보가 쉬웠고 그것이 1930년대 신문 학예면의 융성과 질적인 담론의 성장과 확충을 가능하게 했던 것이다. 이 한가운데 문인 기자들의 중요한 역할이 숨어 있었다고 판단된다.

1930년대 언론에 종사했던 문인으로는 『조선일보』에는 염상섭, 현진건, 김동인, 김기림, 채만식, 홍기문, 함대훈, 이원조 등이 있었고 출판부에는 이은상, 윤석중, 백석, 노자영, 노천명, 김래성, 계용묵 등이 있었다. 『동아일보』에는 현진건, 이익상, 주요섭, 윤백남, 이무영, 홍효민, 주요한, 이은상, 변영로, 심훈 등이 있었다. 백철, 조용만, 최학송, 정비석, 이봉구, 조풍연, 이서구, 김소운 등도 1930년대 학예부 기자였다. 이태준은 1935년 무렵에 『조선중앙일보』 학예부장을 맡기도 하였다. 이들 문인기자들은 한 언론사에 지속적으로 소속되어 있기보다는 여러 신문사를 옮겨 다녔다. 직업인으로서의 기자 의식보다는 문인으로서의 자기 정체성이 우선했음을 알 수 있는데 이는 기자라는 직업이 생계적 방편으로 이용된 것과 무관하지 않을 것이다. 1930년대 많은 문인들이 신문사에 몸을 담게 된다. 그런데 정작 그들

60 김윤식, 『이상연구』, 문학사상사, 1987, 156-157면.

이 고민했던 문제도 이 같은 직업관과 소명 의식 사이의 괴리와 관련되고 있다.

언론계에 문인들이 대거 진출하던 1930년대 둔인들에게 생계문제는 문인으로서의 글쓰기의 양심과 상충되는 것으로 받아들여진다. 1930년대 들어서면 대체로 신문 기자라는 직업이 전대에 비해 비교적 안정된 생활을 누릴 수 있는 방편으로 인식되어 많은 문인 기자들이 기자라는 직업과 창작생활을 겸하게 된다. 그러나 그 '안정성'은 상대적인 것이어서 문인기자들의 대부분은 생활의 궁핍감에서 벗어나지 못했던 것으로 보인다.[61] 그들에게 좀 더 본질적인 문제는 문인으로서의 양심, 더 좁혀 말하면, 기자로서의 글쓰기와 문인으로서의 글쓰기의 차이를 어떻게 내재적으로 극복하는가 하는 문제였다. 이 문제는 오랫동안 언론인 생활을 했던 염상섭의 글에 비교적 내밀하게 나타난다.

> 예술가에 있어서 기자생활함으로 말미암아 예술적 양심을 잃거나 속화하여 예술적으로 타락한다고 생각하여서는 아니될 일이다. 기자 생활이란 극무(劇務)요 속무(俗務)가 아님이 아니지만 그렇다고 극무, 속무에 종사하는 사람은 모두 속화하고 악화하고 사람으로서나 예술가로서의 양심이 마비되는 것은 아니다. 하물며 다른 직업과 달라서 소위 사회의 목탁이니 여론의 향도이니 무관제왕이니 하는 기자생활에서랴… 그가 만일 문학가인 경우면야 더욱히 자기반성이나 내적 고투가 예민하니만치 조신(操身)과 열심(熱心)에 청고(淸高)를 자기(自期)하는 노력이 많을지니…[62]

'장엄한 자로서의 문인'이라는 작가의 존재론적 태도는 생활인으로서의 기자라는 조건과 충돌을 겪을 수밖에 없었다. 저널리즘이 세속적 성격의 매체로 평가되

---

61 조용만, 『울밑에 핀 봉선화야』, 범양사 출판부, 1985, 141~173면.
62 염상섭, 「기자생활과 문예가」, 『철필』, 2-1, 1931.2, 16면.

면 될수록 '고고한 작가'로서의 문인들의 자기 기만은 피할 수 없는 것이었다. 문인 역시 기껏 직공 내지 기술자에 불과한데도 '고귀하고 존경받는 존재'로 이해되고 있는 것[63]이라는 이원조의 지적은 일종의 자기 항변이 아닐 수 없다. 문인 기자들의 자기 인식이 작가적 상처와 생계적 방편 사이에서 흔들리고 있었던 것이다. 이는 1930년대까지도 저널리즘의 성격을 지사적이고 계몽적인 것으로 규정하고자 했던 것이 주요 원인이었다. 1950년대 문인 기자들의 전통이 사라지는 것은 문학적 글쓰기와 저널리즘적 글쓰기의 성격이 대립[64]된 데도 그 원인이 있겠지만, 문인으로서의 자기 정체성이 언론 기자라는 직업과 사회적으로, 존재론적으로 대립된 것에 본질적인 원인이 있을 것이다. 문인 기자들이 중심이 되었던 1930년대와, 문인기자의 전통이 사라지는 1950년대 이후[65] 문학 담당층의 변모를 언론 매체의 상황 변화와 관련지어 생각해 보는 것은 추후 연구의 한 과제가 될 것이다.

이무영 또한 이러한 문제를 기자와 문인의 이중적 지위를 어떻게 해결해 나갈 것인가 하는 문제로 풀어나가고 있다. 그는 '우리를 빛내고 우리만의 것을 건설한다는 신문이어든 다소의 손을 보더라도 건전한 문학 건설을 위해 공헌해야 한다'고 전제하고, 특히 문제점으로 신문 사원의 타 신문, 기타 기관지에 집필을 제한한다는 것을 지적한다. 경제부나 사회부 기자가 타 신문에 원고를 제공하는 것은 있을 수 없으나 문예면 기사는 성격이 다르다는 것이다.

여러 가지 불리한 조건 밑에서 조선의 문인은 그 대부분이 신문사의 봉급으로 생활을 보장하여 가고 있다. 지면 제한되어 1년에 2, 3차밖에는 지면 얻지 못한다. ── 더욱이 그 문인이 작가인 경우에는 더 괴로운 일이 발생한다. 신문 이외에 발표할

---

63 이원조, 「순수문학과 대중 문학 문제」, 『조선일보』, 1933.3.15, 13−20면.
64 서구 지식인들 사이에서도 이 둘의 대립은 고민거리였다. 사르트르와 바르트, 라카르두 등에게서 확인된다. 산문과 시, 문학어와 일상어, 지식서사(écrivant)와 작가(écrivain), 정보제공자와 작가 등의 용어가 이와 관련이 있다. 김병익, 「작가란 무엇인가」, 『문학의 새로운 이해』, 문학과 지성사, 1996, 32−33면.
65 정진석, 「인물로 본 한국언론 100년−문인 언론인들−해방 이후」, 『신문과 방송』, 1992.6.

44　문인기자 김기림과 1930년대 '활자−도서관'의 꿈

기관이 없는 조선에서 발표 작품이 있어도 발표하지 못하게 되고 발표한대도 심한 구속을 받지 않으면 안된다.— A라는 작가를 월 50원에 썼다면 A의 신체만은 신문사 『소유』가 될 수 있을지라도 그의 『예술』은 대중의 것이다. 조선의 신문은 무엇보다도 가장 높은 수준의 예술 부양자가 되고 지지자가 되어야 할 것이다. 그리고 본의만은 아니면서도 호구지책으로 신문으로 기어드는 조선의 문인을 좀 더 우대하고 고주라는 지위를 버리고 문화 건설의 전위대로 자임하여 그네들의 『예술』을 구속치 않을 만한 도량이 있어야 할 것이다. 쭉쭉 뻐더나는 『예술』을 불과 기십평되는 사옥 안에 감금할 필요가 어데 있는가.**66**

이는 기자가 곧 문인이어서 발표 지면과 기자의 신분이 문제된 1930년대의 문인기자의 존재론적 상황을 의미한다고 보인다. 문인 기자들은 직업인으로서의 '기자' 보다는 '문인' 으로서의 정체성에 강조점을 두었다. 다른 신문에 원고를 제공할 수 없는 사회부나 정치부 기자와는 다른 점이라고 이무영은 판단하고 있는 것이다. 이 같은 모순은 1950년대 이후 직업적 분화가 이루어지면서 문인이 점차 기자로서의 직업으로부터 분화되는 시기에 사라지는 것으로 보이지만 1930년대 문인 기자들의 상황은 직업과 문예 종사자라는 모순적 상황에 처해 있었던 것이다. 신문사가 경영 차원이 아니라 도덕과 계몽의 차원에서 건실한 문예잡지를 발행할 도량이 필요하다는 인식도 문인의 자기 정결성에 대한 옹호의 차원에서 나왔다고 보인다.

기자와 문인의 직업적 분화가 이루어지지 않은 탓에 소속 언론사에서의 기자로서의 집필 활동과 문인으로서의 집필 활동은 충돌을 겪을 수밖에 없었다. 각 신문사 소속 문인은 타 신문사에 집필을 하지 않았다.**67** 그것이 강제적이었는지는 정

---

66 이무영, 「문단예어, 신문사와 문단」, 『조선중앙일보』, 1934. 11. 18.
67 염상섭, 「최근 학예난의 경향」, 31면.

확하지 않는데, 그러나 좀 더 실질적인 이유는 증면으로 학예면이 늘어나면서 타 신문사에 작품을 발표할 여유가 없다는 것이었다. 실제 당시 발표지면과 문인기자들의 작품의 관계를 보더라도 '타사 발표 제한'은 엄격한 것은 아니었던 듯하다. 오히려 문인기자들은 소속 언론사의 학예면에 더 많은 발표 기회를 얻었던 것으로 추정된다. 김기림은 사회부 기자였지만 『조선일보』 학예면을 중심으로 문학 활동을 했고 당대 『동아일보』, 『조선중앙일보』 등의 지면에도 그의 글이 실린 것을 확인할 수 있다. 전반적으로 발표 지면이 제한되어있었던 당시에 문인 기자들은 자기가 속한 신문사의 학예면 기고가 용이했던 것이다. 그뿐 아니라 문단 형성에서 친소 관계가 학예면을 통해 두드러지게 나타나고 있는 것도 이 같은 점을 반영한 것이다.**68** 구인회나 해외문학파 문인들이 학예면에 많은 글을 실을 수 있었던 것은 문인 기자로서의 역할에서 가능했던 것으로 보인다.

문인 기자 집단들은 당시 프로문학의 퇴조에 쐐기를 걸고 그것에 대항해 순문학적 경향과 부르주아지적 특성을 살려가면서 문단 권력을 행사하는 것으로 이해해왔다. 하지만 그 권력은 상대적인 것이었고 허약했다. 세계 정세의 변화, 검열의 강화와 같은 내·외적 환경의 열악함 뿐 아니라 프로 문학의 퇴조와 같은 문단 내적인 변화에 따라 문인 기자들의 '위상' 또한 공고한 것이 아니었다. 분명한 것은 저널리즘의 대사회적 가치 변화와 속성이 그들 문인 집단들의 존재론적 사회적 조건을 결정지었다는 점이다. 외부적인 상황의 열세는 저널리즘의 속성을 변화시키고 그에 따라 문학 담론의 중요한 생산지인 학예면 또한 순문학과 탈이념의 문화적 담론들을 요구하게 되었다. 그 과정에서 이들 문인들의 집합과 이산이 이루어졌던 것이다.

---

68 1935년에 나온 백석 시집 『사슴』의 출판 기념회의 참석자들은 김기림 홍기문, 이원조, 노자영 등 대부분 『조선일보』의 문인기자였다. 『조선일보』 1936년 1월 28일자 '白石氏 詩集 「사슴」 出版紀念會. 二十九日에' 기사에서 확인된다.

6. 수필, 시론, 조선학 운동

신문 학예면은 문인기자들의 입사로 문학 담론의 중요 생산장이 되고 이로써 1930년대 문단과 문학 경향은 중요한 변화를 보인다. 신문 학예면의 활성화가 문인 기자들을 중심으로 이루어졌다는 것은 김기림의 『조선일보』 입사가 단적으로 보여준다.

1930년에 들어서면서 저널리즘 사회에 몇 가지 제도적인 장치가 실험되는데, 그 중 하나가 공채 제도이다.[69] 그전까지 기자 선발은 '가내수공업적' 인사 채용의 성격이 짙었다. 경영진의 친인척이나 지연, 학연이 있는 사람들이 기자가 되었던 것이다. 1920년대에도 기자들의 학력 수준은 상당히 높았지만 민간지 경쟁이 치열해진 1930년대에 오면 저널리즘에도 직업적 전문성이 요구되어 많은 유학생 출신 문인들이 기자가 된다. 문인 기자들이 모두 학예면을 담당했던 것은 아니었다. 현진건, 김기림처럼 처음 사회부에 소속되어 기자 생활을 한 경우도 있었다. 그러나 이들 문인 기자들은 학예면 구성이나 학예면에 실리는 글에 영향을 끼쳤을 가능성은 높아 보인다. 예컨대 김기림의 많은 글이 학예면에 실렸고, 학예면 기고자들은 그와 교유관계에 있던 문인들이다.[70] 지금까지 김기림 연구가 제한적이었던 것은 언론인으로서의 김기림을 조명하지 못했던 탓이다. 김기림은 주로 모더니즘 이론을 소개한 비평가이자 『기상도』의 시인으로 알려졌을 뿐이다. 그러기에 그의 글은 모더니즘담론과 그것의 한계를 노정하는 것으로 규정되곤 했다. 그러나 그의 글은 많은 경우 1930년대 신문 학예면의 담론 층위와 매우 밀접한 관계를 가지고 있음을 간과할 수 없다.

김기림은 1930년 4월 16일 처음으로 실시한 『조선일보』 공채 시험에 합격해 사회부 기자로서 기자 사회에 첫 발을 내디뎠고 후일 학예부장이 된다. 당시 김기

---

79 이후 공채 제도가 지속적으로 이루어지지는 않았고 그것이 제도적으로 정착된 것은 해방 이후이다.
70 이원조, 안회남 등 『조선일보』 학예부 기자들을 하나의 집단적 실체로 간주한 예도 있다. 조용만, 앞의 책, 137면.

림은『신동아』,『동아일보』,『삼천리』,『동광』등에도 글을 발표하고 있는데, 시, 수필, 시론, 문예비평, 시평 등 대부분의 글은『조선일보』학예면에 실린 것이다. 특히 1934, 5년경『조선일보』에는 그의 주요 저작인『시론』등을 포함한 중요한 글들이 실려 있다.[71]

김기림은 기자와 문인으로 동시에 활동하면서 외국 문예이론이나 지식을 습득하고 그것을 자기의 시각으로 소화해낸 비평들을 썼다. 기자였기에 발표 지면의 제약에서 비교적 벗어날 수 있었을 것이다. 그의 기고문 중 주목되는 것은 시론과 수필, 그리고 시사적인 시평(時評)들이다. 특히 시론(詩論)은 계몽적이고 대중적인 성격을 가지기보다는 한 편의 수준 높은 논문의 성격을 띤 것이다. 현대시 이론의 중요한 토대가 된「오전의 시론」-기초편(1935.4.20-5-2; 속편, 6.4-26))과 기술편(9.17-10.4)이 몇 달의 간격을 두고『조선일보』에 연속적으로 실렸다.「현대시의 발전」(1934.7.12-22),「시에 있어서의 기술주의」(1935.2.10-14) 등의 중요 논문들은 그가 기자가 된 1930년대 이후 집중적으로『조선일보』지면에 실린다.

한편, '현실의 이면을 해부'한 그의 수필들은 당시의 학예면이 보여준 한 특징을 반영하고 있다. '도시 풍경'에 대한 글이 많은 것은 백화점, 모던 걸 등 1930년대의 경성의 풍속도에 대한 저널리즘적 흥미를 앞세운 당시 신문의 기획과 무관하지 않다. 신문 기자가 된 직후 그가 처음 발표한 장르는 수필인데, 지금까지 확인된 것으로 가장 이른 시기의 것은「오후와 무명작가들-일기첩에서」(1930.4.27-5.3)이다. 그가 입사한 날짜를 4월 20일로 정확하게 기록[72]한 것으로 보아 입사한 지 일주일 지난 뒤부터 그는 학예면에 기명으로 글을 발표한 것으로 볼수 있다. 특히 그가 발표한 주요 수필들,「찡그린 도시풍경」(1930.11.14),「도시풍경1, 2」(1.촉수 가진

---

[71] 김학동,『김기림 평전』, 새문사, 2001, 42면.
[72] 김기림,「신문기자로서의 최초 인상: 저널리즘의 비애와 희열」.

『데파트멘트』 2.흥분된 『러쉬아워』; 1931.2.21-2.24)에서 김기림은 도시의 풍경들을 조명하고 그것에 비판적인 시선을 던진다. 이는 당시 저널리즘이 대중적 흥미와 현대성(일상성) 비판의 입장을 동시에 가진 때문으로 파악된다. 이를 그들은 '현실의 이면을 해부' 한 것이라 평가했다. 특히 「찡그린 도시 풍경」은 만문만화漫文漫畵[73]의 화가 안석영의 그림과 함께 실렸다. 「봄의 전주곡」(1933.2.22)은 '봄의 전주곡' 이라는 테마 수필의 하나로 이무영, 함대훈, 서광제 등도 이 기획의 필자로 참여하고 있다. 김기림의 수필 중 도시, 봄, 가을, 여성에 대한 글이 많은 것도 이것들이 당대 신문 독자들의 관심과 흥미를 끄는 소재였기 때문이다. 도시풍경이 저널리즘의 좋은 소재거리였고, 계절적 정취를 소재로 한 수필은 신문사 기획의 중요한 테마였다.[74] 도시 문물을 소개한 창경원, 박람회 등의 시도 그가 문인 기자였던 까닭에 가능했다. 기행 수필이 많은 것도 '기행수필' 에 대한 신문독자들의 요구가 많았던 때문으로 보인다. 그의 시가 정지용에 비해 내면적 조강보다는 객관적 풍경을 기술하는 듯한 인상을 주는 것[75]은 대부분 기자로서의 그의 직업과 그것이 학예면을 통해 소개된 것과 무관하지 않은 셈이다.

시론(時論)적 성격이 짙은 「민족과 언어」(1936.8.28)도 '나의 관심사' 라는 테마 기획의 하나로 집필된 것이다. 그 기획에는 박종홍의 「우리의 현실」, 김환태의 「민족의 운명」, 신석정의 「한줄기 역류」, 안함광의 「해즈문협」 등이 같이 실려 있다. 이러한 점을 감안하면, 지금까지 '모더니스트 시인이자 이론가' 로 인식된 김기림의 문학은 '언론인(기자)으로서의 김기림' 의 항목을 새롭게 추가하지 않을 수 없다. 이 책 2부에서 보다 자세하게 논의하겠지만, 우리 근대문학 연구 또한 발표 지면과 저널리즘적 상황을 고려하는 시각이 필요한 것이다.

---

[73] 만화에 짧은 줄글이 결합된 형태로 일본의 '만화만문' 에 기원을 두고 있다. 1930년대 도시풍경을 배경으로 사회와 현실을 비판했다. 안석영을 비롯, 최영수, 김규택 등의 화가가 활약했다. 신명직, 「모던뽀이 경성을 거닐다」, 현실문화 연구, 2003, 6-11면.
[74] 계절적 정취를 살린 수필이 매년 기획되면서 그 대중성과 속취가 비판의 대상이 된다.
[75] 신범순, 「정지용 시에서 병적인 헤매임과 산문 양식의 문제」, 『한국현대시인론 1』, 새미, 2003, 102면.

1930년대 학예면의 구성은 기고자의 면면이나 글들의 성격에도 반영되어 있다. 김기림이 기자 생활을 하던 『조선일보』의 경우 이 점은 뚜렷해 보인다. 우선 필진의 변화가 눈에 띈다. 안자산, 정노풍, 김팔봉, 김안서 등의 구세대 문인들로부터 점차 김기림, 홍기문, 김환태, 이헌구, 함대훈, 이원조 등 문인 기자들로 그 중심이 옮겨가는 것을 볼 수 있고, 박태원, 정인택, 이하윤, 최재서, 안함광, 안회남 등이 지속적으로 글을 싣고 있다. 중기에서 후기로 갈수록 이태준, 정지용, 김남천, 임화 등의 기고자가 눈에 띈다. 최재서, 이하윤, 이헌구, 김광섭 등은 모더니즘 이론가이거나 해외문학 전공자들로서, 해외문학 이론이나 소개에 크게 공헌한 인물들이다. 이들은 한편으로는 학예면을 통해 모더니즘 운동의 토대를 마련하거나 확산시키고 다른 한편으로는 구인회, 해외문학파, 시문학파 등의 활동을 하면서 문단의 중심을 형성해나갔던 것이다. 김남천, 임화, 한설야 등의 활약은 카프 문학 해산기의 정론성 논쟁이나 비평 논쟁의 중요 인물이었다는 점에서 이해된다. 『조선일보』 1931년~1935년 사이에 실린 글들을 비교해보면 분명한 특징이 발견된다. 예컨대 1931년 10월 21일부터 실린 안함광과 백철 등이 벌인 '농민문학론' 등의 글들은 이 시기 학예면이 담당했던 역할을 비교적 분명하게 보여준다. 1930년대 이후 문학 비평의 정론성을 통해 정치 비평의 한계를 극복하려던 당대의 분위기를 보여주고 있다.

1933년 '조선어 철자법 규정'과 때를 같이해서 제기된 '조선어' 관련 논문이나 1934, 5년경 집중적으로 제기되는 '조선학 운동' 관련 글들도 평가할 필요가 있다. 일제의 학적 지배에 대한 위기감과 봉쇄된 정치 운동을 조선학 학술 운동에서 찾고자 한 것으로 평가되는[76] '조선학 운동'은 안재홍과 기자였던 홍기문, 그리고 그 주변에 있던 정인보, 김윤경, 권덕규, 이병기 등 조선학 관련 학자들의 역할이

---

[76] 임형택, 「1930년대 조선학 운동과 오늘의 한국학」, 『한국학의 개념 정립 및 연구 활성화를 위한 심포지엄』 발표문, 서울대 한국문화연구소, 2002.12.3, 4~5면.

컸다. '조선학 운동'이 일제의 식민지 정책의 일환으로 전개된 제국주의적 신민지 학으로서의 '국학 운동'과 역으로 통하는 위험이 내재해 있었던 것도 사실이다.[77] 따라서 당대 저널리즘의 입장에서도 이 문제는 신중하게 다루어져야 하는 것이었다. 앞에서 언급한 조선 저널리즘의 2대 조류 중 전자의 경우에 해당되어 민족적 편견과 비과학적 독단망재獨斷妄裁 하는 류의 기사나 논문이 될 우려가 없지 않았다.[78] 하지만 조선학자들로서는 말살되어가는 조선어와 민족혼을 수호하고자 하는 내적 동기가 강했다. 다산 논의가 활성화 되고 다산 전집이 간행되는 등의 사회적 분위기는『조선일보』학예면에도 반영되고 있다. 당시 사설은[79] '문화적 보편화 및 그 심화'를 위해 '조선의 향토와 전통과 역사와 문화'에 입각해야 함을 역설하고 그것의 바탕을 정약용의 학적 전통에서 찾을 것을 주장하고 있다.

조선어(한글) 인식은 1920년대부터 조금씩 나타나나(「조선어와 우리 임무」, 1928.11.13) 1933년 '조선어 철자법 규정'을 계기로 확대됨을 볼 수 있다. 「한글 정리는 어떻게 할가」(1929.5.28-6.20), 「한글 가로쓰기에 대하야」(1931.5.1-5.9)와 같은 다소 기능적인 글이 실리지만, 중후반기로 갈수록 '조선어 말살'의 위기감이 더해져 조선어(한글)에 대한 가치론적인 인식을 담은 글들이 실리는 것을 볼 수 있다.(조선민족문화의 정화:「한글」의 문화적 가치」, 1929.10.31;「조선어, 조선인과 운명을 가티할 조선어를 사랑하자」, 1935.10.11) 1930년대는 국내외에서 학문적 수련을 닦은 전문 연구자들이 등장해 학회나 학술단체(진단학회 등)를 조직하게 되는데, 홍기문, 방종현 등의 조선어학 학자들 또한 학예면에 학술적인 글들을 싣고 있다. 『조선일보』기자였던 홍기문의 역할이 눈에 띄는데, 그는 「조선어연구의 본령」 (1934.10.5-10.20, 전 10회), 「병서와 쌍서 : 훈민정음의 정당한 해석」(1937.8.29-9.4,

77 현상윤, 「조선학이란 명사에 반대」, 『동아일보』, 1934.9.11; 하루오 시르네 외 엮음, 왕숙영 역, 『창조된 고전』, 소명출판, 2002.
78 이선근, 앞의 글, 20면.
79 사설「서세 백년의 다산선생」, 『조선일보』, 1935.7.16.

전 6회) 등 많은 학술적인 논문을 발표한다. 「훈민정음의 기원과 세종대왕의 반포」(1935.1.1-1.6)를 쓴 권덕규, 「원본 훈민정음의 발견」(1940.7.30-8.4)을 쓴 방종현 등의 역할도 기억할 만하다. 『조선일보』가 대대적으로 벌인 '문자보급운동'에도 이들의 역할이 컸다. 당시 학예면은 1930년대의 조선학 운동에 대한 사회적 관심과 학문적 흐름을 반영하고 있음을 알 수 있다.

카프 해산 이후 신문 학예면의 정론성은 점차 떨어져서 한편으로 조선학, 조선주의 운동의 중요한 장을 마련하지만 다른 한편으로는 문학 담론의 치열성이 거세되고 대신 수필이나 기타 가벼운 읽을거리의 문학 담론을 만들어내는 공간으로 점차 변화를 겪는다. 우리말 어감과 정서를 살린 많은 수필들이 이때 나오게 된다. 여행기나 기행 수필이 유행하는 것도 이 시기로 짐작된다. 이는 일제말기로 갈수록 학술면의 심미적 기사가 증가하는 것과 무관하지 않을 것이다.[80] 수필의 필진들은, 앞에서 언급한, 김기림, 함대훈, 이은상, 안회남 등의 기자들이며, 조직 해산과 회원들의 투옥 등으로 집필을 할 수 없었던 카프 계열 작가들의 이름은 그다지 보이지 않는다. 장덕조, 최정희, 노천명, 모윤숙, 이선희 등의 이름이 여류수필이라는 테마 아래 자주 그 이름이 목격된다.[81] 김기림이나 안석영 등이 보여준 것과 같은 당대 현실의 이면을 드러내는 수필, 곧 도시 풍경을 통한 일상성, 현대성 비판의 성격은 후기로 갈수록 퇴색된다. 퇴영적 감상성과 과거 추억담으로 변질된 수필 문학은 그 격조가 떨어지면서 잡문의 성격이 짙어지고 수필 필진들도 줄어들어 문인 수필보다는 학생 수필이 주가 되고 있다.

실제로 1920년대와 1930년대 수필의 성격을 분석해 보면 분명하게 차이나는 점이 감지된다. 연재소설의 경우가 그러하듯, 수필 또한 1930년대에 들어와서야 좀

---

80 이준우, 앞의 논문, 136면 그래프 참조.
81 여류 수필의 센티멘탈한 감상성이 특히 문제로 지적되기도 한다. 현동염, 「수필 문학에 관한 각서」, 『조선일보』, 1930.10.21.

더 본격적인 문학 장르로 개척된다. 한갓 '잡문'으로 치부되던 수필에서 벗어나 당대의 현실 문제에 깊게 파고 든 김기림의 뛰어난 수필들이 나오는 것도 이 시기이다.[82] 계급문학의 경직성과 정치성이 문단의 경직화와 작품의 빈곤, 욕설 비평의 만연 등으로 문단 내외적으로 문제점이 지적된 것과 동시에 해외문학파들에게서 심경적, 인간적, 고백적 수필 문학이 부상하고 있는 것은 흥미롭다. 그들은 해외 문학 연구자들이 대부분이었고 특히 유럽 문학에 관심을 가졌던 까닭에 영국, 프랑스에서 위대한 수필 문학의 전통이 이어지는 것을 목격했던 문학도였다.[83] 후일 수필 문학가로 이름을 얻은 김진섭, 이헌구, 이양하, 김광섭 등이 활동하는 것은 1930년대의 신문 학예면을 통해서이다. 『조선일보』 기자였건 함대훈을 비롯해 해외문학파들이 수필 장르에 강세를 보였던 것은 그들의 문학적 이념을 실천하는 것 이외에도 발표지면이었던 신문 학예면이 처한 상황과 문인 기자로서 발표 기회를 상대적으로 많이 가질 수 있었던 것이 그 원인이었던 것으로 판단된다. 이은상 또한 많은 수필을 남긴 이유도 기자였던 그의 신분과 무관하지 않아 보인다.

당시 문학 좌담회나 특집에서는 이 같은 수필 문학의 유행을 의식하고 수필 문학의 장르적 성격과 시대적 운명을 논하는 특집이 마련되기도 한다.[84] 임화, 백철 등의 문인들은 대부분 수필 문학의 장르적 성격을 부정하고 그 의의를 비판적인 관점에서 조명한다. '(소설에 비해) 수필은 창작할 수 없고 항상성이 빈약하다'는 이유였다. 그러나 김기림, 서항석, 김광섭 등 신문 기자로서 활동하거나 학예면에 수필 장르를 주로 싣게 되는 문인들은 수필이 '인간 생활 이면을 그리는 '사회의식요소'가 풍부하다고 본다. 김광섭은 수필 문학의 장르적 성격을 부정하는 카프계열 문인들의 공격에 맞서 '창작으로서의 수필 문학의 정통성'을 세우고자 한다. 김광섭이

---

82 졸고, 「김기림 수필에 나타난 일상성」 참조.
83 김광섭, 「수필 문학 소고」, 『문학』 1, 1934.1.
84 문예좌담회, 『조선문학』 4, 1933.11.

문제로 지적한 것은 시대적 한계와 저널리즘의 역할 미비이다.

> 그(수필 문학의 부재:필자 주) 원인의 하나는 우리의 저널리즘의 성실치 못한 데 있
> 다. 원래 수필 문학은 저널리즘의 발전에 따라 오늘에 이르렀다. 찰스 램의 『엘리아
> 수필집』, 18세기 에디슨, 스틸의 수필이 『래틀러』지와 『스필레터』지의 소재인 점으
> 로 보아 그러하다. 수필은 저널리즘에 이용당하며, 그 총애를 받는다. 조선의 저널
> 리즘도 절실히 요구하며 금후에 더 그럴 것이다.—과제를 주어 주문하는 형식으로
> 되어 있는 것은 원리에 어긋나는 것이다.[85]

김광섭은 저널리즘이 수필 문학의 정립에 심대한 영향을 끼칠 수 있는 기관임
을 전제하면서 수필 문학 대망론을 편다. 그러나 김광섭은 수필 문학의 현단계적
문제점을 간과하지는 않는다. 그가 진단한 조선의 수필 문학의 현황은 '에세이 정
신'을 망각한 '감상성 남발'이었다. 당대에 많은 평자들이 지적한 대로 조선문단이
'수필의 본래의 광범한 취재의 영역에도 불구하고 급이 낮은 감상적 회고적에만 시
종되어 건전한 발전이 저지되어 있음에는 반성할 필요가 있다.'고 주장했다. 사회
성으로나 생활로 보나 모든 평정과 균형을 상실한 조선의 현실적 상태에서 수필은
시나 소설보다 생산되기 어려운 장르라는 것이다. 수필이 문학인가 아닌가 하는 카
프계열 평론가들의 주장을 일소에 부치면서 그는 '사이비 소설 희곡을 물리칠 수필
가'가 대망된다고 받아쳤다. 그의 이 같은 입장은 같이 해외문학파로서 수필 문학
에 뛰어난 재능을 보여준 김진섭에 대한 찬사로 이어진다. 김광섭은 『조선문학』
1934년 1월호 설문에서도 1933년도의 가장 기억에 남는 작품으로 김진섭의 수필

---

[85] 김광섭, 앞의 글.

을 들었다. 1933년 『조선일보』에 발표된 김진섭의 수필은 '기어잡학'(綺語雜學)이라는 테마 아래 11개 주제로 15회에 걸쳐 연재된 것(1933.2.2.–3.2)과 「해방의 여름 평화의 밤」(1933.7.2)이 있다.

이처럼 수필이 학예면에 주도적인 필진으로 참여했던 해외문학파나 그 주변 인사들에 의해 주도되고, 이들에 의해 저널리즘적 속취가 반영되었던 것은 시대적 한계를 관통할 수 없었던 당시의 상황과 관련된다. 특히 저널리즘의 운명, 다시 말해서 정론성의 상실을 대체한 결과였다는 점에서 문제점이 없지 않다. 그러나 결과론적인 시각에서 당시 우리말 수필이 보여준 미감이나 언어 의식은 독자를 중심에 둔 수용미학적 측면에서 간과할 수는 없다고 판단된다.

김기림, 김진섭, 정지용, 백석 등이 『조선일보』 지상에 남긴 수필은 당대 현실을 비판적으로 조명할 수 없었던 당대에서 그 현실의 이면을 유효적절하게 드러내는 표현 수단이었다. 뿐만 아니라 우리말 언어 미감의 결정체가 됨으로써 식민지 기간 동안 소멸할 위기에 처한 우리말의 지속적 생명력을 유지하게 했다. 김기림의 도시 생활을 아니러닉하게 묘사하고 비판한 수필들, 정지용의 우리말 어휘의 감각이 날카롭게 살아있는 「수수어」 등의 수필, 이육사의 「황엽전」 등은 관심을 끈다. 그 외 김진섭, 이효석, 백석 등의 수필에 대해서도 주목을 요한다.

'묘사, 풍속, 낭만, 태도, 운명' 등의 개념적 어휘가 등장하는 1939년 7월 『조선일보』 학예면의 실상은 폐간을 앞둔 신문의 위기감을 드러내고 있다. 이미 '신질서, 신념, 신세대, 씨스템, 생산(문학)' 등의 언어들이 등장함으로써 신질서와 사실 수리를 기정사실화 하고 그것을 수용하지 않을 수 없는 현실을 분명하게 드러내고 있기 때문이다. 그 와중에도 임화의 『개설신문학사』 등이 연재된 것은 의미 있는 일이다.

일제말기 폐간호가 되어버린 『조선일보』 1940년 8월 9, 10일자 학예면 글들은 1930년대 학예면의 질적 수준과 전문적 기획력을 상당히 손실해버린 양상을 보여준다.

다음의 목차에서 이를 확인할 수 있다.

폐간을 앞두고 학예면 기사는 다른 지면과 마찬가지로 생명력을 잃게 된다. 정

---

[86] http://db.chosun.com/gisa

론적 비평은 물론, 수준 높은 해외 문학의 이론과 작가 소개도 점차 자취를 감추게 된다. 최재서, 김기림 등의 문예이론가들이 지면을 맡고 있기는 하나 지면의 기획력이나 글의 수준은 전대에 비해 낮은 편이다. 특히 8월 9일자 학예면을 보면 잡문으로서의 수필과 시집 출판 소식이 실린, 일단 기사거리 정도의 정보지로 변한 형국이다. 폐간호가 되어버린 1940년 8월 10일자 학계면에는 김기림이 시대적 운명을 읽은 논문 「시의 장래」가 실려 있다. 그는 시대그와 개인적 위기감이 엉켜 있는 미로에서 긴박하게 문학의 미래를 예견하고자 한다. 폐간을 앞둔 학예면의 면모는 시대적 한계를 관통하지 못한 저널리즘의 위기를 그대로 반영하는 듯 보인다.

신문 학예면을 통해 해외 문단과 문예사조의 흐름을 적극적으로 수용하고 이를 우리의 시각으로 문학화, 문예담론화 하고자 했던 둔인기자들과 문인 필진들 일부는 결국 일제 말기의 친일이라는 암초에 걸리게 된다. 신문이 폐간되자 『인문평론』, 『조광』, 『문장』, 『삼천리』 등의 잡지만이 살아남게 되는데 이들도 결국 폐간된다. 학예면을 통해 주지주의 이론을 소개하고 지성론의 문예비평적 주장을 펼친 최재서나 백철이 '사실수리론'을 받아들이게 되는 과정이나 서인식 등의 역사철학자들이 빠진 친일의 함정은 그 일단의 예에 불과하다. 마지막 호에서 「시의 장래」를 통해 '투명한 지성'의 위험과 시인의 위기감을 긴박하게 전하고 있는 김기림은 그 후 신문 매체를 떠나 고향 성진에서 칩거하게 된다.

7. 학예면의 심미적 구성과 문인, 화가의 역할

학예면의 기능에서 흥미로운 것 하나는 문인과 미술가들의 동거체제이다. 학예면이 '세련된 상품'으로서의 가치를 가지게 된 것은 삽화가들의 노력이 컸던 것으로 보인다. 『동아』, 『조선』, 『조선중앙일보』 등 3대 민간지들은 인기 소설가의 장편을 싣기 위해 서로 대립하고 치열하게 경쟁했다. 문인 출신 학예면 담당 기자들이 인기 소설가와의 친분을 이용해 소설가들을 섭외했고 이 과정에서 경쟁사 문인 기자들과도 갈등이 많았다. 순문학적 소설가의 입장에서도 당시 신문소설을 단순히 흥미위주의 것으로만 파악하지 않았던 것 같다.

　신문 연재소설이 '볼거리'로서의 기능을 다할 수 있었던 것에는 삽화의 영향력도 무시할 수 없다. 신문 삽화는 대부분 당대 화가들이 그리게 된다. 노수현, 이승만, 김규택, 정현웅, 안석영 등이 삽화가로서 이름을 날렸다. 이들은 대부분은 전문적으로 그림 공부를 했던 화가였다. 실제 신문 지면에서 삽화의 비율이 증가하는 것은 1930년대 들어서이고 1935년 이후로는 급격한 증가를 보인다.[87] 이처럼 삽화의 중요성이 1930년대에 새삼 새롭게 인식된 것은 전문 화가들이 출판 미술이나 도서 장정에 대해 독자적인 인식을 하게 되는 것과 무관하지 않은 듯하다. 삽화가들은 전문화가로서 생계 방편으로 신문사에 취직을 하게 되지만 장정이나 삽화 미술을 기능적인 것에서부터 점차 전문적인 것으로 인식해 가는 흔적이 뚜렷하다. 1920년대에는 주로 노심산이나 이청전 등이 신문 삽화를 그리고 있는데 본격적인 것은 아닌 것으로 보인다.[88] 연재소설 또한 독자적인 영역으로 인식되지 않았던 듯하다. 작가의 이름이 '백발', '몽중몽' 등으로 기록된 것으로 보아 연재소설이 본격적인 문인의 글쓰기로 이해되지 않은 감이 있다. 「청의야차」(1925.8.31–1926.2.2)와 같은 번역작품이 심산의 그림으로, 이익상의 「키 잃은 범선」(1927.1.16–7.19)이 청전의 그림으로 연재된 정도다. 유엽의 「새 세상 사람들」은 당대 대표적인 화가였던 이청전, 안석영, 이용우 등이 연이어서 화필을 잡았다.

---

[87] 이준우, 앞의 논문, 127–128면.
[88] 삽화에 대한 인식 미비와 전문성에 대한 인식 부족은 바로 삽화가에 대한 냉대와도 관련되는 듯 보인다. 일 신문삽화쟁이, 「신문소설과 삽화와 삽화가」, 『철필』, 1930.9, 82–83면.

1920년대부터 1930년대 중반(1935,6)까지 『조선일보』에서 삽화가로 활동하는 인물은 안석영이다. 안석영은 삽화뿐 아니라 『동아일보』에 이어 『조선일보』에서 당시 사회와 현실을 꼬집은 많은 만문만화를 그리기도 했다. 안석영이 『조선일보』 학예부장을 했던 1930년에는 만문만화가 신춘문예의 한 부문으로 설정될 만큼 큰 인기를 누렸고[89] 그 이전까지 시사만화가 보여주던 사회 비판 의식을 계승할 수 있었다. 안석영은, 최독견의 「난영」(1927.9.30~1928.3.7), 홍명희의 「임거정전」(1928.11.21~1929.12.25), 염상섭의 「광분」(1929.10.3~30.8.2), 「삼대」(1931.1.1~9.17), 심훈의 「불사조」(1931.8.16~1932.2.29), 이기영의 「고향」(1933.11.15~1934.9.21), 춘원의 「그 여자의 일생」(1:1934.1.3~5.14; 2:1935.4.16~9.26) 등 『조선일보』 장편 연재소설의 삽화를 그렸다. 1930년대에 들어서면, 신문이 하나의 상품으로서 인식되면서 독자들의 시선을 끄는 요인을 신문 제작에 반영하고자 했던 것을 알 수 있다. 당시 신문 연재소설에 그려진 삽화들의 수준은 당시로서도 상당한 위치에 올라 있었음이 확인된다.

　　'문인들과 화가가 이루어낸 일제말기 심미적 토현의 한 진경'으로 『문장』지를 평가하지만 그 기원은 이미 1930년대 신문 학예면에서 찾을 수 있다. 이태준은 『조선일보』에 「화관」(花冠)을 쓰면서 새롭게 눈에 끌렸던 것이 지면과 삽화라고 고백한 바 있다. 이태준의 경우, 소설가의 입장에서는 신문 삽화가 소설의 심미적 요인과 관계가 있다고 보았던 것이다.

　　「화관」 때 기분이 좀 새로웠던 것은 지면과 삽화다. 그전 소설들은 삽화가 나뻤다는 것이 아니라 「불멸의 운명」 「불멸의 함성」 「성모」 줄곳 심산 한분 것뿐이다가 딴

---

89 「신춘현상문예 사고」, 『조선일보』, 1930.12.7.

■■ 이태준의 「화관」 첫 회 분의 삽화. 김규택이 그린것이다

그림과 섞여 오는 맛이 좋았고, 신문지면도 활자, 잉크, 편집, 더 『조선일보』가 월등히 나 있었다.[90]

위의 글은 이태준 등 당시 인기소설가들은 마음만 먹으면 자신의 소설을 연재할 신문을 선택할 수 있었다는 것을 확인해 주고 있다. 인기 소설가의 경우는 신문사에 장편소설을 싣는 것이 큰 문제가 아니었던 것이다. 많은 유명 소설가들의 장편들이 신문 연재소설로 발표된 이유의 하나가 확인된 셈이다. 또한 이태준 같은 인기 소설가들의 신문 연재는 단순히 학예면 기자들과의 친분이나 원고료 수준에 따른 것만이 아니고 삽화를 그리는 화가의 역량과 활자, 잉크 등 신문 지면을 구성하는 심미적 측면에도 좌우되었다는 사실도 확인된다. 이태준이 「화관」을 연재하던 시기 『동아일보』에는 심산 노수현[91]이 입사해 삽화를 그리고 있었는데, 심산의 삽화도 당시로서는 새롭고 수준이 있어 소설가들이 선호했다. 그런데 더욱 이태준의 마음을 끈 것은 『조선일보』 삽화였다. 『조선일보』는 1937년경에는 김규택[92]이, 1938, 9년경에는 정현웅이 삽화를 그리게 된다. 위에서 언급한 이태준의 「화관」(37.7.29-12.10)은 전 130회 분량으로 김규택의 삽화와 함께 실렸다. 이태준은 그 뒤에도 「청춘무성」(40.3.12-8.10)을 『조선일보』에 127회에 걸쳐 연재했는데, 그때의 삽화는 정현웅의 것이었다.

여기서 주목할 인물은 정현웅이다. '선전화가' 였던 정현웅은 선전에 십여 차

---

90 이태준, 「청춘무성과 화관」, 『무서록』, 서음출판사, 1988, 135면.
91 안중식 문하에서 그림을 배워 동양화가로 출발했으나 만화나 신문 삽화를 많이 그렸다.
92 김규택은 『개벽』에서 발행하는 『부인』 등의 잡지에서 만화를 그리다가 1932년 조선일보사에 입사해 '웅초熊超' 라는 필명으로 연재만화, 삽화, 만화 등을 그렸고 유머 소설도 썼다. 정진석, 「인물로 본 한국언론 100년- 12. 문인 언론인들-해방이후」, 『신문과 방송』, 한국언론연구원, 36면.

례 입선한 경력을 가진 전문 화가였는데, 그는 후일 신문사에 취직해 삽화가로서 성공을 거둔다. 그는 삽화에 대한 하나의 철학적 입장을 견지했던 삽화가이자 장정가였다. 『동아일보』에서 이무영의 「먼동이 틀 때」의 삽화를 그리면서 삽화에 관심을 가졌던 정현웅은, '일장기 말살 사건'으로 『동아일보』가 정간되자 『조선일보』로 옮겨와 많은 삽화를 그렸다. 1938, 9년경에 『조선일보』에 연재된 신문소설의 삽화는 대체로 정현웅이 그린 것이다.

단지 글의 부속품쯤으로 여겼던 삽화가 출판 미술의 중요한 부분이 되고 특히 출판이 하나의 예술로 인식되는 계기는 대체로 정현웅이 삽화가 장정가로 활동하던 이 시기부터이다.[94] 삽화를 '쓰레기 속의 예술'이라 불렀던 정현웅은 삽화가로서의 철학을 스스로 견지했다. 그는 삽화가 소설의 부속품으로서 소설의 내용을 단순히 설명하거나 전달하는 데서 끝나는 것이 아니라 독자적인 조형의 세계로 끌어올려져야 한다고 생각했다. 그는 소설가와 삽화의 단계를 중간적인 단계에서 잡았는데, 삽화에 대한 소설가의 지나친 관심은 삽화가의 상상력에 제한을 주고, 불관언하면 그림 그릴 만한 장면을 생각할 수 없어 삽화가가 좋은 그림을 그릴 수 없다는 것이었다.[95] 정현웅은, 이태준의 「청춘무성」을 비롯해 채만식의 「탁류」, 김동인의 「정열은 병인가」, 이기영의 「어머니」, 한용운의 「박명」, 최명익의 「페어인」, 현덕의 「녹성좌」, 김남천의 「바다로 간다」, 「사랑의 수족관」 등 『조선일보』 신문 소설의 삽화를 그렸다. 1930년대 연재소설에 지면을 제공했던 학예면은, 정현웅의 삽화가로서의 독자적인 철학과 이태준의 탐미적이고 유려한 소설가의 입장이 마주치면서 하나의 심미적 경지를 만들어 낸다. 이는 신문소설의 '통속적 대중적' 성격을 판단하는 문제와는 다른 차원이다.

94 졸고, 『월북 예술가 오래 잊혀진 그들』, 돌베개, 2002, 113면.
95 정현웅, 「삽화기」, 『인문평론』, 1940.3, 93면.

1930년대 학예면은 신문 저널리즘 자체가 친일의 국면으로 가기 전까지 문학 담론의 생산과 전파에 중요한 몫을 담당했다. 신문 학예면은 대중적인 성격을 가지기보다는 질 높은 문화 담론이 펼쳐지는 공간이었고 문예의 선진적 이론들이 수용되고 소개되는 장이었다. 대중적인 것은 오히려 여성면(부인란)이나 생활면 혹은 광고에 반영되어 있었다. 1930년대 저널리즘에서 대중취향이나 상업성이 지적되지만 학예면 독자층의 수준이나 게재된 글의 성격으로 보면 의미 있는 지적이라 보기 어렵다. 신문 저널리즘이 오늘날 인식되는 것과 유사한 의미의 '상업성'을 띠기 시작하는 것은 1960년대 이후부터인 것이다.[96]

1930년대 신문 매체가 여타 잡지들에 비해 더 상업성을 띠었다거나 대중 취향의 흥미성을 강조했다고는 보기 어렵다. 오히려 대중 종합잡지를 표방하고 나온 『삼천리』나 『별건곤』, 『제 일선』 등이 대중적인 측면이 강했고 『여성』, 『신여성』 등은 여성 독자를 주요 타깃으로 세웠다. 신문 학예면은 이들 잡지들의 수준을 대체로 넘어서고 있다. 길이가 길 수밖에 없는 비평이나 논문 성격의 글이 많았고 이들이 며칠 혹은 몇 주, 몇 달에 걸쳐서 연재물의 형태로 게재되는 것은 일반적인 현상이었다. 그다지 길지 않은 글인데도 글의 중간 중간에 장편소설처럼 작은 제목이나 번호가 붙어 있는 것은 이 같은 이유 때문이다. 따라서 1930년대 신문 학예면을 상업적 측면이나 대중 취향성의 부정적 측면으로 바라보기보다는 다양한 각도에서 객관적인 시각으로 이해하는 것이 필요한 것으로 판단된다.

8. 인쇄 매체를 통한 문자 활동과 조선어 체험

일제시대 민간지들의 가치는 특히 '우리민족에 의한 우리말 신문'이라는 데서 찾

---

[96] 이준우, 앞의 논문, 34면.

아야 한다. 일제 식민지기간 동안 우리말이 어떻게 생명력을 유지하고 오늘에 이를 수 있었는가를 성찰할 때 우리말(조선어) '표현기관'으로서의 저널리즘의 책임은 무겁다고 하겠다.

일본의 식민지 통치의 본질은 초기에는 '동화주의'의 원칙을 따랐다. 일본의 조선지배는 통치방식상 영국에 가까웠으나 실제로는 강력하고 중앙집권적인 프랑스식 동화주의였다. 동화주의의 본질은 피지배 민족의 민족성 말살이다.[97] 하나의 언어, 하나의 민족, 하나의 문화를 지향하는 동화주의는 당연히 피지배 민족의 언어, 민족, 문화의 말살을 강요한다. 당시 조선에서 강력하게 추진된 일본인과 조선인의 내선결혼정책이나 일본어 강요는 일본의 동화정책의 본질을 그대로 보여주는 정책이다. 일본 제국주의 정책을 수행하는 데 중요한 목표로 인식되었던 동화정책의 수단으로 빼놓을 수 없는 것이 '일본어 교육'이었고 이는 당시 조선뿐 아니라 대만, 만주 등에서도 긴요하게 추진되고 있었다.

일본어를 국가의 표준어로 한다는 방침은 동화정책을 추진하는 데 있어 핵심적인 문제로 인식된다. 일본어 보급이 철저히 이루어질 때 건국정신이 철저히 침투된다는 인식은 식민지의 일본어 교육 강화와 불가분의 관계를 맺고 있었던 것이다. 재만 일본인 자녀들을 위해 1941년 3월 관동주의 자만 교무부에서 발행한 (1)『국민학교 안 설명 요령』이나, 일본인 이외의 민족을 위한 교육 방침인 (2)『선만의 흥아교육』은 일본 이외의 지역에서의 일본어 교육의 본질이 식민지 동화정책에 있음을 명확하게 보여준 것이라 하겠다.

(1) 우리 국어는 단순히 일본 국내만의 언어가 아니고 완전히 만주국의 국어가 되

---

[97] 保坂祐二(호사카 유우지), 『일본 제국주의의 민족동화정책 분석』, J&C, 2002, 20-21면.

었다. 이 국어가 보급되어 철저히 될 때 비로소 일본적인 느낌, 이해 방법, 사고 방식을 할 수 있게 되고, 일만 일덕 일심(日滿一德一心)의 건국정신이 철저히 침투되고 또 조국(肇國)의 대정신, 대이상이 만주국에서 완전히 실현될 것이다.

(2) 일본어는 일만 일덕일심 정신에 입각하여, 각 학교 체계를 통한 국어의 하나로서 중시한다. 어느 민족이든 모두 국가의 특수성을 체득하여 이것을 생활 속에 습관해야 할 책무를 지고 있는 것이므로, 일본과 불가분의 관계에 있는 만주 국민에게 일본어는 필수적인 요소이다. 즉 일본어를 통하여 일본 정신 및 일본문화를 이해시켜야 한다. 한편 일본어로 하여금 각 민족간의 공용어로서의 역할을 수행하게 한다.[98]

국어로서의 일본어 보급이 문자 활동의 차원에 그치지 않고 일본적인 느낌, 정서, 사고방식, 이해 방법 등의 인간의 정신 활동의 대부분을 지배한다는 인식은 언어 지배를 통한 철저한 동화정책의 핵심 원리 아래 놓여 있었던 것이다. 언어를 통해 일본 정신 및 일본 문화를 지배하며, 제 민족의 공용어로서의 일본어 역할을 강조하는 논리는 '문화재로서의 언어'와 '정신 형성 과정의 한 요소로서의 언어[99]'라는 점을 역으로 이용한 것이라 할 수 있다.

조선인의 일본인화, 일본의 지배에 순종하는 인간의 형성이라는 문화적 지배를 중요한 정책적 목표로 설정했던 조선에서의 동화정책 또한 교육을 통해 달성될 수밖에 없었고, 수신과 국어(일본어)는 가장 중요한 교과목이었다.[100] 1911년 8월 23일에 발포된 조선교육령 제5조는 '보통교육은 보통의 지식 기능을 교수하고, 특히 국민된 성격을 함양하며 국어를 보급함을 목적으로 한다'고 되어 있다. 이는 '교

98 保坂祐二(호사카 유우지), 위의 책, 275~276면에서 재인용.
99 J. Leo Weisgerber, 『모국어와 정신형성』, 허발 역, 문예출판사, 1994, 165~173면.
100 권태억, 「1910년대 일제의 조선 '동화' 정책」, 『1910년대 식민통치정책과 한국사회(1)』, 서울대 한국문화연구소 14 회 학술발표토론회 발표문, 2002.11.1, 5~6면.

육의 역점을 덕성의 함양과 국어의 보급에 둠으로써 제국 신민다운 자질과 품성을 기른다'는 총독의 유고와 그대로 이어져 있다.

식민 통치의 초기부터 시행된 식민지 언어정책은, 일제 말기에 오면 동화 정책이 가혹한 탄압정치로 변질되듯, 조선어 말살정책으로 변질되면서 전면적인 조선어 사용 금지의 국면으로 접어들게 된다. 공용어로서의 일본어 주장은 당시 역사철학계나 사회학계에서 제기된 사실수리론의 바탕 위에서 전면 부상하게 되는 것이다.

이 같은 상황에서 문인들의 조선어에 대한 인식의 수준은 어떠한가.

김기림은 민족과 언어의 문제에 대한 예리한 질문을 던지고 있다.[101] 그에게 언어는 한 민족과 존멸을 함께 하는 언어 민족 공동체로서의 성격을 가진다. 이 문제는 '그에게 가슴에 걸려 넘어가지 않는' 고뇌의 큰 덩어리다. 그는 각 제국의 식민지 언어 정책에 대한 궁금증을 털어놓으며 한 민족과 언어가 영원히 함께 간다는 것은 어리석은 일이라고 전제하고 그러나 현단계로서는 한 민족이 그 민족의 말을 내던지는 것은 역사의 진전이 아닌 그 배반이라고 못박았다.

> 현단계에서는 한 민족이 그 민족의 말을 내던지는 것은 역사의 진전에 대한 봉사가 아니고 도리어 배반이라는 것을 깨닫는 것은 실로 중요한 일이다. 민족어의 소멸, 민족 문화의 소멸. 그래서 단일문화의 실현은 역시 민족들 사이의 물적 경계가 없어지고 훨씬 뒤에 올 일이 아닐까.

김기림의 이 같은 인식은 조선어 말살 정책의 위기감과 긴박감에서 나온 것으

---

[101] 김기림, 「민족과 언어」, 『조선일보』, 1936.8.28.

로, 동화정책의 연장선상에 있던 동아시아 공영권의 허구와 사변적 논리의 위험을 지적한 것으로 보인다. 민족어 소멸=민족 문화의 소멸=단일 문화의 실현이라는 논변은 원리와 정책(이상과 현실)을 지극히 혼동한 어리석음의 소치라는 것이다. 실제 대동아공영권의 논리는 아시아는 하나라는 원칙에서 아시아 단일문화의 실현을 이상으로 하는 것이었다. 당시 조선의 지식인들은 일본의 이와 같은 동화정책을 사실 수리론의 입장에서 받아들이게 되고 결과적으로 친일의 함정으로 빠지는 결과를 초래하게 되지만, 김기림은 이 문제의 위험성을 좀 더 본질적인 차원에서 꿰뚫어보고 있었던 것 같다.

김기림은 당시 일부 지식인들이 견지했던 '단일문화 실현'으로서의 공용어 주장에 맞서, 단일 문화의 실현은 민족의 물적 경계가 소멸한 뒤에나 가능함을 역설한다. 일본과 조선, 일본 문화와 조선 문화의 물적, 정치적 토대가 분명하게 선을 긋고 있는 상황에서, 더욱이 그것이 차별적 정치 현실을 만들어내고 있는 상황에서, 단일 문화의 실현은 조선어 말살을 위한 기만적 정책 바로 그것이었다고 본 것이다. 단일 문화의 실현이라는 명분 아래 민족 문화의 소멸과 그것의 가장 근본적인 바탕이 되는 언어의 소멸, 조선어의 소멸을 주장하는 것은 바로 '공용어로서의 일본어 정책'을 명백하게 뒷받침하는 논리도 정당화되는 위험이 도사리고 있는 것이다.

1939년 우리말 신문이 폐간되기 1년 전에 나온 총독부의 『조선출판 경찰개요』는 언어 정책이 동화 정책의 중요한 수단이었음을 알려주는 자료이다.[102] 이 글은 일어 보급과 일문 신문의 관계를 논하고 있지만 그것은 결국 언어 교육이 한 공동체의 문화의 쇠잔과 소멸을 어떻게 유도하는가 하는 점에 대한 정책적 판단이 도사리고 있다. 『언문신문의 장래』는 이를 보여준다. 당시 신문이 중요한 정보 전달과

---

102 정진석, 『한국언론사연구』, 일조각, 1988, 140–141면에서 재인용.

문화 전수의 중요한 매체였고 그것이 한 공동체의 공용어를 토대로 한 것임을 생각할 때 일제 말기의 신문 폐간은 정책적 판단으로 보면 당연한 수순이었을 것이다. 그것은 3.1운동 이후 민간신문 발행을 허가하면서 그들이 내놓은 '백가지 이득과 전무한 해악' 의 논리를 스스로 철회하지 않으면 안 되는 자기 모순적인 상황을 노정한 것이다. 총독부 경무국 고등경찰과장 시라카와(白川佑吉)의 '신문을 허가함으로써 동정을 낱낱이 알 수 있을 뿐 아니라 그들을 고아놓아야만 일조 유사시에 일망타진하는 경찰 행동을 취할 수 있다' [103]는 논리를 스스로 뒤집는 것이었다. 정간과 발행 중지의 수단조차 일제 말기로 오면 더 이상 효과적인 억압 정책은 되지 못했던 것이다.[104] 일본에서 발행되는『조일신문』,『마일신문』,『독매신문』의 국내 유입과 이들 신문사들의 상업적 압박을 총독부가 받아들인 것도 한 이유가 되겠지만 한글신문으로서는 더 이상 그들의 식민지 정책을 용이하게 펼칠 수 없었던 것이다. 이 점은 일제가 식민지 정책 기간 내내 언어 정책을 통치 정책의 중요한 수단으로 인식했다는 점을 보여준 것이라 하겠다. 문화정치의 폐해에 대한 비판적 시각은 있을 수 있다. 그것은 직접적 독립 투쟁의 실천력에 비해 안일하고 소극적인 탓이다.[105] 그러나 일제의 언어 정책의 이면을 들여다본다면 문화 정치 기간 동안 우리말 언어 활동과 문자 활동을 할 수 있는 매체를 갖는다는 것의 중요성은 아무리 강조해도 지나치지 않은 것이다.

『조선일보』의 지면에 나타난 '조선어 말살 정책' 의 환경은, 조선어 축소(1927.3.10), 국어(일본어) 상용(1937.3.19), 조선어 폐지설(1937.11.28), 학교에서의 조선어 교과목 폐지(1938.4.1), 조선어문과 지망자 감소설(1940.1.26) 등에 대한 기사를 통해 엿볼 수 있다.[106] 철자법, 표준어 관련 문제 등도 1920년대부터 지속적으

---

103 『동아일보사』 권1, 동아일보사, 1975.
104 정진석, 앞의 책, 141면.
105 신채호는 「조선혁명선언」(1922)에서, '신문이나 잡지를 본다 하면 강도 정치를 찬미하는 반일본화한 노예적 문자뿐이며' 라고 식민지 체제 내에서의 문자활동을 '노예문자' 활동으로 규정한 바 있다.
106 자세한 것은, 『조선일보 학예기사 색인』, 1920–40 참조, 조선일보사, 1989.

로 실리고 있다. '1933년 철자법 규정' 안과 시행을 둘러싸고 일어난 찬·반 갈등, '한글 보급운동' 등에 관한 기사를 통해 당시의 조선어(한글)가 처한 환경과 그것에 대한 조선민중과 학자들의 대응을 확인할 수 있다. 조선어 폐지, 조선어 교과목 폐지와 같은 공식적 언어활동에서의 조선어 사용의 금지뿐 아니라 일상적 삶에서 조선어를 사용할 수 없는 환경은 당시 민중들로서는 억압적인 것으로 인식되었던 것 같다. 조선어, 조선학 관련 기사나 글들이 신문 지상에 게재되었다고 해서 저널리즘 매체 자체가 민족성이나 민족 의식 등의 본질적인 가치를 갖는다고 보기는 어렵다. 다만 조선어가 '방언' '지역어'로 한정되는 환경에서, 일제 말기로 갈수록 조선어가 배제되는 환경에서 조선어를 사용할 수 있는 매체, 발표기관으로서의 신문 지면의 가치는 중요하며 이 같은 관점에서 저널리즘의 책임 또한 무겁다 하겠다.

해방 후 김영랑은 일제시대 출판물의 의의를 평가하는 자리에서 일반적으로 '통속잡지'로 알려진 『삼천리』조차 '우리민족으로서 읽을거리'라는 '민족잡지'의 범주에 집어넣었다. 그 근거는 '우리말 매체가 민족 의식으로서 생각하고 말하고 글을 쓰는 자유'를 누리게 한다는 데 있었다.

지금부터 약 10년 전 1940년 당시에는 우리 민족의 민의를 대표하는 기관으로서 아직 〈동아일보〉와 〈조선일보〉가 남아 있었다. 월간으로도 〈삼천리〉를 비롯하여 〈조광〉 기타 수종의 자태가 남아 있어서 우리의 민족 의식을 구멍구멍이 나타내고 있었던 것이다. 그렇던 것이 소위 지나사변이 점점 확대되어 태평양 전쟁까지 일으킬 기세가 농후함에 따라 우리의 민족 의식을 말살시키고 강권함으로써 우리를 황민화 하려는 야욕 밑에 1940년 8월에 이르러 소위 '언론의 통일적 지도와 물질의 간멸을 위한 국책적 견지'라는 명령 아래 전기(前記)〈동아〉〈조선〉 양지를 폐간시켜 버리고 다만 총독부 기관지인〈매일신보〉하나만에 특권을 부여하였다. 그리고 월간으로도 우리의 민족 의식을 마비시켜 버리려고 그 총본부인 무서운 무슨 연맹의 기관지〈총동원〉외〈동양지광〉과 같은 친일 몬인들의 문예지가 남았을 뿐 전기〈삼천리〉〈조광〉은 물론, 우리민족으로서 읽을 만한 민간 잡지는 전연 그 자태를 감추게 되고 말았다. 이와 같이 우리민족은 민족의식으로서 생각하고, 말하고, 글 쓸 자유가 없었기 때문에 우리 민족 출판계에 있어서는 정기간행물, 부정기간행물 할 것 없이 그 가치를 찾아볼 수 없을 만큼 소침하였으며 하마터면 민족 문화는 영원히 사라지고 말 뻔하였다.[107]

일제시대 민간지의 역할에 대해서는 긍, 부정의 종합적 시각에서 평가되어야 할 것이다. 하지만 좀 더 중요한 것은 '조선어 표현 기관'으로서의 책임을 묻는 데서 찾아야 할 듯하다. 김영랑은, 당시 민중들의 민간지에 대한 인식이나 해방 후의 결과론적인 시각에서 판단해도 민간지와 잡지의 존재 그 자체를 부정할 수는 없다고 판단하고 있다. 민간지가 문예물의 발표 매체로서의 역할을 하고 있었다는 점을 염두에 두면 이 같은 가치론적 시각은 중요한 것이었다.

일반 기사문이나 일상적인 산문 언어와는 달리 문예물이 조선어(한글)로 기술되었다는 것은 언어미학적 입장에서 중요한 의미를 띤다. 특히 1930년대 신문 학예면의 주요 기고문이나 글들이 한글 독물, 특히 문예물로 구성되었다는 사실에서 신문 학예면이 차지하는 위치는 중요해질 수밖에 없다. 이 같은 문화적 배경에서 1930년대 문학의 질은 상당히 고양된다. 문화어로서의 조선어는 신문 학예면을 통

---

[107] 김영랑,「출판문화 육성의 구상」,「신천지」 4-9, 1949.10.

해 끊임없이 훈련되고 습득되면서 문화적 담론의 생산 매체로서의 역할을 한다.[108] 1940년 8월 일제에 의해 민간신문 잡지가 폐간된 이후 문인들의 소외감과 상실감의 일차적인 요인은 조선어로 문학활동을 할 수 없었다는 사실에서 기인하고 있다. 잡지, 신문의 폐간으로 발표 지면을 거의 확보할 수 없었기 때문이다. 당시 문인들이 보여준 조선어와 조선어 문자 활동에 관한 논의들은 일제의 언어 정책이 민족어와 민족 문화의 소멸로 이어질 위험성에 대한 판단을 내재하고 있었던 것이다.

이원조는 '장편소설이 신문에 의거해 발전해 왔는데 최근에 두 개의 신문이 폐간된 것은 장편소설의 전망에 큰 타격을 가할 것'이라 전망하기도 했다.[109] 이태준은 '동아, 조선, 인제는 다 없어졌다. 식자공들은 활자나 만지지 않는다. 붓과 종이를 그대로 만지는 우리는 문득 문득 원고 졸립던 생각이 아쉽게 나곤 한다.'[110]고 회고한 바 있다. '서화권기'의 수묵화의 전통과 조선어 문장이 전해주는 문체의 감각성을 형이상학적인 차원으로 깊이 있게 끌어올릴 수 있었던 이태준은 붓과 종이가 전해주는 물질성과 그것의 몽상적 깊이를 충분히 감지해내었던 작가였다. 조선어만이 이 물질성을 정신성의 차원으로 끌어올릴 수 있었던 것이다. '조선어'가 갖는 '정신성'은 이 시대 문화 담론 층위에서 최고의 위치를 차지하는 가치였다. 그것이 사라진 지금 이태준이 갖는 정신적 공허함은 측정하기 어려울 정도였을 것이다. 이태준의 글에서 확인되듯, 일제시대 신문 잡지 등을 대중성과 흥미 위주의 문화적 담론을 생산한 매체로 평가하는 것은 실증적인 사실 확인의 수준에서도 미비한 것으로 판단된다. 『조광』이나 『여성』 등의 종합 잡지, 여성지들조차 '대중 취향의 잡지'로 평가하기에는 난점이 있다. 흥미 있는 읽을거리와 더불어 고급 문예물을 같이 싣고 있고, 주요 편집진은 당대의 문인들이었다. 백석이 『여성』지 편집을 맡아

---

108 임화는 '표준어'를 '문화어', '문학어'라 불렀다.
109 이원조, 「장편소설의 형태」, 『조광』, 1940.11, 219면.
110 이태준, 「청춘무성」과 「화관」, 『이태준 전집 15, 무서록』, 서음출판사, 1988, 136면.

중요한 역할을 했던 사실은 잘 알려져 있다.[111] 특히 일본어가 국어이며 공용어인 현실적 · 역사적 상황 아래에서 '조선어로 문자생활을 한다는 것, 더욱이 심미적 활동의 문자생활을 한다는 것'에 대한 자의식은 연구지들이 꾸준히 관심을 갖고 들여다볼 영역이 아닐 수 없다.

문학 언어가 일상 언어와 다른 점에 대해서 일찍 눈뜬 사람들은 러시아 형식주의자들이다. 띠니야노프가 말한 '어휘론적 채색'이란 바로 시어(문학어)의 특성이다. 시어는 일상 언어의 어휘론적 통일성을 깨뜨리면서 문맥 내의 다른 단어들과의 관계, 위치, 상황에 따라 그 다양한 의미를 파생시킨다는 것이다.[112] 시의 정서적 · 심미적 기능이 인간 내부의 저 깊은 심연에서 작동하게 되는 것은 언어가 일으키는 이 같은 불가사의하고 신비스러운 측면 때문이다. 언어가 한 민족의 혼과 정신 형성에 지배적인 역할을 한다는 주장도 같은 이유로 설명할 수 있다.

이양하는 몇 백 년 동안의 한자어의 구속이 사라진 지금 현재 당면하고 있는 문제는 새로운 언어 정세라고 주장한다.[113] 그는 당시 조선어의 정세가 '물에서 나와 냄비에 떨어지는' 격이라고 표현한다. 그만큼 급박한 정세하에 있다는 것이다. 그는 '우리 세대 사람은 우리 조선말에 한하여서는 말답게 배우지 못하고 다른 말을 배우는 데만 전력을 다한다'고 주장한다. 이양하가 말하는 '다른 말'이란 소학교나 중학교에서 제도적으로 가르치고 있는 언어, 곧 일본어를 지칭하는 것임을 배제하기 어렵다. 일제말기 동화정책에서 황민화 정책으로 방향을 급선회하면서 조선어 사용을 금지하고 일본어 강습소를 1,000개 이상 설치했던 당시의 상황은 이양하의 '조선말 냄비론'에 긴박하게 감지되어 있다.

이양하는, 소학교나 중학교에서 충분히 조선말을 배울 기회를 갖는 것만이 조

111 송준, 『남신의주유동박시봉방』, 도서출판 지나, 1994, 282–283면.
112 유리 뜨이냐노프, 「시에 있어서의 단어의 의미」, 『시의 이해와 분석』, 열린책들, 1994, 123~135면.
113 이양하, 「조선어의 수련과 조선문학의 장래」, 『조선일보』, 1935.7.6.

선문학의 장래를 낙관적으로 생각할 수 있는 가장 간단한 조건이라고 말한다. 언어 습득의 기본 조건이 제도적 교육이라면 제도권 내에서 일본어 사용을 강제하고 조선말을 쓰지 못하게 하는 것만큼 언어 정세의 위기를 설명할 다른 길이 없는 것이다. 이양하는 조선어가 곧 문학의 장래이며 민족의 장래라고 말하고 있는 듯하다. 그러나 조선어 사용은 일제 말기로 가면 관공서, 학교 등의 제도권역이나 제도교육에서 거의 차단된다. 그 점에서 당시 문인들이 가지고 있던 언어의 위기감은 단순하지 않았던 것이다.

민간지의 역할을 소설 용어를 순조선문으로 고정시켜 문장상의 지위를 확립한 것과 조선문의 보급이라 평가한 임화의 인식[114]도 이양하의 논의와 연장선상에서 기억할 필요가 있다. 이양하나 임화의 논의를 빌리지 않더라도 특히 시 장르에 있어 조선어(母國語) 사용의 중요성은 언어의 특질상, 미학적 성격상 간과할 수 없다.

언어를 습득한다는 것은 단순히 하나의 낱말이나 어휘를 습득하는 것에 그치지 않는다. 그것의 음성적인 측면은 간단하게 습득된다고 해도 개념의 구성은 오랜 습득 기간을 거쳐야 가능해진다. 그 과정에서 개인은 언어 공동체의 오랜 규범과 정신을 습득한다. 언어가 문화재로서 기능하는 것이다. 인간은 성장하면서 언어 공동체의 언어 규범과 정신에 의해 지배받으며, 또한 동시에 모국어의 보존과 형성에 대해서도 일종의 책임을 지게 된다. 문화재로서의 언어 습득 과정은 곧 한 개인의 정신 형성 과정이기도 한 것이다. 이에 대해 L.바이스게르머는 모국어를 습득한다는 것은 언어 공동체의 사유세계에 들어가는 것을 의미하며, 언어를 통해 선조들의 정신세계를 이해하고 사유 행위의 토대를 얻는 것이라고 말한다.[115]

일제 말기 일군의 문인들은 '조선어 사용' 환경의 제약에서 벗어나기 위해 만주

---

[114] 앞의 2장 논의 참조.
[115] J. Leo Weisgerber, 『모국어와 정신형성』, 허발 역, 문예출판사, 1994, 165~173면.

에서 '조선어 문자 생활'을 하게 된다. 『만선일보』는 만주국 기관지였고 국내의 『매일신보』에 대응되는 신문이었음에도 불구하고 우리말 문자활동이 조선에서보다는 자유로웠던 것으로 알려져 있다. 염상섭, 백석 등의 문인들이 만주에서 '망명문단' 생활을 하게 되는데, 그 중요한 이유가 '조선어 문자 활동의 용이함' 이었다는 것은 역설적이다. 염상섭이 『매일신보』 기자생활을 하다 그만두고 『만선일보』 편집국장으로 초빙받은 것은 1936년 3월이었다. 그는 『매일신보』 기자 경력을 숨기기도 했는데[116] 이는 『매일신보』가 총독부 기관지로서 '친일 행위'를 한다는 자의식을 압박했던 때문으로 보인다. 이 시기 조선의 객관적 정서 하에서의 소설가로서 직업인으로서 느낀 압박은 그가 만주를 향해 떠날 수밖에 없었던 한 가지 요인이 된다.

> M(매일신문:인용자)신문사에서 쫓겨났던지 자진사퇴를 하였던지 하여 다시 본령인 작가생활로 돌아가려는 판인데 만주에서―그때는 일제의 관동군의 위압 밑에 봉천의 장작림, 장학량은 쥐구멍을 찾고 장춘이 신경이 된 첫 서슬인데 우리말로 내던 일간지를 혁신하였다고 이 알량한 나를 불러갔다. (…중략…) 그때의 M(만선일보:인용자)지는 그야말로 백만 재만동포의 표현기관이요, 복지와 문화적 향상을 위하여는 물론이요, 당장 아쉬운 고비에는 〈여기 나 있노라〉라고 외마디소리라도 칠 수 있고, 떳떳이 할 말은 하여야 할 창구멍으로서라도 그 존재가치는 실로 중한 것이었다. 여하간 그때의 감독기관인 관동군 보도부에서 보낸 일인(日人) 주간의 날카로운 감시를 받아가면서 신문의 제호부터 고치고 인재들을 끌어들여 내딴에는 지면을 쇄신하여 놓았었다.[117]

[116] 김윤식, 『염상섭 연구』, 서울대학교 출판부, 1989, 615면.
[117] 염상섭, 「횡보문단회상기(1)」, 『사상계』, 1962.12, 208면.

일제 중반기 이후 국내의 언론 검열은 극도로 심해져 문필가들은 대개 억압적인 상황 아래 놓였다. 정치적 도덕적 검열은 대체로 지식인들을 그들 사회로부터 소외시키는 주된 요인이 되는 것이다.[118] 염상섭의 만주행은 소설가로서, 직업적인 글쟁이로서의 도덕감과 의무감이 근본적인 동기가 되었다. 염상섭이 편집국장으로 있던 1936−1939년(1939년 8월 이직)을 전후로 해서 『만선일보』 학예면은 활기를 띠게 되었고 편집권도 비교적 자유로웠다. 염상섭이 만주 안동 대도항 건설사업 산전부로 옮긴 뒤 일본인 관원이 편집국장으로 오게 되는 이 시기를 전후로 검열이 가혹해지면서 조선 국내 사정과 별반 다르지 않게 된다. 특히 학예면에 실린 조선어 작품을 번역하게 해서 검열을 하는 통에 염상섭이 편집장으로 있던 시절에 비해 상당히 어려운 상황에 처해 있었다.

만주에서 문인들은 『재만수필선』(1939), 『재만조선시인집』(김조규 편, 1942) 등을 간행한다. 특히 재만조선인 창작집 『싹트는 대지』(신형철 편, 1941)는 재만조선 문인들의 창작적 역량의 응집물로 염상섭이 서문을 쓴 것인데, 안수길의 다음 회고는 당시 신문과 조선어 문자활동 간의 관계를 보여준다.[119]

〈만선일보〉 시절에 잊을 수 없는 분이 신형철 씨다. 그때 둘 사이에는 "여기다 망명 문단을 만들어야 한다. 국내에서 말살되고 있는 우리 어문을 지켜야 한다. 그리고 문학을 살려야 한다" 이런 의견이 교환되고 그 구체적인 방안으로 신문지면은 지금대로 발전하였으나 작품집을 내야 한다는 의견이 속출이었다.[120]

1936년경에 『만선일보』에는 편집장 염상섭을 중심으로 안수길, 박팔양, 신영

118 Lewis. A. Cose, 이광주 역, 『살롱, 카페, 아카데미』, 지평문화사, 1993, 27면.
119 김윤식, 『염상섭 연구』, 635면.
120 안수길, 「용정, 신경시대」, 『한국문단이면사』, 강진호 편, 깊은샘, 1980, 237면.

우 등이 기자로 활동하고 있었다. 일종의 망명문단으로까지 인식되기도 했던 『만선일보』의 '학예면 문단'을 중심으로 만주에 진출했던 사람은 현경준, 함형수, 유치환, 김조규, 김달진 등이었다. 무엇보다 이곳 만주에서의 그들 작가로서의 정체성의 근거는 조선어문으로 작품활동을 한다는 것, 그리고 좀 더 자유롭게 작품활동이 가능하다는 것 등이었다. 이들 작가들이 보여준 '모국어 수호'에 대한 감각은 1920년대에 불어 닥친 애국계몽기의 개화문명의식이나 자강 의식보다는 한층 내면 깊은 곳에 자리하고 있었고 질적인 층위가 달라져 있다. '조선어 수호' 의식이 이데올로기적인 전제나 민중 계도를 위한 계몽적 차원에서 이루어지지 않은 탓에 실제로는 더 강렬한 의미를 내뿜었다. '조선어'가 문예어로서의 기능과 심미적 성격을 부여받고 있었던 것이다. 그들은 '신문 학예면'과 '창작집'을 통해 조선어의 생명력을 지속시키고자 하는 의식의 일단을 보여준다. 언어가 심미적인 성격을 부여받을 때 그 생명력의 지속과 발전이 가능하다는 것이다.

이 같은 인식은 1939, 40년경 만주에 머물면서 『만선일보』에 몇 편의 글을 싣고 있는 백석의 경우에도 뚜렷이 확인된다. 백석의 만주 시절은 무척 곤궁한 것이었고 그 곤궁을 덜 목적으로 실었다는 몇 편의 글이 남아 있다. 『만선일보』에 실린 글 중 확인할 수 있는 것은, 「슬픔과 진실」(1940. 5. 9—10), 「조선인과 요설」(1940. 5. 25—6) 두 편이다. 백석의 인식은 좀 더 내면화 되어 있고 심층적인 차원에서 전개된다. 검열의 상황이 악화되어서인지, 백석의 글은 좀 더 상징적이고 암시적으로 처리되어 있다. 그러나 그 글의 주제나 어조는 강렬한 민족의식을 환기시킨다.

「슬픔과 진실」은 원래 박팔양(여수)의 시집 『여수시초(麗水詩抄)』를 서평한 글이다. '속된 세상에서 가난하고 핍박을 받아 처량한 것'을 이기는 것은 '슬픈 정신'

이라는 것이 주요 내용이다. 시인은 진실로 슬퍼할 줄 아는 혼을 가진 사람이며 그만이 이 '속된 세상에 그득찬 근심과 수고'를 덜 수 있다. 시인의 혼은 진실되므로 슬픔과 근심과 괴로움 속에서도 즐거움을 가질 수 있다는 것이다. '슬픈 정신'은 세상과의 소통을 단절하다시피 한 백석의 생애를 조망하게 하지만, '조선인'의 삶을 비판한 백석의 시선을 관통하면서 당대적 삶의 실천 문제로 확대된다.

「조선인과 요설」은 조선인들의 말과 삶의 문제를 암시적이면서도 비판적인 시선으로 훑어내린다.

조선인의 무엇으로 말이 만을 것인가, 무엇으로 그러케 요설하지 안흘 수 업는 것인가. 무엇이 그렇게 차고 넘치는 것이 잇는가. 무엇이 그러케 글허을흐는 것이 잇는가. 조선인은 그 무거운 자성과 참회와 속죄의 염으로 해서라도 오늘 누구를 계몽한다 한 것인가, 무엇을 관명하고 어떠케 비판한다 할 것인가. 조선인에게 진실로 침통한 모색이 잇다면 이 요설이 헛된 수작과 실업은 우슴이 어떠케 잇을 것인가. 더욱히 조선인이 진실로 광명의 대도를 바라본다면 큰 감X과 희열로 해서라도 어떠케 참으로 이러케 요설일 수 잇슬것인가.[121]

백석은 조선인인 비애와 긴장과 흥분을 갖지 못한 것을 비판하면서 조선인들이 진실로 침통한 모색과 분노를 가질 것을 요구했다. 생각 없이 지껄이는 '수다와 요설'에서 백석은 '멸망'의 근거를 찾았다. 그는 '생각'이 민족의 정신과 혼, 그리고 혼의 심저, 더 나아가서 존멸의 운명까지 가늠할 수 있는 것으로 이해했다. 동양의 혼은 무겁고 깊은 것이지만 이제 조선인은 그 침묵하는 것조차 잃어버리고 그

---

[121] 백석, 「조선인과 요설: 서칠마로 단상의 하나」, 『만선일보』, 1940.5.25-26.

잃은 것까지도 망각한 상황에 도달했다는 것이다. 그것은 백석에게는 놀랍고도 두려운 일이었다. 백석은 인도의 푸른빛에서 항하만년의 흐름에 젖어 있는 생명의 발광을 보았다. 일망무제의 몽고의 초원에서 적막을 보았다. 그것들은 침묵함으로써 생명에 가까운 숭엄함과 무게를 보여주었다. 그러나 '요설과 수다'의 조선인은 인도의 '빛'도 몽고의 '무게'도 다 잃어버렸다는 것이다. 조선인은 자랑과 희망이 아니라 근근과 분노를 보여야 했고 심각한 고통을 가져야 했다. 비록 몸에 남루를 걸치고 굶주려 안색이 창백한 듯한 사람이나 민족이라도 깊은 생각을 가졌다면 오히려 천근의 무게가 있다. 그러므로 백석은 '조선인은 침묵해야 한다'고 썼다. '입을 다물고 생각하고 노하고 슬퍼하라. 진지한 모색이 있어 더욱 그러할 것이요. 감격할 광명을 바라보야 더욱 그러할 것이다'라고 덧붙였다. 침묵의 무게에서 백석은 조선인의 진정한 분노와 근신과 비애를 찾고자 했던 것이다.

남부여대하고 살 터전을 찾아 떠나온 만주에서 백석은 '말의 무게'에서 조선민족의 운명을 보고자 하였다. 백석은 '침묵하는 정신'이 내면적 말과 진정한 슬픔의 자각에서 오는 것으로 이해했다. 침묵은 사유와 정신과 혼과 슬픔을 같은 지층에서 묶어주었다. 이것만이 조선인의 혼을 저 슬픔의 깊은 지층 아래에서도 흔들리지 않게 꽉 붙잡아준다고 믿었다. 말은 혼이 부여된 것이었고 그것은 침묵하고 사유하는 가운데서 얻어진 것이다. 백석이 평생 추구해온 '니면적 말'의 중요성이 만주에서 현실적이고 실천적인 근거를 가지면서 무게를 얻었던 것이다. 그때 그는 땅을 잃고 나라를 잃고 언어를 잃고 만주까지 떠나온 우리 민족의 현실을 보았다. 백석에게 말은 혼이자 정신이었다. '내면의 말'은 땅을 잃고 언어를 잃고 먼 이역까지 쫓겨난 조선인이 그 고난을 헤쳐갈 진정한 무기였다. 혼으로 충만된 말은 숭고함과 무거움으로 백석에게 기억되었던 것이다. 그것은 그가 남긴 시를 통해 구체화되었다. 『북방에서-정현웅에게』가 떠나온 우리 옛 땅과 전통에 대한 회한과 자기성찰로 가득차 있음은 우연이 아니다. 만주로 가기 이전 곧 국내에서 발표된 많은 시들이 그 자체로 모국어의 아름다움을 우리에게 보여주고 있다면,[122] '만주 체험'의 시들은 우리의 역사와 민족혼이 깃든 언어를 통해 모국어의 아름다움을 일깨워준다.

한 시대의 언어는 존재론적으로 혹은 기능적이고 도구적으로 존재하면서 언어의 참모습을 보여준다. 특히 그 언어를 사용하는 상황이 자유롭지 못한 시대에 있어서는 더욱 그러하다. 그런 점에서 모국어를 통한 문자활동을 할 수 있는 매체의 존속과 기능은 중요하다. 일제시대 민간지 학예면의 역할이 중요했던 이유는 여기에 있다.

학예면의 주요 필진들은 한편으로는 문인들이었고, 그들 가운데 많은 문인기자들이 존재한다. 1930년대 문학 및 문화예술 담론을 생산하는 주요 주체들이 바로 문인기자들이다. 1930년대 문인기자 시대를 연 가장 중요한 인물이 바로 김기림이다. 다음 장에서 우리는 김기림과 김기림 주변의 문인들이 열어간 문인기자 시대의 한 장면을 그들의 인적 네트워크를 재구성하면서 살펴보게 될 것이다.

---

[122] 1930년대 중요한 시적 주제는 '고향 의식'이었고 이와 관련된 많은 논의들이 뒤따랐다. 이 논의들에서 시사하는 시인들의 모국어 체험은 그 의미가 중요하다고 하겠다. 이효석, 「영서의 기억」, 『조광』, 1936.11; 오장환, 「백석론」, 『풍림』, 1937.4; 임화, 「문학상의 지방주의」, 『조광』, 1936.10; 박용철, 「시집 〈사슴〉 평」, 『조광』, 1936.4; 백철, 『신문학사조사』, 1983, 551~552면 등 참조.

서적형 인간에서 신문형 인간으로　　|　　| **02**

1. 김기림, 조선일보사의 가장 나이 어린 사회부 기자가 되다

김기림은 일본 예술대학 문과를 졸업하고 귀국해 1930년 4월 20일부로 『조선일보』
에 입사해 사회부 기자가 된다. 당시만 해도 신문 기자가 되는 정식 코스가 있었던
것은 아니었다. 신문사에서 원고료를 아낄 방편으로 문인들을 특채해 연재소설을
쓰게 하는 방식으로 문인들을 채용하는 경우도 있었고 신문사 관계자와 잘 아는 사
이거나 경영주와 동향이라는 이유로 기자가 되는 경우도 있었다. 전자의 예로 대표
적인 경우가 이광수이다. 이광수가 신문 기자가 된 것은 기자라는 직업 자체에 대한
이광수의 관심 때문이 아니었다. 『무정』은 『매일신보』에 실려 큰 인기를 끌었는데,
무정을 쓸 당시에 이광수는 『매일신보』 기자였다. 당시 일간지들이 원고료를 아낄
방편으로 문인들을 기자로 채용해 연재소설을 쓰게 한 것은 알려진 사실이다.[123] 한

---

[123] 정진석, 「인물로 본 한국언론 100년 11.문인언론인들—한말 일제치하」, 『신문과방송』, 1992.4.

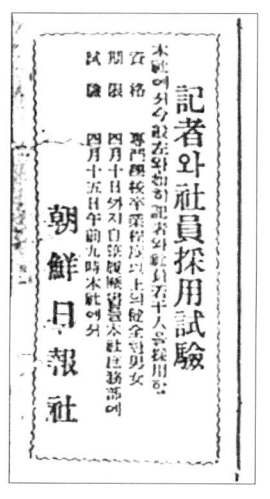
■■ 김기림이 공채 1기 기자로 입사
하게 되는 '조선일보 기자 시험
공고'(1930.4.1)

편, 서정주는 동향이었던 『동아일보』 사장 김성수의 호의로 『동아일보』 기자가 된 경우였다.124 그러나 이 둘 다 기자로서 제몫을 충분히 했는지는 선뜻 수긍하기 어렵다. 후일 이광수는 조선문학의 대가가 되어 기실 연재소설의 내용에서가 아니라 '이광수'라는 이름, 그것이 갖는 브랜드 가치를 적극 신문 지상에 활용했다. 이광수는 이미 '명사'의 지위에 올라 신문 '기자'가 아닌 민간 신문의 '관리자'로 등극하게 되기 때문이다. 이광수는 한꺼번에 부사장 겸 취체역, 편집국장, 학예부장, 정리부장 등 무려 5개의 직책을 맡기도 했다.125 이는 기자로서의 '그릇'보다는 소설가라는 '인물'이 크게 작용했던 것임을 보여준다. 이로써 비추어 본다면, 서정주가 사회부 기자로서 제 역할을 하지 못했을 것이라는 것도 기실 충분히 예견되는 바다.

그러나 김기림은 당시로서는 좀 독특하고 전문적인 기자 입문 과정을 거치게 된다. 그것은 공채 형식이다. 『조선일보』가 일제시대 기자 공채를 실시한 것은 두 번(1930, 1936)이다

첫 번째는 1930년 4월 15일에 치뤄지는데, 1차 공채시험 예고 기사는 4월 1일자에 나와 있다. 실제 시험 실행 기사는 『조선일보』 1930년 4월 16일에 나와 있다. 전문대학교 및 대학 출신의 응모자가 백이십 명에 달했다고 보도하고 있다. 1, 2차

---

124 서정주, 『미당자서전』 2, 민음사, 1994, 207면.
125 조선일보사 사료연구실, 『조선일보사람들』 1, 랜덤하우스중앙, 2004, 312면.

시험 문제도 현재 확인되고 있다.

당시 1차 기자 시험 문제는 철필 1호(1930.7.9)에 나와 있는데, 현재도 생소한 '모라토리엄' 같은 경제용어가 시험 문제로 출제될 정도로 문제의 난이도가 높았다.

가) 나는 왜 신문기자가 되려는가(논문)

나) 종로서閣에 불이 낫다면 어떻게 무엇을 조사보도할까(기사문)

다) 좌기 단어를 간단히 해설하라.

데몬스트레슌, 조광조, 린드빽, 벨사유, 불복종운동, 모라토리엄, 정당방위, 리오데자러로, 푸리모, 리벨라, 靑黨운동, 완전보장, 상가婦選운동, 蔣中正, 코스모폴리탄, 아관파천, 綠肥, 스팀손, 스탈린

김기림은 이 공채 시험에서 이상재 선생의 손자인 이홍직 등과 함께 우수한 성적으로 합격하게 된다.

신문기자로서 김기림의 면모를 알 수 있는 몇 편의 기록이 있다. 첫 번째는, 신문 기자들이 펴낸 『철필』의 기록이다. 젊은 기자로서의 김기림의 면모와 패기와 젊음이 강렬하게 느껴지는 기록이다.

김기림(25)씨 조선일보사에서는 가장 나이어린 기자로 금춘 동사기자 채용시험에 입격하야 사회부의 재근 중이다. 출생지가 함북 성진인만큼 기질조차 씩씩한 북도의 기품을 타고나 어대로보던지 튼튼하고 미듬성있는 청년으로 보인다. 아직 신문

계에는 초보인 씨가 외근구역으로는 가장 까다로운 종로서를 마타가지고 맹렬히 활동하는 것을 볼지라도 앞날의 만흔 기대를 갓고 있다. 더욱히 씨는 일본 대학교 문과를 졸업한 수재이다. 담당구역은 종로서 외 동대문서 각 사회단체.[126]

두 번째는 이선희의 기록이다. '김모범청년'이라 불릴 만한 성실성을 지녔으며, 이지적이고 분석적이면서 인간적인 품성을 가진 인간형으로 알려진 김기림에 대한 세간의 인상과 다르지 않다.

그가 근무하는 회사에서는 그의 지각이나 조퇴를 보지 못합니다. 일의 능률은 3인분 4인분을 손쉽게 해냅니다. 그 社 사장이나 사무는 그를 수족같이 신임하고 점점 승급을 시킵니다. 엉뚱한 노인네들은 두 번 얻지 못할 사위감이라고 매파의 집을 부리나케 찾을 것입니다. 이분은 어떤 노는 자리에 참석하면 유쾌하기를 노력하고 음식을 잡수시면 맛있고 영양되기를 노력하고 젊은 여인을 대하면 높은 도덕율을 가지기를 노력하십니다. 보기좋게 균형된 체격에 늘 무엇을 찾는 듯한 감각적인 눈과 네모진 입가에 시원스런 우슴이 음모하고 있습니다.[127]

당시 기자로서도 그 능력이 출중하고 사내 평판이 아주 좋았음을 확인할 수 있다.

세 번째는 이석훈의 회고이다.

내가 개벽사를 그만둘 무렵에 김기림 씨가 한 동안 입사를 하야 잠시 같이 일을 본

---

126 이면기자, 「3대 신문사 인재 순례기-제1편 사회부」, 『철필』 2-1, 1931.2.
127 이선희, 「작가 조선인 군상」, 『조광』, 1936.4.

일이 있다. 그 쓰는 글과는 대단히 거리가 머언 북구적인 선이 굵고 축구감독 같은 풍모를 가진 씨를 대할 때 나는 놀라지 않을 수 없었던 것이다. 근심, 우울, 센티멘탈리즘 ETC를 조곰도 모를상싶은 명랑성이 농후한 반면에, 가만히 흐르는 '나이브'한 성품의 감각은, 그 친절성과 함께 절대한 매력을 구성하고 있다. 까닭에 사귀는 즉시로 친해질 수 있는 사람인 듯한 깊은 친분을 준다. 그러나 일즉이 내가 〈신동아〉에 발표한 나의 졸작시 『백화점에서』 외 2권에 대하야 언젠가 길에서 만나, 크게 웃고 크게 악수를 걸면서 "앞으로 석훈 씨는 시만 쓰시오" 그 외교술에는 적지아니 불쾌한 우정을 느낀 것이었다. 왜 그런고 하면 내 자신 그 시를 그리 잘된 것으로 알고 있지 않은 터에 시만 쓰라는 과찬은 나의 소설이나, 다른 글에 대한 자존심을 저저阻害한 때문이다. 내 자신 소설로써 대성하려는 야심이 있었고, 그때까지 조선말로 쓰기 시작한 지 불과 2년밖에 안 되는 말하자면 출범시초이었기 때문이다. 이런 일이 있은 뒤부터 나는 얼마 동안 씨를 가까운 벗으로 접근하려는 것보다, 일종 경계 비슷한 이상한 심리가 움지김은 어찌할 수 없었던 것이다. 이것은 나의 괴벽탓일른지 모른다.[128]

네 번째는 같이 『조선일보』 편집국에서 책상을 마주하고 있던 동료 기자 이원조이다. 이원조는 김기림이 제2시집 『태양의 풍속』을 출간하자 김기림의 사회부 기자로서의 걸출한 능력을 넌지시 암시하기도 했다.[129]

김기림 씨가 사회부 기자로 단일 때 편집자에게 드르니 씨의 특징은 세상업는 통계 수자투백이인 기사재료라도 그것이 한 번 씨의 손에 들어가서 기사로 되면 어떠케

---

[128] 이석훈, 「(속) 작가인상기」, 『중앙』, 1936.5.
[129] 이원조, 「김기림 제 2시집 태양의 풍속」, 『조선일보』, 1939.12.11.

하던지 독자들이 재미나게 읽을 수 있는 사회면 기사를 만든다는 것이다. 이것이 씨에게 명예스러운 일인지 몰라도 나는 이번 씨의 신저인 『태양의 풍속』을 읽고 우연히 이 말이 생각났다.

김기림의 시들이 이미지 중심이며, 19세기와 동양과 센티멘탈리즘으로부터의 탈출을 꾀한 것이라는 지적을 하면서 이원조는 무엇보다 김기림의 사회부 기자로서의 능력을 슬쩍 건드리고 있는 것이다.

몇몇 당시 지인들의 눈에 비친 김기림의 이 같은 면모를 생각해 보면 김기림이 오랫동안 기자 생활을 한 데에는 그 동력을 스스로의 내부에 두텁게 가지고 있었다는 말과도 통한다. 그래서인지 김기림 스스로도 분명하게 기자로서의 정체성을 가지고 있었던 것 같다. 그가 입사 첫날의 편집국의 풍경을 묘사한 글에서도 그의 기자로서의 내면적 동력이 분명하게 드러나 있다. 속도감과 민첩성으로 인식되는 현대 저널리즘의 도래를 폭풍 같은 내면의 목소리로 열정적으로 표현하고 있는 것이다.

현대의 '저널리즘'의 가장 완전한 구현을 우리는 '현대의 신문'에서 발견한다. 신문은 민중의 모든 층에 침식하고 있다. 그것이 현대인의 생활 위에 던지는 파문은 압도적인 것이다. 신문의 힘은 실로 폭풍과 같은 형세로 현대인의 정신적 생활과 육체적 생활을 동요시키고야 만다. 신문을 떠나서 생활하는 그 하루는 곧 그가 현대라고 하는 시간적 이동의 수준에서 그만치 낙후되는 것을 의미하는 것이다. 우리는 이것을 통하여서만 급격한 '스피드'와 말초신경과 색채와 '일루미네이션'과

'마네킹'과 '스트리트걸'과 '모보'의 넓은 '팬츠'와 '모거'의 육감적인 다리와 '배즈'와 '레뷰'와 이것이 교차하는 탁류라기에는 너무나 선명한 현대생활의 분위기에 참여할 수 있다.[130]

김기림이 시와 수필에서 즐겨 사용하는 '모던 생활'로 대표되는 일상적 지표들, '모보, 모걸, 마네킹 스트리트 걸' 등이 '스피드와 말초신경과 색채와 일루미네이션'으로 상징되는 저널리즘의 속성과 간단없이 연결되어 있음을 이 글에서 확인할 수 있다. 김기림에게 저널리즘은 현대 일상생활에 강력하게 작용하는 혁명적 동인의 하나였다.[131] 김기림은 '저널리즘의 거대한 기구에 접촉하며 현대의 첨단을 걷기 위하여 신문기자 생활이라고 하는 한 개의 무생물에 가까운 혹사의 고난을' 선택하게 되었던 것이다. 이로써 김기림은 저널리즘의 출현을 '현대적인 것'의 한가운데에 놓고 있었음이 판명되는데, 그의 모더니즘 시론이나 비평은 현대 저널리즘이 갖는 속성들과 긴밀하게 작용하고 있었다. 적어도 김기림은 이른바 '서적형 인간'과 '신문형 인간'의 성격을 동시에 가지고 있었던 인물이라고 볼 수 있는 것이다.[132] 맥루한은 '서적'과 '신문'이라는 매체의 특징을 구별하고 있는데, 이는 간단히 '서적지향적 인간'과 '신문지향적 인간'으로 확장할 수 있을 것이다.

서적이라는 것은 하나의 '견해'를 제공하는 사적 고백의 형태이다. 그러나 신문은 공공의 참가를 촉진하는 집단적 고백의 형태이다. (…중략…) 이미 1830년에 프랑스의 시인 라마르틴(Lamartine)은 '서적이 완성되는 속도가 너무 느리다'고 하면서 서적과 신문이 전혀 다른 형태라는 것에 주의를 기울였다. 가령 식자와 뉴스 취재

---

130 김기림, 「신문기자로서 최초의 인상」(이 제목은 '목차'에 기재된 제목이며 본문의 제목은 '신문기자로서의 최초 인상'이다. 김기림 서지를 작성한 책마다 이 글의 제목이 다른 것은 『철필』에 게재되었을 때의 이 같은 착오와 관련 있다.), 『철필』1-1, 1930.7.
131 아놀드 하우저, 앞의 책, 현대편, 14~15면.
132 마샬 맥루한, 박정규 역, 『미디어의 이해－인간의 확장』, 커뮤니케이션 북스, 1997, 293-312면.

의 스피드를 떨어뜨리면 신문의 형태뿐만 아니라, 글쓰는 사람의 문체에도 변화가 생긴다는 것이다.[133]

서적에 비해 신문은 각종 많은 정보를 한 지면에 모자이크 식으로 배열하는 이른바 '3면 기사'적 성격을 가지고 있을 뿐 아니라 신문 제작의 형태 자체가 근본적으로 서적의 경우와는 다르다는 것이다. 따라서 '뒷 이야기'의 효과 자체도 서적이 저자의 정신적 모험의 뒷 이야기에 초점이 맞추어진다면 신문은 사회의 뒷 이야기에 초점을 맞춤으로써 사회의 어두운 면, 곧 범죄와 같은 면을 비출 때 그 효과를 가장 잘 발휘한다는 것이다. 이는 문화 수용자의 입장에서도 차이를 나타내게 되는데, 이른바 '문자문화적 교양인' 곧 '서적지향적 인간'은 광고세계의 도상학적 다양성을 이해하는 데는 그다지 능숙하지 못하다는 것이다. 그들이 광고를 무시하거나 개탄하는 일은 있어도 이것을 연구하거나 즐기는 일은 드물다. 그래서 이들은 광고가 없어지면, 따라서 광고주의 압력이 없어지면, 신문이 좋아진다는 환상을 가지게 되는 것이다. 문인기자들 중 순문학에 대한 애착이 가장 강했던 김동인이 신문의 광고에 대해 그토록 강하게 비판했던 연유를 이해할 수 있는 대목이다. 김동인은 철저하게 서적지향적 인간이었던 셈이다. 맥루한은, 서적의 독자나 작가가 신문의 거대한 공동체적 힘에 대한 적의를 드러내는 것은 당연하다고 말하고, 서적과 신문은 그래서 도저히 양립하기 어려운 것 아닌가 반문하고 있다.[134]

그러나 적어도 김기림의 신문에 대한 인상은 달랐다. 그는 신문의 모자이크적 특성이나 '3면기사적 성격'에 대한 부정적 인식의 차원에 머무르지는 않았던 것 같다. 보들레르 이후의 상징주의 시인들과 초현실주의 시인들이 가졌던 신문 지면 구

---

133 마샬 맥루한, 위의 책, 294–297면.
134 마샬 맥루한, 위의 책, 312면.

성의 모자이크적 특성을 '병치은유적' 속성으로 파악하고, 그것을 전위적으로 이해한 것도 결국 저널리즘의 인식론적 틀 안에서 가능했던 것으로 보인다. 김기림이 다다, 초현실주의, 이미지즘 등 중심이 되는 현대시론의 수용과 소개에 힘쓴 것과도 연결되는 대목이다. 김기림 시의 모자이크적 특성이나 모더니즘에 대한 이론적 기반 역시 심층적으로는 신문기사의 지면 구성과 그 특성을 공유하게 된 점과 무관하지 않은 것이다. 이는 그의 시를 설명할 때 좀 더 자세하게 논의할 기회가 있을 것이다.

김기림은, 신문사에 첫 출근한 뒤 받은 인상을 미래파 화가 마리네띠가 그린 한 편의 말 그림에 비유한다. 마리네띠의 말 그림에서 받은 속도감과 경쾌함 등의 인상이 그의 모더니즘 시론에서 주장한 명랑성과 선명함, 현대적 감각과 질적으로 유사한 차원에 있음을 확인하는 것은 어렵지 않다. 이는 그의 '모더니즘 시론'이 저널리즘 자체가 가진 시사성과 속도감, 현대성에서 경향 받았음을 보여주는 것이라 하겠다. 특히 기자 김기림의 면모를 알려주는 이원조의 증언[135]이나 일찍이 사회주의에 눈뜨고 사회부장, 조사부장을 한 경력이 있는 이여성 등과의 관계[136] 등은 김기림을 이해하는 데 중요한 참고사항이 될 것이다. 1920년대 사회주의에 깊은 관심을 가졌던 이여성과의 우정은 동료 기자에 대한 단순한 호감을 넘어서 있고, 잭 런던과 같은 공상적 사회주의자에 대한 관심 또한 그의 글 곳곳에 남아 있다.

노동 문제에 대한 관심, 민족 문제에 대한 울분, 시의 사회성에 대한 천착 등 김기림이 가졌던 기본적인 관심은 기자생활에서 온 현실감각과 보편적 지식인으로서 갖는 비판의식에서 비롯된 것이다.[137]

---

135 이원조, 앞의 글.
136 김기림, 「붉은 울금향과 「로이드」 안경」, 『전집』5, 346~347면.
137 박헌호, 『식민지근대성과 소설의 양식』, 소명, 2004, 332면.

■■ '기자 생활'과 '창작생활'의 '이중생활'을 고민하면서도 염상섭은 이 '쌍수집병'의 생활을 기꺼이 선택했다. 「삼대」 첫 회가 실린 신문 지면. 삽화는 안석영이 그렸다.(1931. 1. 1)

2. 역설(paradox)에서 평행(parallel)의 시대로

바르트나 사르트르는 문인으로서의 글쓰기와 기자로서의 글쓰기를 근본적으로 다른 것이라고 보았다. 문인으로서의 글쓰기가 진정성과 진리성을 담보한 것이라면, 저널리즘적 글쓰기란 지식서사의 유희적 충동과 별반 다르지 않다는 것이다. 바르트는, 단순히 정보를 전달하는 '지식서사(écrivant)'와 공통 언어의 수호자이면서 비정보로서의 언어를 추구하는 '작가(écrivain)'를 구별했다. 유사한 맥락에서 사르트르 역시 '지식서사'와 '지식인'을 분리할 수 있었다. 우리 근대 문인들의 경우 유사한 사고의 테두리 안에 있었다. 뿌리 깊은 '문사'적 전통의 영향과 존엄한 작가주의적 경향으로 인해 글쓰기에 대한 편향된 시각은 더욱 확고했던 것 같고, 1910년대부터 이미 문인들이 기자 생활을 하게 되지만 이 같은 생각은 별로 달라지지 않았던 것 같다. 당시 대부분의 문인들은 기자 생활과 작가 생활이 양립하기 어렵거나, 더욱 본질적으로는 '과부가 서방질을 하는 격'일 정도의 품격이 낮고 비윤리적인 것으로도 인식하고 있었다. 일본에서도 '신문은 번창해가고 문장은 졸렬해진다'는 속언이 유행했다. 그러나 작가생활로 받는 '새발의 피쯤되는 원고료, 그것도 가물에 콩나듯이 받는 원고료'로는 생계가 유지되지 않았다. 그래서 염상섭, 현진건 등의 당대 걸출한 문인들이 생계를 위해 기자 생활에 뛰어들었다.

생활이나 일상의 문제를 이른바 '가치중립적인 시선'으로 보고자 했던 염상섭의 경우도 문인의 글쓰기와 기자의 글쓰기를 '다른 것'으로 보는 시각을 견지하고 있었고, 자신이 기자로서 '하류'의 글쓰기를 하고 있다는 자괴감은 다른 문인 기자들과 크게 다르지 않았다. 툭하면 신문사를 때려치우고 나가는 것으로 유명했던 염상섭의 일화는, '하류의 글쓰기'에 대한 상처받은 자아의 보호 본능인지, 그의 다혈질적인 기질 때문인지 확인하기는 어렵다. 1920년 4월 『동아일보』 정경부장이었던 진학문의 추천으로 『동아일보』에 입사했다가 석 달 만에 뛰쳐나왔고, 1921년 『조선일보』 사장 남궁훈의 추천으로 편집국장에 발탁되었다가 사흘 만에 사표를 던진 경력을 염상섭은 가지고 있었다. 툭하면 기자 생활을 걷어치우고 방구석에 틀어박혀 있던 염상섭을 억지로 끌고 나가 신문사에 취직 시켜 준 것은 백화(白華) 양건식이었다. 염상섭은 1922년부터 1925년까지 최남선이 창간한 동명과 그것의 후신인 『시대일보』에서 기자 생활을 하다 1929년 9월 다시 『조선일보』 기자 생활로 돌아간다.[138] 염상섭이 『조선일보』 학예부에 입사할 수 있었던 것은 주필인 민세 안재홍과 편집국장 한기악의 도움이 컸다. 당시 안석주가 학예부장을 맡고 있었는데, 염상섭이 한 일은 주로 독자 투고와 응모작품을 심사하는 것이었다. 말하자면 지금의 '독자부' 기자 노릇을 하게 된 것이다. 자존심 강하고 꼿꼿한 작가 정신을 가졌으며 작가와 기자 양 다리 걸치는 것에 대한 끊이지 않는 자괴감에 시달렸던 염상섭이 이 일을 맡으면서 가졌던 '무참한 존재로서의 자기 의식'은 아마 말할 수 없이 컸을 것이다. 그 '구차한 기자 생활 속에서' 나온 것이 한국 근대문학 불세출의 출세작 『삼대』(1931.1.1–1932.9.1)이다. 명작은 고난의 생활과 가혹한 환경에서 나오는 것이

---

[138] 조선일보사 사료연구실, 『조선일보 사람들』, 2004, 203–204면.

라는 '낭만적 예술가의 신화'를 염상섭은 이 대목에서 증명해 보였다. 어떻게 보면 그에게 신문 기자 생활이란, 물질적 궁핍함을 달래주는 것이기보다는 정신적 궁핍함, 존재론적 결핍감의 승화 무대였던 것이다. 그 존재론적 치열함의 무대, 더 이상 '방법이 없는 환경'이 걸출한 연재소설의 탄생 무대가 된 격이라고 할 수 있을지 모르겠다. 염상섭의 『삼대』는 신문 연재소설이 통속소설 혹은 대중소설이며 격이 낮다는 항간의 인식을 깨는 대표적인 '신문 연재소설'이 된다. 염상섭은 후일 이 시기를 회상하면서, '통틀어 작품의 수명이란 두고두고 보아야 할 미지수에 속하는 일이다'고 지나가듯 한 마디 툭, 걸쳐 놓았다.139 그의 언급이 아니더라도 삼대에 걸친 가족과 사회의 몰락을 그린 『삼대』는 염상섭 문학의 대표작이자 한국 근대문학의 대표작으로 자리매김된다.140

그러나 염상섭은 기자 생활을 하면서도 기자 생활 자체에 대한 정당성을 끝없이 환기하고자 하는 욕망을 버리지 않았다. 심각한 자의식은 콤플렉스의 이면이기도 한 것이다. 그는 문인이면서 기자인 이 같은 '이중생활'을 '雙手執餠'의 두 갈래 물결이라 불렀다. 염상섭은 작가 생활도 신통치 못하면서 그 알뜰한 '무관제왕'의 생활로 반편생 늙어왔다고 한탄 아닌 한탄을 하기도 한다. '기자생활을 하면서 창작생활을 겸무겸직으로 하자면 머리의 조직부터 달라야 하고 체질과 건강이 쬔병아리나 골생원으로 생겨서는 안 될 일이다'라고, 기자와 문인의 존재를 근본적으로 다른 종류의 인간으로 갈라놓는다. 그러면서도 염상섭은 기꺼이 기자이자 문인의 이중적인 삶, 곧 '쌍수집병'의 삶을 선택했다. 그것은 당시 생계유지를 위해서는 어쩔 수 없는 것이기도 했다. '순수한 글쓰기와 오염된 글쓰기'의 이중생활에 대한 이 같은 내면적 갈등에도 불구하고 많은 문인들은 신문 기자라는 생업에 뛰어든다. 이

---

139 염상섭, 「횡보 문단 회상기」, 『염상섭 전집』 12, 민음사, 1987.
140 김윤식, 『염상섭 연구』, 509면.

른바 '문인기자'가 되는 것이다. 그리고 그들은 이 같은 이중생활을 고뇌하면서도 자신의 직업을 정당화 할 수 있는 지식 정보를 검토해 나간다. 그곳엔 서구 작가들의 경우가 표본처럼 존재해 있었다. 『인간희극』 작가 오노레 드 발자크(Homré de Balzac(1799~1850))가 그 표본이었다. 이제, 문인기자들의 순결한 작가 의식에 대한 고집은 일면 포즈적인 것이고 다른 한편으로는 뚜렷한 자부심의 근거가 된다. 서구에서도 부유한 집 자식이 아니면서 위대한 작가로 자수성가한 대부분은 신문기자 출신이라는 풍문에 문인기자들은 스스로 만족하면서, 마치 자신들도 그 일가를 이룬 작가 대열에 서는 듯한 묘한 동질감에 젖어 들었던 것이다. 그러자 '작가/기자'라는 것은 오히려 형언할 수 없는 자부심의 근거가 된다. 한때 이 '작가/기자'에서 빗금(/)이 동등하게 작용하는 경우는 거의 없었다. 오히려 '기자'는 이 '빗금(/)' 아래 무의식적으로 숨겨야 할 것이었다. 빛바랜 일상의 조각마냥, 그것은 '작가'의 권력적이고 숭고한 이름 앞에서 가려져야 할 흔적이었다. 그러나 이제 그것은 숭고하고 이름 있는 작가의 후광으로 작용했다. '기자'라는 직업은 이 대목에서 '기자'를 생계의 방편으로 삼아 글을 쓰는 작가들의 생존방식이자 자기정체성의 근원으로 묘하게 작용한다.

> 외국의 예를 보면 부유한 집 자질이 아니고 작가로 자수성가한 사람은 대개 신문기자 출신이 아니던가도 싶은데, 나도 일가를 이룬 작가 행세가 하고 싶어 연해 기자 생활을 내세운 듯 싶어서 쑥스럽기도 하지마는 그러한 기자 생활도 반년쯤 하다가 집어치우고[141]

---

[141] 염상섭, 앞의 글, 229면.

염상섭은 발자크가 어떻게 작가이면서 기자였던가를 시종 설명하고자 한다. 기자와 문인의 생활을 동시에 영위하면서 일가를 이루었던 서구 작가들의 생애에 자기를 의탁함으로써 스스로를 위안하고자 했다. 기실 발자크는 작가로 명성을 날리기 이전에 언론인으로 먼저 프랑스 지식 사회에 자신의 이름을 등재했던 인물이다. 발자크의 언론인 생활은 권력과 부와 명예에 대한 그의 욕망의 산물이기도 했다. 역설적이게도 발자크의 『인간희극』을 비롯한 그의 걸작들은 그가 언론인으로서 실패했을 때 얻을 수 있었던 성과물이었다. 발자크의 욕망은, 언론을 장악함으로써 그에게 혹평을 가했던 언론에 복수를 가한다는 것이었는데, 하지만 발자크는 그의 기대와는 달리 언론 경영의 실패를 거듭하면서 끊임없는 좌절을 맛보아야 했다. 그는 이 좌절을 거울 삼아 결국 언론의 사회악적인 측면을 풍자와 독설로 파헤친 『기자의 본성에 관한 보고』(Les journalistes –Monographie de la Presse Parisienne, 1843)를 펴내기도 했다.[142] 염상섭이 발자크를 들먹이기는 했지만 당시 조선 문인들에게 언론인으로서의 삶은 발자크 마냥 '돈과 명예와 권력'을 동시에 거머쥘 수 있는 장의 확보라기보다는 '생계형'의 성격이 더 강했던 것이다. 아마 그 차이는 저널리스트에서 정치가로서의 변신을 꿈꿀 수 있는 현실적 요건이 거의 전무했고, 신문사를 만드는 것이 자유롭지 않았던 식민지 현실 등 근대적 저널리즘이 태동할 수 있는 여건 자체가 미성숙했던 요인에서 찾을 수 있겠지만 말이다.

당시 조선의 작가들에게 '기자'라는 직업은 그 장엄한 이름 '문인'이기 위한 필요악적인 존재처럼 느껴졌던 것이다. 그들이 생활에서 빠져나오기 위해서는 그들 스스로 기자라는 생활, 바로 그 '진흙탕'에 몸을 빠트리지 않으면 안 되었다. 이

---

142 오노레 드 발자크, 『기자의 본성에 관한 보고』, 지수희 옮김, 서해문집, 1999, 194면.

런 역설 앞에서 그들은 끊임없이 스스로는 순결하다는 자의식을 반복적으로 드러
내지 않을 수 없었다. 거기다 원고 검열의 강압이 그들의 무의식을 자극했다.

삼일천하라는 말이 있거니와, 그 즈음에 삼호잡지라는 유행어가 있었다. 정권, 금
권, 이권 할 것 없이 권익이란 권익은 모조리 빼앗기고 나서, 허드래로 해 보자는
잡지부스러기나마 허가제 원고 검열제인데다가, 자금은 없고 집필진은 좁고 零星

하던 때라 삼호를 넘기기가 어렵다는 말이다.

후일, 염상섭은 이렇게 이중의 고통을 토로하기도 한다. 분명한 것은 기자라는 직업 자체에 대해 문인기자 스스로 잘 납득하지 못했다는 것이다.

그러나 김기림에게 오면 이 상황은 다른 국면으로 전개된다. 김기림은 '신문기자' 와 '작가' 양 둔덕에서 어느 곳이 자신의 등을 편안하게 뉘어주는 곳인지 알려 하지 않는다. 그에게는 '신문기자/작가' 는 너무나 멀리 떨어져 있는 화해할 수 없는 양 극단이 아니었다. '신문기자/작가' 는 서로 지우고 겹치는 바로 그 지점에 존재했다. 김기림은 신문기자라는 직업이 시인이라는 고결한 직업과 대척되지 않는다. 오히려 김기림에게서 시 창작은 그의 직업의 전면적인 확장의 일부가 되었고, 기자 생활을 통해 거기서 얻은 지식이나 정보를 시의 주요한 자원으로 활용할 수 있었다. 그래서 김기림은, 현대생활의 총화를 보여주는 것이 저널리즘이며 따라서 그 같은 '저널리즘의 거대한 기구에 접촉하며 현대의 첨단을 걷기 위하여 신문기자 생활을 선택했음' 을 표나게 내세운다. 신문기자라는 직업은 한 개의 무생물에 가까운 혹사와 고난의 생활이라는 것이다.[143] 신문형 인간의 탄생은 오히려 혁명적인 사고의 전환을 필요로 한다는 것이다. 그래서인지 그가 신문기자의 입장에서 쓴 글들에서도 그는 '신문 저널리즘' 의 본질이나 필요성을 적확하게 짚어내고 있다.

김기림은 결국 문인의 삶을 선택하기보다는 기자의 삶을 먼저 선택한다. 즉 김기림은 '문인' 이라는 명함으로 기자가 된 것이 아니라 먼저 기자가 된 뒤 문인의 대열에 합류한다. 그냥 학예부 기자가 아니라 '신문기자의 꽃' 이라는 사회부 기자가된다. 그는 선배 문인들과 다르다. '다르다' 는 의식은 이 신세대 문인기자의 선명한

---

[143] 김기림, 「신문기자로서의 최초 인상: 저널리즘의 비애와 희열」, 앞의 글

자기 정체성을 만든다. 그들은 신문 기자라는 직업을 1920년대의 문인들마냥 '정치형'으로, '생계형'으로 파악하지 않는다. 1930년대 문인기자들 대부분은 전공이나 특기를 살려 신문 학예면을 장악한다. 이른바 '김기림의 친구들'이다. 김기림과 이들을 중심으로 하나의 '문인 네트워크'가 형성된다. 그는 그들의 작품이나 작품집에 대해서 친절하게 단평을 쓴다. '모더니즘의 이론적 지도자'가 될 수 있었던 것은 김기림이 그 주변의 동업자들을 끌어안고 갈 수 있었던 저널리즘이라는 시스템을 가지고 있었던 탓이다. 그러나 김기림은 '순수한 문인으로서 학예면을 장악하고' 문인 네트워크라는 '권력'을 만든 것이기보다는, 그 스스로 기자로서 현대 저널리즘이라는 거대한 기구에 대한 이해가 있었고, 이를 시스템화 해서 문단적 의사소통과 인프라를 확보할 수 있었던 역량을 가지고 있었다고 보는 것이 옳다. 그가 기자였기 때문에 가능했다는 의미보다는 신문기자라는 현대 저널리즘의 시스템에 대한 적확한 인식이 있었다는 의미이다. 즉 그의 권력적 욕망이 문인 네트워크를 조직하고 지배했다기보다는 저널리즘이라는 시스템 자체가 그러한 조직적이고 네트워크적인 인간관계를 형성했다고 보아야 한다는 것이다. 김기림 앞뒤로 조선일보사에서 동업자의 길을 갔던 인물들로는 이원조, 최정희, 노천명, 김동환, 백석, 함대훈, 박팔양, 이여성, 한설야, 이석훈, 조용만 등이며 이상, 신석정, 박태원, 이상, 이태준 등의 문인들도 그 언저리에 있었다. 아마도 이 같은 김기림 등의 문인 네트워크 형성은 잘 알려진 대로 '구인회'를 조직하지 않았다고 해도 학예면을 중심으로 형성될 수밖에 없는 것이었다. 굳이 구인회가 아니더라도 신문이나 잡지 등 저널리즘이나 학예면의 시스템 자체가 문인 네트워크 형성에 끼칠 영향은 지대했기 때문이다.

이원조, 함대훈 등은 외국 문학 전공자로서의 전문 지식을 신문 지면에 반영하고 있고 이여성, 한설야 등은 계급주의적 민족주의적 시각을 반영한다. 백석은 예술과 문학 전반의 귀족주의적 취향을 잡지 편집에 뚜렷이 반영한다. 김기림 세대는 선배들이 '쌍수집병'의 두 갈래 물결이 흐르는 그 고뇌와 포즈가 혼합된 강물로부터 자신을 차단한다. 그 선배들의 강물은 이미 흘러가버렸으며 자신들이 손을 담그고 있는 강물은 과거의 그 강물이 아닌 것이다. 현진건, 노자영, 황석우, 김동인, 이광수 등의 문인들은 이미 사회적으로 공인된 그들의 문학적 업적을 신문사 입사의 중요한 기준으로 활용한 경우였지만, 이들 신세대 문인들은 그럴 경황이 없었다. 그들은 외국 유학에서 돌아와 단번에 신문사 취직을 하고 생활 전선에 뛰어 들었기 때문이다. 문인으로서의 입지도 신문사 입사 이후에 생겨나게 되는 것이다. 이들 신세대 문인들은 그들의 기자로서의 출발과 문학 활동의 시작이 거의 동시에 이루어졌다고 보아야 한다. 이광수 등이 이미 만들어진 문단적 '권위'로 신문사 입사를 했다면, 이들 신세대 기자들은 학예면에 자신의 전공을 살려 전문적이고 분석적인 비평이나 논리를 제공하고 이 글을 통해 스스로 문단에 등장하고 그 '권위'를 만들어나간다. 이로써 신세대 문인들은 세대론적으로 선배 문인기자들로부터 갈라져 나오게 된다. '세상 밖으로' 나오는 이들 신세대 문청(文靑)들의 한가운데 김기림이 존재하게 되는 것이다. 김기림에게 문학적 글쓰기와 기자 글쓰기는 '역설'이 아닌 '평행'의 것이 된다.[144] 이 같은 인식하에서 1930년대 문인들은 문인기자로서의 자신의 정체성을 확보해나간다. 1930년대 문단 구조나 문단의 재편 과정, 그리고 문학사적인 전개 또한 이 범주 내에 있다 할 것이다. 즉 '구인회'의 경우, 일부 문인들이 학예면을 장악하고 이를 수단으로 문단을 재편한 것이기보다는 언론계의 구조적 변화, 내부적 속성의 변화 및 문인기자들의 정체성 확립과정과 밀접한 관련을 맺고 있는 것이다.

---

144 '역설'과 '평행'의 개념은, 사이드와 바렌보임의 대담집, 『역설과 평행』(생각의 나무, 2003)에서 따온 것이다.

1. 질주하는 말(馬)의 저널리즘—속도와 현대성의 신화

김기림(1908~?)이 일본대학 문학예술과를 졸업하고 조선으로 돌아와 『조선일보』
공채 기자로 입사한 것은 1930년 4월 20일이었다. 4월 15일 시험을 치른 뒤 합격자
발표가 17일에 났으니,[145] 공채시험 후 곧바로 신문사로 출근한 격이었다. 1930년
10월에 사회부장으로 입사한 김기진은 『조선일보』 편집국의 진영을 '일류라고 손
꼽히는 인물' 들의 경연장이라는 투로 썼다.[146] 1931년경의 『조선일보』 편집국의 진
용은 최고의 전위부대로 조직되어 있는 듯한데 그 언저리에 일본에서 갓 돌아온 패
기만만한 김기림이 끼어 있었던 것이다. 일본에서 유학하고 돌아온 당시 지식인들
의 직업으로 선택할 수 있는 업종은 전문학교 교수, 신문기자 등이었고, 그나마 신
문기자가 되는 것도 쉽지 않았다. 공채 시험에 우수한 성적으로 입사한 그 경력 또

---

[145] 『조선일보』, 1930. 4. 16.
[146] 김기진, 「편편야화」, 『김팔봉 문학전집』 2, 홍정선 편, 문학과 지성사, 1988, 374면.

한 만만찮은 것이었고 '가장 나이 어린 기자' 라는 별칭 또한 김기림의 능력을 암시하는 것이기도 했다. 김기림이 이 시기 학예부 기자였다고 소개한 논저도 간혹 있으나, 이것은 사실이 아니다. 김기림의 문인 경력이 이 같은 오해를 낳고 있는 것으로 보이지만, 그는 『조선일보』에 처음 입사해서는 사회부 기자가 된다. 문인 김기림의 이해에도 이는 상당히 중요한 의미를 띤다. 김기림의 이성적이고 분석적인 시론이나 지인들이 회고하는 그의 인간적 특성 등이 사회부 기자로서의 그의 면모와 상당히 부합되는 측면이 있다. 특히 그가 초창기에 쓴 민족주의계열의 글들은 사회부 기자로서의 그의 정체성과 밀접하게 관련되어 있다. 김기림이 정작 학예부 기자가 되는 것은 그가 동북제대 유학한 후 돌아온 1939년의 일이다.

그가 처음 사회부 기자로 출발했다는 사실은, 1930년대의 가장 뛰어난 시 이론가이자 비평가, 시인으로 김기림을 인식하고 이를 평가의 대상으로 삼고 있는 문학연구자들에게는 다소 이질적으로 느껴진다. 김기림이 입사할 당시 『조선일보』 사장에 신석우, 부사장 겸 주필 안재홍, 편집국장 한기악, 정치부장 이선근, 교정부장 장지영, 학예부장 염상섭, 경제부장 정수일, 사회부장 이여성이 자리잡고 있었다. 김기림이 속한 사회부에는 홍종인, 박윤석, 양재하, 신영우, 이원용 등이 있었고, 정치부에는 함대훈, 홍양명, 학예부에는 안석주 등이 있었다. 신석우 사장의 인재를 끌어 모으는 능력이 당시 『조선일보』 편집국 진용을 '화려하게' 장식할 수 있었던 요인이라는 것이다. 이들은 1931년 신년호 40페이지를 3, 4일 동안 거뜬히 만들어 치울 정도의 역량을 과시하기도 했다고도 전해진다.[147] 당시 대부분 지식인들 주요 생계 수단이 교사나 신문기자였던 사실에 비추어볼 때 편집국의 진영이 화려했을 것은 짐작할 만하다. 그런데, 김기림은 조선문학의 방향성에 비추어 저널리즘의 현

---

[147] 김기진, 『편편야화』.

대적 의의를 스스로 탐색하고 있다.

일찌기 미래파의 화가 '마리네티'는 스물여섯 개의 다리를 가진 말(馬)을 그린 일이 있다. 그는 치분(馳奔)하고 있는 말을 어떤 순간에 파악하여 그 순간 그의 의식에 표상된 그대로의 형상을 '캔바스' 위에 재현한 것이다. 나는 편집국에 들어 선 첫 날에 새로 한 시 마감 시간을 좌우하여 모든 '테클' 위에서 원고지는 만지는 기자들의 손가락의 회전은 실로 '프로펠러'와 같이 보였다. 그리고 사회 부장은 50이상의 귀를 가지고 있는 것 같았다. 왜 그러냐 하면 간단없는 전화가 그를 습격하기 위하여 모든 순간순간에 그의 '테블' 위에서 소리치고 있으니까—.[148]

김기림은 첫 출근을 한 날 오후 한 시 마감직전의 편집국의 인상에서 한 장의 그림을 떠 올린다. 그것은 미래파 화가 마리네띠가 그린 스물여섯 개의 다리를 가진 말 그림이다. 마리네띠는 치분(馳奔)하고 있는 말의 동작을 어떤 찰나적인 순간에 정지시켜 그의 의식의 표면에 떠오르는 한순간을 캔버스에 표현해내었다. 질주하는 말의 한순간과 거대한 폭음을 내며 회전하는 프로펠러의 속도감은 유사한 이미지를 병치해내고 있었는데, 그것은 자연스럽게 사회부장의 얼굴 위로 겹쳐지고 있었다. 한꺼번에 울리는 전화기에 포위당한 사회부장은 마치 50개 이상의 귀를 가진 '괴물', 마치 '메두사'와 같은 신화적 형상과 방불했던 것이다. 김기림이 직관적으로 파악한 편집국 새로 한 시의 분위기는 현재의 신문사의 마감 직전과 그렇게 다를 바 없는 듯 보인다. 이 실감나는 편집국 묘사는 당시 신문사가 마주한 어떤 시대적 분위기를 담고 있다.

---

[148] 김기림, 「신문기자로서의 최초 인상: 저널리즘의 비애와 희열」, 앞의 글

　　당시 민간지들의 증면 경쟁은 치열했고 『조선일보』 편집국 내의 분위기 또한 흡사 '무생물에 가까운 혹사와 고난'의 경연장을 방불케 하고 있었다. 오후 한 시 마감 시간을 전후 해 사회부장의 책상 위에 원고지들이 쌓이고 원고지를 만지는 기자들의 손가락이 프로펠러같이 회전하고 있었다. 간단없는 전화가 사회부장을 습격하는 순간 사회부장은 이미 '50개의 귀'를 가진 '메두사' 같은 괴물의 형상이 되어 있었다. 전화기가 한 '테블'에서 한꺼번에 소리치는 광경은 괴물 사회부장이 악을 쓰며 기사 독촉을 하는 광경에 자연스럽게 오버랩 되고 있는 것이다. 이 속도감과 병치적인 이미지 연상은 김기림의 시들의 경쾌함과 날렵함을 너무나 선명하게 불러 모은다. 즉 김기림의 시는 저널리즘의 현대적 속성의 어떤 특징들을 공유하고 있는 것이다. 흥미롭게도, 김기림은 마치 신문사 편집국이란 '한 장의 흡반지와 흡사하고 신문기자란 실로 이 흡반지의 각 세포에 부착한 흡반'과 같다고 표현한다. 어쩌면 그는 이미 신문사 출근 첫날부터 저널리즘에 대한 폭풍 같은 환영을 보았는지 모른다. 저널리즘으로부터의 이 같은 신화적 이미지의 추출은 그가 저널리즘의 현대적 방향성을 '폭풍 같은 것'에 두었던 것과 겹친다. 윤전기 소리가 슈베르트 음악보다 황홀하게 들리는 것, 이 감각이 김기림에게 있다. 마리네띠의 기계주의적 찬양과 흡사한 것이지만, 김기림이 저널리즘의 속도감과 인쇄 활자의 균질감에서 현대적 '리듬'을 찾았다는 것은, 저널리즘과 우리 근대시의 방향성을 평행의 궤도 위에 그릴 수 있는 근거를 마련한 것으로 볼 수 있기 때문이다. 1930년대 문단의 재편 과정은 이것과 연계돼 있는 것이다. 그러기에 김기림이 일제말기 그리고 해방공간까지 신문기자로 업을 삼은 것은 하등 놀라운 일이 아니다. 현재의 관점으로 보아서는 김기림은 기자보다는 학구적이고 아카데믹한 인간형에 더욱 가깝다. 그러나 김기림이 일본 유학을 다녀온 뒤 기꺼이 신문 기자가 되고, '문단에는 불참했으나'[149] 신문 기자로서의 삶을 선택한 것은 그가 '저널리즘' 자체에 대한 가치평가적 인식을 하고 있었기 때문이 아닐까. 이 같은 저널리즘의 역동성과 속도감에 주목하고 여기에서 모더니즘의 신화적 분위기를 감지한 것은 문인 동업자인 정지용의 글

---

[149] 편석촌, 「문단불참기」, 『문장』, 1940.2.

에서도 동일하게 확인된다.

> 활자 냄새가 이상스런 흥분을 일으키도록 향기롭다. 우리들의 詩가 까만 눈을 깜박이며 소곤거리고 잇다. 시는 활자화한 뒤에 훨석 효과적이다. 시의 명예는 활자직공에게 반분하라. 우리들의 시는 별보다 알뜰한 활짜를 운율보다 존중한다. 윤전기를 지나기 전 시는 생각하기에도 촌스럽다. 이리하야 시는 기차로 항로로 항공우편으로 신호와 함께 흐트저나르는 軍用鳩처럼 날너간다.[150]

'필사의 시대'에서 '활자의 시대'로의 매혹적인 전환을 김기림과 정지용 당대 최전방에 있던 두 모더니스트에게서 확인하거니와, 윤전기의 기계음과 자극적인 잉크 냄새는 그들에게 견딜 수 없는 사도 마조히즘의 욕망을 불러일으킨다. 기계음을 통과하지 않은 시, 곧 인쇄되기 이전의 시란 '촌스런' 물건에 지나지 않는다. 그것은 전근대적인 수공업품에 비할 수 있다. 입체파는 현대 과학과 현대 예술의 통합을 시도한 유파로 기록된다. 1930년대 모더니스트들은 낭만주의의 자아 개념을 포기하고, 이른바 예술과 과학을 통합한 방법론을 제시한 입체파 류의 아방가르드 예술관에 깊은 영향을 받고 스스로를 그 후예로 자각한다. 이것은 김기림뿐 아니라 당대 모더니스트들 대부분에게 나타나는 인식이다. 예술은 이제 외부 세계를 들여다보는 창이 아니라 실재 국면 그 자체라는 것을 보여준다. 신문 보도문이나 선율 재료 등이 이것들을 보여주는 수단이 된다.[151] 실재는 곧 인공물이며 구성물인 것이다. 모더니즘의 미학은 바로 이 같은 인공 구성물의 불확실성의 원리를 탐구하는 데서 출발한다. 모더니즘이 언어의 시각적 효과를 중시하는 '이미지즘'과 감정의

---

150 정지용, 「소묘 2」, 『정지용 전집 2 , 산문 『 , 민음사, 2003, 15면.
151 유진 런, 『마르크시즘과 모더니즘』, 김병익 역, 문학과 지성사, 1989, 62면.

절제를 통한 시적 긴장감의 강도 확장이나 촘촘하고 정교한 언어 배열에 따른 심미적 자기 반영성에 관심을 둔 것은 당연하다 할 것이다. 원고지에 필사한 언어 그 자체의 물질성에서 이 같은 시각적 기계적 균질적 효과를 기대하기는 어렵다. 필사 언어는 필사자의 인간적 흔적들이 묻어 있어 어떤 인간적 가치의 맥락들을 가진다. 필사한 인간의 취향, 정서 감정 등이 진하게 배어 있다는 뜻이다. 균질하게 인쇄된 활자 그 자체는 어떤 인간적 가치를 갖지 않는다. 어떤 시나 시인들에게든지 평등하고 균질적이며 가치중립적이다. 활자의 크기, 배치, 간격 등의 기능적 장치를 통해 시각적 인쇄 효과를 최대한 살릴 수 있다.

벤야민은 보들레르를 분석하면서, 『악의 꽃』은 서정시를 읽는 데 어려움을 느끼는 독자들을 염두에 두고 쓸 수밖에 없었다고 하고, 서정시인은 이제 순수시인 자체로 여겨지지 않게 되었으며, 서정시인은 더 이상 '음유시인'이 아니라고 주장한다. 현대의 시는 기계 활자의 형태로 찍혀 잉크 냄새를 풍기며 거리의 한복판에서 생산된다는 것이다. 가장 인간적이고 서정적인 심성을 대변하는 현대 서정시는 그렇게 기계복제시대의 운명을 스스로 내장하고 있다. 현대 문명에 대한 충격의 체험이 규범이 돼버린 경험 속에서 서정이란 고도의 의식성이 기대될 수밖에 없다면, 윤전기가 예술 작품을 대량으로 찍어내면서 그 역할을 일정 부분 소화해낼 수밖에 없다.[152]

김기림 시론의 핵심으로 알려진 『오전의 시론』, 『속 오전의 시론』은 발레리의 조형적이고 건축학적인 입장의 영향이 강하게 느껴지는 대목들이 많이 나타난다. 『속 오전의 시론』의 '말의 의미'에서 김기림은 발레리가 시란 '말의 축제'며 '말의 무용'이라고 했다고 소개하면서 시인은 감정을 배설하는 것이 아니라 말을 통제해

---

[152] W. 벤야민, 「기술복제시대의 예술 작품」, 『발터 벤야민의 문예이론』, 긴음사, 1983, 218면.

야 한다는 논리를 편다. 김기림이 말하는 시의 기술이란 흔히 알려져 있듯 '기교' 라는 방법론적 측면이 아니라 시적 정신과 시의 실천을 동시에 고려한 것이어서, 시대정신과 시인의 임무가 긴밀하게 결합된 것이다. 이 같은 입장은 일제말기에 쓴 「모더니즘의 역사적 위치」에서 보여준 '모더니즘과 사회성을 종합한' 시의 방향성 탐구나, 해방공간에서의 '문학가 동맹'의 시부 활동을 한 이 같은 '정치적 선택'이, 그가 줄곧 추구한 새로운 시의 방향성 곧 센티멘탈리즘을 넘어서는 20세기 시의 요청이라는 거대담론에 그 기원을 두고 있음을 보여주는 것이다. 시의 기술은 '노래하는 시'에서 '읽혀지는 시'로의 이행을 염두에 두지 않으면 안 된다는 것인데, 여기에 크게 기여한 것이 바로 구텐베르크의 활판 인쇄술의 발명이라는 것이다. 이 상식적인 논의를 통해 김기림은 중요한 결론에 도달하는데, '말'이 '뜻', '소리' 외에 '모양'을 가지게 된다는 것으로 이 '모양'은 '개개의 말의 가치, 특수한 결합 방식과 그 배열'에 관심을 둔 것이라 설명하고 있다. 김기림은 '특수한 결합 방식 및 배치에 의한 효과'를 강조하면서 '영상, 상징, 은유, 직유, 기지, 속도, 비약, 구성미, 유머, 아이러니, 풍자, 운동감, 몽타쥬, 대립, 역설' 등의 시적 의장을 들고 있고 이를 '관념 무용'의 효과가 빚어지는 것이라고 결론을 내리고 있다. 김기림이 말한 '읽혀지는 시'의 초점은 사실은 '말의 배치와 효과'에 의한 것인데, 이는 활자화된 말의 가치와 배열 효과라는 '시각적 인상'에 귀속되는 것이다.

이 같은 세계사적 문학의 흐름 속에서 김기림은 기계주의적인 것의 매력 속에서 '모더니즘의 새로운 방향성'으로 읽고, 활자의 매력에 빠져든다. 김기림, 정지용 등 이들 모더니스들에게 '활자'는 '별'보다 더 '알뜰한 것'일 수밖에 없다. 근대 이전의 시인들이란 별을 가슴에 품은 자연 예찬자 혹은 뮤즈, 디오니소스적 주술사의 운명을 간직한 자다. 그러나 현대의 시인이 품은 가슴 속의 '별'은 '활자' 그것이었다. 보들레르의 『파리의 우울』이 거리의 역동적 에너지를 모아서 펴낸 다이나믹한 신문문예 장르라는 평가에도 '기술복제 시대' 활자의 마법이 숨어 있다. 문예기사란 사설처럼 독자가 맨 먼저 읽어야 할 기사 중의 하나이며, 발자크는 물론 고골리, 포우, 마르크스, 엥겔스, 디킨스, 휘트먼, 도스토예프스키 등도 자신들을 대중에게 드러내기 위해 신문 문예면을 활용했던 것이다.[153] 모더니즘이란 결국 '기술에 의

---

153 마샬 버만, 『현대성의 경험』, 윤호병역, 현대미학사, 1994, 180면

해 변화된 지각의 예술적 만족'과 무관할 수 없는 것이고, 그것이 '윤전기'와 '잉크 냄새'로 표상되는 신문 저널리즘의 본질이 된다. 전대의 낭만주의 개념에서 보자면, 시인은 본질적으로 '서적형 인간'일 수밖에 없는 것인데, 정지용이나 김기림은 그 시인의 궤도에서 활자의 가치에 대한 인식의 수준만큼 비껴나 있었던 것이다. 그들이 '모더니스트'로 불릴 수밖에 없는 이유도 여기에 있다. 1930년대 모더니스트란 이른바 '메카닉스 키드'의 후예들이라 말할 수 있다. 윤전기를 통과한 그 균질적이고 매끄러운 활자의 시각적 효과와 그 교묘한 활자 배치 시스템의 매력 앞에서 정지용은 현대 시의 명예는 '활자 직공'에게 반분하라고 큰소리 칠 수 있었던 것이다.[154] 다만 김기림은 그 '서적형 인간'의 궤도로부터 훨씬 '신문형 인간'의 궤도로 이탈해 있었던, 예외적 인물이었던 것이다.

편집국에 들어선 첫날의 풍경에서 김기림은 아마 기자로서의 그의 체질과 그것에서부터 귀결될 그의 운명을 점치고 있었을지 모른다. 그가 파악한 저널리즘은 예각 삼각형의 날카로운 감각과 급격한 템포로 특징지어지는 그 속도감에 있었지만 적어도 그는 그것을 '낯선 것'이라 치부하고 거부하지 않았다. 그는 그것을 적극적으로 받아들인다. 폭풍이 휘몰아치는 산 정상에서 아래를 내려다보면서 장엄한 미래를 구상하는 19세기 고전주의 화가 카스파 다비드 프리드리히의 그림 「폭풍 속의 나그네」(1818)처럼, 그는 저널리즘의 치열한 현장 한가운데서 새로운 속도의 시대를 맞는다. '순수한 글쓰기'에 대한 그 무거운 존재감을 김기림은 고수하지 않았던 것이다. 문인으로서 사막을 가는 낙타의 무게감을 과도하게 느끼는 대신 그는 '사자'의 변용을 꿈꾼 격이라고나 할까. 김기림은 저널리즘이라는 기구와 신문기자의 생리를 하나의 '신경조직'의 차원에서 묶어내었다. 그것은 둘 다 현대의 생리

---

154 뒤에 언급될 김기림의 시 「편집국의 오후 한시 반」도 비슷한 분위기를 보여준다.

를 반영하고 반응하는 '감수기관'이었다. 저널리즘과 기자라는 직업 자체를 육감과 생리의 차원에서 파악하는 것, 이것이 일본대학에서 문학예술을 전공했던 김기림이 기자 생활로 뛰어들게 된 근본 동기였던 것이다.

신문의 제1면에서 제8면까지 마감해놓은 오후 2시의 편집국, '눈이 돌아가는 분주한 활동에서 해방되어' 그는 그제서야 점심 그릇을 앞에 놓고 가슴속에 서린 단숨을 내쉬었다. 업무의 폭력성이 식욕을 과도하게 자극했다. 그것은 김기림의 식욕의 에로티즘을 강렬하게 발산시켰다. '우리들의 눌렸던 식욕을 향락하는 때의 즐거운 마음과 별다른 음식맛'이라 썼다. 최대의 스피드로 신문지를 찍어내는 윤전기의 음향을 그는 '슈베르트의 음악보다 황홀한 아름다움'으로 받아들이며 무상한 감격에 잠긴다. 국제열차의 속도감과 윤선의 기계적 음향과 윤전기의 회전감은 그에게 등가적인 것이었다. 그 속도감은 화신백화점의 마네킹과 거리의 스트리트걸과 모보(모던보이)의 넓은 팬츠와 모거(모던걸)의 육감적인 다리와 재즈에 그대로 투영되었다. 기자로서의 감각을 가진 그였기에 그 같은 현대 일상생활의 난만한 도회 풍경들은 흔히 말하듯이 '탁류'라기보다는 너무나 선명한 현대생활의 분위기를 농밀하게 전해주는 대상들이었다. 후일 학예부면에 실린, 경성의 다양한 거리 풍속을 스케치하듯 소묘해 간 '도시풍경'을 그린 수필들은 그의 기자로서 도회의 풍경을 관찰하고 이를 신문 지상에 실은, 문인기자의 감각을 충분하게 살린 것들이다. 문예기사란 모름지기 '도시적인 장르'인 것이다.[155]

마리네띠의 말 그림에서 받은 속도감과 경쾌함 등의 인상은 김기림이 그의 모더니즘 시론에서 주장한 명랑성과 선명함 등과 질적으로 유사한 차원에 있음을 이 책의 2부에서 확인하게 될 것이다. 이는 그의 '모더니즘 시론'이 저널리즘 자체가

---

[155] 마샬 버만, 앞의 책, 179~180면.

가진 시사성과 속도감, 현대성에서 영향 받았음을 보여주는 것이라 하겠다.

2. 페이유통, 혹은 문예비평가의 길

프랑스에서 신문 문예를 뜻하는 '페이유통(feuilleton)'이란 극평이나 신간서평, 과학 해설 등을 싣기 위해 신문 하단에 마련된 문예면을 뜻한다.[156] 처음은 비평을 위해 마련된 난이지만 1830년대 후반부터 연재소설이 실리게 된다. 그 효시는 발자크가 1836년 10월 『라 프레스』지에 실은 「노처녀」다. 그런데 발자크는 이 문예란에서 자기 글이나 작품을 모독하는 문예비평가들을 경멸했다. 그는 독설적인 어조로 '파리의 모든 삼류 작가들 중에서 문예란 비평가가 가장 행복한 사람들이다'라고 썼다.[157]

> 문예란은 파리의 신문에서만 볼 수 있는 창작물이었으며, 그 어느 곳에도 없었다. 세계 어느 나라를 가더라도, 이처럼 넘치는 지성, 다양한 방식의 조롱, 그리고 미친 듯이 흘러넘치는 이성의 보물이 존재하는 공간은 없다. 또한 파리 신문의 문예란을 담당하는 비평가처럼, 스스로를 불꽃 신호탄으로 만들고, 곧 잊혀질 주간지를 만드는 데 열중하는 사람들도 없다. 이들은 자신의 폭언에 대한 확신을 가지고 있으며, 매주 월요일마다 신문이라는 드레스를 가벼운 레이스로 요란하게 치장하느라 정신이 없다.[158]

발자크의 문예비평가에 대한 이 경멸과 증오는 화려하고 요란하다. 자신에 대한 비난과 혹평을 문예비평가들에게 돌려주고자 하는 욕망이 이 요란한 수사에 깊

---

156 발자크, 앞의 책, 187면.
157 발자크, 앞의 책, 112면.
158 발자크, 윗책, 114면.

이 잠겨 있다. 그럼에도 불구하고 문예비평가들이 파리의 '정신적인 생산'을 신문의 문예란을 통해 화려하게 펼쳐놓은 것은 부정할 수 없을 것이다.

좀 더 수사적인 방식으로 발자크는 계속한다.

정신적인 생산이 활발해지는 현상은 현재의 파리를 가장 재미있고 빛나며 호기심 많은 도시로 만들고 있다. 이것은 영원히 깨지지 않을 꿈같은 것이며, 구멍난 독에 물을 붓는 것과 같이, 거기서 수많은 인재들과 사상, 제도, 농담, 훌륭한 작품, 그리고 정부의 에너지가 소비될 것이다.

발자크의 비난에도 불구하고 문예비평가들은 '파리를 가장 재미있고 빛나며 호기심 많은 도시로 만'드는 존재인 것이다. 그들 정신의 모험을 통해 파리는 역동적으로 팽창하는 듯한 모습을 드러낸다. 기실 이 같은 비난과 경탄의 역설적인 느낌은 발자크의 개인적인 이력에서 왔을 것이다. 그의 극단적인 경멸은 자신의 글이나 작품에 대해 신랄한 비평을 거두지 않았던 많은 프랑스 신문의 문예 비평가들에 대한 발자크의 원한으로부터 비롯되었다. 그는 '문예란 비평란의 비평을 읽으면서 즐거움을 주고 그 비평이 실리는 월요일을 기다리게 만들 수 있는 비평가는 20명 중 2명꼴이며 그 가운데 한 명은 시인이다'라고 썼다. 시인 문예비평가는 당시 『라 프레스』지의 문예란을 담당하고 있던 테오빌 고티에였고, 다른 한 명은 『주르날 데 데바』지의 문예란을 담당했던 쥘 자넹이었다. '문예비평가들이 무능력한 신문을 만드는 주범'이라는 비난은 파리의 역동적인 정신의 모험 위에 점차 소멸하는 인상

■ ■ 문예비평가들을 신랄하게 비판했던 발자크. 파리 오르세 미술관에 소장돼 있는 로댕이 조각한 발자크의 상

을 준다. 오히려, 발자크는 문예란을 담당했던 자신의 친구들을 이 모험의 예지자들로 생각하고 있었던 것이다.

'발자크의 고티에'는 1930년대 조선에서는 김기림이었다. 그는 시인이자 문예비평가였다. 그는 매우 성실했고 그 주변에는 그의 친구들, 문인기자들이 있어 김기림과 문학적, 인간적 소통을 하고 있었다. 김기림의 업무상 성실함과 인간적인 유연성은 '기껏 소용없는 것'이 아니었다. 그는 일제시대 독자들에게 '페이유통' 읽기의 즐거움을 처음으로 가져다준 실력 있는 비평가였다. 이제 이 정신의 모험가를 중심으로 그의 주변에 있던 문인들, 동료 기자들을 불러 모을 차례다. 여기에는 '거울'이 하나 필요하다. 먼저, 김기림이 처음 사회생활을 한 『조선일보』 동료 기자들에 비친 김기림의 모습부터 이야기를 해보기로 한다. 타자의 눈에 비친 김기림의 모습은, 우리가 '모더니스트'로 규정하거나 '모더니즘'으로 환원시켜 앙상하게 만든 김기림과 김기림의 문학을 인간적인 끈끈함과 문학에 대한 열정, 냉철한 분석력으로 가득 찬 것으로 되돌려놓을 것이다.

그들과의 많은 관계는 김기림 기자 생활의 한가운데서 얻어진 것이지만, 그것이 곧 1930년대 문단의 분위기이자 중심이기도 했으므로 사실은 1930년대 문단의 이야기가 될 것이다. '김기림과 그의 친구들' 을 맞세워봄으로써 1930년대 문인들의 지적 소통의 풍경과 정신적 분위기를 느껴볼 수 있을 것이다.

3. 경계인적 감각의 근원과 그 태동

김기림에게 '서울' 이라는 공간은 그의 고향 성진과 길항적인 관계를 맺고 있다. 서울은 그의 직업인으로서의 삶뿐 아니라 문인으로서의 삶이 존재하는 곳, 곧 우리 시의 방향성을 설정하고 그것을 실천할 수 있는 곳이기도 했다. 그 가능성은 그가 신문기자로 살아갔던 일제시대 내내 지속되는 것이었는데, 신문기자로서의 삶을 마감한 시점에서 그는 바로 낙향한 뒤 교사로 학생들을 가르치면서 일정 기간 글쟁이로서의 삶을 마감한다. '서울' 이란 마치 신문기자, 저널리즘, 이성적 분석적 사고, 시론, 비평 등 김기림 하면 떠올리는 것들로 한뭉음의 덩어리가 만들어지는 그런 곳이다. 하지만 그것은 그 '이면적인 것' 들을 동시에 거느리고 있기도 한데, 이것이 김기림의 경계인적 감각이다. 서울의 이면에 고향 성진이 있듯, 분석적인 시론의 이면에는 감상적 수필이 있고, 명랑한 시의 이면에는 시혼이 깃든 상징적인 시가 있다. 그것은 '문인/기자', ' 작가/지식인', '도더니스트/민족주의자' 의 경계를 넘나드는 것과 같다. 여기서는 그의 이 같은 경계인적 감각을 그의 수필에서 드러나는 흔적들을 통해서 살펴보기로 한다.

김기림의 '경계인적 감각' 을 우리는 그의 전기적 사실을 통해 추적할 수 있을 것이다. 먼저 그의 출생에 얽힌 기록들과 가족들 간의 관계가 하나의 해답을 제공해줄지 모른다. 그는 숱한 수필에서 그의 고향과 가족과 고향의 바다에 대해 이야

■■ 김기림과 그의 가족들. 김기림은 자신이 본질적으로 가지고 있는 감상
주의를 자신의 내면에서 몰아내기 위해 고군분투한다고 밝히기도 했다.

기 하고 있다. 이 부분은 다소 정신분석적인 시각을 필요로 한다.

김기림은 어떤 연유인지 불확실하나 1931년경 『조선일보』를 휴직하고 고향 성
진으로 내려간다. 그가 서울을 떠난 이유에 대해 김학동 교수는 이월녀와 헤어진
것이 중요한 이유가 아닌가 추정하고 있다.[159] 이 시기에 『조선일보』에 게재된 글이
거의 없다는 것도 이를 뒷받침하고 있다. 1931년 6월 2일자 『조선일보』에 「연애의
단면」, 「SOS」를 끝으로 더 이상 글이 보이지 않는다. 이후에는 『비판』, 『삼천리』,

---

[159] 김학동, 앞의 책, 41면.

『동아일보』, 『동광』, 『신동아』 등의 지면에 글을 싣고 있다.

그가 고향 성진으로 내려간 이후 그의 성진 생활은 대체로 고달팠을 것으로 짐작된다. 그는 서울에서의 최대의 우정이라고 말했던 이여성을 향한 농도 짙은 그리움을 토로해내는 글을 남기고 있다. 적막하고도 권태로운 이 시골에서의 삶은 이지적이고 감성적인 김기림을 고단하게 했을 것으로 보인다. 그는 조상 대대로 물려받은 사과 과수원인 '무곡원'을 운영했던 것으로 알려져 있다. 그는 1932년 1월 중매로 길주에 사는 신보금과 결혼하여 안정을 찾게 된다. 성진 최고 지주의 아들이었고 25세의 젊은 나이에 『조선일보』 기자를 했던 당대의 인텔리 김기림이 결혼한 몸임을 장안의 중매쟁이들이 안타까워했다는 기록은 이선희의 인물평에도 나오는 대목이다.

김기림이 결혼 후 귀경해 『조선일보』에 복귀한 시기는 대체로 1932년 말경으로 보인다. 1931년 6월 이후 1932년 말까지 김기림은 그가 공채 기자로 첫발을 내디뎠던 『조선일보』를 떠나 있었다. 결혼한 뒤 김기림은 귀경해서 이석훈의 증언에 의하면 잠깐 개벽사에 근무했던 것으로 생각된다.[160] 그가 『조선일보』에 복귀하면서 쓴 첫 번째 글은 「에트란제의 제 일과」이다.[161]

서울을 떠나 있던 시기에 씌어진 수필들은 감상적이고 서정적인 성격이 짙고 고독과 우울과 짙은 페이소스가 김기림의 '탈 경성(서울)'으로 인한 마음의 공백 상태를 현저하게 보여준다. 고독과 우울과 센티멘탈리즘은 어쩌면 김기림이 가지고 있는 심성의 본질인지도 모른다. 그는 몇 차례나 그가 가진 천성이 상당히 센티멘탈리즘적인 것임을 언급한 바 있다.

---

[160] 이석훈의 증언에 의하면 잠깐 개벽사에 근무했던 것으로 보이는데 김기림의 연보에는 거의 언급되는 경우가 없다. 이석훈, 「(속) 작가 인상기」.
[161] 김기림, 「'에트란제'의 제 일과」(1933. 1. 2~3), 『김기림 평전』, 앞의 책, 363면. 『조선일보』를 중심으로 활동하던 김기림은 1931년 「환경은 무죄인가」(1931.6.2)를 끝으로 글이 보이지 않으며 1933년 1월까지 대부분의 글을 다른 지면에 싣고 있다. 김학동, 『김기림 평전』, '김기림 작품 연보' 참조.

나는 어린아이 속에서 벌써 천사와 악마의 두 얼굴을 본 때문인지도 모른다. 물질적으로는 꽤 축복받은 환경 속에서 자라면서도 정신적으로는 한없이 쓸쓸하였고 고독하였던 나의 어린 시절의 기억이 나로 하여금 이러한 어린 날에 대한 비속한 현실주의자를 만들었는지도 모른다. 그래서 나의 어린 시절은 하마터면 아편을 먹고 자살해버린 「콕토」의 무서운 아이들이 되고 말았을 것같다.

사실 나는 열다섯살 때에 중학교의 작문 선생으로부터 '얘가 이 뽄으로 글을 쓰다가는 필경 자살하겠다' 하는 경고를 받은 일이 있다. 나의 본래의 정체는 역시 감상주의자였다. 내가 오늘 감상주의를 극도로 배격하는 것은 나의 영혼의 죽자고나 하고 하는 고투의 표현이기도 하다. 물론 굳은 시대의식에서부터도 나오는 일이지만[162]

그의 반감상주의는 철저하게 '시대의식에서부터 나온' 것이다. 그 스스로도 자신의 본래적 성향은 '감상주의' 임을 고백하고 있다. 어린 시절의 어머니와 누이를 잃은 경험과 그것으로 인한 극심한 상실감은 「길」에 애틋하게 드러나 있는데, 김기림의 고향에 대한 대부분의 기억은 이것과 관련이 돼 있다. 의식적으로 철저하게 분리하고, 배격하고자 했던 감상주의는 그의 깊숙한 성향인 감상주의의 이면인 것이다. 그래서인지, '직접적인 영혼의 표현 형식' 인 수필에는 그의 솔직하고 감상적인 내면의 페이소스가 깊게 드리워져 있다. 그러나 김기림은 시인으로서는 철저할 정도로 '이성적인 것' 에 스스로 몰입하고자 한다. 그의 연애관에도 이 같은 '고투의 노력' 은 나타난다. 실제로 '로맨스라고 하는 것을 가져본 일이 없다' 고 강조하면서, '시인이란 항용 이성(理性)들의 사모를 받는다고는 하지만, 나는 그런 독자조차 가져본 적이 없다' 는 투로 말하기도 한다. 그의 시가 서정시적인 본도에서 많이

---

[162] 김기림, 『전집』 5, 315면.

■■ 김기림이 『조선일보』에 입사한 뒤 처음으로 발표한 작품으로 알려진 「오후와 무명작가들」(1930. 4. 27~ 5. 3). 실제 씌어진 것은 1929. 8. 29이다.

벗어나 있다는 것에 대한 자각에서 기원한 해명이다.

> 내가 일년에 두서너 개씩 시를 썼기로서니 그것이 한 사람의 個人讀者라도 가지고 있다고 외람히 생각한 일은 없오. 겨우 열명 내외의 친구들이나 읽어줄까 말까 하는 정도일 줄을 잘 알고 있오.[163]

---

[163] 김기림, 「나도 詩나 썼으면」, 『전집』 5, 369면.

그가 시 이론가로서 시 비평가로서 철저하게 센티멘탈리즘과 로맨티시즘을 부정한 것은 의무와 본성 사이의 경계를 분명하게 구분하고자 하는 의도를 보여준다. 그것은 자기 결점을 아는 자, 냉혹하게 자기를 건사할 수 있는 자만이 가진 '오만함'에 다름 아니다. 거기에는 조선에서 의미 있는 시론을 세우겠다, 현대 조선시단의 바람직한 방향을 탈로맨티시즘에 두고, 기존의 감상주의의 홍수 속에 있는 조선시단을 구해야 한다는 지식인적인 책무 같은 것들이 큰 방향성으로 자리잡고 있었던 것만은 부정할 수 없다. 그는 자신이 좋아하는 것과 해야 할 것은 분명하게 구분할 줄 알았다. 취향과 의지를 분리할 줄 알았다. 그의 취향은 로맨티시즘이었지만, 그의 의지는 탈로맨티시즘에 있었다. 시 이론가였고 저널리스트이자 학자였던 김기림의 얼굴은 후자에 기울어져 있지만, 함경북도 성진 부근 바닷가에서 나서 일찍 어머니와 누이를 여의고, 첫사랑을 잃었으며, 삶의 비극적 운명에 눈뜬 모성성 결핍의 수필가인 김기림의 얼굴은 후자에 가려져 있다. 이것이 김기림의 시와 수필의 성격을 가르고, 시론의 '자기 모순성'을 노정하게 된 연유가 아닌가 한다.

고향을 떠올리면서 센티멘탈리즘에 빠지지 않을 사람이 어디 있겠는가만, 김기림의 센티멘탈리즘은 특색이 있다. 김기림은 자신의 고향 '임명臨溟'에 대해 이렇게 말하고 있다.

해마다 4월을 잡으면 바다로부터 淫奔한 '댄서'와 같은 젖빛 안개가 흰 '스커트' 자락을 바람에 날리면서 들을 건너와서는 싸안는 나의 작은 거리[164]

'임명'은 그의 수필에서 자주 등장하는 함경선 자락에 있는 항구 도시이다.

---

[164] 김기림, 「잊어버린 傳說의 거리」, 『전집』 5, 298면.

'장백산맥의 말단이 동해의 남빛 기름물 속에 슬며시 꼬리를 담근, 북의 41도에서 백리 못되는 곳'이다.[165] 그가 태어난 임명과 임명보통학교를 졸업하고 그가 12살 되던 해 1년간 다녔다는 성진보통학교 부속 농업전수학교[166]가 있는 성진 바닷가에 대한 회상은 수필의 많은 부분을 차지한다. 이곳은 마천령 고개 넘어, 망양정이 있는 곳이며 붉은 벽돌집 병원과 여학교가 있는 곳이며, 임진왜란 때의 의병 조헌 사당과 이붕수 등 7의사의 승전비가 있는 곳이기도 하다. 김기림의 소설 「번영기」나 「철도연선」의 무대로 등장하는 곳도 이 부근이다. 그의 고향은 철도가 놓이면서 전근대적인 삶의 방식이나 전통이 일거에 소멸되는 처지에 놓이게 된 것이다. 김기림은 '철도가 이 거리의 옛 번영을 다 거두어갔다'고 고향을 진단한다. 철도와 자본과 타락은 '고향'이 갖는 원형적 이미지를 자극하면서 고향 '임명'은 한없는 동경의 대상으로 구축된다. 동경의 대상이기에 고향은 언제나 센티멘탈리즘을 동반한다. 고향은 그러기에 그에게 하나의 '이미지'이다, 그것은 현실에는 부재하며 전설과 이야기 속에만 존재하는 것이어서 낭만주의적 열정을 갖게 한다.

'임명'은 바다를 접한 곳이며 유년 시절의 향수를 자극하는 동인이 되는 것인데, 고향은 곧 '바다'이기도 하다. 바다 또한 낭만적 동경의 대상으로 일찌감치 자리 잡은 공간이다. 낭만적 대상이 주로 유년의 기억이나 연애와 실연의 이미지를 거느린다는 것은 그것이 '부재'의 대상이라는 뜻이기도 하다. '부재'는 동경의 조건이기도 하지만 현실에서는 '상처'인 것이다. 그래서 그는 '고향에 대하여 실연하지 않는 사나이의 이야기를 들은 일이 없다'[167]고 자신 있게 말할 수 있었을 것이다.

165 김기림, 「눈보라에 싸인 摩天嶺 아래의 옛 꿈」, 『전집』, 5, 309면.
166 김학동, 앞의 책, 376면; 김기림, 「잊어버리고 싶은 나의 港口」, 『전집』, 5, 307면.
167 김기림, 「'앨범'에 붙여둔 '노스탈자'」, 『전집』, 5, 302면.

고향이여, 너처럼 잔인한 애인이 어디 있을까. 천리 밖에 두고 생각하면 애타게 그립다가도 정작 만나고 보면 익지 않은 수박처럼 심심하기 짝이 없고 하루 바뻐 '앨범' 속에 붙여 두고 싶은 너임을 어찌하랴.[168]

고향의 '잔인함'은 바로 이 이율배반적 존재성에 있었던 것이다. '천리 밖에 두고 애타게 그립다가도 정작 만나고 보면 익지 않은 수박처럼 심심하기 짝이 없는' 존재 말이다. 언제나 '부재함'으로써만 존재의 가능성이 있는 것이 '애인으로서의 고향'이었던 것이다. 이 같은 '부재'와 '동경'의 대상으로서의 고향은 어릴 때 이별한 어머니와 누이에게로 전이되며, 그것이 곧 '바다'의 이미지에 투사되는데, 이 같은 전이나 투사가 김기림에게는 극히 자연스러운 일이다. 그리고 그것이 신화적 모티프를 통해 환상적으로 처리되는 것도 눈여겨 볼 일이다.

다음 글은 바다와 고향과 연애가 한 몸뚱이가 되어 낭만적 동경과 부재의 센티멘탈리즘을 반향하고 있다.

우리집은 항구에서 30리였다. 그러나 나는 항구로 자주 놀러 갔다. 열두살 때는 거의 1년이나 항구에서 살았으며 그 뒤에도 방학 때 집에 가면 반드시 항구에서 며칠은 쉬었다. 그러면서도 필경 헤엄조차 배워내지 못했다. 그랬으니 더군다나 그 아름답고도 조용한 바닷가의 달 아래서도 아기자기한 사랑 한번 속삭여보지 못한 것은 지금 생각하여도 남아 일대의 遺恨이 아닐 수 없다.[169]

그의 로맨티시즘은 이 바닷가 마을에서 자란 유년기 체험과 관련되어 있다. 바

168 위의 글.
169 김기림, 「'아이스크림'이야기」, 『전집』 5, 201면.

다는 그에게 영구한 생명의 고향이며, 마성의 정열을 주사해 놓은 철없는 冒瀆의 모성이다. 김기림은 자신이 로맨티시즘을 배운 것은 바이론이나 셸리에게서가 아니라 이 항구의 바다로부터였다고 고백한다.

나로 하여금 내 자신이 그렇게 삼가며 피하려고 애쓰는 정열의 화독 속에 몇 번이고 나의 미친 날개를 담그게 한 그 장본의 장본의 또 장본의 하수인은 아마도 저 바다일 성싶다. 아마도 그럴 성싶다.[170]

그는 '장본'이라는 말을 세 번에 걸쳐 강조함으로써 자신이 버릴 수 없는 로맨티시즘의 원인이 바다로부터 비롯되었음을 강조한다. '바닷가에서 자란 사람은 정열적이나 의지적이 못되고, 산에서 자란 사람은 정열적은 아니나 의지적인 것 같다'는 말을 덧붙이면서 말이다. 그에게 로맨티시즘은 타고난, 버릴 수 없고 가질 수도 없는 내부의 종기와도 같았다. 그가 버릴려 하면 할수록 그에게 마성을 주사하는 '철없는 모독의 모성'이었다. 그는 시론에서 철저하게 버리고자 했던 이 정열의 마성을 수필이나 혹은 가끔은 그의 체험이 묻어나는 시에서 흥건하게 토해내곤 했던 것이다. 그래서 김기림의 시와 시론 사이의 모순을 발견하고, 시와 수필의 자가당착을 지적하는 것은 쉬운 일이다. 그러나 그것이 인간 김기림으로서뿐 아니라 시와 수필, 기자와 문인, 이성적 인간과 감성적 인간의 경계인적 감각을 지녔던 김기림의 본질적 성향과 밀접하게 관련되어 있음을 파악하는 것이 차라리 더 의미있는 지적이 아닐까 한다.

이 대립항 사이에서 이 둘을 교감하게 하는 것은, 김기림 스스로 지적했던 '모

---

170 김기림, 앞의 글, 202면.

성'의 정열이었다. 김기림에게 '모성'은 이 양자 사이를 미끄러지면서 그것의 통교를 가능하게 하는 원질료적인 것이다. 그것은 결핍됨으로써 충족되어야 하는 욕망의 구조를 갖는다. 말하자면, 모성의 정열은 모성의 결핍이기도 했다. 그는 간단하게 '하늘은 어머니, 바다는 아들'이라는 신화적인 테마에 그의 실제 삶을 슬쩍 갖다 얹어 둔다.

> 철없는 나의 幻想은 아마도 그 푸르고 맑은 기름을 象牙의 해안에 부어놓은 것은 그 산맥 위에 펴진 끝없는 하늘이리라고 정해버렸다. 그러므로 어머니인 하늘의 얼굴이 비치어 아들인 바다의 얼굴은 그렇게 언제든지 젊은 것이라고 생각했다. 그리고 석양이면 반드시 바닷가로 찾아드는 갈매기는 푸른 하늘의 부탁말을 가지고 오는 하늘의 사자라고 생각하기도 했다.[171]

어머니인 하늘의 얼굴이 비치어 아들인 바다의 얼굴이 영원히 젊다는 것은 신화적인 것이다. 크로노스와 레아 사이에 태어난 바다의 신 포세이돈이 영원한 젊음을 부여받는 것은 그의 어머니 신 덕분이다. 그 어머니 레아 또한 가이아와 그의 아들인 우라노스 사이에 태어났다. 이들 관계에서 어머니와 아들의 관계는 순환적이면서 원환적이다. 어머니는 어머니이면서 아내이고, 아들은 아들이면서 또한 남편이다. '하늘인 어머니'와 '바다인 아들'은 생명을 서로 순환하면서 또한 겹쳐진 존재인 것이다. 이는 원질료적인 순환 관계에 있다. 연금술적인 '메르크리우스'인 것이다. 그러기에 김기림에게 바다나 어머니는 상징적인 원형을 띤다. 여기에 '아버지'가 개입되지 않는다. 이른바 외디푸스 콤플렉스라는 일상적 현실적 법칙이 개입

---

[171] 김기림, 앞의 글.

되지 않는다는 것이다. 김기림이 피로와 삶의 무게에 짓눌리면 바다를 찾는 이유는 이렇듯 정신분석학적인 테마와 관련이 있다. 이성의 냉철한 분석과 판단 이전의 마성의 정열에 붙들린 센티멘탈리즘은 '아버지의 법'이 개입되지 않은 순수 자아의 상태, 곧 상상적인 세계에 속하는 것이다. 김기림의 유년 시절의 체험이나 고향과 관련된 많은 수필은 김기림의 이 내적인 마성적 정열의 산물이, 그의 센티멘탈리즘은 이 같은 '어머니−아들'의 관계에서 파생된 것이다. 모성에 대한 원환적 동경은 본질적으로 '모성 결핍'의 이면이 아닐 수 없다. 이는, 그가 시론이나 비평에서 보여준 냉정한 비판력이나 우리 시의 방향에 대한 이성적인 진단과는 전혀 이질적인 것이지만, 그의 문학의 한 축으로 분명하게 존재하고 있다.

김기림의 모성 결핍은 어린 시절 맞이한 어머니의 죽음, 그리고 셋째 신덕 누나의 죽음과 관련된다. '어머니와 누이는 어린 시절의 나의 기쁨의 전부를 그 관 속에 넣어 가지고 가버'린 것이다. 어머니는 김기림이 보통학교에 입학했던 그해 (1914) 가을에 장질부사로 사망하고, 누이도 같은 병에 걸려 어머니 무덤 곁에 나란히 눕게 된다.[172] 수필 「사진 속에 남은 것」, 「잊어버리고 싶은 나의 항구」, 「길」 등은 모성 상실의 내면이 깊게 얼룩진 우울의 페이소스 속에 투영된 글이다.

그런 '어머니 고향'에 비해 아버지는 어떤가. 김기림의 어머니가 김기림이 보통학교에 들어가던 그해 가을에 세상을 떠나자, 아버지는 '집 안에 일을 보아 줄 사람이 없다는' 이유로 계모를 들인다. 김기림이 사랑했던 누이는 이를 슬퍼해 보름 동안이나 어머니 무덤 곁에서 울다가 그만 병이 들어 세상을 하직한다. 이들은 김기림이 가장 사랑했던 인물들이었는데, 특히 누이의 죽음의 원인이 아버지의 재혼에 있었던 것 같은 뉘앙스를 풍긴다는 것은 흥미롭다.

---

[172] 김학동, 앞의 책, 23면.

김기림은 『조선일보』를 휴직하고 성진으로 잠깐 돌아간 시기에 쓴 것으로 보이는 「전원일기의 일절」(『조선일보』, 1933.9.7–9)에서 '고향'에 대해 썼다.

나는 이렇게도 보잘것 없는 駄作을 본 일은 없오.
아주 잊어버릴 작정으로 나는 몇 번이고 낡은 기억의 책장 속에 집어 던졌오.
그렇지만 기러기 북쪽으로 가는 새벽이나 여윈 달이 둥글어 가는 밤 벗들이 떠들고 돌아간 뒤면 이상하게도 끄집어 내보고 싶은 그 「페지」–
영구히 나의 기억 속에 뿌리깊은 동주리를 틀고 있는 독수리—그의 이름은 나의 고향이라 하오. 어린 시절의 철모르는 꿈, 작은 「로맨스」, 질투, 분격, 복수, 믿을 수 없었던 약속—그것들은 곱게 파묻어 둔 커다란 분묘—그러나 과거라는 질서없는 추적 속으로부터 뛰어나오는 채색된 환상의 무지개를 나는 도시 말살할 수가 없오. 오늘도 나는 오래간만에 이 먼지낀 낡은 책 「페지」를 저도 몰래 어느새 뒤적이고 있었던 것이다.[173]

과거를 묻어두고 있는 커다란 기억의 분묘는 마치 독수리가 둥우리를 틀고 있는 형상을 하고 있다. 그것은 꺼내보고 싶은 욕망을 추동시키는 것이기는 하지만, 환상의 무지개를 피워올리는 그런 혼곤한 '향수병'의 근원은 아니다. 그것은 상흔이면서도 매혹적인 기억의 페지들로 구성된 것인데, 김기림은 이를 '독수리' 형상이라 말하고 있다. 이는 마치 레오나르도 다빈치의 모성 결핍을 문제 삼은 프로이트의 테마 '독수리 환상'을 떠올리게 한다. 프로이트는 레오나르도 다빈치가 그린 「두 명의 성녀와 아기 예수」를 분석하면서 마리아의 무릎 부분에서 독수리의 형상

---

[173] 김기림, 「전원일기의 일절」, 『전집』 5, 230면.

을 찾아 내고 그것을 다빈치의 모성 동경과 자신의 불행한 삶의 승화적 표현이라고 말한다.174 '독수리'는 이집트 등에서 바람을 통해 수태하는 자웅동체의 신화적 동물로 이해된다는 것이다. '고향'은 어린시절 어머니에 대한 행복한 기억과 연계돼 있지만 그것은 '어린 시절의 철모르는 꿈, 작은 '로맨스', 질투, 분격, 복수, 믿을 수 없었던 약속' 같은 것들에 의해 뭉개지고 지워지고 있다. 그는 이를 '곱게 파묻어

---

174 G.프로이트, 「레오나르도 다빈치의 유년의 기억」, 『예술, 문학 정신분석』, 열린책들, 2003, 204-250면.

둔 커다란 분묘'라고 죽음의 상징들로 덮어 씌워 둔다. '기억 속에 뿌리 깊은 동주리를 틀고 있는 독수리'의 형상은 그런 불행하고 질서없는 기억의 흔적 속에서 고개를 내밀고 했던 것이다.

지나치게 이지적인 인간형이었기에 김기림은 도시에서 '우주적 공간'을 몽상하지는 못했다.[175] 바슐라르는 도시의 방 외부의 공간을 우주화 하는 것은 도시에서 대양의 메타포를 그림으로써 마음을 가라앉히는 것이라고 썼던 것이다. 그는 이어서 도시의 소음을 대양이라는 메타포에 기대는 것은 아주 자연스럽고 사물의 본성 가운데 있는 참된 이미지라고 말한다. 소음을 자연화 하여 덜 적대적인 것으로 함은 건강에 이로운 것임이 확인되며 그를 통해 몽상가는 저 스스로 자신의 내부에 우주의 공간을 갖게 된다는 것이다. 도시의 소음 그 자체에서 자연을, 즉 바다를 살수 있어야 그는 진정한 도회의 휴식자이자 몽상가가 될 수 있다는 뜻이리라. 그러나 김기림은 끊임없이 도시로부터의 탈출을 꿈꾸었다. 탈출을 꿈꾸고 그는 바다를 찾아 동대문행 전차를 타곤 했던 것이다. 그가 월미도를 가든, 취재 차 남도를 가든 그가 찾아간 곳은 바다였다. 도시를 탈출한 뒤 돌아갈 곳은 언제나 고향의 바다였던 것이다. 거기에 어머니 바다가 있었다. 어머니인 하늘의 얼굴이 비친 아들의 바다. 그것은 어머니와 아들의 이자적 관계, 아직 거울상 단계조차 벗어버리지 못한 원초적인 관계였다. 그것은 논리 이전이었고 김기림의 표현대로 하면 마성의 정열을 주사해놓은 공간이기도 했다. 그러기에 그는 도회에서 궁극적인 휴식을 갖지는 못했다. 그의 정열은 도시에서 바다를 몽상함으로써 얻어진 것이기보다는 도시를 탈출해 바다를 욕망함으로써 생겨난 것이었다. 도시와 바다, 그것은 각각 이지와 정열의 다른 이름이기도 했다. 바다는 욕망을 부르고 욕망은 정열을 부르고 정열은

---

[175] 바슐라르, 곽광수 역, 『공간의 시학』, 민음사, 1990, 145면.

로맨티시즘을 마성처럼 불러왔다. 이자적 관계 속이 있기에 모성은 그의 유토피아였다.

그럼으로 해서 그는 도시를 거부하지도 않고 언제나 유년으로 돌아가 고향을 떠올릴 수 있었다. 구체적이고 물리적인 공간이기브다는 동경의 대상으로서의 고향 말이다.

고향이라고 하는 것은 그 사진이나 '앨범'에 붙여 두었고, 감기에 걸려서 여관방에 홀로 누워서 뒹굴 때에나 잠깐 펴보고는 그만 닫아 둘 그런 성질의 것이라고 생각합니다.

라고 도도하게 말할 수 있었던 것이다. 그가 취재 여행을 자주 다닌 것은 그의 글에서 자주 확인이 된다. 업무차 여행을 갔다가 감기에 걸려 일을 쉬게 되었을 때 그는 여관방에 누워 고향을 생각할 수 있었다. 그는 '수륙양육형' 인간이었던 것이다. '고향'이라는 세계는 현실을 상처내지 않고도 다가갈 수 있는 세계였다. 감기에 걸려 여관방에 누워 생각하고 앨범 닫듯 닫아버리고 나오면, 또 그 자체로 존재하는 세계였기 때문이다. 말하자면 그는 도시와 바다(고향) 양쪽의 경계를 자유롭게 오갔던 것이다. 그만큼 김기림이라는 인간형 자체가 열려 있었던 증거이다. 이석훈이 처음 김기림을 만나 시인 같은 인상을 별로 받지 못한 이유가 여기에 있지 않았나 한다. 김기림은 내면에 폐쇄된 영혼의 항아리를 두고 고백의 언어들을 주워 모으는 시인의 심성을 가진 것이 아니었다. 신문기자로서 국제적 감각과 세계 현실을 읽을 수 있었던 감각과도 통했던 것이다. 도시에서는 이지적 냉철을 재산으로 뛰어난 사회부 기자로서 살았고, 학예면에 비판적이고 분석적이며 학구적인 시론들을 연재했고, 취재 여행을 통해서는 정열적 로맨티시즘을 무기로 페이소스가 짙은 인간적인 취향의 수필들을 쓸 수 있는 자양들을 마련할 수 있었다. 그러기에 김기림을 어느 한 쪽으로, 예컨대 모더니스트냐 리얼리스트냐, 그리고 해방공간에서의 활동이 변신이냐 따지는 것은 무의미할 것이다. 김기림 텍스트에 나타난 일견 모순적이고 자가당착적인 논의들을 형식논리라고, 피상적이라고 비판할 수도 없을 터이다. 물론 장르적 경계를 고려한다고 하더라도 말이다.

> 처음 서울을 떠날 때에 그리고 「바사로프」의 좋은 제자가 되기를 맹세하고 마지막 하직인사를 하러 그의 방으로 들어갔을 때에도 그 눈에 눈물을 보여준 일이 없던 강한 아버지―

김기림에게 아버지는 존경의 대상이기보다는 한편으로는 부정의 대상이었던 듯하다. 거기에는 결혼 문제나 가계를 잇는 문제와 같은 신구 세대적인 차이나 갈등이 잠복해 있는 측면이 강하다. 그는 '아버지'에서 바자로프의 제자가 되겠다고 맹세하고 아버지와 하직 인사를 하러 갔다고 쓰고 있다. 바자로프란 누구인가. 그는 러시아의 대 문호 뚜르게니에프의 소설 『아버지와 아들』의 주인공 바로 그 바자로프이다. 그는 서울 혹은 일본으로 유학을 하면서 왜 '바자로프의 제자가 되겠다'는 결심을 아버지 앞에서 하게 되었을까. 하직 인사를 하면서 아버지를 부정하는 인물을 떠올린 김기림의 내면에 깃든 아버지의 초상은 독특한 것이 아닐 수 없다.

오늘 갑자기 돌아온 아들 앞에서 주먹으로 얼굴을 가리고 돌아서는 弱한 아버지—

순간 나는 아버지의 이마 위에서 친근하게 입맞추는 그 무엇의 회색 그림자를 보았오.

이윽고 그와 나의 사이를 가를 영구한 이별의 예상은 나의 머리 속에 「멜랑콜리」의 파수를 일으켜 놓았오.

그 거친 물결은 나의 뭇 理性의 방파제를 넘쳐서 나의 감정의 세계를 뒤흔드오.[176]

아버지의 이마 위에서 친근하게 입맞추는 '그 무엇의 회색 그림자'에서 다시 흐릿한 '독수리 형상'을 떠올리게 된다. 김기림에게는 '아버지'와 이별하는 순간에도 '어머니'의 그림자가 깊숙하게 드리워져 있다. 고향 '성진'은 '아버지'의 현실적인 원칙이 작용하는 곳이기보다는 그러한 어머니의 세계를 깊숙하게 간직하고 있는 곳이었던 것이다. '어머니의 고향'은 김기림에게 원초적인 것으로 작용하고 있는 공간인 것이다. 이 말은 그의 '고향'의 양식, 곧 '감상적' 경향이 그에게는 원초적인 것임을 의미한다. 따라서 김기림 '시론'의 분석적이고 비판적 태도는 김기림을 이해하는 단편의 하나에 지나지 않는 것이다. '감상주의적인' 그의 수필이 주목되는 것은 이 때문이다.

김기림이 고향 성진을 떠난 것은 보성고보에 입학한 1921년, 그의 나이 14세 때이고, 일본 名敎중학에 입학하기 위해 동경으로 건너간 것은 1925년 18세 때이다. 1926년 4월 일본대학 전문부 문과 정과에 입학했다가 졸업하고 조선으로 귀국한 것은 1929년으로 보인다. 그가 일본을 다시 건너가는 것은 1936년이며 1938년 귀국해 『조선일보』에 복직하게 된다. 김기림이 '서울을 떠났다'는 표현이 '서울을'

---

[176] 김기림, 「전원일기의 일절」, 『전집』5, 230 – 231면.

떠난 것인지, '서울을 향해 고향 성진을' 떠난 것인지 문맥으로 보아 확인하기 어렵다. 이 글이 1933년 9월에 발표되었고 '처음'이라는 표현이 있는 것으로 보아 일본 명교 중학 입학을 염두에 둔 것이 아닌가 한다.

아무튼 바자로프에 자신을 겹쳐 둔 것은 아버지와 아들의 세대론적 이별과 정신적 성장을 말하고자 한 것이다. 투르게니에프의 소설에서 바자로프는 이른바 '노악취미(露惡趣味)'를 발휘하지만, 내면적으로는 아버지를 존경하는 인물이다. 그가 성장한 뒤 아버지를 떠나게 되자 아버지의 적막감은 이루 말할 수 없다. 그러나 세대론적인 결별은 이 소설에서 단호하게 나타난다. 그것은 이 바자로프의 정신적 성장을 의미하기 때문이다. 아버지의 곁을 떠남으로써 아들 바자로프는 자신의 세대의 임무를 부여받고 한 성숙한 인간으로서 존재하게 된다. 김기림은 스스로 고향을 떠난 것을 '바자로프의 제자'가 되기 위한 것이라고 밝혀놓았다. '바자로프의 제자'로서 그가 부여받은 새로운 시대의 임무는 그가 일본에서 돌아온 뒤 신문사 입사를 통해 구체화 된다. 문인으로서의 김기림을 이해한다면, 1930년대 '모더니즘 문단'의 방향성 정립으로 나타난다. 『문단불참기』에서 밝힌 바대로, '문학을 한다는 것, 무엇이고 값있는 것을 하겠다'는 숭고한 의지에서 새로이 부여받은 시대의 임무가 무엇인가를 짐작할 수 있다. 그리고 신문 학예면은 그것을 가능하게 하는 중요한 문화적 인프라이자 제도가 된다.

4. 김기림, 붉은 튜립에 비친 이여성의 우정과 사랑

김기림은 1931년 3월 그의 첫사랑인 이월녀(달이)와 결혼했다. 신접 살림은 남산 아래 차려졌다. 김기림에게는 두 번째의 결혼이었다. 이월녀와의 사랑은 열렬했으나

월녀는 건강이 좋지 않아 아이를 가질 수 없었다. 월녀는 스스로 친정으로 돌아가 버려 결국 그들은 헤어지고 만다.177 김기림과 월녀의 신혼집에 드나든 사람은 『조선일보』 기자였던 이여성과 이홍직이었다. 당시 처음으로 실시된 『조선일보』 공채 기자 시험에서 김기림과 같이 입사한 '입사동기'로는 이홍직, 양재하 셋이었다. 이홍직은 월남 이상재 선생의 손자로 연희전문을 졸업한 뒤 김기림과 같이 공채 1기 기자로 『조선일보』에 입사한 것이다. 이상재 역시 『조선일보』 사장을 지낸 경력이 있어 이상재의 손자라는 사실이 입사에 유리하게 작용했을 것이라고도 한다. 이홍

---

177 김학동, 앞의 책, 27면.

■ ■ 1930년 김기림과 함께 조선일보 공채기자 1기로 입사한 이홍직(좌)과 양재하(우)

직은 김기림이 사회부 기자로 출발한 것과는 대조적으로 처음 학예부에 배치되었
다. 이홍직은 학예면에 「영혼과 운명」, 「발화된 작열탄」 등의 수필을 썼다. 「조선중
앙일보」에서 잠시 사회부 기자를 하기도 했지만 1936년 4월 「조선일보」에 재입사
해 폐간될 때까지 사회부와 편집부에서 근무했다. 『조선일보』가 폐간되자 '화신상
회'에 입사해 광고업무를 담당했다.[178]

    양재하는 경성법관전문학교를 졸업했지만 법관이 되라는 부친의 뜻을 따르

---

[178] 조선일보 사료연구실, 『조선일보사람들』, 2004, 397~400면.

지 않고 『조선일보』에 공채 1기 기자로 입사해 김기림과 함께 사회부에서 근무했다.[179] 일찍이 전문적인 '신문학' 교육의 필요성을 자각하고 1931년 12월부터 『조선일보』에 「신문대학과 대학신문」이라는 연재물을 싣기도 했다. 그가 강조한 것은 두 가지였는데, 그 첫째는 조선에도 신문연구기관을 설치해야 한다는 것이다. 즉 프랑스에는 각 대학에 신문학과가 있고, 파리에는 '신문기자학교'가 있어 사회문제고등연구소의 일부가 되어 있으며 정부에서 보조금이 나오고 개인 혹은 단체로서의 장학제도가 있다며 조선에도 신문연구기관이 있어야 한다고 주장한다. 둘째는, '대학신문은 대학생을 배경으로 발간되는 것이지만 그 존재는 사회적, 문화적으로 기여하는 바가 큰데도 불구하고 월간이라도 신문을 가진 대학이 없을 뿐 아니라 전 조선을 통틀어 학생신문이란 이름을 들을 수 없는 현실을 개탄한다'며 대학신문 발행의 필요성을 역설한다. 양재하는 이미 1930년대에 아카데미즘과 저널리즘이 결합된 '대학신문'의 필요성을 주장한 선진적인 의식을 지닌 인물이었던 셈이다. 김기림이 「간도기행」을 남겼듯, 양재하도 『조선일보』에 「간도기행」이라는 취재후기 격의 기행물을 연재했다. 1940년 8월 10일 조선, 동아 등의 민간지가 폐간되자 양재하는 1941년 2월 종합 월간지 『춘추』를 창간하는데, 김기림의 일제 말기 시편들 「연륜」, 「청동」, 「분원유기」 등은 이 『춘추』 지에 실린 것들이다. 일제 말 김기림의 마지막 시편이 실린 곳이 바로 양재하가 창간한 『춘추』가 되는 셈이다.

이여성은 '한국의 미켈란젤로'라고 불리는 월북 화가 이쾌대의 형으로 일찍이 사회주의 사상에 심취했던 인물이다. 이여성 자신도 화가로서 활동하기도 했는데 청전 이상범과 '2인전'을 열기도 했다. 그런데, 이여성은 일찍이 김약수,

---

[179] 조선일보 사료연구실, 앞의 책, 396~492면.

김원봉 등과 함께 『대중시보』, 『공제』 등의 잡지를 통해 사상운동을 전개하는데, 후일 기자가 된 이후 신문 지상에 발표한 글들은 그의 오랜 사상 운동 경험과 관련이 있다. 바로 그 이여성이 김기림의 신혼집을 찾아왔던 것이다. 신혼집을 꾸민 지 이틀째 되는 날의 첫 손님이었다. 2년 동안의 서울 생활, 그것은 김기림에게는 2년 동안의 기자로서의 삶이기도 했는데 그 동안 그가 얻은 최대의 우정이 바로 '이여성' 이라고 할 만치 이여성이라는 인물은 김기림에게 중요한 역할을 했던 것이다. 일본 유학시절부터 사회주의운동을 했던 이여성과 김기림은 어쩐지 어울리지 않는 듯한 느낌을 준다. 그러나 김기림은 신문사 시절 이여성과 돈독한 우정을 나눈다. 이것이 초창기 김기림의 문학관이나 사고와 밀접한 관련이 있을 것이다. 다만 현재까지 이여성에 대한 자세한 기록이 없어 이들의 관계가 알려지지 않았고, 그러다보니 초기 김기림의 사상적 지향이나 이념도 간과된 측면이 없지 않다.

이여성의 손에는 붉은 튤립(울금향)이 들려 있었다. 후일 김기림은 고향에 머물면서 쓴 글에서 이날 이여성의 방문을 떠 올리고는 「붉은 울금향과 로이드 안경」이라는 글을 썼다. 튤립의 풍만한 입사귀와 붉고 농염한 봉우리가 이여성의 진득한 우정뿐 아니라 헤어진 월녀와의 사랑을 떠올리게 만들었다.

지난해 3월달에 L과 내가 작은 보금자리를 南山 밑에 꾸민 이튿날 밤 나는 첫손님으로 李如星兄과 鴻植兄을 맞았다. 李兄은 나의 2년동안의 서울 살림 중에서 얻은 최대의 友情이다. 그는 'L과 나' 의 행복을 위하여 커다란 붉은 '튜립' 의 화분을 주셨다. '튜립' 붉게 향내 나는 밤. 鴻植兄과 나는 李兄의 달콤한 옛 이야기에 감탄

낙망 매혹하면서 마지막 전차가 끊어지는 줄도 모르고 생활에서 전연 해방된 유쾌한 몇 시간을 가질 수 있었다.[180]

위의 수필은 김기림이 신문사를 휴직하고 잠시 서울을 떠나 있었던 시기에 씌어진 것이다. 월녀가 그를 떠나버린 뒤 많은 시간이 흐른 후였다. 김학동 교수에 의하면, 1932년 1월에 신보금과 재혼했으므로 이 글이 발표된 1932년 4월은 새로운 가정을 꾸민 상황이었다. 위의 글은 적막과 고독이 깊게 서려 있다. 글 쓴 시기와 발표 시기의 격차가 있겠지만, 그 고독감과 적막감이 언뜻 납득이 가지 않을 정도다. 김학동 교수의 의견을 참조한다면, 서울과의 공간적 거리감과 사랑의 상실에 대한 기억 때문일 것이다. 사랑의 상실을 겪은 그의 내면을 채워 줄 '최대의 우정' 또한 멀리 서울에 있기에 그 고독한 빈 자리는 쉴 새 없이 이 글에서 반추되고 있는 것이다. 그 '호프레스'한 상실은 그렇게 오랫동안 그의 내면에 깊숙이 드리워져 있었던 것이다. 김기림에게 서울은 월녀와의 사랑을 상실한 곳이기도 하지만 '이형'(이여성)이 있는 우정의 고향이기도 했으며 무엇보다 사회적 인간으로서의 그의 인간적인 성숙을 가능케 했던 존재론적 고향이기도 했다. 생활과 사회적 책무와 그리고 사랑과 우정을 가능한 확장해서 펼칠 수 있었던 서울, 그러기에 그곳은 '김기림의 서울'이자 '이형의 서울'이기도 했던 것이다. 『조선일보』 사회부 기자 김기림에게 서울은 분명 이 같은 확실한 지표와 구체적인 삶의 감각이 존재하는 곳이었다. 그러기에 그는 '이형과 서울을 떠나서 홀로 검은 물결이 날뛰는 북쪽 나라로 내가 떨어진 후에도'라고 썼는데, 이는 '이형'과 '서울'을 같은 격으로 놓고 있다는 증좌기도 한 것이다. '검은 물결이 날뛰는 북쪽 나라에서' 김기림은 이여성을 생각했던

---

[180] 김기림, 「붉은 울금향과 「로이드」안경」, 『전집』 5, 346~347면.

것이다, 그리고 위안 받았던 것이다. 이여성을 생각할 때마다 '兄의 超東洋流의 위대한 코마루 위에 걸려서 끊임없이 弱小民族의 大局을 통찰하는 검은 '로이드' 안경과 붉은 「튜립 붉게 향내 나던 그 밤,'을 잊을 수 없었다. 이여성에게 풍기는 이념적 지표는 '초동양류'의 '로이드 안경'으로, 정열적이고 인간적인 품경은 '튜립'으로 여기서 상징되고 있다.

　　김기림에게 서울은 사랑과 이념과 우정의 스펙트럼이 찬연하게 빛을 발하는 곳이었다. 그는 서울을 떠나 있었던 순간에 서울은 동성애적 낭만의 공간으로 기억되었으며, 그런 이유인지 기억과 추억과 몽상으로 이어진 수필들은 센티멘탈리즘과 우울을 거의 벗어나지 못했다. 그의 비평에서 보이는 그 지적이고 분석적인 사고의 지층들은 사회부 기자로서의 그의 냉철한 자의식의 연장선상에서 가능했던 것이었지만 그 한편에 깃든 그의 감상적 기질은 그의 유년기적 추억을 싸고도는 어떤 희미한 아우라에서 비롯된 것이었다. 유년기의 추억과 몽상의 분위기를 갖는 수필들에서 자주 튀어나오는 혼곤하고 감상적인 페이소스는 그가 비평적 글이나 시론에서 보여주는 분석적 사고의 이면에 깔려 있는 것들이다. 그래서 스스로도 낭만주의자적 기질을 버리기 쉽지 않음을 부정하지 않았던 것이다. 아마도 김기림의 글은 일반적으로 알려져 있듯 '형식주의적 단순 이분법적 사고방식'이나 '피상적인 현실 인식'과 같은 차원으로 이해할 수는 없다고 본다. 오히려, '붉은 울금향과 로이드 안경'의 동성애적이고 양가적인 사유의 혼돈 속에서 이해해야 할 차원의 것이 아닐까 한다. 김기림의 사유는 낭만성과 현실성, 추억과 현실, 사랑과 이념, 정열과 지성으로 어우러진 혼곤하고 중층적인 영토 속에서 불타올랐던 것이다. 서울은 월녀와의 사랑이 있었기에, 그리고 서울 생활의 최대 우정이 이루어졌던 동료 기자 이여성이 있었기에 '호프레스한' 내면을 가다듬고 몽상할 수 있었던 곳이었다. 김기림은 그래서 '자신은 건강하노라' 하고 반나체의 사진을 실어 이여성에게 보낸다. 이여성은 유머스럽게 거기다 '울트라 强盜之圖' 라는 註를 붙여 고독에 지친 김기림을 유쾌하게 웃겨준다. 이여성은 달래듯 김기림의 서울행이 언제인가를 물었고 김기림은 대답 대신 그의 뒤뜰에 붉은 튤립을 심는다.

김기림이 이여성에게 받은 붉은 튤립 화분은 인상적인 장면을 이룬다. 튤립의 원산지는 원래 네덜란드가 아니다. '세계의 지붕' 이라 불리는 러시아 파미르 고원과 중국 서쪽 국경을 따라 뻗어 있는 '하늘의 산맥' 텐산산맥의 구릉 지대가 튤립이 처음 꽃을 피운 지역이다.181 텐산의 튤립들은 오늘날의 튤립보다 훨씬 키가 작아서 땅에서 손가락 마디 정도 올라와 꽃을 피웠는데, 그 꽃들은 튼튼했고 중앙아시아의 험난하고 매서운 겨울 바람과 건조한 여름에도 잘 적응했다. 세계에서 가장 탐험이 안 된 지역의 하나이면서 여전히 건조한 불모의 땅인 이 지역이 튤립의 고향인 것이다. 주변 환경이 워낙 황량했던 탓에 노랑, 빨강, 주홍 색의 꽃잎이 있는 이 소박한 야생화가 대단히 매혹적으로 보였을 뿐 아니라 혹독한 겨울을 견뎌 낸 유목민들에게는 오아시스 이상의 아름다움을 전해주기에 충분했다는 것이다. 튤립은 그래서 다산과 생명의 꽃이었고 봄의 전령이기도 했다. 이러한 상징성이 서쪽으로 진군하던 투르크 인들의 마음을 사로잡아 수천 년에 걸쳐 군락을 이동시켰고 그 결과 네덜란드 정원의 가장 눈에 잘 띄는 곳에 튤립의 구근이 심어지는 계기가 된 것이다. 이후 튤립은 완벽한 여성의 아름다움과 그것의 영원성을 상징하거나 지상의 낙원을 비유하는 데 종종 사용하게 된다.182 튤립에 관한 전설 또한 이것과 관련이 있다.

---

181 마이크 대시, 『튤립, 그 아름다움과 투기의 역사』, 정주연 옮김, 지호, 2002, 16~17면.
182 마이크 대시, 위의 책, 20면.

파하드라는 왕자가 있었다. 그는 사린이라는 처녀를 사랑하게 되었는데 그녀가 곧 죽임을 당할 것이라는 거짓 소식을 접하게 된다. 청년은 비탄에 사로 잡혀 자신의 몸을 도끼로 마구 찍게 된다. 거기서 나온 피가 떨어진 곳마다 진홍색 꽃이 피어났다. 페르시아에서 붉은 튜립은 영원한 사랑을 상징하게 된다.

김기림의 결혼의 첫 선물로 이여성이 선물한 튜립은 영원한 사랑을 기원하는 이여성의 마음이 담긴 선물이었다. 강직하고 건조한 외모를 가진 겉모습의 이여성과는 달리 그 내면은 비할 바 없이 따뜻하고 사려 깊은 것이었다. 서울 생활을 접고 고향에 내려와서도 김기림은 그런 이여성의 우정과 섬세한 배려를 결코 잊을 수 없었다. 이여성이 튜립 화분을 들고 김기림을 찾아왔을 때, 사랑과 다산, 결혼과 생명력의 튜립의 상징적인 의미를 김기림은 알아챘었을 터이지만 월녀와의 결혼 생활은 결국 파국을 맞게 되었던 것이다.

때 늦은 튜립의 화분이
시드른 창 머리에서
여자의 얼굴이 돌아서 느껴운다

나의 마음의 설음우에 쌓이는 물방울
나의 마음의 쟁반을 넘쳐흐르는 물방울

이윽고 내가 파리에 도착하면
네 눈물이 남긴 그 따뜻한 반점은

나의 외투 자락에서 응당 말러버릴테지?

(『이별』 전문)

『신동아』 1933년 3월호에 실린 시다. 이여성이 가져다 준 튤립 화분을 연상케한다. 튤립 화분이 시들어 있고 여자가 돌아서 흐느끼는 광경이 그의 전기적 사실과 오버랩 된다. 마음 가득 쌓이는 눈물의 흔적마저 시간이 지난 뒤에는 다 말라버린다는 허무주의적인 시선이 깊게 드리워져 있다. 김기림은 이 한갓 흩어져버린 사랑의 영원성을 갈구했는지도 모른다. 그는 시 「대합실」에서,

> 대합실은 언제든지 '튜립' 처럼 밝고나
> 누구나 거기서는 旗빨처럼
> 出發의 희망을 가지고 있다

라고 썼다. 희망과 출발의 메시지를 '튜립'의 '밝은' 이미지에 투사시키는 장면이 튤립이 주는 '지상의 낙원'이라는 맥락을 연상시킨다. 지상의 사랑은 그것이 항상 단속적이고 소멸하는 것이어서 '영원성'의 상징들을 옆에 두고 위로받아야 하는 것인지 몰랐다. 김기림에게 튤립은 월녀와의 이 지상의 사랑의 불모성과 허무를 확인하는 것이었지만 그래서 영원성을 꿈꿀 수 있는 내면의 무한한 우주화宇宙花였던 것이다.

김기림의 눈에 비친 이여성은 붉은 튤립으로 상징되는 미학주의적 미술사가이자 로이드 안경으로 상징되는 대가적 풍모의 사상가였다. 김기림 초기 글들에서 확

인되지만, 김기림의 내면에 꿈틀거리고 있는 민족주의적이고 현실주의적인 사상의 한 축은 그가 '최대의 우정'이라고 불렸던 이여성의 사상적 영향에서 비롯되었을 것이다.

김기림이 처음 이여성을 만났을 때의 인상을 짐작케 하는 글이 있다. 앞에서 이미 언급한 편집국 풍경이다.

> 나는 편집국에 들어선 첫 날에 새로 한시 *締切* 시간을 좌우하여 모든 테블 위에 서 원고지를 검구는 기자들의 손가락의 회전은 실로 프로펠러와 같이 보였다, 그리 고 사회부장은 오십 이상의 귀를 가지고 있는 것 같았다. 왜 그러냐 하면 간단없는 전화가 그를 습격하기 위하여 모든 순간 순간에 그의 테블 위에서 소리치고 있으니 까.[183]

초보 기자 김기림이 본 '50개의 귀를 가진 메두사형 사회부장'은 누구일까. 이 사회부장의 인상은, 마치, 메카트로닉스 인간형의 얼굴이다. 저널리즘이 윤전기라 는 기계의 속도감과 차가움 곧 탈 센티멘탈리즘적 사고 방식의 산물임을 김기림은 입사 첫날부터 직감적으로 알아챈 것인지 모른다. 그날 그날 일어난 사건 사건들을 한꺼번에 모니터하는 '동시흡입형', '다중음성형' 귀와 눈을 가진, 그러면서 취재 기자들의 원고를 제 시간에 다 쏟아내기를 독촉하고 압수하는 갈쿠리 같은 손을 가 진 현대 신화 속의 인간형. 김기진의 회고에 따르면 이 '메두사'는 이여성일 수도 있는데, 이는 몇몇의 기록에서 추론할 수 있다.

---

[183] 김기림, 「신문기자로서의 최초 인상: 저널리즘의 비애와 희열」.

새로 한 시로부터 세 시 사이에 어느 신문사를 가보든지 한참 바쁜 곳이 편집실이다. 그 중에도 사회부가 더 한층 바쁜 때이다. 사방에서 달려드는 전화를 받으랴 체절(締切) 시간에 원고를 내어놓으랴 그야말로 눈코뜰새없이 붓과 씨름을 하고 있다. 삼신문사 인재순례를 떠나기로 작정한 내가 먼저 발을 들여논 곳이 시내 견지동『조선일보』 사회부이었다. 편집실 문을 썩 열고 들어서니 젊은 친구 칠팔인이 늘어 앉아 제 각기 원고에 붓을 달리고 있다. 얼른 보니 중가 의자에 출중하게 키가 큰 분이 원고에 제목을 달고 있다. 알고 보니 그가 얼마 전까지 중외일보 사회부장으로 있었고 또는 조선문단에서 빼어놓을 수 없는 중견인물로 많은 기대를 받고 있는 팔봉(八峰) 김기진(金基鎭)(28) 씨이다. 씨는 영동 출생으로 일찍이 배재학당을 거쳐 동경에 건너가 입교대학에서 수년간 영문학을 전공하고 돌아와 문단생활을 하게 되었는데 신문계에 발을 들여 놓기는 최남선을 사장으로 하고 출세(出世)하였든 시대일보때부터이다. 기후(其後) 중외일보사서서 학예부로 또는 사회부장으로 역임하여 많은 노력을 하다가 수월 전에 『조선일보』로 옮기어 전 사회부장 이여성씨의 뒤를 이어 가지고 건투하고 있다.[184]

이여성이 『조선일보』에 입사한 것은 1929년이다.[185] 김기진이 『조선일보』에 입사한 것은 1930년 가을이다. 사장 신석우는 중외일보 휴간으로 쉬고 있던 김기진을 불러 사회부장으로 앉히는데, 이여성은 이때 김기진에게 사회부장 자리를 넘겨주고 논설위원실로 옮기게 된다. 그때까지 김기림과 함께 사회부에 같이 몸을 담고 있었을 확률이 있다. 윗 글이 실린 철필이 1931년 2월에 출간되었으므로 수월전이란 아마 1930년 9, 10월경을 말하는 것으로 이해된다. 김기림의 「신문기자로서의

---

[184] 이면기자, 「3대 신문사 인재순례기 제 1편 사회부」, 『철필』, 1931. 2.
[185] 이여성, 「조선복식의 사회적 의의」, 『조선일보』, 1940. 8.7. 필자 소개란에 이여성의 약력과 함께 '사화연구가'로 소개되고 있다.

최초 인상」이 1930년 7월에 발간된 것이니까 김기림이 말한 예의 '메두사형' 인물은 이여성일 가능성이 있다. 이여성과는 김기림이 입사한 이후부터 같이 사회부에 있으면서 민족주의 사상 등의 영향을 주었을 것으로 보이는데, 김기림이 당시에 쓴 「식전의 말」, 「신민족주의 문학운동」 같은 글들은 이여성의 영향으로 보인다. 이여성의 예술관은 사회주의 활동을 한 그의 이력에 비추듯 현실주의적인 것이다. 예술가에게 필요한 것으로 精力主義的인 진지와 誠勤을 들면서, 현실 조선의 예술가에게 과학적인 현실 파악의 태도를 가질 것을 요구한다.

> 예술가라면 흔히 마른 체구와 푸른 안색과 풀죽은 거동과 졸리는 눈초리를 연상하게 됩니다. 그리고 담배와 술과 여인과 불규칙과 무절제가 마치 그의 속성인 것 같이도 생각되어 정력주의적인 성근과 노력과 진지 고결한 태도를 잘 얻어볼 수 없는 경우가 많은 듯합니다. 이는 물론 조선 예술가에게만 있는 것이 아니라 조선인 전체에 물든 병이라 하겠지마는 우리는 이것과 힘써 싸울 굳은 결심을 가지지 않아서는 안될 줄 압니다.(중략)
> 우리의 예술가는 유한자를 위한 사치품의 제조자가 아니오 민중의 피와 땀을 모으며 그 감각과 기분을 살리며 또 생활과 활동과 ── 북돋우어 주는 위대한 존재가 아니면 아닐지니 조선의 실태를 과학적으로 파악하야 그 마음의 소리를 밝게 듣는 예술가가 요구한다는 것도 이 때문이라 할 것입니다.[186]

이여성에게 '현실 조선의 과학적 파악' 이란 말은 김기림의 '과학적 태도, 방법' 이라는 말과 묘하게 어울린다. 현재 김기림의 '과학적 시론' 은 I.A 리차즈의 이

---

[186] 이여성, 「예술가에게 보내는 말씀」, 『신동아』 47호, 1935.9.

론의 영향으로 주로 알려져 있고, 이것이 대체로 김기림 시론에서 일제말기 이후에 나타난 것으로 파악하고 있는데 이 문제는 좀 더 세밀하게 검토될 문제로 판단된다. 본인이 여러 차례 언급한 바 있지만, 이 문제는 김기림의 초기 글들에 대한 성격, 이여성과의 관계, 언론인이자 지식인으로서의 그의 세계관 등과 관련해 폭넓게 연구돼야 할 성격의 것으로 보이는 것이다. 김기림의 인식이 일제말기나 해방공간에서 급격하게 변화를 겪었다거나, 그 바탕에 스펜더, 리차즈 등의 영향이 강력하게 작용한 것이라는 연구가 놓치고 있는 부분이라고 생각된다. 경계인이자 언론인으로서의 김기림의 성격과 초기 글들에 대한 논의가 좀 더 중요하게 고려돼야 할 것이다.

1930년대 신문 사회면은 연애담과 범죄담, 스캔들 등 근대화 되어 가는 조선 사회의 일상적 모험들을 현실감 있게 재현해 주었다. 근대 사회에서의 모험은 신화나 설화에서가 아니라 일상으로 급격하게 내려왔고 그 같은 '낮은 단계의 모험'을 신문 사회면이 대변해 주고 있었다. 1930년대는 신문이 '뜨거운 매체'로서의 속성을 품고 있었던 것이다.

당시 신문사 사회부장은 '사건'을 '취재 사건'으로 옮겨 놓는 것이 아닌 '흥미 있는 읽을거리'로 만드는 마법사, 주술사의 그것이었을 것이다. 그러나 이여성의 성격은 이 같은 당시 신문사 사회부장의 인상과는 멀리 있는 듯하다. 이여성의 평상적인 성격은 명상적이고 과묵한 편에 가까웠으며 다소는 미학적이었다. 저널리스트이기보다는 학구적 인간에 가까웠고, 예술, 스포츠, 정치 등 다방면에 관심을 보였으며, 치밀하고 근면하다는 것이 그에 대한 일반적인 평가이다.

이여성에 대한 인물평은 그의 아내 박경희(朴慶姬)가 언급한 것이 있다. 이여성

■■ 당시 이여성의 아내 박경희를 보도한 조선일보 기사

의 아내 박경희는 1934년 동경음악학교를 나온 소프라노 가수로[187] 졸업 이전부터 조선에서 음악회를 열었다. '콜로라튜라 쏘프라노' 가수로 언급돼 있는 것을 보면 당시로서도 음역이 넓고 고음의 화려한 기교를 가지고 있었던 듯하다. 콜로라투라 소프라노(coloratura soprano)란, 모차르트의 오페라 『마술피리』에서 '밤의 여왕'이 부르는 '지옥 같은 복수가 내 마음에 끓어오른다'에서 보는 것처럼 초절적인 기교로 높고 맑으면서도 정확한 음을 내야 하는데, 박경희는 당시로서는 더욱 찾기 어려운 높고 맑은 음역의 목소리를 소유하고 있었던 것이다. 그런 까닭인지, 당시 신문들은 상해, 북경 등에서 발표회를 갖기도 한 당대 보기 드문 인텔리 여성이자 여성 음악인으로서 박경희를 자주 소개하고 있다. 박경희 독창회 기사가 『조선일보』에 실리기도 했고(1933.9.8), 조선 여성 음악가들의 사회 활동을 독려하는 좌담 기사가 실리기도 했다.(1933.1.15) 당시 사회부 기자를 했던 홍종인은 이여성의 아내 박경희의 독창회 인상기를 남기고 있다.[188] 가곡 중 '최후의 가곡'으로 불리는 도니제티의 오페라 「람메르무르의 루치아」 중의 일절을 불렀던 모양인데, 홍종인은 대단히 감격적이고 성공적이었다고 평가하고 있다. 세기의 프리마돈나로 손꼽히는

박경희는 당시 신문에서는 '콜로라튜라, 쏘프라노' 가수로 언급돼 있다. 『조선일보』, 1936.11.20.
홍종인, 「박경희 양의 독창회 인상기」, 『조선일보』, 1936.11.28.

마리아칼라스의 명성을 그대로 보여줄 수 있는 대목으로 손꼽히는 이 오페라의 '광란의 장면'은 명장면 중에서도 명장면으로 알려져 있다. 극적인 장면을 연출하는 것 못지않게 표현 또한 난해해서 그만큼 관객들의 사랑을 많이 받는 장면인데, 박경희는 이 아리아를 잘 소화해 냄으로써 당대 성악계의 '구진(舊進)' 없는 신진(新進)'으로 확실하게 등극을 한 것이다. 동료 기자의 쿠인에 대한 의례적인 치사라고 해도 당시 박경희의 성악가로서의 역량과 실력을 짐작할 수 있을 듯하다.

우리집(李如星氏) 갓해서는 여자가 결혼한 후에 도리혀 면학(勉學) 할 힘이 생길 것 갓습니다. 그이(李氏)는 부즈런하면 못 할 일이 업다는 것을 箴言으로 삼고 자기도 매양 독서하고 나에게도 勸勉하닛가 혹시는 권태를 늣기다가도 곳 정신이 들어서 무엇이라도 붓들게 되고 무슨 일이라도 하여 보겟다는 생각이 나군 합니다. 결혼한 지 한 오륙 년 되엿서도 별로 불평이 업섯습니다. 서로 이해하고 존경하니까 불만이 생길 틈이 업섯기 때문이지요.[189]

아내가 쓴 위의 인상기에도 이여성은 과묵하고 엄격했으며 일에 관한 한 열정적인 추진력을 보이는 인물로 묘사되어 있다. 특별히 모난 성격은 없는 대신 일하는 데는 아주 저돌적인 면모를 가지고 있다는 것이다. 이 같은 이여성의 인상에는 기자로서의 철저함과 냉정함이 묻어 있는 듯한데, 김기림이 쓴 글에서의 폭풍 같은 갈퀴를 지닌 메두사같은 사회부장의 면모와 어긋나지 않는다.

학구적이면서도 이념인이었던 이여성의 또 다른 측면은 정치가로서의 면모이다. 동료 기자였던 홍양명은 한 그룹이나 붕당에서 타인을 리드할 만한 존경과 통

---

189 「설문 男편의 말 中에 니치지 안는 말」, 『별건곤』 26, 1930. 2.

제적 수완을 가진, 야심가라 할 만한 사람이라는 투로 그를 평가하고 있다. 이여성의 정치가로서의 면모는 어렸을 때 호렵도를 보고 말탄 사냥꾼의 꿈을 키우던 시절로 거슬러 올라간다.[190] 이여성의 그 다음의 꿈은 해군 사관이 되어 潛航艇 부대를 이끄는 것이었다. 해전에 나가 싸울 잠항정을 설계하느라고 성적이 나빠져서 집에서 야단맞은 일도 있었다고 회고하고 있다. 그러나 그 꿈은 끝내 실현되지 못한다. 그 꿈이 실현되기에 조선의 사정은 너무나 악화되어 있었다. 청소년기를 식민지 치하에서 보낸 그였기에 이여성은 호기로운 정치가가 되기보다는 민족과 민중 문제에 뛰어 들어 이념인으로서의 삶을 살게 되었던 것이다. 사회주의 활동의 제약에서 벗어나기 위해서였겠지만, 그는 일본 유학 시절과 1920년대 초기 조선에서의 사상 운동을 잠깐 접고 길림, 천진, 상해, 제남 등지에서 홀연히 방랑 생활을 하게 된다. 이 방랑은 어쩌면 정치적인 제약으로 인한 잠깐의 '휴식'이라기보다는 유년시절부터 품어온 꿈의 파산이며, 그 꿈의 실현 불가능에서 오는 좌절이기도 했을 것이다.

　이여성이 『조선일보』에 입사한 것은 그가 상해 등지의 방랑 생활에서 돌아온 이후인 1929년이다. 이여성은 「상해이야기」라는 제목으로 글을 싣기도 했는데,[191] 장개석이 상해를 장악할 목적으로 일으킨 '남경사건' 이후의 급박하고 긴장감 감도는 보산로 시가지 풍경을 자세하게 기술하고 있다. '大英 租界의 안전을 위해 산祭祀 밧친 인도인의 운명'에 대한 소회 제국주의 비판과 약소민족 문제와 같은 그의 지속적인 관심사가 깔려 있다.

　김기진 입사 후 그는 김기진에게 사회부장 자리를 넘겨주고 논설반으로 자리를 옮기고 또 조사부장이 된다. 앞에서 말한 이여성의 치밀하고 근면한 성격은, 『조선일보』 조사부장을 할 때의 지위와 경험을 최대한 살려서 펴낸 한 권의 역작을 통

---

190 이여성, 「나는 무엇이 되려고 했나」, 『조광』, 1939. 8.
191 이여성, 「상해이야기」, 『삼천리』, 1929. 9.

해서 분명하게 드러난다. 그의 매부이자 『조선일보』 정치부 기자였던 김세용과 함께 펴낸 『숫자조선연구』는 1931년 4월 19일부터 8월 28일까지 '청정생'이란 필명으로 『조선일보』에 발표된 것을 토대로 삼은 책이다. 『조선일보』 연재 이후 『삼천리』, 『시대공론』, 『동광』, 『비판』 등의 잡지에 단편적으로 발표했던 것을 1931년부터 1935년까지 몇 차례 수정 보완을 거쳐 세광사에서 발간했다. '세광사'는 이여성이 직접 운영한 출판사로 알려져 있다. 1931년 7월에 발간된 1집은 『조선일보』에 그해 6월까지 연재된 것들을 모아서 조금 수정을 한 상태로 엮은 것으로 연재와 동시에 책 발간 작업을 진행했던 것으로 판단된다. 표지에는 이여성과 김세용이 공저자로 올라가 있으나 간지에 저자는 이여성, 편집 겸 발행자는 김세용으로 나와 있다. 책의 성격 상 자료 정리와 편집, 삽도 목록 등의 정리와 분류가 필요했던 것으로 보아 실제 내용을 설명하고 주석을 다는 등 주요 집필 부분에서 이여성의 역할이 컸을 것이다. 1집을 발간하면서 앞으로 2, 3집 등을 계속 발간할 것임을 예고하고 있는데, 이 연재 자체가 이여성의 방대한 기획에 의해 시도된 것이라 할 수 있을 것이다. 조선 총독부의 통계 연보와 각 관청에서 발행한 여러 가지 통계 자료가 바탕이 된 것이기는 하지만, 신문사 '조사부장'이라는 지위와 경험이 없었다면 용이하지 않았을 것이다. 이여성은, 통계 소집망이나 자료 접근에 있어 신문사의 조사부를 중심으로 하는 것이 첩경임을 알고 있었기에, 조사부장 일을 하면서 각종 통계를 만들고 통계탑 등을 안출하고 있었던 것이다. 모든 정열과 노력을 바친 산물이기도 했지만, 그것은 이념가로서의 그의 신념의 산물이기도 했다. 그러기에 당대 평자들은, "이 책 한 권만으로도 그는 이미 범연한 상식인은 아니다"라고 평가했던 것이다. '수집하 통계' 중 "우리의 특수한 환경으로 발표치 못한 것"과 "수집 통계라도 엄정, 자유한 설명을 붙이지 못한" 한계에도 불구하고 그 방대함과 세밀함이 놀라울 정도다. 당시로서는 보기 드물게 책 뒤에 총색인까지 붙여 놓았고, 그것이 핵심의 하나인 듯 2집 서언에서 인덱스 서비스를 많이 이용해 줄 것을 당부하고 있다.

　『숫자조선연구』는 그의 말대로 통계 자료를 보여주고 수치를 정리한 것에 끝나지 않는다. 이여성은 이 책의 집필 이유에 대해, "조선인들이 조선의 실 사정을 밝고 정확하게 알기 위해서 해당 사물의 질량을 표시하는 숫자의 행렬과 변화의 족적을 표시한 통계적 기록을 찾아보는 것이 가장 첩경"이기 때문이라고 밝히고 있다. 단지 숫자를 나열하는 데서 그친 것이 아니라 항목 별 상황이나 사정을 설명하고 분석한 것이 큰 특징으로 지적된다. '정치적 특수 지역'인 '조선의 실사정을 알고자 하는 세력들을 가르' 친다는 계몽적 목적이 뚜렷했던 것이다. 그것은 일찍부터 사회주의 사상에 눈뜨고 일본의 식민지 정책에 대한 비판과 약소민족 국가에 대한 한없는 애정을 표시하는 글을 발표했던 이여성에게는 전혀 특별하거나 별스런 일이 아니었던 것이다. 인도, 필리핀, 이집트뿐 아니라 아프가니스칸, 사모아 등의 민족 문제까지 그의 관심이 조밀하고 폭넓게 걸쳐 있었음은 그가 남긴 기명 비평에서 확인된다. 일본 유학시절부터 관심을 가지고 실천적인 활동을 펼쳤던 사회주의 사상이 일시적이고 유행병적인 것이 아닌 매우 깊숙한 지점에서 태동하고 성숙했던 것임은 그가 남긴 많은 글에서도 확인된다. 「약소민족 운동의 전망」, 「재미 흑인의 운동과 장래」등의 글이나 『숫자조선연구』는 사회학도로서의 그의 이념을 담은 것이며. 일종의 민족운동이라는 차원에서는 등가적인 것이었다. 그래서 『숫자조선연구』가 보존하고 있는 일제시대의 통계 자료와 기록들은 그 자체로 '가치적인' 의미

■■ 민족주의적인 색채가 강했던 신미술가협회 결성에는 이여성의 역할이 컸다. 이여성(앞줄 왼쪽에서 세 번째), 그의 아우인 화가 이쾌대(뒷줄 오른쪽에서 세 번째).

를 담고 있는 것이다. 통계 자료 자체가 부정확했고, 정치적 전략적 목적으로 총독부에 의해 숫자가 왜곡되기도 했으며, 통계를 잡는 것이 결코 용이할 수 없었던 1930년대의 현실적 상황을 고려해볼 때, 이 저서에서 '나열해놓은' 숫자의 행렬은 거의 경이에 가깝다. 그는 통계 숫자를 쌓아가면서 조선의 현재를 정확하게 진단하고 그럼으로써 조선의 미래를 예측하고 건설하고자 했는지 모르겠다.

『조선일보』에 연재된 글만 보더라도 초반에는 경제학을 전공한 이력에 맞게 이여성은 대부분을 총독부 토지 소유, 농업 자본, 토지 분배, 산미증식 등에 관해 글을 쓴다. 그러나 차츰 사회적인 문제와 관련된 '숫자놀음'을 제기한다. 1931년 5월 31일부터 연재되는 「조선의 신문 종류」, 「조선의 잡지」, 「조선의 서적 출판」, 「사상 관계법령」, 「검열」 등에 이르고 있는데, 사상적이고 윤리적이며 민족적인 문제와 관련된 숫자를 나열하고 있음을 알 수 있다.[192]

　　이여성의 『숫자조선연구』에 대한 당대인의 관심은 책 광고를 통해서도 확인된다. 1932년 동광 11월호의 『애인에게 보내는 책자』라는 제목의 글 가운데 평론가 김경재는 『숫자조선연구』를 추천하고 있다. 조선 사람 중 특히 조선청년들이 일본, 미국, 러시아 등지의 사정은 많이 알려고 하고 알고 있기도 하지만 정작 조선 사정에는 어두운데 이 책이 간명하고 일별해서 조선 정세를 잘 알려준다는 이유에서였다. 이 어렵고 난해하고 숫자 투성이의 책을 '애인에게' 권했을 때의 '애인'의 반응이 궁금하기도 하지만, 이 평자가 『숫자조선연구』를 애인에게 권하는 책으로 선정할 만큼 이 책의 중요성과 의미를 잘 보여주고 있다 하겠다. 일반인으로서는 접하기도 어렵고 관심을 갖기도 쉽지 않던 많은 통계 수치와 자료를 접할 수 있는 조사부장으로서의 지위와 장점을 살려 이여성은 당대에 발간할 수 있었을까 싶은 중요한 저작을 남겼던 것이다.

　　1920년대 초부터 사회주의 운동에 뛰어들었고 이미 약소 민족 국가의 민족 문제나 독립 운동, 노동 문제 등에 관한 문제적인 논설이나 논문을 발표한 그의 이력을 보면, 그는 분명 선각자거나 전위적인 혁명가 같은 모습을 보여준다. '창백한 인텔리 지식인'의 면모가 그에게는 없는 것이다. 이것이 당대 문사형 기자들과의 차별성을 보여주는 대목이기도 하다. '민족'이나 '노동' 문제에 대한 그의 관심은 일

---

192 이여성, 「수자조선연구—서언」, 「조선일보」, 1931.4.19.

본 유학시절 갑자기 생겨난 것은 아니었다. 외래 지식을 통해 달콤하게 관념을 멋부려 본 모던한 것이 아닌 토착적이고 생래적인 것이었다. 그것은 그가 중학 시대에 민족 운동에 자극되어 비밀결사 혜성단을 조직했다든가, 김약수, 김약산 등과 유관장(劉關張) 3인의 꿈을 꾸고 사회주의 운동에 쥐어들었다든가, 그 자금을 마련하기 위해 거금 수만 원을 집에서 끌어내었다든가 하는 일화들과 상당히 부합하는 측면이 있다. 평소에는 침착하고 학구적인 느낌을 주었지만, 이념적 행위에는 불같이 뛰어들어 야심을 불태우는 혁명가 같은 모습이 그에게는 있었다는 것이다. 「약소민족운동의 전망」과 같은 시리즈 또한 『숫자조선연구』와 마찬가지로 치밀한 머리와 일에 대한 통제력, 이념적 전망 없이는 접근하기 어려운 글이었다.

이여성은 1930년 후반 무렵에는 대체로 미술사학자로서 학예면에 동양화 감상법에 관한 글을 쓰고 고조선 문화 등 민족 문화에 대한 관심을 보여주는 글을 남긴다. 이 같은 면모는 그의 아우인 이쾌대에 미친 영향에서도 뚜렷이 드러난다. 이쾌대가 민족 미술과 민족 문화에 대한 시각을 가지고 '신미술가협회'를 주도했던 데는 이여성의 영향이 컸다. 1941년 이쾌대를 비롯, 이중섭, 문학수, 진환, 최재덕, 김종찬, 김학준 등 7명의 동인으로 출발한 신미술가협회의 창립은 당시 유행하던 동양주의 미술풍의 영향에 기인한 바 없지 않으나 그것과는 뚜렷이 구별되는 화풍을 견지했다. 신윤복 풍 미인도를 연상시키는 「부녀도」나 두루마기를 휘날리며 화구를 들고 있는 「자화상」 등은 서양화풍을 벗지 않으면서도 고전적인 화풍의 분위기를 지닌다. 조선 민화나 풍속화에서 보여주는 인물화적 특성이나 전통의상, 고가구, 장신구 등의 활용은 일제말기 조선복식사를 연구한 이여성의 영향에서 가능했을 것이다. 이여성은 황진이를 그리고자 이병기를 찾아가기도 했고 화가 장발로부

■■ 이여성의 그림「新遊行」(조선일보,
   1940. 1. 5)

터 혜원의 풍속화 원화 22점을 빌리기도 했다. 이 같은 움직임은 일제말기 향토적 유화를 모색하는 광범위한 경향으로 나타나는데, 신미술가협회는 관전을 거부하면서도 순수 재야적인 입장에서 동 서양 예술에 모두 개방적인 태도를 취했다.[193]

　일제말기 이여성의 길은 우리 민족문화를 새롭게 발굴하고 그 가치평가를 하는 데 집중된 것 같다. 1938년 1월 8일자 『조선일보』에는 이여성에 관한 기사가 실려 있다. 무인년(1938년) 새해를 맞아 묵은 것(우리 민족 문화)이 가지고 있는 구수한 향내를 맡아본다는 기획 기사의 일종이다.[194] 담당 기자는 옛날 우리 민족의 역사와

---

[193] 김현숙, 「한국근대미술에서의 동양주의 연구」, 홍익대 대학원 박사학위 논문, 2001, 150~153면.
[194] 『조선일보』, 1936.1.8.

풍속에 관한 남다른 관심으로 복식문화나 장신구, 머리 모양새 등 일상생활 문화를 재연해내고 있던 이여성의 중학정(町) 아틀리에를 찾아간다. 이여성은 근 2년째 화구와 참고서가 너저분하게 널려 있는 아틀리에 바닥에서 긴 역사를 한 폭의 평면 그림으로 재연해내는 작업을 하고 있었다. 벽에는 구척 장신의 장수가 장검을 빼어 들어 백마를 한 칼에 쳐 죽이는 장면과 그 옆에 눈썹이 긴 선녀 같은 미인이 눈물을 흘리고 쓰러져 있는 장면을 그린 「유신참마지도」가 걸려 있었다. 젊은 시절의 김유신에 얽힌 설화를 소재로 한 그림이었다. 기생집에 드나들면서 방탕한 생활을 계속하던 김유신이 어머니의 훈계에 마음을 다잡고 있었는데, 어느 날 애마가 평소대로 기생 천관의 집으로 김유신을 안내하게 된다. 그것을 본 김유신은 바로 그 자리에서 자신이 그토록 사랑했던 애마의 목을 베어버린다. 이 설화가 어느덧 한 편의 영롱한 채색 그림으로 빛나고 있었던 것이다. 전설이나 설화에 나오는 이야기를 중심으로 옛날의 풍속과 일상생활을 재연해 하나의 '풍속화집'을 내고자 했던 야심찬 이여성의 행적을 기자는 자세하게 소개하고 있다. 이 같은 조선의 전통문화를 살려내는 작업은 이여성이 가지고 있던 민족문화에 대한 남다른 관심을 반영한 것이면서, 당시 『조선일보』에서 펼쳤던 향토문화 조사사업 등 전통문화에 대한 관심의 확대라는 당대적 조류를 반영한 것이다. 이여성은 기생 천관(天官)을 재연해 내기 위해서 신라 시대의 옷과 장신구, 머리 트는 법 등을 연구하고 이 작업을 위해서 경주를 수차례 방문했을 뿐 아니라 고대사가의 집을 뻴이 닳도록 드나들었다. 그것이 오늘날 나와 있는 풍속화집과 복식문화에 관한 이여성의 조예 깊은 연구 저술들의 바탕이 되었을 것이다.

　　이여성은 1945년 8월16일 양재하, 김광수 등과 『매일신보』를 접수해 해방일보를 창간하려 했으나 일본군의 반발로 실패했다. 해방이 되자 건국준비위원회 선전부장을 역임하고, 조선인민당 결성에 참가하는 등 해방공간에서 적극적인 정치 활동에 뛰어든 그는 1948년 8월 해주에서 열린 남조선인민대표자대회에 참가해 제1기 최고 인민회의대의원으로 선출되었는데, 그때 북한에 그대로 잔류하게 되었다. 6.25전쟁의 와중에서 화가인 동생 이쾌대도 월북을 하게 됨으로써 형제가 다 한동안 남한에서 잊혀진 인물이 되었다. 북한에서 나온 『력대 미술가 편람』의 이쾌대 편 말미에 이여성에 대한 기록이 나오는데, 거기에는 제1기 최고 인민회의 대의원을 역임했고, 조선화를 잘 그린 역사학자 미술사가였다고 기록하고 있다. 『조선미술사』, 『조선건축사』, 『조선공예사』 등의 저술을 남겼다.[195]

　　이여성과 김기림의 관계는 김기림이 입사 직후 간도에 파견되어 남긴 『간도기행』의 민족주의적 성격이나 이 시기 가지고 있었던 현실주의적이고 지성적인 면모, 그리고 사회에 지식인으로서 '관여'하고자 했던 책무의식 등과 관련해 폭넓게 조명되어야 할 부분이라 판단된다. 모더니즘 시론에서의 '사회성'과의 끊임없는 소통을 향한 욕망이나 방향성 등이 단순히 형식논리적 사고의 소산에서 비롯된 것이라는 일련의 견해도 분명 수정할 부분이 있음을 말해주고 있다. 해방공간에서의 활동에 대해 '리얼리즘/모더니즘'의 거시적인 세계관을 통해 구명하려는 시각은 각 개별 작가가 갖는 개인사의 바탕 위에서 새롭게 조명되어야 할 것 같다.

5. 김기림, 이원조와 편집국에서 책상을 마주하다

편집국에서 김기림은 이원조와 마주 앉아 있다. 이원조는 육사 이원록의 친동생이자 『조선일보』 편집고문인 이관용의 사위로, 장인과 사위가 한 직장에서 '밥'을 먹

---

195 졸저, 「장엄한 역사의 서막을 알려 준 손」, 『월북 예술가 오래 잊혀진 그들』, 돌베개, 2002 참조.

은 것이다. 그는 1935~39년까지 홍기문 후임으로 『조선일보』 학예부장을 역임한 것으로 되어 있다.[196] 이원조의 글이 본격적으로 실리기 시작하는 것은 1933년 무렵인데 폐간될 때까지 그가 전공한 프랑스 문학 및 유럽 문학의 동태를 학예면에 남겼다.

■■ 조선일보 학예부장을 역임한 이원조의 친형은 「청포도」의 시인 이육사였다. 이육사의 「황엽전」이 실린 신문 지면(1937. 10.31).

이원조의 집안은 안동에서 뛰어난 명문가로 집안 전체가 일찍이 독립운동가로의 길을 걸었던 것으로 유명하다. 둘째인 이육사(원록)를 비롯, 넷째 원조, 인천 주재기자를 지낸 이원창 등 삼 형제가 『조선일보』 기자를 지냈고, 이육사가 24살이던 해 장진홍 의사의 조선은행 대구지점 폭파사건으로 맏형 원기부터 원록, 셋째 원조, 넷째 원일 네 형제가 일경에 잡혀 곤욕을 치르기도 했다. 원기는 한국 전쟁 중 행방불명되었다. 육사가 '이원조의 중형'으로 소개될 정도로 당시 이원조는 육사보다 더 유명했다. 선비적 풍모와 귀족적인 품격을 그대로 간직한 이원조는 가문의식이 남달랐던 것 같다. 그에 대한 인상은 대체로 양반티 나는 태도에, 차고 교만한 말투가 사람의 비위를 거슬리게 한다는 것이었다.[197]

그럼에도 학예부 기자로서 이원조의 능력이나 감각은 출중했던 것 같다. 1930년대 중반경 신문사 학예부의 풍경을 엿볼 수 있는 기록이 있다. 1936년 1월 경 백

---

[196] 『조선일보 80년사』.
[197] 백철, 『진리와 현실』, 박영사, 1975, 340면.

철은『조선일보』학예부 기자 이원조의 편지 한 장을 받는다. 일본 문단에서 조선인
으로서는 드물게 시인으로 평론가로 이름을 알리고 있던 백철은 아직 신참내기 기
자인데다 겨우 프랑스 문학 관련 논문을 발표한 이원조의 존재를 알 리가 없었다.
백철은 이 깐깐하고 건방진 이원조라는 인물이 홍기문 학예부장 다음의 차석으로
학술 문학 부분을 담당하고 있다는 것을 알게 된다. 당시로서는 이원조가 육사의
친동생인 것은 잘 알려지지 않았다. 육사가 문단에 알려지기 시작한 것은 1937년경
이었기 때문이다. 며칠 뒤『조선일보』응접실에서 백철을 만난 기자 이원조는 대뜸
『조선일보』객원 필자가 되어 달라고 말한다. 이 대목에서 우스꽝스러운 것은 그것
이 부탁이 아니라 강요 비슷한 인상을 주었다는 것이다.

　　그러면서 이원조는 다른 일간지에는 집필을 해서는 안 된다고 단번에 못을 박
는다. 그 대가가 무엇이냐는 물음에 이원조는 앞으로 백철이 쓰는 원고를 대우해
주겠다는 단서를 붙인다. 엉겁결에 이 조건을 수락한 백철은 이때를 회상하면서,
그렇게 쉽게 허락하는 것이 아닌데 라고 후회를 한다. 그러면서 백철은 일종의 자
위를 하기도 하는데, 그가 쉽게 허락을 한 것은 아마『조선일보』가 당시 좌익측 집
필자를 우대해온 것에 대한 심리적 작용이 컸을 거라고 말한다. 뿐만 아니라 학예
부에 이헌구, 노천명이, 출판부에 이은상, 함대훈, 백석, 최정희 등 많은 문인들이
근무하고 있어 어떤 신뢰가 느껴졌기 때문이기도 했다는 것이다.

　　당시 가장 '잘 나가던' 필자이기도 했던 백철은 말만 '객원격'이지 별 혜택도
없이 '성미가 몹시 깐죽거리는' 편인 이원조를 만날 때마다 비위가 상하는 일이 많
아 객원을 수락한 것이 아주 뼈아픈 후회가 되었다고 한다. 그러나 좋은 필자를 알
아보고 재빨리 낚아채는 이원조의 능력 때문에 백철을 잃은 경쟁신문사『중앙일

보』의 기자 김남천은 한발 늦은 데 대한 안타까움을 쉽게 버리지 못했다. 백철은 『조선일보』 학예면을 통해 당시 중요 논제였던 「휴머니즘론」, 「인간탐구론」 등의 논문을 발표할 수 있는 기회를 얻게 된다. '프로문학 퇴조 이후의 문단 논쟁의 공백 지대를 잘 활용한 것'으로 평가된[198] 이들 논쟁들은, 문인기자들의 전공 지식과 학예면 시스템의 구조적 결합에 의한 것이다. 당시 민간지 학예면의 수준이 어떻게 유지되고 탁월한 논문들이 신문 지상에 실릴 수 있었는가를 잘 보여주는 대목이다. 이원조의 경우에서도 보듯 탁월한 문인기자들의 역할과 그 주변에 좁지만 촘촘하게 널려 있던 문인들의 교우 관계 곧 '문인 네트워크' 덕분이었던 것이다.

  백철과 이원조와의 인연은 육사에게로 이어진다. 1943년경 북경에서 『매일신보』 북경 특파원을 하고 있던 백철은 중산공원(中山公園)에서 폐병이라도 걸린 듯 초췌하고 창백한 얼굴을 하고 일자리를 구하러 다니던 이육사를 만난다. 모교인 북경대학에 서무자리라도 구하고자 했으나 시국이 워낙 어려운 까닭에 그것마저 쉽지 않다는 것이었다. 이육사는 자신의 트레이드 마크이던, 기름을 발라 올백으로 멋지게 빗어 넘긴 머리를 하고 빨간 넥타이를 대고 있었지만 무언가에 쫓기듯 불안한 표정이었다. 이육사는 자신의 신변에 대한 불안과 생계에 대한 초조감을 숨길 수 없었음에도 불구하고, 총독부 기관지 『매일신보』 특파원으로 북경에 온 백철에 대한 나쁜 감정을 숨기지 않았다. 그것이 백철의 육사와의 처음이자 마지막 해후였다. 한 해가 지난 뒤 백철은 헌병대 사복 경찰의 방문을 받고 육사의 행적에 대해 심문을 받는다. 일본어로 번역된 육사의 시집 『청포도』를 내놓으며 "이육사는 철저한 민족주의자가 아니오?"라고 묻고 이 시집의 한 구절을 들어 "여기서 기다리는 귀인이 누구냐" 등의 질문을 듣는다. 더불어 동생 이원조에 대해서까지 꼬

---

[198] 김윤식, 『한국근대문예비평사연구』, 일지사, 1984, 214면.

치꼬치 질문을 받는다. 친일적인 글을 쓰고 「사실 수리론」으로 일본의 패권적 아시아 지배를 인정할 수밖에 없었던 백철로서는, 『조선일보』, 『동아일보』가 폐간되고 유일하게 발행되던 총독부 기관지 특파원 노릇을 하면서 호구지책을 삼는 것이 그렇게 큰 부끄러움은 아니었을 수도 있다. 오히려 일본 정보망의 철저함이 공포로 인식되었고, 육사 형제의 일이 자신의 일상이나 신변에 화를 끼치지 않을까 더욱 두려웠을 것이다. 일개 평범한 소시민적 지식인에 가까웠던 백철로서는 북경 등지에서 아나키즘 혹은 독립 운동을 하던 이육사의 그 위험천만한 일에 자신을 내던지는 활동은 도저히 생각조차 할 수 없는 가당찮은 일이기도 했던 것이다. 육사가 북경에서 일경에 붙잡혀 수감되었다가 나중 옥사했다는 소식을 백철이 접한 것은 해방 뒤였다.

이원조가 신문과 인연을 맺게 되는 것은 그가 일본에서 돌아와 학예부 기자가 되기 이전의 시절로 거슬러 올라간다. 이원조가 『조선일보』 지상에 첫 이름을 남긴 시기는 1927년 12월 9일자 석간이다. 시 「바다」가 그의 첫 작품이다. 1926년 대구 교남학교에서 수학했다는 기록으로 보아 이 시절의 작품으로 판단된다. 작품의 성격 또한 바다를 조선의 생명력으로, 조선 청년의 기개로 아날로지 하는 청소년기의 문학적 감수성을 그대로 노출시킨다. 그 뒤 이원조는 1928년 『조선일보』 신춘문예에 시 「餞迎辭」가 당선되고, 1929년에 소설 「脫家」가 선외가작으로 뽑히면서 본격적으로 문단에 등장하게 된다.

그러나 이원조의 본령은 비평가로서의 역할이며 학예부 기자로서 쓴 지성적이고 교양 있는 논문에 있었다. 비평적 감수성과 문학적 교양으로 무장한 이원조 특유의 개성이 실린 글은 1935년을 전후로 실리기 시작한다. 그가 『조선일보』 학예부

■■ 김기림과 편집국에서 지적이고 문화적인 담론을 나누었던 이원조. 김기림의 시집 『태양의 풍속』에 대해 예리한 비판을 가하기도 했다. 1933년 4월 29일자 이원조의 글이 실린 학예면.

에 근무한 것은 1935년에서 1939년까지로 기록되어 있는데, 1935년 일본 호세이대학(法政大學)에서 불문학을 전공하고 돌아온 이후가 아닌가 한다.

이원조는 지성적이고 풍부한 교양으로 무장한 채 앙드레 지드, 바르뷔스, 베를렌느 등의 불문학 관련 글과 서구 문예 전반에 관련된 글들을 『조선일보』 지상에 남기고 있다. 전 세계적으로 파시즘의 태풍이 몰아치는 현실에서 파시즘과 그 비합리주의에 맞서는 길이란 자유주의, 지성론, 문학의 순수성 외에는 없었을 것이다.[199] 파리에서 열린 '국제작가대회'(1934), 니스에서 열린 '지적협력국제협회'(1935) 등의 지성 옹호를 위한 지식인들의 세계적인 연대에 자극 받은 바 없지 않았으나 식민지 국군주의 치하에서 지식인들이 어떻게 살 것인가 하는 문제는 지식인들에게 중요한 '삶의 가치와 태도' 문제로 표면화될 수밖에 없었다.

이원조는 당시 학예면에 꾸준히 월평을 발표하고 있는데, 특히 최정희, 노천명 등의 동료 기자들의 작품에도 혹독한 비평을 하고 있는 것이 눈에 띈다. 그는 동일 업종의 동료 기자이자 문인이며 '여류'라는 것 자체가 화제가 되었던 이들의 스타성에는 주목하지 않고, 그들의 글에 예리한 평필을 갖다 댄다.

이원조는 최정희의 「인맥」을 비평하는 첫 마디를 '이 작품이 만약 남성작가의 손으로 씌어졌다면 여성 독자에게 상당히 많은 항의가 들어 올 것'이라고 선언한다.[200] 남성 작가에 의해 씌어졌다면 여성 독자들이 성적 편견과 여성에 대한 비하라는 가혹한 비판이 쏟아졌다는 것이다. 그렇다면, 이 소설의 내용이 궁금하지 않을 수 없다. 남편 있는 젊은 여자가 친구의 남편을 사랑하여서 자기 남편을 미워하고 더불어서 사랑하는 남자가 냉혹하다고 해서 평소에 미워하던 또 다른 남자에게 복수하듯 달아나버린다는 이야기!

이원조는 이 같은 얼치기 자유주의자적 교양과 현대 경조부박(輕躁浮薄)한 기풍을 가진 신여성 노라같은 인물에 대해 언어도단이라고 썼다. 모름지기 불경이부(不更二夫)라는 구도덕률의 원칙 때문이 아니라 하등의 인간성적 주장이 없기 때문이라는 것이다. 신여성의 새로운 도덕률이 인간성을 신장하고 발양(發揚)하는 데 도움을 준다면 기존의 도덕이나 습곡, 질서를 배반하고 파괴하는 것이 오히려 진보적

---

199 김윤식, 앞의 책, 245면.
200 이원조, 「문예시평」, 『조선일보』, 1940.4.12-18.

이고 인간적일 수 있다는 것이다. 그러나 최정희 소설의 주인공은 그 어떤 진보적 사고나 운명론을 개척해가는 적극적인 여성상도 볼 수 없으며 그 바탕에 인간주의적인 요소도 발견하기 어렵다는 것이다. 이 같은 현대 여성의 자기애적 포기와 무분별하고 상식을 벗어난 도덕률을 보며 이원조는 '현대 여성이 이렇게 타락했는가'고 되묻는다. 최정희가 시종 일관 보여주는 미둔체도 그는 도무지 마음에 들지 않았다.

특히 노천명의 「雨葬」(1940.4)에 대해서 구성이 산만하고 통일이 없으며 작품의 포인트가 어디있는지 모르겠다고 하고 농촌 생활의 스켓치가 소설일 수는 없다고 못박았다. '주인공 황서방이 소를 찾다가 소에 뜨여 죽음에 이르고 그때 비가오기 시작했다는 것은 소설 구성상 아무 상관이 없다'고 말한다. 더구나 황서방이 죽은 날 동네에 잔치가 든 것까지 흥성거렸다는 것은 '아무리 말세라기로서니 사람값이 이렇게도 헐하단 말인가. 茫然한 일이다'고 단언하고 있다. 폐간되던 해에 남긴 월평은 시대 상황의 고민이 월평을 쓰는 과정에서도 지워지지 않았던지 '말세'의 삶의 분위기를 염려하는 듯한 내면이 묻어난다. 그는 이 월평에서 문학의 영원성이나 보편적인 가치에 대한 문제를 지적하지 않는다. 군학 담당자(비평가와 소설가)의 책임에 관한 원론적인 질문을 하고 있는데, 이는 한 끝을 향해가는 시대의 마지막 항구에 불안하게 닻을 내리고 있는 지식인의 얼굴을 드러낸 것이다. 이원조는 비평적 감수성이 날카롭고 사물이나 현상을 보는 데 특유의 직관이 있었던 것 같다. 다른 여타 비평가들에 비해 정실비평이나 인상비평은 대체로 하지 않았다. 이 점에서 본다면, 이 여성 작가들에 대한 비판은 '안동 양반 가문 출신'이라는 '태생적 한계'와 '가부장적 의식'을 반영한 문학 외적인 평가라고 판단할 수만은 없을 듯하다.

■■ 조선일보 자매지 『여성』에서 편집을 맡았던 노천명. 1934년 이화여전 졸업식 사진이다.

■■ 일제시대 문인들은 대체로 기자 생활을 동시에 했다. 왼쪽부터 이광수, 이선희, 모윤숙, 최정희, 김동
환. 이들 중 모윤숙을 제외하고 넷은 조선일보 혹은 자매지에서 기자생활을 했던 문인기자들이다.

이원조는, 개화기 때 신소설 작가 안국선의 아들이면서 '사소설가'로 유명했단 안회남과 동갑이었는데, 『조선일보』 신춘문예를 통해 다 같이 등단했다는 동질성이 안회남과의 친밀한 교유를 지속시켰던 것 아닌가 한다. 이원조는 1928년 『조선일보』 신춘문예에 시 「餞迎辭」이 당선되고, 1929년에는 소설 「脫家」가 선외가작으로 뽑혀 문단에 등장한다. 안회남은, 이원조보다 2년 늦은 1931년 『조선일보』 신춘문예에 단편소설 「발(髮)」이 3등으로 입선해 소설가의 길로 들어선다. 이원조가 이후 대체로 비평 쪽에서 역량을 떨쳤던 데 반해 안회남은 비평에서뿐 아니라 소설 분야에서 명성을 얻게 된다. 안회남의 소설은 명상적이고 내면 심리 묘사가 탁월한 심리소설적 측면과 개인사, 어머니, 아들, 친구 이야기 등을 소재로 삼아 인생의 단면을 묘사한 사소설적인 경향을 보여주는 것으로 평가된다.

안회남은 자식 욕심이 글 욕심 못지않게 많았다. 안회남이 아들 둘에 딸 하나를 두고 있었음에도 그 고명딸을 섭섭해 한 데 반해 이원조 자신은 딸을 넷이나 두고도 '泰然自若'하다고 썼다.[201] 자녀에 대한 관심과 가정에 대한 애착과 선친 안국선에 대한 추모의 염까지 겹쳐서 지식 욕심에 남달랐던 안회남이 사소설가라는 썩 달갑지만은 않은 이름을 얻자 자기의 독특한 작품 세계를 찾느라 제면소에서 경험을 쌓은 일이 있었다고 한다.[202] 그런 안회남이 술만 먹으면 이원조를 '바보'라고 놀린다는 것이다. 그 '욕심 많은 사람' 안회남에 비해 자신은 별 욕심이 없는 듯이 이원조는 썼지만, 문인 기자로서의 이원조의 글에 대한 욕심은 분명 남달랐다. 그의 욕심은 단순한 것이 아니라 서구 지성과 비평적 감각에서 솟아난 것이기에 그 수준 또한 상당했다. 1930년대 지성론의 흐름을 타고, 서구적 지성과 합리적인 균형감각을 갖춘 이원조의 비평적 시각은 날카롭고 분석적이었다. 그는 신문 학예면

---

[201] 이원조, 「안회남의 인상」, 『인문평론』, 14, 1941.1.
[202] '신변소설가'로 불리던 안회남은 이를 계기로 가족들의 이야기를 주로 쓰던 그 이전의 소설적 경향을 탈피하게 되는데, 이 같은 변모에는 이원조, 현덕, 김남천, 김동석 등 주변 동료들의 비판과 질타가 중요한 이유였다. 김경수, 「한 신변소설가의 문학과 삶」, 『한국문학과 계몽담론』, 새미, 1999, 277면.

을 통해 일본 유학에서 얻은 서구 교양과 문학 이론들을 소개하고 날카로운 비평적 감수성으로 조선문단의 활성화에 기여하게 된다.

이원조가 남긴 재미있고 앙증맞은 한 편의 서평이 있다. 그의 깐깐하고 서구적인 지성과 인품과는 좀 색다른 맛이 있다. 하루는 이은상이 이원조를 불러 책 한 권을 내밀었다. 『조선일보』 출판부에서 펴낸 『세계걸작동화집』이었다. 한눈에 보아도 눈에 익은 사람의 표지화며 장정이다. 안석영의 것이었다. 두 명의 귀여운 어린이가 연을 날리러 가는 그림 옆에 푸른 글씨로 책제목을 박아 넣은 아름답고 귀여운 책이었다. 이원조는 뛸 듯이 기뻐한다. 지적 '허영심'이 남달랐던 이원조의 기쁨을 배가시킨 것은 세계 15개국의 동화를 번역해 실으면서 번역자를 대부분 그 언어의 전공자에게 맡겼던 점이다. 러시아 편에 함대훈, 아프리카 편에 채만식, 영국 편에 백석, 인도 편에 이은상, 프랑스 편에 이헌구 등 당시 문인기자들 대부분이 동원되었는데, 이들의 실력과 내공이 없이는 불가능했던 작업이었을 것이다.

이원조는 이 글의 말미에 재미있는 일화를 소개한다. 저녁을 먹고 "조고마한 새"라는 서반아 편 동화를 읽고 있었다. 이 동화집에서 서반아 편은 「조고마한 새」와 「귀신이야기」 두 편이 실렸는데, 번역은 극작가 유치진이 했다. 「조고마한 새」는 '발로로'라는 소년이 무슨 일이든 소원을 들어주는 신기한 새를 한 마리 키우면서 겪는 이야기이다. 이원조가 누워서 책을 읽고 있었는데 차츰 발이 시려온다. 누가 이불을 가져다주었으면 하는 순간 갑자기 발끝에 쌓아놓은 이불이 툭 떨어져 발을 덮어주더라는 것이다. 이원조 왈, "발로로와 같이 그러한 새를 가지지 못한 때문에 맛난 음식이나 진주나 보배는 얻지 못하였어도 그 이야기만 읽어도 추울 때에 저절로 이불이 내려 덮여진 것이었습니다."

김기림과 이원조의 인연은 어떻게 이어지는가. 이원조가 월북한 뒤 4년이 지난 1950년 1월 김기림은 「이북통신」을 통해 이원조를 향해 "돌아올 것"을 간곡하게 말한다. 좌익 단체 가입에 대한 '강요된' 대속의 의미가 있기는 하지만, 김기림은 이원조의 귀환이 민족과 자유와 인류의 편에 서는 것을 의미한다고 쓴다. 김기림의 마음속에는 이원조가 함께 『조선일보』 편집국에서 책상을 마주하고 앉아 있던 시간이 떠올랐을 것이다. 이원조와 함께 날카로운 비평과 고담준론을 나누던 시절은, 지성의 황홀한 축제가 가능했던 황금시절이 아니었을까.

오후 1시의 폭풍 같은 '기사 마감' 의식을 치르고 난 뒤, 지성적이라면 다른 누구와도 비교가 되기 어려웠던 당대의 두 인물 이원조와 김기림이 책상을 마주하고 앉아 있다. 이원조가 입가에는 미소를 머금었지만 날카로운 시선을 김기림의 면전에 고정시키고 한 마디 툭 건넨다. 이원조는 이미 사회부 기자면서 한 솥밥 동료인 김기림의 필력을 단숨에 알아보았었다. 김기림은 아무리 통계와 수치 투성이의 자료라도 단숨에 재미있는 읽을거리로 만들어버리는 '가공'의 천재였던 것이다. 그러나 시인으로서의 김기림에 대한 불만은 있었다.

형은 시보담 시론이 더 진보적이고 시론보담 대화가 더 진보적입니다.[203]

어떻게 보면 불유쾌하고 오만하기 그지없는 평가일 수 있는 말이었다. 그러나 이 말 속에는 조선에서 거의 유일한 시론을 가진 시인에 대한 경의도 담겨 있음을 부정할 수 없다. 다른 시인들이 시론을 갖지 못한 데 반해 김기림은 분명한 자기 시론을 가지고 있었고, 자기의 시작을 그 시론에 뿌리내리려 했다는 것이다. 김기림

---

203 이원조, 「씨의 고향–편석촌에게 붙이는 단언」, 『문장』, 1941.4.

의 시작 태도를 이해하는 데는 김기림의 시론이 다른 누구의 설명보다 제일 유효하다는 것, 곧 김기림의 시론이 그 시의 해설인 동시에 그 시는 시론의 현실화를 위한 실험이라는 것이 이원조가 파악한 김기림의 면모였다. 그러나 '시인'으로서의 김기림에 대한 이원조의 평가는 당시로서는 상당히 인색한 편이다. 이원조는 김기림의 시가 시다운 성격을 가지지 못한다고 본다. 김기림은 자신의 '모더니즘 시론'을 실험하는 수단으로 시를 이용한 데 불과했는지도 모르며 그래서 시적 의장이나 상징 등의 최소한 시로서의 복장을 갖추는 데 그가 소홀히 했을 수 있다는 것이다. 그러나 다른 한편으로 생각해보면, 김기림의 시나 시론의 입장이 현대생활의 총화로써의 저널리즘적 가치의 반영과 기자로서의 그의 감각에서 나온 것이었기에 그토록 경쾌하고 흥미진진한 것이 아니었는가 한다. 그러니까 이원조와 김기림이 나눈 대화에서 가장 진보적인 모습을 보인 김기림의 모습은 문인이었다기보다는 기자로서의 감각이 앞서 있었음을 반영한 것이 아니었을까. 김기림의 시가 다소 감상적인 측면을 바탕에 깔고 있고, 그가 '현대시'의 방향성을 기존의 감상적이고 낭만적인 시의 부정을 큰 가치로 내세운 탓에 김기림의 시론은 진보인 입장을 띨 수밖에 없었다. 그에 비해서 실제 만나보면 김기림은 명쾌하고 나이브한 성품의 소유자였다. 기자로서 익힌 현실 판단력과 국제적 감각은 책상을 마주하고 앉은 사람과의 대화를 유쾌하게 이끌어갈 수 있었던 것이다. 그것이 '진보적인' 대화의 진면목이었다. 이석훈이 처음 김기림을 만나 느꼈던 인상에서도 그의 지적이면서도 유쾌한 품성을 엿볼 수 있다. 문청(文靑) 같은 낭만주의자적인 문학의 포즈를 구사하지 않았던 것이다. 그것은 스스로는 체질적으로 가지고 있었던 감상벽으로부터 철저하게 자신을 단절시키고자 했던 고투에 가까운 노력 덕분이었다. 다른 한편으로는 근대시의 방향성을 정립하고자 하는 공적인 임무에 근거한 것이었다. '축구 감독 같은' 풍모를 가졌다는 인상 또한 이원조의 김기림 평가와 연속선상에 있다.

뛰어난 비평가적 자질을 타고난 이원조였기에 아무리 친한 문단 선배이자 동료 기자였을지언정 예민한 그의 비평적 촉수로부터 벗어날 수 없었을 것이다. 진지하고 지성적인 김기림이 어떤 표정으로 이원조의 말을 받았는지는 기록이 없다. 다만 이원조의 '그 불유쾌한 기억이 지금 와서 다시 상기될까 모르겠다'는 부연으로 볼 때 김기림이 썩 기분 좋아한 것 같지는 않다. 하지만, 이석훈이나 김규동의 지적대로 그 유쾌한 웃음을 웃는 것은 여전했을 것이다.

그래서인지 한참 시간이 흐른 시점(1941.4)에서 이원조는 김기림이 펴낸 시집 『기상도』(1936.7)와 『태양의 풍속』(1939.9)을 손에 들고, 시인이자 시론가인 김기림을 회상한다. 「기상도」는 엘리어트의 「황무지」를 모범삼아 쓴 장편 서사시였고, 「태양의 풍속」은 김기림의 지성과 풍자적 유머를 현대적 감수성으로 조화시킨 시집이다. 특히 김기림은 『태양의 풍속』 서문을 멋들어지게 현대인의 '총망한 숙박부'로 만들어놓았다.

네가 아다시피 이 책은 소화 5년 가을부터 소화 구년 가을까지 이 동안 나의 총망한 숙박부에 불과하다. 그러니까 내일은 이 주막에서 나를 찾지 말아라. 나는 벌써 거기를 떠나고 말았을 것이다.[204]

위의 글에서 확인되듯, 김기림이 실제 『태양의 풍속』을 출간하기로 마음먹고 서문을 쓴 것은 1934년 가을이다. 그가 신문사에 입사해 글을 쓰기 시작한 1930년

---

[204] 김기림, 「서문」, 『태양의 풍속』, 1934.10.15.

가을부터 1934년 가을까지 쓴 시가 이 시집에 실려 있는 것이다. 그러나 실제 발간된 것은 1939년 9월인데, 이 원인은 정확히 밝혀진 것이 없다. 다만 이 서문에서 알 수 있듯 그의 시작 태도가 끊임없이 '떠나는 자의' 행로를 보여준다는 것이다. 모더니즘의 방향 전환이나 새로운 모색 등이 이 같은 '유목적' 태도라는 관점에서 이해할 수 있다. 1930년대 김기림, 이상 등의 아방가르드적 정신은 우리 시의 방향성을 모색하고 창조적 열의를 펼쳐가는 동력이 되었던 것이다. 이원조는 김기림이 센다이(仙臺)에서 돌아온 이후의 시 세계에 대해서는 다른 기회에 이야기하기로 하고 우선 「오전의 시론」이 김기림의 시와 모더니즘 시론의 위치를 규정하는 데 대단히 필요한 것이며, 『태양의 풍속』 서문은 그 같은 시론이 단적으로 표출된 것이라 규정한다. 그렇다면 그 이후 『기상도』를 거치면서 김기림 시는 발전된 면모를 보여주는가.

이원조가 김기림의 『태양의 풍속』 서문에 대해 받은 말 또한 기막힌 것이다. 이원조는 쓴다.

이제 나는 이 숙박부를 들춰보니 형은 소화 9년(1934년) 10월 15일에 이 주막을 떠났습니다. 그러나 나는 형이 그 다음에 적은 바와 같이 '어데로 가느냐'고 묻고 싶지도 않습니다. 다만 지금 내가 알고 싶은 것은 형의 원적이 어디인가 하는 것입니다.

이원조가 밝힌 '1934년 10월 15일'은 이 책 『태양의 풍속』의 서문 기일이다. 시인 김기림의 생애에서 이 날짜는 어떤 의미 있는 지표들과 연관되어 있는가. 1934년 이후 김기림의 시작이 두드러지게 줄어들고 있다는 것을 확인할 수 있다.

1935년 5월에 『기상도』가 처음 중앙에 실리고 이후 『조광』, 『삼천리』 등에서 계속 연재되는데, 이것이 김기림의 시작의 변화를 예고하는 것일까. 김기림은 이후 시론 이나 비평에 집중해서 현대시 이론 정립에 힘을 쏟게 된다. 그리고 무엇보다 장시 『기상도』를 연재하면서 시론을 창작으로 실현하고자 하는 의욕을 보여준다. 이원 조는 김기림의 『태양의 풍속』과 『기상도』에 대해 등시에 평가를 하고 있지만, 김기 림이 『태양의 풍속』이라는 주막을 떠나서 나아간 ˝기상도˝의 세계에 대해서 별 호 의를 보이지는 않은 듯하다. 김기림에게 '당신의 원적을 분명히 하라' 는 주문을 했 다는 것은 김기림이 이후 나아간 『기상도』의 길이 '현대시'의 본도에 미치지 못하 고 있다는 점을 지적한 것이 아닐 수 없다.

  이원조는 앙드레 지드 전공자답게 지드의 「파류드」, 「유리앙의 여행」, 「탕자의 귀가」를 예로 들어 '형의 고향이 새삼 어디인가'를 묻고 있다. 모든 인습, 전통을 버리고 떠난 여행에서 탕자는 아무것도 얻지 못하고 갖은 고난의 편력을 다하게 된 다. 오히려 허무와 피로만을 가지고 온 탕자의 귀향처럼 김기림의 현대시를 찾아 떠난 편력 또한 뚜렷하게 눈에 보이는 성과가 없다는 것이다. 이원조가 본 것은, '태양의 풍속'이란 주막을 떠난 지 6년이 지난 시점에서도, 시의 고향으로 돌아오 지 못하고 겨우 '무거운 가슴을 안고' '공동묘지'에 서 있는 편석촌의 초췌한 얼굴 이었던 것이다.

  '씨네마 풍경'이니 '손풍금'이니 '삐드' 大佐니 무수한 현대적 지식, '건방진 굴
   뚝' '튜립 같이 밝은 대합실' 등등의 한없는 綺譚 가운데서 수족과 같이 경쾌하던
   형의 풍금이 또 언젠가 '못' 가에서 약간의 흥분 그러나 초췌한 얼골로 변한 것을

보았을 때, 나는 나 스스로 옳지 편석촌이 시의 고향으로 돌아왔나부다 했습니다.[205]

이원조는 시인 김기림에게 시의 '고향'을 주문한다. 그것은 모더니즘의 군호가 아니다. 무겁고 어두운 탕자의 내면(공동묘지)과 낭만적 이로니로서의 심정의 세계(못가)가 융통해 있는 세계이다. 심정으로 우리를 달래주는 것, 즉 시혼의 공감이 문제라는 것이다. 이원조는 '회화는 우리의 것이고 시는 시인의 물건입니다'라고 말하면서 시인 김기림의 얼굴을 보고자 한다. 이는 김기림의 시에서 논리나 산문(會話)의 세계가 아닌 심정의 세계를 보고 싶다는 주문이기도 한 것이다. 그것이 이 두 지식인이 일제말기에 마주한 시대의 얼굴 표정이 아니었을까.

『조선일보』 편집국에서 만난 이원조와 김기림은, 문단에서의 비평가이기 이전에 서구적 교양과 문예비평적 감수성으로 세계 정세와 문학과 저널리즘의 가치를 논할 수 있었던 내성의 친구였다. 그러나 이원조는 '진보적' 언론인 김기림보다는 시인 김기림을 보고자 했던 것이다. 그것은 서로가 지식인으로서 공유하고 있던 일종의 안타까움이 아닐까. 이원조가 이 글을 쓴, 1941년 4월의 시점은, 신문이 폐간된 뒤 김기림이 낙향해 교사 생활을 하던 시절이다. 그러기에 이원조의 글은, 김기림의 폐간 이후의 김기림의 우울한 내면 풍경과, 신문 폐간으로 인한 글쓰기의 공간이 사라지고 난 뒤의 어두운 현실의 자락들이 어려 있다. 진보적 대화를 나누던 언론인 김기림을 더 이상 바랄 수 없고 바랄 필요도 없이 완벽하게 시와 단절되어야 했던 김기림에 대한 안타까움의 이면이 아닐 수 없다. '씨네마 풍경', '손풍금', '삐드 대좌', '튜립 같이 밝은 대합실'처럼 겨우 현대문명적 수식어구를 붙여 만든

---

[205] 이원조, 「씨의 고향—편석촌에게 붙이는 단언」.

시어로 현대시를 논하는 김기림의 모더니즘의 구호는 어두운 시대를 밝힐 수 없었다. 그것은 저널리즘의 언어였지 시인의 언어는 아닌 까닭이다. 이제 '시인' 김기림이 필요했고, 시인의 언어만이 그 어두운 시대를 밝힐 수 있었던 것이다. 이원조는 마지막에 못을 박는다.

> 편석촌 형! 시의 고향은 형이 앞서 부르짖던 모더니즘의 군호가 아니라 우리 여러 사람이 다 같이 느끼는 이 심정의 세계─거기는 '공동묘지'이기도 하고 '못'가이기도 한가 봅니다.[206]

이는 김기림의 시를 약간 패러디 한 것이다. 김기림은 1939년에서 1941년 사이 몇 편의 중요한 시를 남긴다. 「요양원」(『조광』, 1939.9), 「공동묘지」(『인문평론』, 1939.10), 「흰 장미같이 잠드시다」(『인문평론』, 1940.4), 「못」(『춘추』, 1941.2), 「연륜」(『춘추』, 1942.5), 「청동」(『춘추』, 1942.5) 등이 일제말기에 김기림이 남긴 시편들이다. 이 시편들은 공통된 특징이 있다. 이른바 김기림이 강조한 '오전의 시'로서의 밝고 명랑한 성격을 상실하고 있다. 대신 침묵한 채 고여 있는 내면의 목소리가 어두운 상념을 뚫고 솟아나 있다. 이 시들은 대체로 어둡고 우울한 이미지들이 주가 되어 있지만 내적인 긴장력과 전망이 그 어둠을 뚫고 솟아나오면서 분출되는 힘이 있다.

이 같은 예언자적인 지성은 「못」에서 더욱 선명하게 제시된다.[207] 못이 모든 '빛나는 것 아롱진 것'을 내장하고 '뱀처럼' 몸을 웅크리고 있다. 시인은 여기서 단단하고 장엄한 역사의 에너지를 본다. '밑이 모를 정도의 맑음'과 '어둠 속에서' 선연하게 빛나는 '칼날'은 마조히즘적인 것이다. 예리하면서도 강렬하게 농축된 힘

---

[206] 자세한 것은 이 책 2부 「어두운 시대 지성의 선택과 침묵의 수사」 참조.
[207] 이원조, 앞의 글.

을 스스로 가진 '못'은 어떤 절대적인 경지에 선 정신의 에너지가 아닐 수 없다. 그것은 차갑고도 뜨겁다. 이 내적인 옥시모론식의 상징법이야말로 김기림이 당대를 헤쳐 나갔던 절대적 정신의 경지를 대변해주는 것이다. 김기림은 '녹아 옹키다 못해 식은' '밑모를 맑음'이라고 이 깊숙한 상징의 경지를 말해놓았다. 바람에 금이 가고 비빨에도 '상한 곳 하나 없이 먼 동을 바라본다'고 시인은 썼다. 이 절대성의 차원에 스스로를 놓는 길은 그가 왜 『조선일보』 폐간호에 '시의 장래'를 실어두었는가에 대한 이유를 설명해준다 하겠다. 김기림의 '친일 혐의'가 포착되지 않는 것은, 이 시에서 보듯, 스스로를 이 절대성의 차원에 놓고 이를 견자적 목소리로 반향하는 예언자의 태도에 있었던 것이 아닐까. 「요양원」에서 김기림은, '지리한 역사의 임종을 고대'하면서도 그 냉혹한 현실 앞에서 주저앉고 마는 '포수'의 신세보다 훨씬 앞으로 나아간 시인의 자세를 말한다. 김기림은 여러 역사를 산 듯 어두운 빛을 허리에 감은 청동그릇 하나를 앞에 두고 여러 가지 꽃향기를 담을 미래의 시간을 그려본다. 거기서 시인은 현재의 침묵을 묵시록적인 미래의 역사관에 연결시킬 수 있었던 것이다.

이원조는 김기림의 시집 두 권을 들고, 시인으로서의 김기림을 평가하고자 했던 것이다. 이원조가 김기림에게 기대한 것은, 『태양의 풍속』으로부터 나아간 곳임은 분명하지만 그렇다고 『기상도』의 세계는 아니었다. 『기상도』는 여전히 저널리즘적 글쓰기가 펼쳐진 것일 뿐, 그것이 일제말기의 시의 임무일 수는 없었다. 지성인 이원조로서는 더 더욱 그랬고, 언론인 김기림이 아니라 시인 김기림으로서는 더 더욱 그러해야 했다. 시의 세계를 통해 당대적 임무를 수행하고, 미래적 세계를 열 수 있는 것이어야 했다. 당대적이면서 미래적인 시의 세계는 시적 공감과 심정의 공유를 가능하게 하는 세계였다. 그 세계는 바로 「못」이나 「공동묘지」의 세계였던 것이다. 이원조는 '문법의 파괴란 대사실을 일구의 시적 공감과 교환할 때 손톱만치도 인색한 빛을 보이지 않을 수' 있는 바로 그 이유가 이 심정의 위무에 있다고 본 것이다. 김기림의 대화(회화)가 진보적인 것은, 저널리스트로서의 국제 감각과 현실감각 때문이겠지만,208 이원조는 김기림의 이 시집을 들고는 진보적 언론인이이기보다는 시인 김기림을 요구했던 것이다. 그래서 같은 신문사 한방을 쓰면서 나누었던 그 진보적인 '회화' 보다는 정서적 공감과 심정의 위무를 마련해줄 시의 공간을 요구할 수 있었던 것이다. 이원조가 김기림의 일제말기의 두 시 제목을 가져와 '공동묘지'이기도 하고 '못가'이기도 한 시의 세계라고 갈한 것은 아이러닉하고도 흥미롭다. 그만큼 김기림의 삶에 이원조가 밀착해 있었다는 의미기도 할 것이다. 결국 이원조가 말한 '공동묘지이기도 하고 '못' 가이기도 한 시의 세계'는 삶과 문학이 조응하는 세계였고, 문학의 장래를 통해 미래를 예견하고자 했던 김기림의 비전과도 상통하는 것이었다. 그것은 신문이 폐간된 뒤 낙향해 교사로서의 삶을 꾸려가고 있던 김기림과 그리고 그 주위에 있던 동료 문인 기자들이 마주한 일제말기의 쓸쓸한 삶을 상징하는 것이었다.

김기림이 남긴 이원조에 대한 거의 마지막 언급은, 이원조가 임화, 김남천, 설정식 등 박헌영을 따라 문학가동맹원들이 월북한 뒤 4년이 지난 1950년 1월 이북 통신을 통해서다. '6.25'를 다섯 달 정도 앞둔 시점이었다. 김기림은 이 지면을 통해 '평론가 이원조 군 민족과 자유와 인류의 편에 서라'며 서울로 돌아올 것을 촉구한다. 해방 직후 김기림 또한 임화가 이끌던 조선문학가동맹에 가입한 적이 있었다. 그가 말한 대로, '민족적 감격 폭풍 속에서 제 각기 가진 모든 것을 바쳐 조국

---

208 김기림의 '국제적이고 인류적인' 사고가 언론인 감각과 관련되었다는 지적도 있다. 김철수, 「기상도의 논리」, 「민성」, 1948.11.

재건에 이바지 하고자 했던' 염원이 좌, 우익을 막론하고 문학 단체를 만들어 가입을 재촉한 원인이 되었다는 것이다. 정부수립 후 김기림은 보도연맹에 가입해 일종의 전향을 한다. 김기림 자신의 '좌파 단체 가입경력'을 씻어내야 하는 부담이 크게 작용했을 것이다. 이들 전향 인사들 중 문학가동맹의 간부급들이 모여 반공궐기대회를 갖게 된다. 이 자리에서 김기림은 이원조에게 보내는 메시지를 읽었다. 그것이 바로 『이북통신』에 실린 글이다.

　　이 글은 '당국'의 강요에 의한 것일 확률이 높다. 하지만 이는 앙드레 지드 전 공자이자 풍부한 서구적 교양과 고전 예술에 대한 애정을 가진 이원조에 대한 기대가 없었다면 또한 가능하지 않았을 것이다. 김기림은 이원조의 귀환을 재촉하면서 영웅의 길과 예술가의 길이라는 두 가지 길을 분리했다. 외부의 힘에 의해 국토가 양분된 상황에서 김기림은 이것이 개인의 비애이자 민족의 비애임을 주장한다. 민족의 꿈을 스스로의 꿈으로 지닌 채 민족과 더불어 불행과 고난을 함께 나누는 것, 이것은 영웅의 길은 될 수 없고 예술가가 걸어야 할 길이었다. 그래서 김기림 스스로는 계급의 시인일 수 없다는 것이었다. 그래서 그는 남루를 스스로 견디며 '민족의 시인'이고자 한다는 것이다. '아름다운 민족 문화와 생활의 건설'이라는 명제 앞에서는 정략의 도구나 목전의 이해는 분명 초월되어야 할 것이라고 김기림은 주장한다. 이원조의 귀환이 이 같은 민족과 자유와 인류의 편에 서는 것임을 김기림은 강조하고 있는데, 그것은 한편으로는, 오랜 편집국 동료 기자로서 편집국에서 책상을 마주하고 앉아 날카로운 비평적 준론을 나누던 기억의 확인이면서 서구적 교양과 조선의 고전 예술에 대한 관심을 깊은 우정의 우물 속에서 길어내었던 시절에 대한 향수를 반추하는 것이기도 했던 것이다.

이원조의 염원은 정작 북한에서 실현되지 못했다. 이원조의 마지막 운명은 그가 인용한 앞의 동화처럼 신비롭고 황홀하지 않다. 해방공간의 좌파 문학단체 문학가동맹원으로서 이원조가 임화, 김남천, 설정식 등과 함께 박헌영을 따라 월북한 것은 1946년경이다. 당시 『조선일보』, 『동아일보』 학예면에는 여러 차례에 걸쳐 쓴 이원조의 앙드레 지드론이 남아 있다. 이원조는 '지성'의 힘으로 당시 전세계를 휩쓸던 파시즘의 가혹한 폭풍에 맞서고자 했고, 세계적 지성 작가이자 지식인이었던 앙드레 지드를 들어 민족과 인류를 구원하고자 했던 것이다. 그런 이원조의 북한행의 결말은 어떠했는가? 앙드레 지드가 소련을 다녀와서 소련의 독재적인 전제 정치와 부패한 사회주의 사회의 현실을 날카롭게 비판하고 전향을 하게 되는 것은 알려진 사실이다. 앙드레 지드의 전향에 대한 당시 지식인들의 뜨거운 논쟁도 당시 신문지면을 장식하고 있다. 그러나 사회주의의 변방, 혹은 지식과 정보가 오가는 지식 사회의 변방에 있던 조선의 지식인들에게 앙드레 지드의 전향은 풍문이자 정보에 가까운 것이 아니었을까. 구체적 현실감에서 오는 리얼리티를 확보하기 어려웠기 때문이다. 한국 근대 문학사에서 한 족적을 남기고 있는 '전향' 논쟁은 '논쟁'으로 끝났고, 소련 기행의 기회조차 이원조에게는 오지 않았다. 이원조는 전향에 대한 성찰의 기회를 잃었고 결국 월북행을 택한 것이다.

그의 마지막을 추정케 하는 기록이 있다. 그의 딸 혜정에 대한 기록이다. 김일성이 남로당파를 비롯한 반대파들을 숙청하던 서슬이 시퍼렇던 1952년의 북한에서 남한 출신들의 운명은 죽음을 마주하고 있는 형국이었다. 김일성 종합대학이 있던 순천군 백송리에도 폭풍은 거세게 몰아쳤다. 김정일의 첫 부인인 성혜림의 언니 성혜랑도 이때 김일성 종합대학 특설 예비과에 다니고 있었다. 그때 청룡리 예과에 있던 이원조의 딸 이혜정이 성혜랑을 찾아 온다. 임화와 지하련 사이에 난 외아들 원배와 함께였다. 남쪽 사람 다 살아나지 못할 것이라는 소문에 이들 어린 가슴들은 떨었다. 알지 못할 공포와 근거없는 소문만이 비등했다. "앞으로 무서운 일이 벌어진대. 남쪽 사람이 다 살아남지 못한대……" 성혜랑과 같이 예과를 다니던 이태준의 딸 소남이 사라졌고, 이강국의 딸 숙재는 자살했으며, 이원조의 딸 이혜정과 임화의 아들 임원 배도 사라졌다. 그때 이원조는 중앙당 선전부부장이었다.[209] 같이 월북했던 임화, 김 남천, 설정식 등과 함께 그는 1953년 남로당 숙청의 파고를 견디지 못한다. 6.25 전 쟁 패배의 책임을 전가시키고자 하던 김일성의 전략 앞에 그들은 그대로 주저앉고 마는 것이다. 총살형을 당했던 임화, 설정식 등이 모란봉 극장에서 비극적으로 최후 를 마쳤다면 이원조는 북한에서 감옥 생활의 여파로 병사했다는 것이 다를 뿐이다. 그렇다고 해서 그의 죽음의 비극성과 운명의 가혹함이 감해지는 것은 아니리라.

6. 김기림, 더블 코트 휘날리는 광화문의 미남 백석을 만나다.

김기림은 광화문통이 갑자기 훤해지는 느낌을 받는다. 녹두빛 더블 브레스트를 젖 히고 한대의 바다의 물결을 연상시키는 검은 머리의 웨이브를 휘날리면서 광화문 통 네거리를 한 청년이 지나간다.[210] 시인 백석이다. 광화문을, 한 식민지도심의 네 거리가 아니라 예술과 지적 교양이 넘쳐나는 낭만적 거리인 '몽파르나스'로 끌어 올리는 역할을 한 이가 백석이었다. 그런 백석이 1936년 1월 한정판으로 『사슴』 100부를 찍어 주위를 놀라게 한 것이다. 정가 2원이었다. 당시 시집 가격은 신석정 의 『촛불』이 1원 20전이었고, 오장환의 『성벽』이 1원이었던 점을 감안하면 조금 비 쌌던 듯하다. 그럼에도 이 시집은 양장용 도서로 인기를 끌었던 것 같은데, 한 회고

---

209 성혜랑, 『등나무집』, 지식나라, 2000, 244~249면.
210 김기림, 「『사슴』을 안고-백석 시집 독후감」, 『조선일보』, 1936.1.29.

에 의하면 윤동주는 이 시집을 구할 수 없어 필사본으로 이 시집을 베껴서 소중하게 간직했다고 한다. 미소년형 외모에 프란시스 잠과 릴케를 좋아했고 내면의 순결성과 낭만성을 오염시키지 않고 그대로 간직했던 시인이라는 점은 이 두 시인의 비슷한 성향인데, 이 시집을 통해 윤동주는 백석과 내견적인 동질성과 유사한 문학적 감수성을 확인했는지도 모른다.

백석은 1930년 1월 발표된 『조선일보』 '신년현상문예'에 단편소설로 당선을 한다.[211] 시인 백석은 『사슴』을 출간하기 이전 소설가로 먼저 문단에 이름을 등록했던 것이다. 소설 '그 모와 아들'이 당선되었을 때 김기림은 백석을 눈여겨보았을 것이다. 1912년생인 백석은 1908년생인 김기림보다 4살이 아래였지만 지적 교양이나 시적 감수성으로 치자면, 내성의 친구라는 표현이 더 적합할지 모르겠다. 백석은 방응모의 장학금으로 일본 아오야마 대학을 졸업한 뒤 출판부에 취직했다. 1935년 11월 『조광』이 창간될 때 백석은 함대훈, 이은상 등과 함께 중요한 역할을 한 것으로 보이는데, 당시 김기림은 복직해서 사회부 기자로 신문사의 한 지붕 아래에서 근무하고 있었던 것이다. 백석은 『조광』 창간호에 「산지」, 「주막」을, 제 2호에는 「여우난 골족」「통영」「흰밤」을 발표한다. 이 시들은 시단에 의미 있는 지표를 하나 툭 던져둔 것이나 다를 바 없다. 백석의 시 세계가 범상치 않은 것임을 직감으로 느꼈던 것인지, 김기림은 『사슴』을 펼쳐들고 한 순간 감회에 젖는다. 한국근대시사에서 시 이론가로서 큰 영향력을 발휘했고 새로운 이론의 비평적 토대를 마련한 김기림이었지만 천재 이상이나 정지용 정도를 제외하면 김기림의 이론에 적합한 시인을 마주하기는 어려웠다. 김기림은 그간 조선시가 지나치게 '센티멘탈리즘과 낭만주의'에 물들어 있다고 생각했고 새로운 시의 토대를 마련하기 위해서는 센티멘탈리

---

[211] 『조선일보』, 1930.1.

즘의 초극이 무엇보다 필요하다고 믿었기 때문이다. 그런 김기림의 눈에 백석이 들어왔던 것이다. 『조광』 지상을 통해 간간이 그런 징후를 발견하고 놀라기는 했지만, 정작 시집 『사슴』을 마주한 김기림에게 백석의 존재는 분명 자신의 시관을 보충해 주는 정도를 넘어 압도하는 느낌을 주었던 것이다.

> 백석의 시에 대하여는 벌써 『조광』 지상을 통해서 오래 전부터 친분을 느껴오던 터이지만 이번에 한 권의 시집으로 성과된 것과 대면하고는 나의 머리의 한 구석에 아직까지는 다소 몽롱했던 시인 백석의 너무나 뚜렷한 존재의 자기주장에 거의 압도되었다.[212]

시집 『사슴』은 표지부터 종이, 활자, 여백의 배정에 이르기까지 시인의 독특한 개성과 호흡과 맥박과 취미가 살아있는 당시 보기 드문 시집이었다. 거기에 실린 시들의 경향 또한 '유니크'한 세계를 보여주었는데, 김기림은 '외모와는 너무나 딴 판인 그의 육체의 또 다른 비밀에 부딪혔다고' 그 당황스러움을 고백한다. 그 수려하고 준수한 외모는 로맨티스트적인 기질과 섬약한 정신세계를 가지고 있을 듯 보였지만, 그의 시 세계는 오히려 '철석의 냉담에 필적하는 불발의 정신'을 보여주고 있었던 것이다. 정주 지방 방언을 사용하면서도 모던한 시 세계는 김소월의 토착 정서나 김영랑의 순수 서정에 깃든 지방성과도 다른 그 무엇이 있었다. 소월은 독자들을 '한과 절규'의 세계로 이끌고 간다. 「초혼」의 울음은 절규이다 못해 피울음이다. 그것은 죽은 님을 부르다 부르다 내가 지쳐 피울음이 맺힌 울음인 까닭이다. 아무리 강골의 마음을 가진 독자들이라도 그것은 울지 않을 수 없다. 김영랑의 시

---

212 김기림, 「『사슴』을 읽고 — 백석 시집 독후감」.

는 전라도 말이 가진 풍토성과 여운이 향토적 서정의 분위기를 짙게 자아낸다. 방언의 아우라가 심장을 파고드는 점에서는 심혼에 다가가는 소월의 시와 상통해 있다고 볼 수 있다. 그러나 백석이 그려내는 '향토의 얼굴'은 아주 달랐다. 백석 자신도 울지 않을 뿐 아니라 더욱이 울어서는 안 된다고 말하고 있는 듯했다. 김기림은 그런 백석을 가리켜 이렇게 쓴다.

> 백석은 우리를 충분히 애상적이게 만들 수 있는 세계를 주무르면서도 그것 속에 빠져서 어쩔 줄 모르는 것이 얼마나 추태라는 것을 가장 절실하게 깨달은 시인이다. 차라리 거의 철석의 냉담에 필적하는 불발한 정신을 가지고 대상과 마주선다.[213]

백석의 시는 철저하게 자기 연민과 감상적 낭만주의로부터 부단히 벗어나고자 하는 모습을 보여주었던 것이다. 비만한 자기 감정과 연민을 거르지 못한 채 시의 옹호벽을 쌓는 일은 흔하고 손쉬운 길이며 독자들에게 쉽게 다가가는 한 요인이 되기도 한다. 그러나 백석의 시는 그러한 감정주의를 철저하게 거부하고 건조성과 냉담함으로 견고한 시의 성을 쌓고 있었던 것이다. 울음은 쉬운 것이지만 그 울음을 참는 것은 더 어려운 법이다. 백석은 그러한 견인주의자적인 시인의 태도를 철저하게 밀고 나간다. 그래서 그의 시는 짤막한 단형시든 긴 서술형식의 시든 자기 잠정을 절제하고 자기 내면을 다스리고 다스린 자가 거느리는 순결한 처녀지의 시 세계가 있다. 그것이 이 이성적이고 냉정한 신문쟁이이자 글쟁이인 김기림의 마음을 움직이게 된다. 백석은 시집에서조차 일류의 풍모를 잃지 않았던 것이다. 그래서 김기림은 '향토'의 세계에서도 아무런 감상주의와 복고주의도 만나지 않아서 더할

---

[213] 김기림, 앞의 글.

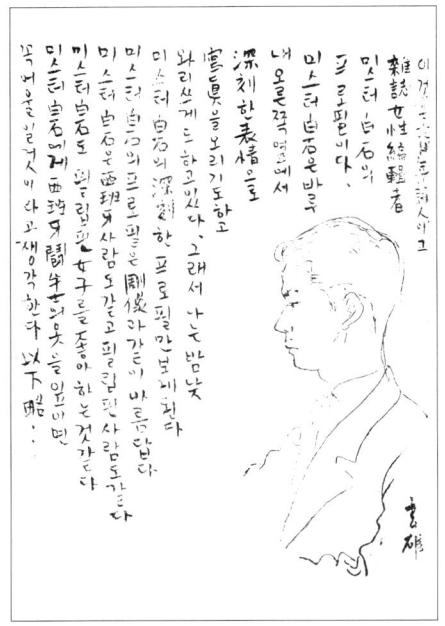

■■ 정현웅의 백석 인물 스케치. 백석이 편집을 맡았던 시기의 「여성」지는 고전주의적이고 품격 있는 기획력으로 매진을 기록하기도 했다.

수 없이 유쾌하다고 말하고는, 백석의 시집을 향해 '새해 벽두에 던진 한 개의 포탄'이라 규정한다.

그러나 백석은 이 같은 김기림 식의 발언에는 별로 아랑곳하지 않았던 것 같다. 그는 '사슴'이기 때문이다. 일부러 사람들이 자기를 인정해주기를 바라지도 않을 뿐더러 오히려 사람들이 자기가 사슴인 것을 인정하게끔 만드는 그런 고결한 자아를 가진 사슴. 이것 또한 영민한 김기림이 발견한 사실이기도 한 것이다.

그는 그가 내던진 포탄의 영향에 대하여는 도무지 고려하는 것 같지도 않다. 그는 결코 일부러 사람들에게 향하여 그 자신을 인정해 주기를 바라지 않는다. 阿諛라고 하는 것은 그하고는 무릇 거리가 먼 예외다. 그러면서도 사람으로 하여금 끝내 그를 인정시키고야만다. 누가 그 순결한 자세에 감하지 않을 수가 있을까.214

'사슴'은 그래서 표본실의 인조사슴일 수는 결코 없었고 심산유곡의 영기를 그

214 김기림, 위의 글.

대고 감춘 순결한 사슴이어야 했다. 그의 시는 그가 가지고 온 향취 넘쳐나는 산나물에 버금가는 것이었다. 김기림이 신문사 문인기자들을 대동하고 시집 『사슴』의 출판 기념회에 깃발을 들고 달려간 것은 그래서 너무나 당연한 일이지 않았겠는가. 그리고 출판 기념회가 동료 기자들의 한 판 합평회 난장이 된 것은 또한 당연하지 않았을까.

백석과 『조선일보』의 인연은 깊고 넓다. 백석의 아버지 백영옥은 초창기 『조선일보』 사진부장을 지내다 뒤에는 촉탁으로 영업국 감독으로 자리를 옮겨 64세까지 『조선일보』에서 근무했고 1939년 1월 20일자로 퇴사했다. 백석의 고향은 계초 방응모와 같은 평안도 정주이다. 정주는 민족의 시인 소월의 고향이며 근대문학의 길을 개척한 춘원의 고향이기도 하다.

백석의 공식적인 문단 활동은 그가 19세 되던 해인 1930년 『조선일보』 신춘문예에 소설 『그 모와 아들』이 당선되면서부터였고 직후 그는 교열부 기자로 『조선일보』에 입사했다. 그의 아오야마(靑山)대학 유학도, 그 후 『조선일보』에 재입사해 여성지 편집을 맡게 된 것도 계초의 후원 없이는 불가능했을 것이다.

백석에 대한 『조선일보』 사내의 평판은 처음 별로 좋은 것이 아니었다. 백석의 고고한 성품과 결벽적인 기질 때문이었다. 그의 결벽증은 유명했다. 밖에 드나들면서 손 문잡이를 잡지 않고 문 자체를 밀어서 닫는다든가, 밖에 다녀오면 반드시 손을 씻고 흰 손수건으로 손을 닦는다든가, 전차 손잡이를 손수건으로 싸서 잡는다든가 하는 일화 등이 남아 있다.

한동안 계초의 비서실장을 하면서 계초의 집에 드나들면서도 백석의 결벽증은 사라지지 않는다. 그것은 호사를 넘고 치기를 넘어 허영에 가까운 경지로 나타난다. 그가 계초의 집을 방문할 때면 안주인은 백석이 기거하는 방에 향수를 뿌려주

어야 했고 새 시트를 갈아 끼워 신방 꾸미듯 자리를 마련해 주어야 했다. 결벽증은
결핍과 공포의 이면이며 고고함은 거만함과 나약함의 이면이기도 했다. 나약함과
공포를 숨기기 위해 그는 결벽으로 맞서고 거만함으로 내숭을 떨었던 것이다. 시인
백석은 저널리스트가 되기에는 턱없이 모자랐거나 아니면 너무 넘쳤던 것 같다.

　백철은 백석에 대한 조선일보사 내의 혹평이 주로 '젊다는 것, 도도하다는 것,
사장의 총애를 받는다는 것, 시를 쓴다는 것'이었다고 밝히고 있다. 백석의 능력에
대한 평가이기보다는 인간에 대한 인간적인 애증이 깔려 있는 평판인 듯하다. 시인
에 대한 존경심과 '시인이라면 그럴 수 없다'는 인간적 애증은, 이 고고하지만 나약
한 인간 백석에 대한 미움밖에 없었을 것이다. 백석에 대한 미움은 일종의 연민이
아닐까. 백석에 대한 연민은 어쩐지 세속에 찌든 자신의 자기 연민으로 되돌아왔

고, 그를 통해 어디서 온 것인지를 알 수 없는 위안이 내면에서 솟아났을 것이다. 미움과 애정과 콤플렉스가 혼합 혼종된 그런 인간적 미움이 백석에 대한 평가에는 묻어 있는 것이다.

백석은 『조광』 창간호(1935.11)를 만드는 데 관여했던 것 같다. 1940년 8월 10일 조선, 동아 등 민간지가 폐간되었고, 『조선일보』에서는 폐간 이후 『조광』이 대체로 신문의 역할을 대신하게 된다. 1940년 9월 『조선일보』 폐간 직후 펴낸 『조광』 편집후기에서 함대훈은 아래와 같이 썼다.

조광사만이 이제 분가하여 독립 독보를 하게 된 것을 생각하면 또한 감회가 적지 않습니다. 더구나 6년 전 이 더위 속에 『조광』 창간호를 준비하려고 애쓰던 때의 노산, 석영, 백석 세 벗의 면영(面影)이 새삼스러이 그리워집니다. 그들은 혹은 북으로 산으로 영화계로 나아가 있지만 창간 이래 오직 이 진영을 혼자 지키던 나이니만큼 더욱 옛벗이 그리웁고 감개가 무량합니다. 6년 동안 『조선일보』를 배경으로 만천하 독자제위와 고락을 같이하던 이 몸인 만큼 잉크 내음새 원고지 내음새 활자 내음새를 어느 때나 잊을 수 없는 것이오나[215]

함대훈은 그 즈음 출판부 기자로 일하고 있었다. 석영 안석주의 뒤를 이어 『조선일보』 출판부의 3대 잡지인 『조광』, 『여성』(1936. 4), 『소년』(1937.4)의 실질적인 책임자가 된 것은 1936년 9월이었다. 백석은 처음에는 안석주 등과 잡지 간행에 관여했고 그 이후는 『조광』, 『여성』 등에서 글도 쓰고 잡지 편집을 하게 된다. 실제로 1936, 7년 전후해 백석의 글이 『조선일보』, 『조광』, 『여성』에 집중적으로 실려 있음

---

[215] 「편집후기」, 『조광』 1940.9.

을 확인할 수 있다.

백석은 1936년 자비로 시집 『사슴』을 간행한다. 100부 한정판이었다. 출판기념회는 해를 넘겨 1936년 벽두에 열린다. 출판기념회 기사는 조선(1936.1.28), 동아 양 지면에 실려있고 출판기념회가 성황리에 열렸다는 사후 보고성 기사(1936.2.1)가 다시 실렸다.

이 모임의 발기인들은 안석주, 함대훈, 홍기문, 김규택, 이원조, 이갑섭, 문동표, 김해균, 신현중, 김기림 등 11인이었다. '시인' 백석의 출판기념회였지만 참석자 대부분은 '동료 문인'이기보다는 백석이 속해 있었던 『조선일보』 후원 장학회인 '이심회' 회원이거나 동료 기자들이었다. 『사슴』은 곧 절판이 돼 시인 윤동주가 필사를 했을 만큼 인기였던 것으로 전해진다.

백석의 호사는 『조선일보』 기자 시절 절정을 맞지만 그는 이 호사를 마다하고 기자 생활을 그만둔다. 앞의 함대훈이 쓴 '후기'에서도 백석이 '북'으로 간 것이 언급돼 있다. 아마 만주로 간 사정을 말하는 듯하다. 정확한 이유는 알 수 없지만, 그의 끊을 수 없는 방랑벽도 한몫했을 것이다.

백석은 한 때 함흥 영생고보 영어 교사로 부임한다. 일본인들의 영어 발음에 익숙해 있던 학생들에게 원어민 가까운 발음을 가진 백석의 인기는 대단했다고 전해진다. 서양 선교사들에 비해서도 백석의 영어 강의는 손색이 없었다. 그러나 백석의 함흥 시절의 삶은 고달팠다. 월급 자체가 그렇게 적은 것은 아니었지만 머리와 옷치장에 여전히 신경을 써야 했다. 그는 고결한 몽파르나스의 사슴이기 때문이다. 미혼이었고 스타일리스트였던 백석으로서는 상당한 '품위 유지비'가 필요했는지도 모른다. 그리고 집안의 생계를 꾸려가야 할 아들로서의 의무가 백석에게 중압

감으로 작용하기도 했다. 학생들이 그의 하숙집을 찾아가면 그는 '배고파 배고파'
하며 잠자리에 누웠다. 유난히 '음식'과 관련한 시가 많은 이유도 탐미적인 백석의
성향을 설명해 주는 것이지만, 한편으로 궁핍한 그의 현실과 관련 있을 것이다. 안
정된 보수가 약속되었던 기자라는 직업을 포기한 대가치고는 참혹한 것이 아니었
을까. 함흥 시절은 궁핍했지만 시인 백석에게는 주옥 같은 시편을 남기는 시절이기
도 했다. 만주 방랑 시절도 비슷했다. 백석의 『흰 바람벽이 있어』에서 말하고 있듯,
가난과 궁핍과 고독은 하늘이 고귀한 자에게 내려준 선물이라고, 이 시절의 백석은
자신의 춥고 배고픈 육체를 달래며 주옥 같은 시편들을 토해내었던 것이다.

함흥에는 『조선일보』 함흥지국을 경영했고 기자를 하기도 했던 소설가 한설야
가 있었다. 철저한 원칙주의자면서 반(反)감상주의자인 한설야가 낭만주의자의 외
모를 한 백석과 우정을 나누었다는 사실은 특이할 만하다. 두 사람이 만나는 지점
은 고고함과 정결성이었다. 그래서인지 한설야는 백석이 만주로 떠난 후 그 빈자리
를 메울 길 없어 그리움과 안타까움을 토해내기도 한다.

백석은 영생고보에서 뛰어난 영어 교사로서 학생들의 존경을 받았을 뿐 아니
라 미술교사, 문예반 교사, 축구부 교사로서 학생들의 특별활동까지 지도했다.
1936년 늦가을이었다. 함흥은 추위가 빨리 찾아왔다. 교정에 낙엽이 깔리고 백석은
수업 시간 중에도 가끔 고개를 들어 창밖의 지는 나뭇잎들을 바라보곤 했다. 낭만
적이고 애수 띤 백석의 모습에서 학생들은 천상 시인인 한 인간의 아름다운 모습을
저마다의 가슴에 새겼다.

기독교 학교였던 영생고보의 크리스마스 축제는 이미 늦가을부터 공연 연습에
들어갔다. 축제의 마지막 순서는 연극 공연이었다. 백석은 총감독을 맡아 작품 선

정과 번역, 대본의 각색까지 도맡았다. 「베들레험의 중심으로」라는 작품을 올리기로 최종 결정되었다. 백석의 능력이 결정적으로 입증되었던 것은 영화감독이자 화가였고 소설가였으며 무대연출자였던 안석영을 영생고보에 초빙한 것이었다. 백석과 안석영은 『조선일보』에서 함께 근무한 동료이자 친구였다. 안석영은, 자신의 전공인 미술 분야뿐 아니라 연극, 영화, 시나리오 창작 등 전방위적 예술 감각을 지녔던 인물인데, 백석이 안석주를 초빙해 크리스마스 연극 공연을 할 수 있었던 것도 신문사 시절의 인연이 작용했던 것이다. 학생들은 서울의 유명한 영화 감독이자 무대 연출가이며 신문사 학예부장을 역임했던 안석영이 지방 학교의 연극을 지도하기 위해 달려오리라고는 꿈도 꾸지 못했을 것이다.

백석은 1939년 『조선일보』 출판부에 재입사한다. 춘성 노자영의 뒤를 이어 4월호부터 『여성』지 편집을 담당하게 된다. 백석이 편집을 맡으면서 『여성』은 필진의 구성이나 글의 성격이 혁신된다. 한담거리와 친목, 앙케이트 수준의 읽을거리가 주였던 전월호에 비해 백석이 편집한 4월호는 분명한 색채를 보여준다. 여전히 흥미 중심의 읽을거리와 『여성』지 특유의 소품적인 글이 실리기는 하지만 편집인의 강한 개성이 살아 있는 기획이 나타난다. 영화, 음악, 문학 전반에 대한 백석 특유의 관심과 딜레땅뜨 기질은 『여성』지 편집에 그대로 반영되고 있다. 신작 영화인 「보카치오」 해설, 박기채 감독의 『무정』의 여주인공 박영채의 영화화 과정, 당시 잡지의 주요 인기 아이템이었고 큰 인기를 끌었던 '여학생 생활'에 관한 기획 기사 등은 '여성지'의 성격을 살리면서도 흥미 있는 읽을거리와 품격을 동시에 갖춘 것이다. 전통 소학을 현대적으로 번역해 실은 「신역여소학」, 이원조의 「빙허각 이씨의 저술과 환경」 등은 지루한 고전에서 나온 여성상 혹은 여성들의 삶을 현대적으로 치장해 아담하게 꾸민 글들이다. 고전을 교양과 지성으로 재가공한 백석의 품격이 느껴진다. 안석영이 쓴 '나도향의 비련기'도 흥미롭게 읽힌다. 김기림의 그 유명한 시 「바다와 나비」를 비롯 김영랑, 이하윤, 월탄 등의 시도 이때 실린다. 정주 오산학원 시절 그의 선배이자 민족시인인 소월의 유고시를 발굴해 싣는 노력을 보여주기도 한다. 「박넝쿨타령」(1939.6), 「가시나무」(1939.9) 등이 그것이다. 백석의 고전주의적 취향은 스타일리스트로서의 그의 모던한 품격 그 이면에 있는 것이다. 정주 지방의 풍속을 읊은 시들에서부터 「북방에서」와 같은 민족주의적 정서를 보여주는 시들에 이르기까지 백석이 가지고 있던 '향토성'이라는 특징은 소박하고 생래적인 것의 수준을 뛰어넘어 고대적인 신화의 세계로 미끄러지고 있다.[216] 자신의 개인적 삶을 역사적 운명 속에서 발견하면서 시의 서사시적 풍모를 그려낸 백석 시의 세계는 잡지 발간에도 흔적을 남기고 있는 것이다. 백석의 결벽적이면서도 스타일리스트적인 품격은 주변의 많은 친구들을 끌어 모았고 잡지 필진으로 등장시켰으며 화려하면서도 품격 있는 여성 잡지를 간행할 수 있는 여건을 만들었다. 백석의 『조선일보』 시절은 문우로서의, 또 동료 기자로서의 좋은 친구를 만나고 좋은 친구와 문향을 나누는, 글쟁이들로서는 '아름다운 시절'로 기억되지 않을 수 없는 시간이었을 것이다.

백석이 편집을 담당한 이후, '편집후기' 또한 상당히 달라져 있다. 그 이전 노자영이 편집하던 때와는 달리 한 페이지 분량으로 늘어났고 간단한 정보성 글이 아니라 문학작품의 아우라가 살아 있다. 편집 후기마저 하나의 '작품'을 만들고자 했던 백석의 기질이 반영된 결과일 것이다. 백석의 『여성』지 기획의 큰 줄기는 '지성과 교양 깨끗한 정신'에서 오는 삶의 품격이었다.

---

[216] 신범순, 「백석의 공동체적 신화와 유랑의 의미」, 『한국현대시사의 매듭과 혼』, 민지사, 1992, 193~194면.

4월입니다. 벌써 봄입니다. 동아천지에 새로운 복이 올 것 같습니다. 우리는 깨끗한 정신과 높은 교양을 위해 노력하면서 자신을 도모하고 대의에 순응하는 어진 사람들이 되어야겠습니다. 새로운 자각과 굳건한 실천만이 우리의 행복을 가져오는 것인 줄 알아야겠습니다.

백석이 맡은 『여성』은 발매 3일 만에 동이나 많은 독자들의 항의가 잇따랐다. 백석은 5월호를 내면서 이 두 호로 '제 주의와 본색을 세웠다'고 평가했다. 백석의 딜레땅뜨 기질과 취향이 잘 드러나 있는 이 시기의 『여성』지는 소설 삽화는 말할 것도 없고 작은 삽화 한 컷도 품격 있게 구성되어 있다.

1939년 1월 27일 함흥 성천강가에서 한 청년이 마음속으로 사모하던 처녀를 칼로 찌르는 사건이 일어났다. 피해자는 소설가 한설야의 장녀 녹손(綠孫)이었다. 녹손은 함흥 영생고보를 나와 이화여전에서 공부를 했고 아버지의 뒤를 이어 문학가가 될 꿈에 부풀어 있던 20세 여대생이었다. 칼끝은 그녀의 장기에까지 미쳤다. 가해 청년은 군수의 아들이었다. 사건은 엄청난 화제와 논쟁을 불러일으켰다.

한설야는 사건이 일어난 지 20일쯤 지난 2월 13일 딸의 병실에서 「아비의 심경」이라는 제목으로 글을 쓴다. 이 글은 『여성』 1939년 4월호에 실려 있다. 자상당한 부위에서 피가 철철 넘쳐흐르는 딸을 바라보면서 '그 아비된 자의 심정은 새까맣게 다 타들어가버릴' 지경이었다고 한설야는 쓰고 있다. 한설야는 수술실에 들어가 볼 용기조차 나지 않는다. '그저 눈을 질끈 감고 기적을 바랄 뿐이다.' 딸에 대한 안타까움과 범인에 대한 분노가 뒤엉켜 혼절할 지경이면서도 한설야는 딸의 몸에 조금이라도 수술 자국이 덧나지 않게 해달라고 애원한다. '나서 오늘까지 온몸에 실오리 하나 없는 그 애 몸에다가 이렇게 크고 흉한 흠집을 남겨준다는 것'은 절절한 부성을 가진 아비로서는 생각할 수조차 없는 일이었다.

백석의 기획은 여기서 그치지 않는다. 한설야의 애절한 글 뒤에는 같은 카프시절의 동지이자 평론가인 한효의 냉철한 분석적인 글이 붙어 있다. 「태풍에 휩쓸린 처녀」라는 제목은 저널리스틱하면서도 시적이다. 사건이 워낙 크고 심각한 것이다 보니 세간에 흉흉해진 소문을 바로잡고 이 사건을 좀 더 심층적으로 분석하고자 하는 편집자의 의도를 엿볼 수 있는 기획이다. 가해자와 피해자의 성장 배경과 심리상태 등을 여러 측면에서 분석하고 있다. 한효의 글은 근대와 전근대, 합리와 비합리 사이의 과도기에 처해 끙끙 앓고 있던 당시 조선 사회의 병리학적 진단을 바탕에 깔고 있다. 한효는 사회 경제사적 토대와 일반적인 사회 현상 속에서 한 인간의 성격과 운명을 찾고자 한다. 그의 분석은 심층적이그 날카롭다. 『여성』 잡지가 단지특이한 사건의 흥미성, 일회성, 말초신경을 자극하는 기사를 싣는다는 세간의 평과는 다른 면모를 보여주고 있다.

아부하지 않고 원칙적이면서 고고했던 그래서 한설야와 내면의 친구가 될 수있었던 백석의 성격은 편집자로서 직업적인 업무를 수행해가는 데에서도 역력하게 드러나 있다고 봐야 하지 않을까.

7. 김기림, 말쟁이(아나운서)에서 글쟁이(소설가)로 변신한 이석훈을 만나다
이석훈이 『조광』, 『여성』 등의 잡지에서 편집을 담당할 수 있었던 것은 정주 출신인 데다 백석과의 교분이 크게 작용한 것 같다. 1907년생인 이석훈은 백석보다 5년 연상이었지만 백석이 1939년 12월 출판부를 그만두고 만주로 가버리자 그의 뒤를 이어 『여성』 편집을 담당했고, 또 다시 만주에서 백석과 해후한 것으로 보인다. 이석훈은 원래 경성방송국, 평양방송국 등에서 아나운서를 했던 '방송인'이었다. 그런 '말쟁이'가 '글쟁이'가 된 이 특이한 내력에는 출판사(신문사)에 근무하면서 문학을 할 수 있다는 사실이 큰 동기가 됐다.

　　이석훈의 문인들과의 인연은 함흥에서 첫 결실을 맺는다. 함흥이 어떤 곳인가.

『조선일보』함흥지국을 경영하던 한설야와, 동향이면서 성격과 재능이 비슷했고 『조선일보』출판부에서 앞서거니 뒤서거니 하면서 자리를 넘겨주고 받았던 영생고보 영어 교사 백석이 있었다.

　　평양방송국 아나운서였던 이석훈은 1938~9년경 함흥방송국으로 전근을 하게 된다. 연극도 하고 희곡도 썼던 김송은 함흥 방송극에 다니던 이석훈을 이때 처음 만나 후일 이석훈의 인상기를 남기게 된다. 이석훈은 후리후리한 키에 곤색 스프링 코트를 입고 독일제 카메라를 어깨에 메고 다녔다. 명주처럼 부드러운 음성을 가졌고 행동은 느린 편이었다. 내면에 귀족적인 자질이 있었던 모양이다. 가끔 과거의 풍요로운 생활을 회상하는 듯 길게 한숨을 쉬곤 했다. 이석훈의 성격은 매우 소극적이어서 문 밖에서 사람을 불러놓고도 바로 들어가지 못했고, 여자를 사귈 때도 망설였고, 작품을 발표할 때도 망설이는 버릇이 있었다.

　　술과 담배를 하지 못했던 이석훈이 가지고 있었던 거의 유일한 취미는 사진찍기였다. 사진에 대단한 취미를 붙여 어렵게 구한 독일제 카메라를 유일한 재산처럼 애지중지했다. 카메라를 메고 함흥 부근의 명승지인, 서호진, 성천강, 귀주사 등지를 헤매고 다니면서 사진을 찍었다. 현상을 해서 지우들에게 보여주고 했던 모양이다. 어느 날 그는 김송에게 '취미를 잃었소'라며 탄식하듯 말했다. "모신문 지국에 다니는 한 모가 기사 취재로 카메라를 빌려갔다가 성진여관에서 도난당했다"는 것이다. 여기서 '한모'는 당시 함흥에서 조선일보사 지국을 경영했던 한설야가 아닌가 싶다. 여기서 그 시절의 함흥의 인사들을 기록할 필요가 있겠다. 한설야, 백석을 비롯, '파초'의 시인 김동명, 카프계 평론가 한효, 이북명, 그리고 한고종 등이 앞서거니 뒤서거니 하면서 함흥을 드나들었다. 함흥에서 연극도 하고 요리집에도 몰려

다니며 일제말기의 어두운 시절을 보내고 있었던 것이다. 이 시절의 함흥에 대한 이야기는 한설야의 회상기에도 여러 차례 나온다.

'취미를 잃어버린' 이석훈은 그 뒤 어학공부에 열중해 백계 러시아 인을 찾아 러시아 어 회화 공부와 러시아의 풍물 지리 문화 공부에 탐닉했고 고골리와 체홉의 작품을 읽었다. 백석도 마찬가지지만 이석훈 또한 어학 실력이 출중해서 러시아어 외에 일어, 영어 등에 능통했고 후일 해방 뒤에는 원서 번역을 하기도 한다. 아무튼 이석훈은 함흥 방송국을 그만 두고 『조선일보』 출판부에 입사하면서 함흥을 떠나게 된다. 문학에 대한 꿈을 버릴 수 없다는 것이었다. 문학은 당대 문청 기질을 가진 지식 청년들이 최후로 꿈꿀 수 있고 꿈꿀 만한 '절대강자'였던 것이다. 당시 경성의 중앙 문단과는 물리적으로 너무나 멀리 떨어져 있던 함흥에서 문학 활동을 한다는 것이 쉽지 않다는 판단이 그가 함흥을 떠난 중요한 이유였다. 중앙 문단에서 문학 활동을 할 수 있다는 것만으로도 신문사 입사는 그에게 의미 있고 중요한 선택이 된 것이다.

'기자가 된다는 것'이 '문단에 올라서는 것을 의미한다'는 말은 조선 문단의 통례고 상식으로 통하던 시절이었다. '문단에서 출세하려거든 학예부 기자가 되어라'는 말이 유행했다. 대부분 문청들이 겨우 기차를 타든가 도보로 터벅터벅 걸어가는 상대적인 박탈감에 시달리고 있을 때, 기자가 된다는 것 그것도 학예부 기자가 된다는 것은 비행기를 타고 날아가는 격이었다. 1930년대 중반기 문단 풍경을 논하면서, '문단 헤게모니'가 신문사 학예면에 있었다는 지적은, 일면 진실일 것이다. 신문 학예면을 담당하는 문우를 둔다는 것은 발표 지면이 부족한 현실에서 문명을 알릴 수 있는 핵심적인 요건인 것이다. 문단에 나아가서 문명(文名)으로 출세하는 것에 이석훈은 목말라 있었다. 그 갈증이 함흥 시절 내내 그를 놓아주지 않았던 것이다. 그래서 문단으로 가는 비행기를 타고자 『조선일보』에 입사했던 것이다. '누구나 모두 비행기를 탈 팔자를 가진 것은' 아니다. 『조광』 기자가 됨으로써 그는 도보자의 비애를 벗어나고자 했던 것이다. 그는 김송에게 문학에 전념하겠다고 말하고 함흥을 떠난다.

이석훈이 『조선일보』에 입사한 것은 1939년 5월경이다. 그는 창동에 거처를 마련한 뒤 서울로 통근한다. '죽음의 최종의 일 순간까지 창작의 붓을 들고 악전고투하다' 죽는 삶은 '찬란한 저녁 노을' 같은 '영광스런 죽음'(여운형의 말)과 다를 바 없었다. 이석훈에게 소설 쓰기는 어떤 측면에서는 지나치게 비장하고 어떤 측면에서는 지나치게 낭만적인 것이기도 했던 것이다. 그래서 폐병쟁이로 가난과 병마와 무명에 시달리며 소설에 매달리다 요절한 김유정의 죽음을 앞에 두고 그는 두 번이나 김유정의 죽음을 애달파하는 글을 썼다.[217] 그에게 김유정의 삶은 '화화(化火)적인 삶'으로 이해되었다. 김유정의 죽음은 '문학'에 순사하는 문학주의자들, 문학에 목숨 건 자들에게는 '상징적 죽음'의 선명한 본보기였던 것이다. 이석훈은 김유정의 죽음에 낭만적인 죽음의 은유라는 장식적 옷을 입힌다. 결핵이 절대적 가치를 지닌 문학의 은유이자, 정신적 행위에 육체를 순사하는 고결한 예술가의 표지임을 선언하는 메타포가 되는 시기는 나도향과 이장희 등이 결핵에 시달리며 문학을 했던 1920년대 문학절대주의자들의 풍경이지만, 문학을 하기 위해 신문사 입사를 감행하는 이석훈에게도 해당된다. 그런 점에서 이석훈은 스스로 낭만주의적 몽상가의 범주에서 벗어나지 못했던 것이다. 그래서인지, 이석훈은 함흥에서 경성으로 입성하면서, 자신을 문학에 자기 생의 배수진을 친 스파르타 전사라고 비유하고

---

[217] 이석훈, 「유정의 면모편편」, 『조광』, 1939.12

는 그 장렬한 비장함을 감추지 않았다.

　　이석훈이 그 잘나가던 방송국을 그만두고 신문사로 전직을 하자 많은 사람들이 그 점을 의아해한다. 경솔하다느니, 혹 방송국에서 큰 실수를 저질러서 쫓겨나온 것이 아니냐는 등 은근히 질시와 호기심이 가득한 질문들을 쏟아내었던 것이다. 이석훈은 자신의 본의도 모르고, '덮어놓고 방송국은 좋고 신문사는 좋지 못하다'고 하는 사람들의 편견이 도무지 마음에 들지 않아 오만함 가득한 불만을 쏟아낸다. 이석훈은 사람들의 편견을 '관존민비의 사상이며 사대주의적 관념'이라고 진단한다. 방송국은 실제에 있어 반관반민이어서 관청시하고 일반적인 영리회사가 아니어서 신문사를 천시한다는 것이다. 그의 본심을 몰라주는 대중들이 한편으로는 속물스러웠고 한편으로는 답답했던 모양이다. 물질적 안락함을 마다하고 문학에 전념하겠다는 내면적 고결함을 선택한 자신을 몰라준다는 억울함이 쉽게 가시지 않았다. 방송국은 신문사보다는 대우가 좋고 안정적이었지만, 그가 방송국을 다닌 5,6년 동안 '자아의 향상'이라고는 생각할 수 없을 정도로 분주하고, 한편으로는 그래서 만족할 수 없었고 그것이 권태로움의 연속으로 느껴졌다는 것이다. 문학에 전념하면 이 권태로움과 답답함이 해소될 것 같았다. 그는 그 순간 미련 없이 방송국 생활을 던져버릴 수 있었다. 서울에서 신문사를 다니면서 호구지책을 삼고 그것을 발판으로 문단에 화려하게 등장하자! 그는 결심했던 것이다. 나름대로는 일거양득이 아니겠는가 하는 생각이 그의 결심을 강력하게 재촉했다.

　　그러나 이석훈은 1년도 채우지 못하고 신문사를 그만둔다. '독립하겠다'고 그는 외쳤다. 신문기자 생활도 쉽지 않았고 그런 와중에서는 소설쓰기도 쉽지 않았던 모양이다. 낭만적 몽상과는 달리 실제 신문사 생활은 생업이었던 것이다. "문학 이외의 직업은 목적이 아니라 수단이다. 본래의 목적을 성취하기 위해 항상 최선의 선택을 할 수밖에 없다. 그래서 신문사를 나갔고 그래서 신문사를 나왔다."고 자위했다. 이석훈의 머릿속에는 걸작을 연발해서 조선의 지가(紙價)를 올리고, 문필로써 생계를 유지하는 다소는 황당하고 다소는 꿈 같은 그런 환영이 지나갔다. 지금도 그러하지만. 당시 문인들 혹은 문청 기질의 지식인들 또한 거의 공통적으로 '일대에 남을 작품을 쓰는 것'을 꿈꾸었다. 좋은 작품을 칭찬할 때 쓰는 '장안의 지가(紙價)를 올린다'(長安紙價高는於米 我賣奇文爾賣花)는 말을 버릇처럼 되내었다. 그래서 잘 나가는 직업까지 팽개쳤던 것이다. 이석훈에게는 이제 전업작가가 되는 길만이 남은 것이다, 그러나 전업작가를 꿈꾼 이 문학청년의 시간은 당대인들에 비해 너무 앞질러 가고 있었고, 역사는 너무 정체되어 있었다. 그 환영이 현실에서 산산조각이 났을 때, 이석훈 앞에는 어찌되었든 호구지책을 마련해야 하는 운명이 놓여 있었던 것이다.

이석훈이 입사한 1939년 5월은 일제시대 민간지가 폐간되는 시점인 1940년 8월 10일을 1여 년 앞둔 시점이다. 신문 폐간의 징후는 이미 그 전에 여기저기서 나타났다. 신문 폐간은 이미 빨간 불을 켜고 있는 경고등 같은 것이었다. 말하자면 이석훈의 신문사 입사는, 자신이 그렇게도 원했던 문인이 되기 위한 '활주로'나 '아우토반'이 될 수 없는 것이었다. 시기를 잘못 선택한 것이다. 일제말기, 가혹한 역사의 심장소리가 자신의 저 깊은 내면에서 쿵쾅거리며 어떤 불안을 전하고 있었다. 역사는 한 개인의 낭만적이고 주관적인 예측을 뛰어넘는 법이다. 민간지가 폐간되고 잡지들도 줄줄이 폐간을 향해 어깃거리며 겨우 칼걸음을 떼어놓고 있었기 때문이다. 많은 조선어 잡지들이 폐간되자 소설을 써서 생계를 꾸려야 했던 이석훈의

■■ 문인이 되는 비행기를 타기 위해 아나운서에서 기자가 되었던 이석훈. 낭만주의적 몽상가 같은 성격의 일면이 엿보인다. 앞줄 오른쪽에서 세 번째.

빈곤은 말할 수 없을 정도였던 모양이다. 김송이 말한 '마음에 없는 글을 쓰고 부질 없는 곳을 출입하게 되었다'는 것은 아마 이석훈의 친일 활동을 말하는 듯하다.

이석훈의 친일적인 '매문행위'는 1940년경부터 보이기 시작한다. 『동양지광』 등 일문잡지에 친일적인 논설을 발표한다. 이석훈은 1940년 12월 초에 있었던 조선문인협회 문예보국 강연회에 참석한다. 1반은 경부선, 2반은 경의선, 3반은 호남선, 4반은 함경선으로 나누어 진행되었는데, 이석훈은 함대훈 등과 함께 4반에 배치되었고, 이를 토대로 소설「고요한 폭풍」을 썼다.[218] 『조광』에 1942년 7월부터 쓴 글들이 대체로 친일적인 글인데 주로 일본어로 발표된 것들이다. 이때부터는 이석훈이라는 이름대신 '牧洋'이라는 호를 쓰고 있다는 점도 눈에 띈다.「징병, 국어, 일본정신」(1942.7)을 조선어로 쓰기는 어려웠으리라. '조선민족 정신'을 논하면서 '일본어'로 쓰기 어렵듯. 언어는 일종의 정신작용인 까닭이다.

오만하고 냉소적인 측면이 없지 않았지만, 빈곤과 심약을 가누기 힘들었던 지식인일 수밖에 없었던 이석훈이 친일의 길을 가는 것은 불가피한 것인지 몰랐다. 김송은 이석훈의 심약한 성격이 현실적 괴로움이나 고민을 스스로 극복하지 못하고 '무엇인가 환상 같은 것'을 좋아하고 동경하는 버릇이 있었다고 회고한다. 카메라에 대한 취미, 문학에 대한 열정, 만주로의 高飛遠走 등이 현실적 괴로움을 잘 극복하지 못하고 현실을 벗어남으로써 그것을 봉합허버리는 이석훈의 성격의 일면을 보여준다. 함흥에서 방송국 아나운서를 그만두고 문학에 전념하겠다고 조광사에 입사한 것도 어쩌면 그 보이지 않는 환영을 찾아 끊임없이 헤매고 다니는 그의 심약한 성격에서 비롯되었을 가능성이 짙다.

이석훈의 성격의 일면을 보여주는 기록이 있다. 여기에 등장하는 인물은 예의 김기림이다. 기자 김기림의 어른스러운 면모와는 다소 차이가 느껴진다. 『신동아』에 이석훈이「백화점에서」등을 실었을 때 김기림은 길에서 만난 이석훈에게 크게 웃고 악수를 하면서 "앞으로 석훈 씨는 시만 쓰시요"하고 인사한다. 김기림의 이 말에 이석훈은 매우 기분이 나빴다. 스스로 자신의 시에 불만이 많았던 이석훈으로서는 김기림의 언사는 본의적인 칭찬보다는 흔한 외교술의 하나로 느껴졌던 것이다. 소설가로 이름을 얻고 싶었고 소설을 쓰기 위해 함흥방송국을 마다하고 경성행을

---

[218] 김재용, 『협력과 저항』, 소명, 2004, 21–23면.

결심했던 이석훈 아닌가. 그런 이석훈에게 '이제 시만 쓰라니!' 이석훈은 어이가 없었다. 김기림의 말에 이석훈은 자존심을 상해했다. 이석훈은 한 동안 이 일로 김기림을 가까이하고 싶어하지 않았다. 자존심은 강했지만 무척 심약해서 어쩌면 어린 아이와 같은 내면을 가지고 있었던 이석훈의 성격을 잘 보여준다. '현대의 기자상'이라는 거울에 이 둘을 비추어보면 흥미있는 결론이 나오지 않을까 한다.

　이석훈은 1940년쯤 처음 서울 생활의 둥지를 틀었던 창동에서 인왕상 부근으로 이사를 했다가 다시 '서울 생활이 싫어졌다'는 말을 남기고 1944년경 단신으로 만주를 향해 떠난다. 만주에서 이석훈은 조선일보 출판부 편집일을 서로 넘겨주고 넘겨받았던 백석과 해후했을 것이다. 당시 문인들의 만주행은 다양한 동기에서 비롯되었을 것 같은데, 공통적으로 만주가 조선 내에서의 생활보다는 현실적으로는 빈곤의 저항에 덜 부닥치게 했고 정신적으로는 정신의 망명객으로서의 자유를 조금은 맛볼 수 있었다는 데 있었던 듯하다. 조선에서 신문 기자를 했던 염상섭, 박팔양 등도 『만선일보』에서 기자 생활을 하는데, 1940년 8월 10일 이후 민간지들이 폐간되면서 당시 한글 신문은 국내에서 발행된 『매일신보』와 신경에서 발행된 『만선일보』뿐이었다. 1938, 9년경 『만선일보』는 편집고문에 육당 최남선, 국장에 횡보 염상섭, 사회부장 겸 학예부장에 박팔양, 취재부장에 신영우 등이 포진해 있었고, 분위기도 상당히 자율적이었다. 1940년경 『만선일보』는 일본인 편집국장으로 체제가 바뀌면서 일본의 감시가 심해진다. 안수길 같은 문인들은 당시 『만선일보』에 관여하는 문인들로 '망명문단'을 조직한다는 생각을 가지고 있었을 정도로 국내에 비해서는 상대적으로 '조선어'로 글을 쓰는 자유를 누렸던 것 같다.[219] 그러나 이석훈이 『만선일보』로 옮겨온 시기는 일본인 편집국장의 감시가 심해진 시기였다. 이

219 안수길, 「육당의 강의시간 같은 편집회의」; 손소희, 「만선일보와 전락의 시집사건」, 『언론비화 50편—원로기자들의 직필 수기』, 한국신문연구소, 1978.

석훈은 '국내에서 직접 만주로 옮겨와 입사한 경우'라는 안수길의 회고를 보면, 다른 문인들과는 달리 '이동형', '일시형'의 망명객 같은 입장은 아니었던 것으로 보인다.

해방이 되자 그는 만주에서 조선으로 돌아왔지만 반민특위의 눈을 피해 대체로 은신하며 지낸 듯하다. 이석훈은 한동안 소설을 쓰지 못한다. 일제 말기의 친일 활동에 대한 응징의 두려움과 가책으로 인해, 그리고 해방 공간의 혼란한 사회 상황으로 인해 소설 쓰기가 쉽지 않았을 것이다. 좀처럼 빈곤은 그를 놓아주지 않았고 그것을 극복할 힘이 이석훈에게는 대체로 결여되어 있었다.

해방 후 그는 일제시대 친일을 속죄하고자 「고백」(『백민』, 1월호)을 발표하고, 『순국혁명가열전』(조선출판사)을 썼다. 그리고 1947년경 입대해 해군정훈감서리로 근무하다 1950년 소령으로 제대했다. 이 무렵 그가 쓴 단편으로는 「고향 찾는 사람들」(『백민』, 1950.2)이 있다. 만주에서 귀향하는 사람들의 이야기를 다룬 것이었지만, 해군에서 노선이 흐릿하다는 이유로 물의를 일으키기도 했다. 소련 병사와의 인간적 교류 운운한 대목과 작가의 분신으로 보이는 주인공 김명수의 사상이 뚜렷하게 드러나지 않고 어쩌면 공산주의자적인 지식인의 체취가 묻어 있는 것이 해군에서 근무하는 그의 지위나 사상과는 맞지 않는 측면이 있었기 때문일 것이다.

김송이 본 마지막 장면은 실종된 맏아들을 찾아 헤매는 이석훈이었다. 맏아들의 모자를 꿰매던 이석훈에게서 김송은 가난한 생활의 파편을 꿰매는 이석훈을 본다. 6.25가 나고 서울대 의대에 다니던 맏아들이 실종되자 그는 그 아들을 찾아 실성한 사람처럼 헤매었다고 한다. 그리고 그 자신도 얼마 안가 납북된다. 한 기록에 의하면, 그는 1950년 7월 9일 종로구 통의동 누님집에 갔다가 인민위원장 박모에게 연행되어 국립도서관 정치보위부에 감금되어 있다가 7월 중(하)순경 서대문형무소(당시는 교화소)로 이감되었다.[220] 그 뒤 기록은 불분명하다. 친일과 납북으로 이어진 이석훈의 자취에 대해서 언론사든 문학사든 거의 주목하지 않았고 그의 이름도 세인들에게서 지워졌다.

　이석훈에게는 문학을 하기 위해 기자가 되겠다는 뚜렷한 명분과 목적이 있었다. 그러나 '장안의 지가를 올리겠다'는 낭만적인 글쓰기의 욕망은 말그대로 '낭만'을 비웃듯이 배반하고 가버리는 가혹한 현실의 논리 앞에서, 혹은 '친일 언론인/문인'이라는 역사의 논리 앞에서 그리고 개인이 감당하기 어려운 실존의 논리 앞에서 처절하게 부서지기 십상인 것이다. 심약하고 현실감 없는 인간형인 이석훈으로서는 생각조차 할 수 없던 '현실의 논리' 아니었겠는가. 그런 점에서 그는 '현대의 기자상'에서는 저만큼 떨어져 있는 인물일 수 있을 것이다. 자신에게 '시만 쓰시오' 말한 김기림에 대한 원한을 투정하듯 풀어놓을 정도로 이석훈의 기자로서의 현실 감각은 그렇게 분명하지 못했다. 김기림만이 이석훈의 그런 유아기적인 그러면서도 소년적인 섬약한 기질을 파악할 수 있었는지 모른다.

8. 김기림, 한설야와 편집국에서 엇갈리듯 문단에서 엇갈리다

『조광』 1938년 10월호에는 '나의 이력서'라는 특집 하에 한설야, 이극로, 김문집, 김진섭 등의 글이 실려 있다. 한설야는 「고난기」라는 제목으로 자신의 삶의 연대기를 간단하게 적고 있다. 한설야 자신이 기록한 이 연대기에 따르면, 일찍이 방랑벽과 반항기를 동시에 가지고 있던 한설야가 만주와 일본에서의 유랑과 같은 학업 생활을 마치고 서울에 입성한 것은 1927년이었다. 그는 프로예맹에 가입하기도 하고

---

220 정진석, 『돌아오지 못한 언론인들』, 대한언론인협회, 2003.

프로잡지 간행에 공을 들이기도 하다가 1928년 함흥으로 귀향한다.[221] 낙향한 뒤 당장 할 일이 없어진 그가 택한 것은 『조선일보』 함흥지국을 경영하는 것이었다. 한설야가 말한 대로 군수였던 아버지가 죽고, 가족이 파산하면서 '먹고살기' 위해서 신문사 지국을 경영한 것이라는 주장은 충분한 이유가 되지 못하는 듯하다. 현실에 절망할 때마다 '토룡(土龍)'처럼 골방에 파묻혀서 독서를 일삼던 그로서는 신문사 지국 경영이 그의 체질이나 성격에 딱 들어맞는 것일 수 있었다.

---

[221] 한설야 카프 시절의 전기적 사실에 대해서는, 김윤식, 『임화연구』, 문학사상사, 1995 참조.

당시 신문사 지국 경영은 김소월, 김억 등을 비롯해 문인들이 할 수 있는 '사업'이었다. 재리에 밝지 못한 김소월 같은 이는 경영에 실패한 뒤 아내와 시정 거리에서 술에 취해 살다 결국은 자살에 이르고 말지만 말이다. 소월은 그때의 경험을 '있을 때에는 몰랐더니/없어지니까 네로구나'라고 뼈아프게 읊고, '만주에나 가 볼까, 광산(금광)에나 가 볼까' 이 억지로 안 되는 '사업'에 가슴을 쳤던 것이다.

되려니 하니 생각/滿洲 갈까? 광산엘 갈까?/되갔나 안 되갔나 어제도 오늘도/이러저러하면 이리저리 되려니 하는 생각(『돈타령』 부분)

김소월의 '현실적 선택'의 좌절에 대해서는 각설하자. 아무튼 1년 정도 함흥에 칩거해 있던 한설야가 다시 서울에 입성한 것은 1931년이다. 『대조』, 『조선지광』 등의 잡지 발간에 관여하던 그는 1933년 『조선일보』에 입사해 학예부 편집을 담당하게 된다. 그러나 1년 뒤 퇴사하고 다시 고향 함흥으로 귀환하게 된다. 한설야와 『조선일보』와의 인연은, 1928년 『조선일보』 함흥지국을 경영한 것과, 1933년 학예부 기자로 근무한 경력, 이 양자가 주(主)인 셈인데 기록상 김기림과의 직접적인 인연을 찾기란 쉽지 않다.

한설야의 『조선일보』 시절에 대한 이야기는 거의 알려진 것이 없다. 다만 그가 특파원으로 용정에 특파돼 발전한 기명기사가 남아 있는 정도이다. 학예면에 많은 글이 실려 있지만 그것이 특별히 학예부 기자의 자격으로 글을 쓴 것 같지는 않다. 『조선일보』에 재직하지 않은 시기인 1927년경부터 1939년까지도 그의 글이 지면에 꾸준히 나타나기 때문이다. 1935년 카프 1차 검거 사건(전주사건)으로 피검되어 있던 시기나, 향리인 함흥에 있던 시기에는 대체로 글을 쓰지 않았던 것 같다. 그 기간을 제외하면 그는 『조선일보』 지면에 꾸준히 글을 발표하고 있다. 그가 기자로 근무하던 1933년 한 해 동안 발표된 글들이 다른 기간에 씌어진 글에 비해 특징적인 점을 보여주는 것은 아니다. 기행, 시평, 창작, 논문 등이 전 기간에 걸쳐 『조선일보』 지면에 고르게 분포되어 있다.

그런데, 한설야와 주변 문우들과의 인연은 함흥으로까지 이어진다. 1936–38년경의 함흥에는 일군의 인물들이 진을 치고 있었다. 영생고보 교사였던 백석의 옆자리를 지키고 있는 것은 '파초의 시인' 김동명이었다. 책방을 경영하던 극작가 김송, 함흥방송국의 이석훈, 함흥농업학교의 조익준이 있었다. 그들을 총괄하고 있던 인물이 바로 한설야였는데, 이 중 이석훈, 백석이 『조선일보』와 연을 맺었던 인물들이다. 그때, 한설야는 함흥의 어두운 거리에서 월급의 많은 액수를 술값으로 날리고 있던 백석을 보았다. 함흥이 자신의 문학의 본향임을 누누이 강조했던 한설야에게 함흥은 물론 태생적인 고향이기도 했지만, 경성(서울)에서의 위기나 상처를 보듬기 위해 귀환해야 할 모성적인 공간이기도 했다. 그러나 정주 태생으로 서울에서 『조선일보』 기자 생활을 하면서 삶의 터전을 일구었고, 경성을 문학적 귀환의 공간으로 인식했던 이석훈, 백석 등에게 함흥은 단지 타향일 뿐이었다. 그런 백석이 얼마 뒤 그 지루하고 권태롭던 생활에 물려서 표연히 함흥 거리를 떠나버렸다고 한설야는 애석해했다.

꿈(낭만)을 지닌 백석이 북국의 '레알'을 죄다 가져갔는지 안가져갔는지는 우리의 소견이 믿지 못하는 바이지만 어쨌든 그 귀여운 '꿈'을 이 북방에 죄다 선사하지 못하고 가버린 것은 사실이다. 아까운 일이다. 흙냄새나고 오줌냄새나고 살냄새나고 魂香이 풍기고 그리해서 구수하고 향긋하고 재치있는 시를 주든 시인 백석이 설사 낭만이 없는 거리가 싫어서 가버린것인지는 몰라도, 이 꿈을 잊은 관북의 소조(蕭條)한 거리로 보면 그가 간 것은 暗夜에 별을 잃은 것같이 서운한 일이다.[222]

라고 한설야답지 않게 감상적인 문장으로 백석을 그렸다. 경성고보(현 경기고)에 입학한 순간부터 퇴학할 방법과 구실을 찾을 정도로 반항기가 있었던 한설야가 그나마 학업을 계속할 수 있었던 것이 '활동사진'이었다. 그의 별명은 '활박'이었다. 그런 한설야였기에 이석훈이 메고 있던 카메라에도 유달리 관심을 가질 수 있었지 않았을까. 앞에서 이석훈의 카메라를 빌려갔다 잃어버린 '한모'가 바로 한설야일 것이라는 추정이 여기서 가능하다. 카메라를 잃은 이석훈이 문학을 하겠다는 청운의 꿈을 품고 함흥을 도망치듯 빠져나올 수 있었던 것에는 혹 이 카메라 분실 사건이 한몫하고 있었는지도 모르는 것이다.

한설야와 『조선일보』와의 인연을 묶는 또 다른 인물은 박헌영이다. 한설야가 경성고보에 입학한 당시 가장 절친했던 친구는 놀랍게도 박헌영이었다. 박헌영과는 청년회관에 같이 영어를 배우러 다니기도 했던 지우로 한설야의 이력서에 실명으로 등장하는 몇 안 되는 인물이다. 박헌영이 『조선일보』 기자를 한 것은 1925년 5월말경이다. 1920년대 중반 『조선일보』는 '사회주의자들의 집단 거주지' 같은 느낌을 주는데, 박헌영, 김단야, 임원근 등 '화요 3인조' 모두 『조선일보』에 둥지를 트고 있었던 것이다.[223] '신간회 지부'라 불릴 정도로 당시 『조선일보』에는 사회주의자 성향의 기자들이 많았다. 한설야 역시 『조선일보』 함남지국 경영을 거쳐 『조

---

222 한설야, 「문단풍토기―함흥편」, 『인문평론』, 1940.5.
223 『조선일보 사람들』, 172-175면.

선일보』 기자가 되었다. 박헌영과는 후일 북한에서 다시 만나게 되는데, 김일성의 오른팔 노릇을 하던 한설야는 박헌영을 제거하는 데 누구보다도 앞장을 서게 된다. 인간사의 아이러니가 아닐 수 없다.

한설야가 『조선일보』에 입사한 당시 남긴 글은 용정에 특파되어 발전한 취재 기사 한 건과 기행 기사가 남아 있다. '특파원' 한설야의 이름으로 남긴 글은 1933년 9월 23일 간도 용정에서 일어난 '팔도구 습격 사건' 취재 기사이다. 이 사건을 취재한 특파원 한설야는 팔도구 사건에 대한 후속 취재를 해 9월 28일 『조선일보』 발전 기사로 내보낸다. 취재문이기보다는 일종의 서사에 가까운 형식, 르뽀에 가깝다. '소설가 한설야'의 흔적이 강하게 느껴지는 취재 기사다.

유격대는 두 대로 나누어 보통학교 운동장에서 장정단(壯丁團)과 경찰을 상대로 하고 격전했는데 공산군측에는 여자대까지 참가하야 그 일부는 아희를 업고 시민 가운데 드러와 정세를 정찰하엿고 소년대는 네 가지 선전삐라를 뿌리면서 일면 격렬한 연설을 하고 있었다. 그리고 수용대(收容隊)는 부상자를 구호하며 격전 오시간 후 나팔을 불며 퇴거하엿다. 팔도구 병원 외 십일호가 전소되고 지금까지도 불이 아직 꺼지지 아니한 곳이 있다.[224]

팔도구 사건은 간도 공산당이 경찰과 장정단(壯丁團)을 상대로 유격활동을 벌인 것으로, 공산군 측에서 여자대와 소년대까지 동원한 대대적인 습격사건이다. '즉사 일명, 납치 오명, 불에 타 죽은 자로 만주인 오명, 조선인 이명, 병원에 입원해 있는 생명이 위독한 자가 삼십사 명에 이르는', 지산과 인명의 손실이 당시로서

---

224 『조선일보』, 1933.9.28.

는 아주 큰 사건이었다. 한설야는 이 기사에서, '여자들은 아이를 업고 시내에 들어와 정세를 살피고 소년대는 삐라를 뿌리고 수용대(收谷隊)는 부상자를 치료하는 등 격전을 벌이고 나팔을 불며 사라졌다'고 서사를 그리듯 당시 상황을 묘사하고 있다. 이 사건으로 팔도구 병원 등 십일 호가 전소되었는데 이 기사를 발전하고 있던 그 시간까지도 불이 꺼지지 않았노라고 한설야는 썼다. 기사 말미에, 공산군들이 퇴각하면서 재습격을 호언하는 통에 팔도구 주변은 극도의 긴장을 띠고 계엄 상황과 다름 없다고 현지 사정을 상세하게 덧붙였다.

한설야는 뒤이어 이 특파 취재를 바탕으로 「북국기행」이라는 연재 기행문을 남긴다. 이 형식은 김기림 등에게도 나타나는 것인데, 특파원으로 현지에서 취재한 기사는 취재 기사로 싣고 그 뒷이야기를 기행문으로 학예면에 싣는 방식이다. 취재의 뒷이야기와 취재하면서 느낀 자신의 감상을 담은 글인데 기사문 성격과 수필의 성격을 동시에 살려내고 있다. 현재 일간지에서 볼 수 있는 '기자 수첩' 성격을 띠기도 하지만, 장문의 연재기로 싣는다는 것과 본격적으로 기자의 글솜씨를 발휘할 수 있다는 점에서는 분명 차이가 있다. 기자이면서 문인인, 바로 이 문인기자들이 지고한 역량을 학예면을 통해 분명하게 드러낼 수 있는 신문문예 장르가 아닌가 생각된다. 그런데 이 장르의 글들에서 무엇보다 흥미로운 것은, 당시 특파 기자들의 일상이 드러나 있다는 점이다. 당시 취재 기동력이 얼마나 뛰어났는가를 알 수 있는 대목이기도 하다.

한설야가 간도 팔도구 사건을 접한 것은 팔도구 사건이 일어난 바로 다음 날 한밤중이었다. 팔도구 사건은 9월 23일 일어났고 한설야가 지급전으로 '간도출발'의 명을 받은 시간은 24일 밤 12시 5분 전이었다. 북행급행열차를 탈 수 있는 여유

■■ 특파원 '한설야' 의 이름으로 발전된 1933년 '팔도구 사건' 취재기사

는 겨우 45분이었다. 아마 간도로 가는 기차는 자정 지난 12시 40분경에 있었던 모양이다. 이 시간 동안 기자 '뽄새' 가 나도록 성장을 하고 여행 가방과 취재 수첩을 챙기는 것은 물론이고 집에 와 있던 친구까지 쫓아내듯 작별인사를 해야 할 형편이다. 카프 사건으로 출옥한 듯 보이는 지우, 김우(아마 김남천이 아닌가)와 石康 양 친구와 한담을 하고 있던 한설야는 양복을 채 추스를 겨를도 없이 양 친구를 방에 남겨두고 역을 향해 달려나갔다. 그의 손에는 다 떨어진 가죽가방이 들려 있었다. 예나 지금이나 취재 기자의 일상은 별로 다르지 않은 므양이다. 한설야는 '아무리 사무가 급박하더라도 바람을 잡아먹고 날개 돋혀 날아다닐 수 없는 것이니 맨주먹으

로 나설 수는 없는 터이었다'고 쓴다. 택시를 급하게 내려 그는 겨우 기차에 몸을 실을 수 있었다. 그러나 아차, 너무나 서둘렀던 탓인지 한설야가 놓고 나온 것이 있었다. 바로 '명함'과 '신문전보발신증표'였다. 후자는 신문기사 발전에 쓰이는 것일 터이다. '명함'은 당시에도 이름값을 톡톡히 하는 물건이었다. 무턱대고 총검을 들이미는 만주 군인들의 경계를 무사히 뚫고 나오는데 명함은 긴요하게 쓰였던 것이다. 원칙론자인 한설야는 '명함'으로 경계진을 통과하는 것이 조금 꺼려진 듯 신문 기자 명함을 내미는 것을 '末梢的 관심'이라고 표현했다.

겨우 땀을 씻고 숨을 추스린 한설야는 자신의 기억에 '쥐꼬리만치 남은' 중국 말을 중얼거려보기도 하고 수첩에 적어보기도 하였다. 한설야는 이미 1920년경 북경 '익지 영문학교'를 다닌 경험이 있어 중국어가 어느 정도 가능했던 것이다. 팔도구 사건에 대한 기자로서의 관심과 현지 사정에 대한 불안 등으로 뒤척거리던 한설야는 잠을 이루지 못했다. 날이 밝았을 때 기차는 이미 국경 가까이에 와 있었다. 두만강 건너 백만의 조선 민족들의 참상이 눈에 그려졌다. 아버지의 죽음 이후 집안의 몰락으로 가족 전체가 파산하자 가족 모두 만주 푸순[撫順]으로 이주해 탄광 등지에서 노동자 생활을 했던 한설야에게 지난 시절이 떠올랐다. 영화와 명리를 탐하고 고토를 떠난 것이 아니었기에 만주 이민들의 삶은 실로 언어를 절한 정도의 비참과 쓰라림이 있었다. 한설야는 만주에서 '폭포처럼 인간의 무리가 떨어져 가는' 자신의 경험을 바탕으로 「인조폭포」(조선지광, 1928.2)라는 소설을 남기기도 했던 것이다. 기자로서 다시 찾은 국경의 풍경을 보던 그는 갑자기 오늘이 '간도대공판일'임을 환기한다.

한설야가 국경을 통과하던 9월 25일은 '조선공판사상' 처음 있는 '간도공대공판일'이었다. '간도대공판'이란, 1930년 5월 30일 간도에서 일어난 폭동 사건으로 264명의 피고가 검거된 지 삼 년 만에 경성지방법원에서 심판을 받게 된 것으로 이는 조선 초유의 공판사건으로 기록되어 있다. 『조선일보』는 이날 '간도대공판'을 다루면서 석간에서 '드듸여 그날은 오다', '거사는 이역 간도 심판은 고토경성'이라는 제목을 달았다.

1930년 5.30 간도폭동이 일어났을 때 한설야는 바로 그 역사의 현장에 있었다. 그런데 그 당시 서울에서 특파기자로 그 현장에 달려간 사람은 1930년 4월 20일 신문사에 첫출근해 병아리 기자를 하던 김기림이었다. 김기림은 공채 입사를 하고 (4월 20일) 경성(서울)에서 이 사건을 접한 뒤 특파기자로 간도에 특파된다. 한설야와는 달리 문명(文名)이 없었던 김기림이었기에 그들이 간도에서 취재원과 기자로 만날 계기는 별로 없었을 것이다. 김기림은 이 사건의 뒷얘기를 담은 「간도기행」을 뒤에 남기게 된다. 간도폭동을 겪은 한설야였기에 그의 기억 속에서 이 사건은 너무나 리얼하게 과거의 시간을 현재로 끌어내렸다. 그 생생함은 현실감을 넘어 '공포의 환터지'처럼 과거의 기억과 현실을 분간할 수 없게 버무려놓았다. 당시 '5ㆍ30 폭동' 사건을 현장에서 겪었던 한설야는 도망치듯 국경을 빠져나왔었다. 그런데, 그가 다시 국경을 밟은 오늘은 바로 그가 도망치듯 빠져나온 '간도폭동'의 공판일인 것이다. 묘한 우연이라는 생각을 했던 것이다. 한설야가 밟고 있는 국경은 조선과 간도를 가르는 공간적 경계선이 아니라 과거와 현재를 잇는 시간의 문턱이 되어 있었던 것이다.

한설야가 이 연재 기행문에서 그린 '간도폭동'은 어떠한가. 그는 간도폭동이 나던 1930년 5월 30일 그때로 돌아가 P를 회상했다. 한설야는 1930년 5월 29일, 용정에 사는 P로부터 값싼 이발을 할 요량으로 소비조합증명서를 빌어 이발을 하고 있었다. 덥수룩한 머리를 채 반도 깎기 전에 길 한 모퉁이에서 고함소리와 어지러운 발자국 소리가 들렸다. 5.30 폭동의 시발이었다. 잠자리조차 없어 5, 6명이 엉겨 붙어 P의 골방에서 잠을 청하던 시절이었다. 그날 밤도 예의 그 P의 골방에서 끼여 자던 한설야는 잠결에 총소리, 馬제소리가 요란하게 거리를 관통하는 소리를 듣는다. 시가전이 벌어진 것이다. 동척, 영사관, 선은지점, 심상소학교에 폭탄이 떨어지고 전등공사가 파쇄되고 기관차에는 휘발유가 뿌려졌다. 한설야의 회상은 여기서 끝나지만, '간도 5.30폭동'은 뒤이어 추수투쟁, 춘황 투쟁 등으로 전개된다. 근대사가(近代史家)들은, 5.30폭동에 이은 연변지방에서의 일련의 폭동을 계기로 중국 동북지방에서의 민족주의 운동은 점차 쇠퇴하고 공산주의 운동이 고양되기 시작한 것으로 '간도폭동'을 평가하고 있다.

'5·30 폭동' 후 고향 땅을 밟기 위해 간도에서 조선으로 돌아오던 경철 위에서 한설야가 본 것은 폭동의 '후폭풍'이었다. 강안을 잇는 다리는 시커멓게 불타 있었고, 잔뜩 겁에 질린 일본 여자들이 경철 안에서 후들후들 떨고 있었다. 세 시간 반이면 조선 땅에 들어올 수 있는 기차가 폭동의 여파로 6시간 이상이 걸렸다. 함흥에 돌아온 한설야는 그 이후로도 계속 간도폭동에 대한 기사나 소문을 듣게 된다. 한설야가 이 연재 기행문에서 소개하는 간도폭동의 후일담은 또 하나 있다. 그가 용정에서 기식을 구하던 앞의 '맹상군 P'가 그해 가을 한설야를 찾아온다. 몹시 초췌해보였다. 그해 봄에 再娶를 했던 P였기에 한설야는 '후처에 상투빠지는 줄 모른다던데, 재미는 어떤가' 하고 농담조로 묻는다. P는 기가 막히듯 혼비백산한 얼굴로 저간의 사정을 말해준다. 장인이 조선인민회 참의였는데, 아내의 오빠는 머리가 반으로 갈려져 죽고, 또 한 친척은 왼쪽 귀가 짤려서 죽고, 아내는 물론 자신의 신변도 너무나 급박해서 태중에 있는 아내조차 버리고 간도를 빠져나왔다는 것이었다. 한설야는 그의 처지가 너무도 딱해 말이 안 나올 지경이었다.

간도 지방에 대한 당시 조선인들의 생활이 어느 정도였는지를 알 수 있는 지표는 많다. 유이민들의 상황을 다루는 기사, 간도 주변에서 일어나는 갖가지 충돌에 대한 기사 및 논설 등이 끊임없이 신문 지면에 실렸다. 간도 5.30 공판 사건에 대해서는 호외를 발간할 정도였다.[225] '간도폭동'을 취재한 김기림의 글이 그 후의 용정 조선인들의 일상을 담담하게 그려낸 것에 비한다면, 한설야의 글은 좀 더 직접적으로 사건의 이면과 사건과 밀접하게 관련된 '후일담'을 보여주고 있다는 점이 특징적이다. 현실주의 소설가인 그의 경력과 분리할 수 없는 문제라고 판단된다.

스스로를 '북국인'으로 호칭한 그의 이력이 말해주듯 한설야는 주로 함경도, 간도 등지의 북국 기행문을 남겼다. 특히 그가 『조선일보』기자 시절 남긴 기행문으로는 「북국 기행」외에도 「국경정조」(1929.6.12), 「장진호」(1939.8.3~26) 등이 있다. 함흥과 한만 국경과 간도 지방에 걸친 지역을 의미하는 '북국'에 대한 관심은, 그의 호가 '설야(雪野)'인 데서도 잘 나타난다. 동향 출신의 『조선일보』기자이면서 작가였던 이선희는 작가 인상기를 쓰면서 한설야를 '북국의 사나희'라고 호칭하고, 그의 인상을 '강철 같은 의지가 정맥의 줄을 따라 푸르게 튀여 나오는 것 같다'고 묘사했다. 의지적이고 원칙론적인 그의 성격이 '나불거리는 건달패'와는 그 품격이 다르다는 것이다. 그러나 한설야에 대한 당대의 일반적인 인물평과는 조금 다르게 한설야 스스로는 자신을 '물과 불의 양면적 성격을 가지고 있는 것'으로 평가한다. 일생을 '얌전'한 단어로 정리할 수 있으리만치 내향적 성격을 지니고 있

---

225 『조선일보』, 1932.12.28.

기도 했지만 그것에 스스로 염증을 느낄 정도로 '얌전' 한 성격으로부터 스스로 선탈(蟬脫)하고 싶어한다는 것이다. 외적인 인상과 내면적인 성향 사이의 미묘한 간극을 꿰뚫었는지, 이선희는 '위대한 야심이 검은 연기를 배앗고 불안과 초조가 날카로운 공작을 계속하고 있을 것 같다' 고 덧붙였다. 일 년 정도 다니던 『조선일보』를 그만둔 원인은 알려져 있지 않다. 다만 한곳에 잘 머물러 있지 못했고, 함흥과 서울을 자주 오르내렸던 그의 이력 등에서 그의 성격과 그의 직업의 불일치에서 오는 갈등을 추측할 수 있을 뿐이다.

그러나 한설야는 현실을 보는 시각만큼은 냉정하고 합리적이고자 했던 것으로 보인다. 현실에 대한 현상적인 판단이 아니라 그것의 생장과 발전을 깊이 있게 보아야 한다는 이른바 '래디컬한 인식' 을 한설야는 줄곧 강조했다. 이것이 기자로서의 삶에 많은 부분 적극적인 역할을 했을 것이며 성격상의 단점을 보충할 수 있었을 것이라는 점은 추측할 수 있다. 용정에 특파되어 취재했던 기사나 기행문이 노동문제, 민족문제와 밀접하게 관련되어 있고, 그 기사의 성격은 그가 추구한 현실주의 문학과 잘 어울릴 수 있었다. 과거 무순(撫順)시절의 만주 체험과 평소 한설야가 가진 현실에 대한 래디컬한 관심이 용정촌으로 가는 특파기자 한설야의 발걸음을 더욱 빠르게 했는지도 모를 일 아닌가.

한설야의 소설적 기반 역시 기자로서 보여준 이념적 성향과 대체로 다르지 않았다. 그가 『조선일보』 기자를 하던 시기에 『조선일보』에 실렸던 「교차선」, 「황혼」들은 노동문제를 예리하게 다루고 있다. 한설야 소설 가운데 「황혼」은 문학사적으로 의미 있는 평가를 받는 작품이다. 카프 제2차 검거사건으로 투옥되었던 한설야가 감옥에서 나온 직후인 1936년, 『조선일보』에 연재한 것이다. 한설야는 이 소설에서 소박한 성격을 지녔지만 의지적인 여성 노동자 여순과, 사회주의 사상을 가졌지만 안락한 부르주아의 생활에 젖어드는 지식인 경재를 형상화하고 있다. 자본가 계급의 아들인 경재는 부르주아로, 빈농의 딸인 여순은 프롤레타리아로 각각 돌아가는 과정이 그려져 있다는 점이, 이념이 계급의 문제를 극복할 수 없음을 암시한 것이 아닌가 하는 평가를 받기도 한다. 카프의 해산과 카프 맹원들의 검거로 사회주의 운동의 쇠퇴와 함께 이념의 신념이 와해되고 있는 1930년대 중반기의 상황을 보여준다는 것이다.

한설야는 그 뒤에도 만주나 연경 등 중국 등지를 여행했던 것으로 보인다. 『조광』 1940년 8월호에 「연경의 여름」을 싣고 있다. '북국인' 한설야는 함흥에서 해방을 맞는다. 그런 한설야를 '글쟁이' 보다는 '정치인' 으로 부른 것은 김일성이었다. 스스로 귀향해 있던 한설야였지만, 결국 그를 '월북 작가' 로 만든 것은 현실과 이념의 힘이었다. 신변 이야기를 담은 수필을 거의 남기지 않았던 그였기에 『조선일보』 재직 시의 회고 또한 거의 찾을 수 없고 김기림과의 신문사 시절의 관계 또한 분명하게 남아 있지 않다. 분명한 것은 간도 지역의 유사한 사건을 특파원의 자격으로 취재해 기사를 남겼음에도 뚜렷한 차이를 보여준다는 것이다. 이것이 1983년대 문단의 분위기와 경향을 암시하고 있는 것이 아닐까 한다. '분단' 이라는 역사적 현실 또한 한설야에 대한 기록의 많은 부분을 지워버린다. 신문기자로도 활동했고, 신문사 지국 경영 경험도 있으며, 잡지 『신계단』을 편집했던 그로서는 인쇄 매체에는 아주 익숙한 경지에 있었을 것이다. 그래서인지, 함흥 출신들은 한설야가 한때 함흥에서 신문을 발간했다는 증언을 하기도 한다.

9. 김기림, 이상 그리고 박태원, 르네 끌레르 영화의 마니아들

1936년 4월 김기림은 『조선일보』를 잠시 휴직하고 동북제대 영문학부에 입학한다. 『조선일보』 사내에서 늘상 책을 끼고 다니는 기자 중 한 명이었다는 김기림이 항상 지적 갈증에 시달렸던 것은 추정가능하다. 당시 동경은 지식의 최대치가 실현되는 곳으로 인식되었다. 1936년 김기림도, 이상도 앞서거니 뒤서거니 하면서 동경을 찾는다. 일제말기까지 동경은 동양에 있어 서양 문화의 수입 창구였고, 동경의 학술계는 조선 학술계와 사상계의 지도적 역할을 하는 곳으로 인식되고 있었다. 학비의 일부는 계초 방응모가 내놓았던 것으로 알려져 있다.[226] 김기림은 동북제대에서 1939년까지 공부를 하고 서울로 재입성한다. 김기림의 나이 32세 되던 해였다. 보성전문과 연희전문에서 교수로 초빙하기도 했지만 신문기자의 연을 끊을 수 없었던지, 아니면 학비를 대준 계초의 은혜를 저버리지 못했음인지, 김기림은 『조선일보』에 복직해 얼마 뒤 학예부장이 된다. 학문 연구나 문학자로서의 정체성보다 신문 기자로서의 정체성을 김기림은 분명 가지고 있었던 것으로 보인다. 해방공간에서도 김기림은 언론인으로서 계속 활동했던 것도 확인된다.

1937년 동경에서 이상이 죽고, 동북제대에서 유학하던 김기림은 1939년 조선으로 돌아온다. 『여성』 1939년 5월호에는 문우 박태원이 김기림의 귀경을 소리 높여 축하하는 모습이 실려 있다.[227] 박태원이 김기림에게 한 첫 질문은 '아무래도 아직 술을 못 배웠소' 였다. 술과 연애가 당시 문인들 혹은 기자들의 특허품인 것처럼, 그것이 일종의 기자들의 생리학으로 이해되던 시절이었던 것을 생각하면 술을 입에도 대지 않은 김기림은 '천연 기념물' 적인 존재였던 것이다. 「鐵路沿線」은 김기림이 1935년 12월호와 1936년 1월호 『조광』에 실은 소설인데, 이상도 이 작품을 좋

---

226 김학동, 『김기림 평전』 참조.
227 박태원, 「느티나무 아래-김기림 형에게」, 『여성』, 1939.5.

게 보았던 모양이다. 박태원은 김기림의 이 작품 뒤로 창작 활동이 뜸한 것을 지적하면서 아무래도 술을 배우지 못한 데 그 원인이 있음을 지적하였다. 박태원 왈, '우리 술 좀 같이 자시고 누구 꺼릴 것 없이 죽은 이상이의 욕이나 한바탕 합시다.' 이에 김기림이 답변한다.

꿈 얘기를 써보낸 긴 편지 읽었소. 소설가의 꿈이란 왜 그리 지저분하오? 茶집이나 나오고 화신 상회가 나오고 전차가 나오고—따님이 퍽 컸겠소. 편지에 따님이 찍어 놓은 붓작난자최를 보면 암만해도 당신보다 앞으로 글씨를 더 잘 쓸 것 같소. 봄이 오니까 형도 '제비'가 그리우신가보오. 돌아오지 않는 제비의 임자는 얼마나 야속한 사람이겠소? 동경을 지날 때는 머리를 수그리오.[228]

이상을 떠올리면서 김기림과 박태원은 다방 '제비'를 생각한다. 이상은 '제비'의 임자이자, 그들을 묶어주었던 끈이기도 했던 것이다. 앙리 뮈르제의 소설 『라보엠』에 나오는 보헤미안들의 아지트이자 '공동 거주지' 다방 모뮈스 공간처럼 다방 '제비'는 그들이 꿈꾸었던 새롭고 창조적인 예술이 존재하는 인공낙원적 이상향이었던 것이다.

김기림이 기자 일을 마치고 우울한 기분을 달래며 걷던 태평로, 광화문통 같은 산책로와 영화관 거리를 중심으로, 김기림, 박태원, 이상, 구본웅 등의 교유의 흔적이 묻어 있다. 그것은 1930년대 문학사의 거대한 미로를 형성한다. 미로를 들어서면서 우리가 갖는 아리아드네의 실타래는 이들의 내면을 가로지르는 문학과 예술의 아우라, 1930년대의 지적 향취이다. 우리는 그것을 '모더니즘'이라 불렀지만 거

---

[228] 김기림, 「박태원 형에게」, 『여성』, 1939. 5. 77면.

二危篤

李箱

○禁忌

○追求

○沈歿

기에는 좀 더 인간적이고 심리학적인 내면풍경이 자리잡고 있으며, 그것은 또한 고딕 성당의 첨탑처럼 그들 예술가 정신의 꼭지점을 이루고 있다.

김기림과 이상, 박태원 이들이 꿈꾸었던 예술가공동체의 구심점 역할을 한 사람은 이상과 김기림이다. 그들이 꿈꾸었던 문학 예술의 20세기적인 방향성을 구체적으로 보여준 사람이 이상이었다면, 김기림은 이상과 그 중심 인물들을 인간적으로 묶은 인물이라 평가할 수 있다. 그것은 흔히 말하듯 신문 기자로서 문단헤게모니를 김기림이 쥐고 있었기 때문은 아니다. 그것은 본질적으로 그들이 꿈꾸었던 조선 근대 예술의 방향성, 더 좁게는 조선의 근대 문학의 새로운 길찾기와 관련이 있다. 신문사 기자였기에 김기림에게는 그 길의 방향 표지판을 대중에게 제시하는 것이 조금 쉬웠을 것이다. 이들의 예술 이상을 분명하고도 구체적으로 보여준 인물이 바로 이상이었다. 이상에게 김기림은 자신의 정신적 후원자기도 했고, 현실의 여러 문제를 의논할 수 있는 '어른'이기도 했다. 이상을 가장 인간적으로 이해했고, 이상이 가진 예술가적 근원의 가치를 정확하게 이해했던 인물이 김기림이었다. 김기림이 처음 신문 기자로서 학예면에 글을 발표하면서 등단하면서 가졌던 포부는 '새로운 문학을 건설하겠다'는 담대한 것이었다. 김기림은 그 목표의 현실태를 이상에게서 확인하게 되는 것이다.

이상이 경성고공 미술반에서 활동했던 사실은 널리 알려져 있고, 그가 경성고공에 입학한 이유가 미술을 하기 위한 것이었다는 증언도 있다.[229] 이상은 서양 회회사에서 특히 인상파 이후의 화파에 관심을 가졌고, 마티스와 피카소같은 추상파 화가들에 대한 찬사는 절정에 이른다. 베토벤, 슈비르트, 모차르트 등의 음악가 이름도 이상을 회고하는 지인들의 기록이나 그가 쓴 글에서 확인된다. 이상의 예술에 대한 전방위적 감각이나 아방가르드적인 예술 감각은 그의 나이 18세 이전에 이미 형성되어 있었다는 것이다. 미술에서 시작한 그의 예술 취향은 영화, 음악 등의 분야로 확장되었고, 미술에서 문학으로 옮겨간 것은 그의 예술 취향의 정점에 해당하는 것이었다. 이상의 아내였던 변동림은 '이상은 그 시대에 가장 진보적인 교육을 받았다. 건축과 미술과 시를 동시에 습득했다'고 쓰기도 했다.[230]

229 원용석 외, 「이상의 학창시절」, 『그리운 그 이름 이상』, 지식산업사, 2004, 368면.
230 김향안, 「이상에서 창조된 이상」, 위의 책, 183면.

1930년대 문단의 핵심은 바로 이상의 출현에 있었고 이상을 중심으로 문단의 일화가 끊임없이 재생산되었다. 이들 인물들은 당대의 일상과 풍속이 번잡하고 화려하게 펼쳐지는 경성의 거리에서 예술적 몽상을 통해 그 번잡한 일상들을 넘어선다. 황폐한 근대적 소비 문화에 너절해진 일상들을 그들 삶의 한복판에서 밀어내고 그 자리에 그들은 연애와 청춘과 죽음의 환터지로 가득 찬 예술의 품목들을 채웠다. 그들은 교만하고 고집 센 예술가적 자의식으로 가득 찬 '거리의 문학'을 훈장처럼 내세울 수 있었던 것이다. 이들을 묶어주는 것은 1930년대 일상의 문화사적 공간인 다방, 바, 끽다점 같은 '대중 향락 공간'이라기보다는, 이들의 문화 예술사적 감수성과 지적 욕구들을 충족시켜주면서, 문화적 담론의 중심들을 채울 수 있게 한 '예술'에 대한 취미와 정보의 공유이다. 다방 제비나 낙랑팔라 같은 공간은 이들 예술가들 공동체의 정신적 성소이기도 했던 것이다. 그들은 여기서 1930년대 문학 예술의 새로운 세계를 꿈꾸었고, 이를 통해 1930년대의 '불행한 시절'을 넘어서고자 했다. 이상은, 자신들이 속이기의 천재라는 것, 무슨 표정이라도 다 '데폴매숑 (deformation)'일 뿐이라고 자신을 포함한 이들 모더니스트들의 예술적 취향을 20세기 전위예술의 한 조류에 위치시켜 두었는데, 자신들의 예술이야말로 어떤 것으로도 설명하기 어려운 것이며, 이들을 설복할 학설은 그 어디에도 없다고 공언한 바 있다. 이는 몽마르뜨 언덕의 빈궁한 예술가의 무리들이 음악, 미술, 문학, 사진 등의 서로 다른 분야에서 예술적 영감을 나누어 가지면서 추상예술의 심오한 경지를 이루어내었던 20세기 '아방가르드 친구들'을 생각나게 한다.[231] 차이를 지적한다면, 몽마르뜨 예술가들이 집단적으로 20세기 추상예술의 큰 원형질 덩어리를 만들었다면, 1930년대 문단은 '이상'이라는 중심인물을 두고 형성된다는 점이다. 그

---

[231] 만 레이, 『나는 다다다』, 김우룡 역, 미메시스, 2005 참조.

들은 '이상'이라는 성좌를 중심에 두고 전위예술이라는 은하의 축제를 벌였다. 그리고 김기림이 이상의 정신적 후원자 역할을 했다. 이상 사후에 쓴 김기림의 추모 글은 그 누구보다도 이상을 인간적으로 이해했고, 이상 문학의 궁극적이고 중요한 가치를 누구보다도 정확히 꿰뚫고 있는 동업자의 시선을 보여준다.[232]

이상이 쓴 『(소설체로 쓴) 김유정(론)』은, 이상이 김기림을 비롯해 정지용, 박태원 등 그의 지인들, 1930년대 예술가 공동체의 면모를 기록한 글이다. 이상은 실명의 친구들을 원고지 위에 불러내 한바탕 격투하듯 이 위험한 예술가들의 오만한 축제를 기록한다. 우리는 이 같은 형식의 실명소설을 읽은 기억이 있다. 헤밍웨이가 1921–27년 몽마르트 시절을 회고하면서 쓴 실명소설 『움직이는 축제(A Moveable Feast)』에는 스콧 피처제랄드, 제임스 조이스, 에즈라 파운드, 거투르트 스타인 같은 친구들과의 예술혼과 데카당한 파리에서의 삶이 흥미롭고도 진지하게 그려져 있다.[233] 헤밍웨이는, '비록 가난하다 해도 잘살 수 있고 작업할 수 있는 파리 같은 도시에서 작가의 새로운 세계를 발견하고 책 읽을 시간을 가진다는 것은 마치 사람들이 우리에게 보물을 기증하는 것과 같은 것이었다.'고 이 시기의 삶을 그리고 있다.[234] '책을 읽고 작가의 세계를 발견했던 시간' 이 몽마르뜨의 시간이었던 것이다. 이상의 '김유정론'은 간결하면서도 서사적인 에피그람이 있고, 해학적이면서도 깊은 페이소스가 깔려 있다. '동업자들'의 외모와 버릇, 습관들을 손금 보듯 훤하게 꿰뚫고 있는 이상은 정작 자신은 이들의 야밤 술 격투를 전신주 뒤에 서서 관조하듯 바라보면서 한편으로는 애정 가득한 시선으로 한편으로는 내면이 비춰지는 거울에 상처 입은 자처럼 냉소적인 시선으로 킬킬거린다 '이 분들의 일을 적확히 묘파해서 내 비교교유록을 결정적으로 여실히하겠다'는 이상의 '비장한 복안'에 들

---

[232] 김기림, 「고 이상의 추억」, 「이상의 모습과 예술」, 「쥬피타 추방」 등이 이상을 추모, 회고하는 글이다.
[233] 프랑스판 제목은 『Paris est une Fete』이며 본고에서 인용한 한국어판본은 윤은오 역, 『헤밍웨이, 파리에서 보낸 7년』(아테네, 2004)이다.
[234] 헤밍웨이, 위의 책, 182면.

어온 인물은 김기림, 박태원, 정지용, 김유정이다. 실제로 이상의 '비장한 복안'의 낚시줄에 걸려든 인물은 김유정밖에 없었지만, 그러나 『김유정』에는 이미 이들 세 인물들의 초상이 적확하게 묘파되어 있다. 슈베르트가 4악장으로 완결되어야 할 교향곡을 2악장의 '미완성'으로 남겨두면서도 가장 유려한 완성품을 만든 것처럼, 이상은 이 미완의 텍스트에 이미 완결의 마침표를 찍어놓았다. 이상의 '比較交遊錄'은 실은 '秘敎交遊錄'인 것이다.

이상이 경영한 다방 제비, 무기 등에는 이들의 예술적 취향을 알려주는 그림이 걸려 있고, 당대 유행하던 고전음악이 축음기에서 흘러나왔다. 다방 구석진 곳에 앉아서 그들은 당대 최고의 바이올리니스트 엘만의 랄로 협주곡에 귀를 기울였고, 쥘 뤼나르의 해학과 기지에 찬 경구성 문구들에 매혹당한다. 아폴리네르, 장 꼭도 등 초현실주의 문학에 심취했고, 르네 끌레르 같은 환터지 장르의 영화에 열광했다. 그들은 종로나 광화문에서 산책을 하다 영화관에 가서 서양 영화 관람을 하고 영화 얘기를 '안주'로 삼던 영화광이었다. 그들의 다방 순례는 예술적 향연의 시작이자 마무리였으며 그것이 1930년대 문학의 인프라를 단단하게 구축할 수 있었던 '접합제'가 된다. 1930년대 문학의 한 축은 이 같은 예술적 감수성을 바탕으로 형성된 것이다. 마치 19세기 말과 20세기 초 몽마르트를 중심으로 아방가르드 예술가들의 무리가 생겨나고 그들에 의해 20세기 추상주의 예술이 무르익듯 그렇게 우리 문학은 일제시대 최고의 꼭지점을 향하여 달려갔다.

이상이 꿈꾼 낙원의 이미지는 결국 예술가적인 공동체의 삶이 존재하는 곳이라는 다소 낭만주의적인 사고에 근거해 있다. 그러나 뮈르제의 소설에서 보여주는 보헤미안들의 낭만주의적인 풍경에 비해서는 목표지향적인 성격이 짙다. 김기림이나 이상 등 1930년대 문인들은 자신들이 가지고 있던 근대문학과 예술의 실천을 분명한 목표 위에서 시도하고 있었기 때문이다. 이 시기 김기림의 생각은 『오후와 무명작가들』에서 요약적으로 나타나 있다.[235] 화가 K근과의 대화를 요약한 듯 보이는 이 글에서 김기림은, 타성적인 풍경과 권태에 가까운 적막 그러한 전원과 로컬리티를 '아나크로니즘'으로 파악한다. 그리고는 기성예술에 대한 말할 수 없이 큰 불만을 말한다. 일본 유학 뒤 서울에서 기자 생활을 하기 전 시골에 잠깐 머물면서 쓴 듯한 이 글은, 그가 문단불참기에서 밝힌 '의미있는 문학을 하겠다'는 의지와 직접적으로 연결된다. 즉 김기림에게 '의미있는 문학을 하겠다'는 의지는 자신의 꿈을 현실에 실현하는 것이자 도덕의 확충이기도 한 것이다. 이것은 그가 이미 초기부터 그의 문학관이 지식인적 책무와 현실주의적인 시각 속에서 지배되고 있음을 의미하는 것이다.

김기림은 회사일(신문사일)을 마치고 영화 관람을 즐긴 것으로 알려져 있는데, 김기림과 그의 '구인회' 동료들을 묶어준 것 가운데 하나 역시 영화 관람이었다. 특히 프랑스 감독 르네 끌레르에 대한 회고는 이들 대부분의 글에서 확인된다. 그러나 끌레르에 대한 '오마쥬(homage)'가 아니라 이상에 대한 '오마쥬' 형태라는 것이 특징적이다.[236] 이상에 대한 몇 편의 회고글을 남긴 김기림은, 스물네다섯의 이상이 토목기사라는 제도와 관청 지위를 팽개치고 그 대신 음악과 시와 그림을 산, 서투른 흥정을 해버린 시기(1934년) 여름을 회상한다. 이상과 구보와 자신의 대화의 주제는 항상 프랑스 문학, 특히 시에서 시작해 나중에는 르네 클레르의 영화, 단리의 그림에까지 미쳤다는 것이다.[237] '이상은 르네 클레르를 퍽 좋아하는 눈치다'는 언급도 덧붙였다. 조용만과 윤태영 등은, 이상과 같이 르네 끌레르의 영화 「최후의 백만장

---

[235] 김기림, 『전집』 3, 195−197면.
[236] 기존감독의 작품이나 감독의 스타일 모방해서 차용하는 것인데, 존경과 경외의 뜻을 담고 있다.
[237] 김기림, 「이상의 모습과 예술」, 『그리운 그 이름 이상』, 32면.

■■ 김기림, 이상, 박태원 등이 심취했던 프랑스 영화감독, 르네 끌레르(René Clair). 끌레르에 대한 '오마쥬(homage)' 라기 보다는 이상에 대한 '오마쥬' 라는 인상이 짙다.

자」를 봤던 때를 비교적 상세한 기록으로 전하고 있다. 김기림은 '여행'의 정열에 대해 말하면서 르네 끌레르와 이상을 끌어들인다. 정지용, 김기림의 여행벽에 대한 낭만적 감상은 이상의 여행에 대한 경멸적 태도와 어긋나 있다. 김기림은, 인생의 절망으로부터 도망하기 위해 여행으로부터 구원의 혈로를 구한 것은 보들레르라고 하고, 보들레르의 시구를 빌어, 다만 떠나기 위해 여행을 떠나는 진정한 영혼의 모험가들의 후예로 이상을 지적한다. 이상은 한 계절 떠나기 위해 떠나는 계절조의 날개를 꿈꾼 것은 아니며, 천공을 마음대로 날아다니는 새 인류의 종족을 꿈꾸었다는 것이다.[238] 이상이 1936년에 발표한 「날개」를 염두에 두고, 이상이 지향했던 예술을 아날로지한 김기림은 르네 끌레르(1898–1981)의 영화에서 '여행'의 유목주의적 세계관을 탐색한다.

김기림은 「유령 서쪽으로 가다」가 자유를 찾기 위해 길을 떠난 후예들에 대한 이야기로 파악한다. 르네 끌레르의 '유령'은 서구인들의 유행을 따라 서편으로 갔

---

238 김기림, 「전집」 5, 173면.

는데, 거기서 자기들 손으로 새로운 질서를 만들었다는 것이다. 르네 끌레르 영화의 문법 자체가 갖는 실험적이고 유목적인 성격을 논할 수 있겠지만, 김기림은 여기서 다만 르네 끌레르와 이상의 예술적 지향이 갖는 공통점을 희미하게 밝혀놓고 있다. 그러나 정작 이상은 도동하기 직전인 1936년 10월 초에 쓴 김기림에게 보낸 편지에서 「유령 서쪽으로 가다」는 「홍길동전」과 함께 영화 사상 굴지의 가장 가치 없는 것'이라는 혹평을 한다. 그리고 이상은 당시 유행했던 문인들의 여행벽을 냉소적으로 비난한다.[239] 이상은 이미 1934년 제작된 르네 끌레르의 영화, 「최후의 억만장자」를 박태원의 주머니를 털어 같이 본 적이 있다.[240] 1935년에 개봉될 르네 끌레르의 영화 「유령 서쪽으로 가다」도 그들의 영화관람 목록에 이미 올라가 있었다.

이상이 르네 끌레르에 심취한 것은 줄거리나 스토리 라인의 특이성에 있다기보다는 그 형식적 기법과 실험 정신에 있었다고 판단된다. 르네 끌레르는 환터지 코메디의 대가로 초현실주의와 표현주의의 영화적 실험을 선구적으로 이루었던 인물이다. 르네 끌레르는 1930년대 들어 비교적 빈번하게 신문 잡지에 소개되고 있다. 르네 끌레의 영화는 환터지와 희극, 아이러니와 위트를 복합적으로 결합시키고, 환상과 현실을 교묘히 병치시키는 실험적인 방법을 취하고 있다. 끌레르의 '영화적 장난'은 이상 문학의 '장난', 유희적 성격이나 김기림이 말한 '피에로의 독백'이라는 말과 비슷한 맥락을 가지고 있다. 실험과 모험의 기법은 아방가르드적인 그들 예술의 자유 문법을 지칭하고 있는 것이다. 실제 그들은 스스로의 행색을 '곡마단'에 비유하기도 했고,[241] 이승만이 「풍류세시기」에서 보여준 '구본웅과 이상의 모습' 또한 이들을 '곡마단'의 존재감으로 드러낸 수작이다.[242]

김기림이나 이상이 심취한 르네 끌레르 영화의 기법은 결국 '피에로적인 것'에

---

[239] 세상 사람들이 다 제각기의 흥분, 도취에서 사는 판이니까 타인의 용연」은 불허하나 봅니다. 즉 연애, 여행, 시, 횡재, 명예――이렇게 제것만이 세상에 제일인줄들 아나봅디다. 이상, 「정본 이상문학 전집 3, 수필」, 김주현 엮음, 소명출판, 2005, 245면.
[240] 조용만, 「이상시대, 젊은 예술가들의 초상」, 「그리운 그 이름 이상」, 304~305면.
[241] 조용만, 앞의 글, 311~313면.
[242] 기은경, 「1920, 30년대 한국 근대 미술과 문학의 교류상에 관한 연구」, 홍익대 대학원 석사논문, 1998, 44면.

■■ 김기림을 비롯 이상, 박태원 등이 심취했던 영화 감독 르네 끌레르를 소개한 당시 신문기사

있다. 환타지와 코메디와 동화가 뒤섞이고, 영상과 소리가 혼합돼 있고, 극중 극 형식의 오페라와 뮤지컬이 혼동돼 있는 카오스적인 구성이 끌레르 영화의 특징이다. 끌레르의 공적 가운데 중요한 것은 음향의 리얼리즘적 효과에 대한 거부에서 찾을 수 있다. 초기 유성영화 시대의 영화 감독들은 표현주의 음악을 선호했다. 표현주

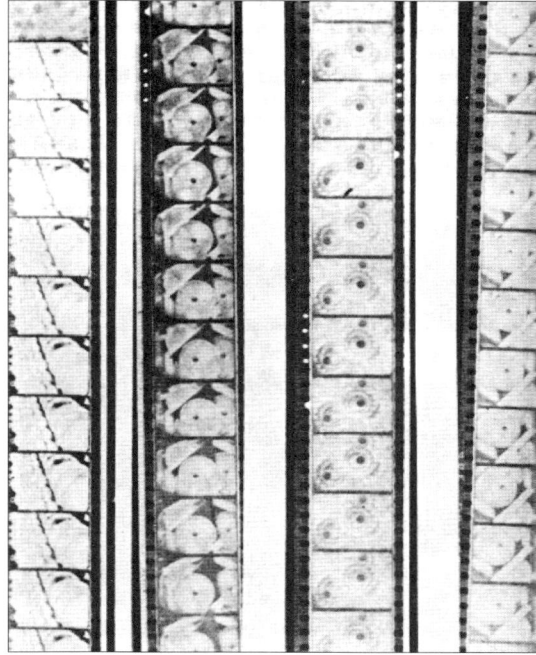

■■ 초기 다다이즘 영화의 시초로 알려진 페르낭 레제의 「발레의 기교」. 도자기, 접시, 기계의 기어 같은 것들을 애니메이션 화해서 동적인 운동감과 생명력을 창출해내었다. 김기림의 시론에도 언급돼 있다.

의 음향은 영상과 분리되어 독립적으로 존재하거나 영상의 의미와는 완전히 분리되었다.[243] 르네 끌레르는 사실주의적인 음향 사용을 반대하면서 음향 또한 영상만큼이나 편집될 수 있다고 믿었다. 음향은 쇼트를 대신할 수 있을 정도로 영상과는 독립적으로 존재할 수 있다고 믿은 그는, 예컨대 문닫는 동작을 보여주지 않아도 소리 자체만으로도 그 의미는 충분히 달성된다는 것이다. 따라서 동시녹음은 필수적인 것이 아니었다. 많은 장면들이 음향 없이 촬영되었고, 몽타쥬 장면들이 위트

---

[243] L. 쟈네티, 김진해 역, 『영화의 이해』, 현암사, 1996, 176면.

와 재기 넘치게 병치되면서 그에 따라 음악이 더빙되었다.

대부분의 아이러니스트들처럼 끌레르의 주특기는 예상과 실재 사이의 대비뿐 아니라 보는 것과 듣는 것 사이의 대비를 보여주는 것이다.**244** 「간주곡」(Entr'acte, 1924)은 페르난드 레제Fernande Leger의 「발레의 기교 Ballet Mecanique」와 함께 영화사상 다다이즘 영화의 걸작으로 알려져 있다. 끌레르의 영화는 맥 세네트의 추적 영화들에서 영감을 받았는데, 그 영화의 대본은 다다이스트 시인이자 이론가인 프란시스 피카비아 Francis Picabia에 의해 씌어졌다. 장례식이 사건의 장관과 엄숙함을 강조하면서 느린 속도로 거행된다. 그러나 갑자기 관이 없어지고, 일련의 위엄 있는 부유한 신사들이 성을 내며 담배를 뻐끔뻐끔 피우는 시퀀스가 빠른 속도로 추적된다.**245** 이 같은 추적 신은 끌레르의 「백만」(Le Million, 1931)에서도 나타난다. 가난한 예술가 미쉘Michel이 복권에 당첨되지만 복권이 든 자켓을 여자 친구인 Beatrice의 집에 두고 오면서 벌어지는 해프닝을 담은 것이다. 복권이 든 자켓이 도둑과 성악가 등에게로 전해지면서 그 복권을 찾기 위한 추적이 연이어 벌어진다. 이 과정에서 르네 끌레르는 소리, 대화, 음악의 거대한 혼동과 오페라, 발레, 뮤지컬 등의 복합적인 공연 예술을 삽입시킨다. 르네 끌레르는 영상과 소리를 리얼하게 결합시키는 방법을 선택하는 대신 대위법적으로 구성하는 당시로서는 혁신적인 방법을 선택한다. 같은 스튜디오를 쓰면서 티켓과 사랑을 두고 경쟁을 벌이는 미쉘과 프로스트의 생각과 양심은 그들 스스로의 대화나 행동을 통해 표현되기보다는 상인들이 부르는 노래를 통해 표현되는 식이다. 영화에서 소리와 사운드 트랙의 혁명적이고 모험적인 시도를 한 것으로 평가되는 이 영화는 후일 채플린의 『모던 타임즈』(1936)에 영향을 줄 정도로 그 선구자적인 업적이 평가된다. 르네 끌레르 영화에

---

244 Celia McGerr, 『*Rene Clair*』, Boston,G.K. Hall, 1980. 쟈네티, 『영화의 이해』에서 재인용
245 L.쟈네티, 앞의 책, 394면.

서 시도된 멀티 아트적인 콘텐츠 구성은 장 꼭또나 피카소 등이 가졌던 전방위 예술에 대한 관심과 상통한다 하겠다. 보헤미안적인 예술가의 생활을 다룬 점, 음악, 미술 등의 장르 결합과 아방가르드적인 형식, 반리얼리즘적인 화면 배치, 위트와 아이러니와 우연성이 결합된 웃음의 미학 등도 이상의 기호와 닮아 있다. 복권을 위해 한 무리의 군중들이 질주하듯 달려가는 장면이나 우연적인 것들의 방해에 의해 복권을 손에 넣는 시간이 계속 지체되는 것은, 즉각적인 욕망의 충족과 낭만적인 사랑의 실현을 방해하고 극의 결말을 지연시킨다. 이상의 시 「오감도」 연작의 질주 신, 막혀도 좋고 뚫려도 좋은 골목길의 열린 시적 결말같은 것들이 연상된다. 김기림, 박태원 등에게 인상적인 시로 남아 있는 「운동」, 「AU MGASIN DE NOUVEAUTES」 등의 백화점 연작시에 공통적으로 드러나는 것은 바로 '우로보로스 뱀'의 형상과 같은 반복과[246] 우연성의 결합에 의한 다다적인 분위기다. 이 같은 형식은 르네 끌레르의 영화적 문법을 상기시킨다. 김기림은 이상을 두고 '르네 끌레르를 퍽 좋아하는 눈치다'는 투로 완곡하게 표현하고 있다.[247] 하지만 끌레르의 영화는 당시 이상의 예술적 충동을 어떤 다른 매체보다도 자극했다고 판단된다. 그가 『영화시대』라는 잡지에 영화소설 「白兵」을 연재하게 된 계기도 르네 끌레르의 영화에 대한 깊은 관심과 분리할 수 없을 듯하다.[248] 끌레르에게서 주목되는 또 하나는 다양한 예술가들과의 공동작업이다. 그는 초현실주의 시인이자 화가인 피카비아와는 앞의 「간주곡」에서 공동 연출한 이후, 다시 「물랑 루즈의 유령」(The Phantom of the mouling Rouge, 1925)에서 같이 작업을 하게 되는데, 이때는 현대음악가 에릭 사티도 함께했다. 이 같은 공동작업은 미래파 이후 다다나 초현실주의자들의 멀티아트적인 감각을 담은 것이다. 이것은 「백만」에서 보여준 보헤미안적

---

246 박현수, 「이상의 아방가르드 시학과 백화점의 문화기호학」, 『이상 문학 연구의 새로운 지평』, 2006, 155면.
247 김기림, 「이상의 모습과 예술」, 『그리운 그 이름 이상』, 32면.
248 이 서신에서 그는 끌레르의 영화를 혹평하면서 바로 다음에 『영화시대』에 「백병」을 연재하게 된 소식을 전하고 있다.

인 예술 공동체의 삶의 영화적 버전이자 재현이라고 할 수 있다. 거의 같은 시기에 베를린에서도 일군의 예술가들이 영화에서의 추상성을 실험한다. 이들 중 가장 잘 알려진 한스 리히터 Hans Richter는 그가 절대영화 absolute film라고 부른 것을 내세웠는데, 이 절대영화는 현실적인 내용이 아닌 순수형식들로 구성되었다. 그의 동료인 바이킹 에겔링 Viking Eggeling, 오스커 피싱거 Oskar Fischinger와 함께, 리히터는 영화의 본질적인 친화력은 문학이나 연극이 아니라 추상미술, 음악에 있다고 주장하였다. 그들의 영화는 추상적인 형상들, 구성들, 유형들을 만화경과도 같이 변하는 형식적 관계들 속에 율동적으로 안무해 넣었다. 그런 영화의 제목들은 종종 음악적이었고 상당히 중립적이었다. 즉 리히터의 「율동 21 Rhythmus 21」과 에겔링의 「심포니 다이나고날 Symphonie Diagonale」은, 전위운동 내에서 추상영화의 오랜 전통의 시초 중의 하나였다.[249] 환상과 추상의 장면과 해학과 기지의 비판으로 채색된 르네 끌레르의 영화적 서정은, 이상의 예술적 감각을 자극시키기에 충분했던 것이다. '신을 믿지 못하게 하는데도, 서쪽으로 가서 새로운 질서를 만들었다'는 김기림의 이 영화에 대한 평가 역시 '새로운 질서'를 만들어내는 전위파들의 영화 문법을 적극적으로 이해한 데서 비롯되었다. 이는 김기림, 이상, 구본웅 등이 인상주의, 입체파, 야수파 등 서양 추상 예술의 흐름에 깊은 관심을 보인 것과 분리될 수 없다.

퇴폐적인 예술일수록 원시적 욕구는 더욱 강렬하였다. 포비스트에게 있어서는 원시는 예술 자체였으며 따라서 예술의 전규범이었다. 더 한층 단순에로 향하려고 하는 욕망이 시 속에 나타난 것은 심볼리스트나 파르닛샨의 벨사이유 궁전과 같은 풍

[249] L. 쟈네티, 앞의 책, 394~395면.

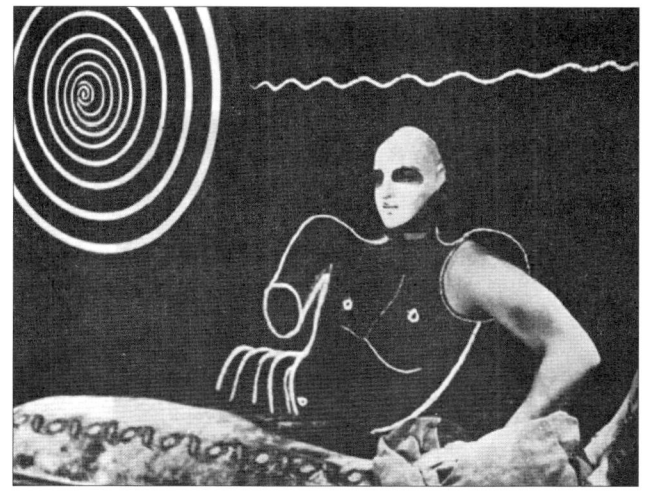

만하고 굉장한 시에 불만을 느꼈을 때부터다. 이미지스트(寫像派)의 간결한 시라든
지 미래파의 표현의 최소한의 도달한 의음시에 이르러서는 단순한 동경은 발병이
되고 말았다. 일견 불가해의 비난을 면치 못하는 극단의 단순 속에서도 예민해진
감수성을 가진 현대의 독자는 많은 암시를 받았을 것이다. 단순(Simplification)과
암시(Suggestion)는 원시성의 두 개의 S다. 그리하여 우리는 현대의 화가 가운데 원
색을 애완하는 벽을 가진 사람을 많이 발견한다. 그리고 루−즈한 조야한 감촉을 또
한 현대인이 굳세게 바라는 것이다. 조야는 力의 상태다. 그것은 또한 건강의 발로
다. 완성된 균제라고 하는 것은 다수한 역(力)의 相殺(中和) 상태다.[250]

[250] 편석촌, 「수첩 속에서−현대 예술의 원시에 대한 욕구」, 『조선일보』, 1933.8.9.

    김기림의 단순성과 암시에 대한 김기림의 생각은 『오전의 시론』을 포함 그의 시론 전반의 일관된 논조이다. 반감상주의와 탈로맨티시즘의 연장선상에서 그는 원시성, 생명성, 풍자, 순진성 등을 주장하는데, 이는 그가 미래주의에 기울인 관심과 정확히 일치한다. 조야하고 단순한 형상에서 김기림은 힘을 발견한다. 이는 미래주의적인 세계관으로부터 비롯된다. 큐비즘의 주관주의적이고 데폴메이션적인 형식은 이상과 구본웅의 그림에서도 동일하게 목격되는 것이다. 마티스의 경우, 알제리, 모로코 등 아프리카 여행을 하면서 가면이나 조각 같은 원시적 형상에 관심을 기울인 이후 그의 화풍에 분명한 변화가 오는데, 피카소 또한 이 시기에 마티스의 '아프리카적인 것'에 공감한다.[251] 알제리 경험을 바탕으로 그려진 「푸른 나부: 비스크라의 추억」의 여인의 누드 형상은 「소설가 구보 씨의 일일」에 이상이 그린 소묘를 연상시킨다. 옆으로 비스듬히 누운 포즈와 구상적 형태를 무너뜨리고 과감하게 세부 묘사를 생략한 붓터치 라든가 풍만한 가슴과 둔부 같은 부분 묘사가 특히 그러하다. 구본웅의 그림 또한 마티스나 피카소의 강력한 영향이 입증되고 있다. 이상의 서구 아방가르드적인 회화에 대한 관심은 경성고공 입학 시점에 이미 형성된 것인데, '구상성'의 해체는 '덜된 말'에 대한 심취나 허물어지는 선율에 대한 탐닉과 동일한 선상에 있는 것이었다.

    일상적 삶과 관습을 '데폴매숑'함으로써 그들은 현실에서의 결핍된 욕망을 보정하는 몽상가들이었다.[252] 일상의 관습과 질서를 데폴매숑(해체)할 수 있는 것은 예술만이 가능했으며, 그 점에서 그들은 스스로 '데폴매숑의 영웅'이 되기를 원했다. 그 데폴메이션을 정치적으로 뒷받침해준 것은 김기림의 기자로서의 탁월한 능력이었다. 그는 이상과 그의 친구들을 저널리즘의 품 안에서 그렇게 키웠다.

---

251 제임스 모건, 권민정 옮김, 『마티스와 함께 한 1년』, 터치아트, 2006, 272~273면.
252 프로이트, 정장진 옮김, 「작가와 몽상」, 『예술, 문학, 정신분석』, 열린책들, 2003, 141~157면.

■■ 마티스의 「푸른나부:비스크라의 추억」.

■■ 이상이 「소설가 구보 씨의 일일」에 그린 삽화(1934. 8. 20).

　　당시 경성 시내 유명 건물에는 이른바 '공중 시계'가 있었다. 시계가 귀했던 당시에 '공중시계'의 역할을 상상하기란 어렵지 않다. 사람들이 전차를 타고 다니면서 한 중요한 일 중의 하나도 차창으로 큰 건물에 걸린 공중시계를 보고 시간을 알아보는 것이었다. 시계를 가진 사람들은 자기 시계의 시간과 맞춰보기도 했다. 당시 유명한 공중시계가 있던 곳은 종로통의 화신 백화점, 남대문통의 본정 우편국,

광화문통의 부민관, 경성역, 안국동 북성당 서점 등이었다. 화신백화점 시계는 전기 시계여서 장안의 명물이기도 했다. 당시 이태준, 김안서, 김광섭 등이 본 공중 시계들이 바로 위에서 언급한 건물에 있는 시계이다. 북부에 사는 사람들이 그나마 시계를 보려면 경성 본정이나 나와야 했을 정도로 시계가 귀하던 시절이었다. 『여성』지 1940년 6월호가 '선생이 가지신 시계는' 이라는 설문을 실을 정도로 시계는 귀한 물건이었던 셈이다. 그런데 이 설문의 세 번째 항인 '거리에서 특히 유의해 보시는 공중시계는 어디것입니까' 라는 질문에 화가 구본웅은 경성 역의 시계와 중앙 우편국의 시계와 함께 '조선일보사' 시계를 들고 있다. 이상 또한 김기림을 만나러 혹은 창문사 업무로 신문사를 들락거리며 그들의 시간을 재었을 것이다. 1930년대의 일상적인 삶은 급박하게 변하고 있었고, 신문 기자였던 김기림 외에 이상, 박태원 등 이들 글쟁이들은 딱히 다른 생계의 길을 찾기가 어려웠다. 혹은 이상처럼 스스로 생계를 박차고 나와 보헤미안처럼 경성 시내를 배회할 뿐이었다.

『조선일보』 출판부에서 나오던 『조광』, 『여성』 등을 창문사에서 인쇄하던 시절이 있었다. 1936년경 창문사는 『여성』과 『조광』 인쇄를 담당하고 있었다. 간기를 보면 『조광』 1936년 5월, 6월, 『여성』 1936년 4월호에서 8월호가 창문사에서 인쇄된 것을 확인할 수 있다. 창문사는 화가 구본웅의 아버지가 경영하던 곳이었다. 구본웅은 인쇄일로 조선일보사를 자주 드나들었는지 모르겠다. 『여성』 1940년 10월호 편집후기에는 창문사 타도의 '구호' 가 실려 있다. 인쇄 일정이 늦어져 책을 제때에 발간하지 못한 것을 책망하는 내용이다.

이번 호는 15일께 꼭 내놓으리라 하고 모진 악을 쓰고 덤볐으되 또 이렇게 늦고 보니 할 말이 없다. 머리를 쥐어뜯어도 시원찮고 비듬만 흰눈처럼 날린다. 실정을 말한다면 죄는 인쇄소에 있으니 지애독자제위는 견화로 투서로 매로 응징을 실컷 하기 바란다. 편집자 이제 막 이번 호 최종의 비문명적 투쟁을 한회 하고 났다. 또 한 번 「타매 창문사 만 만디!」

1930년대 신문 학예면과 잡지 등 저널리즘의 환경을 둘러싸고 일어난 일화 중 또 하나 떠올려지는 것이 있다. 이상이 다방 '제비'를 그만두고 창문사 일을 보면서 『조선일보』출판부에 드나들었고 김기림이 동북제대로 유학 가기 전에는 김기림을 만나러 『조선일보』를 드나들었을 것이다. 이 시절의 이상을 추억하면서 박태원은 『여성』 1939년 5월호에 「이상의 비련」이라는 제목으로 글을 쓴다. 그는 자신의 소설 「애욕」에서 이상을 모델로 '하융'이라는 인물을 그려내기도 했다. 「이상의 비련」에서 이상은 대담한 '애욕의 화신'이기보다는 기이한 성격을 가지기는 했지만 아주 소심한 인간성을 가진 인물로 그려진다. 마르고 키 큰 몸매에 어지러운 머리털과 面毛를 게을리 한 얼굴에 잡초와 같이 무성한 수염이며, 심심하면 손을 들어 맹렬한 형세로 콧털을 뽑는 버릇까지 이상은 평범한 인간이기를 이미 포기한 듯 사람들에게는 인식되었다. 이상은 불결한 손으로 눈을 비벼 눈꼽을 떨고 하품을 하기도 하고 곧잘 독특한 화술을 弄하여 사람을 웃기는 재주도 있었다. 때 묻은 코르덴 양복에 헤진 셔츠, 세수는 사흘에 한 번 할까 말까 한 모양새로 『조선일보』출판부에 드나들었던 것이다. 불결하기 그지없는 이상이었지만 그 불결함과 비상식적인 행동이 여성들의 모성애와 호기심을 자극했던 모양이다. 박태원은 이때 이상에게 연서를 쓴 여성이 있었다고 넌지시 밝히고 있는데, 핵심적인 사항은 여전히 수수께

끼로 남겨놓았다.

'그러한 곳에는 형언키 어려운 일종의 매력이라는 것이 있는 듯싶어, 매서운 각 서를 보낸 여인이 있었'다고 하고, '당당한 시민이 못되는 선생을 저는 따르고자 합니 다, 아무개'.라는 연서의 내용까지 알려주고 있다. '이름을 말하면 누구나 알 만큼 유 명한 이지만 그것을 이곳에 밝히는 것은 나의 본의가 아니며 당자는 물론 죽은 이상 도 원하지 않은 바여서 영원한 비밀로 묻어 둔다'고 덧붙였다. 이 '아무개'가 누구일 까. 이름을 말하면 누구나 다 아는 유명한 이라고 말했듯 당시 문인이거나 출판부의 여성 기자일 가능성도 있다. 그것이 누구인가를 맞추어보는 것은 재미있는 퍼즐게임 을 푸는 것처럼 흥미롭다. 노천명, 최정희, 이선희 등 『조선일보』 출판부에서 근무했 던 문인기자의 얼굴을 떠올리는 것이 퍼즐을 푸는 첫 작업이 아닐까.

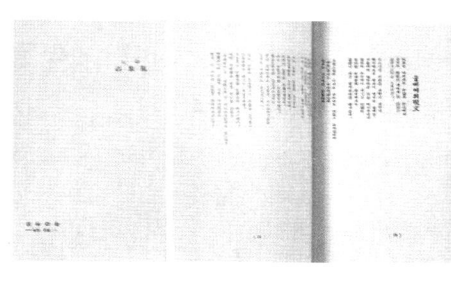

■ ■ 이상이 장정을 한 김기림의 시집 『기상도』(1936. 1).

　　김기림과 이상과의 관계에서 빼놓을 수 없는 것이 있다. 이상의 '멀티아티스트
적인' 재능은 앞에서 이미 밝혔다. 그 중 장정가로서의 면모를 확인할 수 있는 것이
이상이 한 김기림 시집 『기상도』를 장정한 것이다. 김기림이 엘리어트의 『황무지』를
참조로 해서 펴냈다는 장시 『기상도』(1936.7) 시집의 장정은 단순하고 간결하다. 기
상도 시집 또한 '창문사'에서 인쇄되었다. 이상은 당시 황금정 뒷골목에 변동림과
신혼의 보금자리를 차리고 있었다. 일본에 유학 가 있다 잠깐 다니러 온 김기림이 아
침 무렵 이상의 방을 찾았을 때, 이상은 햇빛 한 줄기 들지 않는 캄캄한 방에서 짐승
처럼 웅크리고 있었다. 그날 오후 둘은 조선일보사 3층 뒷방에서 지인들에게 『기상

도』의 발송을 했다. 발송을 마치고 둘은 창에 기대 서서 거리를 내려다보았다. 갑자기 거리에 소낙비가 쏟아져 내렸다. 이상이 예의 버릇대로 창앞(窓前)에 침을 뱉었다. 침에 빨간 피가 섞여 있었다. '폐병쟁이' 이상에 대한 '건강인' 김기림은 심한 부끄러움을 느낀다. '예술가'와 '생활인'의 차이로 느껴졌다. 김기림은 이렇게 쓴다.

> 상의 앞에 설 적마다 나는 아침이면 丁抹 體操를 잊어버리지 못하는 내 자신이 늘 부끄러웠다. 무릇 현대적인 퇴폐에 대한 진실한 체험이 없는 나는 이 점에 대해서는 늘 상에게 경의를 표했다. 그러면서도 그를 아끼는 까닭에 건강이라는 것을 너무 천대하는 벗이 한없이 원망스러웠다.[253]

이상은 창문사에서 일을 보면서 한편으로는 『조선일보』 학예란에 「危篤」을 연재(1936.10.4–9)했다. '기능이 조선어, 구성어, 사색어로 된 한글문자 추구시험이오. 다행이 고평을 비오. 요다음쯤 일맥의 혈로가 보일 듯하오'라고 「위독」의 의미를 애써 부가하려 했다. 그러나 이상은 곧 창문사 일을 그만두고 김기림의 뒤를 따라 1936년 10월경 동경으로 간다. 찾을 듯하던 '일맥의 혈로'가 동경에서도 보이지 않았던 탓일까. 1937년 4월 폐결핵이 악화되어 이상은 결국 비극적인 죽음을 맞는다. 기상도를 장정, 교열하면서 일본에 있는 김기림에게 보낸 이상의 편지에는 김기림의 부재와 그 부재로 인한 이상의 쓸쓸한 내면이 진하게 묻어 있다.

> 기림형
> 어떻소? 거기도 더웁오? 공부가 잘 되오?

---

253 김기림, 「고 이상의 추억」, 『전집』 5, 419면.

氣象圖가 되었으니 보오. 교정은 내가 그럭 저럭 잘 보았답시고 본 모양인데 틀린 데는 고쳐 보내오.

具君은 한 천부 박아서 팔자고 그립디다. 당신은 오천원만 내구 잠자코 있구려. 어떻오? 그 대답도 적어 보내기 바라오.

참 體裁도 고치고 싶은 대로 고치오.

그리고 검열본은 안 보내니 그리 아오. 꼭 소용이 된다면 편지하오. 보내 드리리다.

이것은 교정쇄니까 삐뚤삐뚤한 것은 '간조'에 넣지 마오. 그러니가 두 장이 한 장 세음이오. 알았오?

그리고 — (nombre)는 아주 빼어버리는 게 좋을 것 같은데 의견이 어떻소? 좀 —(꼴 불견) 같지 않소?

구인회는 인간 최대의 태만에서 부유중이오. 팔양(八陽)이 탈회했오. -잡지 2호는 흐지부지요. 게을러서 다 틀려먹은 것 같소. 내일 밤에는 명월관에서 영랑시집의 밤이 있소. 서울을 그저 답보중이오.

자조 편지나 하오. 나는 아마 좀더 여기 있어야 되나 보오.

참 내가 요새 소설을 썼오. 우습소? 자—그만 둡시다.**254**

창문사에 취직해 김기림의 기상도 교열을 보고 장정을 하던 이상의 김기림에 대한 애정과, 자신을 어른처럼 감싸주던 김기림에 대한 정신적인 의존을 읽을 수 있다. 구인회 동인들, 그들다운 '문인스러움'은 게으름과 권태의 '부르쥬아적 퇴폐'였을 것이다. 명월관에서 거행된 김영랑 시집 출간의 밤은 김기림의 부재로 인해 이상에게는 '답보'처럼 느껴졌을 것이다. 그들 가운데 이상과 김기림과 박태원

---

254 김주현 편, 『이상 문학 전집』 03 수필, 242-243면.

과 구본웅이 있었다. 그들은 문학을 중심으로 문화 예술에 대한 전반적인 교양 습득과 이를 통한 소통의 기제를 만들어낸다. 책의 출간과 장정도 그 하나였다. 물질인 책을 예술화하는 장정가인 화가와 활자 문화의 중요 생산자인 문인들과 그들의 내면적 소통을 가능하게 했던 문단이 신문사와 출판사 그리고 기자라는 제도 위에 미로처럼 존재하고 있었던 것이다.

여기서 잠깐, 이상이 스쳐가듯 언급한 '검열'의 문제를 생각해 보기로 한다. 이상은 그답게 가볍게 건드리듯, 지나가듯 한 마디 툭 던져두었다. 당시 문인들도 이 문제를 '가벼운' 듯 언급하고 지나가는데, 그 이면에 실린 무게감이 상당하다. 이선희는 「(속)조선작가군상」(『조광』, 1936.5)의 '정인보 편'을 쓰면서, 그가 시조 시인일 뿐 아니라 한평생 고전을 연구한 학자라는 점을 강조하면서 『조선의 얼』의 독자를 단 세 사람으로 한정한다. 그 세 사람이란?

1. 검열과원(檢閱課員)
2. 교정 보는 사람
3. 필자 자신(정인보)

이 책이 지닌 깊이와 연구의 독창성과 학문적 엄밀성과 대중적 읽기를 위한 책이 아님을 강조하기 위해서였겠지만, 이 같은 비대중적이고 본격적인 연구서에도 그 첫 번째 독자가 '검열과원'이라는 것은 무엇을 말하는 것일까. 당시 모든 출판물에 있어 검열의 수준이 어떠했는지를 짐작하게 한다. 조풍연은 일제 말기 문장을 편집하던 시절의 이야기를 하면서 총독부의 검열로 관인이 찍힌 (전문)삭제 때문에 잡지 내기가 더 이상 가능하지 않았다고 회고한다. 총독부에서는 비위에 거슬리는 것을 깎아 없앨 뿐 아니라 깎인 줄 수를 따로 기록하여 '성적'을 매기고 성적이 불량한 것은 폐간시킨다는 경고를 퍼뜨렸다는 것이다. 조풍연은 일제시대 총독부의 '검열'의 가혹함을 집을 빼앗긴 것에 견준다.

> 일본문이 실리는 것은 그만큼 방을 빼앗기는 것이 되는 게 아니고 집 전체를 빼앗기는 것이 된다. 그런 문학 잡지를 낸 원 뜻은 완전히 지워지고 마는 것이다. (중략) 인문평론은 홀로 남아서 하라는 대로 일본문을 싣고 나아갔다. ─동아 조선 양대 신문은 폐간되었고 잡지는 모조리 '총력전'에 협력하는 것만이 가까스로 존재하고 그것도 부피가 얇아갔다.[255]

간도에서 이른바 망명문단 활동을 했던 소설가 현경준은 '수없는 "생활의 노래"들이 발표 기관의 결핍이라든지 환경의 부자유로 말미암아 어둠 속에서 헤매다가 그냥 어둠 속으로 사라진 것을 생각할 때 우리는 다시금 긴 한숨을 뽑지 않을 수 없다'고 썼다. 검열과 발표기관의 부재로 인한 창작 의욕의 상실과 모국어 결핍감이 작가들을 한숨지게 만들었다. 검열제는 일상 생활 깊숙한 곳에서도 음울한 촉수를 뻗친다. '검열'은 실감의 상실과 삶의 환멸과 은밀하게 연결되었고, 어떤 밤거리의 헤매임 속에 글쟁이들을 방목했다. 김기림은, 「밤거리에서 집은 우울」이라는 글에서 검열이 일상인의 무의식에 끼치는 불안과 의욕 상실을 낭만과 사랑의 상실이라는 관점에서 포착하고 있다. 김기림은, 신문사를 나와 광화문통 주변을 헤맨다. 영화를 볼까 생각하지만 거기에는 검열로 누더기가 된 그림자 로망만이

---

[255] 조풍연, 「문장, 인문평론시대」, 『한국문단이면사』, 강진호 엮음, 깊은샘, 1999, 244면.

남겨진 필름이 있을 뿐이다. 그런 영화를 보기보다는 차라리 그는 언제 끝날지 모르는 밤거리의 헤매임을 택한다.

어디로 갈까. 나는 안국동 네 거리에서 바람이 쏴오고 쏴가는 길을 오락가락하기만 했다. 떠나고 생각하니 갈 곳이 없다. 파출소 순사의 시선이 너무나 오래 내 몸에서 떠나지 않는 것을 눈치채고 나니 어찌 상서롭지 못한 것 같아서 속히 방향을 정할 필요에 절박한 것을 느꼈다. —극장에나 들어가 볼까. 그러나 그 속에는 영화막에 나타나는 검열제의 미지근한 '로망' 의 그림자밖에는 있을 성 싶지 않아서 더 심각하고 실감있는 '로망' 을 찾기로 하고 어두컴컴한 관철동 골목을 突貫하여 황금정으로 진출했다.256

영화 검열은 사랑 영화조차 그 낭만적인 모험과 예술적 생명력을 빼앗는다. 검열은 글쟁이들의 무의식을 불안하고 어둡게 지배하고 있었던 것이다. 길거리를 지나다니면서도 파출소 순사의 시선을 의식해야 하는 그런 '마음의 어둠' 은 잠깐 동안의 산책조차 유쾌한 드라마를 만들지 못하게 한다. 로망은 일상에는 없는 것이다. 이 문제에 대해 정지용 또한 시「황마차」에서 일상에서 무엇인가 쫓기는 무의식적 공포를 희화화해서 드러내기도 한다. 검열 문제는 제도나 법규의 문제가 아니라 인간의 문제이며 삶(생명)의 지속성에 대한 문제인 것이다. 그것은 바로 글쓰기의 문제이며, 일제 식민지 시대 신문, 인쇄, 출판 문화가 마주한 시대적 운명이기도 했다. 그 문제 또한 언론인 김기림으로서는 피할 수 없었다. 문인으로서, 언론인으로서 혹은 문인기자로서의 김기림의 삶은 사실은 시대적 격랑의 한가운데 서 있는 것

---

256 김기림, 『전집』 5, 396–399면.

이었다고 할 수 있다.

10. 이 한 장의 사진, 문인기자 김기림의 마지막 시선

1940년 8월 10일 『조선일보』, 『동아일보』가 폐간된다. '폐간'과 관련된 소문은 이미 일제말기에 오면 심심찮게 들려오곤 했는데, 1939년 12월 중순경 총독부는 정식으로 조선, 동아에 폐간을 요구하게 된다. 일제의 건국 기념일인 기원절(2월 11일)에 맞춰 폐간계를 제출하게 돼 있었으나, 『동아일보』 고문 송진우의 노력으로 이위기는 일단 넘기게 된다. 그러나 일제가 언론 장악을 위해 구성한 어용단체인 조선춘추회는 『경성일보』 사장 미타라이, 『조선신문』 사장 노자키 두 대표의 명의로 '언문(한글) 신문의 통제 및 반도지의 폐합 문제에 관해 총독부의 방침을 지지한다'는 내용을 골자로 한 결의문을 발표한다.**257** 만주지역 신문 통제 기관인 홍보협회의 이사 모리타는 3월 30일 조선총독과의 회견에서 '학예란, 투서란 등을 통해 비국가적인 사상을 드러내는 조선, 동아에 대한 통제가 늦어진다면 만주국에는 두 신문의 이입을 금지할 방침'이라는 의견을 전달한다. 그러나 조선의 언론에 대해 온건한 정책을 펴던 요나이 내각이 7월 22일 무너지고, 조선에 대해 군국주의 강압정책을 펼쳤던 고노에 내각이 다시 정권을 잡자 조선, 동아의 폐간은 급물살을 타게 된다. 고노에는 1937년 6월 45세의 젊은 나이로 정권을 잡아 제1차 내각을 출범시키면서 중일전쟁을 일으키고 조선인에게 내선일체를 강요했던 군국주의 강경 정책을 표방한 인물이었다. 결국 고노에 내각이 들어선 지 20일도 안 돼 조선, 동아는 강제 폐간을 당하게 된다.**258**

학예부장이었던 김기림은 폐간을 예감하고 서정주에게 엽서를 쓴다.**259** 센티

---

257 新聞內報, 1940.4.2. 『조선일보 사람들』, 576~577면에서 재인용.
258 『조선일보 사람들』, 569~578면 참조.
259 서정주, 『미당 자서전』 2, 민음사, 1994, 71~73면.

멘탈리즘을 체질적으로 싫어했고 항상 지식인다운 냉철함으로 사물을 보고자 했던 김기림이었지만 그 순간만큼은 격정적인 감정을 주체하기 어려웠을 것이다. 일제 말기 대부분의 '개방형' 지식인들이 '결국 아시아는 일본을 중심으로 재편되는 것 아닌가. 그러기에 '세계어'로서 일본어를 공용어로 써야 하는 것 아닌가'라는 숱한 질문 끝에 '신체제론'을 수용한다. 『인문평론』지에 참가했던 지식인들, 김남철, 서인식, 최재서 등이 대표적이다. 일본어를 이른바 '공용어'로 사용해야 한다는 주장이 만연해지자, 김기림은 그 같은 주장을 비판한다. 감상적이며 낭만적인 발상이라고 생각했던 모양이다. '민족의 소멸, 곧 민족어의 소멸'이 일종의 '세계화'에 공헌할 것이라는 주장은 물적 토대가 완전한 평등을 이룬 다음에야 가능하다는 것, 그것은 인류가 가진 이상적 열망일 뿐이라고 그 위험성을 지적한다. 그러나 이제 말과 글이 생명력을 가지고 살아 있을 수 있는 조건을 완전히 차폐당한 역사적 사건을 눈앞에 두고 있었던 김기림이 할 수 있는 일은 무엇인가. 단지 역사적인 한 사건을 증언할 기록물로서가 아니라 그 순간을 영원히 기억하고 되새김질 할 필요가 있는 것 아닌가 하는 판단을 그는 했던 것 같다. 오늘의 역사를 증언해 줄 양식이 필요했다. 시간과 공간을 뛰어넘어 초시간적으로 존재할 수 있는 것이란 서정적 울림으로 영원성을 만드는 것뿐이었다. 여기서 시인으로서의 김기림의 감각이 살아났던 것으로 보인다. 미래의 시의 장래를 내다보는 그의 냉철한 시선이 살아났던 것이다. 시는 논리와 사건을 뛰어넘어 읽는 이가 존재하는 한 시간의 영원성과 지속성을 토양으로 해서 꽃피는 장르인 것이다. 혹 육신이 다 빠져나가 뼈만 앙상하게 남아 있더라도 역사는 백골처럼 쓸쓸하게 존재하는 것이다. 그가 『조선일보』 폐간 기념호에 서정주의 시를 싣고자 한 의도는 그래서 빛이 난다. 시적 진실은 삶의 영원성과 역사의 영원성을 증언하는 것이다.

당시 서정주는 이용악, 오장환과 함께 '삼재(三才)'로 불린 신진 시인이었다. 1938년 서정주의 처녀 시집 『화사』가 나왔을 때 김기림은 누구보다도 서정주를 추켜세웠던 기억이 났다. 저 분노와 광기로 불타는 젊은 서정주의 눈초리가 큰일을 해낼 듯 소름끼쳤다. 서정주가 『화사』를 내자 지인들 열사람이 10원씩 회비를 내어 출판 기념회를 열어주었다. 그때 김기림 또한 그 자리에서 서정주를 흔쾌하게 칭찬해주었던 것이다. 김기림은 폐간 기념호에 시를 싣는다면 짐승처럼 울부짖되 소리를 육체로 뭉개듯 삭히는 서정주의 시가 제격이라는 생각이 들었을지 모른다. 서정주는, '이 한 마지막 판을 당해서도 내 생각을 해 주었던 모양이다'고 썼다.[260]

흥미로운 것은, 폐간호가 아니라 폐간 직전 1940년 8월 5일자 신문에 이용악, 오장환의 시가 같이 실려 있다는 것인데, 오장환의 「finale」, 이용악의 「당신의 소년은」그것이다. 윤곤강의 「心象」도 같이 실려 있다. 이날 학예면은 '動하는 문화'라는 특집 기획 아래, 홍기문의 「조선학의 본질과 현상」, 이원조의 「현역작가론」, 최재서의 「시단의 3세대」, 한식의 「조선문학과 동경문단」을 위의 시들과 함께 실었다. 홍기문의 조선학 운동에 대한 전망이나 최재서의 시단의 신진 세대에 대한 전망을 담은 글, 조선문학과 동경문단의 관계를 다룬 한식의 글 모두가 당시 조선문학의 장래와 방향성에 있어 주요한 담론으로 설정돼 있었던 주제였다. 주목할 부분이다. 역사적 사건을 전제한 텍스트 해석이라는 이른바 '의도적 오류'를 범할 필요는 없으나 오장환, 이용악의 시는 신문사 폐간을 앞둔 마지막 축제의 한 자락에 대한 쓸쓸한 송사이며 불분명한 미래적 시간에 대한 예언자의 기록으로 읽히는 대목이 있다. 이것과 서정주의 폐간 기념시가 어떤 연관관계를 맺는지 모른다. 다만 김

---

[260] 서정주, 앞의 책, 72면.

■■ 1940년 8월 5일자 신문. '三才' 중 서정주만 빠져 있다. 서정주의 부재가 원인이지 않았을까 짐작된다.

기림이 이들 삼재들에게 다 기념시를 청탁한 것 아닌가 하는 추정을 해볼 수 있을 뿐이다.

아무리 기다려도 서정주에게 답신이 없자 김기림은 독촉하는 전보를 다시 친다. 어디 또 방랑의 길을 떠났는지 여전히 묵묵부답이었다. 그러는 와중에도 시간은 흐르고 드디어 8월 10일 편집부 기자들과 직원들은 한 장의 사진을 찍는다. 사진부 기자 최희연이 찍은 이른바 '가장 슬픈 사진'에서 김기림은 학예부서의 가운데 책상에 앉아 있다. 공채기자 김기림의 마지막 모습이다.

김기림이 폐간 기념호를 만들기 위해 그다지도 애타게 찾던 서정주는 그때 어디에 있었는가. 서정주는 그 기막힌 방랑과 방황을 청춘의 광기로 불태우다 가끔 고향 고창을 들른다. 제국대학에 가서 법학을 해야 식민지 체제 아래서 '제밥벌이'를 할 수 있다고 믿은 서정주의 아버지는 방랑으로 인생을 차압해버린 자식을, 짐승처럼 골방에 갇힌 듯 누워 있는 서정주를 보다 못해 욕하듯 한 줌 말로 '너는 사람이 아니다. 뻘로 만든 놈이지.' 내뱉는다.

1940년 스물다섯 되던 해 봄에 서정주와 같이 시인부락 동인을 했던 임대섭이 서정주를 찾아와 방랑의 동지를 요청한다. 서정주는 마다않고 또 임대섭을 따라나선다. 몇 달 만에 집에 온 서정주는 엽서 한 장과 전보 한 장을 발견한다. 발신인은 『조선일보』 학예부장 김기림이다. 둘 다 이미 시효말소된 것이다. 엽서에는 조선총독부에서 신문을 폐간하라고 해 기념호를 내게 되었으니 기념시를 한 편 빨리 써 보내라는 김기림의 목소리가 다급하게 깔려 있다. 전보는 기념시를 빨리 보내라는 독촉의 내용이었다. 서정주의 방랑의 시간이 너무 길었던 탓인가. 날짜를 헤아려보니 기념호가 나온 날짜는 이미 지나 있었다. 서정주는 늦었지만 '그걸 안 쓰고는 있을 수가 없어서' 시를 한편 쓴다. 자신의 모습이 '초청받고도 너무 늦게 가서 이미 끝난 잔치 자리에 혼자 불사른 재나 밟고 서 있는 꼴'이 되어버린 형국이었다. 그해 정월에 태어난 맏이 승해가 칭얼거리는 옆에서 서정주는 석유 호롱이 비춰주는 희미한 불빛을 친구삼아 참 '괴상할 정도'로 열심히 쓰게 된다. 그것이 바로 「행진곡」이다.

■■ 조선일보 폐간을 앞두고 찍은 편집국원들의 마지막 사진.

잔치는 끝났더라, 마지막 앉아서 국밥들을 마시고

빠알간 불 사르고,

재를 남기고,

포장을 걷으면 저무는 하늘.

일어서서 주인에게 인사를 하자

결국은 조금씩 취해가지고

우리 모두 다 돌아가는 사람들.

목아지여

목아지여

목아지여

목아지여

멀리 서 있는 바닷물에선

난타하여 떨어지는 나의 종소리.

(「행진곡」 전문)

　무엇이 서정주로 하여금 '괴상할 정도'의 그 일에 달라붙게 만들었는가. 거기에는 운명적인 것과 우연적인 것이 있다. 폐간이라는 역사적 사건에 스며든 친구의 죽음!

　'폐간'이라는 소식을 들은 서정주의 내면에 어떤 암암한 역사의 소실점을 향해 돌아가는 사람들의 거칠고 처진 어깨가 흉물처럼 흐느적거리며 떠올랐을 것이다. 흥성거리는 축제의 마지막 불을 다 살라버리고 결국은 소멸의 지대를 향해 돌아가는 유령 같은 사람들의 이미지. 기막히게도 같이 방랑의 정을 나누었던 임대섭이 서정주와 헤어지고 난 뒤 바로 변산에 들어가 바위에 앉아 굶어 죽어버린다. 임대섭의 시신은 까마귀가 두 눈을 다 파먹어버린 상태로 발견돼 가족들에게 전해진다. 이 시는 우연하게도 폐간과 지우의 죽음이 거느린 '시신(屍身)'의 이미지가 파장한 축제의 이미지 아래 장렬하게 놓여 있는 것이다.

　그런데, 이 시에서 끔찍한 죽음 충동의 상징이 반전되는 것은 아마도 '목아지여' 라고 네 번 길게 절규하듯 풀어놓은 '목아지' 의 이미지일 것이다. 이 절절한 죽음의 이미지들은 간절함과 기원과 강렬한 생명(목숨)의 의미망들을 품으며 마지막 종소리를 준비하는 것처럼 보인다. 폐간과 죽음과 소멸의 폐종소리가 아니라 폐간과 죽음과 소멸을 딛고 일어서는 새로운 시작과 기원을 알리는 종소리 말이다. 그것은 우리 내면의 먼 바다에서 오는 푸른 종소리가 아닐 수 없다. 그러기에 마지막 연은 하나의 초월적인 생명력이 느껴진다. 서정주는 이렇게 말하고 있지 않은가? '멀리서 있는 바닷물에선 난타하여 떨어지는 나의 종소리' 라고 말이다. 그 종소리에는 폐간도, 임대섭의 죽음도, 일제 말기의 암암한 삶도 고꾸라져 있다. 아마 일제 말기는 누구든 저 먼 바다에서부터 난타하듯 장렬하게 부딪히는 생명의 종소리를 '나' 의 내부에 가지고 있지 않으면 죽기조차 어려운 그런 시절 아니었을까. 그러기에 '죽음' 은 '삶' 이자 '생' 의 출발이 되는 것이다.

　『조선일보』 폐간 기념호의 시는 서정주의 때늦은 임무방기로 불발된다. 그것은 폐간을 '기념' 하는 것이 아닌 '폐간' 을 종언하고 새로운 시작을 예감하는 예언적 종소리가 아닐 수 없게 된 것이다. 일종의 아이러니다. 귀기(鬼氣) 가득한 서정주의 내면에 울리는 환청처럼 들렸던 종소리는 그래서 하나의 신화가 된다. '끝' 이 아닌 또 다른 '시작' 을 알리는 견자의 그것처럼 말이다.

　폐간 후 김기림의 발길이 향한 곳은 결국 그의 고향이었다. 김기림은 고향 성진에서 그다지 멀지 않은 경성중학에서 수학, 영어 교사를 한다. 그때 만난 제자가 시인 김규동, 영화감독 신상옥이다. 일제말기와 해방공간, 그리고 6.25와 납북으로 이어지는 김기림 삶의 흔적은 함경북도 경성으로부터 다시 시작된다. 그것은 1930년대 문인이기에 앞서 언론인으로서의 삶을 살았던 김기림의 한 삶을 마감하는 것을 의미한다. 언론인과 문인, 이 경계적인 삶을 오갔던 경계인의 삶을 마감하는 것이기도 했다. 해방공간과 6.25의 와중에서 김기림이 납북되면서 김기림의 이름은 한국 근대 문학사 혹은 근대 언론사에서 한동안 지워진다. 김기림의 남북과 그 이후 문학사적 실종이라는 이 '문학사적 사건'은 바로 이 경계인적 삶이 마감되면서 시작된 것이지 않을까.

2부

언론인의 삶과 텍스트의 세계

1부에서 1930년대 저널리즘 환경의 실상과 변화를 전반적으로 살펴보았다. 그리고 김기림이 신문사에 첫 발을 내딛고, 동료 기자 혹은 동료 문인들과의 인간적인 네트워크를 형성해가는 과정을 살펴보았다. 김기림의 텍스트 해석이나 신문문예에 대한 분석적인 접근보다는 대체로 김기림과 그의 주변 기자들, 문인들이 남긴 글을 저본으로 삼아 최대한 인간적인 면모를 부각시키고자 했다. 여기서 중요하게 논의돼야 할 것은 기존의 김기림 연구 및 김기림에 대한 인상을 다소 약화시키고 언론인 혹은 문인기자 김기림에 대한 시각을 설정하는 일이다. 김기림과 편집국에서 인간적인 소통을 했던 이들의 기록을 통해 이 책이 의도하고 있는 김기림 '다르게 보기'가 가능해질 것이라 믿는다.

2부에서는 언론인 혹은 문인기자 김기림을 전제로 한 김기림의 텍스트 읽기다. 기존의 김기림 텍스트는 대체로 '모더니즘' 혹은 '모더니스트 시론'의 맥락에서 이해되어 왔다. 그러나 스스로는 기자로서의 정체성을 가지고 있었던 김기림이 당시 쓴 글들은, 학예면을 포함, 신문 지면에 게재할 것을 전제로 한 글들이 많았다. 즉 김기림의 글은 순수 문예물이 아니라 '신문문예'(Feuilletonismus)의 성격이 강했던 것이다. 그간 연구자들이 놓치고 있었던 부분이 아닌가 한다. 따라서 김기림이 남긴 많은 글들은 '신문문예'의 차원에서 논의될 필요가 있는 것이다. 이 같은 관점에서 본다면, 김기림의 글을 '문학성'이나 '완전성'의 잣대로 평가하기는 곤란한 점이 없지 않다. 시인으로서는 다소 부적격하고 자질이 모자란다고 평가되는 측면 또한 수정될 필요가 있다. 그의 시는 '시혼'(poésie)의 차원에서 논의되기 이전의 것이다.

2부에서는 김기림의 텍스트를 언론인적 세계관과 신문문예라는 장르적 범주에서 살펴보고자 한다. 이는, '모더니즘'으로 전일화해서 이해하는 김기림과 김기림 문학 및 1930년대 문단을 보다 중층적이고 심층적으로 파악하기 위한 것이다.

1. 김기림 연구의 전제

최근 '언론인(기자) 김기림'의 중요성을 강조한 여러 편의 논문은,[261] 기존의 김기림 연구에 대한 반성의 의미를 지니면서, 동시에 김기림 연구에 대한 한 방향성을 제시하고자 한 것이었다. 한 예로, 김기림이 이른바 구인회를 이끌면서 '카프를 대타의식화했다'든가, '모더니스트 이상의 정신적 이론적 후견인이었다'든가 하는 논의는 '김기림 연구'를 일정한 방향, 예컨대 '모더니즘, 모더니스트'라는 방향으로 신화화한 중요한 요인이 되었다고 판단했던 것이다.

그러나 김기림의 글쓰기 및 문필 활동은 그의 오랜 직업이었던 기자 활동과 분리될 수 없다.[262] 김기림이 『조선일보』에 입사한 것은 1930년 4월 20일이며,[263] 『조선일보』 지면에 기명으로 그의 이름이 등장하는 것은 1930년 4월 27일자 학예면의

---

[261] 졸고, 「김기림의 언론 활동과 초기 글들의 성격」, 『한국시학연구』11, 2004.
[262] 신문관련 잡지에서 언론인으로서의 김기림에 대한 언급을 볼 수 있다. 「3대신문사 인재순례기」, 『철필』 2–1호, 1931.1.
[263] 김기림, 「신문기자로서의 최초 인상: 저널리즘의 비애와 희열」.

「오후와 무명작가들―일기첩에서」이다. 물론 이 글은 입사 이전에 쓴 글이지만, 그가 입사시기를 1930년 4월 20일로 밝히고 있는 점에 비추어 그의 공식적인 문학 활동은 입사와 거의 동시에 이루어졌다고 볼 수 있다. 그는 이후 많은 글을 『조선일보』에 남기고 있는데 그의 문단 활동과 기자 활동은 대체로 『조선일보』 근무 경력과 비슷한 경로를 밟는다. 근무 시기와 작품 발표 시기가 비슷하고, 휴직시기나 동북제대 유학 시기 등 『조선일보』를 떠난 시기에는 글의 발표 횟수가 현저하게 적다. 이는 그의 문필 활동의 많은 부분이 기자로서의 활동과 겹치거나 연관 관계를 맺고 있다는 점을 보여준다고 하겠다.[264]

김기림의 사고의 인식론적 기반이나 그의 문단활동과 관련하여 한 가지 주목할 만한 텍스트가 있다. 이 글에서 김기림은 분명하게 그의 문단 활동이 신문사 입사로부터 시작되었다고 말한 바 있고 문단에 나온 적이 없다고 말한 바 있다.

나는 일찍이 문단에 나온 일이 없다. (중략) 발표하기 시작한 것도 우연히 신문기자였든 까닭에 자기 신문 학예란에 출장 갔든 기행문을 쓰기 시작한 데서 비롯했고 별다른 동기는 없었다. 다만 한 가지 문학을 하겠다는 것만은 스스로 결심했고 무엇이고 값있는 것을 맨드러보겠다는 욕심은 있었다.[265]

이 글은 몇 가지 흥미로운 사실을 전해준다.

1)그의 글쓰기가 신문기자로서 시작되었다는 것,
2)그가 학예란에 처음 발표한 글은 신문기자로서 출장 간 기행문이라는 것,

---

[264] 편석촌, 「문단불참기」.
[265] 편석촌, 위의 글.

3)문학을 하겠다는 결심과 의지는 확고했고 무엇이고 값있는 것을 만들겠다는 의
지에서 문학을 했다는 것.

기존 연구에 기대면 김기림은 '문인'을 떠나서는 존재할 수 없는 듯하다. 특히
'모더니스트 시인, 비평가'라는 전제는 '문인'으로서의 정체성을 완벽하게 구축하
고 있는 듯 보인다. 그런데 김기림 본인은 정작, '나는 일찍이 문단에 나온 일이 없
다'고 말하고 있다. 이어서, 글을 발표한 것은 '우연히도' '신문기자'로서의 자격이
었다고 밝히고 있고 문학을 하겠다는 '욕심'이 문청적인 기질이나 감수성에 의한
것이 아니라 '무엇이고 값있는 것을 맨드러보겠다'는 큰 의욕에서 나온 것임을 강
조하고 있다. '문단에 나온 일이 없다'는 것은 '겸양'이나 '반어'의 수식적 표현일
수 있지만, 이는 실제 기자였던 그의 이력과 관련이 있는 듯 보인다. 이 같은 발언
은 그가 문인이기보다는 기자 혹은 한 시대 문학(문학의 근대적 생산과 방법론, 소통
방식)을 고민한 지식인의 면모를 보여주는 것으로 판단된다.
특히, 1)과 2)는 김기림 연보 작성이나 서지 작성에 있어 중요한 참조사항이 되
어야 하지만, 연구자들은 대체로 이 언급 자체를 중요하게 받아들이지는 않는 듯
하다. 김기림 연구자들이 작성한 작품 목록을 보면 김기림이 말한 바로 이 대목,
'신문 기자로 출장 갔다 학예란에 발표한' 글은 누락되어 있다. 김기림에 대한 실증
적인 작업을 꾸준하게 해온 김학동 교수의 서지 목록에 올라 있는 기행문은 「두만
강과 유벌」(『삼천리』, 1930.9)이다. 그러나 김기림은 이에 앞서 『조선일보』 학예란에
「간도기행」(1930.6.12–26)을 발표한다. 이 글은 간도에서 1930년 5월 30일 일어난
'5.30 간도 폭동'을 취재하기 위해 간도를 여행하고 남긴 글이다.**266** 특파 기자로

---

266 자세한 사항은, 졸고, 「김기림의 언론 활동과 초기 글들의 성격」, 『현대시학연구』, 11집 참조.

현장에 특파된 뒤 기사문은 발전을 해 취재면에 싣고, 취재 후일담이나 간도 지방 등지를 여행한 뒤 느낀 감상적 인상은 수필 형식으로 학예면에 연재한 것이다. 이 기행문은, 김기림이 신문기자였다는 사실이 그간 별로 주목되지 못했던 까닭인지, 작품 목록에 빠져 있는 경우가 많다. 연보나 작품 목록을 작성할 때, 김기림이 신문 기자라는 사항은 그다지 유용한 참조사항이 되지는 못했던 것이다.[267] 그런데 이 '누락'은 그 자체로는 별 의미가 없을 수도 있다. 그러나 초기 김기림의 인식론적 기반을 이해하는 데 이 텍스트가 중요하다고 판단되어 언급할 가치가 있다 하겠다.

3)은 '모더니즘'이나 '모더니스트 김기림'으로 '김기림(문학)'을 이해하는 것의 불충분함을 의미하는 것이라 하겠다. 센티멘탈로맨티시즘 부정과 현대시 옹호를 주장한 그의 많은 시론들은 '카프' 문학에 대한 대타 의식이나 '전통파'에 대한 '헤게 모니적' 대응을 위한 이론적 정지 작업의 의미를 띠기보다는 학적인 체계를 가지고 수용되고 논증된 것들로 판단된다. 그의 '모더니즘론'들은 많은 부분 '논문'의 형태로 게재되었고 그 자신도 이를 '논문'이라는 학적인 체계 속에서 이해하는 경향이 강했다.[268] 이는 1930년대 학예면의 성격과 관련해서 이해해야 할 사항인데, 당시 발표 지면으로는 신문 학예면이나 잡지 외에는 거의 없었다. 이 상황에서 학예면에는 당대 비평과 논문적 담론, 소론, 시평, 에세이 등이 구분되지 않은 형태로 실렸고, 김기림의 비중 있는 시론 또한 학예면을 통해 연재된 것이다.[269] 김기림의 본격적 비평 활동은 『조선일보』 입사 초기부터 시작된 것이 아니라 잠깐의 휴직 이후 복직한 뒤부터 시작된 것으로 보인다. 그가 '문단적 자리를 굳힌' 것은 이 같은 학구적인 성격의 시론을 발표한 전후인 것이다.[270] 김기림은 학예면 논문들을 통해 '현대시'의 발전 방향에 대한 거시적인 시각을 문단 일각에 제기했는데, 이것이 카프 해소 이후의 문단

---

[267] '기자'라는 사실은 대체로 그의 문학이나 사유가 '경박한 저널리즘'에 근거한 것이라는 식의 부정적 판단을 위해 언급되는 경우가 많다. 김윤식, 『한국근대문학사상사』, 한길사, 1984, 472면.
[268] 「시론」, 『김기림 전집』 2, 심설당, 1988, 9~10면.
[269] 졸고, 「1930년대 신문 학예면과 문학 담론 형성의 의미-조선일보를 중심으로」, 『한국언론학술논총』, 2003 참조.
[270] 김윤식, 앞의 책, 456면; 졸고, 「김기림의 언론 활동과 초기 글들의 성격」.

의 재편 과정에서 중요한 변수가 된 것으로 판단된다. 뿐만 아니라 '현대시 내부적' 상황에서도 중요한 의미를 지니는데, 이는 1930년대에 이르러 '현대시의 반성적 성찰'이 제기된 것과 무관하지 않다. 그의 '모더니즘론'들은 '언어에 대한 자각'을 보여주던 1930년대 시인들에게 의미 있는 하나의 방향성으로 작용하게 되는 것이다. 1930년대 문단은 '학예면 장악을 통한 문단 주도권 싸움'이라는 지적은 문단이나 문학적 담론 자체를 정치적인 구도로 재편하거나 환원하는 입장으로 판단되는데, 이는 김기림 텍스트의 '구체'와 '실상'에 대한 논의를 열기에는 부족한 감이 없지 않다.

따라서 '김기림 연구'는 하나의 '다른 시각'을 필요로 한다. '모더니즘 이론가' 혹은 '모더니스트 시인'을 전제하기 이전의 단계로 돌아가 '구체'와 '실상'을 중심으로 논의를 열어갈 필요가 있는 것이다. 본고는 이 같은 관점에서 김기림의 언론 활동과 연관된 '김기림'을 조명하고자 한다. 그간 별로 주목되지 않았거나 새롭게 발굴된 몇 가지 자료를 중심으로 이 논의를 좀 더 유효하게 이끌어갈 것이다.

2. 김기림과 언론 활동

김기림의 『조선일보』 입사는 앞에서 말했듯 1930년 4월 20일이다.[271] 일제시대 『조선일보』가 기자를 공채한 것은 두 번(1930, 1936)으로 알려져 있는데, 김기림은 첫 공채 시험에서 월남 이상재의 손자인 이홍직, 후일 여러 언론사를 옮기며 기자 생활을 한 양재하 등과 함께 합격했다. 이홍직, 설의식, 이여성 등과 김기림은 매우 친밀한 관계를 유지하게 된다.[272] 경성(서울)에서의 삶은 기자로서의 삶이었다고 할 정도로 기자 활동은 김기림의 사회 활동의 처음이자 끝이 된다. 결혼 문제로 인한 1931년에서 1933년 1월경의 휴직, 그리고 1936년–38년의 동북제대 유학 등의 휴

---

271 『조선일보』, 1930.4.1 ; 1930.4.16.
272 김학동, 『김기림 평전』, 379면.

직 기간을 제외하고 1940년 8월 10일 『조선일보』가 폐간될 때까지 그는 기자 활동을 하게 된다. 해방이후에는 좌익계 신문사인 공립통신사에 재직하기도 한다.[273]

김기림이 처음부터 학예부 기자로 활동했다거나, 동북제대 유학 후 『조선일보』 자매지인 조광사에 근무했다는 연구도 있으나 오류이다. 『조선일보』 입사 시에는 사회부 기자로 출발했고 줄곧 사회부 기자로 활동했으나, 동북제대 유학에서 돌아온 1938년 학예부 차석이 되었다가 1940년 1월 학예부장이 된다.[274] 『조선일보』가 폐간이 된 것은 1940년 8월 10일이므로 김기림이 학예부장으로 활동한 것은 8개월도 채 안 된다. 김기림이 '학예부장으로서 학예면을 장악하고 문단의 헤게모니를 장악' 했다는 지적도 있지만, 이 또한 당대 문인기자들의 활동과 저널리즘 상황을 실증적으로 검토함으로써 설득력 있게 제시될 필요가 있다.

1920년대 이후 많은 문인들이 이른바 '문인기자' 의 삶을 살았다. 대부분 문인기자들이 여러 신문사를 옮겨 다녔지만 김기림은 줄곧 『조선일보』에서 기자 활동을 했다.[275] 문인기자들이 호구지책으로 마지못해 기자 생활을 했던 경우와는 다르게, 김기림은 기자라는 전문 직업에 대한 인식을 좀 더 분명하게 가지고 있었던 듯하다. 일제시대 인물평을 보더라도 문학적 감수성을 지닌 문학적 인간형이라기보다는 지적이고 분석적이며 이지적인 지식인형[276]으로 김기림을 평가한 것이 많은 것 또한 김기림을 이해하는 한 준거가 될 것이라 생각된다.

오랫동안 '김기림' 을 연구했던 김용직 교수는 김기림의 초기 관심은 '다소간 문예사회학적 입장에 기울어져 있다' 고 언급한 바 있다.[277] 이 같은 판단은 김기림이 초기에 쓴 글, 「시인과 시의 개념-근본적 입장에 대하여」[278] 등을 근거로 한 것이다. 김기림의 초기 글들은 대체로 자본주의 문화의 산물에 대한 비판적 시각을

---

273 김학동, 앞의 책, '김기림 작품 연보' 참조.
274 『조선일보 사보』, 조선일보 사료연구실.
275 이석훈의 증언에 의하면 잠깐 개벽사에 근무했던 것으로 보이는데 김기림의 연보에는 거의 언급되는 경우가 없다. 이석훈이 '개벽사' 에 근무했던 때가 1932년이므로 김기림도 이 시기에 개벽사에 재직했던 것으로 추정된다. 이석훈, 「속 작가 인상기」, 『중앙』, 1936.5.
276 이석훈, 위의 글.
277 김용직, 『김기림』, 건국대출판부, 1997, 28면.
278 『조선일보』, 1930. 7. 24~30

뚜렷하게 견지하고 있다. 적어도 초기에 보이는 글들은 기자로서 현실을 읽은 것으로 보이며 거기에는 민족적 분노와 시적 감수성과 센티멘탈리즘이 복합적으로 깔려 있다. 그의 초기 글들은 기자로서의 입장과 문인으로서의 입장, 기사문의 성격과 문예물의 성격, 기자로서의 감각과 문인으로서의 감각이 혼효되거나 공유된 가운데 생산되고 유통되고 있다.

김기림의 모더니즘에 대한 경사나 '편기교주의' 적 경향, 그리고 해방 공간에서의 문학가동맹 가입을 계기로 한 '변신' 등에 대해서는 다양한 견해와 해석들이 존재해왔고, 후일 '월북' 과 '납북' 사이의 미묘한 정치적 문제들을 야기하기도 했다. 그러나 이를 문학 내적인 문제 혹은 문단 내적인 문제로 판단하는 것은 김기림의 '실상' 에 대한 충분한 고려라고 보기 어렵다. 기자 활동이나 초기 글들의 성격은 그의 '변신' 이 유독 문단의 정치적인 환경에 기인한 것이 아님을 확인하게 한다. '변신' 을 전제하기에 앞서 김기림이 초기에 가졌던 현실주의적 시각이나 기자로서의 지식인적 감각에 대한 고려가 필요한 것이 아닌가 한다. 김기림의 초기 글들은 신문기자로서의 사회 비판 의식과 민족의식이 살아 있는 텍스트이다. 역사와 삶의 현장에서 몸소 체험한 것이기에 현실을 보는 김기림의 시각은 구체적이고 비판적이다. '관념적인 모더니스트의 피상적인 현실 이해' 수준의 차원에 있지 않은 것이다. 즉 해방공간에서의 문학가동맹 등의 '좌파 문학단체' 활동을 하게 된 것에는 국제주의적인 현실 감각을 지녔던 그의 언론인 감각이 한몫했을 것으로 추정된다.

따라서 김기림이 주장한 전체시가 형식(기교)과 사회의식을 추상적 차원에서 결하한 형식 논리의 산물인가 하는 것은 신중한 판단을 필요로 한다. 김기림에게 있어 이 두 가지 준거는 지식인으로서의 그의 계몽적 의지와 언론인으로서 일제 말기를 산 경험적인 감각이 구체화된 것이라고 판단된다. 김기림의 초기 글들에서는 민족의 현실적 문제에 대한 비판적 참여적 관여(engage)였고, 그 다음은 근대시의 이념적 실천적 정립이라는 시대적 책무와 관련된 것이었다.[279] 김기림은 기자 생활을 하면서 '문학을 한다는 것, 무엇이고 값있는 것을 만들어보겠다는 것'에 그의 문학적 이념을 두었다. 그에게 가치 있는 것은 바로 센티멘탈로맨티시즘을 넘어서는 시, 새로운 문학, 현대시였다. 이는 문인의 입장이기 이전에 지식인으로서의 사회적 책무의식에서 비롯된 것이다. 이 동기에 대한 고찰이 결여된 채 모더니즘 혹은 모더니스트로서의 그의 이론의 한계나 추상성을 지적한 것이 아닌가 판단된다. 김기림의 '모더니즘'에 대한 관심은 '문학에 대해 무엇인가 이루어보겠다'는 지식인적 책무의식으로부터 출발한다. 문학을 통해 보편적 이념(근대적 지식 체계의 성립 및 문학 운동의 실천)에 접근하고자 했던 기자이자 지식인이며 문인이었던 김기림의 시각은 그의 문학을 이해하는 데 중요한 사항으로 판단된다.

3. 저널리즘 문예와 장르 혼돈

김기림은 여타 문인기자들처럼 단속적으로, 생계를 위해 기자 활동을 한 것으로는 보기 어렵다. 여타 문인들에게 기자로서의 글쓰기는 매문행위와 다를 바 없었다. 그러나 김기림은 그의 문학관을 저널리즘과의 밀접한 연관 관계에 의해 파악하고자 한 것으로 보인다. 특히 순문예적 성격이 강한 소설이나 시에 비해 김기림이 주로 쓴 수필은 저널리즘적 글쓰기의 경향이 강한 장르였다. 뿐만 아니라 그의 시 또한 저널리즘적인 생산 및 유통 관계 속에서 조명되어야 하는 부분이 강하다. 따라서 김기림의 많은 글들은, 저널리즘 문예의 특성을 고려하면서 이해될 필요가 있다

---

[279] 강수택, 『다시 지식인을 묻는다』, 삼인, 2001, 116면.

■■ 「봉산탈춤」. '민예소묘'라는 제목 아래 정현웅의 그림과 함께 이원조의 글이 실려 있다.(1938. 5. 4). 글과 그림을 떼어놓고 생각하기 어렵다.

고 판단된다. 더불어 처음 발표된 지면의 파라텍스트(paratext)적 성격이 텍스트 해석 및 평가에 일정한 영향을 끼칠 수 있음을 고려해야 할 것으로 보인다.

김기림의 글을 순수 문예 창작물로 보게 되면, '문학성' 여부, '모더니즘'이 논의의 중심에 오게 되고 이에 따라 논의 자체가 일종의 진공상태에 놓일 수도 있다. 그런데, 김기림은 대부분의 글을 그가 재직한 『조선일보』 학예란이나 그 자매지인 『조광』, 『여성』 등에 싣고 있다. 이 경우 순수한 문예물로서의 성격을 가진 글도 있으나 신문이나 잡지의 특집, 기획 기사의 성격을 갖는 것도 있다. 특히 신문 특집 기사나 연재물의 경우는 특집 기사가 갖는 일반적인 성격이나 다른 필자들과의 연관성 속에서 파악되어야 한다. 즉 저널리즘 문예가 갖는 컨텍스트적인 성격, 그리고 파라텍스트(paratext)에 대한 고려 등이 필요한 것이다.

예컨대, 김기림의 「길」을 보자. 이 글은 전집 간행시 대체로 '수필'로 분류된다. 그러나 '부적절한 비유나 무게없는 말놀이가 말끔히 가셔져 기품있는 서정의 경지에 이르고 있기 때문'에 '시'라는 보고, 그래서 「길」이 모더니스트 김기림과는 전혀 다른 일면을 보여 준다는 평가도 있다.[280] 그런데, 「길」이 서정적 기품을 갖고, '모더니스트 김기림과는 전혀 다른 일면을 보여' 주는 연유는, 「길」이 '저널리즘' 문예의 특징을 강하게 띤 탓에 있다고 판단된다.[281] 이는 곧 김기림의 「길」이 어디에 어떻게 실렸는가에 대한 원본 검증 작업이나 텍스트 판별 작업의 필요성을 제기한다고 하겠다.

「길」은 『조광』 1936년 3월호에 실린 글로 화가 장석표[282]의 그림과 함께 실렸다. '春郊七題'라는 기획 아래 마련된 것인데, 다른 문인들과 화가들도 이 특집에 참여하고 있다. 『조광』 목차란을 보면, 이 기획특집에 '二色畵文集'이라는 큰 제목을 달아 두었음을 알 수 있다.

「시내」- 김은호(화)/ 이은상(문)

「고목」- 김용준/이태준

「길」-장석표/김기림

「빈배」-김웅초/이원조

---

280 유종호, 『문학이란 무엇인가』, 민음사, 1989, 78~82면.
281 '저널리즘 문예'란, 단순히 신문이나 잡지에 실린 문예물을 의미하기 보다는 당시 신문 잡지의 기획 의도나 태도 및 지면의 특징이나 구성을 반영한 것을 의미한다. 당시 발표 지면은 대부분 신문이나 잡지였으므로 발표 지면이 신문이나 잡지였다는 것에서 '신문 문예'를 규정하는 것은 그다지 의미가 없다고 할 수 있다.
282 장석표는 김주경, 오지호 등의 양화가들과 1920, 30년대에 활동했으며 후에 월북하게 된다.

「황일」–최우석/백석

「서망율도」–구본웅/이상

「봄물가」–안석주/함대훈

　이 특집은 서울 근교의 봄 풍경을 화가와 문인이 짝을 이루어 묘사한 형식으로 되어 있다. 여기에 참여한 문인이나 화가들은 주로 당대의 신문이나 잡지에 관여했던 인물들이다. 이은상, 김기림, 김웅초, 이원조, 백석, 안석주, 함대훈 등이 『조선일보』를 거쳐갔다. 당시 종합 잡지의 문예면 필진들은, 문인 기자들뿐 아니라 문인 기자들과 친분이 있는 외부 필진들을 중심으로 꾸려졌던 것이다.

　『조광』에는 문인들의 글을 '문'이라고 규정해놓고 있다. 위의 특집에 관여한 문인들의 전집을 간행할 때 대체로 이태준의 「고목」이나 이상의 「서망율도」는 수필로, 백석의 「황일」은 시로 분류하여 싣는 것을 볼 수 있다. 이들 문인들이 이후 스스로 전집을 간행할 기회가 없었으므로 후대에 이 글들을 실을 때 자의적인 판단으로 장르를 규정한 것은 불가피한 것일 수도 있다. 그러나 김기림은 이들과는 다른 경우라고 보아야 한다.

　김기림의 「길」은 후일 김기림 자신이 수필집 『바다와 육체』(1948)에 재수록한다. 당시의 신문 잡지들의 기획 성격에 비추어보거나 이 글이 갖는 관습적인 장르 규정성을 고려한다면, 「길」을 수필로 보고 수필집에 실었던 것은 자연스러워 보인다. 당시 신문잡지들이 선호했던 것은 계절 특집 수필이나 여성수필이었는데, 이는 감성적이고 서정적인 문예 장르에 대한 독자들의 호응이 컸기 때문이다.[283] 당시 '수필'의 성격이 대체로 낭만적이고 감상적인 경향을 가지고 있듯 김기림의 수필

---

[283] 현동염은 이를 비판하기도 한다. 현동염, 「수필 문학에 관한 각서」, 『조선일보』, 1933.10.21.

또한 감성적이고 서정적이며 내면 고백체적 성격이 강하다. 삽화가들이 대체로 당대의 이름 있는 화가였던 까닭에 전체 지면의 성격이나 구성은 심미적인 아름다움을 지니고 있다. 이런 점을 감안하면 「길」을 굳이 시로 분류할 근거는 희박한 편이며,[284] '우연히 수필집에 수록한 것'이라는 주장은 그 근거가 부족하다. 「관북기행단장」(1936.3.14-20) 또한 『조선일보』 원본에는 별 다른 장르 표기가 되어 있지 않다.[285] 이 또한 수필집 속에 수록된 것이다. '시인 자신이 시로 기획했으나 적절한 기회가 없어 방치해 두었다가 수필집을 낼 때 버리기 아까워 수록했던 것으로 보인'다고 하는 근거도 희박해 보인다.[286] 이 같은 장르 규정의 혼돈이나 논란은 이들 텍스트들이 '저널리즘 문예'의 성격을 강하게 띤 탓이다.

김기림의 시는 당대 저널리즘의 관심사가 집약된 경우가 많다. 취재 기사의 일부를 시나 수필로 다시 쓴다거나, 도시나 지역 풍물을 독자의 기호에 맞게 평면적으로 나열해 보여준다거나 하는 것은 김기림의 저널리즘 관련 상황을 잘 보여주고 있다. 취재 기사에서 주로 다루어지는 시사적인 어휘들, '파시즘', '송경령', '송미령' 등을 김기림은 장시 「기상도」 등에 그대로 가져다 쓰고 있다. 이는 김기림의 저널리즘적 관심의 흔적으로 판단된다. 그는 기자였기에 시사적 문제에 관심이 많았고, 그것은 그가 시어의 선택에서 저널리즘적 언어 기호를 선택하는 결정적인 계기가 된다. 말하자면 야콥슨의 '시어의 선택과 배열'에 대한 논의에 비춘다면, 김기림의 시어 '선택' 기준은 대체로 시사적 어휘를 선택하는 것에 기울어져 있었던 셈이다. 그것이 은유 능력에 대한 시인으로서의 자질 부족으로 이해되는 원인이 된 것이다.[287] 김기림의 시는, 감정이나 천재적 개성을 강조하지 않고 '제작'을 강조한 그의 시적 전략과 대응된 것이다. 이것 또한 근본적으로 김기림의 저널리즘적 활동

---

284 김기림 작품 연보에는 대체로 수필로 규정되어 있다. 김학동, 정순진, 윤여탁 등이 작성한 연보에는 수필로 분류되어 있다.
285 『관북기행단장』의 경우는 김기림이 수필집에 수록했음에도 불구하고 대부분 연보에서 '시'로 분류하고 있다. 처음 신문에 실렸을 당시 연 구분을 해둔 것이 시로 판단하는 데 결정적인 기준이 된 것으로 보인다.
286 유종호, 앞의 책, 81면.
287 로만 야콥슨, 「언어의 두 양상과 실어증의 두 유형」, 『문학 속의 언어학』, 문학과 지성사, 1989, 93-116면.

이나 관심과 분리될 수 없다고 할 수 있다. 김기림의 시는 현대시에 대한 그의 의도와 전략, 그리고 사회부 기자였던 그의 시사적 관심이 녹아들어간 탓에 '순수 문예물'로서의 시적 감수성을 찾기가 쉽지 않다. 오히려 당대 유행했던 장르이자 '직접성의 양식'인 수필에 내면 고백적이고 서정적인 김기림 특유의 문학적 감수성이 풍부하게 나타나 있다고 할 수 있다.

따라서 김기림 연구에 있어, 김기림의 일련의 글들에 대한 장르 귀속 문제나, '텍스트의 성격과 모더니스트의 성격 사이의 간극'을 논의하기 이전에 저널리즘 문예가 갖는 일반적인 성격을 고려하는 것이 보다 더 합리적일 것으로 판단된다.

4. 학예면 시단과 김기림의 인식 변화

1930년대 김기림 등장은 시단에 중요한 변수로 작용하게 된다. 그는 『조선일보』에 입사한 뒤 학예면의 주요 필진으로 참가하면서 조선시단의 세대론적 변화를 이끌어내고, 현대시의 방향성이나 시의 평가 및 가치에 대한 기준을 제시하게 된 것으로 보인다. 『조선일보』시단의 필자들의 변모를 통해서도 이는 분명하게 감지된다.

김기림이 본격적으로 시론을 발표하는 1930년대 중반 이후, 『조선일보』학예면 시 평단에서 활동했던 인물은 김기림을 비롯, 이병각, 이양하, 윤곤강, 이원조, 최재서 등이며, 김재근, 김광섭, 이정구 등도 가끔 글을 썼다. 이 시 필진들의 면모에서 드러나듯 대부분 이른바 '모더니스트 계열'의 시인들 및 비평가들임을 알 수 있다.[288] 김안서의 시평도 보이기는 하지만[289] 세대론적인 차원에서 보자면 김안서는 이미 구세대적인 감각을 가진 탓인지 시각 자체가 진부한 느낌을 준다. '모더니스트' 시인들의 '반감정주의적인' 시들에 대해서 그는 부정적인 시각을 보인다. 그

---

[288] '저널리즘적 경박성'이나 '현학적 성격'이라 평가하는 논의들은, 김기림이 근대 문물이나 관련 어휘를 평면적으로 나열하는 방식과 무관하지 않은 듯 보인다.
[289] 김안서, 「7월의 시단(1~5)」, 『조선일보』, 1940.7.17~24.

의 시각은 1910년 중반기 이후 그가 사숙하고 애송했으며 모방하고자 했던 베를렌느 시풍의 단아하고 정감적이며 애상적인 정서의 세계에 대한 찬탄과 거의 다름이 없다. 그는 1910년대의 시각으로 1930년대 말기의 시단을 투영해보고자 하는 것이다. 그랬음인지 그는 백석의 「북방에서」와 같은 시의 '산문적 서술'을 철저하게 부정하는 태도를 보여준다. 대체로 애상적이고 감상적인 시들에 대한 선호를 버리지 않고 있는 것이다. 센티멘탈로맨티시즘을 부정하면서 반감정주의적 시의 계보를 작성했던 김기림의 시각과는 분명한 대립을 보여줄 뿐 아니라 당대의 대체적인 평가와도 동떨어져 있는 것이다. 즉 이병각, 이원조 등 김기림 연배나 후대의 평자들의 등장으로 시단의 세대론적인 시각이 성립되며 이로 인해 시의 해석이나 평가의 규준이 달라지게 되는 것이다.

『조선일보』 사보에 의하면 김기림이 학예부로 진입한 것은 동북제대 유학 후인 1938년인데, 학예부 차석으로 있다 학예부장이 된 것은 1940년 1월이다. 김기림이 학예부를 맡은 시기는 이 이른바 일제의 강압 정치가 극한을 달리던 때여서 학예면 기사 또한 점차 소략하기 그지없게 된다. 이전 시기의 아카데믹하고 문제적인 비평 및 시론, 수필과 시 등의 문예물과 연재물이 실리던 시기의 학예면에 비하기 어려울 정도로 학예면의 질적인 층위는 심각한 양상을 띤다.

폐간되던 해인 1940년에 김기림은 학예면에 그다지 많은 글을 남기지 않았다. 간단한 감상문인 「20세기의 서사시—올림피아 영화 민족의 제전 찬」과 '어휘집' 제하의 짧은 글들을 남기고 있다. 비평으로는 1)「시인의 세대적 한계」(4.20)와 2)「시의 장래」(8.10)를 남겼다.

먼저 1)은 문학의 동시대적 가치에 대한 김기림의 냉정한 시각이 돋보이는 글이다. 세대론적인 논란의 연장선상에 서 있는 글이지만 김기림 특유의 가치 중립적 세계관이 묻어 있다.

더군다나 [인제 겨우 몇 살인데 벌써 신세대니 구세대니 하고 가리느냐] 하는 유의 말은 문화사라든지, 문학의 사회적 관련성이라든지, 창작 활동의 자기 반성의 과정 이라든지에 대한 견식이나 체험과는 전연 인연이 먼 노방의 잡담 밖에는 아무것도 아니다.**290**

'근년의 이러한 격렬한 사회적 변이' 앞에서도 김기림은 냉철하게 사회적 변이 와 문학적 임무에 대한 식견을 보여준다. 당시 김기림 또한 임화, 서인식 등 당대 지식인들이 처한 시대적 절망과 혼돈으로부터 자유로울 수 없었을 것이다. 그러나 이 글을 통해 김기림은 다음 세대가 문학의 미래적 임무를 완수할 수 있기를 기대 하고 있다.

이 같은 흐름 속에서 『조선일보』 폐간호에 발표된 김기림의 「시의 장래」가 주 목되지 않을 수 없다. 그의 글은 폐간으로 인한 시의 위기의식을 징후적으로 드러 내 보이면서도 그간 시단의 침체를 뚫고 시의 미래를 모색하고자 하는 예지적 결단 을 보여준다.

2)는 흥미롭게도 『조선일보』 폐간호에 실린 글이다. '폐간'은 아무도 생각지 못한 상태에서 갑작스럽게 온 것이 아니라 이미 예고된 것으로 알려져 있다. 김기 림이 폐간호에 실을 시를 당시 신진 시인이었던 서정주에게 부탁했다는 일화가

---

290 김기림, 「시인의 세대적 한계」, 『전집』 2, 337면.

있다. 즉 이 글은 이미 김기림이 폐간을 염두에 두고 마지막으로 '시의 장래'에 대한 의미 있는 발언을 한 것으로 생각할 수 있다. 따라서 이 글은 김기림의 일제시대를 읽는 눈과, 문학자의 자기 임무에 대한 인식과 윤리적 태도를 살펴볼 수 있는 텍스트로 판단된다. 2)는 앞의 1)에 대한 논의를 좀 더 심화시켜 논의의 결론을 삼은 것으로도 볼 수 있다. 김기림 논의의 요점은, 시인은 근대 이후 정신적 망명객이었으며, 그가 시선을 자신의 내부로 돌릴 때 자기분열의 침통함에 벗어나지 못하고 외부로 돌릴 때 통렬히 세상을 매도하고 꾸짖고 조소하는 운명으로부터 벗어날 수 없다. 시대와 시인의 대립은 결국 시인의 정신적 불균형과 위기의식을 초래할 수밖에 없다는 것[291]이다. 김기림의 위기의식이 단순히 '근대'에 대한 독서체험이나 사변적 차원의 형식 논리에서 나온 것이 아님은 이 글을 통해서도 드러난다. 사회부에 소속 특파 기자로 사건 현장에 파견되어 현실적인 여러 사건과 문제를 체험한 김기림의 이력에서도 확인되거니와, 그가 쓴 글들에서도 그의 현실 감각은 분명하게 드러나 있다. 그는 '투명한 지성이라고 하는 것이 시대의 격동 속에서는 쉽사리 부서질 수 있다는 것을 눈으로' 본 저널리스트이자 지식인이었던 것이다.

> 시인은 자신을 위해서, 세계를 위해서도 [내일]을 발견해야 했다. 그것은 다름 아닌 한 시대를 사는 사람의 역사적 자각과 통찰과 예감에 의하여 붙잡은 생존의 신념이다. 그것은 결코 생활의 신념을 가리킨 것이 아니다. 생활조차를 던져버릴 수 있는 생존의 신념이다. 그것은 또한 단순한 객관 세계의 개념적 구성이 아니다. 그러한 개념적인 사상의 砂土 에서는 시가 말라버린다는 것은 우리가 체험을 거쳐서 겨우

---

[291] 김기림, 「시의 장래」, 『전집』 2, 338~340면.

얻은 귀중한 수확의 하나다.[292]

　김기림을 관념론자로, 그의 시론을 '추상적 관념'의 수준에서 형식 논리로 펼쳐진 것이라고 평가할 때, 이는 김기림의 지식 이해의 수준이 얕음을 말하고자 한 것이다. 그러나 '원본'(originality)이나 창안자의 관점에서 보면 그것을 수용하는 자의 이해 수준은 피상성을 면치 못하거나 경박하기 이를 데 없을 것이다. 그것은 지식을 수용하는 자의 한계이기도 하겠지만, 실은 원본과 모방의 운명론적 관계일 수도 있는 것이다. 모방은 항상 모방에 지나지 않음으로 해서 원본이 갖는 깊이를 운명적으로 포회하지 못하는 것이다. 이를 두고 '한계'나 '피상성'이라고 한다면 우리 근대문학사, 시사의 서구 지식과 이론의 수용은 '결함'과 '한계'의 역사 바로 그것에 지나지 않는다. 그것의 결함과 한계를 지적해내기보다는 서구 이론이나 지식의 수용을 통한 우리 근대문학의 활로 개척의 양상과 그것의 '계보학'을 작성하는 이른바 '지형적 탐색'이 좀 더 유의미할 것이다. 따라서 김기림을 두고 서구 원본의 미달형, 곧 모더니즘의 피상적 수용자나 이해자로 규정하는 것은 불합리한 측면이 있다.

　위의 인용문에 나타난 '객관 세계의 개념적 구성'이라는 말은, 이른바 '관념성'이나 '피상성', 혹은 '형식논리학'이라는 말과 유사한 것으로 이해된다. 그러나 위에서 보듯, 이는 김기림 자신이 우려한 것이기도 했던 것이다. 그는 적어도 투명한 지성이 빠질 수 있는 함정이나, 추상적 사고가 필연적으로 귀결할 형식 논리의 위험성에 대해서는 의식을 하고 있었던 듯하다. '시대를 사는 사람의 역사적 자각과 통찰과 예감에 의하여 붙잡은 생존의 신념'이라고 말한 것은 현실적 감각이며

---

292 김기림, 앞의 글, 339면.

삶의 구체성에서 나온 역사적 경험을 말한 것이다. 이는 단순한 '생활의 신념'과도 분명히 구분되는 것이다. 그 토대 위에서 시의 생존 조건이 도출될 수 있다는 것이 현대시의 생존에 대한 김기림의 직관적 판단이었다. 폐간을 앞두고 시의 미래를 통해 역사를 내다보고자 했던 김기림의 이 같은 예각적 사고가 '관념적 수준'에서 도출된 것으로 판단할 수는 없다는 것이다.

「민족과 언어」[293]는 김기림의 사유나 현실 감각을 이해하는 데 중요한 텍스트로 판단된다. 여기서 김기림이 우려하는 것은 형식 논리나 절충주의 혹은 '개념적 구성'의 사유가 갖는 함정이었던 것으로 보인다. 당시 황국 신민화 정책의 일환으로 조선어 문자 활동이 불가능해지면서 문단에서는 일본어 창작설까지 대두하게 된다. 이 상황에서 김기림은 '민족과 언어'의 문제가 매우 절박하면서도 자신의 '가슴 한 편에 체한 듯' 머물러 있는 문제라고 진단한다. 그는 '여러 제국의 식민지 언어 정책'에 관한 궁금증을 피력하면서, '민족과 언어는 결국 거의 존멸을 함께 할 것 같다'고 판단한다. 일단의 지식인들이 공용어로서의 일본어를 주장하면서 '민족어의 소멸, 민족 문화의 소멸'이 곧 '단일문화의 실현'으로 이어진다는 이상을 펼치고, 결국 이를 '사실 수리'할 때, 김기림은 이를 부정한다. 즉 이 같은 귀결은 '민족들 사이의 물적 경계가 없어지고 훨씬 뒤에 올 일'이라고 보기 때문이다. '원리와 정책(이상과 현실)'의 혼동에서 오는 오류와 이상주의의 함정을 그는 분명하게 인식하고 있었던 것이다. '민족과 언어'라는 일견 '추상적 관념'이 정치적 경제적 요점과 결코 분리될 수 없는 것임을 김기림은 무엇보다 절실하게 체득하고 있었던 것이다.

실제 일본의 언어 정책은 일제 말기에 오면 강력한 통치 체제를 구축한다. 즉

---

[293] 『조선일보』, 1936.8.28.

조선어와 일본어의 동시 사용을 용인하던 입장에서 조선어 사용 금지라는 명백한 '언어말살 정책'을 펴나간다. 조선의 민족어 소멸을 통한 조선인의 황국 신민화를 획책하는 중요한 수단의 하나로 조선어 곧 조선 민족어의 소멸을 중요한 언어 정책으로 간주하게 되며 일부 작가, 지식인들이 이에 동조하게 되는 것이다. 그럼에도 김기림은 이 문제를 '현단계에서는 한 민족이 그 민족의 말을 내던지는 것은 역사의 진전에 대한 봉사가 아니고 도리어 그 배반'이라고 못을 박는다. 그러기에 김기림의 '형식주의 논리'가 구체적인 현실 감각의 결여나 추상적 피상적 사고에서 기인한다'는 주장은 수긍하기 쉽지 않다. 김기림의 논의들은 투명하고 무균질한 사유의 공간에서 나온 것이 아니라 당대의 정치적 경제적 환경에서 배태된 것이다. 김기림의 '모더니즘'이 현실 인식의 미비나 관념적 수준의 사고에서 나온 것임을 주장하는 논의들이 간과하고 있는 점이다.

　김기림은 이 폐간호의 마지막 글을 통해 시인의 임무를 '내일의 발견'이라 규정했다. 그는 동시에 이를 '생존의 신념'이라는 절박함으로 이해했다. 그의 '전체적 인간'이라는 명제도 여기에서 비롯되었던 것으로 보인다. 논리적으로 '지성과 정의', '정신과 육체'와 같은 '절충'의 해법이 필요했을 법하지만, 이것 자체가 김기림의 '개념적 구성'에서 만들어진 '추상의 산물'로 규정할 수 없다. 그는 '복잡괴기'한 시대의 위기 앞에서 '시인을 통하여 역사를 예감하'고자 했던 지식인이었던 것이다. 폐간호를 앞에 두고 김기림은 이 '내일을 예견하는 임무'에 시의 장래를 걸었다. 김기림의 이 마지막 글은 견자로서의 시인의 목소리를 반향한다.

　이 전환기의 복잡 괴기한 운무를 뚫고 시는 어쨌든 적으나마 끊임없는 閃光이라야

하겠고 그러함으로써 새로운 시대의 전령일 수 있고 또한 다시 집단의 소유로 돌아 갈 것이다.[294]

김기림이 예견한 시의 예언자적 임무는, 그가 해방 후 문학가동맹에 가입하면서 발견한 '공동체와 일군의 전위 시인'[295]들에 의해 이어짐으로써 좀 더 큰 공명을 얻게 된다. 이는 해방공간 김기림의 활동이 '변신'이나 '모더니스트의 자기 갱신'의 관점에서 이해되기보다는 좀 더 본질적으로 지식인으로서의 그의 사유의 큰 테두리 내에서 이해되어야 할 것임을 시사한다고 하겠다. 그 일련의 활동 및 사유의 흐름은 바로 김기림의 기자 활동과 관련이 있음을 지적할 수 있겠다.

5. 해방공간과 김기림

해방공간에서의 활동 반경과 인식의 변화 여부와 관련해서 '기자 김기림의 존재'를 주목할 필요가 있다. 이 같은 관점에서 새로 찾은 자료들을 중심으로 김기림의 해방 공간에서의 활동과 문학관의 변모를 조명할 필요가 있다. 해방공간에서 김기림은 좌파 문학 노선을 견지했던 것으로 알려져 있으나 그의 인식은 1948년 말을 즈음해서 변화를 보인다. 해방공간에서 보여준 김기림의 활동은 문학가동맹의 이념과 노선에 지속적으로 긴밀한 관계를 보여주지 않는 것이다.[296]

일제시대 김기림의 기자 생활은 1940년 8월 『조선일보』 폐간과 함께 일단 마감을 한 뒤, 해방공간에서 계속된다. 공립통신은 1945년 11월경 김승범이 창립해 6.25 때까지 발행된 좌경색채의 통신사였는데, 김기림은 공립통신에서 1946년~47년경 편집국장으로 재직한다.[297] 김승범은 1932년 2월 19일 『중앙일보』 오사카 지

---

294 『조선일보』, 1940.8.10.
295 「공동체 발견 詩壇 瞥見」, 『문학』 1-1, 1946.7.
296 이를 고려하지 않고 그의 납북, 월북 등을 거론하는 논의는 공허해보인다. 마치 그가 '월북'을 선택한 것으로 보고, 이를 해방공간에서의 활동과 연관시키려는 연구도 있다. 1948년 말, 1949년 초와, 그 이전은 시나 시론 등에서 인식상의 차이를 보여준다.
297 그때의 기록으로는 「신문기자가 될려면」, 『신문평론 2호』, 1947.7.

국장으로 출발하여 같은 해 11월에 『조선일보』 오사카 지국장을 거쳐 본사 경리부로 옮겨와 1936년 10월에 사퇴한 인물로, 이 시기의 인연이 공립통신에까지 이어지지 않았나 추측된다. 공립통신은 일본의 공동통신을 비롯해, 중국의 중앙통신, 소련의 타스통신 등 공산권 통신과도 제휴를 맺었다. 1948년 1월 13일 『독립신보』, 『조선중앙일보』, 『우리신문』 등이 인민공화당의 UN 반대 성명서를 게재했다가 압수당하고 공립통신 편집국장이었던 김기림이 일시 구금되기도 하였다.[298] 이상이 김기림의 해방공간에서의 언론 활동이다.

잘 알려진 대로 김기림은 1946년 결성된 문학가동맹에 가입해 시부 위원장이 된다. 그 당시 김기림은, 같이 가입한 정지용과는 달리 본격적인 활동을 하게 된다. 작품 활동도 눈에 띄게 두드러진다.[299] 낭독시에 대한 글이 발표된 것은 문학가동맹이 자주 개최한 대중 강연회와 무관치 않다. 조선문학가동맹 시부 시인의 집에서 개최한 '시의 밤' 행사시에는 많은 시가 낭독되었다. 김기림은 낭독시에 대한 이론적 작업을 할 뿐 아니라 〈자유와 시인〉이라는 제목으로 강연을 한 것으로도 확인된다.[300]

해방공간에서 혼란과 격동의 내면이 살아 있는 1947년경의 글들은 당시 '나라 만들기'의 열망이 표면화된 것인데, 1949년경에 오면 이 같은 욕망과 의지는 많이 거세되어 있다. 1949년 6월 보도연맹이 설립되고, 종료 문인들의 월북과 미군정의 좌익 소탕 작전으로 인한 좌익 경력의 불안감 등이 주요 원인이 되었겠지만, 지식인이 겪은 현실에 대한 좌절과 환멸이 무엇보다 작용했을 것이다. 그의 이지적이고 분석적인 판단력이 크게 작용한 것이라 하겠다.

해방 공간에서 1947–48년 사이의 인식과 1949년경의 인식에는 비교적 선명한 차이가 나타나 있다. 「시와 민족」(『신문화』, 1947), 「낭독시에 대하여」(『신민일

---

298 정진석, 『돌아오지 못한 언론인들』, 대한언론인협회, 2003, 266면.
299 해방공간의 김기림의 활동에 대해서는 김용직, 『해방기 한국 시 문학사』, 민음사, 1989, 186–194면.
300 문학가동맹, 시의 밤 팜플렛, 1946. 4. 20.

보」, 1948.3.13),「예술에 있어서의 정신과 기술」(『문장』, 1948.10),「새 문체의 확립을 위하여」(『자유신문』, 10.31-11.2)는 문학가동맹의 이념적 노선에 대체로 부응하는 경향을 보여주고 있으며,「체험의 문학」(『경향신문』, 1949.1.4),「시조와 현대」(『국도신문』, 1950.6.10) 등은 이념적이기보다는 기존의 학구적이고 지성적인 논의들의 연장선상에 있다. 즉 그는 1948년 무렵 점차 문학가동맹의 이념과는 다른 스펙트럼을 보여준다. 그러고는 점차 본래의 아카데믹하고 지성적인 논객으로 귀환하는 듯 보인다. 최근 새롭게 확인한 자료를 통해 확인해보자.「우리들의 악수」(『학생월보』2호, 1947.5)와「새해 앞에 잔을 들고」(『주간서울』, 1949.1) 사이에는 현실을 보는 시각의 차이나 인식론적 간격을 느낄 수 있다.[301] 그 차이는 지성과 교양으로 무장한 지식인이었던 김기림이 마주한 이상과 현실의 차이에 대한 확인일 수 있다.[302] 즉 지식인으로서 파악한 해방공간에 대한 비판의 맥락에 있는 것이다. 전자의 경우는 이른바 '나라 만들기'의 열망이 분명하게 감지되고 있지만, 후자의 경우는 자기 성찰 의식이 눈에 띄게 드러나 있음을 주목할 수 있겠다.

「우리들의 악수」는 해방 후의 나라 만들기의 열망을 '강철의 궤도'와 '내일로 뻗은 두 줄기 길'이라는 이미지로 제시한 것이다. 서정시 본래의 내면적인 서정성과 이미지를 보여주기보다는 직접적인 진술이 주가 되어 있다. 이는 1947년경에 쓴 다른 글들과 거의 다를 바 없다. '나라 만들기'의 강렬한 열망이 직접적으로 진술되어 있고 시적 정제미나 밀도 있는 내면적 정서를 찾아내기는 어렵다.『국학』2호에서 특집으로 설문 조사를 했을 때, 김기림이 제시한 답과, 위의 시에 나타난 입장이나 현실을 바라보는 태도는 차이나지 않는다.[303] 후배 시인 이병철이 '언론 출판에

---

[301] 자료를 제공해주신 서울 보성고등학교 오영식 선생님의 호의에 감사드린다.
[302] 김학동,「이상노, 운성의 무덤 위의 김기림」,『김기림 평전』, 318면.
[303] 김기림,「국학」, 2, 1947. 4. 18.

대한 악질적 무법박해를 피해 상징수법이 재등장하는 데 대한 견해가 무엇인지'를 물었을 때[304]의 대답에서도 김기림의 1947년경의 사상적 스펙트럼을 확인할 수 있다. 그는 고래의 상징적 수법에 대해 분명한 반대를 표시[305]한다. 해방공간의 새로운 환경을 그리는 데 그것을 예술의 세계에서 조탁해 들어간다는 것은 어려운 일이며 혼매한 옛 수법에 만족하느니 차라리 딴 것을 찾아야 한다는 논리이다. 이 논리는 결국 「새 문제의 확립을 위하여」에 나타난 문화의 대중화, 민주화라는 문학가동맹의 이념, 테제와 상응하는 것으로 보아야 할 것이다.

반면, 「새해 앞에 잔을 들고」는 김기림의 인식 변화를 읽을 수 있다. 그는 미래의 희망이나 새로운 나라 만들기의 청사진은 이미 '금이 갔다'고 말한다. 1949년 벽두에 그는 금이 간 민족과 거짓의 과거와 무너져가는 '우리의 생각'을 위해 잔을 들어야 한다고 썼다. 현실은 이상보다 앞선 탓이며 그것이 삶과 역사의 리얼리티였던 것이다. 해방을 맞으면서 가졌던 많은 포부와 희망들이 시간이 흐르면서 희미해지거나 퇴색된다. 정국의 혼미와 이념 논쟁, 갈등의 소용돌이를 겪고 김기림은 '도그마는 피보다 진하다'고 결론짓는다. 너무나 헤픈 목숨과 청춘의 피눈물 나는 손실 앞에서 그는 우리 자신을 '어린 광대'로 희화화한다. 「새나라송」과 「새해 앞에 잔을 들고」를 한자리에 놓고 보면 이 같은 변화가 더욱 선명하게 감지된다.

1)거리로 마을로 山으로 골짜구니로

　이어가는 전선은 새나라의 神經

　일흠없는 나루 외따른 洞里일망정

　빠진 곳 하나 없이 기름과 피

---

304 이병철, 「김기림씨에게 드리는 편지, 시작에 상징기술은 약하」, 『예술신문』, 1947.5.5.
305 김기림, 「이병철 군 서한에의 회답-새로운 시는 명확 단순 소박하게」, 『예술신문』, 1947.5.5.

골고루 도와 다사론 땅이 되라

(「새나라송」 부분, 「새노래」, 1948.4.)

2)불꺼진 공장

헐벗은 마을

빛 다른 물건 나부랭이만 넘치는

거리 거리

너나 없이 숨이 찬

(「새해 앞에 잔을 들고」, 「주간 서울」, 1949.1.10.)

　　1)과 2)의 인식 사이에는 분명한 균열이 존재한다. '새나라로 가는 신경'이 될 것
같았던 그 길은 이제 폐허와 분열과 절망의 길이 되어버린 것이다. 미래를 가는 희망
의 길은 결국 '옛 꿈'의 길일 뿐이다. 꿈을 깨 보니 그들 앞에는 결코 아물지 못할 '상
처'가 있었던 것이다. '철철철 넘치는 잔을 민족의 이름으로 들자'고 김기림이 말했
을 때, 그 잔은 분열과 모욕의 상처를 씻는 성배의 그것이어야 했던 것이다. 이 시절
김광균의 회고(『언론인사화』)나 그 후의 여러 증언들을 종합해보면, 그는 1949년에
들어서서 이미 문학가동맹의 이념적 노선과는 다른 입장에 있었던 것으로 확인된
다.306 김기림은 6.25 직후 일선 군인들에게 배포할 목적으로 펴낸 소책자 '전우위문
문집' 『승리를 위하여』에 「결혼」을 수록하고 있는 것도 확인된다.307 따라서, 해방공
간에서 김기림의 문학가동맹 활동을 '모더니스트에서 리얼리스트로'의 '변신'이라
는 관점에서 해명하면서 이를 '월북'까지 연관시키는 논의는 재검토될 필요가 있다.

306 이활, 『정지용 김기림의 시세계』, 명문당, 1991, 304면.
307 전국 공산주의타도연맹발행, 「승리를 위하여」, 『전우위문문집』 1집, 61면.

1. 기자 김기림과 현실주의적 시각

김기림의 사상적 편린이나 문학관은 전 시기에 걸쳐 통일된 관점을 유지하는 것이 아니며, 상호 충돌하고 모순되기도 한다. 1930년대와 해방공간에서의 그의 인식론적 차이와 정치적 '변신'에 대해서는 많은 논의들이 있어왔고, 이것의 내적 논리를 탐구하고자 하는 논의도 꾸준히 뒤따랐다.[308] 이 같은 '차이'와 '변신'에 대한 논의들이 한 가지 간과하고 있는 것은 '언론인 김기림'의 존재에 대한 관심이 아닌가 한다.[309]

따라서 여기에서는 지금까지 이 책에서 논의해왔던 '언론인'으로서의 김기림을 주목하면서, 초기에 기자로서 남긴 글들을 중심으로 그의 글쓰기와 문학관의 문제를 검토하고자 한다. 여기에는 '모더니스트'로 규정된 김기림의 면모와는 다른

---

[308] 김용직, 「모더니즘과 그 초극 시도」, 『한국 현대시 해석 비판』, 시와시학사, 1993.
[309] 졸고, 「1930년대 신문 학예면과 문학 담론 형성의 의미−조선일보를 중심으로」, 『한국언론학술논총』, 2003 참조; 「텍스트의 발견과 텍스트의 해석」, 국제어문학회 발표문, 숭실대학교, 2004. 5.1; 문성숙, 「김기림 연구−1945년 이전의 활동을 중심으로」, 동국대학교 대학원 석사, 1976.

■■ 1930년 '5. 30 간도 폭동' 사건을 취재하고 남긴 김기림의 연재 기행문 「간도기행」. 저널리스트이자 지식인으로서 현실을 보는 시각이 드러나 있다.

지점에서 그의 텍스트가 포착되어야 한다는 의미가 전제된다. 그가 남긴 글들을 실제로 살펴봄으로써 이 책의 의도에 좀 더 충실하게 접근할 수 있으리라 판단되는데, 여기서 연구자들에게 대체로 알려지지 않은 「간도기행」을 중심으로 저널리즘적인 초기 글들에 대해 논하고자 한다. 이 장에서는 실증적인 연구가 주가 될 것이다. 이 논의를 토대로 김기림의 문학관의 변화나 그의 글들의 상호 텍스트성에 관한 논의가 이어지기를 기대한다.

김기림이 기자가 된 직후 발표한 글들에는 '모더니스트'로서의 면모가 뚜렷하게 드러나지 않는다. 「간도기행」, 「두만강과 유별」과 같은 글에서는 민족주의적인 시각과 현실에 대한 자각이 나타나 있다. 「시인과 시의 개념―근본적 의혹에 대하여」, 「시의 기술, 인식, 현실 등 제문제」, 「신민족주의문학운동」 등의 평문에서도 시의 현실주의적인 기능에 대한 인식은 그 저변에 깔려 있다고 평가된다.310 김기림의 '현실주의적인' 시각을 '추상성'의 관점에서 비판하고 있는 논의도 있으나311 이는 김기림을 '모더니스트'로 규정하고 김기림 문학의 전체를 이 관점에서 설명하고 비판하는 맥락에서 비롯된 것이다. 김기림의 현실을 보는 시각은 '추상성'을 띠거나 원론적인 수준에서 제기된 것은 아니었고 대부분 언론인으로서 가졌던 세계 인식과 지식인으로서의 보편주의적 시각을 바탕에 깐 것이었다.

1930년대 쓴 글들을 보더라도 『조선일보』 기자 초기에 썼던 글들과 휴직한 이후 복직한 뒤 발표한 글에서어떤 차이가 감지된다. '입장'의 차이라기보다는 시대의 변화에 따른 문학의 방향성 및 문학자의 역할의 차이에 대한 인식을 표명한 것이 아닌가 한다. 실제 문학 활동의 실천적인 측면에서 보더라도 그는 시와 시론, 시와 희곡 및 소설 등 장르와 장르 사이의 '문학성'의 균열을 보여주기도 한다. 이를 '피상성'이나 '근대문명 숭배열'로 간단하게 재단할 수는 없는 듯 보인다. '모더니스트'에서 '리얼리스트'로의 '변신', '문학적 신념의 굴절', '피상적 모더니스트의 비극'이라고 평가하는 논의들은 결국 '모더니스트' 김기림을 결정화하는 논리로 작용한다. 말하자면 장르의 차이나 모더니즘과 리얼리즘의 차이를 전제하기 이전에 김기림에게 좀 더 본질적으로 내재하고 있는 가치관이나 성향에 대한 고려가 필

---

310 정순진, 「김기림 비평 이론 고찰」, 『김기림』, 정순진 편, 새미, 1998, 220면.
311 이남호, 「현실과 문학과 모더니즘」, 앞의 책 , 39-68면.

요한 것이 아닌가 생각되는 것이다.[312]

　　그 한 방편으로 김기림의 초기 글을 주목할 필요가 있다. 김기림의 초기 글에서 보이는 현실주의적인 시각이나 그가 사회부 기자로서 노동조합 문제 등에 관심을 기울이게 되는 것은 우연의 사실로 넘겨버릴 수는 없을 것 같다. 또한 '문학'에 뜻을 품은 연유가 '문학을 하되 무엇인가 값있는 것을 만들어보겠다'는 것이었다는 그의 주장도 음미할 사항이 아닐 수 없다. '센티멘탈리즘에 대한 부정'이 시 양식의 혁신이라는 장르론적 문제를 넘어선 것일 뿐 아니라 문학의 현실적 기능에 대한 자각을 의미하는 것이라 판단되는 것이다. 그가 '굳은 시대 의식'이라고 말한 것은 문학적 소임 못지않게 지식인이자 언론인으로서의 현실 감각에서 비롯된 것과 무관하지 않은 것이다.

　　김기림의 사회학적 민족주의적 관심에는 앞서 언급한 신문사 동료 기자이자 초기 사회주의운동을 했던 이여성과의 관계를 주목해야 할 것이다. 김기림의 이여성[313]에 대한 언급은 「붉은 울금향과 「로이드」안경」[314]에 나타나 있다. 이 글에서 김기림은 '이형은 나의 2년 동안의 서울 살림 중에서 얻은 최대의 우정이다'라고 쓰고 있다. 1930년 일본 유학에서 돌아와 『조선일보』에 입사한 뒤 그는 누구보다도 이여성과 깊은 우정을 나누었던 것이다. 김기림이 입사한 후 편집국의 인상을 기록하면서[315] 귀 50개 달린 메두사형의 괴물로 그려 둔 인물이 바로 이여성이 아닌가 앞에서 밝힌 바 있다.

　　이여성은 매우 흥미로운 인물이다. 그가 관계했던 많은 일에서 그의 민족주의적 성향을 강하게 느낄 수 있다. 그는 초창기 김약수 등 사회주의자들과 아나키즘, 공산주의 활동을 했던 인물이며 민족 미술에도 관심을 가져 그의 아우인 이쾌대에

---

312 신범순은 문학론과 전기적 체험 사이의 연관성에 대해 주목한다. 신범순, 「김기림의 근대성 추구에 있어서 '작은 자아' '군중' 그리고 '기술'의 의미」, 『한국 현대시의 퇴폐와 작은 주체』, 신구문화사, 1998, 97면.
313 1918.중앙고등보통학교 졸업. 대구에서 혜성단 조직 폭동을 계획하다 발각되어 3년간 감옥 생활, 일본 릿쿄(立敎) 대학에서 정치경제학 전공. 북성회 관여. 1945년 8월 건국준비위원회 선전부장. 1948년 해주에서 열린 남조선인민 대표자대회에 참가해 최고인민회의 대의원으로 선출되면서 북한에 잔류. 강만길 외 편, 『한국사회주의 운동 인명사전』, 창작과비평사, 1996.
314 김기림, 『전집』5, 심설당, 1988.
315 김기림, 「신문기자로서의 최초 인상: 저널리즘의 비애와 희열」.

게 서양 화풍을 넘어서서 조선적인 미술에서 방향을 찾을 수 있도록 영향을 크게 끼친 인물이다.316 이여성은 1930년대 초기에 이미 신문지상을 통해 피압박민족 혹은 약소민족들의 삶과 현실에 대한 관심을 지속적으로 드러내었다. 이여성은 월남, 필리핀, 인도, 이집트, 유대 민족 들의 현재적 삶과 장래 문제에 대한 글과 재미 흑인 운동 등에 관한 글을 남겼다. 특히 그의 매부이자 『조선일보』 정치부 기자이기도 했던 김세용과 공저로 남긴 『숫자조선연구』는 당시의 역작으로 평가받고 있다.317 『숫자조선연구』는 1931년 4월 19일부터 8월 28일까지 '청정생'이란 필명으로 『조선일보』에 발표된 것을 토대로 삼은 책이다. 『조선일보』 연재 이후 『삼천리』, 『시대공론』, 『동광』, 『비판』 등의 잡지에 단편적으로 발표했던 것을 1931년부터 1935년까지 다섯 차례에 걸쳐 세광사에서 발간했다. '세광사'는 이여성이 직접 운영한 출판사로 알려져 있다. 1931년 7월에 발간된 1집은 『조선일보』에 그해 6월까지 연재된 것들을 모아서 조금 수정을 한 상태로 엮은 것으로 『조선일보』에 재직하면서 연재를 하고 동시에 책 발간 작업을 진행했던 것으로 보인다. 이 책은 통계 숫자를 통해 조선의 현실을 극명하게 보여주고 있어 이여성의 이념적 성향을 반영한 책이라 할 수 있다.318

이여성이 『조선일보』 조사부장이 된 것은 그가 상해 등지의 방랑 생활에서 돌아온 이후로 알려져 있는데, 이때 공채기자로 들어은 김기림과 친밀한 관계를 맺었을 것으로 추측된다. 김기림의 「간도기행」, 「시인과 시의 개념」, 「신민족주의문학운동」 등은 이여성과의 우정이나 영향을 감지할 수 있는 텍스트로 보인다.

김기림의 입사 초기의 글들은 단순히 '모더니스트'의 문학적 입장으로 설명하기에는 난점이 있다. 김기림은 초기부터 모더니즘 이론을 집중적으로 소개하고 있

---

316 윤범모, 『한국근대미술』, 한길아트, 2000, 262–266면.
317 「약소민족운동의 전망」은 『조선일보』 1931.1.1–1.31일까지 22회에 걸쳐 연재되었다.
318 김경재, 「애인에게 보내는 책자」, 『동광』, 1932.11.

지는 않다. 그가 모더니즘 소개와 비평에 집중적으로 매달리는 시기는 1934년 이후이다. 초기 사회부 기자로 활동하면서 민족주의적이면서 현실주의적인 시각을 보여주던 글들은 휴직한 이후에는 거의 사라진다. 아마 1930, 31년 간도폭동, 만주사변 등 국내외 정세의 영향으로 문단이나 저널리즘의 상황이 크게 위축되던 것과 관련이 있을 것이다. 김기림의 작품 연보에서 수필이나 시 단상 등이 비평이나 정론적인 글에 비해 눈에 많이 띄는 시기는 신문사를 떠나 있었던 1931, 32년경과 복직 후인 1933년경이다.

　　김기림이 복직 후 매달린 것은 학문적인 성격이 짙은 시론이나 비평이었다. 그는 1934년부터 「문예시평」(『조선일보』, 1934. 3.25~4.3)을 통해 본격적이고 논쟁적인 문학 담론의 장을 열게 된다. 「현대시의 발전」(『조선일보』, 1934. 7.12~22), 「장래할 조선문학은」(1934.11.14~18)과 같은 본격적인 문예비평적 담론들이 이 시기에 펼쳐진다. '모더니즘 시론'으로 익히 알려진 김기림의 역작 「오전의 시론」(『조선일보』, 1935.4.20~5.2, 6.4~6.24) 등도 이 시기에 집필된다. '모더니즘 이론'에 대한 소개가 집중되는 이 시기가 오히려 김기림의 '변신'을 말해주고 있는 것은 아닌가 생각된다. 1934, 35년경 학문적 이론 탐구와 시론 소개로 그의 관심이 집중되면서 그의 초기의 민족주의적 관심은 문학 내적 문제로 돌려진다. 무엇인가 새로운 문학을 만들겠다[319]는 그의 욕망은 1930년대 중반을 넘기면서 시론이나 비평론 등의 집필에 많은 노력을 쏟아붓게 만들었다고 판단된다. 1933년 구인회가 발족되면서 구인회의 중심인물 이상, 정지용 등의 시에 대한 실천 비평이 구체화되면서 모더니즘 이론 소개도 좀 더 활기를 띄게 되었을 것이다. 대외적 정세의 악화에 따른 카프 해산 등의 문단 내적인 위기감 또한 더 이상 현실주의적인 시각을 반영하기 어려운

---

[319] 편석촌, 「문단불참기」.

상황에 처하게 했던 한 가지 이유이다.

2. 「간도기행」의 민족주의적 성격

그가 사회부 기자로 있으면서 『조선일보』 지면에 남긴 글 중 그다지 알려지지 않은 것은 「간도기행」(1930.6.12-26)과 성진농민조합사건공판을 방청하고 보낸 기사문 (1934.10.17), 이 사건 피고들의 신간회 해소 이후의 활동을 다룬 기사(1934.10.17), 그리고 '생활해전 종군기' 제하로 제주도 해녀들을 현지 취재한 연재 기사 (1935.8.2-9)가 있다. 『조선일보』 지면에 실린 첫 작품으로 기록되는 「오후와 무명 작가들」[320]의 경우, 그 이전에 쓴 일기를 초한 것이어서 엄격하게 기사문이나 신문 학예면의 게재를 전제하고 씌어진 글이라고 보기 어렵다. 김기림도 분명하게 '발표 하기 시작한 것도 우연히 신문기자였던 까닭에 자기 신문 학예면에 출장갔던 기행 문을 쓰기 시작한 데서 비롯했고'[321]라고 밝히고 있는 점으로 보아 김기림 스스로 도 첫 발표 작품을 「간도 기행」으로 인식했을 가능성이 있다.

　정작 내용이나 질적인 가치를 보더라도 김기림이 기자로서 학예면에 남긴 중 요한 글은 「간도기행」으로 판단된다. 이 글은 김기림의 초기 언론 활동과 사상적 저 류를 이해하는 데 긴요한 텍스트라 판단되지만 김기림의 작품 목록에 대체로 빠져 있고 특히 수필집인 『태양의 풍속』에 재수록되지 않아[322] 잘 알려지지 않은 글이다. 1930년 6월 12일부터 6월 26일까지 총 12회에 걸쳐 연재된 것으로 간도에 특파되 면서 느낀 소회와 간도에서 경험한 여행객으로서의 체험을 수필 형식으로 쓴 글이 다. 수필 형식이긴 하지만 기자의 신분으로 체험한 사실을 기록한 것이어서 특파원 르포로서의 성격도 보여준다.

---

[320] 『조선일보』 1930. 4.27-5.3(전 5회) 연재.
[321] 편석촌, 「문단불참기」.
[322] 기자 신분임이 분명하게 언급되어 있고 취재의 목적도 선명하게 드러나 있어 순문예물로 파악되기 어려운 점이 고 려된 것으로 보인다. 취재 기사로 작성된 경우라도 간단하게 고쳐 실은 경우인 「생활해전종군기」와 비교된다.

김기림이 이 글을 쓰게 된 동기는 간도 5.30 폭동이다. '간도 대사변' 이라 지칭되기도 하는 이 사건은, 중국 동부 지역의 공산당이 '쏘비에트 정부' 수립을 목적으로 일으킨 '폭동사건' 이다. 전화선 폭파, 소학교 방화, 일본 영사분관 습격 등으로 용정 일대는 대혼란에 빠져든다. '간도대사변돌발' 이라는 제목이 말해주듯 이 사건은 당시 저널리즘의 최대 관심사였다. 이 사건이 터지자 사회부 기자였던 김기림은 특파기자로 용정에 파견된다. 그가 사회부 기자였으므로 간도폭동 취재기사는 사회면에 기명이 되지 않은 채 실렸을 것이다.[323] 「간도기행」은 그 사건이 터진 이후 시간이 다소 흐른 시점에서 수필 형식의 연재 기행문으로 학예면에 실리게 된다. '여행' 의 정열[324]이 만들어낸 '순수한' 문학 기행문이라고 보기는 어려운 듯하다. 용정에서 사건 현장을 직접 돌아보고 용정에서의 우리 민족의 삶의 실상을 취재한 것을 바탕으로 삼고 있지만, 르뽀적인 성격이 짙고 김기림 특유의 감상적 문체가 노출되어 있다.

당시 중국 동북지역 곧 간도 지역에 대한 기행문이 학예면에 실린 것은 자주 목격된다.[325] 한설야 등 당시 문인 특파기자들의 경우[326] 문인적 감수성을 살리면서도 저널리즘적 현장 취재의 성격을 잘 살린 이 같은 형식의 기행문을 많이 썼다.

「간도기행」[327] 1)은 간도 기행의 동기와 기차 안의 풍경, 한만 국경선 근처의 풍경이 김기림 특유의 우울한 정조와 감상적 문체에 실려 있다. '두만강의 고요한 죽음' 과 같은 분위기에서 그는 '말할 수 없는 우울' 을 집어내고 파인이 「국경의 밤」에서 읊은 국경 정조를 투영시킨다. 거기에는 누더기 꾸러미를 들고 남부여대하며 두만강을 건너는 유령민들의 호곡 소리가 들린다고 썼다. 2)는 중국으로 건너와 천강철도 기차 내부와 차창 밖 풍경을 묘사한 것이다. 조선 이주민의 손으로 개척된 만

323 『조선일보』, 1930.6.2일부터 지속적으로 실리고 있다.
324 신범순, 앞의 책, 95면. 1930년대 문인들의 기행시나 기행문은 저널리즘의 기획물인 경우가 많다.
325 양재하, 「간도기행」, 『조선일보』, 1932.2.2~2.14.
326 한설야, 「북국기행」, 『조선일보』, 1933.11.26~12.3
327 전문은 이 책 뒤편에 부록으로 실었다.

주일대 평원의 풍경이 말미에 언급되어 있다. 3)에도 김기림이 간도 조선인 민족에 대한 애상적인 정서가 나타나 있다. 중국 지주의 착취에 일조의 광명도, 생명의 안전도 보장받지 못한 조선인들의 참상이 소개되어 있다. 말미에는 간도 지역을 조선의 미래의 지형 속에 두려는 의도를 나타낸다. 북간도 지역의 보고로 일컬어지는 용정평야, 국자가 평야, 두도구 평야에서 나오는 농산물이, 일본에 영토와 식량을 빼앗긴 조선 내의 무산 농민을 먹여 살릴 거대한 창고라는 것이다. 4)는 우리 근대 조선 언론사에서 취재 중 처음으로 순직한 장덕준에 대한 추모를 담고 있다. 김기림이 기자였기에 선배 기자에 대한 추모의 념이 매우 절실하다는 것을 느낄 수 있다. 용정역에 내린 뒤에 느낀 중국 경관에 대한 인상을 아이러닉하고 냉소적으로 그리고 있다. 5)에서 김기림은 대참화를 겪은 용정 시내가 예상 외로 일상적인 것에 놀란다. 시민 운동장에서 축구대회가 열리는 것을 본 김기림은 '내 자신이 이곳에 뛰여든 목적을 의심하지 않을 수 없었다'고 쓴다. 6)은 폭발, 방화, 파괴를 겪은 용정 시민들이 일상적 놀이에 열중하는 것에 대한 인상을 묘사하고 있다. 마차부는 폭발, 방화, 파괴가 이제 용정에서는 일상적인 것이 되었음을 말해준다. 그러나 아홉시 이후 용정 시내는 공포와 불안으로 변하는 것도 알게 된다. 용운여관에 짐을 푼 김기림은 간도신문 등 신문지상에 실린 간도대사변의 동기나 전략적 목표 등 당시 사정을 읽는다. 7)은 해란강가의 풍경을 읊고 있다. 김기림 특유의 우울과 센티멘탈을 주조로 한 감상적 문체가 돋보인다. '양편 언덕에 늘어선 푸른 빛 깊은 줄버들의 무거운 그림자가 대륙의 낮게 드리운 하늘에 피를 토하는 붉은 오후의 태양 아래 침잠하게 조을고 있다'와 같은 수사적이고 감상적인 표현은 김기림의 시나 다른 수필에서 자주 목격되는 것이다. 8)은 대성학교 마당에서 근우지회 주최로 열린

전용정추천대회 풍경을 그리고 있다. 조선내의 신여성의 '모던' 한 감각과 간도지방의 북방여성의 '원시성' 을 대립시키는 방식은 그가 '시론' 에서 센티멘탈 로맨티시즘을 부정하고 시의 건강성, 명랑성의 회복을 강조하던 방식과 다르지 않다.

김기림의 간도의 현실을 보는 시각은 '주권은 외국에 속하나 주민의 팔할이 조선민족이며 그들이 이 도시를 건설하는 데 중추적 역할을 다하였다' 는 것으로 요약할 수 있다. 그러나 그들 조선의 자손은 이 시외곽에서 유랑하고 있는 것이 당시 간도 지역의 현실임을 자각한다. 현실에 대한 비판적 사고가 우울과 센티멘탈리즘에 가려 있던 앞의 글들과는 달리 9)부터는 좀 더 구체적으로 나타난다. 김기림은 일본 총영사관 건물을 다소 평면적인 감정으로 묘사하고 있지만 그 시선은 매우 날카롭다.

그것은 두터운 벽돌담장과 포대에 포위되어 동만의 천지를 비예(睥睨)한다. 그 지하실에는 약 X시간은 만족히 사영할 수 있는 다량의 탄환과 기관총을 감추고 그리고 정예한 팔십명의 무장경관대에 의하야 동만에 있는 일본제국의 특수이권을 옹호하고 있다.[328]

9)부터 김기림의 본격적인 현실비판적 시각이 나타난다. 센티멘탈리즘적인 감수성보다는 지식인다운 현실 비판 감각이 예리하게 드러나 있고 신문 기자로서의 책무감도 좀 더 뚜렷하게 나타나 있다. 10)에는 동만의 국제적 정세와 현실적 상황이 서술되기도 하고 그 속에서 하등 생활의 안정을 구할 수 없는 조선민족의 비참한 운명이 서술되기도 한다. 일본 제국주의와 중국 사이에 끼여 생명 보지조차 어려운 조선 민족들은 동만의 원시적 환경과도 맞서 기본적 삶을 꾸려가야만 한다고

---

[328] 김기림, 「간도기행」 9, 『조선일보』, 1930.6.22.

그는 판단하고 있다.

11)은 특히 기자 김기림을 이해할 수 있는 텍스트로 판단된다. 모더니즘 시 이론 가이자 시인으로 이해했을 때 다소 결여되어 있다고 평가되는 김기림의 민족주의적 시각이나 현실에 대한 날카로운 인식, 국제 정세에 관한 신문기자로서의 예지적 감각 등이 잘 살아나 있다. 간도 지역의 중국인 발행 신문 『민성보』의 편집장 주영욱(周東郁)을 만나 신문기자로서의 국제 정세와 간도 현지의 사정에 대한 의견을 나눈 이야기가 서술된다. 서두에 '우리가 간도에 들어온 후 최상의 인상을 받았다'고 기록하고 있을 정도로 그가 『민성보』 편집장 주동욱에게 받은 인상은 특별한 것이었다.

> 『쎄르로이드』안경 아래 그의 두눈은 어린아희와 가티 온순한 속에 오히려근기잇는 저력과 『젊음』을 감추고잇다. 이 중국인은 일즉이 국민정부가 주일대리공사(駐日代理公使)왕보영씨의 손으로 일본 외무대신 폐원씨의 대리석 테블 우혜 『지나』라는말 사용에 대한 엄중한 항의를 따려 부친것과 가티 (오-무사념한 왕외교부장이며 일본에서는 지나라는말보다도 더 모욕적인 장꼬로-」라는 말이 사용되는 것을 들은 일은 업는가?) 간도라는 고유명사를 송충처름 실혀한다고 한다. 웨 그러냐 하면 간도라는 말은 중국의 주권을 무시하는 노골한 도전적인 의미내용을 가지고 잇다. 만약에 중국의 주권을 인정한다면 간도라는 동양의 『알싸쓰로-렌』적인 명칭은 부당할 것이고 다만 『연변』이라고 함이 당연하다. 우리는 중국 정부의 수뇌제씨와 이 위대한 주필의 광영스러운 자존심을 상해우지 안키 위하야 『지나』와 『간도』라는 두 말은 될 수 잇는 대로 우리 입술이 발음하지 말기를 원하엿다.**329**

329 『조선일보』, 1930.6.25.

이 셀룰로이드 안경에 날카로운 눈과 젊은 혈기를 감춘 『민성보』편집장 '주영욱'이란 중국인은 누구이며 '민성보'란 어떤 신문인가를 살펴보면 '최상의 인상'을 받았다고 말한 이유를 알 수 있을 것이다.

『민성보』는 1928년 2월 12일 용정에서 창간된 중국어와 한국어를 함께 편집하는 신문이었다.[330] 창간 초기에는 4면 중 3, 4 면이 조선어판으로 제작되었고 윤화수가 이를 담당했던 것으로 보인다. 윤화수는 1929년 3월 기미독립운동 10주년 기념일에 과격한 기사를 실었다는 이유로 일본 영사관으로부터 간도에 머물지 못하도록 재류금지(在留禁止)처분을 받은 인물이다. 창간된 그 해 9월 1일 이후는 한국어판이 독립된 지면으로 발간되었다. 한국어판 주필은 윤화수에 이어 김와룡이 맡았는데, 중국어판 주필이 바로 주동교였다. 김기림이 말한 주동욱(郁)이란 바로 주동교(郊)의 오식이 아닌가도 생각된다. 윤화수, 김와룡, 주동교 등 신문사 간부 대부분이 공산당원이었고 주동교는 동만의 첫 공산당 조직인 용정촌 지부의 서기였을 뿐 아니라 후일 중공동만구위 서기가 될 정도로 공산주의 사상에 철저한 인물이었다. 용정촌 지부는 『민성보』를 거점으로 신문을 이용해 지하활동을 한 것이다. 그래서인지 『민성보』의 논조는 배일적 경향이 강했다. 실제 간도폭동이 일어났을 때 주모자로 알려진 사회주의자 김찬(金燦)이 피살된 것으로 보도되었다가 후일 '김철(金哲)'의 오보로 확인되기도 했는데,[331] 『민성보』의 성격 때문인지 이 기사 말미에는 '총살당한 김철은 함북 명천 출생의 금년 삼십세 되는 청년으로 몇해 전까지 룡정촌에 잇스면서 배X지 민성보에 드러가서 성히 필진을 치든사람'이라고 부기되어 있다. 『민성보』가 공산주의계 신문이면서 실제 간도 폭동과 어느 정도 연계 되었으리라는 추정이 당시에도 제기되었던 듯하다. 주동교와 직공감독 곽철문(藿哲文) 두

---

[330] 최상철, 『중국조선족 언론사』, 경남대학교 출판부, 1996, 65~81면; 정진석, 「일제시대 만주의 한국어 신문」, 『언론과 한국현대사』, 커뮤니케이션북스, 2001, 350~354면 참조.
[331] 『조선일보』, 1930.6.17.

명이 체포된 이후로 중국어판 논조는 약화되기에 이른다.

『민성보』는 간도 지방에서 발행한 우리말 신문으로는 가장 많은 독자를 확보하고 있었고 서울에 조선 지사를 둘 정도로 영향력이 컸다. 1928년 6월 10일자에는 「조선사분업무(朝鮮社分業務) 개시」라는 기사가 실려 있다. 서울에 총분사를 개설한 지 이미 수개월이 흘렀으나 조선 방면에서 발매를 금지해 사무를 집행하지 못했는데, 교섭을 진행해서 이번에 원만히 해결했다고 되어 있다.[332] 간도가 중국 영토였지만 우리 민족이 주민의 80%를 차지하고 있었고, 조선인 이주민이 늘어남에 따라 조선인들은 현실적으로 중국인과의 친선을 도모하지 않으면 안 될 처지에 있었다. 『민성보』는 중국인과 한국인의 가교적 역할을 맡아야 했던 것이다. 만주사변이 일어난 1931년, 일본군부는 『민성보』가 좌경사상을 고취한다는 명목으로 조선어판, 중국어판 모두 정간처분을 내린다. 민성조의 반일적 성격이 크게 우려된 탓이었다.

김기림의 글에도 이 같은 사정이 잘 드러나 있다. 『민성보』에 한국인 기자들이 많았다는 것, 조선인들에 대한 민족적 호의를 보여주었다는 것, 한 면은 조선어판으로 발행한다는 것, 조선 내지에도 공급이 되었으나 일본의 검열이 가혹했다는 것, 반일적 성향 때문에 조선인 기자들에 대한 감시가 심했다는 것 등을 확인할 수 있는 것이다. '테니스 코트를 최대의 산책지로 삼는다' 는 아이러니한 상황에서 『민성보』의 배일적 성격을 짐작할 수 있겠다.

우리는 여긔서 동지기자 장영준군을 맛낫다. 군이 외에도 이신문사에는 조선인기자가 오륙명 잇다고 한다. 『민성보』는 실로 최상의 민족적 호의로써 그 일면을 조선문판으로하야 연변일대의 조선 민족에게 제공하고 잇다. 불행이도 세관의 검찰리

---

[332] 정진석, 「언론과 한국 현대사」, 352면.

는 일본 외무성의 명령에 의하야 이 신문지가 조선의 국경을 넘어 조선내지로 침입할 것을 거절한다고 한다. 이들 조선인 기자에게는 실로 이집은 안전지대니 그들은 모다 치안유지법이나 대정팔년제령제8호(大正八年制令第八號)의 조문에걸린 이력을 가지고 잇스나 일본관헌은 이집까지 돌입하지는 못한다고한다. 그들은 일보도 이 집 밧글 내듸듸지못하며 정전의『테니쓰코-트』를 최대의 산책지를삼으면서 이 집안에서 세계와 밋 각지에서 날어드는『뉴-쓰』를 취급하고잇다.[333]

『민성보』의 조선인 기자들이 조선 내에서와 마찬가지로 치안유지법이나 대정 팔년제령제팔호[334]의 강제 아래 놓여 있다는 데서 이들 기자들이 3.1운동 이후 국내 활동과 관련되어 중국에서까지 검속의 대상이 되어 신변의 위험에 노출되어 있음을 알 수 있다. 김기림의 이 글은 기자로서의 책무나 민족주의적인 시각을 강하게 반영하고 있다. 김기림이 『민성보』를 찾아가 주필을 만나고 조선인 기자들에 대한 관심을 보인 것 또한 김기림 초기의 기자로서의 직업의식 못지않게 민족주의 성향의 일단을 표출한 것이라 판단된다.

젊은주필은 조중양민족의입장의공통성을 주로민족적수난의 방면에서도출한다. 그는 언론 기관으로 당연히가지지안흐면아니되는정치적배경을 스스로삼민주의라고 표명하엿다. 그의혈관은모든세관까지 배×감정으로끌고잇다. 이감정은실로중국일지도분자의전유가아니고전민족적으로 미만한감정의흘음이다.[335]

그래서인지 위 글 다음은 삭제되어 있다. 연판삭제인 것으로 보아 아마 총독부

---

[333] 『조선일보』, 1930.6.25.
[334] '제8호' 법률의 내용은 정확하지는 않으나 대체로 '도범방지법'과 관련되는 것으로 판단된다. 계훈모, 『한국언론연표』, 관훈클럽 신영연구기금, 1993. 다만 정진석 교수는 〈제령 제7호〉는 3.1운동 발발 직후인 1919년 4월 15일에 제정된 '정치에 관한 범죄처벌의 건'을 줄여서 부른 말이며, 이 법은 3.1운동 등을 탄압하기 위한 치안법으로 제정된 것이라고 알려주었다. 전문 3조로 이루어진 이 간단한 법은 제1조에 "정치의 변혁을 목적으로"라는 극히 추상적이고 포괄적이며 불명확한 개념을 실체로서 정하여 독립운동을 탄압하는 데 사용하였다고 말하고 있다. 정진석 교수께 감사드린다.
[335] 『간도기행』 11, 1930.6.25.

검열에서 삭제당한 것으로 판단된다. 이 글은 검열로 인해 기사가 삭제될 정도의 민족주의적이고 현실적인 시각이 드러나 있었던 것이다. 이 글 마지막에서 김기림은 『민성보』에 대한 기자로서의 강한 민족적 연대감을 표명한다. "민성보가 일즉히 그러한 것처럼 여전히 연변 일대 조선인의 생존권의 보호를 위하야 부단히 의분의 싸홈을 싸화주기를 부탁하엿다."고 쓰고 "우리는 『중국의 민중이 의식적으로 고양되어서 피등 자신의 역사의 주인이 되어 그것을 움직이는 때 비로소 그것은 신흥 중국의 참말 여명이리라. 중국의 급진적 『인테리겐챠』는 이러한 기운에의 촉진제로서만 그 존재 의의가 잇다』고 말하엿다."고 대화 내용을 소개하고 있다. 김기림은 '인텔리겐챠'의 역할에 대해서는 '부분적'(촉진제)으로만 인정을 한 것으로 보이며, 간도폭동과 같은 공산주의자들이 저지르는 '폭동'에 대해 일종의 우려와 비판을 하고 있음이 주목된다. 그의 민족주의적 성향은 계급적인 시각과는 거리가 있었던 것이다. 간도기행의 11)은 특히 김기림의 기자로서의 감각과 지식인으로서의 현실 감각을 읽을 수 있는 중요한 텍스트로 보인다.

12)는 기행의 마무리로 센티멘탈리즘과 함께 정열의 의지가 읽힌다. 김기림은, "용정시민 제군 건재하여라—청춘의 피를 물들이는—그리고 그들의 영광스러운 『죽엄』을 유혹하는 광야여 너의 달큼한 속삭임하고도 작별하자. 조국에서 『일』이 우리를 불으고잇다."라고 썼다. 조국에서의 '일'이 무엇인지는 그 장엄하고 희망 섞인 종결사에서 그 의미를 짐작할 수 있겠다. 김기림은 그 '일'이 갖는 무겁고도 장렬한 희망을 혜란강의 흐름 속에 투사시키면서 글을 끝괫고 있다. 「간도기행」은 앞에서 본 것처럼 기자로서의 임무가 구체적으로 나타나 있는 텍스트이다. 신문기자로서의 그의 글쓰기의 단초를 보여주는 것일 뿐 아니라 김기림 초기의 민족주의적이고 지

식인다운 현실 감각이 구체적으로 드러나 있는 중요한 텍스트가 아닌가 한다.

3. 감상적 문체와 상호텍스트성

김기림이 『조선일보』 기자로 중요 사건의 현장에 특파되어 남긴 것으로는 청진에서 열린 성진농조 공판을 다룬, '성진농민조합사건' 방청 발전(發電) 기사와 이 조합 사건 피고들의 신간회 해소 이후의 활동 내용을 다룬 기사가 있다. 이 기사들은 동일 날짜 동일 지면에 실린 글이다. 취재 현장을 기록하고 쓴 글인데도 문학적인 향취가 짙게 풍기는 기사다. 이원조가 김기림을 빗대어 말한 '아무리 통계 숫자 투성이의 자료라도 김기림이 손을 대면 재미있는 기사가 된다'라고 언급한 것이 과장이나 수사는 아닌 셈이다.[336]

이 사건의 공판이 열린 청진에 김기림이 특파된 것은 그의 개인적인 이력과 사회주의 운동에 대한 일련의 관심 때문으로 보인다. 김기림의 고향은 성진이며, 성진과 이 사건 공판이 열린 청진은 불과 몇 킬로미터 떨어진 지역에 위치해 있다. 특히 좌파적 민족주의 운동에 대한 관심은 이여성과의 동지애적인 우정을 통해서도 그 면모가 드러난다. 초기의 글들에서 보이는 민족주의적이고 현실주의적인 관심과 「간도기행」에서 드러난 감상적 정조에 깃든 현실에 대한 날카로운 비판 의식은 그의 초기의 성향을 잘 대변해주고 있다.

'성진농조공판사건' 취재 발전 기사는 기사문의 일반 원칙을 벗어나지 않으면서도 문학적인 문체가 눈에 띈다.

농민 운동의 의식적 강화와 농촌청, 소년과 부인의 직업별 재조직과 아울러 직접 행동을 강행하는 한편 살상 사건까지 일으켜 함북농민조합운동의 최후 '폐지'를 선혈로써 물드린 성진농민조합사건의 피고 (중략) 사건이 공개 재판으로 진행되지 못할 것을 미리 짐작하얏슴인지 멀리서 온 방청인은 이삼인박게업고 법정 압헤는 사오명의 경계하는 경관이 쓸쓸한 바람결에 안색조차 소조적막하게 서서 청진지방법원개설 이래의 처음되는 대공판도 극히 쓸쓸한 속에 공판이 열린 것이다.[337]

―성진농민조합은 자최도 업시 분쇄가 되었다. 그리하야 함경선 농성역과 언억역 사이에 있는 학장면송하동은 실로 이번 사건의 진원지로써 그 동리 지부의 회관은

336 이원조, 「김기림 제 2시집 태양의 풍속」, 『조선일보』, 1939.12.15.
337 『조선일보』, 1934.10.17.

당시에는 당당한 건물이엇스나 지금은 집웅 우에 망초가 우북히 자란 채 벽은 퇴락되고 창문은 산산히 부스러져 황량한 그림자가 차창으로 보이어 ?활기를 조상하는 듯하였다.**338**

「간도기행」과 이 공판 현장 취재 기사의 공통점은 김기림이 수필 형식으로 발표한 글들, 예컨대 『인제는 늙은 망양정』에서 보이는 짙은 페이소스와 쓸쓸한 정조를 밑바탕에 깔고 있다는 점이다. '6하원칙'에 입각한 기사문의 형식이기보다는 체험의 직접성을 드러내는 에세이 형식을 보여준다. 위 기사문은 건조하게 사건을 전달하기보다는 필자의 감정을 글에 투영시키는 문체적 특성을 보여준다. 특파원으로 파견된 김기림이 남긴 기명 기사가 에세이적 수필의 성격이 짙은 것은, 문인이었고 수필 형식에 관심을 가졌으며 미문체의 독백적 에세이를 남겼던 김기림의 이력과 무관하지 않다. 시에서 저널리즘적 관심사를 시어에 끌어들이는 방식을 그는 기사문에서는 역으로 실천하고 있다. 즉 「기상도」를 비롯 그의 시에 대한 일련의 '경박한 문체적 특성'은 저널리즘적인 것이며, 반대로 기사문에서의 센티멘탈리즘적인 미문체의 특성은 문인적 기질을 반영한 것이다. 이 점은 그의 시가 정지용이 보여주는 언어 감각적 특징과 정서적 내밀함의 차원과는 다른 이유에 대한 하나의 해명이 될 수 있을 것으로 보인다. 즉 그의 저널리즘적인 문체에 깃든 문학적 감수성의 깊이는 '문인기자'로서의 그의 독특한 문체적 특성을 이룬 것으로 판단된다.

문인 기자 특유의 문체와 현장감이 살아 있는 글로서, 김기림의 면모가 잘 드러나는 것은 일종의 현지 기행 르포 기사이다. 르포 기사의 형식을 띠고 있지만 그것은 기행 수필의 형식이어서 전집 등에서 일반 문예물, 수필로 취급되는 것들이다. 즉 김기

338『조선일보』, 1934.10.17.

림의 수필은 순수 문예물로 학예면에 발표된 것들도 있지만 특파원으로 현장에 파견돼 쓴 르포식 기사의 성격을 띤 것들이 있다. 앞에서 언급한 「간도기행」은 '김기림'이라는 미명으로 발표된 것이지만, '특파원' 자격으로 쓴 것들도 있다. 「재민의 혈로 북조선」(1936. 1. 1)이나 「생활전선종군기」(1935. 8. 2) 같은 글들은 수필의 성격을 가지고 있지만 사실은 르뽀 형식의 신문 기사문이다. 당시 저널리즘의 인기 종목이었던 계절, 도시, 여성 등에 관련된 특집 기획물들을 신문 문예물의 성격을 강하게 띤다. 즉 당시 신문 저널리즘이 크게 유행시켰던 특집 연재물의 성격이 짙은 장르인 것이다.

당시 수필에 대한 관심은 임화나 김기림, 현동염 등이 수필에 대한 장르론적 접근을 시도한 데서 잘 드러난다.[339] 수필 장르를 두고 문인 기자들과 소설가들 사이에 논란이 일었던 것도[340] 수필 장르가 신문문예적 성격이 짙어 순수 문인으로서의 입장을 강하게 주장했던 소설가들에게는 비순수문예물의 양식으로 인식된 탓이 컸다고 판단된다. '해외문학파'들이 수필을 강력하게 옹호했던 것은 그들의 전공과 관련된 인식의 차이였을 가능성이 높다. 수필 장르는 서구 문예미학에서는 문학의 4대 양식 중의 하나로 문예학적인 글쓰기의 양식이라는 측면에서 이해되었다. 영국, 프랑스 등지에서 수필은 순수문예로서 그 정통성과 역사성과 문학성을 동시에 갖춘 고급장르로 입지를 굳히고 있었다. 이들 외국문학을 전공한 '해외문학파'들이 신문 학예면에 수필을 발표하면서 수필은 학예면의 고유 양식으로 정립된다. 반면 당시 소설가들은 이를 저널리즘적 글쓰기의 일종이자 비문예영역이라고 이해하는 측면이 강했던 것이다.

그런데 1930년대 학예면의 정론성 약화와 저널리즘의 대중성 경쟁, 독자 확보 경쟁 등과 어우러져 수필은 저널리즘적 흥미성과 다중 추수주의로 흘러 비판의 대상

---

[339] 임화, 「수필론」, 『문학의 논리』, 서음출판사, 1989; 김기림, 「문단시평」, 『신동아』, 1933.9; 현동염, 「수필 문학에 관한 각서」, 『조선일보』, 1933.10.21.
[340] 「문예좌담회」, 『조선문학』 4, 1933.11.

이 된다. '여류 수필'이나 기행 수필, 계절에 따른 기획 수필 등으로 유형화, 유행화 되는 것이다. 즉 해외문학파들이 의도했던 대 문예 장르로서의 수필 장르의 안정적 지위를 확보하고 질적인 영역을 개척하기보다는 저널리즘적인 흥미 위주의 '가벼운 읽을거리'로서 시, 소설에 비해 쉬운 글쓰기의 대표적인 장르로 이해된 것이다.

수필 장르에 대한 긍정적 입장을 가지고 있었고 그 또한 많은 수필을 남기기도 했 기에 김기림의 수필은 단순히 가벼운 읽을거리로서의 성격에서 벗어나 있다. 이른바 루카치가 말한 '직접성의 양식'의 성격이 짙으면서, 근대성에 대한 비판 담론의 형식 을 띠고 있는 것이다. 시론에서 주장한 이론적 틀을 직선적이고 도식적으로 대입해 '포에지'를 결여하고 있는 그의 시와는 달리, 수필은 풍부한 사유와 비판 정신을 담고 있고 있다. 이는 그가 기자로서 당시 사회를 폭넓게 들여다볼 수 있었던 국제적 감각 과 사회 비판 의식을 가지고 있었던 때문이며, 직접성의 양식으로서의 에세이의 문체 적 특질을 내재적으로 소유하고 있었던 데서 가능했다. 즉 김기림의 수필이 다른 문인 들과 달리 감상적이고 내향적이면서도 사회 비판적인 인식을 동시에 공유할 수 있었 던 것이 바로 문인기자로서의 독특한 성격에서 비롯된다고 판단되는 것이다.

따라서 김기림 수필 중 「찡그린 도시 풍경」[341], 「도시풍경1, 2」[342] 등 도시의 산보 로 주변을 묘사한 수필들도 '신문 문예'의 성격을 고려해야 할 텍스트로 판단된다. 시에서 형식적이고 도식적인 모더니즘적 양식을 보여주는 것과는 달리 수필에서 김 기림은 구체적이며 풍부한 문학적 감수성으로 체험의 직접성을 드러낸다. 독자의 취 향에 맞게 도시 풍물이나 산책로 주변의 풍광들을 훑어내리면서도 '근대화/도시화/ 일상성'에 대한 관심과 비판을 놓지 않는다. 김기림 수필이 당대의 다른 수필이 갖지 못한 문학성과 사회성의 동시적 결합을 보여주었던 이유가 아닌가 한다.

---

[341] 『조선일보』, 1930.11.11.
[342] 『조선일보』, 1931.2.21, 24.

김기림이 현장 취재를 바탕으로 한 수필은 제주도 해녀를 탐방하고 쓴 연재기 사이다. 이 수필은 '봉직하는 조선일보사의 사명'을 받고 취재차 씌어진 것이다.[343] 당대 '제일의 사진기자' 문치장을 대동하고 취재한 기사로 총 7편의 글이 연속으로 실려 있다. 문치장은 일제시대 『조선일보』, 『동아일보』 등을 두루 옮겨 다니며 뛰어 난 신문 사진들을 남긴 사진기자였다. 그가 남긴 「신록의 대경성부감기」, 「울릉도 설해현장사진」, 「삼남수재화보」 등의 항공사진들은 한국언론사진역사에서 중요하 게 취급되고 있다.[344]

「생활해전종군기」의 '제주도 해녀편'이라는 제목으로 실린 이 글은 김기림 특유 의 감각적 문체와 생활 현장의 현장감을 살린 현지 르포의 특징을 잘 살리고 있다. '편집자 주' 격인 '박스'에는 '남쪽 바다에는 흔히 생각하듯 로맨스와 낭만이 있는 것이 아닌 부스러진 로맨스와 깨어진 생활의 파편이 있을 뿐이다'라고 씌어 있다.

갈매기 조으는 남쪽 바다에는 노래가 흐르고 「로맨쓰」가 떠 있고 또 영원한 청춘이 깃 들어 있다고 육지의 사람들은 말한다. 그러나 시와 전설의 나라를 찾아서 남으로 이천 리 산과 바다를 건너왔다가 기자가 집은 것은 뜻밖에도 노래와 「로맨쓰」의 부스러진 쪼각쪼각과 그리고 또 깨어진 생활의 파편에서 울려나오는 남해의 탄식이었다.[345]

이 글은 단순히 감상을 드러낸 수필이 아니라 취재를 바탕으로 한 것으로, 생활 현장의 치열함을 전선의 그것에 비유한 제목('해전', '종군기')답게 치열한 생존과 노동의 현실이 나타나 있다. 장렬, 해국여전사, 재외부대 등의 어휘에서도 저널리즘 적인 문체적 특성이 드러나 있다. '기자는 그곳에서 한 해녀를 붙잡고 바다 밑에서

343 김기림, 『바다와 육체』, 평범사, 1948. 191면.
344 최인진, 『한국신문사진사』, 열화당, 1993, 281–2면.
345 김기림, 「생활해전종군기」, 『조선일보』, 1935.8.2.

혹은 상어나 그 종류의 사나운 고기를 만나서 고생하는 일이 없으냐고 물어보았다'
(3회)에서 보듯 특파원으로서의 취재 목적이 드러나 있다. 해녀가 수확하는 전복을
'피략탈계급'으로 표현하거나, 바다에서 사고로 죽는 해녀들의 실상을 언급하면서
'바다는 무언의 「낙크아웃」을 선언하고 그 다음에서는 그를 위하야 해초의 수의를
준비하지 않으면 안된다'(3회)와 같은 수사적 표현을 쓰기도 한다. 이 같은 의인법적
수사는 『기상도』 등에서 익히 보아온 것이다. 김기림의 글이 갖는 특징이나 한계를
지적하면서 모더니즘 문학을 주창한 자의 인식의 한계나 모더니즘이 갖는 한국적
토대의 결함 때문이라는 논리는 논리 이전의 문제인 것이다. 그의 시가 '박식과시의
현학적 성격'이 강하다거나 '저널리스트적 경박성이 재기있는 야유와 결합되어 있'
다는 평가346는 '비판'의 맥락에서 언급된 것이지만, 역설적으로 김기림의 글의 근
본적 토대나 발생 동기에 대한 의미 있는 지적으로 보인다. 그는 기자였던 것이며
기자라는 신분으로 많은 글을 남겼던 것이다.

　그런데, 어휘상의 특징이나 수사적 특징을 통해 그의 저널리즘적 글쓰기를 지
적하는 것은 오히려 사소한 것일 수 있다. 기자로서의 감각을 바탕으로 한 삶의 현
장을 보는 시각의 투명함과 냉철함이 오히려 이 글이 갖는 중요한 특징으로 지적되
어야 할 것이다.

　김기림이 신문 지상에 발표한 글을 후일 단행본에 재수록할 때 그는 많은 부분
을 손질하게 된다. 그래서 단행본에 재수록된 글을 평면적으로 펼쳐놓았을 때는 기
자였던 그의 이력과는 무관하게 보이는 것들이 대부분이다.347 그는 기사문임을 추
정케 하는 단어들을 순수문예물로 읽을 수 있는 다른 단어로 대체하고 있기 때문이
다. 위의 「생활해전종군기」를 수필집 『바다와 육체』에 재수록하면서, 그는, 「생활의

---

346 이숭원, 「김기림 시의 실상과 허상」, 정순진 편, 『김기림』, 136–140면.
347 이 책의 2부 4장을 보라.

■■ 조선일보에 실린 생활해전종군기의 모습, 사진은 당대의 사진전문기자 문치장이 찍었다(1935. 8. 2).

바다」라는 주제목 뒤에 '제주도 해녀 탐방기'라는 브제를 달아 글의 대상이 선명하게 드러나도록 하였다. 위의 인용문에 나오는 '시와 전설의 나라를 찾어 남으로 삼천리 산과 바다를─' 부분을, 단행본에서는 '봉직하는 조선일보사의 사명을 받고 시와 전설의 나라─'를 넣어 글 전체의 문맥적 상황을 이해하기 쉽도록 바꾸어 놓는다. 본문에서도 '기자는 이 잠수복을 보고'(1회)라는 대목이나, '기자는 될 수 있으면 오직 이 섬만이라도'(7회) 같은 대목에서 '기자'를 '나는'으로 바꾸어 놓았다.

여기서 보듯, 그의 많은 글이 취재의 일부로 기획되었다가 다시 전집에 재수록할 때 순수 문예적 글쓰기로 변용된 것으로 추정된다.[348] 사회부 기자였기에 기사문에는 특파된 지역에서 발전한 기사나 르포 기사를 제외하고는 기명으로 발표되지 않았다. 몇몇 수필들은 이 취재의 여분으로 씌어졌음을 추정케 하는 것들이다. 대표적인 것이 「간도기행」, 「주을온천행」, 「두만강과 유벌」, 「시체의 흐름」 등이다. 그 외 일련의 도시 풍경이나 문물을 읊은 시나 수필 들은 그 자체가 신문 연재 기사나 특집으로 기획된 것으로 판단된다는 점에서 '저널리즘 문예'의 차원에서 논의될 필요가 있다 하겠다.

한편, 취재차 들렀다가 기행문 형식의 수필이나 시를 남기고 있는데, 관련 글 들의 상호텍스트적인 측면을 파악하는 것이 김기림 연구에서 새롭게 추가될 부분 이 아닌가 한다. 「주을온천행」[349]은 앞의 '성진농조 사건' 공판 취재차 청진을 들렀 다가 부근의 주을온천을 다녀온 기행문으로 판단된다. '성진농조사건' 공판이 10 월 16일 열렸는데, 이 기행문은 10월 26일부터 『조선일보』에 실려 있다. 기행문 말 미에 김기림은 '기어이 붙잡는 세 형을 물리치고 나만은 돌아오지 않아서는 아니 될 일을 청진에 너무나 많이 가지고 있었'던 까닭에 아쉬움을 접고 주을온천을 떠 나는 사정을 그려놓았다. '돌아오지 않아서는 아니될 일'은 청진에서 열린 성진농 조 공판사건이었을 것이다.

「두만강과 유벌」[350]과 「시체의 흐름」[351]은 간도폭동 취재와 관련이 있고, 그 내 용 또한 「간도기행」과 관계가 있다고 판단된다. 「두만강과 유벌」의 서두에는 '1930. 6.2. pm.2'라는 날짜와 시간이 부기되어 있다. 즉 '간도폭동'을 취재하러 가면서 쓴 기행문임을 알 수 있다. 본문에서도 그가 신문기자로서 취재차 국경을 통과하는 과정이 그려져 있고, '용정의 동란의 와중에서 그려보내는 나의 제 2신을

---

348 단행본에 재수록될 때 텍스트의 변화가 있는 것은 김기림의 경우, 단순히 미학적 차원이라기보다는 기자였던 그의 이력과 무관하지 않다는 점이 특징적이다. 원본 검증 작업이 필요한 또 다른 이유라 하겠다.
349 김기림, 「주을온천행」, 『조선일보』, 1934.10.24~11.2.
350 『삼천리』, 1930. 9.
351 『조선일보』, 1930. 10.11.

흥미를 가지고 기다리게'에서도 취재의 목적이 뚜렷이 드러나 있다. 「간도기행」의 국경 주변의 모습과 국경을 통과하는 장면의 묘사가 이 글에서도 거의 유사하게 나타난다. 간도지역을 향해가는 조선 이주민들에 대한 근심과 우려가 동일하게 나타나 있는 점도 주목된다.

「간도기행 10」은 「시체의 흘음」의 시 구절과 유사하다.

그의 발길에 채여

사나희의 屍體가 흙을 떨며 大地에 뒹군다

─四肢는 줄어 붓텃스나 머리가 업다─

머리업는 귀신이여

머리업는 귀신이여

『너는 大地에서 너의 戀人의 얼골을 보아도 몰으겠지』

「오호츠크」의 穩順한 물결이 따뜻한 마음을 가지기 始作한다

「오호츠크」의 桃色의 心臟에서 華氏30度 의 바람이

따뜻한 「키쓰」를 담은 바구미를 들고 말러부튼 온 生物을 손질하며 거튼 들 우를 나려온다

(「시체의 흘음」 부분)

이들에는 각각세개의무장한정의가 존재한다. 그래서 서로서로 자기야말로정의라고주장한다. 그자신의정의를 가장유력하게 보증하기위하야 그정의를 견고한철갑으로 무장하엿다. 이속에서 삼각형의중심처럼 그어느정점에도 경도치못하고 서로

배치하고 반발하는 세 개의세력사이를 교묘히분치하야 하등생활의안전보장도업는속을 오히려그생존을보지(保持)하여나가야하는 종족의꺽꾸러진시체는 년년히 『오호츠크』로부터 불어오는 부드러운미풍과 서리찬대기를 녹이며날카롭게쏘는봄볏헤 두텁게얼엇든강물이녹하흘을때면 부스러진어름쪼각사이마다 잇다금잇다금 떠나리지안는때가 업다고한다. 그리하야 대공을처다보는 그들의입은 마치세계를 향하야 그들의생존권을 주장하는것갓다고한다. 우리는〇동에움직이는 심상치안 흔풍운을 머릿속에그리며 극단으로물맞이업는거리로다시나려왓다.

(「간도기행」10)

시 마지막 구절 '흑룡강의 오월'로 보건대 이 시는 간도 취재 때에 씌어진 것으로 보인다. 물 위에 떠다니는 종족의 꺼꾸러진 시체를 보는 신문기자 김기림의 태도는 좀 더 직설적이지만, 시인 김기림의 태도는 거기에 시적인 비약과 함축을 담고 있다. "그자신의정의를 가장유력하게 보증하기위하야 그정의를 견고한철갑으로 무장하엿다. 이속에서 삼각형의중심처름 그어느정점에도 경도치못하고 서로배치하고 반발하는 세 개의세력사이를 교묘히분치하야 하등생활의안전보장도업는속을 오히려그생존을보지(保持)하여나가야하는 종족의꺽꾸러진시체"에서 김기림은 주변의 세 개의 세력 사이에서 어떤 생존의 안정도 보장도 없는 종족의 삶의 현실을 무겁게 내려다본다. 이 같은 현실을 보는 냉정한 태도는 시에서 그로테스크하고 신화적으로 채색된다. 우수리 강을 '깊은 하수도'로 묘사하고 있는 장면이나 '오후의 태양이 혼자서 빠져 죽'는 상황과 '사나희의 시체'와 '머리업는 귀신' 등을 알레고리하는 장면은 상징적이고 함축적이며 그로테스크하게 제시되어 있다. 간도 이주민의 삶의 현실을 보는 시인의 태도는 마지막 '시커먼 강물이 분노와 같이 딜여 나온다'는 대목에서 암시적인 의미를 획득한다. 이 글들에서는 오호츠크의 미풍 속에 잠겨 있는, 처참한 간도 이주민의 현실을 대하는 김기림의 내면의 열도를 느끼게 한다. 김기림의 시의 알 수 없는 우울은 기자로서 겪은 사건들의 일부가 시에 반영된 것인데, 기자의 시각으로 본 현실적인 문제들이 알레고리적인 수사 등의 시적 의장을 띠고 나타난 것이라 생각된다. 앞에서 살펴본 것처럼, 「간도기행」, 「시체의 흐음」, 「두만강과 유별」은 상호텍스트적인 성격을 지닌 글이라 할 수 있다. 이는 김기림 글의 문체적 특징이나 문학관이 기자였던 그의 신분과 무관하지 않다는 점을 보여준다 하겠다.

김기림의 시가 일종의 '결함'으로 지적되는 이유가, 한편으로는 저널리즘적인 풍물 취재나 취재 기사의 여분으로 씌어진 것에서 기인한다. 즉 취재문과 문예물의 혼종적 성격에서 기인한 것일 수 있다는 점이다. 시집 『태양의 풍속』에 실린 「길에서」, 「씨네마 풍경」, 「식료품점」, 「관람버스」 등의 연재물352도 이 경우로 판단된다. 기자의 시선으로 풍물이나 풍경을 '취재한' 탓에 시적인 아우라나 내면적 함축성을 띠고 있지 않다. 그의 대표작으로 평가되는 『기상도』 역시 저널리즘적인 정보나 지식에 의한 시어 선택이 두드러진다. 오히려 민족주의적이고 비판적인 현실 인식을 담은 초기 시들은 그가 시론에서 비판한 '감상주의'를 '넘어서지' 못했다. 그것이 오히려 감상적이고 시적인 체취가 느껴지게 한다.

김기림은 또한 산문적인 글들을 시로 다시 베껴 쓰는 특이한 방식을 보여주기도 한다.

편집국의 오후

한시 반

---

352 그의 시가 연작시 형태가 많은 것도 '신문문예'의 성격에서 기인하는 것으로 보이는데, 이 문제는 앞으로 검토될 필요가 있다. 프랑스에서 특징적으로 나타나는 문예기사란(feuilleton) 문예물의 주요한 성격이 '연재물'이라는 점을 참조할 수 있겠다

모-든 손가락이

푸른 원고지에

육박한다

突擊한다

가을해의

비뚤어진

노-란 얼골이

주름잡힌

『커-틴』을 밀고

편집국의

마루판에

잡바저

낮잠잔다

찌륵

째륵

철걱

공장에서는

활자의 비명-

사회부장의 귀는 일흔 두 개다

젊은 견습기자의 손끗은

조희 우흐로 만주의 전쟁을 달린다

憑玉祥

蔣介石

動員令

霰彈의 비ㅅ발

투덜거리는 機關銃

彈丸과 生命의 抱擁

땅을 할튼 二等兵의 최후의 『키쓰』

『어머니인 대지. 아―멘』

『一將軍의 神聖한 名譽를 위하야. 아―멘』

分娩의 數分前

다름박질하는 輪轉機

벙글거리는 齒輪

다리꼬고 의자에 잡바저

나는 눈을 감고 網膜 우헤 그려본다

기차는 驛마다

우리의 아들―신문지를 뿌리워 주겟지

全朝鮮의 수그러진 머리 우헤서

웨치는

딩구는

그 자식의 모양을

(「편집국의 오후 한시 반」, 『전집』 1, 1933.11)

「편집국의 오후 한시 반」은 그가 공채로 신문기자가 된 뒤 얼마 지나지 않아 언론인들이 간행한 잡지 『철필』 창간호에 쓴 「신문기자로서의 최초 인상」[353]을 거의 그대로 베껴쓰기 한 것이다. 신문사 마감 시간 직전의 분주한 인상을 '치분(馳奔)하고 있는 말 그림'의 속도감으로 파악한다든지, 원고 마감을 하는 기자들의 손가락을 '프로펠러같이 보인다'라고 표현한다든지, 사회부장의 인상을 50이상의 귀를 가진 것(시에서는 일흔 두개 이상으로 바꾸어 놓았다)으로 그려둔다든지 하는 것이 유사한데 '급격한 스피드'와 '폭풍같은 형세'로 특징지워지는 저널리즘의 속성을 잘 드러내고 있다. 마감 직후 신문을 찍어내는 윤전기의 소음을 슈베르트의 음악보다 아름답다고 하는 대목이나, 신문을 '우리의 아들'로 표현하는 것, 마지막으로 연선(沿線) 주변의 각 도시에 신문을 실어 나르는 과정을 소개한 것 등이 위 시에서도 반복되어 나타난다.

장르를 뛰어넘어 유사한 테마를 다룬 글들이 갖는 상호텍스트성이나, 저널리즘적 글쓰기의 형식, 그리고 '베껴쓰기'를 통한 텍스트 생산의 맥락들은 '신문문예 Feuilletonismus'의 차원에서 다시 논의돼야 할 성격의 것으로 보인다. 다른 논고를 통해 이 같은 주제들이 본격적으로 논의될 수 있기를 기대한다.

---

[353] 김기림, 「신문기자로서의 최초 인상: 저널리즘의 비애와 희열」.

1. '불균질한 글쓰기'에 대한 이해와 오해 사이

언론인이자 지식인으로서의 김기림을 이해하는 데 무엇보다 중요한 시기는, 우리 근대사에서 '어둠의 시대'로 지칭되는 일제말기와 곧 이어지는 해방공간이다. 이때 김기림의 선택은 무엇이었을까. 본 장에서 추적하는 것은, 언론인이자 지식인으로서의 김기림의 선택과 행적이다. 그리고 이 시기 그가 남긴 몇 텍스트를 통해 김기림의 이 시기 인식과 태도를 살펴보고자 한다. 물론, 여기서도 염두에 두어야 할 것은 '모더니스트, 모더니즘'의 단계를 어떻게 뛰어넘는가 하는 것이다. 더불어서 이 같은 기존의 관점이나 평가를 어떻게 극복할 것인가 하는 문제이다.

일제말기에 발표된 「모더니즘의 역사적 위치」(『인문평론』, 1939.10)는 일찍이 선학들에 의해 중요한 평가가 이루어졌고,[354] 후속 연구자들에 의해서도 꾸준히 언

---

354 김윤식, 「전체시론」, 『한국근대문학사상사』, 한길사, 1984.

급되고 있다.[355] 이 논문은 김기림의 모더니즘의 반성과 방향 전환을 보여주고 있다는 점에서 특히 중요하게 언급되는데, 이는 1930년대 초·중반과 일제말기의 김기림의 모더니즘론을 어떻게 관련짓는가 하는 논의와 연결된다.

김기림의 일제말기 도정이 1930년대 초반부터 걸어온 지적 행적에서 자연스럽게 도출된 결과로 보는 연구는 연속성의 입장에서 김기림을 다룬다.[356] 김기림이 보여준 일제말기의 모더니즘에 대한 인식은 초·중반기와 지속적으로 연결된다는 입장이다. 김재용은, 김기림이 단순히 '근대에 추종하는 인물'이 아니라 '근대의 위기에 대한 명확한 인식과 식민지 조선에 대한 자의식을 가졌던' 인물로 평가한다. 김기림의 문학관은 초기부터 카프와 공유하는 측면이 있었고, 특히 그가 '급진적인 비판'의 차원에서 '근대'를 인식하고 있었기 때문에 최재서 등이 함몰했던 신체제론이나 동양주의에서 빠져나올 수 있었다는 것이다. 이 같은 평가는 1930년대 초·중반기 김기림을 '피상적 모더니스트, 경박한 모더니스트'로 평가하는 관점과는 차이가 있다.

김기림은 시인이면서도 수많은 시론을 남겼으며, 시와 시론의 글쓰기가 질적으로 균일하지 않다. 김기림의 시론이나 비평의 논의에 비해 시는 그 완성도가 떨어진다는 점, '센티멘탈로맨티시즘 부정'이라는 시론의 주장과는 달리 시에서의 농후한 감상성, 문명 비판의 차원이 피상적인 점 등은 '시인' 김기림에 대한 비판의 핵심을 이룬다. 특히 '모더니즘론'은 김기림을 평가하는 데 핵심적인 사항이 된다. 평가의 핵심은, 일제말기 김기림의 현실에 대한 인식이 '피상적 모더니스트'의 연장선에 있는 것이냐, 아니면 초기부터 현실에 대한 비판적 자의식을 가졌던 지식인의 범주에 드는 것이냐로 구분할 수 있다.

---

[355] 한형구, 「30년대 문단 재편과 시론의 비평적 전개」, 『한국현대문학연구』 17.
[356] 김재용, 『협력과 저항』, 소명출판, 2004, 204~221면.

이 같은 논점의 차이는 연구자들 사이에서도 확인된다. 한 지면에 실린 김기림에 대한 두 편의 글은, 김기림에 대한 관점의 차이와, 김기림 문학에 대한 평가의 차이를 분명하게 드러내고 있다. 서준섭은, 김기림이 모더니즘 시인일 뿐아니라 식민주의 경험과 탈식민주의 문제를 적극적으로 사유하고 글쓰기를 통해 실천했던 작가로 평가하고 김기림은 재평가되어야 한다고 주장한다.357 반면, 고봉준은 김기림의 평문들이 1930년대 후반 친일의 논리를 재생산하고 반복한 지식인들과 문인들의 내적 논리와 놀라울 정도의 유사성을 보인다고 지적하고, '침묵으로서의 저항'을 주장한 김재용의 주장이 재고될 필요가 있다는 주장을 편다.358

"구체적인 친일, 부일의 혐의가 존재하지 않지만 내적 논리상 '친일'의 논리가 포착된다"는 고봉준의 논리에서는 비약이 목격된다. "서구적 근대를 보편적 모델로 간주한 김기림이 식민지에 대한 자각이 얼마나 강했겠는가, 조선에 머물렀던 시기가 불과 5~6년에 지나지 않으므로 그의 근대 인식이 조선적 특수성보다는 서구적 보편으로서의 근대에 머물렀을 가능성이 농후하다. 1930년대 후반 김기림은 일본이라는 타자의 시선에 의해 근대를 포착했고 그것이 침묵으로 이어졌다"는 서술이 그것이다. 더 나아가 김기림이 남긴 일제말기의 평문들은 일본 지식인들의 동양주의론과 유사하다고 주장한다. 그런데 논자는 몇 가지 유보 조건을 내세운다. "사실 김기림의 글에서 '동양'에 대한 긍정적 언표나 예찬의 목소리를 발견하는 것은 무척 어려운 일이다(143면), 김기림이 주장한 동양의 발견이 동시대 조선 지식인들이 경사되었던 이데올로기로서의 동양주의와는 뚜렷하게 구분된다(149면), 이러한 논리적 방향이 동양주의 내지 아시아주의와 직접적으로 맞닿아있는지는 알 수 없

357 서준섭, 「한국근대시인과 탈식민주의적 글쓰기」, 『한국시학연구』 13, 2005, 31면.
358 고봉준, 「모더니즘의 초극과 동양 인식」, 『한국시학연구』 13, 2005, 131면.

지만(148면)" 등과 같은 '조건'은 "김기림의 모더니즘 문학론은 중일 전쟁을 거치면서 급속히 일본제국주의 논리에 근접해갔다"는 이 논문의 핵심적 주장을 오히려 약화시키고 있다. "'명상'을 동양의 미덕으로 평가한다는 점에서 동양주의의 혐의가 약간은 엿보인다(147면)"는 주장 또한 그 논리적 근거를 찾기 어렵다. 모더니즘론이나 탈근대적 세계관의 일반론적인 성격을 '친일논리'로 환원시킨 것이 아닌가 판단된다.

논자는, 김기림이 젊은 시절 대부분을 일본에서 보냈다는 것, 특히 만주사변(1931)과 중일전쟁(1937)과 같은 역사적 사건을 일본에서 경험했다는 것은 조선적 특수성을 몰각하고 박래된 모더니즘을 수입하게 한 원인이라 지적한다.[359] 김기림이 젊은 시절 대부분을 일본에서 보냈다든가, 특히 만주사변(1931)을 일본에서 경험했다는 지적은 검토가 필요하다. 김기림이 박래품적인(피상적인) 모더니즘을 수용했으며, 조선적 특수성을 자각 못하고 '친일논리'에 빠져들게 된다는 지적이 논점의 근간이 된다는 점에서 이에 대한 점검은 논지 전개에 앞서 이루어져야 할 것이다.

김기림은 일본에서 귀국한 뒤 1930년 4월부터 동북제대로 유학을 떠났던 1936년까지, 잠깐의 휴직 기간(1931~33년)을 제외하고는 줄곧 『조선일보』에서 사회부 기자 생활을 했다. 당시 김기림은 젊고 유능한 사회부 기자로서 언론계에 이름을 알리고 있었다. 동대문 경찰서가 김기림의 주요 출입처였으며, 그가 간도 폭동, 성진 농조 공판 등을 취재한 뒤 전송한 기사도 남아있음을 앞 장에서 밝혔다. 사회부 기자로서의 김기림의 활동을 주목한다면, 김기림이 조선의 현실에 무지했다거나 식민지 특수성을 몰각했다고 판단하기란 쉽지 않다. 김기림은, 1936년 동북제대로

---

[359] 고봉준, 앞의 논문, 133면.

다시 유학을 떠난 뒤 1938년 귀국해 『조선일보』에 재입사했고 1940년 1월 학예부장이 된다.[360] 전기적 '사실' 자체가 한 작가의 문학관이나 인식론 전체를 아울러 해석하는 데 활용된다면, 실증적 사실 확인과 그 섬세한 적용은 강조할 필요가 있다 하겠다.

김기림의 많은 시론과 평문들의 전체 텍스트를 통어할 수 있는 뚜렷한 인식론적 지도를 그리기 쉽지 않다는 것, 카프와의 관계 속에서 펼친 모더니즘론이 일제 말기로 갈수록 그 뚜렷한 경계선이 허물어지고 있다는 점, 해방공간을 전후로 한 정치적인 태도의 변천 등은 김기림을 평가하는 데 여전히 문제적인 요소로 작용하고 있다. 전기적으로는 그가 문인으로서보다는 ㅈ식인으로서 신문기자로서의 삶을 살았다는 사실에 대한 인식 부족 또한 문제적인 요인으로 지적할 수 있다. 그런 점에서 김동석이 김기림의 시가 자의식의 과학에 속한다고 비판하고, 「기상도」를 '신문기사를 가지고 몇 번 재주를 넘은 희극적 비판'이라고 본 것은 예리한 평가로 보인다.[361] 김기림의 많은 시가 '당대의 뉴스를 편집해서 재배열한 것'이라는 지적 [362] 또한 김기림 시의 미학을 이해하는 중요한 척드가 된다는 점에서 재고할 가치가 있다.

연구자들 사이의 관점의 상이성이나 그것을 바탕으로 한 평가의 차이는 존중되어야 할 것이다. 그러나 이 관점이나 평가가 정확한 사실이나 합리적인 관점에서 도출된 것이 아닐 경우에 이것이 학문 전반에 끼치는 부정적 영향은 크다. 후속 연구자들이 1차 자료나 관련 텍스트를 검증하지 않고 폐쇄적인 논리에 갇혀 몇몇 2차 자료를 검증하고, 그것이 1차 자료의 핵심 사항인 듯 결론을 내릴 가능성이 있기 때문이다. 문제는, 텍스트 전체에 대한 이해의 부족과 지나친 주관화에 기인한 해석

---

[360] 신문기자로서의 김기림의 활동에 관해서는, 졸고, 「김기림의 연구의 한 방향—언론 활동과 지식인적 세계관과 관련하여」, 『우리말글』 33, 2005, 420~421면.
[361] 김동석, 「금단의 과실−김기림 론」, 『예술과 생활』, 박문출판사, 1947, 43면.
[362] 이명찬, 『1930년대 한국 시의 근대성』, 소명출판, 2000, 155면.

과 평가는 김기림의 진상을 이해하는 데 걸림돌로 작용하는 경우가 많다는 것이다.

본장에서는 김기림 연구 및 평가에 대한 이 같은 기존 평가를 염두에 두고 일제말기에서 해방공간에 이르는 시기의 김기림의 면모를 살펴보기로 한다. 시의 예언자적 임무에 대한 인식이 시 텍스트에서 어떻게 드러나는가를 살피고, 이 같은 인식이 해방공간의 활동과 어떻게 연계되는가를 파악할 것이다. 이를 통해 일제말기 '모더니즘의 방향 전환'의 면모가 드러날 것이며, 해방공간에서 김기림의 인식의 근거도 파악할 수 있을 것이다.

2. 일제말기 김기림의 행적과 예언자적 인식

김기림은 1940년 8월 10일 『조선일보』가 폐간되자 고향인 함북으로 내려간 뒤 경성고보에서 영어 교사를 하게 된다. 이때의 김기림의 행적은, 1950년대 후반기 동인으로 활동하면서 '김기림 시의 정신적 문단적 후계자'가 되었던 김규동이 언급한 바 있다. 김기림이 1988년 복권되자 김규동은 문학사상에서 기획한 '납북시인 집중 연구 특집'에서, '김기림을 만나면 왜 우리에게 시 쓰는 법을 가르친다거나 조선문학에 대해 이러저러한 이야기를 하지 않았는지' 묻고 싶다고 회고한다.[363] 특이하게도 김기림은 경성고보 제자들에게 '문학에 대해' 이야기 하지 않았다. 문학에 대해 관심 있는 학생들이 시집이나 소설에 대해 이야기를 하면, '영어, 지리, 수학, 물리, 화학 등을 다 공부하는 것이 시나 문학을 잘하는 길이라는 것을 진심으로 권장한다'는 답변이 돌아온다. 『삼천리』, 『인문평론』, 『조선시집』 같은 잡지들을 숨겨서 읽고 있는 아이들에게는 '문학은 이후에도 얼마든지 읽을 기회가 있지만, 지금 공부를 하지 않고 문학책을 읽으면 후회하게 된다' 하고 수학이나 자

---

[363] 김규동, 「시보다 인간을 더 사랑한 시인」, 『문학사상』, 1988.1.

연과학을 공부할 것을 당부하기도 한다.[364] 김기림에게 '문학'은 '긴급한 공부'가 아니었던 것이다. 이 말은, 김기림이 '과학으로서의 시'를 강조한 것과 그의 모더니즘이 '제작으로서의 미학적 인식'을 드러낸 것과 동궤의 것임을 보여주는 것이지만, 다른 차원에서 보자면, 문인이기보다는 지식인이자 언론인으로서의 관점을 드러낸 것이라 할 수 있다. '결혼은 될 수록 늦게 하라'든가, '어디 가든지 또 무슨 일을 하든지 콘사이스 한 권은 꼭 지니고 다녀라'든가 하는 충고도 같은 맥락에서 나온 것이다. 이 같은 김기림의 태도에는 무엇인가 당대 최고의 문단적 지명도를 가졌던 문인의 것과는 다른 분위기가 있다. 그것은 '실제적인 힘과 실력을 길러야 한다'는 교사이자 지식인으로서의 책무 같은 것이며 민족주의적이고 예언자적인 열망과 관련된 것이다. '40여명의 교사들 므두에게 '치욕의 별명'을 붙여주었지만 김기림에게는 그 흔한 별명이 없었다'든가, '어떤 순간에도 일제에 협력하는 언사나 행동을 한 적이 없다'는 김규동의 회고는 김기림에 대한 '회고 미담'의 차원을 떠나 일제말기 김기림의 삶의 행적들을 설명해준다.

　'냉정한 지성형 인간 김기림'에 대한 김규동의 증언은, 1930년대 유행했던 '인물평'의 그것과 크게 다르지 않다.[365] 일제시대 이선희나 이석훈[366] 등이 남긴 인물평뿐만 아니라 해방공간에서 젊은 시인들과 비평가들이 김기림의 시관을 둘러싼 비판이나 인물평 역시 동일한 선상에 있다. '지성과 논리'가 김기림을 떠받치는 축이며, 특히 해방공간에서 김기림의 행동가로서의 미흡한 태도 역시 '지성'이라는 자의식을 버릴 수 없다는 데 있다는 것이다.[367] 아이러닉하게도 1948년경 변화를 보이는 그의 태도가 전위시인들 및 신진 문학가동맹 소속 신진시인들과 평론가들에게 공격의 대상이 되는 것 또한 김기림이 가진 '지성의 논리'로부터 비롯된다.

[364] 김규동, 위의 글, 123면.: 이 책 뒤에 실린 인터뷰 참조
[365] 조선일보 사료연구실, 『조선일보 사람들』, 457—458면.
[366] 이석훈, 「속 작가인상기」.
[367] 이활, 「김기림의 세계」, 『정지용, 김기림의 세계』, 명문당, 1991 참조.

김기림의 일제말기 행적이나 해방공간에서의 행적은 여느 문학가동맹 소속 문인들과는 다르다. 김기림의 행적에는 지성과 논리에 대한 신념이 드러나 있다. 해방공간에서의 김기림의 행동가로서의 미흡함과 적극적 비판력 부재를 지적한 김동석은 이것이 바로 '지성' 때문임을 지적한다. 인간으로서는 가장 순수한 사람 중의 한 명일 수는 있으되 시인으로서, 행동가로서는 부적격이라는 것이다.[368]

김기림의 일제말기 행적은 그가 본질적으로 가지고 있었던 '지성'의 논리에서 구축된 것이다. 그러나 김기림은 일제말기 최재서나 백철, 서인식 등 다른 지식인들처럼 '사실수리론'의 함정에 빠지지 않고 '침묵'을 지킨다. 김기림의 '침묵'이 갖는 의미는 앞에서의 여러 지인들의 회고록이나 인물평에서 보여준 김기림에 대한 인간론과 김기림이 가졌던 문학관과 동일한 맥락에서 찾아야 할 것이다. 그의 '지성'은 문학의 예언자적 기능에 대한 인식으로 이어지며 이것이 침묵을 지키면서 일제말기를 관통해나갈 수 있었던 요인이 되었던 것이다.

동북제대 유학 후 돌아와 『조선일보』에 복직한 김기림이 종래 활동하던 사회부에서 학예부로 옮겨와 학예부장이 된 것은 1940년 1월이다. 『조선일보』가 폐간되던 해인 1940년에 김기림이 남긴 중요한 비평은 『시인의 세대적 한계』(4.20)와 『시의 장래』(8.10)이다. 이 논문들은 일제말기 김기림의 현실을 보는 시각을 잘 드러내고 있다.[369] 전자는 '근년의 이러한 격렬한 사회적 변이' 앞에서 사회적 변이와 문학적 임무에 대한 김기림의 식견을 냉철하게 보여주고 있으며, 후자는 시의 미래를 통해 역사를 내다보고자 했던 김기림의 예각적 사고가 잘 드러나 있다. 이 비평은 김기림의 언어관 더 좁혀서 말하면 민족어에 대한 인식과 평행 관계에 있다.

---

[368] 김동석, 앞의 글.
[369] 졸고, 「김기림의 연구의 한 방향―언론 활동과 지식인적 세계관과 관련하여」, 430면.

일제말기 '언어' 혹은 '조선어'에 대한 문인들의 인식을 이해하는 것은 매우 중요하다. 그들의 세계사적 안목과 윤리적 태도, 정치적 선택 등과 관련해서 지표를 주기 때문이다. 『민족과 언어』는 김기림의 언어관이 어떤 논리의 기반 위에 구축되어 있는가를 알 수 있을 뿐 아니라 김기림의 사우나 현실 감각을 이해하는 데 중요한 텍스트로 판단된다. 김기림은, '민족과 언어'의 관계가 '자신의 가슴 한 편에 체한 듯 머물러 있는 문제'라고 진단하고 '여러 제국의 식민지 언어 정책'에 관한 궁금증을 피력한다. 김기림이 이 글을 쓸 당시는 일본의 식민지 동화 정책이 강화되어 조선어 사용을 금지하고 일본어 사용을 강제하던 시기다. 이 가운데 문단 일각에서도 일본어 창작설이 대두되어 논전이 벌어진다. 일제말기 조선인 작가, 지식인들의 논쟁의 한 축인 '일본어 글쓰기' 문제는 단순히 '용어'나 '표현'에 대한 논쟁이 아니라 이들이 '친일'로 가는 하나의 도정이 된다.[370] 그런데 김기림은, '민족과 언어'의 문제는 원리와 정책(이상과 현실)의 혼동을 일으키기 쉽다고 본다. 모더니스트의 개방적 사고를 지닌 김기림으로서는 보편어로서의 일본어 사용을 주장했을 법한데, 오히려 그는, 현 단계에서는 민족어의 소멸이 곧 민족 문화의 소멸이며, 언어를 통한 단일 문화의 실현은 민족들 사이의 물적 경계가 없어진 다음에야 가능한 것이라고 주장한다.

나는 역사의 마지막 날까지도 어느 민족이 그 언어를 끌고 가야만 된다고까지는 말하지 않는다. 그런 固執하고 어리석은 생각이 어디 있을라고. 다만 현실의 문제로서는 일의 성질이 매우 다르다. 즉 현단계에서는 한 민족이 그 민족의 말을 내던지는 것은 역사의 진전에 대한 봉사가 아니고 도리어 그 背反이라는 것을 깨닫는 것

---

[370] 김윤식, 『일제말기 한국 작가의 일본어 글쓰기 문제』, 서울대 출판부, 2004, 제2부 '글쓰기의 차이성' 참조.

은 실로 중요하다.[371]

　　일본의 식민지 동화 정책에서 가장 중요한 것은 교육정책이며 그 핵심은 공용어로서의 일본어 교육에 있다. 이 같은 상황에서 일본어 이외의 식민지언어(민족어)는 결국 폐지되거나 일종의 방언화하는 숙명을 지니게 되는 것이다. '근대주의자'로서의 언어에 대한 '개방적 인식'을 김기림은 현단계에서는 보류한다. '민족과 언어'라는 일견 '추상적 관념'이 정치적 경제적 요점과 결코 분리될 수 없는 것임을 김기림은 절실하게 체득하고 있었다고 판단된다. 이는 김기림이 해방 이후 견지했던 '기능주의적인 언어관'과는 그 성격을 달리한 것이다.[372]

　　『시의 장래』에서 김기림은 시인의 임무를 '내일의 발견'이며 '생존의 신념'으로 정의하는데, '민족어의 소명'이 '민족 문화의 생존과 지속'에 있음을 그가 간파한 것과 다르지 않다. 민족어의 생존과 지속을 민족 문화의 그것에 두었듯, 시의 미래를 '내일을 예감하는 임무'에 건 김기림의 목소리는 이른바 '견자로서의 시인'의 사명을 반향한다.[373] 김기림이 예견한 시의 예언자적 임무는, 그가 해방 후 문학가동맹에 가입하면서 발견한 '공동체와 일군의 전위 시인'[374]들에 의해 이어짐으로써 좀 더 큰 공명을 얻게 된다.

3. 일제말기 시편들과 '침묵'의 수사

일제말기 김기림은 몇 편의 시와 수필을 통해 상징적으로 '침묵'의 의미를 전하고 있다. 이 '침묵'의 수사는 일제 말기의 김기림이 파악한 시대정신과 시의 임무 및 시인의 세대론적 책무 등과 연계된다는 점에서 중요한 가치를 갖는다. 김재용은,

---

371 김기림, 「민족과 언어」, 『조선일보』, 1936.8.28.
372 김윤식은, 김기림이 『시의 이해(을유문화사, 1950)』에서 밝힌 '한글전용' 실험이 '정확한 의미 전달'을 으뜸조건으로 내세운 기능적인 것임을 지적하고 이것이 그의 형식논리학적 체질과 유사하다고 판단한다. 앞의 책, 47면.
373 「우리 시의 방향」에서 '시의 정신이란 민족과 시대의 선두에서—방향을 제시하는 예언자이며 격려자'라고 주장한다, 이는 제1회 조선문학자대회 시부문 보고 연설문이다. 1946.2.
374 김기림, 「공동체 발견 詩壇 瞥見」, 『문학』 1권 1호, 1946.7.

일제말기 김기림의 '침묵'이 일종의 '저항'의 논리라고 해석한다. 일제말기 경성으로 '낙향'한 후 김기림이 별다른 논리적 구성물을 남기지 않았고, 그것이 다른 문인들이 향했던 '친일'의 도정과 구분된다는 것이다.[375] 친일 행위인가 아닌가 하는 것이 한 문인의 평전을 구상하거나 윤리적 삶을 평가하는데 중요한 지표가 될 수는 있겠지만, 이는 이 책이 다루는 관심사가 아니다. 다만, '침묵'이 시대를 관통하는 행위의 근거가 된다는 점에서 시의 미래적 가치를 강조한 김기림의 인식과 연계된다고 판단된다.

김기림은, 『조선일보』가 폐간된 이후 『춘추』지에 발표한 시 「못」(1941.2), 「청동」(1942.5), 「연륜」(1942.5), 수필 「분원유기」(1942.7) 등에서 '침묵'을 상징적으로 드러낸다. 이 글들은 서울에서의 기자 생활을 접은 이후 발표된 것이다. 일제말기 '침묵으로 지냈다'는 세간의 평가에 기댄다면, '침묵'의 내면성이 드러나 있는 글이라 할 만하다.

이 글들은 김기림이 1939년에 발표한 「침묵의 미」(1939.5.8)와 연장선상에서 살펴볼 만하다. '대자연의 신비 앞에 선 인간이 할 수 있는 일은 결국 침묵하는 것'이라는 일견 신비주의적 태도와 카르납과 비트겐슈타인의 언어 이론을 혼합한 내용이지만, 궁극적으로는 시정의 요설에 대한 비판과 묵묵히 주어진 일을 하고 싶다는 열망을 피력한 것이다.

김기림의 '침묵하는 말'은 그의 후기 시론들이 보여주는 '예언자적 임무'를 반향한다.

묵묵히 일을 하고 싶다. 일의 완성이라는 것은 반드시 우리 당대에 잇서야 할 일도

---

[375] 김재용, 앞의 책, 220—221면.

아닐 것 갓다. 서투른 솜씨에 하는 일이 무엇이 그리 신통하랴? 「다른 사람으로 하여금 와서 이일을 더 잘하게 하라」**376**

　'일의 완성'이 당대에 이루어지는 것이 아니라 다음 세대에 이루어질 것이라는 전언은 그가 「시의 장래」에서 주장한 '새로운 시대의 전령'이라는 문맥으로 이어진다. '침묵'은 일제의 '조선어 금지' 정책과 '신문 잡지의 폐간'이라는 시대적 암흑기에 생명의 빛을 미묘하게 던진다. 「낙화」(1940.5.10)에서는 세대론적 임무가 낙화와 죽음의 이미지를 통해 미묘하게 반추된다. '한 두 사람이 퇴장할지라도 살어잇는 사람들의 살어잇는 활동만은 끝업시 뒤를 니어간다'고 주장하면서 '과거 우에 눈물을 뿌리는 것을 구지 그만두라고는 하지 않는다. 미래를 위하여 현재를 살리는 것 그것바께는 길이 업다'는 장엄한 결말을 예고한다. 낙화의 이미지에서 시간의 연속을 강조하는 김기림의 주장에는 일제말기의 어두운 현실과 정세의 불안을 뚫고 솟아나는 '생명'의 숙연한 움직임이 있다. 당대의 '침묵'은 시간의 연속이며 생명의 지속을 향한 불안한 움직임이다.

　이 같은 '침묵'의 상황이 당대 시인들에 투영된 모습은 흥미롭다. 함흥에서 교사 생활을 접고 만주 신경으로 갔던 백석은 『만선일보』에 「침묵과 요설」을 발표한다. 당시 만주는, 조선 내 언론 출판 상황이 악화되자 좀 더 자유로운 언어생활과 출판 환경을 찾던 문인들에게 일종의 '해방구'가 되기도 했다. 김기림의 '침묵'의 수사는 백석이 '침묵'을 통해 조선인의 혼을 불러 모으고자 했던 내성의 울림과 다르지 않다.

---

376 김기림, 「침묵의 미」, 『조선일보』, 1939.5.8.

비록 몸에 남루를 걸치고 굶주려 안색이 창백한 듯한 사람과 한 민족에 오히려 천근의 무게가 업슬 것인가. 입을 담으는 데 있다. 입을 담을고 생각하고 노하고 슬퍼하라. 진지한 모색이 잇서 더욱 그러할 것이요. 감격할 광명을 바라보야 더욱 그러할 것이다. (중략)

무엇인가 謹愼과 분노와 비애다. 심각한 고통이다. 이것들이 조선인의 혼을 꽉 붓잡는 것이다. 조선인이 고난 속에 잇다는 것은 거짓말이다. 그들이 요설인 동안 이것은 거짓말이다.³⁷⁷

백석은 현재 조선 민족이 처한 상황에서 '요설'이 가당하기나 한가를 질문하고, '분노와 모색'을 위해 침묵하라고 역설한다. 조선의 억압적인 현실을 피해 만주까지 이주해 온 조선인들의 만주에서의 삶 역시 매우 비참했다. 만주인, 일본인, 중국인, 러시아인, 조선인 등 이른바 '5족 협화 정책'을 교묘하게 펼치는 일본 식민지 정책의 틈바구니에서 조선인들이 받는 고통은 극심했는데 특히 조선인들 집단 내에서 겪는 갈등은 더욱 문제시 되었다. 백석이 말하는 조선인들의 '요설'에 대한 비판은, 스스로 비참을 자각하지 못하고 만주 조선인들끼리 반목하고 질시하던 당대의 상황을 지적한 것이다.

이 '침묵'의 수사는 일제말기 '분노'와 '웅변'을 역설한다. 시대적인 아우라를 띠고 있는 웅변의 수사가 아닐 수 없다는 것이다.³⁷⁸ 김기림이 일제말기 남긴 몇 편의 시에서 이 침묵의 수사는 되살아난다. '죽음'의 이미지가 빚어내는 장엄한 역사의식이 '날카로운 생의 의지'와 모호하게 뒤섞인 혼합된 이미지로 나타나는 것이다.

---

³⁷⁷ 백석, 「조선인과 요설—서칠마로 단상」, 『만선일보』, 1940.5.25~6.
³⁷⁸ 박두진의 「도봉」을 비롯 일제말기 씌어진 시가 '침묵'을 통해 장엄한 역사 의식을 드러내는 점은 조명할 필요가 있다. 그간, 일제말기 시에서 '어둠'과 '암흑'의 측면을 강조함으로써 오히려 시가 갖는 자율성과 삶(역사)의 능동성을 부정하는 측면이 있다.

김기림이 일제말기에 남긴 시들은 모더니스트 시인이자 평론가로 알려진 그의 인상과는 다르다. 특히 『기상도』에서 보여준 '재치와 풍자'의 어법은 거의 찾기 어렵다. 초창기, 그가 일본 유학에서 돌아와 『조선일보』에서 사회부 기자를 하면서 썼던 간도지방 조선인들의 삶을 그린 시들이나, 도시를 산책하면서 느낀 심정을 그린 시들에는 우울과 어두운 시인의 내면이 드러나 있다. 그것이 『기상도』 등 1930년대 중반기경에 잠깐 사라진 듯 보이지만, 1930년대 후반기에 오면 다시 살아난다. 인생과 삶과 죽음에 대한 성찰적인 시각이 나타나고 따라서 상징적인 어법이 눈에 띈다. 1939년을 전후로 김기림의 시에서 보이는 중요한 변화라고 할 수 있다. 김기림의 시에 대해 비판적인 연구자들도 「바다와 나비」(1939.4)를 김기림의 시중 시적 완성도가 가장 높은 시편으로 지적하고 있는데, 이는 내면성과 상징성이 이 시편에서 두드러져 있는 탓이다. 김기림의 일제말기 시편은, 「기상도」의 지명도나 그것의 문학사적 '사건성'으로 인해 소홀히 취급된 경향이 있으나 김기림의 문학을 이해, 평가하는 데 중요한 텍스트로 보인다.

「전별」(『여성』, 1939.9.), 「요양원」(『조광』, 1939.9.), 「공동묘지」(『인문평론』, 1939.10.), 「산양」(『조광』, 1939.9.), 「겨울의 노래」(『문장』, 1939.12.), 「흰 장미같이 잠드시다」(『인문평론』, 1940.4.), 「못」(『춘추』, 1941.2.), 「새벽의 아담」(『조광』, 1942.1.) 「연륜」(『춘추』, 1942.5.), 「청동」(『춘추』, 1942.5.) 등이 일제말기에 남긴 시편들이다. 이 시편들은 공통된 특징이 있다. 이른바 '오전의 시'로서의 밝고 명랑한 성격을 상실하고 있다. '지루한' 것으로 표현된 일제말기의 삶은 김기림에게 극심한 피로감을 형성했던 것 같다. 그는 순한 양처럼 '갑자기 무엇이고 믿고 싶다'는 열망(「산양」)에 사로잡히기도 하고, 순교자적 의식에 눈뜨기도 한다. 이 시들은 어둡고 우울한 이미지들을 주로 보여주지만, 침묵한 채 고여 있는 내면의 목소리가 어두운 상념을 뚫고 솟아난다. 그것은 절망의 목소리이기보다는 묵은 역사와 결별하려는 초월적인 언어다. 『조선일보』가 폐간되고, 조선어 사용이 전면 금지되면서 시인이자 지식인으로서 그가 느꼈을 당혹감과 암울함을 추측할 수 있다. 「요양원」은 인생에 대한 성찰이 '지리한 역사의 임종을 고대' 하는 내면의 피로와 혼합되어 있으며, 「공동묘지」는 '아무 무덤도 입을 벌리지 않도록 봉해 버렸지만, 묵시록의 나팔소리를 기다리는 귀를 쫑그린다' 는 시인의 예언자적 목소리를 전하기도 한다. 「청동」에서는 '도도히 흘러온 역사를 담을 청동그릇 하나를 꿈꾸면서' 역사에 대한 전망을 피력하기도 한다. 「새벽의 아담」에서 순교자적 의식은 '청초한 수선화 향기'를 머금고 온다. 이 시에서 묵은 역사와 결별하겠다는 의지는 분명하게 '또 다시 어둠 우에 떠오르는 희망의 태양을 맞이하는' 청춘의 훈장을 달고 온다. '지루하면서도 묵은역사'에 대한 결별의 의지와 '새로운 역사에 대한 전망'을 상징적으로 드러낸 것이다. 김기림은 이를 '청춘의 훈장' 이라 부른다.(「새벽의 아담」) '아득한 허무'와 절망의 내면들을 토로하면서도 김기림은 '역사의 경영에 어느 구석 일훔없는 돌멩이고자'(「흰 장미처럼 잠이 드시다」)하는 역사의 전망을 내비친다. 이 시들은 김기림을 '피상적인 모더니스트', '시인으로서의 자질 부족' 이라고 평가할 수 없는 측면들을 보여준다. 시인의 새로운 임무를 역사에 대한 전망에 걸었던 그의 일제말기 신념이 잘 드러나 있는 상징적인 시편들이라고 하겠다.

구체적으로 「공동묘지」(『인문평론』, 1939.10)를 살펴보자.

일요일 아침마다 양지 바닥에는

무덤들이 버섯처럼 일제히 돋아난다

상여는 늘 거리를 돌아다 보면서
언덕으로 끌려 올라가곤 하였다

아무 무덤도 입을 벌리지 않도록 봉해 버렸건만
묵시록의 나팔 소리를 기다리는가 보아서
바람소리에조차 모두들 귀를 쫑그린다

호수가 우는 달밤에는
등을 일으키고 넋없이 바다를 굽어본다.

(「**공동묘지**」 전문)

　「공동묘지」에 나타나는 무덤의 이미지는 예언자의 목소리를 깔고 있을 뿐 아니
라 역동적인 생명의 움직임을 보여준다. '늘 돌아다 보면서 끌려 올라가는 상여' 의
이미지는 폭력적이고 강압적인 힘에 의해 끌리어가는 피동성과 죽음의 이미지를
거느린다. 입을 벌리지 못하도록 강제당한 무덤의 이미지에는 강제성과 굴욕성이
있다. 그러나 그 무덤은 '묵시록의 나팔 소리' 에 귀를 쫑긋하는 내적 에너지와 생명
력을 가진 것이다. 호수가 우는 달밤에 등을 일으키는 무덤은 신비적이고 미묘한
분위기를 아우른다. '넋없이 바다를 굽어보는' 무덤 이미지에는 예언자의 시선이
깔려 있다. 이 같은 예언자적이고 엄숙한 '죽음' 의 이미지는 일제 말기를 살면서 시

의 장래를 예견하고 우리말의 운명을 조심스럽게 낙관했던 지식인 김기림의 목소리를 반향한 것이다.

이 같은 예언자적인 지성은 「못」(『춘추』, 1941.2.)에서 날카로우면서도 묵시록적인 '침묵'의 이미지로 이어진다. 「공동묘지」에서 보여준 전망이 좀 더 날카롭고 예리하게 번득이는 '못'의 이미지로 이어지고 있다. 발표시기로 본다면 더욱 암울한 상황이 도래했음을 추측할 수 있는데, 시인이 가진 역사에 대한 전망이 좀 더 예리하게 빛나고 있다는 것은 주목할 만하다.

모든 빛나는 것 저 아롱진 것을 빨아버리고
못은 아닌 밤중 지친 동자처럼 눈을 감았다

못은 수풀 한 복판에 뱀처럼 서렸다
뭇 호화로운 것 찬란한 것을 녹여 삼키고

스스로 제 침묵에 놀라 소름친다
밑모를 맑음에 저도 몰래 으슬거린다

휩쓰는 어둠 속에서 날(刃)처럼 흘김은
빛과 빛깔이 녹아 엉키다 못해 식은 때문이다

바람에 금이 가고 비빨에 뚫렸다가도

상한 곳 하나없이 먼 동을 바라본다

(「못」 전문)

　먼저, 제목인 '못' 의 의미를 파악할 필요가 있다. '못' 은 여기서 '못(池)' 을 의미한다. 간혹 한글로 '못' 이라고 제목이 표기될 때, 이를 '못(丁)' 으로 그 의미를 파악하는 경우도 있는데, 이는 금속성의 날이 주는 예리한 이미지가 역사에 대한 날카로운 인식에 겹쳐져서 생긴 무의식의 잔상 때문이다. 하지만 원본 텍스트를 보거나 시의 전체적인 문맥으로 보면 '못(池)' 으로 판단된다.[379] 외부의 것들을 깊숙이 빨아들이는 '못' 의 흡착력이 날카로운 금속성 '못' 의 이미지로 착종된 것이 의미의 상징성을 배가시킨다. '丁' 과 '池' 의 이중성은 '못(池)' 의 '침묵' 의 경지를 강화하며 절대성을 띠게 한다. 김기림의 일제 말기 역사에 대한 전망이 깊이 느껴진다고 하겠다.

　1연에서는, 모든 사물을 삼켜버린 밤중의 상황과 못이 모든 사물을 흡착해버린 상황이 유비되어 있다. 모든 것이 소멸된 상황인데, 이는 한 역사의 소멸을 상징하는 것이기도 하다. 일제말기의 어두운 삶이 암시적으로 드러난 구절이다. '지친 동자처럼 눈을 감았다' 에서 역사에 대한 전망이 불가함을 알 수 있다. 2연은 첫 연의 의미상의 반복이지만, '뱀처럼 서린' 구절에서 날카롭고 섬뜩한 시선이 느껴진다. 1연의 '눈을 감은' 못이 실제로는 '예리하고 섬뜩하게' 살아 있음을 암시하는 구절이다. 길고 구불구불한 뱀이 주는 인상 또한 끊이지 않고 이어지는 시간 의식과 관계가 있다. 이 시에서 침묵의 절대적 경지는 '외침' 이 주는 효과보다 내적으로 엄숙함과 장엄함을 가진다. 역사에 대한 예리한 시각의 이면이다. 침묵을 지키고 있는

---

[379] 동경에서 일본어로 번역된 『조선시집』에도 '지(池)' 로 번역되어 있다. 鐵甚平, 『朝鮮詩集』, 興風館, 1943, 46~47면.

'못'은 스스로 증언한다. '밑 모를 맑음'은 못의 순결성과 진정성이 생명력을 띠고 있음을 말하는 것이며 그러기에 '으슬거린다'. 영원성과 생명력을 지는 '못'의 존재가 느껴진다. 시인은 스스로 침묵하면서도 살아 있는 못의 존재성을 부각시키면서 궁극적으로 역사의 전망을 말하고자 했을 것이다. 김기림은, 어둠 속에서 빛나는 '날'의 예리함을 '흘김'이라 표현한다. 차고 날카롭고 냉각된('식은') '못'의 이미지는 못(池)이 '못(丁)의 이미지와 겹쳐 읽히는 이유를 설명해준다 하겠다. 모든 찬란한 빛과 빛나고 아롱진 것(찬란한 역사)을 집어 삼킨 '못'은 침묵하면서도, 저 스스로 맑은 정신을 유지하고 있고, 예리하면서도 날카로운 시선을 버리지 않는다. 차고 냉각된 시각, 예언자적이고 지성적인 시각이 느껴진다. 시인의 미래에 대한 전망은 낙관적이다. 바람에 금이 가고 '비빨에 뚫려도' 못은 상한 곳 하나 없다. 그 못은 '먼 동'을 바라본다.

시인은, '못'이 모든 '빛나는 것 아롱진 것'을 내장하고 '뱀처럼' 몸을 웅크리고 있는 것에서, 단단하고 장엄한 역사의 에너지를 본다. '밑이 모를 정도의 맑음'과 '어둠 속에서' '선연하게 빛나는' '칼날'의 예리함을 스스로 가진 못은 어떤 절대적인 경지에 다가 서 있는 정신의 에너지가 아닐 수 없다. 강렬하고도 냉혹한 에너지를 저장한 시선이다. 이 모순어법(옥시모론)적인 수사법이야말로 김기림이 당대를 헤쳐 나갔던 절대 정신의 경지를 대변해주는 것이다. 김기림은 '녹아 엉키다 못해 식은' '밑모를 맑음'이라고 이 경지를 말해놓았다. 바람에 금이 가고 비빨에 뚫렸다가도 '상한 곳 하나 없이 먼 동을 바라본다'고 시인은 썼다. '시의 장래'는 이 절대성의 차원에서 묵시록적인 울림으로 승화되어 있다.

이원조는, 김기림의 시인으로서의 본령이 모더니즘의 군호가 아닌 여러 사람이 다 같이 느끼는 '심정의 세계'에 있음을 지적한 바 있다.

> '씨네마 풍경'이니 '손풍금'이니 '삐드 大佐'니 무수한 현대적 지식, '건방진 굴
> 뚝' '튜립 같이 밝은 대합실' 등등의 한없는 綺語 가운데서 수족과 같이 경쾌하던
> 형의 풍금이 또 언젠가 '못' 가에서 약간의 흥분 그러나 초췌한 얼골로 변한 것을
> 보았을 때, 나는 나 스스로 옳지 편석촌이 시의 고향으로 돌아왔나부다 했습니다.
> 편석촌 형! 시의 고향은 형이 앞서 부르짖던 모더니즘의 군호가 아니라 우리 여러
> 사람이 다 같이 느끼는 이 심정의 세계─거기는 '공동묘지'이기도 하고 '못' 가이기
> 도 한가 봅니다.**380**

허무와 피로만을 가지고 돌아온 탕자의 귀향처럼 김기림의 현대시를 찾아 떠
난 편력 또한 뚜렷하게 눈에 보이는 성과가 없다는 점을 이원조는 비판한다. 김기
림은 장시 『기상도』 등에서 현대 문명의 병적인 징후에 대한 우울한 진단과 그것을
비판하는 풍자적이고 지성적인 시선을 보여주지만, 그것이 시적 의장을 갖춘 것이
라고 보기는 어렵다. '씨네마 풍경', '손풍금', '삐드 大佐'와 같은 현대적인 지식
이나 정보를 담은 어휘, 서구적인 풍물과 관련된 어휘가 '현대적인' 감각을 대신하
고 있다. 또 '건방진 굴뚝', '튜립 같이 밝은 대합실' 등의 유치한 비유를 사용한 정
도에 그쳐 있다. 이원조는 이를 '한없는 기어(綺語)'라고 비판한다. 이원조는 그런
김기림에게 시의 고향을 찾으라고 주문한다. 김기림은 여전히 무거운 가슴을 안은
채 '시의 고향'으로 돌아오지 못하고 있다고 비판한다.

이원조는 김기림에게 '시의 고향'은 모더니즘의 구호로 찾아지는 것이 아니

---

380 이원조, 「씨의 고향─편석촌에게 붙이는 斷言」, 『문장』, 1941.4.

며 그러하기에 『기상도』의 세계는 정작 김기림이 돌아갈 '고향'은 아니라고 본다. 시적 공감과 심정의 공유를 가능하게 하는 세계, 그 세계는 「못」이나 「공동묘지」의 세계였던 것이다. 무겁고 어두운 탕자의 내면(공동묘지)과 '낭만적 동경'으로서의 심정의 세계(못가)가 융통해 있는 세계라는 것이다. 심정으로 우리를 달래주는 것, 즉 시혼의 공감을 가능하게 하는 시를 주문했던 것이다.

'씨네마 풍경', '손풍금', '삐드 대좌', '튜립 같이 밝은 대합실'처럼 겨우 현대문명적 수식어구를 붙여 만든 시어로 현대시를 논하는 김기림의 모더니즘은 이미 퇴색해버린 것이다. 기자였던 김기림의 흔적이 묻은 저널리즘의 언어이지 시인의 언어는 아닌 까닭이다.[381] 이제 시의 방향성은 다른 무엇인가를 지향해야 한다. 그것이 시인 김기림의 일제말기의 책무이다.

여기서 이원조가 말하는 시의 고향, 곧 '공동묘지'이기도 하고 '못가'이기도 한 시의 세계는 삶과 문학이 조응하는 세계이며, 문학의 장래를 통해 미래를 예견하고자 했던 일제말기의 시의 임무에 상통하는 것이다.

『조선일보』, 『동아일보』 등 민간신문이 폐간된 뒤 낙향해 교사로서의 삶을 꾸려가고 있던 김기림이 마주친 일제말기의 '어둠'은 시의 묵시록적 예언을 통해 그 어둠을 벗고 있는 것이다. 김기림이 「청동」에서 '여러 역사를 산 듯 어두운 빛을 허리에 감은 청동그릇 하나를 앞에 두고 여러 가지 꽃향기를 담을 미래의 시간을 그려본다'고 말한 것은, 어두운 시대의 깊이 속에서 그가 찾아내었던 역사적 전망의 한 가지 방식이 아닐까. 일제말기 조선미술사의 대가이면서 화가였던 인물들과의 교유 속에서 가지게 되었던 '조선적인 것'에 대한 관심은 정적이고 폐쇄적인 조선시대 예술에 대한 반성과 함께 하는 것이다.

---

[381] 김동석의 '김기림의 자본주의 비판은 본격적인 비판이 아니고 신문기사를 가지고 몇 번 재주를 넘은 유희적 비판이다'는 지적을 다시 한 번 상기할 수 있다. 김동석, 앞의 책, p. 43.

일제말기 김기림의 '침묵'이 조선적인 것에 대한 관심으로 이어지고 있다는 것은 「분원유기」를 통해 확인된다. 이 글은, 화가 근원 김용준, 인곡 배정국, 청정 이여성, 언론인 건초 양재하, 상허 이태준 등과 함께 양수리 근처 분원 마을로 '유람간' 내용이다.[382] '유람'이기는 하지만, 골동품 수집의 대가이자 조선 후기 미술사에 대한 해박한 지식을 가지고 있던 근원, 청정, 인곡 등과 상허가 한자리에 있었다는 것이 흥미롭다. 이들은 모두 고미술 및 도예에 대한 당대 최고의 식견가들이자 수집가들이고 대부분 조선 미술사에 대한 글을 남겼다. '동서도예애완가의 耽賞을 받는 분원자기의 産處'를 찾은 김기림이 본 것은 '분원 4백년의 꿈조각'이다. 김기림은 거기서 분원 예술가들의 예술적 정열과 이제는 흩어진 영광의 조각들을 본다. 김기림이 이들과 함께하면서도 역사 허무주의나 고완 취미에 빠져들지 않은 것은 역사적 전망을 읽는 지식인적 태도에서 비롯된다. 분원 마을 근처의 동양적 풍취와 분원자기가 남긴 폐허로 남은 역사적 상처 속에서 그는 회고 취미나 감상에 빠져들지 않는다. 그는 '움직이지 않는 풍경'으로서의 조선의 역사와 예술에 대해 하나의 비판을 가한다. 이는, '서양의 위기'를 근대정신의 방법이나 태도의 포기로 결론짓고 '서양'에 대한 반동으로 동양 문화에 귀의, 몰입하는 태도는 감상주의에 지나지 않음을 주장한 것[383]과 같은 맥락 속에서 이해되어야 한다.

'동양의 발견'은 결국 문학, 예술의 창조력과 생명력에서 가능하다는 김기림의 주장은 청정, 인곡, 근원 등 미술(사)가들과의 교류와 무관하지 않다.[384] 김기림과 청정 이여성의 관계는 1930년대 초기부터 지속적으로 이어지고 있는데, 김기림의 '모더니즘론'이나 사상 형성과 관련해 깊이 탐구할 문제이다.[385] 이는 일제말기

382 김기림, 「분원유기」, 『춘추』, 1942.7. 폐간(1948.8.10.) 뒤 낙향했던 김기림은 몇 달 뒤 서울로 올라온 것으로 확인된다. 「건강」(『조광』, 1941.3.)에서, '시골 가 있다가 여러 달 만에 서울 오니 또 모든 게 어수선하다'고 썼다. 그러나 지속적인 서울 생활을 했는지는 확인이 되지 않는다.
383 김기림, 「동양에 관한 단장」, 『전집』 6, 심설당, 1988, 51면.
384 김기림, 위의 글.
385 이여성과의 관계에 대해서는, 졸고, 「김기림의 언론 활동과 초기 글들의 성격」, 359—363면.

김기림의 행적이나 '동양'에 대한 인식을 이해하는 데도 중요한 문제로 판단된다. 확인되는 것은 김기림의 '동양'에 대한 인식이 근대의 성찰과 근대의 비판을 동시에 아우르면서도 회고적 감상주의에 빠지지 않는다는 점이다. 茶山에 대해 '모더니스트이자 호반시인'으로 김기림이 평가하는 맥락에는, 당대 모더니즘의 위치나 가치를 이상화하지 않으면서도 동양주의에 함몰되지 않은 김기림의 인식의 균형을 읽을 수 있다. 적어도, 일제말기에 발표된 텍스트에서 '날렵한 모더니스트'의 인상을 찾기는 어렵다.

김기림의 '청동'은 '침묵하는 시간'의 상징이 된다. 현재의 시간을 견디면서 미래적인 전망을 열고자 했던 김기림에게 '침묵'은 어두운 일제말기의 삶을 헤쳐 나가는 선택적 요건이었던 것이다.

4. 해방공간의 '지성'의 시선

김기림은 1932년 1월 함북 길주 출신의 김원자와 중매 결혼한다.[386] 김원자는 한 인터뷰에서 김기림의 복권을 주장하면서 해방공간 및 6.25 당시 김기림의 행적을 증언하고 있다.[387] 김기림은 '월북 작가'가 아닌 '납북 작가'에 속한다는 것이다. 당시 월북 작가들에 대한 정부의 강력한 금기 조처로 인해 '미망인'이 겪었던 고통을 감지할 수 있는 대목이다. 당시에 '납북, 월북'의 판단은 유족으로서는 매우 중요한 문제였던 것이다. '납북, 월북'의 판단 문제는 이제 정리가 된 것으로 보이지만, 문제는, 김기림의 일제말기와 해방공간의 행적을 '좌파적 시각'으로 결론짓고, 이를 인식상의 미묘한 동기들과 관련짓는 태도이다.

김원자의 전언에 의하면, 6.25 발발 당시 김기림은 연세대학교 영문과 교수로

---

[386] 신보금(申寶金)으로 표기된 경우도 있는데, 신보금의 호적 상 이름이 김원자(金園子)이다. 김학동, 앞의 책, 새문사, 2001, 396면.
[387] 강유일, 「납북 시인 김기림 미망인 김원자 여사」, 『주간조선』, 1987.8.30. 64-67면.

재직 중이었고 교환 교수의 자격으로 미국으로 떠날 준비를 하고 있었다. 도미 이후 한국에 남아 있을 가족들의 생계를 생각해 영어, 불어 사전 편찬을 하고 있었다. 1950년 6.27일경 남쪽으로 가는 피난민 대열에 합류했지만 한강 철교가 끊어졌다는 소식에 포기하고 회현동 김원자의 친구 집 지하실에 몸을 붙였다. 김기림은 시흥에 사는 친구의 별장으로 몸을 옮기기 위해 집을 나섰고 그것이 식구들이 본 김기림의 마지막 모습이었다.

그 후는 대부분 '목격자들'에 의한 풍문 격의 행적이 확인된다. 이화동 로터리에서 인민군 군복과 사복을 입은 청년에 의해 강제로 지프에 태워졌다는 것, 서대문 형무소로 이송돼 감금돼 있었다는 것, 8월말경 북한으로 이송되었다는 것 등이다. 김원자는 김기림을 납치했다는 장본인을 만나기도 했는데, 그는 김기림이 '체포대상 A급이며 납치 후 수도청 자리에 감금해 놓았다'는 증언을 듣게 된다.

'체포대상 A급'으로 분류된 요인은 여러 가지가 있겠지만, 김기림의 출신성분이나 성향, 그리고 월남직전의 행적 등에서 이를 추정할 수 있다. 『조선일보』가 폐간되었을 때 김기림의 선택은 낙향이었다. '일본말로 작가 생활을 계속하라는 몇몇 문인들의 권유를 뿌리치고' 성진으로 돌아온 김기림에게는 조상 대대로 내려온 드넓은 땅이 있었다.**388** 성진에서 해방을 맞은 김기림에게는 기쁨도 잠시였다. 북한에서는 토지개혁의 바람이 불었고, 김기림 가계의 재산은 과수원을 제외하고는 다 몰수당하게 된다. 김기림은 결국 밀항선을 사서 가족을 다 월남시키게 된다. 이상이 해방공간과 6.25로 이어지는 시기의 김기림의 행적이다.

해방공간에서의 김기림의 활동은 '문학가동맹 가입'을 중심으로 알려져 있다. 이는 이 시기 그를 이해하는 데는 중요한 전기적 사실이 된다. 일제시대 모더니즘

---

388 고향에서 과수원을 경영한 체험은 「별들을 잃어버린 사나이」, 「林檎의 輓歌」 등에 나타나 있다.

이론가로서, 모더니스트로 시인들의 대변자로서 확고한 위치를 점하고 있었던 김기림의 해방공간에서의 이 같은 '변신'은 다양하게 해석된다.

해방공간에서 김기림은 1946년 결성된 문학가동맹에 가입해 시부 위원장이 된다. 문학가동맹 활동을 하면서 한편으로는, 일제시대의 활동과 연장해 1945년 11월경 김승범이 창립한 공립통신에서 1946년~47년경 편집국장으로 재직한 경력이 확인된다.[389]

당시 낭독시에 대한 관심이나 대중강연회 연설 등은 문학가동맹이 자주 개최한 대중 강연회와 무관치 않다. 1947년 2월 13일 대천교 강당에서 열린 '문화옹호궐기대회'에서 김기림은 개회사를 한다. 당시 수도경찰청장 장택상은 정치 성향 공연물을 규제하겠다는 고시문을 발표하게 되는데, 문학가동맹이 이에 대해 전면적인 투쟁을 선언하게 되는 것이다. 이 선언문에서 결의된 대로 '문화옹호공동투쟁위원회'가 결성되고, 그 구체적인 실천 운동으로 전국 각 지역에 문화공작대를 파견한다. 이때 김기림은 심영, 문예봉 등과 함께 대구 키네마 구락부에서 종합 예술제를 개최하여 연극 「태백산맥」을 올리게 된다.(1947.7.21~27.) 이 연극이 올려지자 공연중지 명령이 내려지고 김기림은 심영과 함께 대구서에 출두하게 된다.[390] 김기림이 해방 직후부터 1947년경까지 발표한 글들과 정치적 행동들은 문학가동맹의 노선에 준해 전개되었던 것이다.

1948년 무렵 김기림은 점차 문학가동맹의 이념과는 다른 스펙트럼을 보여준다. 그러고는 점차 본래의 아카데믹하고 지성적인 논객으로 귀환하고 있다.[391] 이는 '지성에 대한 자의식'을 그가 버리지 못했음을 의미한다. 그의 '지성'은 해방공간에서 문학가동맹의 테제가 갖는 폭발적인 열정을 지속시키지 못한 원인이 되고, 이

---

[389] 정진석, 『돌아오지 못한 언론인들』, 대한언론인협회, 2003, 266면.
[390] 김용직, 앞의 책, 130~149면.
[391] 졸고, 「김기림의 연구의 한 방향―언론 활동과 지식인적 세계관과 관련하여」 참조.

것이 결국 문학가동맹 노선으로부터 그를 한발 물러서게 만들었다고 판단된다. 제국주의에 대한 비판을 구체적인 행동으로 연결하기에는 김기림의 '지성의 곡예'는 천성적인 것이었다. 김동석은 김기림의 사유와 행위의 근간이 '지성'에 있다고 보고, '과학으로서의 시'의 주장조차 '지성의 곡예'에서 벗어날 수 없음을 지적한다. 김동석은 「우리들의 8월로 돌아가자」(1945.12.)가 '지식인이 느낀 환멸의 비애'라고 보고 '8월의 흥분을 가지고 조선의 혁명을 완수할 수 있'는 것은 아님을 분명히 한다.[392] 1945년에 발표된 시에서 김동석이 이미 '환멸'을 읽어내고 있음을 주목할 필요가 있다.

김기림의 입장 변화는 해방 문단 특히 신진 시인들의 비판의 대상이 되는데, 특히 김상훈, 김광현 등 '전위시인'들의 공격의 대상이 된다. 김광현의 「金起林 氏에 對한 一考」는 김동석의 '김기림 론'과 연장선상에 있다. 그는 '심볼리즘'으로 '모더니스트 김기림'을 비판하겠다고 했지만, 학문적으로 논리적으로 비판한 것이 아니라 대체로 인격적인 비난을 가하고 있다.[393] 시대비판의 책무를 짊어진 김기림이 그저 방관만 하고 있다는 것이 '비난'의 골자이다. 김광현은 김기림의 『인민공장에 부치는 노래』(1947.4)가 '넌센스'였다고 비판한다. 남보다 먼저 앞장서서 시대의 책무를 부르짖던 김기림이 사람 좋은 '웃음'으로 시대 현실을 무마하려는 작금의 상황을 인정할 수 없다는 것이다. 지성과 논리로 현실을 이해하고자 하는 김기림의 인간적 면모는 해방공간 특히 좌파 활동에 대한 전면적 금지가 내려진 열악한 상황에서는 그 정치적 대응력을 확보하기 힘들다는 판단이 작용한 것이다. 김광현은, 지금과 같은 암흑스러운 정세 하에서 시인은 투쟁 정신과 시대 비판의 태도를 분명하게 견지해야 한다고 주장한다. 유진오, 김광

---

392 김동석, 앞의 글, 44~47면.
393 김광현, 「金起林 氏에 對한 一考」, 『신인』, 1948.3.

현, 김상훈 등이 주축이 되어 발간한 『전위시인집』(노동사, 1946)이 나오자, 김기림이 이들을 '우리 시의 세 시대의 한 부대'로 추켜세웠던 이력을 생각하면 의아한 관계의 변전이 아닐 수 없다. 해방 직후 시대의 맨 선두에서 '새나라 건설'의 노래를 불렀던 김기림이 이제 겨우 '거리에서 친지를 만나 신사다운 웃음을 건네고 소일하고 있'다는 것이다. 이에 기대면, 1948년의 김기림은 이미 문학가동맹의 노선과는 일정한 선을 긋고 있었던 것이다. 朴文緖의 시집 『소백산』의 서문에서도 김기림은 시민으로서의 시인의 역할을 강조하지만 서정의 가치를 부정하지는 않는다.[394] 김기림에게 '시민으로서의 시인'이란 지성적 균형을 갖춘 보편인의 감각을 의미하는 것이다. 그것은 김동석에게는 '지성의 곡예'에 지나지 않았던 것이다.

「우리들의 8월로 돌아가자」(45.12.), 「나의 노래」(1946.4.), 「새나라송」(1946.7.)에 이어 「인민공장에 부치는 노래」(1947.4.)를 발표한 김기림이 1948년에 들어서서 당대 정세에 대한 미온적인 입장을 보이자 일제히 문학가동맹 신진 시인들이 거장 김기림을 시단의 포디엄(podium)에서 끌어내리고자 한 것이다. 이는 김기림의 '정치적인 입장' 변화에 대한 시단의 반응이었던 것으로 판단된다. 이 같은 김기림의 변화를 불안하게 지켜본 집단이 당대 가장 진보적인 시인 집단이었던 '전위시인'들을 비롯 신인들이라는 데 주목할 수 있다. 신진 시인들이 가장 애독하던 시집의 저자이자 당대 거장의 대열에 올라있었던 '김기림의 변화'가 가져올 시단의 파장을 극히 우려한 때문이었다.

해방공간에서의 김기림의 좌파 활동은 그의 사상적, 이념적 변화를 의미하기보다는 1930년대 초기부터 김기림이 지향했던 '지성'과 '관여'의 인식론적 지평에

---

[394] 김기림, 「소백산에 부쳐」, 박문서 시집 소백산 서문, 白羽社, 1948.11. 김기림의 글이 실제 씌어진 것은, 글 말미의 부기로 보아 1948.2.3.로 추정된다.

서 비롯된 것이다.**395** 따라서, 일제말기 '모더니즘론' 또한 1930년대 초기 모더니즘의 연장선상에서 이해해야 한다. 일제말기의 '침묵'의 수사는 김기림의 견자로서의 세계 인식 태도를 드러낸 것인데, 이것의 근원에는 김기림이 '천성적으로' 지녔던 '지성'이 자리하고 있었다.

---

395 김기림의 해방공간의 활동이 돌연한 '변신' 이기보다는 스펜더에 경사된 김기림의 자연스런 논리적 귀결이었다는 판단과 연관된다. 김용직, 앞의 책, 194면. 보다 전진적으로, 스펜더의 논리를 이전의 미래주의와의 관계 속에서 이해하는 시각도 필요하다 할 것이다. 이는 다음 장에서 보다 자세하게 언급될 것이다.

1. 윤전기적 감각과 미래주의 시학

시의 '기술적 혁신'에서 근간이 되는 것은 '노래하는 시'에서 '읽혀지는 시'로의
이행이다. 김기림은, 이 같은 '이행'을 가능하게 한 것이 구텐베르크의 활판 인쇄술
의 발명이라고 본다. '윤전기'를 통과한 시가 바로 이 '읽혀지는 시'의 구체적 예가
된다. 즉 '활자의 배열'과 그것이 주는 효과가 중요하게 인식된 것이다. '노래하는
시'에서 '읽혀지는 시'로의 이행은 근대시 정립 과정에서 자연스럽게 이루어지는
것이다. 그러나 이 상식적인 논의를 통해 김기림은 중요한 결론을 내리는데, '말'이
'뜻', '소리' 외에 '모양'을 가지게 된다는 것이 그것이다. 김기림은 이 '모양'의 의
미를 '개개의 말의 가치, 특수한 결합 방식과 그 배열'에 관심을 둔 것이라 설명한
다. 김기림은 '특수한 결합 방식 및 배치에 의한 효과'를 강조하면서 '영상, 상징,

■■ 윈덤 루이스의 「아테네의 티몬」, 1912. 루이스는 에즈라 파운드, 로저 프라이 등과 함께 미래주의자들의 '속도의 낭만'을 거부했지만, 이 그림은 미래주의 화가 보초니의 기계주의적 인간형과 유사한 형태를 보여준다.

은유, 직유, 기지, 속도, 비약, 구성미, 유머, 아이로니, 풍자, 운동감, 몽타쥬, 대립, 역설' 등의 시적 의장을 들고, 이를 '관념 무용'의 효과가 빚어지는 것이라고 결론을 내린다. 김기림이 말한 '읽혀지는 시'의 초점은 사실은 '말의 배치와 효과'에 의한 것인데, 이는 활자화된 말의 가치와 배열 효과라는 '시각적 인상'에 귀속되는 것이다. 김기림의 시론의 핵심은 발레리 등의 건축학적 조형론, 마리네띠 등의 미래파 이론, 입체파 등의 아방가르드 추상주의 시론 등 많은 부분을 활용한 것이다. 김기림 스스로 자신들이 가진 문학적 정열이 '미래파, 다다, 슈르리얼리스트' 등에게서 비롯된 것임을 밝히고 있다.

저 미래파와 「다다」와 「슈르리얼리스트」들은 거진 이해자가 전무한 적막 속에도 수없는 그렇게 수없는 돌진을 감행하게 된 것은 실로 이 문학적 정열이었다. 이 모험의 정신을 통하여서만 그들을 이해할 수 있는 것이다. 그들의 악착한 노력이 단순히 곡예나 헛일처럼만 눈에 비치는 관중들은 구주에도 얼마든지 있었다. 그러한 눈을 가진 것을 자랑삼아 이야기한 사람들은 결국 자신이 老人이라고 함을 공언한 것에 지나지 않았다. 우리 시단에서는 그러한 「젊은 노인」들을 제군은 얼마든지 보았을 것이다.[396]

그는, 기성 예술에 대항하는 새로운 예술관을 피력하면서, '1930년 이후의 활동은 모조리 여기에 속하여 있다.'[397]고 언급한다. 1930년 이후 김기림의 활동은 '새로운 예술'의 정립 과정인데, 그 바탕에 서구 아방가르드 예술이 존재해 있는 것이다. 김기림 주변의 '벗'들은 그런 점에서 어린아이와 같은 심정으로[398] '곡예'나 '헛일'처럼 보이는 '예술의 모험'을 감행했던 자들이다. '피에로의 시학'의 편린을 여기서도 엿볼 수 있다. 중요한 것은, 그가 신문기자로서의 첫 발을 내딛는 순간에 감지한 저널리즘의 분위기를 현대 추상 예술의 거대한 흐름에 겹쳐놓고 있다는 사실이다. '미래파'를 위시한 아방가르드 예술에 대한 김기림의 관심은 그의 시론에서 지속적으로 나타나는데, 그것은 미래파가 주장한 기계주의, 속도, 역동성, 빛과 명랑성 같은 것들이 그가 주장한 현대시의 방향과 상통하고 있다는 데서 출발한다.

「감상에의 반역」중 '모더니티'에서 김기림이 인용하고 있는 대목은 미래주의적인 것이다.

첫째 우리들의 시는 기계에 대한 열렬한 美感을 가지게 되었다는 것.

396 김기림, 「오전의 시론」, 『전집』 2, 167면.
397 기혜경, 「1920, 30년대 한국 근대미술과 문학의 교류 상에 관한 연구」, 홍익대 대학원 석사학위논문, 1998.
398 김기림, 『전집』 5, 315면.

「운동과 생명의 구체화」(페르낭 · 레제)로서의 기계의 미를 인정하는 것이다. 그리고 그것은 내일의 사회질서와 인간 생활에 있어서 새로운 기조가 될 것이다.

둘째 정지 대신에 동하는 미.

그것은 미학에 있어서의 새 영역이며, 시에 있어서의 새 역학의 존중이다. 행동의 가치에 대한 새 발견이다.

셋째 일하는 일의 미.

다시 말하면 노동의 미다. 움직이지 않는 것은 「죽음」이다. 움직이지 않는 신, 움직이지 않는 天國 · 涅槃은 「죽음」의 상태가 아니고 무엇일까. 활동은 생명이다. 진보다. 그것은 그 자체가 미다.**399**

미래파의 거두 마리네띠의 '창립선언문'에서 제기된 10가지 조항들은 '미래주의 회화:기술 선언'에서 구체화 된다. '새로운 20세기 도시 거주자들이 경험하는 현대적인 세계가 운동, 역동성, 투명성, 발산된 색채를 띤 빛의 세계'라는 데서 미래주의 회화가 추구하는 세계는 단순한 묘사보다는 형태와 색채를 통해 감정을 전달하는 아방가르드 예술의 계보에 있었고 피카소, 브라크 등이 주장한 입체파(Cubism) 예술과 방법론적인 측면에서는 상통해 있었다. 주관적인 감정을 전달할 때조차 그것은 '이미지의 섬광, 역동적인 색채의 조합, 리드미컬하게 조형된 상형문자'들의 새로운 기술적 조합이 필요했던 것이다. 그래서 미래주의 회화는 기계주의 시대라는 새로운 시대 현실에 조응하는 운동과 생명의 역동성을 살린 '움직이는 모더니티'를 생생하게 구현하고 있다. 지각력과 감정적 반응들을 반영한 듯한 힘찬 선의 움직임, 빛과 색채의 변화를 통한 역동적 움직임의 표현, 추상화된 형상

---

399 김기림, 『전집』 2, 82면.

을 통해 구현되는 기하학적 움직임의 포착 등은 미래주의의 이념인 역동성과 속도감, 동시성의 움직임을 가시적으로 형상화 한 것이다. 김기림이 '시의 모더니티' 문제로 이해한 위의 조항들은 미래파의 회화에서 실감 있게 형상화 된 것들임을 확인할 수 있다. 즉 그의 시론의 한 부분은 미래파나 쿠비즘 등 현대미술사의 한 획을 긋는 아방가르드 예술 운동의 한 지류를 통해 형성된 것이다. 김기림의 에즈라 파운드, 윈담 루이스 수용의 한 맥락도 미래파에 그 기원을 두고 있다. 이들의 출발 또한 미래주의적인 것에 있었기 때문이다.

김기림이 입사 및 등단 연도에 쓴 초창기 시편들은, 속도감, 각도의 시, 활자인쇄라는 기술을 통한 시적 효과 등 그가 추구했던 '새로운 시' 의 구체적인 테마들이 나타난다. 김기림은 시론에서 자신의 시를 대상으로 현대시의 방법론을 설명한다. 김기림은 '속도감' 을 나타내는 방법으로는 활자의 직선적 배열, 음향의 단속 등 외적 방법과 이미지의 비약에 의한 내적 방법의 두 가지가 있다고 주장하는데, 첫 번째 방법은 그가 「일요일 행진곡」에서 시도하고 있는 방법이다. '월화수목금토' 의 활자 배열을 엇비슷하게 엇갈리면서 아래로 배치하는 방법을 써서 일요일을 향해 가는 시간의 흐름과 공간적 이동을 동시적으로 보여준다. 일요일의 휴식을 즐기기 위해 야외로 나가는 정서적인 경쾌함과 정신적 여유로움은 '하낫 둘, 하낫 둘' 같은 발걸음 소리를 연상시키는 시어에 의해 증폭되고, 이는 경쾌하게 움직이는 듯한 활자 배치에 의해 살아나고 있다. 다음, 후자의 방법 곧 '연상의 비행' 을 써서 이미지 비약을 통해 속도감을 가속시키는 방법은 다음의 시에서 시도되고 있다.

「포플라」의 마른 가지에 가마귀 한 마리

검은 묵바울가튼 검은 가마귀

「웨스트민스타」의 寺院의 종이

大英帝國의 黃昏을 느껴 (껴, 껴, 껴) 우는 소리—

가마귀는 거문 「징키쓰시칸」의 後裔올시다

하나 지금은 營養不足으로 卒倒의 症勢까지 보입니다

紳士는 아니외다

葬式의 行列에 끌려가는 「알폰소」廢皇陛下의 帽子는 四十五度로 기우러져 잇습니다.

「사모라」의 키보다 큽니다

「칼멘」아 노래 불러라

서반아의 피를 마시면서—

(「서반아의 노래」, 「여성조선」 1호:인용은, 「전집」 2, 334면.)

김기림은 이 시의 주제를, '몰락의 전야를 맞은 주인공으로 하는 세계 그것의 비극이다' 라고 말한다.

사원의 종소리, 불길한 까마귀, 廢皇, 이는 모두 비극을 강조하기 위한 소재로 쓴 것이다. 「느껴」의 「껴」 자의 음을 까마귀의 울음소리와 목메인 종소리에 붙여서 (껴, 껴, 껴)하고 연속함으로써 擬音의 직접적인 효과를 나타내려고 했다. 「영양부족의 까마귀」는 대영제국의 말발굽 아래 깔려 있는 동방의 제 민족의 「메타포어」임

은 물론이다. 그래서 이 시는 (…중략…) 현대문명에 대한 한 개의 비판이려고 하였다.[400]

김기림은 이를 좀 더 구체화 시키는데, 스펜더의 「급행열차(Express)」를 해설하면서 '역학적인 이미지(영상, 심상)'라고 지칭하고 있다.[401] '역학적인 이미지'란, '소리의 효과'와 '이미지의 당돌한 결합'을 말한다. 여기서 역동감과 생동감, 속도감이 생겨나는데, 이는 오늘날의 문명 속에서만 가능하다고 말한다. 이는 미래주의적인 발상이다.

힘차고 억센 「피스톤」의 움직임을 연상시키는 역학적인 「이미지」(映像 또는 心象)는 처음부터도 굼틀거리는 어세(語勢)에 밀려 우리 앞으로 다가드는 것이다. 기계로서의 저의 속력(速力)에 자못 자신만만하면서도 어디까지든지 당황하게 서두르지 않고 늠름하게 움직이는 급행열차의 숨 쉬는 듯한 모습은 다시 저 거만스럽고도 당당한 그러나 숙명적으로 여성의 교태를 어쩌지 못하는 여왕의 「이미지」와의 처음에는 당돌한 결합, 나중에는 자연스러운 조화로 하여 더욱 생동하는 것이다. 원시의 첫 세 줄에 흩어놓은 파열음(破裂音) P.K.T와 마찰음(摩擦音) F.S에서 울려 오는 소리의 효과는 여기서 매우 적절하다.(註를 보라). 높아가는 속력을 보이기 위하여 거기 흘러가는 집과 공장과 모지의 옮아감. 속력이 가지는 절망에라도 비길 그 어쩔 수 없는 육박하는 위기감(危機感)은 무덤 앞의 비석들의 「에피소드」 때문에 더욱 비극성을 돋운다. 다시 바다 위의 기선과의 대조, 눈에 보이는 것으로부터 소리에의 전환. 절정으로 향하여 집중하는 그림과 소리의 한데 얽힌 율동. 무척 둔탁스러운

---

400 「현대시의 발전」, 『전집』 2, 334면.
401 「시의 효과」, 『전집』 2, 253면.

무게를 가지면서도 공기와 같이 경쾌하기 짝이 없는 기계의 음악이 어느새 흘러오는 것이다. 오늘의 문명만이 빚어낼 수 있는 금속(金屬)의 풍경 속에서 느끼는 야성적인 행복은 속력이라는 기이한 작용 즉 운동 속에서 파악하는 실재(實在)와의 접촉에서만 오는 것이다.[402]

기계의 음악, 금속성 풍경은 피에로의 어조가 주는 경쾌함과 긴밀하게 결합된다. 단일한 인상을 짧게 스케치한 '풍경시'들도 동일한 방법론으로 씌어진 것이다. 미래주의자들이 말한 기계의 역동성을 공감각적으로 표현해 비약과 속도감을 이끌어내는 형식이다. 미래주의자들의 '기계에 대한 찬양'이 전쟁이나 무력과 같은 폭력적 파시즘으로 전화하는 탓에, '기계주의'는 곧 '반인간주의'의 도식으로 굳어지면서 그 이후 '기계주의' 자체의 논의는 단절돼버린다. 그러나 이 같은 '기계주의'는 예술 미학적 측면에서 '전자미디어 시대'에 계승되고 있다. 라디오나 전화 축음기 같은 '전자미디어'에서 이 기계주의를 어떻게 이해할 것인가는 중요한 문제가 된다. 김기림이 슈베르트 음악보다 아름답다고 말한 '윤전기' 음은 예술 미학에 대한 근본적인 시각 변화를 예고한 것이다.

청중들의 환호와 성향에 따라 연주자가 영향받는 거짓 음의 세계인 콘서트 음악을 극도로 싫어했던 캐나다 피아니스트 글렌 굴드는 녹음기사와 편집자만이 참여하는 스튜디오 녹음을 하는 것을 선호한다. 한 여름에도 외투를 입었다든가, 극도의 채식주의자의 삶을 살았다든가 하는 그의 기행적 삶의 일화 때문에 묻혀지기는 했지만 굴드는 '기계주의적 예술'에 대한 분명한 시선을 보여준다. 그에 따르면, 전자음향적 상상력이란 연주자의 독창적 미학성으로 환원되지 않는 편집 환경

---

[402] 「시의 효과」, 「전집」 2, 253면.

■■ '기계주의 예술'에 대한 적극적인 관심을 가졌던 피아니스트 글렌굴드(Glenn Gould). 스튜디오에서 창조되는 전자 미디어의 기계음에서 예술의 진정성을 찾고자 했다. 시진 출처: Glenn Gould and … Serenity (Sony, 2003) 표지.

의 변화에 따른 해석과 재해석의 과정에 존재하는 것이라고 한다. 굴드는 전기 녹음의 시대가 음악회 시대를 대신할 것, 싫든 좋든 전기적인 음향 기술이 새로운 음악의 창조와 청취의 기능을 열어갈 것임을 명쾌하게 선언한 것이다.[403] 전자미디어가 음악의 독창성, 진위성, 음악 언어의 모드, 청자의 사회적인 모습을 밑바탕부터 바꾸면서 다양한 문화의 시대를 중첩시키고 음악을 둘러싼 전통적인 위계 질서

[403] 요시미 순야, 『소리의 자본주의─전화 라디오 축음기의 사회사』, 송태욱 옮김, 이매진, 2005, 33면.

를 해체시켜 나갈 것이라고 예언했던 것이다. 녹음기사와 편집기사, 스튜디오의 인위적 환경에 따라 연주자의 연주가 달라지는 상황에 처하게 되는 것이다. 음악의 환경이 음악을 재배치하는 상황에서, 결국 음향적 상상력이란 편집—계속적 재해석의 과정이며, 청중들은 CD에서 연주자의 복제된 음악을 듣는 것이 아니라 CD에서 들은 '진짜 연주'를 바탕으로 콘서트 홀에서 연주자의 '복제된' 실황 음악을 듣는 형국이 된다. 이것이 전자미디어가 창조해 내는 음악의 세계이다. 굴드는, '가짜를 만드는 사람의 역할, 진짜라는 증명을 받지 않은 물품을 만드는 무명작가의 역할은 전자공학 문화를 표상하는 것'이라고 말하면서, 음악 창조의 중심적인 장이 콘서트 홀에서 녹음 스튜디오로 옮겨가고 그에 따라 '장소성의 상실', '작곡가와 연주자와 편집자의 역할 분담을 재검토하지 않을 수 없는 환경'을 설명한다.[404]

　　'윤전기'든 '라디오나 축음기'든 기계가 가져다주는 환경의 변화는 단지, '인간—기계'나 '인간주의—반인간주의' 같은 이분법적 관점으로 환원되지 않은 성격의 것이다. 이 점을 김기림은 지적하고 있는 듯하다. '반감정주의 시론'은 이 기계주의에 근원을 두고 있는 '건조하고 퓨리탄 적인' 감각과 깊은 관련을 맺는다. 그것은 기묘하게도 후일 원시주의적 명랑성과 그 내밀한 친연성을 가지게 되는데, 피카소나 마티스 등의 화파에 대한 관심도 결국 동일한 뿌리에서 출발하고 있다. 윈담 루이스나 에즈라 파운드 등의 영국 소용돌이파들이 미래주의에서 출발해 당시 유행했던 원시주의나 샤머니즘으로 기우는 경향도 참조할 필요가 있다. 김기림이 새로운 시의 방향성으로 설정했던 명랑성이 단순히 근대주의적인 시각을 담은 것이기보다는, 현대 아방가르드 예술이 지향했던 원시주의의 큰 흐름 속에서

---

404 요시미 순야, 위의 책, 34-35면.

■■ 움베르트 보초니 웃음(1991), 진한 화장과 요란한 장신구를 착용한 매춘부가 광대적인 웃음을 웃고 있다. 베르그송의 '생명의 약동'을 의미한다.

존재했다는 것이다. 이들과의 친연성은 재검토될 필요가 있다. 기계의 음악, 금속성 풍경은 피에로의 어조가 주는 경쾌함과 긴밀하게 결합된다. 단일한 인상을 짧게 스케치한 김기림의 에피그람 풍의 시나 '풍경시'들도 동일한 방법론으로 씌어진 것이다. 미래주의자들이 말한 기계의 역동성과 공감각적 표현이 결합된 형식이다.

김기림 시론의 핵심으로 알려진 「오전의 시론」, 「속 오전의 시론」은 발레리의 조형적이고 건축학적인 입장의 영향이 강하게 느껴지는 대목들이 많이 나타난다. 「속 오전의 시론」의 '말의 의미'에서 김기림은 발레리가 시란 '말의 축제'며 '말의 무용'이라고 했다고 소개하면서 시인은 감정을 배설하는 것이 아니라 말을 통제해야 한다는 논리를 편다. 김기림이 말하는 '시의 기술'이란 흔히 알려져 있듯 '기교'라는 방법론적 측이 아니라 시적 정신과 시의 실천을 동시에 고려한 것이어서, 시대정신과 시인의 임무가 긴밀하게 결합된 것이다. 이 같은 입장은 일제말기에는 「모더니즘의 역사적 위치」에서 강조한 모더니즘과 사회성의 종합이라는 뚜렷한 명제로 나타난다. 이는, 해방공간에서의 그의 '정치적 선택'이 그가 줄곧 추구한 새로운 시의 방향성 곧 센티멘탈리즘을 넘어서는 20세기 시의 요청이라는 거대담론에 그 기원을 두고 있음을 보여주는 것이기도 하다. 김기림은 일종의 메타시인 「시론」에서 이를 상징적으로 드러내기도 한다. 새로운 시가 마주한 풍경은 '활자'와 '종이'라는 인쇄매체적 표상어를 통해 드러나는데, 이는 분명 '저널리즘적 환경' 가운데 존재하는 시의 위상을 고려한 것이다.

　　—여러분—
　　여기는 發達된 活字의 最後의 層階올시다
　　單語의 屍體를 질머지고
　　日本 조희의
　　漂白한 얼골 우헤
　　꺽구러저

헐떡이는 活字—

「뱀」을 手術한
白色 無記號文字의 骸骨의 무리—
歷史의 가슴에 매여달려
죽어가는 斷末魔
詩의 샛파란 입술을
축여줄 「쉼표」는 업는냐?

(「시론」 부분)

『조선일보』(1931년 1월 16일)에 발표된 시다. 김기림은 이 시에서 시의 죽음을 진단하는데, 그것은 똥통 속에서 질식해 있는 센티멘탈리즘 때문이다. '공중변소', '혼탁의 사해', '골동의 폐허', '애상의 매음부' 같은 단어로 상징되는 감상주의적인 시들에 김기림은 시의 조종을 울려야 한다고 주장하면서, 1930년의 들에 예술의 무덤 위에 새로운 흙을 파 얹자고 말한다. 김기림이 '시론'을 쓰면서 '시'를 '예술'이라는 좀 더 큰 범주로 확장하고 있는 것이 눈에 띈다. '장황한 형용사의 줄느림에서' 이끌어낸 예술은 역동적이고 생명력이 넘친다. 그것은 일찍이 미래파 선언에서 제기된 역동성과 비약, 기계주의의 화려한 등장과 그 맥을 같이한다.

한 개의

날뛰는 名詞

금틀거리는 動詞

춤추는 形容詞

(이건 일즉이 본 일 업는 훌륭한 生物이다)

그들은 詩의 다리(脚)에서

生命의 불을

뿜는다.

시는 탄다 百度로—

빗나는 「푸라티나」의 光線의 불길이다

(중략)

「아스팔트」와

그러고 저기 「렐」 우에

시는 呼吸한다

시— 딩구는 單語.

(「시론」 부분)405

　'단어의 시체를 짊어지고 헐떡이는 활자, 무기호 문자, 해골의 무리, 역사의 단말마' 같은 '시의 죽음'을 선언한 앞부분과 분명한 차이를 보여준다. '창백한' 시의 언어는 기계주의적 명랑성을 띠고 새롭게 꿈틀거린다. 미래주의자들의 그림에서 분명하게 감지되는 생명력 있게 불타는 색채의 미학, 기하학적 선의 반복으로 표현되는 속도감과 비약의 선들, '아스팔트'와 '레일' 위에서 호흡하는 언어는 기계주

---

405 『전집』, 1, 276–277면.

의의 화려한 등장과 그 맥을 같이 한다. 시로 쓴 '시론'인 이 시에서 제기한 '딩구는 언어'로서의 새로운 시는 「슈르레알리스트」에서 좀 더 구체화 되어 나타나는데, 그것은 '피에로의 시'라는 형상을 구축하고 있다.

가을 볏으로 짠 장삼을 둘르고
갈대 고깔을 뒤ㅅ덜미에 부친 사람의
어리꾸진 노래를—
괴상한 춤맵씨를—
—

그의 눈은 푸리즘처럼 다각입니다
세계는 꺽구로 채광되여 그의 백색의 카메라에 잡허집니다
새벽의 땅을 울리는 발자국 소리에 그의 귀는 기우러지나
그는 그 뒤를 딸흘 수 업는 가엽슨 절름바리외다
자본주의 제 삼기의 메리 꼬 라운드로
출발의 전야의 伴侶들이 손목을 잇그나
그는 차라리 여기서 호올로 서서
남들이 모르든 수상한 노래에 맞추어
혼자서 그의 춤을 춤추기를 조와합니다
—

그에게는 생활이 업습니다
사람들이 모—다 생활을 가지는 때

우리들의 피에로도 쓸어집니다.**406**

  자본주의의 시장 질서에서, 일상인의 생활 전선에서, 기존의 예술 영역에서 벗어난 한 쉬르리얼리스트의 형상은 새로운 시대 예술가의 초상을 반영한 것이다. '피에로'는 생활 대신 예술(시)을 선택했다. 그것은 현실에서는 '쓰러지는' 운명을 가진다. '피에로'는 홀로 '남들이 모르는 수상한 노래에 맞춰' 혼자 춤을 즐기는 자다. 아방가르드 예술의 실천자들이며 새로운 시의 방향성도 여기에 있다. 김기림은 이 쉬르리얼리스트의 상을 이상에게서 분명하게 찾아내었다. 그가 쓴 「이상의 모습과 예술」은 산문으로 쓴 「슈르레알리스트」라 할 수 있다.

2. '피에로의 시학'과 경구형 시

「슈르레알리스트」에서 제기한 '어리꾸진 노래와 괴상한 춤맵시를 자랑하는, 생활에 쓰러지는 피에로'의 형상은 그가 '피에로의 어조'라고 말한 문맥을 연상시킨다. 이는 앞에서 제기한 대로, 사물을 보는 새로운 각도를 설정하는 아방가르드적인 시학을 지칭한다. 근대시사에 나타난 이 아방가르디스트들은 기존의 시를 말살하기 위해 '광태의 惡戱'를 감행한 자들인데, 그래서 이들은 '피에로' 혹은 '굉장한 광대'가 된다.**407** 김기림이 시론의 제목으로 쓰기도 한 '피에로의 독백'에서 '피에로'의 맥락은 20세기 예술의 새로운 모더니티, 미래파, 입체파, 다다, 초현실주의 등 아방가르드 예술의 정신을 나타낸 것이다. 기존 예술의 형식과 질서를 파괴하고 정신을 조롱하면서 희화화 하는 아방가르드적인 면모를 '피에로'의 악행적인 행위에 빗댄 것이다. '광태들의 행위'는 중심이 있을 수 없고 정제되어 있지

---

406 「조선일보」, 1930.9.30.
407 김기림, 『전집』 2, 315면.

않으며 무질서와 혼란의 속도감을 가질 수밖에 없다. 몇 개의 힘이 타협적으로 잘 상대하고 있는 '均整 상태'는 힘의 발휘가 아니라 '위축'이라는 진단은 그래서 가능한 것이다. 어디까지나 '힘'은 '불균정'인 것이다. 세잔느에서 출발해 마리네띠, 마티스, 피카소로 이어지는 화가들, 발레리, 보들러르 등 상징주의 시인에서 출발해 아폴리네르, 장 꼭또 등으로 이어지는 시인들에게서 김기림은 이 '피에로의 초상'을 본다. 회화는 특히 20세기에 들어 시에 절대적인 영향을 끼치게 되는데, 인상주의의 세잔느, 입체파의 피카소, 야수파의 마티스 등의 영향은 절대적인 것으로 인식된다.[408] 이들에게 예술은 지성의 통제에 의해 통제되고 계획된 것이어서[409] 무절제한 감상주의와는 애초에 갈라서게 된다. 20세기 시의 새로운 모더니티는 '광태의 미학'을 구성하는 새로운 영웅을 필요로 했으며 근대시 또한 이들 '피에로의 정신'에서 발원해야 한다. 그들은 '웃음'의 우스꽝스런 삶의 형태들을 추구한다는 점에서 '축제의 미학'을 구성한다. 「김유정」에서 보듯, 이상을 중심으로 한 이들 예술가 공동체의 생활 미학은 '피에로의 미학'이며 카니발적인 것이다. 이상을 비롯, 김기림, 박태원 등의 르네 끌레르 영화에 대한 관심 등도 이 관점에서 이해할 수 있다.[410]

김기림의 초창기 시들과 시론에서도 '광태의 미학'을 보여주는 아방가르드적인 측면은 분명하게 드러나는데, 큰 지향점은 탈로맨티시즘, 쉬르리얼리즘 예술에 대한 관심과 연계되어 있음을 지적할 수 있겠다. 그런데, 이 '피에로적인 것'은 장 꼭또의 텍스트에서 연원하는 것이 많다. 김기림, 이상 등이 추구했던 '피에로의 시학'에 가장 근접해 있는 인물의 하나가 바로 장 꼭또이다. 이들이 장 꼭또를 읽은 흔적은 곳곳에서 발견된다. 장 꼭또는 문자를 활자화해서 시의 가시적 효과를 추구

---

[408] 김기림, 『전집』 2, 105면.
[409] 김기림, 『전집』 2, 111면.
[410] 졸고, 「이상 혹은 리토르넬로의 비교교유록」, 『이상의 사상과 예술』, 신구문화사, 2007 참조. 이 책의 1부 3장 '10'을 참조하라.

한 포말리즘 시인으로 이해될 뿐만 아니라 지성으로 시를 건축한 인물로 평가된다. 시뿐 아니라 영화, 무대예술, 그림, 장정 등 예술 전반에 특유의 개성적인 세계관을 펼쳐보인 장 꼭또의 예술은 딱히 표현주의, 초현실주의라고 규정하기 힘든 멀티 아트의 세계에 속해 있다. 시, 건축, 미술뿐만 아니라 음악, 영화, 영화 소설, 장정에 이르기까지 폭넓게 예술의 전 영역에 관심을 가지고 있었던 이상이나 김기림 등이 아방가르드적이면서 경계를 넘나든 장 꼭또의 예술 세계에 관심을 기울인 것은 자연스런 것으로 보인다. 김기림은 장 꼭또의 메마르고 기하학적이면서 희화적인 특성을 주목하고 이를 20세기적인 탈로맨티시즘 예술의 방향성으로 인식한다. 김기림의 '탈로맨티시즘, 모더니즘의 새로운 방향성 추구'라는 목적 의식은 이미 초창기부터 나타나고 있는데, 김기림 스스로 문학을 하게 된 연유가 새로운 문학의 건설이라는 시의 지적 이해와 제작을 통한 새로운 문학의 건설이라는 분명한 목표에 놓여 있었던 것과 상통한다 하겠다.[411]

이와 관련해 김기림이 말한 '에스프리'란 개념을 주목할 수 있는데, '에스프리'란 '기지' 곧 '광대의 언어'를 의미한다. 김기림은 자신의 이 시를 해설하면서, 속도의 시 문명비판이라는 제목을 부치고, 이를 '피에로의 어조를 본떴다'고 설명하고 있다. 파우스트의 연극이 행해지기 전에 관중의 앞에서 기괴한 목소리로 앞으로 극 중에서 펼쳐질 환상 세계의 서사를 늘어놓는 피에로처럼, 방대한 세계에 대한 독자의 연상을 안내하는 '화장'과 같은 것이라는 것이다. '피에로의 어조'는 '광대한 서사'가 아니라 '화장'에 있다는 것인데, 그 특징은 '기괴함'과 '환상'이다. 그로테스크하고 환상적인 어조가 바로 '피에로의 어조'라고 할 수 있다. 이는 쥘 뤼나르의 해학적이고 경구적인 단상이나[412] 장 꼭또의 단형 시들의 발상과 유사하다.

---

[411] 편석촌, 「문단불참기」.
[412] 박현수, 「이상 시학과 '전원수첩'의 수사학」, 『모더니즘과 포스트모더니즘의 수사학』, 소명출판, 2003, 233~265면.

■■ '피에로'라는 개념은 김기림에게 기존 예술의 형식과 질서를 파괴하고 정신을 조롱하는, 아방가르드 정신의 지평 위에 존재한다. 에피그람적 성격의 단문형 글들로 이어진 「피에로의 독백」. 신문 문예의 성격을 잘 보여준다.

김기림의 단형시들 또한 여기서 벗어나지 않는다. 사물의 핵심적이고 집약적인 이미지를 포착해서 한순간에 그 이미지를 제시하는 방식은 김기림의 시에서도 뚜렷이 나타나는 특징이다. 이 같은 명랑성과 해학성이 분명하게 자취를 감추는 것은 오히려 일제말기로 판단된다.

김기림은 동요와 짧은 시를 통해 에스프리의 발화를 보여준 오장환이 꼭또를

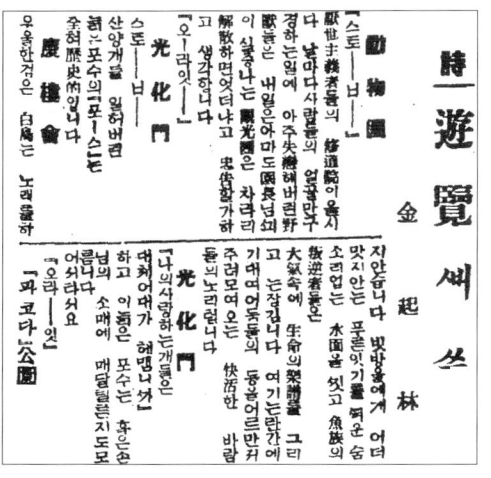

光化門(1)

스토-ㅂ——
산양개를 일허버린
늙은 포수의 「포-스」는
全혀 歷史的입니다.

光化門(2)

『나의 사랑하는 개들은 대체 어대가 헤맴니까』
하고 이 늙은 포수는 혹은 손님의 소매에 매달릴는지도 모릅니다

어서타서요
「오라-잇」

■■ 『조선일보』에 실렸던 「관람버스」와 『전집』에 실린 「관람버스」의 차이를 주목해보자.

생각나게 한다고 평가한다.[413] 조선시단이 테니슨, 브라우닝, 뮈세, 유고 등의 낭만주의 계보에서 벗어나 꼭또에 가까워진 것은 진보를 의미한다는 것이다. 당시 오장

---

[413] 김기림, 「신춘의 조선시단」, 『전집』 2, 362면.

환은 신인으로 그다지 발표된 작품이 없었다. 현재 간행된 '오장환 전집'에 실린 작품 목록에서 당시 발표된 작품으로는 등단작인 「목욕간」, 그리고 「캐매러, 룸」 정도를 확인할 수 있는데, 실제 김기림이 언급한 '동요와 짧은 시'에 나타나는 '진보적인 시의 에스프리'란 오장환이 당시 『조선일보』에 실은 단형시들로 판단된다. 오장환은 1934년 7월 21일부터 『조선일보』 아동란 '우리차지'라는 코너에 동요풍의 시를 연재하고 있다. 동요 작가 윤석중의 글도 간간이 보인다. 오장환의 연재는 1936년, 1937년에 집중돼 있고, 1939년까지도 이어지고 있다. 시와 그림을 같이 싣는 방식이다. 김기림이 말하는 동요풍 시란 '아동란'에 쓴 이들 연재시로 추정된다. 「자동차」, 「생철병정」, 「부엉이」 같은 순수 아이들의 시선이 담긴 시들도 있으나, 사물의 핵심을 순간적으로 포착한 「련밥」이나 상실감 짙은 페이소스를 담은 「휘파람」 같은 시도 있다. 이들은 정작 동요풍의 시들이기는 하지만 '어른들을 위한' '에피그람시'의 성격을 동시에 가지고 있다는 의미다. 김기림은 오장환의 이 같은 에피그람 경향의 시들에 나타나는 메마르고 건조한 어스프리를 평가하고자 한다.

옛날 양반 주머니에
연밥 달엇네

연밥은 딱딱한 열매
까만 열마구,

앗싹 깨물면

런 밥

옛날양반 수머니에
연밥 달엇네.

연밥은 따딱한열매,
까만 열마구,

앗싹 깨물면
옛니야기 나올것가레.

(글ㅅ자할 오장환)

■■ 짧은 시에서 시의 에스프리가 발견된다고 평가된 오장환의 동요풍의 시.

옛니야기 나올것가테

(「련밥」, 『조선일보』, 1936.11.20.)

연밥의 까만 씨앗에서 옛이야기가 나온다는 재미있는 발상이 돋보인다. 시 아래 그려진 그림도 앙증맞고 해학적이다. 독자들의 입장에서 보더라도 가독성과 흥미성이 높아 즐겨읽는 코너였을 것이다. 그래서인지 오장환 또한 '우리차지' 란에 꾸준히 시를 싣고 있고, 그의 이름은 「매암이」(1939.6.23.)에 이르기까지 보인다. 독자들의 사랑을 꾸준히 받은 코너였다고 할 수 있다.[414] 결국 김기림의 오전의 시론이란 '시적 에스프리'의 발견 및 발화인데, 그것은 반낭만주의, 반감정주의를 바탕에 깐 것으로 집약적 시적 인상을 포착해 짧은 시홇식 안에 담아내는 것이 주된 방법론이 된다. 실제로 김기림이 신문에서 시도한 많은 문예장르들은 이 같은 방법론의 연장선상에 있는 것이다. 짧은 단형시에 그림과 시가 함께 실린 이 같은 특징들은 장 꼭또의 스타일과 유사한 것이다. 시적 대상이나 사물에 대한 감정이입의 발상을 벗어나 사물의 핵심적인 인상을 포착하는 방식이 순수하게 사물을 보는 동요시풍의 발상과 유사한 것으로 이해된 것이다.

김기림의 쉬르리얼리즘에 대한 관심은 그러나 방법론 그 자체의 혁신에 있다기보다는 그것이 지향하는 새로운 창조성의 확보에 있다고 할 것이다. 이는 '리토르넬로'의 시학의 지류라고 할 수 있다.

신인들을 가리켜서 그들의 시작이 선진제국의 다른 시인들의 모방이라고 하여 비난하는 것을 들은 일이 있다. 그러나 비록 모방이라고 할지라도 모방하는 그 사람의 뒤에 시인이 깃들어 있을 때 그 모방은 가치가 있다고 생각한다. 또한 선진국과 후진국 사이의 문화의 교류 속에는 항상 모방이라고 하는 일이 중대한 일을 맡아서 하는 것을 잊어서는 아니된다. 같은 모방이라면 「부라우닝」의 모방과 「브르통」의 모방과는 시대적 의미가 다르다. 또 거기에 2년 혹은 3년의 차이가 있다고 하여 곧 늦은 편을 모방자라고 고발하는 것은 너무 경솔한 일이다.[415]

---

414 졸고, 「이상 혹은 리토르넬로의 비교교유록」, 102–103면.
415 김기림, 앞의 글, 「전집」2, 362.

근원과 모방에 대한 김기림의 냉정한 사고를 읽을 수 있다. 세계문학의 최후 단계를 향하여 각국의 문학이 국경을 넘나들며 가까워지는 것은 공통으로 움직이는 어떤 세계양식인데, 이를 모방이라고 오진하는 것에 대해 자신은 반대한다는 것이다. 시인들의 문학 세계가 서구 시인을 모방한다고 하더라도 거기에 기민하게 움직이는 어떤 시대정신을 찾을 수 있다면 그것은 세계사적 양식의 큰 흐름 속에 있다는 것을 의미한다는 논리다. '모방'과 '에피고넨'으로서의 조선문학을 옹호하겠다는 논법이 아니라, 조선문단을 세계문학의 큰 흐름 속에 놓고, 여기에서 문학의 새로운 방향성을 찾아보고자 했던 김기림의 세계관이 분명하게 드러나 있다는 점을 주목할 필요가 있다. 이는 결국 신문기자로서의 출발과 함께 시작된 문인으로서의 정체성이 '조선문학의 방향성'을 탐색하는 가운데 시도되었음을 의미한다 하겠다. 이 같은 관점에서 본다면, 김기림의 '문인기자'의 정체성은 주목할 필요가 있고, 당시 '신문문예'를 해석하고 평가하는 기준도 '문학절대주의 입장'이나 '보편적이고 항구적인 절대가치'로서의 '문학성'이라는 태도로부터 벗어날 필요가 있다고 하겠다.

3. 신문문예의 형식 및 해석 · 평가 문제

신문 문예를 연구하는 데 있어 중요한 문제는 신문문예 형식에 대한 고려이다. 먼저 제기되는 것이 원전 확정이다. 신문에 실렸던 텍스트들이 후대에 '전집'의 형태로 간행되면서 원전이 훼손된 경우, 이는 처음 신문이나 잡지에 실렸을 때 원전 텍스트를 확인하는 것이 필요하다. 글과 그림이 함께 있는 경우, 특히 계절에 맞게 특집을 꾸민 기획물일 경우에 이 같은 형식은 자주 나타난다. 글과 그림을 같이 넣어

가독성을 높이고 독자 대중의 관심을 견인하는 형태는 '유모어 꽁트'나 '영화 소설'에서도 두루 나타나는 형식이다. 이를 '근대적 시화일체'의 관점에서 보든, '신문 문예'라는 형식적인 차원에서 보든, 이는 차후에 논급할 문제다. 후일 간행된 전집 속에 들어 있는 것은 그림이 빠지고 글 텍스트만 존재하는 경우인데, '줄거리'나 '내용' 소개나 설명에 머무르지 않고 텍스트 성이나 스타일 문제를 논하는 경우는 글과 그림을 동시에 고려해야만 한다. 특히 시적 의장이나 스타일 문제가 '시학 언어'의 차원에서 논의되는 시장르 일 경우, 이 문제는 좀 더 세밀한 주의가 요구된다. '문'과 '화'가 동시에 게재된 계절 기획물의 경우, 연구자의 자의적인 장르 규정이 문제가 됨을 앞에서 지적한 바 있는데, 김기림의 「길」의 장르적 문제성은 근본적으로는 신문문예의 성격에서 기인한다.

김기림 연구에 있어 원전확정 문제와 관련된 또 다른 문제는 신문문예의 텍스트성에 대한 고려이다. 앞에서 지적한 경구와 단편적 인상을 묘파한 양식들은 '피에로의 시학'이라는 관점에서 이해할 수 있다. 도회의 장면 장면을 스케치하듯 묘사한 짧은 형식의 글들이 여전히 문제가 된다. 물론 여기서도 전집 간행 시 이를 어디에 소속시킬 것인가 하는 고민이 제기되는데, 이 또한 관습적 장르 규정 문제에서 비롯된 것이다. 더 복잡한 문제는, 전집을 간행하면서 텍스트 자체의 성격이 변하게 되는 경우이다. 김기림이 『조선일보』에 실은 「관람버스」를 보자. 처음 신문에 실렸을 때, 이 시는 관람버스를 타고 서울 시내를 관람하는 형식에 맞게 구성된 단문형 글이다. 신문 지상에서는 한 눈으로 관람버스 전 코스를 알 수 있게, 그리고 시내 풍경들을 이동하면서 조망할 수게 배치되어 있다. 시간의 흐름과 공간적 이동이 결합돼 입체적인 감각을 작동시키는 형식이다. 그러나 『전집』에서는 이것이 하나의 개별 시처럼 독립되어 있어 입체성과 공감각적인 효과를 맛보기 어렵다. '유치한 말장난' 수준의 시로 느껴질 정도도. '광화문'이라는 제하의 글이 두 종류인데, 신문지상에 실렸을 때는 순환코스의 감각이 살아 있지만 전집 간행 시에 이 두 시를 구별하기 위해 「광화문」(1), 「광화문」(2) 같은 구분을 해 두었는데, 이는 원본 텍스트가 갖는 성격을 대부분 소멸시켜 전혀 다른 성격의 텍스트로 만들어버린다. 「여행풍경—함경선오백킬로즉흥시행각」[416] 같은 시도 마찬가지 문제를 안게 되는데, 기차를 타고 가면서 차창 밖으로 펼쳐지는 풍경의 공간적 이동과 시간적 흐름을 동시에 느낄 수 있도록 게재된 신문문예적 성격이 사라지고, 『전집』에서는 한 편의 시처럼 독립된 느낌을 준다. 신문문예가 갖는 뜨거운 매체로서의 기능, 도시의 활력과 기계의 속도감이 주는 에너지의 확장과 역동성이 내재한 신문문예의 본질이 소거돼버린 것이다. 시사의 흐름을 이해하고 텍스트 성을 판별하면서 장르적 성격과 가치평가를 동시에 해야 하는 문학 연구자의 입장에서 원전의 성격을 정확하게 인지하는 것은 중요하다고 본다. 산문 양식에 비해 시의 언어가 특히 형식이나 의장, 스타일에 민감한 양식이라면, 시의 내용 자체뿐 아니라 활자의 배치, 시어의 형태 같은 '파라(para) 텍스트적인 측면'의 이해는 매우 중요하다고 하겠다. 김기림의 시가 수준 이하라는 평가가 가능한 것은 김기림의 정체성에 대한 문체, 신문문예라는 장르적 규정성의 문제 등을 고려하지 않았기 때문이다. 원본의 텍스트성 소멸이 결국 해석과 가치평가에까지 미치게 된다는 점을 여기서 확인할 수 있다.

1930년대 신문 문예란을 특징짓는 또 하나 중요한 것은 '로망 페이유통(신문문예소설)'이다. 신문에서 연재소설의 중요성은 이미 연구자들에 의해 충분히 입증되었다. 여기서는 소설과 함께 실리는 삽화의 중요성에 대해 언급하고자 한다. 당시

---

[416] 시집 『태양의 풍속』 수록 시 「함경도오백킬로여행풍경」으로 바뀌었다.

정현웅, 안석영, 김수현, 웅초 등의 전문적 화가들이 삽화를 그리고 있는데, 신문에서 삽화의 중요성이 새삼 강조된 것도 이 시기다. 연재소설뿐 아니라 '유모어 소설'이나 '콩트' 같은 짧은 소설 양식에서 삽화의 기능 역시 '읽고 볼거리'로서 중요한 역할을 한다. 영화소설의 경우, 한 scene이 진행되는 과정에서 한 컷의 스틸사진처럼 삽화를 삽입해야 하는 만큼 삽화는 중요한 기능을 한다. 영화의 입체성을 신문이라는 평면적 공간에서 살려내야 하는 것이다. 특히 짧고 유머스런 스토리 진행과 반전이 있는 콩트나 유머 장르의 경우는, 그 반전의 한 장면을 포착해내야 하는 측면 때문에 삽화의 기능이 더 중시된다. 특히 영화 모티프를 따오거나 영화의 한 장면을 패러디하는 경우에 삽화의 중요성은 더욱 커질 수밖에 없다. '자작작화'에서 박태원이 죽은 이상과 다방 '제비'의 실제 삶을 일종의 콩트 양식으로 패러디한 '유모어콩트' 「제비」에서 박태원은 삽화를 직접 그리기도 한다. 'PAN(판) 들어먹기 조금 전의 「제비」 다방의 풍경을 그는 삽화에다 유머스럽고도 축약적으로 묘사해놓았다. '나나오라는 축음기는 팔아먹고, 매담은 어델 구-고, 전화는 떼이고'라는 문구까지 넣은 삽화는 활자 텍스트의 평면성을 넘어서고 있다. 삽화 한 장이 '제비' 다방을 둘러싼 이상의 일화들을 축약적으로 제시해준다. 구보가 영수와 앉아 하릴없이 사과를 깎아먹는 장면도 유머스럽게 묘사돼 있다.[417] 박태원의 「영화에서 어든 콩트 최후의 억만장자」에서도 삽화는 중요한 기능을 하고 있다. 정현웅이 '판화' 형식의 삽화를 그렸는데, 매우 정교하고 공을 들인 작품이다. 영화 문법을 고스란히 신문 지면에 수용하면서도 영화의 입체성을 살려내는 한 방법으로도 삽화의 기능성은 충분히 주목할 수 있다. 그 날 연재분에서 중요한 장면을 포착한 삽화는 글 전체 맥락을 쉽게 이해할 수 있게 한다. 분량이 적고, 촌철살인의 압축미와 반전이 돋보이는 '콩

---

417 박태원, 自作自畵 유모어콩트 「제비」, 『조선일보』, 1939.2.22~23.

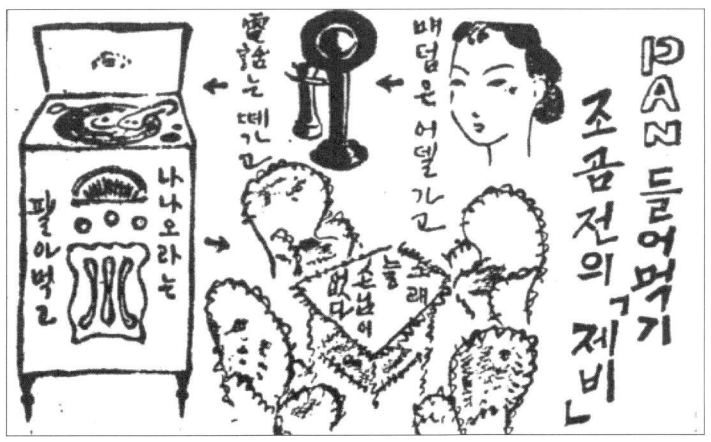

■■ 박태원의 글과 그림이 함께 실린 유모어 꽁트 「제비」의 삽화.

트’ 양식을 뒷받침해주는 것이 삽화인 것이다. 지면이 제한된 신문 매체에서 이 같은 짧은 양식에 곁들인 삽화의 중요성은 잡지에서도다 강조된다고 할 것이다. 이런 양식적 특성을 고려하지 않은 채, 본격소설로서의 주제의식이나 서사 기법론을 여기에 적용하는 것은 일면적인 평가가 되기 쉽다. 이 같은 관점에서 전집 간행시의 편집자의 세심한 주의가 필요하다는 점은 아무리 강조해도 지나치지 않다. 좀 더 중요한 것은 연구자들이 『전집』의 효율성과 용이성에서 ‘전집’을 활용하더라도 처음 신문에 실렸을 때의 원본 확인 작업을 반드시 거쳐야 한다는 것이다. 장르 규정 문제나 텍스트 해석 및 가치 평가 문제도 이를 바탕으로 진행돼야 할 것이다.

1930년대 문학연구에서 시, 소설, 비평 등 장르 전반에 걸쳐 ‘신문문예적 성격’으로서의 텍스트 성은 충분히 고려될 필요가 있다. 1930년대 문인기자 시대를 연 김기림을 비롯, 특히 이태준, 박태원, 이상, 백석 등 언어 미학이나 활자 배치에 관심을 기울였던 문인들과 1930년대 후반에 등장하는 ‘신진들’, 즉 오장환, 서정주, 이용악 등의 시들에서도 이 신문문예의 텍스트성에 관한 문제는 충분히 고려될 필요가 있다. 이 과정에서 문학사 기술이나 개별 텍스트에 대한 문학적 가치평가 역시 새롭게 논의될 수 있을 것이다.

지금까지 이 책에서 강조한 ‘문인기자 김기림’은 그가 인식한 ‘신문문예’라는 장르 문제와 긴밀하게 연결되어 있다. 이 관점에서 김기림 연구뿐 아니라 1930년대 문학도 새롭게 해석되고 평가되어야 한다.

일제말기와 해방공간, 6.25 전후의 김기림

—김기린의 경성고보 교사 시절 제자 김규동 선생 인터뷰

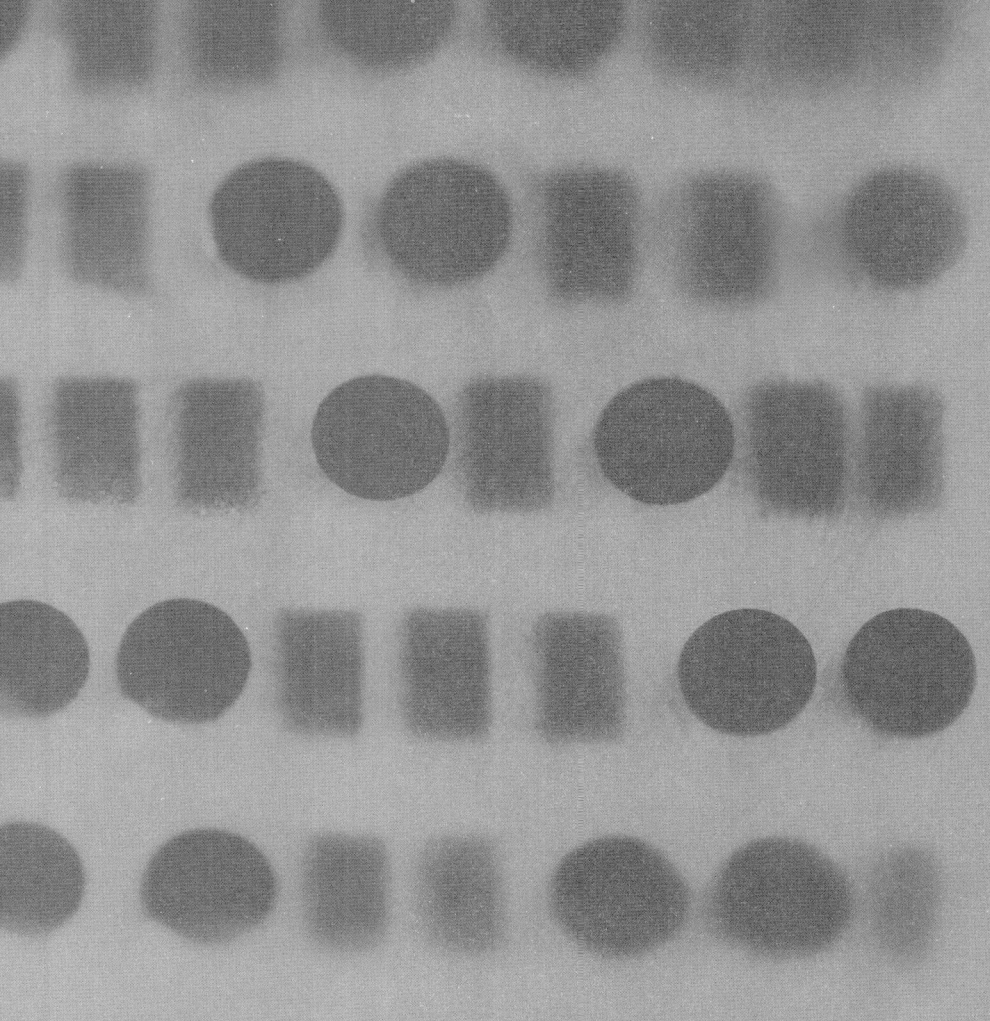

■ ■ 김기림(좌)과, 김기림의 경성고보 교사시절 제자 김규동(우)

「나비와 광장」의 시인 김규동은 1930년대 김기림이 주도한 모더니즘 운동을 1950년대 계승한 것으로 평가되는 '후반기 동인'이자, 김기림의 경성고보 교사 시절의 제자였다. 1940년 『조선일보』가 폐간되자 김기림은 고향인 함경북도 성진으로 낙향해 근처 경성고보에서 영어, 수학을 가르치게 된다. 김규동이 김기림을 만난 것은 이 시기이다. 김규동의 나이 17세, 경성고보 2학년 때였다. 그 후 김규동은 해방공간과 6.25에 이르는 시기에 지속적으로 김기림과의 만남을 이어가게 되는데, 이 시기의 김기림의 일상과 문학적 입장을 누구보다도 가까이서 지켜보고 관찰한 산증인이라 할 수 있는 것이다. 지금까지 김기림에 대한 김규동의 회고 글은 이미 몇 차례 나온 것이 있고[418] 최근 신문이나 잡지 등의 매체들과의 인터뷰에서 김기림에 대한 새로운 증언을 하기도 했다.[419]

　　이 인터뷰는, 앞에서 지금까지 서술한 김기림 연구의 연장선상에 있다. 본인은

[418] 김규동, 「시보다 인간을 사랑한 시인」, 『문학사상』 1988.1; 김규동, 「시는 사람이다─김기림과의 대화」, 『시와 시학』, 2000. 여름.
[419] 박윤우, 「시와 시안을 찾아서(8)─김규동 시인편」 『시와 시학』 12; 김광일, 「김일성 대 출신 김규동 시인의 월남기」, 『조선일보』, 2005.8.6; 맹문재, 「나비, 광장을 날다」, 『월간 현대시』, 2006.12.

이미 간행한 몇 논문에서 '모더니스트 김기림'에 대한 확고한 규정성이 오히려 김기림 자체에 대한 이해에 장애가 될 수 있다는 점을 강조한 바 있다. 또한 1930년대 문학사를 '리얼리즘/모더니즘, 카프/구인회' 등의 범주로 이분시킴으로써 빠지게 되는 환원논리에 대해 그 문제성을 지적하기도 했다.

이번 인터뷰 내용을 보더라도, 김기림의 인간적 면모나 문학적 입장은 김규동이 김기림을 처음 만난 시점부터 일관되게 유지돼 온 것으로 보인다. 해방공간에서의 김기림이 문학가동맹을 '선택'한 것도 비교적 분명한 맥락을 가지고 있었다. 오든이나 스펜더의 영향으로 인한 문학관의 급격한 '변신'이기보다는, 초기부터 보여준 지식인이자 언론인으로서의 문학의 사회적 책무나 지식인의 역할 등과 관련해 김기림이 초창기부터 보여준 문학관의 연장으로 이해되는 것이다. 「임꺽정」 등 소설을 통해 한글 문장법과 글쓰기를 익혔다는 것, 김기림의 「못」, 「공동묘지」 등 일제말기 시에 대한 평가, 셸리, 키츠 등 영국 낭만주의 시에 대한 김기림의 관심 등에 대한 증언도 흥미로운 대목이다. 그리고 후반기 동인들에 대한 인간적인 평가, 예컨대 김수영과 박인환의 관계, 박인환의 시인으로서의 자질 등의 증언은 근, 현대시사를 엮는 데 좀 더 의미 있는 지침이 될 수 있을 것으로 보인다.

60년이 더 지난 시점에서 김기림에 대한 기억을 완벽하게 재구해내는 것은 물리적으로 불가능해서 그 정확성과 객관성을 확보하기 쉽지 않다. 그래서 회고나 인터뷰 등의 주관적인 인상에 가까운 자료를 학술적인 차원에서 수용하기는 어렵다. 그러나 가다머는, 텍스트나 역사적 사건에 대한 이해를 그것들이 우리의 상황에 대해 갖는 의의와 통합하는 것이 해석학의 임무라고 보았다.[420] 문학사란,

---

[420] 조지아 원키, 이한우 옮김, 『가다머 ―해석학, 전통, 그리고 이성』, 민음사, 1999. 126면.

당대 문학의 입장과 후대 연구자의 시각이 만나 지평융합(fusion of horizons)이 이루어지면서 해석학적 지평의 확장을 통해 새로운 의의를 찾아가는 것이라면, 김규동 선생의 인터뷰는 1차 자료로서의 당대 문헌 텍스트와 동일한 자료로서 가치를 가질 수 있을 것이다. 이를 '연구자의 시각'으로 견인하기 위해 김규동의 인터뷰 말미에 본인의 보유를 덧붙였는데, 이로써 1차 자료인 인터뷰 내용을 좀 더 객관적이고 학술적으로 평가할 수 있는 길을 열어두고자 한다.**421** 이 점에서 본 인터뷰가 김기림을 새롭게 이해하고 평가하는 하나의 기본 자료로서 가치를 갖기를 기대한다.

질문: 스승으로서의 김기림을 평가한다면?

김규동: 김기림은 학자였다. 시인이긴 했지만 학문이 깊었다. 당시 『조선일보』에서 사회부 기자를 하고 있었는데, 방응모 『조선일보』 사장이 '당신은 기자보다는 학자 스타일이니 공부를 더 하라' 해서 휴직을 하고 동북제대 법문학부 영문학과로 유학을 가게 되었다고 했다. 돌아와서 학예부장을 했다. 40년 10월에 『조선일보』가 폐간되자 서울에 있어서는 안 되겠다 해서 낙향했다고 한다. 당시 서울은 문인보국회다 뭐다 해서 친일문학의 분위기가 농후했다. 고향 성진에 칩거하러 왔다가 경성고보(경성 '중학'에서 학제가 바뀌어 김규동 선생이 졸업할 시점에는 경성 '고보'였다고 함)로 와서 영어교사를 했다. 내가 그때 2학년이었다.

보유: 김기림은 1930년 4월 20일 『조선일보』에 입사해 사회부에서 기자 생활을 한

---

421 예컨대, 이스라엘 벤구리온 대학의 중도파 역사학자로 알려진 베니스 모리스에 대한 인터뷰와 소개글을 실은 Ari Shavit의 글을 참조할 수 있다. On Ethnic Cleaning, *New Left Riview* 26, New Left Review Ltd, London, 2004, 3,4 합병호. pp.35–51. 이 장은 '질문'과 김규동 선생의 대답, 그리고 '보유'의 형식으로 서술된다. 간단한 '보유' 사항은 각주로 대신했다.

다. "방응모 사장이 휴직으로 하라고 하면서 신문사에 책 들고 다니는 사람은 서춘과 김기림뿐이라고 하시면서 학자금은 부친이 해즈실 것이라고 했더니 자기가 일부분을 보조해 주겠다고 해서 그 분의 장학회에서 보조받은 일이 있습니다."[422]는 김기림 누이의 증언도 있다. 『조선일보』 사보에는 "시사 문제의 권위인 본사 서춘 주필은 가끔 책 꾸러미를 끌어 안고…"라는 언급이 있다. '서춘'은 평북 정주 출신으로 『동아일보』, 『조선일보』에서 경제부 기자로 이름을 날렸다. 최팔용, 백관수 등과 함께, 2.8 독립선언의 모태가 된 동경 조선기독교청년회관에서 열린 '시국웅변대회'의 실행위원 중 한명이다. 그러나 서춘은 1937년 이후 친일적인 성격을 보이기 시작한다.[423]

김기림이 학비 보조를 받은 '장학회'는 시인 백석, 국어학자 방종현 등도 보조를 받은 바 있는 '이심회(二心會)'(후일 '서중회'로 개칭, 현재 '방일영 장학회'의 전신)이다.[424] 김기림은 『조선일보』 기자를 하다 결혼 문제로 1931년-33년 1월경까지 휴직을 한 것으로 보인다. 그 뒤 복직했다가 1936년-38년에 동북제대로 유학을 간다.[425] 이때 김기림은 동북제대와 조도전대학(早稻田大學)에 동시에 합격했으나 동북제대를 택했다고 한다. 유학에서 돌아온 1938년 학예부 차석이 되었다가 1940년 1월 학예부장이 된다. 1940년 8월 10일 『조선일보』가 폐간되자 낙향한 것으로 알려져 있다.[426]

질문: 부임했을 때의 인상은 어떠했나?

김규동: 조선의 유명한 시인이 경성에 왔다고 해서 경성뿐 아니라 전 함경북도

---

[422] 김학동, 앞의 책, 381면.
[423] 조선일보사 사료연구실, 『조선일보 사람들』 —일제시대 편, 324–331면.
[424] '이심회'는 1933년 12월 결성되었고, '이심회보'라는 책자도 발간했다. 김기림, 윤석중, 이원조, 철학자 박치우, 국어학자 홍기문 등이 이 장학회에서 학비 보조를 받았다. 백석의 글 「海濱手帖」은 '이심회보'에 실린 것이다. 『이심회보』, 이심회, 1934 참조.
[425] 『조선일보 사보』에 따르면, 김기림은 1936년 4월 23일 휴직한 것으로 되어 있다. 창간호, 1936. 6.15.
[426] 졸고, 「김기림 연구의 한 방향—언론 활동과 지식인적 세계관과 관련하여」, 6–7면 참조.

가 난리였다. 경성고보 학생들뿐 아니라 인근 지역 학생들까지 김기림을 보기 위해 경성으로 왔을 정도이다.

취임 인사 중 '학생은 문화인이다' 했던 것이 기억이 난다. '문화인' 이라는 말에 대한 인상이 아직도 선명하다. '학문을 널리 배워서 문화를 이해하는 민족이 돼야 한다' 는 의미였던 것 같다. '민족정신' 같은 말을 하면 잡혀가는 시절이었다. 김기림 선생은 '학문을 하라' 고 늘 강조했다. 기림 선생은 '친일' 에 빠질 수 있는 함정을 묘하게 피해 다녔다. 당시 일본인 교장이 김기림을 무척 좋아했다. 못하는 일이 없었기 때문이다.

보유: 김기림에게 '문화' 는 민족주의적인 것이기보다는 말 그대로의 '문화적인 것' 에 대한 가치판단과 관련이 있다. 문학, 예술 등이 찬연히 꽃피는 시대를 '문화의 시대' 라고 본다거나, '새 나라 만들기' 로 특징짓는 해방공간에서의 문학 예술인의 사명을 '건강한 문화 건설' 로 보는 것에서 확인된다. 「꽃에 부쳐서」에는, '문화' 란, 문학 예술의 정신적이고 내재적인 힘을 통해 평화를 건설하고 타인들과 소통하며 고차적인 정신 세계를 향유하는 고급한 문화 활동이자 행동 원리로 제시되고 있다.

"이 강산에 찬란한 文化 골고루 무럭무럭 피어오르게 하고 못하는 것도 기실은 지금부터 우리들의 일인 것이다. (중략) 문화는 (중략) 풀려 한 곳으로 모여 흐르게 하는 것이다. (중략) 더 高次의 원리와 이해와 포용으로 높이고 융합하기 위한 계기로서만 존재의 이유가 닿는 것이다. (중략) 정치가가 분열의 논리를 궁리하고 있을 적에 끊임없이 대상을 이해하려고 하며 또 이해를 북돋아 가는 것이 문화의 기능이요

문화인의 성스러운 사명인 것이다."[427]

　김기림의 '문화'의 이해는 계급적인 것에 기초해 있지 않고 생활로서의 문화, 지성으로서의 개념에 더욱 접근해 있는 것으로 보인다. 그래서 '왕성하고 풍부한 생활만이 활발하고 찬란한 문화의 토양이 될 수 있는 것이다'고 주장한다.

　질문: 김기림의 일상적인 삶에 대해 기억나는 것이 있는가?

　김규동: 기림 선생은 문학 써클 결성 같은 것은 결코 시도하지 않았다. 당시 일제 감시가 아주 심했다. 당시 중동학교에 있던 김광섭 시인이 학생들에게 수업시간에 이야기 한 것이 독립의식을 고취한 것이라고 규정돼 일제 경찰이 체포하는 바람에 김광섭 시인이 4년 옥고를 치른 일도 있었다. 기림 선생은 그래서 아주 말조심을 했다.

　기림 선생은 새벽 5, 6시면 일어나 셸리, 키츠 등 영국 시인들의 시를 원서로 읽었다. 조금만 쉬어도 발음이 나빠진다고 하여 영어로 시를 읽는 것을 게을리 하지 않았다. 경성 부근 바닷가 백사장이 한 10리 정도 되는데, 달 밝은 밤이면, 거기를 산책하곤 했다. 경성에는 사과 과수원이 많았는데, 그곳을 흰 명주옷을 입고 산책하던 기림 선생의 모습이 아직도 기억난다. 사모님이 애들하고 서울에 있어서 혼자 하숙을 하고 있었기에 더 더욱 외로웠을 것이다. 기림 선생은 방학이 돼야 서울에 올라가곤 했다.

　기림 선생은 독서 범위가 넓었다. 문학 책만을 보거나 하지는 않았다. 과학, 수학 서적을 많이 봤다. 'I.A 리차즈 시론' 같은 것들에 심취했는데, 과학적 시론에 대

[427] 김기림, 「꽃에 부쳐서」, 『전집』 5, 343면.

한 관심도 그의 폭넓은 독서 체험에서 나왔을 것이다.

기림 선생은 '문명 속의 문학이니 문학이 문명을 멀리해서는 안 된다'고 했다. 여기서 '문명'이란 바로 과학이다. 과학을 알지 못하면 문학은 정의를 할 수가 없다. 이 '문명으로서의 과학'이 19세기 문학과 20세기 문학을 엄밀히 가르는 기준이라고 보았다. 1930~40년대 우리 시인들은 상징주의, 낭만주의와 같은 19세기 문학을 극복하지 못했다. 그들은 초현실주의, 다다이즘, 이미지즘(사상파) 같은 유럽의 새로운 시적 흐름에 너무 둔감하다고 말했다.

보유: 김광섭 역시 함북 경성 출신이다. 1933년 중동학교 교사로 취임하는데, 1941년 학생들에게 민족의식을 고취했다는 이유로 3년 8개월 간의 옥고를 치렀다. 학생들 앞에서 김기림이 신중함을 강조하고 조심한 것은 이 같은 일제말기의 시대적 분위기가 깊숙하게 깔려 있었던 것이다.

김기림의 'I.A 리차즈'에 대한 관심이나 '과학적 시론'에 대해서는 이미 선학들의 연구가 광범위하게 이루어졌다. 김기림의 '과학'이나 '문명'에 대한 관심은 '학적인 것'이다. 과학과 학문을 같은 범주(지식)에 놓고 있었음이 판명된다.(푸코, 『지식의 고고학』 참조) 따라서 김기림의 시각을 비평이나 문학 사조의 차원에서 이해하는 것은 일면적인 것이다. 그에게 「오전의 시론」 등의 시에 관한 이론이나 원론 비평 또한 '학문'으로 이해된 경향이 강했다.

원시적 감성이나 낭만적 감정은 '과학'일 수가 없다는 것이 김기림의 판단이었다. 19세기 시와는 다른 20세기 시를 가르는 기준 또한 문명으로서의 과학, 인공적이고 조작적인 것으로서의 시라는 개념에 입각해 있다. 그의 시론의 핵심 또한 '과학적 태도와 방법'이다.

그가 톰슨(John Arthur Thomson)의 『*Introduction to Science*』을 번역한 『과학개
론』(을유문화사, 1948)을 간행한 것도 유사한 동기에서 비롯되었다고 판단된다. 김
학동 교수는, 과학이 곧 근대의 상징이 되는 만큼 김기림의 해방 공간에서의 '새나
라 구상'은 과학의 나라를 건국의 이상으로 삼은 것에서 비롯된다고 말하고 있다.
이는 1930년대 시론의 연장선상에 있다는 것이다.[428]

'사과 과수원'의 기억이 김기림 문학의 한 축을 형성하고 있는 점은 흥미롭다. 그
는 「林檎의 輓歌」를 쓰기도 했다. 함경도에서 교편 생활을 하기도 했던 이효석이
'임금'을 좋아한다고 하자, 그것을 '近代的 異敎'의 냄새를 풍긴다고 썼다. '임금'
을 '죄악과 지혜'가 깃든 잔혹하고 매혹적인 사디즘의 표상으로 읽고, 붉은 홍옥에
서 원시적 야성과 육체적 에로티즘을 느끼는 김기림의 감각이 인상적이다.[429] 이는
논리적이고 분석적인 시론의 성격과는 다른 차원의 김기림의 인간학을 내포하는
것으로, 식당에서의 식욕과 원시적 야수성인 '탈출적인 여행'에 대한 모티프와 긴
밀하게 연결되어 있다.[430]

을사보호 조약을 전후로 일본은 서양 능금의 양종을 토종 능금에 교접하는 사업을
본격화 한다. 홍괴, 축 홍옥, 옥, 국광 등의 품종이 토종 능금 품종을 제치고 생산된
다. 특히 경성에는 과수 재배조합이 설치돼 신품종의 능금 재배가 성과를 거두게
되는데, 1930년경에는 묘목 수나 수확고에 있어서 평안도와 황해도의 다음을 차지
하고 있다.[431] 「임금의 만가」는, '능금'의 원시적 욕망과 야수성에 대한 모티프와
함께 김기림의 '근대화'에 대한 비판적 시선을 동시에 보여준다. 근대화에 의한 전
근대적 공동체의 붕괴나 몰락에 대한 김기림의 애상은 그의 수필에서 지속적으로

---

[428] 김학동, 「해제 김기림의 문명비평, 시론 및 기타」, 『전집』 6, 330~331면.
[429] 김기림, 「임금의 만가」, 『전집』 5, 373면.
[430] 신범순, 『바다의 치맛자락』, 문학동네, 2006, 92~93면.
[431] 이호철, 『한국 능금의 역사』, 문학과 지성사, 2002, 193면.

나타난다. 「잊어버린 전설의 거리」, 「앨범에 붙여둔 노스탈쟈」, 「인제는 늙은 망양정」 등에도 나타난다. 이는 '모더니즘의 역사성'에 대한 상대주의적 시각과도 밀접한 관계가 있는 것으로 보인다.

질문: 학생들에게는 어떻게 했나?

김규동: 역설적이지만, 시 잘 쓰는 학생은 오히려 미워했다. 시만 쓰는 애들은 거들떠도 안 봤다. 영어, 수학, 물리, 지리 등 학과목을 평균적으로 열심히 하는 학생들이 나중에 시도 잘 쓴다고 말했다. 학과 공부를 열심히 하지 않으면 절대로 큰 시인이 되지 못한다고 했다. 항상 '괴테 같은 큰 시인이 돼야 한다'고 말했다. 그때 우리들은 왜 저러나 했다.

우리(문학에 관심 있던 학생들)끼리 동인지를 만들어 가면 쳐다보지 않고 멀찍이 미뤄놓고는 '가서 공부하라. 대학가야지. 시는 대학가서도 쓸 수 있다. 기초 학문을 저버리고 무슨 문학을 하겠다는 것인가' 하고 나무랐다. 나도 2, 3학년 때 일어로 된 하이네, 바이런 등의 시나 이시가와 다꾸보꾸(石川啄木) 같은 낭만주의 풍의 시를 써본 경험이 있다. 기림 선생 때문에 억지로 학과 공부를 했다. 시 쓰는 데 토대가 된 것이 기초 학문이다. 그 같은 학문적 토대 없이 원시적 감수성을 가지고 시를 쓴다는 것은 지금 생각해도 말이 안 되는 것 같다. 감성은 지적 수련을 통해 완결된다. 근대학문, 문학, 철학 사조를 모르고 시에 접근할 수 있겠나? 경성고보 시절 기림 같은 좋은 스승을 만난 것이 무엇보다 행복하고 그분 때문에 문학의 바른 길에 들어선 것을 지금도 정말 다행스럽게 생각한다. 생각해보면, '후반기 동인'

은 처음 6명이 시작했는데, 이것도 기림 때문에 가능했다고 생각한다.

내가 리얼리즘에 관심을 가지게 된 것도 기림 선생 덕분이다. 그가 살아 있다면 분명 역사와 현실에 관심을 갖고 실천적인 방향의 시를 선택했을 것이다. '영구한 모더니즘'이 어디 있는가? 우리에게 필요한 것은 모더니즘이 과학을 거쳐 리얼리즘 혹은 그보다 더 좋은 것으로 진전되는 것이었다. 그렇게 해서 현실에 참여하고 동시에 예술성을 잘 살려가는 방향으로 노력해야 한다는 것이었다. 예술성과 사상성이 동시에 숨 쉴 수 있는 계기를 만들어야 한다고 생각한다. 이 같은 관점은 분명 기림 선생에게서 암시받은 것이다. 8.15이후 리얼리즘으로 급격하게 변화를 보여주는 것도 기림 선생은 역사 현실을 떠나서는 시가 존재할 수 없다고 본 데서 가능했다.⁴³²

보유: 「모더니즘의 역사적 위치」에서 말한 유명한 명제, '영구한 모더니즘이란 듣기만 해도 몸서리치는 말이다'는 모더니즘을 역사적 필연성과 발전의 개념으로 보고자 한 김기림의 시각을 집약적으로 보여주고 있다.⁴³³ 김규동 선생의 시각이 고보시절의 김기림의 가르침에서 비롯된 것인지, 김기림의 저작을 통해 후일 형성된 것인지는 명확치 않다. 하지만 문학의 새로운 방향성 모색이 모더니즘으로부터 비롯되어야 한다는 생각은 동일한 것이다. 모더니즘의 반성이나 리얼리즘의 분화 또한 모더니즘으로부터 시작돼야 한다. "새로운 진로는 발견되어야 했다. 그러나 그것은 어떤 길이든지 간에 「모더니즘」을 쉽사리 잊어버림으로써만 될 일은 아니었다. 무슨 의미로든지 「모더니즘」으로부터 발전이 아니면 아니되었다."⁴³⁴

과학에 대한 강조는 '시의 과학화'를 주장한 김기림의 인식과 동일한 지평에 있다.

---

432 김규동 또한 해방공간에서의 김기림의 '변신'을 급격한 것으로 보고 있다. 이는 김규동 선생이 남긴 회고글에서도 확인된다. 『새노래』(1948)가 모더니즘과의 결별을 선언한 양심선언으로 보는 관점이 그것이다. 김규동, 「시는 사람이다」, 앞의 글. 그러나 이미 본인이 밝혔듯이, 김기림의 초기 문학관은 현실주의적인 시각과 민족주의적인 시각이 결합되어 있고 이여성, 설의식 등의 언론인, 사상가들과의 만남도 그의 문학관에 영향을 끼쳤던 것으로 보인다.
433 김기림, 『전집』2, 54면.
434 김기림, 『전집』2, 58면.

또한 새로 시를 시작하려는 사람에게 김기림이 권하는 방법은 시집뿐 아니라 과학 서적이다. 김기림은, "낡은 미학이나 시학을 읽기 전에 시를 읽어라. −한 권의 미학 이나 시를 읽기보다 한 권의 아인슈타인이나 에딩톤을 읽는 것이 시인에게 더 유용 한 교양이 된다."고 강조한다.[435]

'김기림과 이상의 영향 하에서 어설픈 몸짓으로 쉬르리얼리즘을 어루만지던 후반 기 모더니스트에서 분단극복을 위한 실천적 리얼리즘으로의 이행이 민족문학사나 세계문학사의 일반적 흐름과 그 궤를 같이한다.'[436]는 평가도 있지만, 김기림의 영 향이 김규동 스스로 경성고보 시절부터 이미 시작된 것으로 본다. 지성의 중요성과 실험적인 작가 의식을 바탕으로, 1930년대의 과학(문명)주의가 현실에 대한 실천적 관심과 역사주의적인 시각으로 옮겨진 것이 그러하다.

질문: 당시 공산주의 서적을 본 적이 있나?

김규동: 우리 선배들은 마르크시즘 서적을 많이 봤다고 했는데, 일제 말기에 학 교를 다닌 우리들은 본 기억이 없다. 박헌영, 김규식, 여운형 등의 이야기를 들어본 적이 있는 정도였다. 경성고보는 배일 사상이 전통적으로 강한 곳이었다. 기림 선 생은 서울에 가면 여운형 연설을 들어보라. 조선에서 말 잘하는 사람은 여운형 (1886−1947)이다고 했는데, 1948년 서울에 오니 이미 돌아가셨더라.

보유: 1941년을 전후한 사회주의 이념 서적의 세례에 대해서는 좀 다른 증언도 있 다. 한학자이자 '이문학회(以文學會)' 회장을 역임했던 老村 李九榮 선생은 당시 광

435 김기림, 「과학과 비평과 시」, 『전집』 2, 33면.
436 장사선, 「김규동론−모더니즘에서 리얼리즘으로」, 『한국현대시연구』, 민음사, 1989, 258−271면.

화문 근처 '유길서점'이나 통문관 등에서 사회주의 서적을 비롯한 '불온서적'을 경찰의 감시를 피해 구입해 볼 수 있었다고 말한다. 서점이 '일종의 이념적인 정보를 교환하는 곳'이었다는 것이다. 지역적인 차이일 수 있겠다.[437]

질문: 당시 문학 체험은 어떻게 했나? 누구 소설을 같이 읽었나?

김규동: 함남에서 책방을 했던 한설야의 소설도 읽어보았지만 별 재미가 없었다. 잡지 『문장』을 많이 구독해서 읽었는데, 겉장이 다 닳아 떨어져 나갈 정도로 돌려보고 반복해서 읽을 정도로 인기가 있었다. 박터원의 『천변풍경』은 내가 3학년 때 읽었는데, 당시 소설 읽는 학생치고 안 읽은 학생이 없을 정도로 인기가 있었다. 기림 선생이 '우리나라에서 문장이라 하면 상허 이태준이다, 한글 문장의 기본이 된다, 상허의 서간문체를 배워라'고 입버릇처럼 말했다. 우리는 조선어를 배울 기회가 없었다. 그래서 『임꺽정』 같은 한글 소설을 보고 한글을 배웠다. 잡지가 조선어로 나오니까 투고하기 위해서라도 한글 시를 습작했다. 일본어로 시를 습작하지 않았다.

보유: 한설야의 고향은 함흥이다. 한설야는 카프 2차 사건 이후 감옥에서 나와 바로 낙향해서 서점을 경영한다. 이때 함흥 영생고보에 영어 선생으로 와 있던 백석과 만나기도 했다. 김기림은, 「'스타일리스트' 이태준 씨를 논함」(『조선일보』, 1933.6.25-27)에서, 영국의 모더니즘, 프랑스의 순수시가 내용의 문제로부터 형식의 문제로 관심을 옮겨와 '문학다운 문학'의 시대를 연 것으로 평가한다. 인생관,

---

[437] 이구영, 윤영천, 「특별대담 해방기 진보적 문인들의 행적」, 『민족문학사 연구』 9, 1996, 302-303면.

세계관, 이데올로기, 사상성의 문제가 아니라 문장을 통해 문학 형식의 독자성과 작가의 개성을 보여주었다는 것이다. 이태준에 대해, '지극히 적은 한 개의 단편을 에워싸고 그의 관조는 입체적으로 확대된'고 하고, 우리 문인 중에서 그 누구보다도 '문장'으로써 독자를 흡인하는 작가라고 평가한다.[438]

일제말기에 학교를 다닌 김규동 세대가 조선어를 공적으로 습득할 기회가 없어 「임꺽정」등 조선어 소설을 통해 한글 문장법과 글쓰기를 익혔다는 것은 의미 있는 증언이다. 박인환이나 김수영의 시에 관념적이고 사변적인 한자어가 많은 점이나, 둘 다 조선어(한글)에 대한 콤플렉스가 있었다는 점과 관련이 있을 것으로 본다.

질문: 해방 전후의 김기림은 어떠했나?

김규동: 해방 직전 고향 성진에 있는 학교로 전근을 갔고, 거기서 해방을 맞은 것으로 알고 있다. 성진에서 소련군 환영 대회가 열렸는데, 그때 소련군이 기림 선생의 안경을 빼앗아 가버렸다. 기림 선생은 그때 대단히 충격을 받았다고 했다. 소련군은 당시 좋은 말로 하면 장난끼가 심했고, 나쁜 말로 하면 예의가 없고 무식했다. 남의 안경을 빼앗아 가버리는 문화, 소련 군대의 문화 수준이 이 정도면 앞으로 큰일 나겠다는 것이 기림 선생의 판단이었던 것이다.[439] 아마 해방된 해 몇 달 뒤 겨울에 기림 선생이 가족이 있는 서울로 올라갔을 것이다.

질문: 경성고보 시절 스승 김기림은 어떠했나?

---

438 김기림, 『전집』3, 171-174면.
439 최인훈은 『화두』에서 원산에 주둔했던 소련군들에 대한 유사한 인상과 경험을 서술하고 있다. 『화두』, 1994, 민음사 참조.

김규동: 결점을 잡을 것이 없는 분이셨다. 학생이었던 우리들에게 어떤 문제를 지적할 때는 원론적인 것이 아니라 구체적인 부분을 지적해주었다. 담배 피우지 마라, 기억력 나빠지면 영어 단어 외우지 못한다 하는 식이다. 어디 한 군데 치우치지 말고 균등하게 공부를 해야 한다고 말했다. 내가 보기에 근대정신을 그대로 구현한 사람이 이상, 김기림, 박태원인데, 이상에 대해서는 기림 선생을 통해 알았다.

기림 선생은 수업 시간에 들어와, 체조를 해라. 아침에 일어나 체조를 하는 것이 살아가는 데 기본이 돼야 한다고 말했다. 밤에 책보고 일하고, 낮에는 자는 사람은 결코 오래 살지 못한다. 이상이 그랬다. 그러다 폐병에 걸려 죽었다고 말했다. "이상은 체조라면 우스워 죽겠다 하고, 미친 사람 아니오 하고 백리나 달아났다"고 기림 선생은 회고하곤 했다. 이상이 기림 선생에게 보낸 서신을 보니, 동북제대에 유학 간 기림이 오기를 얼마나 기다렸는지 알 수 있었다. 남자들 우정이 그렇게 짙고 의미가 있는 것 아닌가? 그런 문우를 갖는 것도 쉽지가 않다. 내가 현재의 문인이 아닌 1930년대 문인들에게 경의를 표하는 이유가 다 있다.

기림 선생은 해방 후 너무 가난해서 책을 팔아 끼니를 해결했던 분이다.

보유: 이 같은 증언은 김기림이 시나 소설책에 탐닉하는 학생들을 별로 좋아하지 않았다는 것, 학과 공부나 기초 학문을 강조했다는 증언과 맥을 같이 한다. 관조와 내면의 몰입을 특징으로 하는 '19세기 문학'의 감상주의적 성격을 비판하고 명랑성과 건강성을 특징으로 하는 문학을 20세기 문학의 새로운 흐름으로 강조한 것도 같은 이유이다. 관념적인 성격의 소유자이기보다는 구체적인 문제를 지적하면서 그의 논리를 설파하고자 한 것 등은 언론인이자 지식인이었던 김기림의 인간적 면

모가 그의 문학관이나, 세계관과 밀접히 연관되어 있었다는 점을 설명해준다.

당시 유행했던 '설문', '문답' 형식의 답변에서 김기림이 지속적으로 강조한 것은 '육체'의 건강함이다.

닥쳐올 모든 폭풍우를 뚫고 나갈 만한 「굳센 정신의 좋은 宿所」로서의 건전한 육체의 축조[440]

건전한 정신은 건전한 신체에 깃든다.(좌우명은?)[441]

같은 기록에서도 확인된다. 김기림이 체조나 권투를 좋아했다는 것은 널리 알려져 있다. 그는 한 설문조사에서 신문기자가 되기 위해서는 자동차 운전, 영어회화와 함께 권투를 배울 것을 강조하기도 한다. 매우 구체적인 지적이다. '육체의 건강함'에 대한 김기림의 생각은 사변적이기보다는 '구체적이고 분석적인 것'에 대한 그의 기호와 깊은 관련을 가지고 있다. 따라서 김기림의 이론이 '관념주의적, 형식주의적' 성격을 갖는다는 주장은, 이론이 갖는 학적, 사변적 성격을 의미하는 것이 아니라면 검토되어야 할 문제라고 본다.

김기림은, 도시인들의 '권투'에 대한 열광을 도시적인 것과 사회적이면서 시대적인 것에서 찾고 있다. 김기림은, '직접적이고 가장 치열한 육체와 육체의 충돌에서 발산되는 생명의 불꽃의 이상한 매력에 틀림없다. 피로한 도시인의 생명적인 것에 대한 향수가 그들의 권투열에도 숨어 있나보다. 거기에 환경에게 억압된 투쟁 본능의 부단한 발효도 그 한 원인일 것이'고 진단한다.[442]

김기림은 「고(故) 이상의 추억」에서 "상의 앞에 설 적마다 나는 아침이면 丁抹體操

---

440 김기림, 「나의 총결산」, 『전집』 6, 143면.
441 김기림, 「명사와의 독서문답」, 『전집』 6, 148면.
442 김기림, 「길을 가는 마음」, 『전집』 5, 427면.

(덴마크 체조)를 잊어버리지 못하는 내 자신이 늘 부끄러웠다. 무릇 현대적인 퇴폐에 대한 진실한 체험이 없는 나는 이 점에 대해서는 늘 상에게 敬意를 표했다. 그러면서도 그를 아끼는 까닭에 건강이라는 것을 너무 천대하는 벗이 한없이 원망스러웠다."**443** 고 썼다.

질문: 김규동 선생은 언제, 왜, 서울로 왔나?

김규동: 나는 1948년 1월에 서울로 왔다. 다른 시인, 작가들은 다 월북을 하는데, 내가 좋아했던 김기림 선생을 비롯해 정지용, 박태원 세 분이 월북을 하지 않은 것이 이상했다. 당시 북한 문단은 노동당 중심의 선전 선동을 주로 하는 문학을 하고 있었다. 이 같은 '선전 문학'이 중심이 되어가는 것이 굳이 이상하다고는 당시 생각하지 않았다. 유수 작가들이 다 북한으로 집결하는 것을 보면 다 이유가 있을 것이다, 그렇게 생각했다. 우리나라 건국이 이렇게(북한을 중심으로) 되는 것인가 보다 하고 짐작을 했을 정도이다.

그런데, 서울에서 하는 라디오 방송을 들어보면, 정지용이나 김영랑이 시 낭송하는 것이 나오곤 했는데, 대개가 순수문학이었다. 아마 그때가 1947년경이었을 것이다. 북한과 남한의 문학이 너무 달랐다. 남한에서 내가 좋아하는 작가들이 무엇을 하고 있나 궁금하고 기림 선생에게 내 장래도 의논을 하고 싶어서 1948년 1월 월남을 했다.

보유: 해방공간에서 6.25를 전후로 많은 문화 예술계 인사들이 월북을 하게 된다. 전쟁의 와중인 1952년경 전쟁 당시에도 평양거리는 활기차고 생명력 가득한 것이었다

---

443 김기림, 「고 이상의 추억」, 『전집』 5, 418면.

는 회고가 있다.**444** 서울에서 예술가는 다 '빨갱이였던가' 생각될 정도로 평양 거리는 서울에서 온 문화 예술인들로 넘쳐났고 연극을 비롯한 다양한 문화 공연이 열렸다는 것이다. 김규동의 회고는 이 같은 북한 사회의 분위기를 말하는 것으로 보인다.

질문: 월남했던 당시 김기림의 반응은 어땠나?

김규동: 왜 왔느냐, 남조선은 지금 말이 아니다는 것이 첫 마디였다. 손바닥만 한 신문은 많이 나오지만 문인이 글을 쓸 만한 지면이 없다. 일제시대보다 지면이 없는데, 남조선에 왜 왔느냐 하고 안타까운 듯 나무랐다. 기림 선생이 흑석동에 있는 상공중학(경성상공실무학교, 중앙대사대부중의 전신)에 취직을 시켜주었다. 당시 상공중학은 전기과와 상과가 있는 5년제 학교였다. 나는 그곳에서 1948년에서 1950년 6.25가 나기 전까지 교사로 있었다.

당시 기림 선생은 중대 영문과 교수로 재직하고 있었는데, 기림 선생이 강의하러 학교에 나오면 같이 한강변에 나가 산책을 했다. 영문판 키츠 시집을 끼고 다니던 것이 생각난다.

보유: 김기림의 엘리어트, 오든, 스펜더 수용과 영향 연구는 많이 이루어져 있다. 김기림이 경성고보 시절부터 키츠나 셸리, 바이런 등의 19세기 영국 낭만주의 시인들의 시를 즐겨 읽었다는 것은 흥미롭다. 김기림의 시론이나 시 비평에서 보여주는 반감정주의적이고 반낭만주의적인 시각과는 달리 김기림의 에세이에서 두드러지게 나타나는 감상적이고 서정적인 문맥이나, 「못」, 「공동묘지」 등의 후기 시에서 보

---

444 성혜랑, 『등나무집』, 지식나라, 2000 참조.

여주는 상징주의적인 측면은 새롭게 조명되어야 할 부분이다.

질문: 김기림이 기자였던 사실은 어느 정도 알려져 있었나?

김규동: 『조선일보』 기자를 했다는 사실은 경성고보 때도 들었다. 당시 '그만한 기자가 없다'고 할 정도로 기자로서도 명성이 높았다. 하지만 선생 본인이 기자였다는 사실은 잘 말하지 않았다. 해방 후에도 기자 생활을 한 것으로 알고 있다. 아마 서울 신문사였을 것이다.[445]

질문: 만났을 때 기림 선생의 정치적 입장은?

김규동: 문학가동맹에 가입한 것은 인민을 계도하고 인민이 이끄는 나라를 만들겠다는 열정에 불탔기 때문이었을 것이다. 내가 서울에 도착한 1948년은 이미 문학가동맹은 해체된 이후였고, 기림 선생은 요시찰 인물이 돼 있었다.

보유: 김기림은 청년문학자의 당면임무에 대해 이렇게 주장한다. "오늘의 현실 속에서 인민이 무엇을 느끼며 고민하며 갈망하는가를 그 진실한 모양대로 모든 것 그리고 그 속에서 값있는 생활의 길을 탐구하는 일이라고 생각한다."[446] 해방공간에서의 정치적 입장이 '생활 탐구'에 있었다는 것은 '새나라 건설'의 명제와 유사한 맥락이다. 1948년경에 김기림의 문학적 입장이 변화를 보이고 있음은 확인된다.[447] 해방공간에서의 '변신'을 급격한 문학관의 변화나 입장의 변화를 의미하는

---

[445] 아마 '공립통신사'를 말하는 듯하다. 서울신문사 재직 여부는 확인되지 않는다.
[446] 김기림, 「문학자의 말」, 『전집』 6, 150면.
[447] 졸고, 「김기림의 예언자적 인식과 침묵의 修辭─일제말기와 해방공간을 중심으로」 참조.

것으로 보기 힘들 듯, 문학가동맹의 탈퇴 또한 '전향'으로 판단하기 어렵다. "내가 그 동안 문학가동맹 쪽에 속하여 온 일에 있어서 나의 책임을 모면하려는 것은 아니지만 공산당적의 지령문학을 할 수가 없었오. 그런데 보련(보도연맹)에서 또 그런 식으로 글을 쓰라니 곤란한 일이 아니겠오."**448**와 같은 증언을 참조할 수 있겠다.

질문: 김기림을 최후로 본 것이 언제였나?

김규동: 인민군에 붙들려 가기 전전 날에 만났다. 6.25가 나자 4일 만에 인민군에게 체포된다. 문학가동맹을 왜 해체했나? 왜 월북하지 않았나 하는 것이 죄목이었다고 한다.

질문: 어떤 문인이 기억에 남는가?

김규동: 임화는 한 번도 보지 못했다. 정지용도 기림 선생이 소개를 시켜준다고 했는데, 6.25가 나서 실현되지 못했다. '정지용은 요즘 잘 못 만난다. 고생이지. 아이들은 있고 벌이는 없고'라고 기림 선생이 걱정하더라.

박인환은 1948년에 서울에 와서 기림 선생의 소개로 만났다. 서구적 취미가 강했고 좋은 옷을 입거나 하는 스타일리스트였다. 기림 선생이, '시를 좀 쓰는 친구인데, 만나보면 좋은 친구가 될 거다'고 소개해주었다. 기림 선생은 오든이나 스펜더 시를 많이 읽었는데, '세계에 외치노라' 같은 시가 스펜더 풍이 있다. 박인환도 오든 시를 가장 많이 읽었다. 전위 시인 유진오가 기림 선생을 자주 찾아왔다는데 나

---

448 이상로, 「隋星의 무덤 위의 김기림」, 『김기림 평전』, 316–325면.

는 직접 만나지는 못했다. 조병화는 동경고사 수학과 출신이었는데,[449] 수학을 공부했다고 해서 기림 선생이 특별히 기대가 많았다.[450] 문과를 나오지 않으면 시를 못 쓴다는 풍토에서 조병화는 특이한 존재였던 것이다. 배인철은 인천에서 깡패들에게 맞아 죽었는데, 당시 『흑인시집』을 그에게서 빌려 본 기억이 있다.

박인환은 나보다 한 살 아래인데도 조숙했다. 절대 건방지지는 않았다. 속은 부드러운데 코가 날카롭고 얼굴이 잘생겼다. 겉모습이 우쭐한 느낌이 있어서 그랬는지, 김수영이 싫어했다. 박인환은 마음이 약했던 사람이다.

당시 비슷한 연배의 시인으로는 박아지, 이병철 등이 유명했다. 그들의 시는 힘차고 새바람을 보여주고 있었다. 기림 선생은 월북한 이병철에 대해, 이북에 가면 대부분 선배들이어서 대우받기보다 고생할 텐데, 조직 생활해야 하니 개인적인 활동은 쉽지 않을 텐데 하고 걱정했다.

보유: 이병철과 김기림의 관계를 엿볼 수 있는 기록이 있다. 후배 시인 이병철이 '언론 출판에 대한 악질적 무법박해를 피해 상징수법이 재등장하는 데 대한 견해가 무엇인지'를 물었을 때[451] 김기림은 고래의 상징적 수법에 대해 분명한 반대를 표시[452]한다. 해방공간의 새로운 환경을 그리는 데 그것을 예술의 세계에서 조탁해 들어간다는 것은 어려운 일이며 혼매한 옛 수법에 만존하느니 차라리 딴 것을 찾아야 한다는 논리이다. '시대에 적합한 문학적 수법'의 필요성으로 이해되는데, '모더니즘의 역사적 위치'에 대한 탐색과 문학인의 사명과 같은 맥락에서 이해할 수 있다.

김기림과 전위 시인들과의 관계에 대한 자료는 김광현의 「金起林 氏에 對한 一考」가 있고, 김기림이 박산훈의 시집 서문에 쓴 「소벽산에 부쳐」가 있다. 김광현의 「金

---

449 실제 조병화는 동경고사 물리화학과를 수학했다.
450 고등학교 시절 럭비 선수기도 했던 조병화는 해방 직후 경성사범학교에서 물리, 수학을 가르쳤는데, 시뿐 아니라 체육, 미술, 과학 등 전반에 자질을 보인 점이 김기림의 관심을 끈 것으로 보인다.
451 이병철, 「김기림씨에게 드리는 편지, 시작에 상징기술은 약하」, 『예술신문』, 1947.5.5.
452 김기림, 「이병철 군 서한에의 회답─새로운 시는 명확 단순 소박하게」, 『예술신문』, 1947.5.5.

起林 氏에 對한 一考」는, 김동석의 '김기림 론'과 연장선상에 있다. 김광현은, '심
볼리즘'으로 '모더니스트 김기림'을 비판하겠다고 했지만, 학문적으로 논리적으로
비판한 것이 아니라 대체로 인격적인 비난을 가하고 있다.**453** 김광현은, 시대비판
의 책무를 짊어진 김기림이 그저 방관만 하고 있다고 비판하고, 김기림의 「인민공
장에 부치는 노래」(1947.4)가 '넌센스'였다고 비판한다. 남보다 먼저 앞장서서 시
대의 책무를 부르짖던 김기림이 사람 좋은 '웃음'으로 시대 현실을 무마하려는 작
금의 상황을 인정할 수 없다는 것이다. 지성과 논리로 현실을 이해하고자 하는 김
기림의 인간적 면모에 대해 좀 더 정치적이고 실천적인 행동을 요구하고 있는 것이
다. 김기림의 해방공간에서의 입장이 좌파 문인들과는 달리 여전히 '지성주의적'
인 경향이 강했던 것이다. '투쟁정신과 시대 비판의 태도'를 분명하게 견지해야 한
다는 요구를 김기림의 지성주의가 수용하기는 어려웠던 것이다.

질문: 영화감독 신상옥(1920~2006)과는 경성고보 동기라고 들었는데?

김규동: 같은 반이었다. 신상옥은 학과 공부는 안하고 가방에 화구나 물감을 넣
고 다니면서 서양화만 그렸다. 나중에 보니, 해방 후 서울로 가서 감독이 되었더라.
상옥이 청진에서 기차 통학을 했는데, 청진에 큰 서점이 있어서 기림 선생이 영어,
일본어로 된 책을 사오라고 부탁을 했다. 당시 일본에 있던 '마루젠(丸善)' 서점은
서양 원서로 유명했는데, 그 서점 책이 청진에 수입되고 있었다. 기림 선생의 책은
대부분 영어 원서였고, 일본어 책은 거의 없었다.

453 김광현, 「金起林 氏에 對한 一考」, 「신인」, 1948.3.

질문: 다른 시인들에 대한 기억은?

김규동: 오장환은 천상 시인인데, 공부는 별 하지 못했다. 김광균은 개성상업학교 출신인데, 그도 천상 시인이다. 이중섭은 부산 피난 시절에 보았다. 부산역 근처 부두에 나와 밀항선 탈거라고 웅크리고 앉아 있던 기억이 난다. 나는 그때 연합신문 기자로 있었는데, 당시 연합신문이 부산역 근처에 있었기 때문에 이중섭을 자주 봤다. 그러나 이중섭은 당시 이름이 알려져 있지 않았던 무명에 가까웠다. 사실 이중섭 그림은 새로운 것이 없다. 종이가 없어서 은박지에 그린 그림을 가지고 대단하게 생각하는데, 그에게는 새로운 발견이 없다고 생각한다. 대상은 피카소가 제일이다. 샤갈 그림만 해도 하늘을 날아가는 여자 등 신비스럽지 않은가. 이중섭 뺨친다.

보유: 실제 김규동의 거실에는 샤갈 사진이 붙어 있었다. 독창적이고 전위적인 샤갈의 입체파적 경향이 예술가의 독창적이면서도 전위적인 실험 정신을 보여주는 것으로 평가하고 있는 듯했다. 또한 거실에는 김규동 자신의 시 「두만강에 두고 온 작은 배」에 직접 그림을 그린 액자가 걸려 있었다. 그림과 시에 다 폭넓은 지적 취향을 가지고 있음을 확인하게 된다.

김규동이 최근 펴낸 시집 『느릅나무에게』(창비, 2005)에는 많은 근대 문인들의 이름이 나온다. 오장환에 관한 시는 「오장환이네 집」, 「잃어버린 사진」, 「존재와 말」 등이다. 김규동이 월남할 당시의 어머니에 대한 기억이 중첩되어 있는 시다.

질문: 응향 사건에 대해 알고 있는 것은?

김규동: 당시 문청들 수준의 시였던 것 같다.**454** '컵에 넘치는 보드카―' 같은 19세기 식인데, 김사량의, '이런 미친 자들, 지금 어느 땐데, 수용소에 집어넣어서 재교육해서 내보내야 돼' 라는 판단에서 비롯된 것이다. 구상의 시도 넋두리다. 성경을 보게 되면 시보다 더 아름답다는 것을 알게 된다. 기도가 어떻게 시가 돼냐. 기도는 기도지. 기림 선생은, 이런 계열의 시를 '밭갈이 하는 시' 라고 했다. 여자들이 뜨게질 하는 것과 같은 시라는 것이다. 시는 이메지 메이킹이 돼야 한다는 뜻이다.

질문: 김기림 선생의 다른 문우들과의 관계는?

김규동: 기림은 노천명하고 가까웠다. 그러나 연애 관계는 아니었다. 노천명이 기림 선생을 많이 따랐다. 천명은 공부하는 시인이었고, 정직하다는 것이다. 기림 선생이 이상에게 '파리가서 3년간 공부하고 오자. 파리에 있는 슈르 리얼리스트들하고 싸워서 누가 이기나 내기하자' 는 약속도 했다고 했다. 그래서 이상이 불어 공부를 아주 열심히 했다고 했다. 『기상도』(1936.7) 시집은 이상이 만들었다. 이상이 'numbering' 을 하지 말자고 했지만, 기림 선생이 '책인데 어떻게 안하냐' 해서 결국 페지를 매겨 넣었다. 이상은 100부만 찍자고 했지만 기림선생이 200부를 주장해서 200부 찍었다. 돌릴 데가 많았던 것이었다고 본다. 어떻게 보면 이상이 진정한 예술가에 더 가까운 인물이었다.

보유: 노천명과의 관계에 대해서는 최정희의 증언이 있다. "김기림 씨 하면 눈 위에 발자국을 남긴 게 시보다 먼저 떠올리게 된다. 내가 천명의 집에 가던 저녁, 들어설

---

454 '응향' 의 시에 대한 평가는 대체로 '문청기질의 시' 이며, '응향 사건' 은 종래의 서정시 개념이 북한에서는 더 이상 존속될 수 없음을 보여준 것으로 평가된다. 김용직,『해방기한국시문학사』, 민음사, 1989, 164면; 김윤식,『해방공간의 문학사론』, 서울대출판부, 1989, 29면. 『응향』 시집의 표지는 이중섭이 그렸다.

때까지는 눈이 내리지 않았는데, 돌아오려고 마루에 나서니까 눈이 하얗게 마당을 덮고 있고, 그 위로 남자의 구두 발자국이 나 있었다. 구두 발자국은 댓돌 앞까지 왔다가 되돌아나갔다. 구두 발자국의 주인공은 방안에 애인 이외에 다른 사람의 기척을 알고 조심조심 나간 것으로 보였다."[455]

이상은 화가 구본웅의 아버지가 경영하는 '창문사'에 교정부 직원으로 취직해 김기림의 『기상도』(1936.7)와 구인회 동인지 『시와 소설』(1936.3)을 발간한다. 당시 김기림은 동북제대 유학중이었다. 이상과 김기림 사이의 서신이 남아 있다. '서신'에 따르면, 구본웅은 '한 천부 박아서 팔자'고 했다고 한다.

김기림이나 이상의 프랑스 문학이나 초현실주의에 대한 관심은 잘 알려져 있다. 김기림은 여행을 떠난다면, "『악의 꽃』과 불란서말 자전을 집어 넣자. 동서고금의 모든 시집 속에서 오직 한권을 고른다고 하면 물론 나는 이 책을 집을 것이다. (중략) 旅行── 그것 밖에 남은 것은 없다. 내가 뽑을 행복의 최후의 제비다. 그것마저 싱거워지면 그때에는 '슈르리얼리스트'의 그 말썽 많던 說問을 다시 한번 참말 생각해 보아야지."[456]라고 말한다.

질문: '말리서사'에 대해 기억나는 것은?

김규동: 박인환은 사실 책을 안 팔았다. 호화판 보들레르 시집을 진열해 놓고는 아까워서 못 팔았다. 그러니 점점 사람이 안 올 수밖에. 아까운 책은 '비매품'이라고 붙여놓고는 진열만 해두었다. 나중에는 아예 손님들이, '이건 비매품이죠' 하고 말할 정도가 돼버렸다. 그러니 망할 수밖에. 인환이 죽은 뒤 보니까 서재에

---

455 최정희, 「조광, 삼천리 시절」, 『대한일보』, 1996. 4.17~1970.12.10. 인용은, 『한국문단이면사』, 강진호 엮음, 깊은샘, 1999, 230면.
456 김기림, 「여행」, 『전집』 5, 175면.

호화판 책들이 잔뜩 있었다. 박인환이 죽었을 때 당시 7살이었던 큰 아들 세형이가 마지막 가는 아버지에게 인사 하라니까 엄마 치맛자락을 붙들고 하지를 않아 다들 눈물 흘렸던 기억이 난다.457 언론인 송지영이가 어디서 인환이가 좋아했던 조니워카를 한 병 구해와서 인환이 관에 뿌려주었다. 인환이가 나한데, '자넨 폐병이야. 기침을 하고 바짝 마른 것 보니까, 돈이 없으니 인삼, 녹용은 못 먹을 것이고 벌거벗고 한강 백사장에 가서 일광욕하면 폐병균이 다 죽는다'고 해서 나는 그 말을 믿고 자주 일광욕을 했다. 내가 이제 82세인데, 인환이는 31살인가 죽었다. 감개무량하다.

인환이는 많이 먹지를 않고 늘 떠들기만 했다. 김수영이 안주를 다 먹어버리면, 빈속에 깡소주를 마시고 얼굴이 벌개지곤 했다. 그날도 빈속에 깡소주를 마시고 9시경 집에 들어가 심장마비로 죽었다.

> **보유:** 김규동의 「탁자」는 박인환에 대한 이 기억이 중심이 되어 있다. 이 시에는 박인환의 「목마와 숙녀」의 한 구절에 나오는 버지니아 울프의 「등대로」, 박인환의 「인도네시아 인민에게 주는 시」가 언급되어 있다. 댄디와 겉멋과 서구 취향의 대표적인 인물처럼 알려져 있는 박인환이 역사와 현실에 대해서 진지한 고민을 했던 인물로 그려지고 있다. 박인환에 대한 세간의 인식은 김수영의 '회고'가 결정적인 역할을 했다고 할 수 있다. 이 점에서 '시인으로서의 박인환'에 대한 평가는 새롭게 이루어져야 할 필요가 있다. 박인환에 대해 경멸에 가까운 회고사를 쓰기도 했던 김수영은 박인환의 '책'에 대한 열정을 박인환에게 떠올려지는 최고의 기억으로 꼽는다. 박인환이 가장 기분을 낼 때가 서점 '말리서사'를 할 때였다는 것이다. 김

---

457 박인환의 장남 박세형은 박인환 서거 20주년을 기념해 『목마와 숙녀』(근역서재, 1976)을 직접 편집하는데, 여기에는 박인환 생존 당시 펴냈던 『선시집』의 시들과 미발표 유작들이 실려 있다.

수영은, "그가 죽은 뒤에도 살아있을 동안에도 나는 그 책가게를 빼어놓고는 인환이나 인환이의 시를 생각할 수가 없었다."[458]고 말한다.

이 때의 이 둘을 기억하는 조병화의 회고가 박인환과 김수영에 대한 인간적인 평가, 그리고 그 둘 사이의 관계를 이해하는 좀 더 객관적인 자료로 보인다. "술에 취하면 그(김수영)는 말버릇처럼 나는 부르주아지고 자기는 프롤레타리아라는 거다. 나는 귀족이고 자기는 서민이라는 것. 그러나 다음날 다시 만나면 히 웃어버리고 "병화, 다시 한잔 하자" 하는 성격의 시인이었다. (중략) 그러나 인환은 이러한 지저분한 이야긴 하지 않았다. 항상 흥분해 있었고, 항상 매서운 감각으로 무언가를 찾고 있었고, 오로지 시, 시의 멋을 부리고 있었다. 탁주를 마시되 귀족처럼 마셨고, 복장을 걸치되 멋쟁이로 걸쳤었다. 항상 누구에게 지기 싫은 그의 성격,"[459]

질문: 김수영에 대해 더 생각나는 것이 있나?

김규동: 김수영은 생전에 '김기림은 지식 시인이다, 그 이상은 아니다' 고 말했다. 내가 김기림의 제자니까 나를 깎아내리기 위해 일부러 김기림을 폄하하고자 했던 것 같다.

질문: 후반기 동인 중 다른 기억나는 시인은?

김규동: 김차영은 고집이 세고 잘 타협을 하지 않고 성격이 곧았다. 서대문에서 살다 충주로 이사를 갔는데, 6개월 뒤 죽었다. 서울 친구들을 보지 못하고 고독하게

458 김수영, 「말리서사」, 『목마와 숙녀와 별과 사랑』, 이동하 편, 문학세계사, 1986, 91면.
459 조병화, 「명동의 목로주점」, 『왜 사는가』, 자유문학사, 1986, 45면.

■ ■ '김일성 대학' 재학 무렵의 김규동. 김기림은 경성고보 학생들에게 기초 학문을 공부할 것을 권했고, 원론적인 문제보다는 구체적인 문제를 지적했다고 한다. 앉아 있는 사람이 김규동.

살다 죽었다. 그는 보기 드물게 철학적인 시를 썼다. 차영이는 시 한 편을 쓰는 데 1─2달이 걸렸다. 생전에 시집은 겨우 1권 냈을 것이다. 철학을 하면서 현실을 잘 몰라 죽었다. 강화도 사람이었고, 동양통신사 기자를 했다. 시집 『느릅나무에게』에 실린 「악의 시, 피눈물의 시」는 김차영을 염두에 두고 쓴 시다.

질문: 김기림의 시에 대해서 평가한다면?

김규동: 「못」, 「공동묘지」 같은 시가 김기림 시의 원형이다고 생각한다. 그 시들은 릴케, 말라르메, 발레리 등의 시에 근접해 있다. 지적 수준이나 이미지, 기법 등에 있어서 그러하다. 상징적이면서도 고요한 지적 관찰이 있는 것이다. 이 시들은 경성에 있을 때 씌어졌는데,[460] 실제 경성에 가면 「못」, 「공동묘지」에 나오는 장소인 실제 현장이 있다. 경성의 과수원 옆에는 못이 많이 있다. 그리고 바다 가까운 곳에 공동묘지가 있는데, 저녁에 걸어가다 보면 공동묘지가 일어나서 바다를 내려다보는 그런 느낌을 준다. 그곳엔 '노고지리가 하늘로 솟아 올라가는—' 구절로 된 함형수의 시비도 있다. 아마 김기림이 흰 명주저고리를 입고 달밤에 고독한 산보를 하면서 이 시상을 떠올렸을 것이다. 일제시대 말기의 조선 지식인의 고뇌, 어디 하소연할 수 없는 고뇌가 이 시에 있다고 생각한다.

『국제신문』에 발표된 「못 백범선생」 같은 작품은 보기 드물게 모더니즘 기법의 언어가 가미된 것인데, 백범이 가장 현대적인 인간의 영상으로 그려져 있는 작품이어서, 백범에게는 영광이 아니겠는가.

보유: 대부분의 연구자들이 「못」과 「공동묘지」에 대한 평가를 하지 않은 데 반해 김규동 선생이 이 시들에 대해 극진한 평가를 하고 있는 것은 인상적이다. 일제 말기 김기림의 내면적 고뇌가 비장하고 예리한 이미지로 제시된 시들이다. 이 시들이 경성이라는 현실적 공간을 배경으로 하고 있고, 발레리와 릴케 등에게서 볼 수 있는 신선한 이미지와 상징을 가지고 있다는 김규동의 증언을 눈여겨볼 필요가 있다. 본인도 이 시들에 대해, '묵시론적인 예언자의 목소리와 역동적인 생명의 움직임을

---

[460] 「공동묘지」(인문평론, 1939.10), 「못」(춘추, 1941.2)등의 발표 연도를 보면 「공동묘지」는 고향 성진으로 낙향 한 후에 쓴 것으로 볼 수는 없다.

동시에 보여준다'고 평가한 바 있다.[461]

김규동이 '모더니즘의 기법으로 현실과 역사의 문제를 언급한다'고 말한 것은 견자로서의 시인의 임무에 대한 시각을 드러낸 것이다. 「곡 백범선생」 또한 백범의 죽음을 보고 쓴 시인데, 지적이고 절제된 언어로 백범의 죽음을 그리고 있을 뿐 아니라, 백범의 죽음을 넘어 조국의 미래를 건설하고자 하는 시인의 견자적 시선을 드러내고 있다. 김규동이 견지하는, 모더니즘적 방법을 통한 현실과 역사의 참여라고 하는 시선과 관련이 있다.

질문: 이원조에 대해 기억나는 것이 있나?

김규동: 이원조는 김기림과 가까웠다. 기림의 문학 방향이나 생각을 이해하고 지원했던 인물이었다. 이원조는 서구 모더니즘을 훤히 알았다. 임화는 유물사관에 젖어 있어서 서구 모더니즘을 알지 못했다.

보유: 『느릅나무에게』에 나오는 시 「모순의 황제」에는 해방공간 전후의 문인들의 활동이 그려져 있다. 실제 김규동 선생의 경험이기보다는 역사적 사실이 '시적 경험'을 통해 복원된 것이다. 임화, 김남천, 정지용, 홍명희, 이원조, 이태준 등의 인물들이 그려져 있다. 김기림과 이원조의 관계는 『조선일보』기자 시절 형성되었고, 1930년대 주요 화두였던 '지성론'을 펼쳤다는 점에서 둘 사이의 지적, 정서적 친밀도를 가늠하게 한다.[462]

---

461 졸고, 「김기림의 예언자적 인식과 침묵의 修辭—일제말기와 해방공간을 중심으로」 참조.
462 조선일보사 사료연구실, 『조선일보사람들』, 472면; 이원조, 「씨의 고향—편석촌에게 붙이는 斷言」.

질문: 김기림의 인간적 면모는 어떠했는가?

김규동: 김기림은 누구를 대하든지 미소지었고, 항상 명랑했으며, 상대를 즐겁게 했다. 얼마나 노력하는 양반인가? 김기림은 이기주의를 극복했다. 그런 선생을 어디서 다시 만날까. 아까운 인물이다.

서울에 왔더니, 기림 선생은, 평론에 대해서는 그다지 의미를 두지 말라고 말했다. "논문을 쓰려면 책 10권 보면 평론은 누구든지 쓸 수 있다. 평론을 너무 존중하지 마라. 평론가를 너무 어려워하지 마라"고 말했다.

기림은 가리는 음식이 없었다. 술은 하지 않았다. 상공 중학에 취직을 한 뒤 월급을 타서 동대문에서 닭을 한 마리 사다가 이화동에 있는 기림 댁에 가져다드린 적이 있다. 그 후 얼마 뒤 6.25가 나서 납치됐다는 소식을 듣고 놀라 댁을 방문했더니 사모님이 혼자 계셨다. 뒷뜰에 내가 드린 닭이 새끼줄에 매여 그대로 있길래 여쭤보았더니, '잡아먹지 말고 알을 내서 아이들과 같이 먹자'고 기림 선생이 제안을 해서 그대로 두었다고 하면서 사모님이 눈물을 훔치셨다. 기림 선생은 가족들을 사랑했고 아주 자상했던 분이었다.

당시 전기 사정이 좋지 않았다. 겨울이었는데, 정전이 돼서 불이 2시간이 지나도 들어오지 않았다. 남폿불을 피우라고 했지만, 기름이 없다하자 너희들 미리 기름을 준비하지 않았느냐, 답답하다고 세원(큰 아들)에게 나무라던 것을 본 기억이 난다.

그 즈음 『시의 이해』(을유문화사, 1950.4), 『문장론신강』(민중서관, 1950.4) 등이 출간되었는데, 좀 팔린다고 좋아했던 기억도 난다.

납북 당시 평양까지 가지 못하고 아마 38선 부근에서 폭격을 당했을 것이다.

인민군이 어디 당시 아무리 유명했다고 해도 시인의 이름을 알았겠느냐.

보유: 김기림의 '웃음'에 대해서는 회고가 두루 있다. 김광현은, '남보다 먼저 앞장 서서 시대의 책무를 부르짖던 김기림이 사람 좋은 '웃음'으로 시대 현실을 무마하 려는 작금의 상황을 인정할 수 없다'고 비판한다.**463** 이석훈의 김기림에 대한 인물 평에도 김기림의 '웃음'이 언급돼 있다. "일즉이 내가 『신동아』에 발표한 나의 졸 작시 「백화점에서」 외 2편에 대하여 언젠가 길에서 만나 크게 웃고 크게 악수를 걸 면서 '앞으로 석훈 씨는 시만 쓰시오' 하는 그 외교사에는 적지 아니 불쾌한 우정 을 느낀 것이었다." '웃음'과 '지성'이 당시 해방공간에서의 현실 직시나 대응에 문제가 있음을 지적한 김광현의 시각은 흥미롭다.

'평론'에 대한 불신은 「스케이트 철학」에서 '마스크가 반드시 필요한 사람들'로, '남을 꼬집는 데만 익숙해버린 문예평론가 가십 자'를 언급한 데서도 확인된다. **464** 시인이어서 평론가들의 평가를 불신한 것도 이유였겠지만, 형식적이고 원론적 인 것보다는 구체적인 판단에 근거한 논리나 지성을 강조한 그의 인간적인 기질과 도 통한다고 판단된다.

김기림의 자식들에 대한 인간적인 면모는 「슬픈 폭군」에서도 나타난다.**465** 소통적 이고 민주적이며 인격체로서 자녀들을 이해하고자 하는 태도가 잘 드러나 있다.

인터뷰 말미에 김규동 선생은, 김기림 선생에 대한 이야기를 할 수 있는 사람도 이제 거의 없다고 하고, 죽기 전에 이 같은 회고를 할 수 있어 다행이다, 고 말했다.**466**

---

463 김광현, 「金起林 氏에 對한 一考」, 『신인』, 1948.3.
464 김기림, 「스케트 철학」, 『조선일보』, 1935. 2.14.
465 김기림, 「슬픈 暴君」, 『전집』 5, 257면.
466 연로한 연세에도 불구하고 오랜 시간 동안 인터뷰에 응해준 김규동 선생께 깊은 감사를 드린다.

새 자료 소개

간도기행 (間島紀行)*

- 김기림

(『조선일보』, 1930.6.12–6.26)

1930. 6.12.

−1−

『간도대사변돌발』! 이라는 일매(一枚)의 전보는 조선내지각신문지의 기자를 흡인하기에 충분한 『팻슌네이트』한 음향이엇다. 경성으로부터 일로양천리동란(一路 兩千·里動亂)의 외국도시인 용정을 향하야 우리들은 가슴한쏙에 일종의 초조(焦燥)와공포를 늣기면서도 혹종(或種)의 직업적 흥미에 끌려 사십여시간이라는 지리한 시간을 차속에서 보내면서도 오히려 기차가 너무나 완만한 것을 한탄하였다. 일즉부터 어린가슴을조리게하든 동경의 도시를 눈앞에 그려보면서 차창밧게 전개되는 동해연안 일대의 절경에 쾌재를 연발하기도하엿다. 수평선의 저쪽까지 우리들의

---

* 연구자의 편의를 위해 한글 표기로 바꾸고 중요한 부분은 괄호 안에 한자를 병기했음.

시야를 가득히 채우며 드놉흐게퍼져잇는 동해의 푸른한울을머리우헤이고흐늑이는 일망무제한심벽의 동해수! 변화무상한 해안선의 기암절벽에『영원의 탄식』처럼애닯게몸부림치고는 눈꽃잣치부스러지는 물결을차며 여울을 떠나는 사공의 한쪽배는 바다가에흔들리우는 한가락 미풍에밀리며 구슬푼배노래를 실고수평선으로향하야 흘러간다.

철로는 동해의 일각청진항에서꺽기여서 서북편으로방향을밧군다. 열차는숨차게헐덕이며차츰동해수를등지고산곡벽지(山谷-)를 풀코기여올은다. 바다의 수려한 경개는흥미잇거니와장사(長蛇)의철차를허리구비마저주는 회령(會寧)까지의산천은 바야흐로신록이무르녹어무진장의자연의 은혜로써우리를 축복한다. 그우에우리는 바다에서일즉히 경험하지못한 일종의 숭고한억압에눌니는우리들의넘누나적은가슴을발견하엿다. 함경선열차의 포근한 쿳션을 애석하게 버리고 회령서부터는 협궤한 국경경편차에 몸을 실었다. 이선의차에는 일들고- 이등객차뿐이고 삼등차는 업섯다. 그덕분에우리들은 분수에도업는 일등차의귀깐 일수잇슴을 행복스럽게생각하고터저나오는 우슴을목넘어삼키기에고심하엿다. 그러나이차의 일등객은 경의,경부,함경각선의 일등객차에서우리들이어더보는 려송연을반쯤입에깨물고 십팔금테안경을코우에놉히건뱃장이끌죽한 부르조아는아니다. 차장과『벤도장사』국경경비선을 왕래하는『피스톨』찬 순사따위다. 그래서우리들도그들속에한사람이되엇다. 회령서부터이북은 선로가늘 두만강을끼고 달닌다. 이곳서부터 산천은 새로운 흥취를가지고우리를 대하엿다.

두만강을에워싸고 양안에 한울을가리울듯이드놉흐게소사잇는천험의 고산준령이드리우는 농후한 음영을담고 유유히흘으는검푸른강물은무엇을낫설은 고려의 자손에게이야기하려고하면서도 그만무거운 침묵속에영원의 하상을십년을일일가티밋그러지는너두만강이여 나는너를나의북방의 연이라불을가? 모다고요한죽음과 가튼분위기다. 말할 수 없는우울! 이것이일즉히우리들의 시인파인(詩人巴人)이읍소리든국경정조(情調)인가 우리의귀에는 누더기보꾸레미를둘러메고남부여대하야이 강을건느는 유랑민들의 어지러운호곡(呼哭)소리가들니는것갓다.

1930. 6.13.

-2-

회령서 차를 탄지 약네시간후에우리들은 두만강을바로건는강안의 첫역인 개산둔(開山屯-일명지방)이라는곳에서 일본제국에 속한 열차하고도완전희관계를끈엇다. 이곳부터는적어도 명의상으로만은철도도 주민도행객도 그러고그들의자유도 모-다 중화민국의 법률에 제한되며 그자주권의 범위에 속하엿다고한다. 여긔서부터 우리는일즉히이목(耳目)에경험치못한새로운음향과 정경에 타격밧고야만다. 지극히 평민적이고아주주착이업는중국 경관 우리들의 고막을에워싸고 공격하는것은 어지러운중어의 난조의교착이다. 그러고 아직도봉건적 영웅주의를꿈꾸는사람들은 맛당히 천강철도의 차장이될것이니그리만하면 적어도 이십분의 일 미돌폭의 금테둘른모자를삼십오도의 급각도로기우려쓸수잇스니 이곳의 차장의 의상과 위엄은 참으로상설과가튼 것이다. 그러고여기서부터는 대륙의말할수업시 심오한 정조에 쇽크를밧고야마나니 우리는 청춘의 예민한신경을흔들어놋는엇던달콜한유혹을부정할수는업섯다.

국경의한울을 무겁게 나리눌으는식검언구룸장(?)조차 말할수업는우울을 우리의 마음에심거놋는다. 강면을스처오는 찬바람사히에는콩알갓흔비방울조차석겨서 얼골의 피부우에 딱금한 촉감을 남긴다. 영하삼십여도의 혹한의남은 독기는오월단오인지금까지도남어잇다. 나는 『삿보로비누』상자갓흔 천강철도의 일등객차한구석에 몸을옴크리고서울을 떠나 이천리밧긴북국의아둑한늘가에서 떨고잇는외로운나 그내의 몸인 자신을늣기고 일종의 『쌘티멘탈』한 애수속에잠기고말앗다. 차는다시 강안을등지고 대륙의 심장에로 향하야출발한다. 일등객차를점령하는얼골은 여전히 중국순경과 금테둘른 모자아래서눈쌀을 좌우로굴리며 백『퍼센트』의 위엄을 산포하는차장 그러고중국음식장사다. 이곳순경의 신경은 극단으로이완하여잇다. 피등(彼等)은대체차내의 경계를하기위하야 존재하는것인지 그보다도 일등객차에 무임으로왕래하며 수과씨를깨먹기위하야한단늬는것인지 나는 그구별을완전히캐지 못하야 머리를흔들엇다. 지금그들과 내가탄차는 바르공포와 동란의 도시의 중심으로 돌진하는데 무사기그것갓흔먼한두눈을 반작이며 무언지몰을말을 중얼거리는그들은 이번의 대사변이 맛치그들의경비의 권외에 속한 듯이 무관심하다.

나는금테둘은차장을얼마잇지아니하야갓흔우리형제의한사람인것을알고깃버하엿다. 그의말에 의하면 천강철도의 차장은우리나라사람이만타고한다. 그는 자ㅇ

이라는곳울지날때에 철로의군데군데새침목을간것을가르치며 이것도이번에공산당이 불질은것이라고일러준다. 조금지나서바로눈아래 이곳에서는흔히볼수업는큰건물의 흔적이 시산하게구버보히니 이것도역시이번 사변에 희생이된 호천가(湖泉街)의 보통학교라고한다.

이곳서부터는 도시놉흔산을볼수가업다. 멀−리 지평선으로향햐야 금실거리는 완만한 곡선을일우는나진산은 모−다 노랏게 개간하엿스며 군데군데나진관목으로 덥힌데가잇슬뿐이다. 지금으로부터 백년전까지도 이부근일대의 지(地)는 한아름식 되는 활(?)엽수가 삼서듯하엿스며 강도(?)의 떼와 흉폭한 호적(胡賊)의무리의 활무대이든 ○○을 조선의 이주민의 손으로이만치 개척한것이라고한다.

1930. 6.14.

−3−

듯고보니 연선일대(沿線一帶)의 옥야천리에는 가엽슨 우리 농민의 피와땀이얼마나심어잇슬까? 그리고도오늘날에도그들의생활은 중국지주의 폭려한 착취와 압박아래서 일조의 광명도 발견치못하고 생명의안전조차보장할수업는참혹한 지옥의 생활을 계속하고잇다고한다. 차는어느듯산허리의역참에긴숨을내쉬고 멈춰섯다. 눈아래골작에는약백호남짓한 우리이주민의집웅이아름답게구름사히를새여흘으는 날카로운광선을반사하며누어잇다. 동내의 남쪽언덕우혜는수백을헤일우리농민남녀가곱게단장을하고추천들을복판에바라보며둘러서잇다. 풍상만흔이역의초토에서도 고국에서지내든즐거운단오노리의녯기억을망각할수업서 아마도이날이단오라고 추천대회를연것인가보다. 나는금방뛰여나려가二들을한사람한사람식 껴안아주고십흔엇더한본능적행동을늣기엇다. 곳을물으니히령가라고한다오ー『회령개)』의형제의머리우혜 언제나 여명의 아름다운햇볏히고요히 축복할고? 일고려인의 흉곽을 채우는 일만감회를무시하고 만주의차는다시북으로북으로 기여간다. 이곳객차에는 변소(便所)가업스니그것은누구던지대소편의필요가잇스면 언제든지차에서뛰어나려려서 대변이나소변을보고는 다시쫓처와서차에뛰여올을수잇는까닭이라고한다. 지극히 간편하다. 설비의 필요도 업고 냄새도 지하고 연선(沿線)의전토에 비료도공급하고 참말북만주가아니면 차저볼수업는대륙식이다. 이럿토록 이곳차는이곳의느러진산천과가티 느런진 것이다. 나는서울서때대로 필요를늣긴『飛乘』과『飛降』을연습할 절호의 기회라고생각하고충분히연습ᄒᆞ엿다. 이러한 인상들이 이윽고 나의마음에대륙이라는 알수업는 신비를 명감식히고야만다. 나는어느사히에차츰차츰확대되여가는 사권(思權)의 범위와 팽창해지는 흔폭에 놀래지안흘수업섯다. 대륙의 기분은어느틈에그품속에뛰여든한개의미미한생물을그의환경에 적합하도록 대담하게만들어준 것을 나자신에서 발견하엿다.ー그것은 아모러한 급격한 변천에도 그러케신속하고 예민하게반응하지안는 타성적인 마음이다. ー 이러한 때문에야 말노북만의천지에는 중세기의전사『로맨쓰』가아직도그대로살아잇고이번사변과 가튼큰일도 다반사처럼일어나는모양이다.

　우리들의북간도라고불으는 동만지방은 세계의 보고를가지고잇스니 용정평야와 국자가(局子街)평야와 두도구평야가 그것이다. 이세평야에서생산되는 농산물이야말로 매년오백만석이상식 일본에『마이너쓰』당하고 부족되는조선내지의 일천오백만중농이하의 무산농민의 식량을공급하는 거대한 창고인 것이다. 나는 차창밧게 전개되는 녹색의기름이흘으는 용정평야를탐하야바라보며 그우혜질서와생장의자유의 토대에 세워질 새로운 내일의 간도를 그려보면서 그러고여긔야말로 우리들의 탄생의 기점이아니면 아니되리라고생각하며 아름다운희망과 환상속에 완전히 나 자신을 니저버리고잇슬때에 視切안차장은나의억개를 가볍게흔들어주엇다.『용정에다왓서요.』애교에넘치는 미소를석거이러케 일러주는 그의 시선을따라 왼편차창을 바라보니 광야의 일우(一隅)에 검어케 퇴색된벽돌사이뾰족뾰족보힌다.

1930. 6.15.

−4−

그는다시오른편차창을밀고 멀리물질치는나진언덕우에 웃둑히주제넘게 솟아잇는 산하나를 가르키며『모아산− 모아산−』 − 나의 가슴은 쓸아린『리듬』에 떨리는 급격한 경격을 늣것다. 일즉이내가어더들은 그산에속한 애닯운이야기를 나의기억은 회상한 것이다.

이야기는지금으로부터 십년전넷날에돌아간다. 동업동아일보사의일특파원으로 이곳에들어온추송장덕준선생은 그어느날 새벽 돌연히 그가유숙하고잇던X목사의 집을나와서 숙연히마상에올라안젓다. 선생은X목사의간곡한 만류를고사하고비 장한결심을말하는 가벼운미소를남기고 홀홀히말을달리어 전지로종군하엿다. 그는 사오명의모국종군인과함께 바로모아산을넘어갓다.

그리하야 그산허리에서 마에서나리는 선생을본사람까지는잇다고한다. 다음 순간에 전지를쏴오고쏴가는 탄환이 석겨잇서스리라고한다. 이리하야 추송(秋松)선 생은 북방에갓던기럭이가 벌서열번을거듭하야 강남으로돌아오건만 연연히나리고 덥히는눈과모래만그가밟고간 이광야의우헤겹겹히싸히고싸힐뿐이고 떠나간이길을 두 번밟고돌아오는그의발자곡을기다리는사람들의가슴만 부질업시타고 잇슬뿐이 다. 그리하야 오늘도 영원의 침묵을직히는 모아산은생각무겁게턱을고히고 그발을 씻는해란강한만흔물결만 구버보고잇다.

코를찌르는 아편냄새석긴강열한악취와 끊임업는격동에 시달린신경과 온몸에 남은 시들시들한 피로에 스스로분개하면서 나는 천강철도의빈약한객차를 앗김업시 차버리고 우울그것과가튼 어둠침침한용정역의 출구를 차저느러선사람들속에석겻 다. 나는문어구에서 역부를붓잡고 무어라고 몰을말을중얼거리는음험한사나히를 발 견하엿다. 그의첨예한눈동자는 실음업시회색안경넘어서 굴르고잇다. 그우헤 나는나 의얼골과 몸우헤어물거리는 그의 불유쾌한 시선을 늣겼다. 나는 그 눈이방사하는 그 야말로 만국공순한특색과 그래서엇더한 부류의인종에속하엿다는 것을 직각하엿다. 그러고곳일즉히 이곳에와잇던X군에게서 얻어들은 중국경관에게대한 최상의 전술 을 기억하고 나는『한개한온순한경례』를 그에게『푸레센트』하기에 인색하지안엇다.

　　그리햇드니 과연그의얼골의 엄숙은 파안일소 어대로 일과하고 내가그에게준 경례보다도 더 온후한경례를 그우혜호의에넘치는 미소를더하야 돌여보내고는 무난히통과식혀주엇다. 나는『멘솔레람』보다도 더 효력이신속한 이『마술』의가능성과 안전성에놀내는동시에이러케『경례』에줄인중국경관측에차라리동정할생각이난다. 이제압흐로 용정에 발을드려노흘여행자에게 주의하노니 제군이 만약에 여관가튼데서 차저온중국경관을 맛날때는 넉업시 일어나서 경례를할것이니 그리만하면 그 경례는 어지간한 불찰은 쓰서버릴 것이다. 그럿치안코 그냥방에서 딍굴고몰으는는척하다가는 즉시그들의무서운발길의세례를 밧고야말뿐아니라 한번그와동행하야 그들의 상포국(商鋪局, 경찰서)에 불려만가면『문득세』약간원은 밧치고야돌아올 것이다. 거긔는 삼민주의의 헌법상으로 암흑과 서장의일발한명령이 더위엄과 실행성을 반하는 것이다. 그럼으로중어에 미숙하고 중국이생소한 사람은 이최상의 방어선인『경례』라는 전술을미리습득할 것이다.

　　역구를겨우벗어나서 넓고 상쾌한대기를 한숨에가슴하나드리켜고나니 다소간 심신에 몰아오는 원기를 가다듬어가지고우리지국을차저가려고하는순간나는수물을너저분한방울찬마차들의 포위속에 마차부의총공격을바닷다. 나는그들의틈을겨우비비고 역전한길에나섯다. 그러나 초면강산인 이곳이라우리지국이 어대가부튼 것은고사하고 동서를분별하지못하겟다. 부득이절개굽혀서 지나가는 남루한마차하나를 붓잡아탓다. 어댄지는몰라도 지나노라니 수천군중이 모혀서무슨노리를하느라고야단이다. 후에 알어보니 시민『그라운드』에서 축구대회가 잇슨것이라고한다. 나는내자신이 이곳에 뛰여든목적을 의심하지안을수업섯다.

1930. 6.19.

－6－

『대체엇진일이요? 그래폭탄이 바로 용정중앙에서터지고 발전소를깨엿스니 엇잿느니하드니 거짓말이요?』나는용정시민의 이러한 만연하고 쾌활한『노리』를볼 때 아모래도무슨여호에게속혀서 부질업시 뛰여든것가태서 마부에게 물엇다.

『네.그러햇지요. 전기도간밤부터 쓰지만 이전보담아주빗히약해요. 본래기계는 모다부스리지고 날근기계를 임시걸어노앗답니다.』

『그래폭탄도?방화한것도?』나는한꺼번에물엇다.

『그럼은요.』마차부는한눈을파는말에게 정신차리게 하노라고『씩－』하고 채찍 하나를 울리면서 북으로 엇던십자길을 북으로꾸부러지며 고개를꺼덕인다.

『그런데웬일요 거긔서저러케모혀노는것을보면 아모일업는것갓해.』

『네! 용정사람은 아주그까짓일에는 익숙해서 아무럿치도안치요. 그러나 경계는 아주심하지요. 밤여덜시니까 우리시간으로는 아흡시지요. 이때만되면 거리에서 행인의자최가업서요. 지나단니다가는 모통이모통이마다파수보고잇는중국군인이 칼을꼬즌총끝을가슴에대고『쉬야－』하고 소리질은답니다.』

『저런그래찌르기도하나?』

『쏘지요.』

나는수상한마차부에게무수히위협을맛고 가슴을눌러보앗더니 가엽시 뇌곽(腦郭)밋헤서 심장이투닥거린다. 그우에이마차부는우리지국을잘몰라서 작구헤매고만잇다. 밧글내다보니 아닌게아니라 모퉁이마다 총을걱구로든 회색복장한중국군인이 우둑허니서잇다.

대지의우혜는 쓸쓸한어둠의나래까지 고요히나리덥힌다. 끗업는광야의우혜뜬 드놉흔황혼의은회색한울에는 외로운별하나히 어느새눈을뜨고 깜박어리며 오슬오슬떨고잇다.

나는아홉시로향하야 쑷(刻)고잇는시계의초침을 원망스럽게나려다보며 지금당장나의가슴압헤 날이싯퍼런칼끗이낫하나서 『쉬야ー』하는중국군인의지치벅고함소리가 떨어지는것가태서 자리에부튼엉덩이가점점 ㅅ뵤죽죽해진다.

아홉시가 거진갓가윗슬때에야 우리의마차는오충대통을북으로가서엇던좁은뒤골목에멈춰섯다. 지국장의『로이드』안경이낫하낫다. 선생의주선으로거긔서멀지안흔용운여관이라는 객주에찬땀에식은행장을품어노앗다.

예측할수업는불안공포와 용서(容恕)업는모험적활동만이 우리를기다리는 용정의제2일의아츰해를 향하야 그전날나와전후하야이곳에들어오신우리 사의박형과나는 북만의첫날밤을 무수한어지러운꿈에게 학대(虐待)밧고 아직도피곤이 채풀리지안흔텁텁한눈을떳다.

머리맛헤노힌민성보 간도일보 간도신보는 『놀라운공산당의음모』에 관한기사로써 제일면의전지면이 파뭇?다. ――제일 먼저철도를파괴하고 전선을절단하고 용정시가의발전소를 파괴하야 전시가를 암해(暗海)로 화한후 수개의미국제구갑식폭탄으로서 전멸식히고 동만일대에 신경계통과가티 산포되어잇는 민회와 보조서당(보통학교지교(支校))을 박멸(撲滅)하려고한 (영사관톄정(福井)서장의 담에 의하면) 전례업는조직적계획문(計聞)이엿든 것이다.

그들의『콤뮤니즘』에의하면 민회는XX제국주ᄋ의 만주에서의유력한흡반이며 보조서당은 종교와 동업(同樣)으로생장하려는 어린『제너레이슌에게서 발랄한생명의화염을거세하는 아편(鴉片)과가튼마취제며 방화기라고한다. 우리들이 간도에들어갓슬적에는심을빼지안은구갑식폭탄은 소리만크그 동척의두터운류리창십칠개를 깰뿐으로 실패를 깨달은 그들은 신산한단총소리만 어지럽게 깁흔밤대공에 남기고 어대로인지 살아지고만뒤다. 거대한파괴력을가진가공사할음모의폭발이 사막의폭풍과갓치 지나간뒤의 황량한 흔적만이남어잇다.

그러나 어느순간에 어느모퉁이에서 엇터케일어날지몰으는 사변의이동을 모든 순간에 예민하게섭취하야 초조해하는우리내지형제에게 알리지안흐면아니된다.

부여된『일』에대한 시간적사명을 다하지안으면 아니되는우리는 이윽고 새솜처럼 시들시들해진몸에채를가하야 전신의신경의 말단까지를 긴장식혀가지고 동란(動亂)의용정에직면하기위하야 여관(旅館)문을나섯다.

만주의시계가 오후한시를첫다. 우리시간으로는 바로두시다. 우리는오늘하로
의 『특파사명』에서 해방되엿다. 지국장K선생을 들추어가지고 용정시를 서남으로
부터 동북으로싸안고흘으는 해란강가시원한바람을마시려나갓다. 금춘이래(今春以
來)의 한발(旱魃)에씹히고빨리어 양안(兩岸)을채우고훌텃다는 강물은겨우 깁흔하상
의밋바닥을씻고 밋그러질뿐이다. 량편언덕에늘어선 푸른빗깁흔줄버들의 무거운그
림자가 대륙의낫게 드리운한울에피를토하는붉은 오후의 태양아래침침하게조을고
잇다. 이쓸쓸한풍경을 더욱 참담(慘憺)하게하기위하야 노두구로가는천강철도의18
세기적인 너무나 18세기적인 검게탄 목교가 량편언덕을『마티쓰』의 툭한선과가티
원시적인선으로쬐매고 잇다. 이해란강의영원한포옹안에 불가사의한존재용정이 가
경할사변을 밤마다어두운별아래 비저내며누어잇다.

상류를 멀리바라보면 고색이창연한용문교가 누어잇는그넘어 간도의내금강 비
암의절경이우울한배경을일우엇다. 서북으로 평강령나진마루턱이 끗난곳에 마제산
이 웃둑히용정으로 기우러젓고 그넘어셋삼산(世三山)놉흔봉이 단연히뭇산을압두
하고 저공을어로만지고잇다. 평강령남단을가로막고?안진 일송정봉오리는 고절을
자랑하던소나무도마른거루만남어잇다한다. 이리하야 간도에남어잇든 최후이며 유
일한소나무도 다만 일송정일홈속에만 살어잇다.

우리는 목교우흘걸어보앗다. 강가의깁흔버들밧속에 수업는 달큼하고 애처러

운이야기를 상상하면서 - 들으면 여긔는 용정의?남녀의 사랑의아름답고 설어운속 삭임이 버드나무사희사희마다 잠겨잇다고한다. 해란강푸른물속에는 한만흔사랑의 『로맨쓰』가 얼마나잠겨잇는가? K선생은강가의버드나무하나를 가르치며 그는그나무에서만 목을매여죽은여자만 셋이나 안다고한다. 나는이다리우헤 마지막으로 그림자를 드리우며 자랑스러운 북방의 여자의타올으는정열속에 최후의순간을 파무들수잇는 행복스러운남성의얼골을 눈압헤그려보앗다.

1930. 6.21.

－8－

우리들은 매혹에가득한버들밧속을 것고십흔 유혹에 엇던달콤한충동을 금치못하엿다. 나무그루마다 이속에서 일우어질수업는연인들이 그들의 연소하는순간의사랑을 기념하기위하야 색여노흔글자를 이해와함께 잘러서 뚜렷하게 공간에부조되여잇다. 넘우나이성에축복받지못한 세그림자는 이러한『에로틱』한배경에는 아주 부자연하엿다.

우리들은 거리로나왓다. 어린애와가티 경이어 가득한투명한시선과 XX의말을 빌면 불온(不穩)한의긔에넘치는 시민들의얼골이 거리의 ?우에 떳니가꺼진다.

이날대성학교마당에서 근우지회의 전용정주천대회가잇섯다. 무려천여의군중속에서 최대한도로 뽐내는 북방여자의용긔를 우리는참관하는영광을어덧다.

조선내지의신여성제군!

북방의여학생은 인조모(人造絹)을 몸에거는 불명예를알고잇다. 그래서제군중의『푸틔뿌르』의부인들이 자랑스럽게녁이는 그엇던박래품화장품의 외국명을 몰으는무식을 결코경멸하지안는다. 차라리 이종류의무식에일종의자존심을가지고잇다. 그들의얼골은 일즉이 화제(和製)백분으로서 더렵혀본일이업시 자연그대로의 붉은 혈潮에타고잇다. 그들의두터운입술은 엇더한구홍(口紅, 구지베니)로서도 물들여지지안코 그네들의 심장과가티붉다. 수수빗『마유즈미』로써『클라라보우』를 모방하지 못하는 그들의눈섭은 광야의 조망(眺望)과가티 우울하게그리고 대담하게쏘는것가튼둥근그들의검은눈방울우에걸려잇다.

조선내지의 신여성제군

터저올으는혈압(血壓)으로 피부의모든면이찌여질듯이팽창한제군의동성북방의 여학생들은밋근하고 가는다리를가지지안엇다. 기동과가티툭툭하고튼튼한다리로탄력에가득한광야의지면을반 발(撥)한다.

『그네』줄을룩이는힘잇는그들의팔뚝에 일종의『불품행성(不品行性)』을인정하고 낫흘찡그리는이와는연부류의일군의분면유두(粉面油頭)의인조견을둘른여우들을보앗다. 그것은틀님엄시내지『푸티 · 부르』부인의연장이다.

모ー다 그들은XX관청이나공청에간접으로屬하야XX제국외무성의지출에의하야 사양(飼養)을밧고잇는존경스러운『레ー뒤』다. 미래 ― 부단의갱생 ― 를약속하는 북방여성들의 굿세인걸음이여 끗이업시건전하여라.

광야의어느곳일단에저기압이출현한모양이다. 서북으로달여오는한줄기강한바람은음침한구룸장을휘몰아다가 용정상공을나리텁는다.

우리들은 축구대회장에서맛난 중외의홍형까지`함께되어 영국맥이(산명)로올러갓다.

용정의 낫(晝)을 밝히는 태양은늘이산을넘어떠온다. 눈아래펴지는사천여호의 도시 - 이거리의주권은비록외국정부에속하엿스나 주민의팔할은조선형제들이라일즉히이도시의건설의사업에참여하야 만흔피와땀을입홈업시 犧牲한것은물론조선형제엿다. 그리고그들의자손은시외동남의 토성보(土城堡)를비롯하야만주일대의황야에 유랑(流浪)하는때에그들의조선(祖先)의생명을먹고자란이도시는늘새로운 시민을 빨어드리며일방낡은시민을배설하야부단히신진대사의작용을영위한다고한다.

1930. 6.22.

-9-

언덕우혜 평탄한넓은곳 뭇풀이욱어진그아래는 이도시에들어왓다가목숨을일흔수업는일흠몰을사람들의무덤이 누어잇다. 그리고그들의속한인종과계급과방면의다종다양을표시하는각종의묘표와 십자가 - 첫더구에일즉히백로시대에영사로왓다가세상이밧귀자실의하고여긔서는망명중에목숨을일흔기상학자『두도위코푸』(불명)의허무와가티 히고큰 십자가 - 그리고『베비,알쮈』군 - 등등. 이들의 망령의탄식

처름풀밧흘끄치는바람소리…그들의조국을그리우는한(恨)만흔『쎄레나ー드』의흐늑이는울음소리와도갓다.

산상(山上)의묘지의 묘표의면면과가티 용정이포용하는 시민의외연도그러케다 양성을띠고잇다. 그러고불투명한 시가의 공간에 부침(浮沈)하는얼골들은날마다그 얼골이그얼골이아니라한다.

나라를쫏긴망명자 ー 탈주자 ー 파산자 ー 백계노인의 영양(令孃)들 ー 실업군 ー 그리고『콤뮤니스트』최후로밀정…·

평범의 수준선상에 돌기(突起)한(어느사람들의어법을빌면)모다불온한인종이 잡거하는특수지대. 시의동편마루턱에 멀니서북의낫게드리운한울을 바라보며『사하라』의사막을직히는『시핑크스』와가티 줏안저잇는 근대식의○색『그리닝』으로물드린 대건물그것은틀님업시 일본 총영관(總領館)이다. 그것은두터운벽돌담장과 포대에포위되어 동만의천지를비예(睥睨)한다. 그지하실에는 약X시간은만족히사영할 수있는다량의탄환과 기관총을감추고 그리고정예한팔십명의무장경관대에의하야 동만에잇는일본제국의특수이권을 옹호(擁護)하고잇다.

우리들이 자리를정한 이지점은바로북위 사십이도 동경백이십구도 ー 이곳을정점으로약천리를 반경으로한 북으로입을버린사분의일원주의 지대는 실로중화민국의 삼민주의적국민주책과 노서아의『인터ー내슌날리즘』과 ××의 『임페리앨리즘』이절충하는삼각주다. 늘다소의험악한풍운이 배회하는이분화구는 음산한누십년의역사를 가지고잇다.

말갈(靺鞨), 발해(渤海), 여진의?로부터 근세의북만사변그리고최근의『보크라니 츠나야』부근을 무대로한 중국의충돌(토벌선(討伐線)의넷일도기억하리라)등이러케인 종적편견이 항상이곳에화단(禍端)을끼치고잇다. 이우에흑룡강상류의『우스리』송화 강『아무르』의 제강(諸江)의검푸른물결과깁흔새밧과 영(寧)고탑수백리의농밀한자연 림과지평선의피방(彼方)에잠기는붉은해 - 이러한윈시적자연이인류의 참혹(慘憺)한 투쟁의 피무대에도발적배경을展하어노앗다.

이들에는 각각세개의무장한정의가 존재한다. 그래서 서로서로 자기야말로정 의라고주장한다. 그자신의정의를 가장유력하게 브증하기위하야 그정의를 견고한 철갑으로 무장하엿다. 이속에서 삼각형의중심처름 그어느점에도 경도치못하고 서로 배치하고 반발하는 세 개의세력사이를 교묘히 분치하야 하등생활의안전보장 도업는속을 오히려그생존을보지(保持)하여나가야하는 종족의꺽꾸러진시체는 년년 히『오호츠크』로부터 불어오는 부드러운미풍과 ㅅ리찬대기를 녹이며날카롭게쏘는 봄볏헤 두텁게얼엇든강물이녹아흘을때면 부스러진어름쪼각사이마다 잇다금잇다 금떠나리지안는때가 업다고한다. 그리하야 대공을처다보는 그들의입은 마치세계 를향하야 그들의생존권을 주장하는것갓다고한다. 우리는극동에움직이는 심상치안 흔풍운을 머릿속에그리며 극단으로물맛이업는거리로다시나려왓다.

북방의 백성은 한 개의 철학을 생활우헤실현하고잇다.

호주(胡酒)—

끗이업는지평선과 그러고폭풍—이것들이 북방독특한『니-체』의 말을 빌면 『아폴로』적인생활철학을 발효(醱酵)식힌 효모들이다.

물이펄펄붓는 90『퍼센트』의『알콜』을 벌컥벌컥드리마시며 오늘도내일도 끗이 없는 지평선을 바라보며 머물곳몰으는 방랑의 걸음을 오늘은이들가 내일은저들가에 떼여노흐며 그러고대지가호흡하는 무서운폭풍의 질O속에서 오히려 광야의전표면을 채우며 타올은생령들의 생명의화염—

내일을기약못하는 그들의불안정한생활은 다만허여(許與)된 순간순간을 가장 충실한생의 용광로속에 백열(白熱)식히면 그만이다.

긴장된혼을가지고 모든순간을 강렬하게 살려고하는 것이다.

나는북방의도시—용정이 가지고잇는 모든 풍정인물(風情人物)에 충일하는생기를 띠고잇는 것이 매우유래(愉快)하엿다.

이윽고 이동만천지에 엇던큰진동이 일어난다면 그진원지는실로 이 용정이 아니면 아니된다. 그러토록 이도시는 다분의 폭발성과 가연성을가지고잇다.

익조(翌朝)—

물맛업는밥을 주인의최상의호의에도불구하고 반그릇도먹지못하엿다. 오후두시차는 우리를 두만강가로 다시실어가기위하야 지금쯤은 로두구의 사고(事庫)를 떠낫스리라. 우리들도 그차를 기다리고 잇다.

우리는이용정에서 우리에게 허락된 남어잇는수시간을 가장의미잇게보낼 것을 아츰부터생각하고잇다. 그중에 약 한 시간은 이곳서제일가는요리점인 십자로의 용원거에서 토산의중국요리를 상미(賞味)하기로하고그러고남은몃시간은 이곳서발행하는유일한중국신문 민성(?)보를 방문하기로하엿다.

오층대통(五層臺通)에 직각을일우고 해란강안으로쏠린골목길을 서쪽으로향하야 그날로오전열시경우리지국장과 박형과 나세사람은 것고잇섯다. 이윽고그길이 끗난데서 남으로꺽겨겨서반마정(半馬丁)도못간곳에서 오른편길가의음울한 회색벽돌집 검게끄슨 두터운『또아』속에 세그림자는 빨여들어갓다.

1930. 6. 25.

-11-

우리는 이집문에무튼큰방에서 우리가 간도에들어온후 최상의인상을타든 민성보편집장 周東郁씨와구든악수를밧구고 둥근『테-불』에마조안저서 풍미향그러운 중국차를 드리켜면서극동의정치적정세를 토론하는감격에 가득한유쾌한시간을 가질수잇섯다.

『쎄르로이드』안경아래 그의두눈은 어린아희와가티 온순한속에오히려근기잇는저력과『젊음』을감추고잇다.

이 중국인은 일즉이국민정부가 주일대리공사(駐日代理公使)汪보영씨의 손으로 일본외무대신폐원씨의 대리석테블우헤 『지나』라는말 일사용에대한 엄중한 항의를 따려 부친것과가티 (오-무사념한 왕외교부장이며 일본에서는 지나라는말보다도 더 모욕적인 『장꼬로-』라는말이 사용되는 것을 들은일은업는가?) 간도라는고유명사를 송충처름실혀한다고한다. 웨그러냐하면 간도라는말은 중국의주권을 무시하는노골한 도전(挑戰)적인 의미내용을가지고잇다. 만약에중국의주권을인정한다면 간도라는동양의 『알싸쓰로-렌』적인 명칭은 부당할것이고 다만 『연변』이라고함이당연하다.

우린는중국정부의수뇌제씨와 이위대한주필의 광영스러운자존심을 상해우지안키위하야 『지나』와 『간도』라는두말은될수잇는대로 우리입술이 발음하지말기를 원하엿다.

우리는 여긔서동지기자장영준군을 맛낫다. 군이외에도이신문사에는 조선인기자가 오륙명잇다고한다. 민성보는 실로최상의민족적호의로써 그 일면을 조선문판으로하야 연변일대의조선민족에게제공하고잇다. 불행이도세관의 검찰리는 일본외무성의명령에의하야 이신문지가 조선의국경을넘어 조선내지로침입할 것을거절한다고한다. 이들조선인기자에게는 실로이집은안전지대니 그들은 모다치안유지법이나 대정팔년제령제8호(大正八年制令第八號)의 조문에걸린 이력을가지고잇스나 일본관헌은 이집까지 돌입하지는못한다고한다. 그들은 일보도이집밧글 내듸듸지못하며 정전의 『테니쓰코-트』를 최대의산책지를삼으면서 이집안에서 세계와밋각지에서 날어드는 『뉴-쓰』를 취급하고잇다.

젊은주필은 조중양민족의입장의공통성을 주토민족적수난의 방면에서도출한
다. 그는 언론 기관으로 당연히가지지안흐면아니되는정치적배경을 스스로삼민주
의라고 표명하엿다. 그의혈관은모든세관까지 배X감정으로끌고잇다. 이감정은실로
중국일지도분자의전유가아니고전민족적으로 미만한감정의흘음이다

(검열로 인한 삭제로 보임)

민성보가일즉히그러한것처럼여전히연변일대조선인의 생존권의보호를위하야
부단히의분의싸홈을싸화주기를부탁하엿다.

1930. 6. 26.

-12-

그는 『그것이언론기관으로서의 민성보에게 부여된그리고 자각한사명의중대
한부분이라』고『호아호아』를연발하야 그의호의를보여주엇다.

우리는 최후로중국의활무대가 항상소란과동요와변천(變遷)이무상할 때 거의
가자신이야말로 민중의진정한대표자며 『리-더』라고선언하면서 등장하지만그러나
그것은 대지주대재벌이나 매판(買辦)계급이나 그러치안으면광동의화교를 배경으
로하고명멸하는것이고 민중에게는군인의 모자의빗치변화한 이상에는 『아모것도』
재래하지는못한다. 지배자의 약속은늘부질업는 선언이다. 중국에잇서서 그래햇고
인도에잇서서『어빙』경의입은 그 『산표본』으로서 들이엿다.

우리는 『중국의민중이 의식적으로고양되어서 피등자신의역사의주인이되어 그것을움직이는때 비로소그것은신흥중국의 참말여명이리라. 중국의급진적『인테리겐챠』는 이러한 기운에의촉진제로서만 그존재의의의가잇다』고말하엿다.

홀홀한시간은 용원거의 토산요리(土産料理)를 즐길여유죠차우리에게주지안헛다. 오늘도일금십전의냉면(冷麵)을급한『템포』로업시해버리고『트렁크』를들리우고 역으로향하엿다.

역에는우리지국장 중외지국장 조철호씨등이 나와주섯다. 천강철도는 또아편 냄새나는일등차로서 우리를후대하여주엇다. 맹장과가티『무용물』로 보이는『노路』이 긴백동『싸벨』을끌고끈임업시 그입을놀리면서 일등차에올라탄다.

보실보실비가 한방울두방울차창에얼어붓는다. 어두운철로를『시대착오』적 이 기차가밋그러진다.몃칠동안여러가지로 수고를끼친제씨의힌얼굴이 어둑한개찰구 에서미소한다.

우리는돌아간다. ─폭학(暴虐)한자연의학대속에 그러고무지한중국인의 압박 과 탄환속에 동만에 산재한백만의형제를남기고─

잘잇거라해란강아─

용정시민제군건재하여라─청춘의피를불이는─그러고그들의영광스러운『죽엄』을유혹하는 광야여 너의달콤한속삭임하고도 작별하자. 조국에서『일』이우리를 불으고잇다.─

국경의밤을적시며 나그내의설음을실음업시 쥐어짜든초녀름비도말숙하게개엿다. 다음날새로한시경고향에잠간들럿다.

떠날 때 만개하엿든 뜰압헤한폭이월계화의『영광』도한떨기꼿송이도남기지안코무참히도 시들엇다.뜰우헤 이리저리흐터진 꼿잎새의시체를 하욤업시바라보며 홀홀한용정에의여행을회고한다. ─尾─

우리들의 악수

김기림

(『학생월보』 2호, 1947. 5.30)

一萬가슴인데

만으로 천만인 가슴인데

한갈래로 울리는 신기한 울림은

막을래 막을 수 없는 울림은 무엇이냐.

별보다 확실한 거름거리

보이지않는 그러면서도

구필 수 없는 강철의궤도를 굴르는

쇠바퀴리라.

합부르그 룩쌍부—르

로—잔느

카이로 칼캇타 햐노이

쉬카고 와 에딘바라

거리를 무시하는 날랜 전파

핏줄과 같이 화끈한 것은
황혼에 빛나는 한떨기 장미같은 우슴
내일에 부치는 약속이리라.

믚어저가는 제국
관절이 부은 자본주의
피샤의탑을 자랑하는 물리학도
드디어 건질 수 없는
기우러지는것들의 운명이다
만가슴 만만가슴을
견딜수없이 구루는것은
내일로 뻗은 두줄기 빛나는 강철
보라빛 미명에 감기운길이다
우리들의 악수는
내일
한바퀴 지구가 도라간곳에서 ○자.

길

김기림

(『문학비평』, 1947. 6.30)

門이 아니라 壁인 것 같다.

바위가 아니면 벼래

또 밋없는 골짜구니....

길이 너무 험하야

두고가는 무덤이 자저

진달래와 두견새우름소리 슬플날 아직도 많을가부다

그러나 地球는 부질없이 돌아가지는 안는다

 뭇 사라지지는 것들의 亡靈인것처럼

이즈러진 電車와 강아지와 거지가

악을쓰며 숯겨댕기는 거리

모두가 헐벗고 춥고 배가고파

악이오른 씨푸린 거리

쓰레기 싸인 골목을 돌아

열 스므번 다시이러나 가야할길———

이 길을 돌아가야만

바다가 트인 平野로 나간다한다.

地球는 부질없이 돌아가지는 안흐리라.....

아모리 그믐밤일지라도 저기 별이잇서 좋지안흐냐.....

薔薇와무지개 가득차 우리 가슴이 부풀어 좋지안흐냐....

오늘은 惡魔의것이나

來日은 우리의 것이다

새해 앞에 잔을 들고

김기림

(주간 『서울』, 제 21호 1949. 1. 10)

첫 잔은

금이 간

자꾸만 금이 가려는 민족을 위하여 들자

다음 잔은

속임 많던 고약한 어저께를 잊기 위하야!

그 다음 잔은

우리들

뭉어져 가는 아름다운 생각을 위하여

피는 과연 물보다도 진한 것인가

아― 그러나 『도그마』는 피보다도 진하였다

너무나 헤푼 목숨과 청춘

울어도 시언치 못한 우리 모두의 손실이었다

불 꺼진 공장
헐벗은 마을
빛 다른 물건 나부랭이만 넘치는
거리 거리
너 나 없이 숨이 찬

어린 광대들
잔을 돌리라
우리들 한량 없이 착하나
그러나 그지 없이 약한 무리들 웃을 날위하여!

철 철 철
넘치는 잔은
다시 아물 민족의 이름으로 들자

또 한잔 은
지혜롭고 싱싱할 내일과 『인류에게—

마지막 잔은—

그렇다

우리 모두의 한결 같은 옛꿈의소생을위하여 들자

김기림씨께 드리는 편지

— 시작에 상징기술습용은 약하(若何)

(『예술신문』, 1947. 5. 5)

식소사분격(食少事奔格)으로 아무것도 하는일없이 바쁘게 사느니라고 봄이온 줄도 몰랐습니다. 거지 추위가 덜해졌다는정도의 괴부감각을통해서 머지않아 봄이 올것이다고만 생각하고있었는데 오늘 마츰 ?의 황황한 이거리에서 우연히진달래 꽃을 한아람안고 지나가는 한 소녀를 보고서야 비로소 봄이온 것을 알았습니다. 「胡地에 無花草하니 春來不似春이라」는 옛시를 돼푸리해보았습니다. 그러나 생의 경우는 그와정반대인 것을 깨닫고 짐짓 서글펐습니다. 틀림없이 봄은 왔것만 꽃을 보지못해서 봄이온것도 모르고사는 덧없음을 그냥 웃어버렸습니다.

선생님은 꽃 구경을 하셨는지요. 꽃과함께 봄이온 것을 어떻게 알아셨는지요.

화절(花節)마다 홍역이 범람해진다는 상례를 미루어 택내에 미접의 아동은 없는지요.

두루 구구한말씀 많습니다만 접어두기로 하고 선생님께 꼭여쭐말이 있는데 들어주실는지?『다름아니라 이사이 언론출판에대한 악질적무법박해를 자꼬염담알 받게됨으로해서 시인작가들이 그작품활동에 있어 서 이러한강압을 되도록이면 회피하려고 퍽들노력을하는 모양들인데 그 수단방법으로써 상징기술이(심보리즘)재등장해도 무방할는지요. 그것이 만약 무방하다고한다면 문학의 대중화문제에도 무방할것인지 그렇지도않다면 어떻게 표현을 통해서 내용을 형상할수있을는지요.』—자조작품월평같은것으로라도 좋으니 구체적으로 좀 소상히 말씀해주섯으면 퍽이나 감사하겠습니다. —지면관계로 미친놈 널뛰듯 했음을 雅下에눌러주시기를바래면서—

1947. 4. 이병철 드림

이병철 군 서한에의 회답

-새로운 시는 명확단순소박하게

(『예술신문』, 1947. 5. 5)

　주신글월고맙습니다. 피차에 봄신세 그리입지못하나봅니다. 『넥타이』하나가 라매지못하고있군요. 꽃구경—글세 이렇게 빌려서진달래꽃구경이나 가기로합시다. 팔당(八堂)—우수(雨水)—그리가좋겠지요. 해방조선꽃노리를 기름번지르르한 벗꽃밑에서 하고싶지는않습니다. 하지만 여기저기흩어진 그리운벗들을 제쳐놓고 어떻게 꽃노리를합니까? 덕분에 이런것들은 좀부그리운얘기지만 안해의 『각오』아래서 시굴서들 별탈없이 지난다고 이격소문을통허서 듣고있을따름입니다. 물어주서 매우고맙습니다. 시의 기술로 옛적 상징적수법을 다시 채용하는 것은 生은반대입니다. 새로운 시는더욱 명확하고단순하고소박하여야 할 것이라고합니다. 새로운 경지를예술의 세계에서개척해나간다고하는 것은 매우어려운일일것입니다. 그러니까 자칫하면 우리는 무슨 핑계를대고 옛날의 쑥헌수법으로 돌아가서 쉽고 한번들어가면 그만거기 다리를 벗어버리기쉬운 것이 인정입니다. 곤란한 정세에서도 ○○난삽하고 혼매(昏昧)한옛수법괴에 차리리 딴것을찾어내야할것이라믿읍니다.

　일간 한번 종용히맛나뵈었으면합니다. 우선이만총히끝입니다. 늘시작에 건필을 휘두루시기빕니다.

김기림

2. 인명

3. 작품

문인기자 김기림과
1930년대 '활자-도서관'의 꿈

초판 인쇄 | 2007년 12월 17일
초판 발행 | 2007년 12월 24일

지은이 | 조영복
펴낸이 | 심만수
펴낸곳 | (주)살림출판사
출판등록 | 1989년 11월 1일 제9-210호

주소 | 413-756 경기도 파주시 교하읍 문발리 파주출판도시 522-2
전화 | 031)955-1350 기획·편집 | 031)955-1366
팩스 | 031)955-1355
이메일 | salleem@chol.com
홈페이지 | http://www.sallimbooks.com

ISBN 978-89-522-0776-0 03800

값 20,000원